W. Somerset Maugham

Meistererzählungen

Ausgewählt von
Gerd Haffmans

Diogenes

Die vorliegende Auswahl
enthält Geschichten in Übersetzungen
von Kurt Wagenseil, Tina Haffmans und
Mimi Zoff aus der vierbändigen
detebe-Ausgabe der ›Gesammelten
Erzählungen‹ von Somerset Maugham,
Diogenes Verlag 1972

100/75/w/2
ISBN 3 257 00940 2

»Kein Lesen ist der Mühe wert,
wenn es nicht unterhält.«

W. Somerset Maugham

Inhalt

Der Büchersack

Manche Menschen lesen zu ihrer Belehrung, was löblich, und manche zu ihrem Vergnügen, was unschuldig ist, aber nicht wenige lesen aus Gewohnheit, und das ist weder unschuldig noch löblich. Zu dieser beklagenswerten Gruppe gehöre ich. Gespräche langweilen mich nach einer gewissen Zeit, Spiele ermüden mich, und meine eigenen Gedanken, die nie versagende Zuflucht eines verständigen Menschen, wie behauptet wird, neigen leider dazu, zu versiegen. Und dann stürze ich mich auf meine Bücher wie der Opiumraucher auf seine Pfeife. Ich würde lieber den Katalog der ›Army und Navy Stores‹ oder Bradshaws Eisenbahnkursbuch lesen als gar nichts und habe in der Tat so manche genußreiche Stunden über diesen beiden Büchern zugebracht. Eine Zeitlang ging ich nie ohne den Katalog eines Buchantiquariates in der Tasche aus. Ich kenne keine fruchtbarere Lektüre. Natürlich ist diese Art Lektüre ebenso anstößig wie der Genuß von Rauschmitteln, und ich kann mich gar nicht genug wundern über die Anmaßung großer Leser, die, weil sie eine Leidenschaft für Bücher haben, auf den ungebildeten Teil der Menschheit herabblicken. Denn ist es, vom Standpunkt der Ewigkeit betrachtet, besser, tausend Bücher gelesen als eine Million Ackerfurchen gezogen zu haben? Geben wir zu, daß das Lesen für uns bloß ein Betäubungsmittel ist, ohne das wir nicht auskommen – wer von uns kennt nicht die Unrast, die uns erfaßt, wenn wir allzulange am Lesen verhindert werden, das Mißbehagen und die Reizbarkeit, und schließlich der Seufzer der Erleichterung, den der Anblick bedruckter Seiten in uns auslöst – und bilden wir uns nicht ein, daß wir besser sind als die armen Sklaven der Injektionsspritze und der Flasche.

Und wie der Rauschsüchtige, der keinen Schritt tut, ohne ein ausreichendes Quantum des tödlichen Balsams mitzunehmen, wage auch ich mich niemals weit fort, ohne mich mit einem erheblichen Vorrat an Lesestoff auszustatten. Bücher sind mir dermaßen unentbehrlich, daß ich ganz bestürzt bin, wenn ich auf einer Eisenbahnfahrt entdecke, daß irgendein Mitreisender nicht ein einziges bei sich hat. Aber wenn ich eine große Reise vorhabe, nimmt das Problem erschreckende Dimensionen an. Ich bin ein gebranntes Kind. Einmal, als ich drei Monate durch Krankheit in einer javanischen Gebirgsstadt festgehalten war, hatte ich schließlich alle Bücher, die ich mitgebracht hatte, ausgelesen und sah mich, da ich nicht Holländisch kann, gezwungen, die Schulbücher zu kaufen, aus denen intelligente Javaner ihre Kenntnisse der deutschen und französischen Sprache schöpfen. So las ich nach fünfundzwanzig Jahren die kühlen Dramen Goethes wieder, die Fabeln von La Fontaine und die Tragödien des empfindsamen und präzisen Racine. Ich hege die höchste Bewunderung für Racine, muß jedoch gestehen, daß es für einen Menschen, der an Kolitis leidet, eine gewisse Anstrengung bedeutet, eines seiner Stücke nach dem andern zu lesen. Seit jener Zeit habe ich es mir zum Prinzip gemacht, mit dem größten im Handel erhältlichen Wäschesack zu reisen und ihn bis zum Rande mit Büchern für jede Gelegenheit und jede Stimmung anzufüllen. Er wiegt einen Zentner, und die Träger stöhnen unter seinem Gewicht. Zollbeamte blicken ihn mißtrauisch an, weichen aber konsterniert zurück, wenn ich ihnen mein Wort gebe, daß er nichts als Bücher enthalte. Ein solcher Sack hat bloß den Nachteil, daß das Werk, das man haben möchte, gewöhnlich ganz unten liegt und unmöglich zu erreichen ist, ohne daß der gesamte Inhalt auf den Boden ausgeleert wird. Doch gäbe es diesen Übelstand nicht, hätte ich vielleicht niemals die eigentümliche Geschichte von Olive Hardy erfahren.

Ich reiste in den malaiischen Staaten herum und hielt mich da und dort auf, bald eine oder zwei Wochen, wenn es ein Unterkunftshaus oder ein Hotel gab, bald bloß wenige Tage, wenn ich gezwungen war, mich bei einem Pflanzer oder einem Distriktsbeamten einzuquartieren, dessen Gastfreundschaft ich nicht allzulange in Anspruch nehmen wollte; und so kam ich auch nach Penang. Es ist eine nette kleine Stadt mit einem Hotel, das ich immer sehr angenehm fand, aber für den Fremden gibt es dort wenig zu unternehmen, und die Zeit wurde mir etwas lang. Eines Morgens erhielt ich einen Brief von einem Mann, den ich nur dem Namen nach kannte. Es war Mark Featherstone. Er war stellvertretender Gesandter in einem Ort namens Tenggarah – der Gesandte selbst befand sich auf Urlaub. Es gab dort einen Sultan, und Featherstone teilte mir mit, daß ein Wasserfest stattfinden sollte, das mich vielleicht interessieren würde. Er schrieb, daß er sich freuen würde, mich für ein paar Tage bei sich zu sehen. Ich telegraphierte, daß ich seine Einladung mit dem größten Vergnügen annehmen wollte, und fuhr am nächsten Tage mit dem Zug nach Tenggarah. Featherstone erwartete mich auf dem Bahnhof. Er war ein Mann von ungefähr fünfundvierzig, groß und stattlich, mit schönen Augen und einem markanten, ernsten Gesicht. Er hatte einen borstigen schwarzen Schnurrbart und buschige Augenbrauen. Er sah mehr wie ein Soldat als wie ein Regierungsbeamter aus. Er war sehr elegant, mit weißen Hosen und weißem Tropenhelm, und verstand seine Kleider zu tragen. Er war etwas schüchtern, was bei einem Manne von so energischem Aussehen sonderbar schien, aber ich führte es darauf zurück, daß er nicht gewohnt war, mit Schriftstellern, dieser wunderlichen Menschengattung, umzugehen, und hoffte, ihm seine Befangenheit bald zu nehmen.

»Meine Boys werden sich um Ihre Koffer kümmern«, sagte er. »Wir wollen inzwischen in den Klub gehen. Geben Sie ihnen die Schlüssel, und sie werden auspacken, ehe wir zurückkommen.«

Ich sagte ihm, daß ich sehr viel Gepäck hätte und vielleicht nur das mitnehmen sollte, was ich für ein paar Tage brauchte. Aber davon wollte er nichts hören.

»Das macht gar nichts. Zu Hause ist es sicherer. Und dann ist es immer angenehm, seine Sachen bei sich zu haben.«

»Schön.«

Ich übergab meine Schlüssel und den Schein für meine Koffer und meinen Büchersack einem chinesischen Boy, der neben meinem Gastgeber stand. Vor dem Bahnhof wartete ein Wagen auf uns, und wir stiegen ein.

»Spielen Sie Bridge?« fragte Featherstone.

»Jawohl.«

»Ich dachte, daß Schriftsteller gewöhnlich nicht spielen.«

»Das stimmt auch«, sagte ich. »Es gilt unter Schriftstellern im allgemeinen für ein Zeichen von mangelnder Intelligenz, wenn man Karten spielt.«

Der Klub war ein Bungalow, hübsch, aber anspruchslos; er enthielt ein großes Lesezimmer, ein Billardzimmer mit einem Tisch und ein kleines Spielzimmer. Als wir ankamen, war es leer, bis auf ein, zwei Personen, die englische Wochenschriften lasen, und wir gingen durch die Räume zu den Tennisplätzen, wo ein paar Sets gespielt wurden. Ein paar Leute saßen rauchend und an kühlen Getränken nippend auf der Veranda und schauten zu. Ich wurde einigen von ihnen vorgestellt. Aber es wurde immer dunkler, und bald konnten die Spieler den Ball kaum mehr sehen. Featherstone fragte einen von den Männern, denen ich vorgestellt worden war, ob er Lust zu einem Rubber hätte. Er sagte ja. Dann sah sich Featherstone nach einem Vierten um. Sein Blick fiel auf einen Mann, der etwas abgesondert saß; er zögerte eine Sekunde und trat schließlich auf ihn zu. Die beiden wechselten ein paar Worte und gesellten sich zu uns. Wir begaben uns in das Spielzimmer. Es wurde ein sehr hübsches Spiel. Ich schenkte unseren beiden Mitspielern nicht viel Aufmerksamkeit. Sie bewirteten mich mit Getränken, und ich, als temporäres Mitglied des Klubs, revanchierte mich. Die Getränke waren sehr klein, Viertel-Whiskies, und in den zwei Stunden, die wir spielten, konnte jeder von uns seine Freigebigkeit zeigen, ohne daß wir übermäßige Mengen von Alkohol konsumierten. Als die Stunde so weit vorgeschritten war, daß wir nur mehr einen letzten Rubber zu spielen hatten, gingen wir von Whisky zu Gin Pahits über. Der Rubber war zu Ende, Featherstone rief nach dem Buch, und die Gewinne und Verluste jedes einzelnen wurden eingetragen. Einer von den Männern stand auf.

»Ich muß jetzt gehen«, sagte er.

»Fahren Sie auf die Plantage zurück?« fragte Featherstone.

»Ja«, nickte er. Er wandte sich an mich. »Werden Sie morgen wieder hier sein?«

»Ich hoffe.«

Er verließ das Zimmer.

»Ich hole meine Frau und sehe, daß wir nach Hause kommen zum Dinner«, sagte der andere.

»Und wir gehen auch, wenn es Ihnen recht ist«, meinte Featherstone, zu mir gewandt.

»Bitte, ich richte mich ganz nach Ihnen«, antwortete ich.

Wir stiegen in den Wagen und fuhren nach seinem Hause. Es war eine ziemlich lange Fahrt. In der Dunkelheit konnte ich nichts sehen, aber nach einer Weile merkte ich, daß wir einen steilen Hügel hinauffuhren. Wir erreichten die Gesandtschaft.

Es war ein Abend gewesen wie jeder andere, angenehm, aber nicht im geringsten aufregend; ich weiß nicht, wie viele genau solcher Abende ich schon verlebt hatte. Ich nahm nicht an, daß er irgendeinen Eindruck in mir hinterlassen würde.

Featherstone führte mich in sein Wohnzimmer. Es sah bequem, aber ein bißchen gewöhnlich aus. Große Korbstühle, mit Kretonne überzogen, standen herum, und an den Wänden hingen zahlreiche eingerahmte Photographien; die Tische waren übersät mit Papieren, Zeitschriften und amtlichen Berichten, dazwischen lagen Pfeifen, gelbe Blechschachteln mit Zigaretten und rosa Tabakschachteln. Auf einem Regal waren unordentlich ziemlich viele Bücher aufgereiht; ihre Einbände waren fleckig von der Feuchtigkeit und von den Spuren weißer Ameisen. Featherstone zeigte mir mein Zimmer und verließ mich mit den Worten: »Werden Sie in zehn Minuten für einen Gin Pahit bereit sein?«

»Gewiß«, antwortete ich.

Ich badete, zog mich um und ging hinunter. Featherstone, der mich bereits erwartete, mixte unsere Getränke, als er mich die hölzerne Treppe herunterklappern hörte. Wir aßen. Wir sprachen. Das Fest, zu dem ich eingeladen war, sollte am übernächsten Tag stattfinden, aber Featherstone eröffnete mir, er hätte erwirkt, daß ich noch vorher vom Sultan empfangen würde.

»Er ist ein spaßiger Kerl«, sagte er. »Und der Palast ist eine Sehenswürdigkeit.«

Nach dem Dinner unterhielten wir uns noch eine Weile. Featherstone drehte das Grammophon an, und wir sahen uns die letzten illustrierten Zeitschriften an, die aus England gekommen waren. Dann gingen wir zu Bett. Featherstone kam in mein Zimmer, um zu sehen, ob ich mit allem versehen wäre, was ich brauchte.

»Sie haben wohl keine Bücher mit?« fragte er. »Ich habe nicht das geringste zum Lesen.«

»Bücher?« rief ich.

Ich zeigte auf meinen Büchersack. Er stand aufrecht da, seltsam ausgebaucht, so daß er aussah wie ein buckliger Gnom, der etwas zuviel getrunken hatte.

»Suchen Sie sich selbst etwas aus.«

Featherstones Boys hatten den Sack aufgeschlossen, aber

abgeschreckt von dem Anblick, der sich ihnen bot, nichts weiter unternommen. Ich wußte aus langer Erfahrung, wie man ihn auspacken mußte. Ich legte ihn auf die Seite, packte seinen Lederboden und zog, rückwärtsschreitend, den Sack von seinem Inhalt weg. Ein Strom von Büchern ergoß sich auf den Boden. Verblüffung malte sich auf Featherstones Gesicht.

»Mit all diesen Büchern reisen Sie? Mein Gott!«

Er bückte sich, nahm rasch eines nach dem andern auf und sah sich die Titel an. Es waren Bücher aller Art. Gedichtbände, Romane, philosophische Werke, kritische Studien (es wird behauptet, Bücher über Bücher seien wertlos, aber sie bilden trotzdem eine anregende Lektüre), Biographien, Geschichtswerke; es waren Bücher da, die man lesen konnte, wenn man krank war, und andere, die dem Hirn, wenn es frisch und aufnahmefähig war, etwas aufzulösen gaben; Bücher, die man immer hatte lesen wollen, aber zu denen man in der Hast des Lebens niemals Zeit gefunden hatte; Bücher für Meerreisen, wenn man sich auf einem Handelsdampfer durch enge Wasserstraßen hindurchwand; und Bücher für schlechtes Wetter, wenn die Kajüte in allen Fugen ächzte und man sich in seiner Koje verbarrikadieren mußte, um nicht hinauszufallen; dann gab es Bücher, die nur ihres Umfanges wegen gewählt worden waren, und die man mitnahm, wenn auf einer Expedition das Gepäck leicht sein mußte; und es gab Bücher, die man las, wenn man nichts anderes lesen konnte. Featherstone suchte sich schließlich eine Biographie Byrons aus, die vor kurzem erschienen war.

»Hallo, was ist das?« rief er. »Ich habe vor einiger Zeit eine Besprechung darüber gelesen.«

»Ich glaube, es ist sehr gut«, antwortete ich. »Ich habe es noch nicht gelesen.«

»Darf ich es mitnehmen? Für heute nacht wird es mir auf alle Fälle genügen.«

»Natürlich. Nehmen Sie, was Sie wollen.«

»Nein, das ist genug. Gute Nacht nun. Frühstück um halb zehn.«

Als ich am nächsten Morgen herunterkam, sagte mir der Hauptboy, daß Featherstone, der schon seit sechs Uhr an der Arbeit war, in ein paar Minuten zurück sein würde. Während ich auf ihn wartete, sah ich mir die Bücherregale an.

»Ich sehe, Sie haben eine großartige Bibliothek von Werken über Bridge«, sagte ich, als wir uns zum Frühstück setzten.

»Ja, ich lasse mir jedes Buch über Bridge kommen, das erscheint. Ich interessiere mich dafür.«

»Der eine von unsern gestrigen Mitspielern spielte sehr gut.«

»Welcher? Hardy?«

»Ich weiß nicht. Nicht der, der sagte, er würde seine Frau holen. Der andere.«

»Ja, das war Hardy. Deshalb hatte ich ihn auch aufgefordert. Er kommt nicht oft in den Klub.«

»Hoffentlich kommt er heute abend.«

»Ich würde nicht darauf schwören. Seine Plantage ist ungefähr dreißig Meilen entfernt. Es ist eine lange Fahrt, bloß wegen einer Partie Bridge.«

»Ist er verheiratet?«

»Nein. Das heißt ja. Aber seine Frau ist in England.«

»Es muß furchtbar einsam sein für einen Mann, so allein auf einer Plantage«, sagte ich.

»Ja, aber er empfindet es nicht so schwer wie andere. Ich glaube, er macht sich nicht viel aus den Menschen. In London würde er wahrscheinlich genauso einsam leben wie hier.«

Es war etwas in der Art, in der Featherstone sprach, das mich eigentümlich berührte. Seine Stimme hatte einen verhüllten Klang. Er schien sich plötzlich von mir entfernt zu haben. Es war, als ginge man nachts durch eine Straße und bliebe eine Sekunde stehen, um in ein erleuchtetes Fenster hineinzuschauen, hinter dem ein behagliches Zimmer zu sehen ist, und mit einemmal zöge eine unsichtbare Hand einen Vorhang zu. Seine Augen, die dem Blick der Person, mit der er sprach, sonst frei begegneten, vermieden nun die meinen, und ich hatte den Eindruck, daß es nicht bloß Einbildung wäre, wenn ich in seinem Gesicht einen Ausdruck von Schmerz zu erspähen vermeinte. Es verzog sich einen Augenblick wie unter einem Anflug von Neuralgie. Mir fiel nichts zu sagen ein, und Featherstone sprach nicht. Ich merkte, daß seine Gedanken sich von mir und unserer Unterhaltung abgewandt und einem mir unbekannten Gegenstand zugekehrt hatten. Nach einer Weile seufzte er auf, sehr leicht, aber unverkennbar, und rief sich mit einem Ruck in die Wirklichkeit zurück.

»Ich gehe gleich nach dem Frühstück ins Büro«, sagte er. »Was werden Sie anfangen?«

»Ach, machen Sie sich um mich keine Sorgen. Ich werde faulenzen. Ich werde hinuntergehen und mir die Stadt anschauen.«

»Da gibt's nicht viel zu sehen.«

»Um so besser. Ich habe genug von Sehenswürdigkeiten.«

Ich fand, daß Featherstones Veranda mir für den Vormittag genügend Unterhaltung bot. Ich genoß eine der bezauberndsten Aussichten, die ich im Malaiischen Staatenbund gesehen hatte. Die Gesandtschaft stand auf dem Gipfel eines Hügels, und der Garten war groß und gut gepflegt. Mächtige Bäume gaben ihm fast das Aussehen eines englischen Parkes. Er hatte große Rasenflächen, und auf diesen mähten Tamils, schwarz und abgezehrt, mit bedächtigen, schönen Bewegungen. Jenseits und unterhalb des Gartens stand dicht der Dschungel und wuchs bis an das Ufer eines breiten, gewundenen, rasch fließenden Flusses, auf dessen anderer Seite sich, soweit das Auge reichte, die bewaldeten Hügel von Tenggarah hinzogen. Der Kontrast zwischen den saubern Rasenflächen, die so seltsam englisch wirkten, und der wilden Wirrnis des Dschungels dahinter kitzelte angenehm die Phantasie. Ich saß, las und rauchte. Es gehört zu meinem Beruf, neugierig in bezug auf Menschen zu sein, und ich fragte mich, wie der Friede dieser Landschaft, der dennoch durchzittert war von dunkler, unheilvoller Drohung, auf Featherstone wirken mochte. Er kannte sie in jeder Stimmung: in der Morgendämmerung, wenn der aus dem Fluß aufsteigende Nebel einen geisterhaften Mantel um sie legte; im strahlenden Mittagsglanz; und endlich, wenn das schattenhafte Dunkel sich sacht aus dem Dschungel stahl – wie eine Armee, die mit Vorsicht in unbekanntes Land vordringt – und alsbald die grünen Rasenflächen, die hohen blühenden Bäume und die prangenden Kassien mit Nacht und Stille umhüllt. Ich fragte mich, ob, ihm unbewußt, das holde und doch seltsam düstere Bild dieser Landschaft nicht sein Spiel mit seinen Nerven und seiner Einsamkeit trieb und ein mystisches Element in ihm weckte, so daß das Leben, das er führte, das Leben des befähigten Administrators, des Sportsmannes und guten Kameraden, ihm bisweilen nicht ganz wirklich erschien. Ich lächelte über meine Phantasien, denn das Gespräch, das ich am Abend zuvor mit ihm geführt hatte, hatte keineswegs auf irgendwelche besondere Seelenregungen schließen lassen. Ich hatte ihn ganz nett gefunden. Er war in Oxford gewesen und war Mitglied eines guten Londoner Klubs. Gesellschaftliche Dinge schienen eine große Rolle für ihn zu spielen. Er war ein Gentleman und wußte, daß er einer besseren Klasse angehörte als die meisten Engländer, mit denen sein Leben ihn in Berührung brachte. Ich schloß aus den zahlreichen Silbergefäßen, die sein Speisezimmer schmückten, daß er als Sportsmann brillierte. Er spielte Tennis und Billard. Wenn er Ferien hatte, jagte er und, bestrebt, nicht dicker zu werden, hielt er eine sorgfältige Diät ein. Er sprach viel von dem, was er tun würde, wenn er sich einmal zurückzog. Er sehnte sich nach dem Leben eines Landedelmannes. Ein kleines Haus in Leicestershire, ein paar Jagdhunde und Nachbarn, mit denen man Bridge spielen konnte. Er würde seine Pension haben, und außerdem besaß er etwas Vermögen. Aber inzwischen arbeitete er fleißig und verrichtete seine Arbeit, wenn nicht glanzvoll, so doch sicherlich mit Befähigung. Ich zweifle nicht, daß er bei seinen Vorgesetzten als ein verläßlicher Beamter galt. Er repräsentierte einen Typ, den ich allzu genau kannte, um ihn interessant zu finden. Er war wie ein Roman, der sorgfältig, ehrlich, geschickt und doch ein bißchen banal ist, so daß man das Gefühl hat, ihn schon einmal gelesen zu haben, und die Seiten ohne Spannung umblättert, weil man weiß, daß man keinerlei Überraschung oder Erschütterung zu erwarten hat.

Aber menschliche Wesen sind unberechenbar, und wer sich einbildet, zu wissen, wessen ein Mensch fähig ist, ist ein Narr.

Am Nachmittag führte mich Featherstone zum Sultan. Wir wurden von einem seiner Söhne empfangen, einem schüchternen, lächelnden jungen Mann, der als sein Adjutant fungierte. Er hatte einen netten blauen Anzug an, aber um den Leib trug er einen Sarong, weiße Blumen auf gelbem Grund, auf dem Kopf einen roten Fez und an den Füßen derbe amerikanische Schuhe. Der Palast, im maurischen Stil erbaut, war wie ein sehr großes Puppenhaus und mit einem leuchtenden Gelb, der königlichen Farbe, angestrichen. Wir wurden in ein geräumiges Zimmer geführt, dessen Einrichtung an die einer englischen Pension in einem Seebad erinnerte, aber die Stühle waren mit gelber Seide überzogen, den Fußboden bedeckte ein Brüsseler Teppich, und an den Wänden hingen Photographien in sehr prunkvollen vergoldeten Rahmen, die den Sultan bei verschiedenen Staatsfunktionen darstellten. In einem Schrank war eine große Sammlung der verschiedenartigsten Früchte untergebracht, allesamt in Häkelarbeit ausgeführt. Der Sultan trat mit einem kleinen Gefolge ein. Er war ein Mann von vielleicht fünfzig Jahren, kurz und dick, bekleidet mit Hosen und einer Tunika aus großkariertem weiß-gelbem Stoff; um die Mitte trug er einen sehr schönen gelben Sarong und auf dem Kopf einen weißen Fez. Er hatte große, schöne, freundliche Augen. Er gab uns Kaffee zu trinken, Süßigkeiten zu essen und Zigarren zu rauchen. Das Gespräch war nicht schwierig, weil er liebenswürdig war; er erzählte mir, daß er nie in einem Theater gewesen wäre, noch nie Karten gespielt hätte, denn er war sehr religiös, und er hatte vier Frauen und vierundzwanzig Kinder. Nur eines schien sein Glück zu stören, daß nämlich der Anstand ihn zwang, seine Zeit gleichmäßig zwischen seinen vier Frauen zu verteilen. Eine Stunde mit der einen erschien ihm wie ein Monat, erklärte er mir, während sie mit der andern verflog wie fünf Minuten. Ich bemerkte, daß Professor Einstein – oder war es Bergson? – die gleichen Beobachtungen über die Zeit aufgestellt und damit der Welt viel zum Nachdenken gegeben habe. Nach einer Weile verabschiedeten wir uns, und der Sultan beschenkte mich mit ein paar wunderschönen weißen Malaccas.

Am Abend gingen wir in den Klub. Einer von den Herren, mit denen wir am Abend zuvor gespielt hatten, stand von seinem Stuhl auf, als wir eintraten.

»Lust zu einem Rubber?« rief er uns zu.

»Wo ist unser Vierter?« fragte ich.

»Ach, wir finden leicht jemanden.«

»Und der, mit dem wir gestern gespielt haben? Ich habe seinen Namen vergessen.«

»Hardy? Der ist nicht da.«

»Dann hat es keinen Sinn, auf ihn zu warten«, meinte Featherstone.

»Er kommt sehr selten in den Klub. Ich war erstaunt, ihn gestern abend zu sehen.«

Ich hatte den undefinierbaren Eindruck, daß sich hinter den sehr gewöhnlichen Worten der beiden Männer eine seltsame Verlegenheit verbarg. Hardy hatte keinen Eindruck auf mich gemacht, und ich erinnerte mich nicht einmal, wie er aussah. Für mich war er nichts weiter als ein Vierter am Bridgetisch gewesen.

Ich hatte das Gefühl, daß sie etwas gegen ihn hatten. Es ging mich nichts an, und ich war durchaus bereit, mit einem Mann zu spielen, der sich in diesem Augenblick zu uns gesellte. Es wurde ein lustigeres Spiel als das gestrige. Späße und Neckereien flogen von einer Tischseite zur andern. Wir spielten ein weniger ernstes Bridge. Wir lachten. Ich fragte mich, ob es bloß daran lag, daß sie mir, dem Fremden, der so plötzlich hereingeschneit war, heute unbefangener gegenüberstanden, oder ob es Hardy gewesen war, der ihnen eine gewisse Reserve auferlegt hatte. Um halb neun brachen wir auf, und Featherstone und ich fuhren zum Dinner nach Hause.

Nach dem Essen saßen wir in Lehnstühlen und rauchten Zigarren. Aus irgendeinem Grunde wollte unser Gespräch nicht recht in Gang kommen; ich schnitt ein Thema nach dem andern an, konnte jedoch Featherstone für keines erwärmen. Fast schien es, als hätte er in den letzten vierundzwanzig Stunden alles gesagt, was er zu sagen hatte. Ich verstummte entmutigt. Unser Schweigen zog sich in die Länge, und wieder hatte ich – ohne sagen zu können, warum – den Eindruck, daß sich etwas dahinter verberge, was mir entging. Ich fühlte ein gewisses Unbehagen. Manchmal, wenn man in einem leeren Zimmer sitzt, überkommt einen plötzlich die sonderbare Empfindung, daß man nicht allein sei. So erging es mir. Mir wurde mit einem Male bewußt, daß Featherstone mich unverwandt anblickte. Ich saß neben einer Lampe, aber er war im Schatten, so daß ich das Spiel seiner Züge nicht beobachten konnte. Aber er hatte sehr große, strahlende Augen, und in dem Halbdunkel schienen sie schwach zu leuchten. Sie waren wie neue Schuhknöpfe, in denen sich ein Lichtschein fängt. Ich blickte zu ihm hinüber, und als ich seinem beharrlich auf mich gerichteten Auge begegnete, lächelte ich schwach.

»Interessantes Buch, das Sie mir gestern abend geliehen haben«, sagte er plötzlich, und unwillkürlich mußte ich denken, daß seine Stimme nicht ganz natürlich klang. Die Worte kamen über seine Lippen, als würden sie gestoßen.

»Oh, ›Das Leben Byrons‹?« fragte ich leichthin. »Haben Sie es schon ausgelesen?«

»Nicht ganz, aber einen großen Teil. Ich habe bis drei Uhr früh gelesen.«

»Ich höre, daß es ein gutes Buch ist. Mich persönlich interessiert Byron nicht so sehr. Es ist so viel Zweitrangiges in ihm. Es bleibt immer ein gewisses Unbehagen in mir zurück, wenn ich mich mit ihm beschäftigt habe.«

»Was glauben Sie, ist die Wahrheit über die Beziehung zwischen ihm und seiner Schwester?«

»Augusta Leigh? Ich weiß nicht viel darüber. Ich habe niemals ›Astarte‹ gelesen.«

»Glauben Sie, daß sie wirklich ineinander verliebt waren?«

»Ich nehme es an. Heißt es nicht, daß sie die einzige Frau gewesen ist, die er wirklich geliebt hat?«

»Können Sie so etwas begreifen?«

»Eigentlich nicht. Ich könnte nicht sagen, daß es mich besonders schockiert. Es erscheint mir bloß sehr unnatürlich. Vielleicht ist unnatürlich nicht einmal der richtige Ausdruck. Es ist mir unverständlich. Es gelingt mir nicht, mich in die Gefühlssphäre zu versetzen, in der derartige Dinge möglich sind. Und auf diese Weise lernt ein Schriftsteller ja schließlich die Leute kennen, über die er schreibt: er versetzt sich in ihre Haut und fühlt mit ihrem Herzen.«

Ich wußte, daß ich mich nicht sehr klar ausdrückte, aber ich versuchte, einen innern Vorgang, einen Akt des Unterbewußtseins zu beschreiben, der mir aus der Erfahrung vollkommen vertraut war, den ich jedoch nur schwer in Worte fassen konnte. Ich fuhr fort.

»Sie war natürlich bloß seine Halbschwester, aber ebenso wie Gewohnheit die Liebe tötet, verhindert sie – sollte man meinen – auch ihr Entstehen. Wenn zwei Menschen einander ihr Leben lang gekannt und in engem Kontakt miteinander gelebt haben, kann ich mir nicht vorstellen, wie oder warum jener plötzliche Funke zwischen ihnen aufblitzen sollte, aus dem die Liebe entsteht. Viel eher wäre anzunehmen, daß sie durch gegenseitige Zuneigung aneinander gebunden sind, und nichts ist der Liebe entgegengesetzter als Zuneigung.«

In dem Halbdunkel sah ich, wie ein flüchtiges Lächeln über das schwere und, wie mir schien, etwas düstere Gesicht meines Gastgebers huschte.

»Sie glauben also bloß an Liebe auf den ersten Blick?«

»Nun, vielleicht, aber mit der Einschränkung, daß Menschen einander zwanzigmal begegnet sein können, ohne einander zu sehen. Es gibt eine aktive und eine passive Art des Sehens. Die meisten Menschen bedeuten uns so wenig, daß wir uns niemals die Mühe nehmen, sie anzuschauen. Wir erleiden einfach den Eindruck, den sie auf uns machen.«

»Ach, aber man hat doch so oft von Paaren gehört, die einander jahrelang gekannt haben, kein Mensch wäre auf den Gedanken gekommen, daß sie sich auch nur im geringsten füreinander interessieren, und plötzlich gehen sie hin und heiraten. Wie erklären Sie das?«

»Wenn Sie mich unbedingt zwingen wollen, logisch und konsequent zu sein, so würde ich sagen, daß es sich da um eine andere Art von Liebe handelt. Schließlich ist Leidenschaft nicht der einzige Heiratsgrund. Vielleicht nicht einmal der beste. Zwei Menschen können heiraten, weil sie sich einsam fühlen oder weil sie gute Freunde sind oder aus Vernunftgründen. Ich habe behauptet, Zuneigung sei der größte Feind der Liebe, aber ich leugne keineswegs, daß sie ein sehr guter Ersatz ist. Ich bin gar nicht sicher, ob die auf Zuneigung gegründeten Ehen nicht die glücklichsten sind.«

»Was denken Sie über Tim Hardy?«

Ich war etwas erstaunt über die plötzliche Frage, die nichts mit dem Gegenstand unseres Gespräches zu tun zu haben schien.

»Ich habe nicht viel über ihn nachgedacht. Er schien mir sehr nett. Warum?«

»Kam er Ihnen vor wie jeder andere?«

»Ja. Ist etwas Besonderes an ihm? Wenn Sie mir das früher gesagt hätten, hätte ich ihn mir besser angesehen.«

»Er ist sehr still, finden Sie nicht? Wahrscheinlich würde sich niemand, der nichts von ihm weiß, den Kopf über ihn zerbrechen.«

Ich versuchte, mich zu erinnern, wie er aussah. Das einzige, was mir an ihm aufgefallen war, als wir Karten spielten, waren seine sehr schönen Hände. Es war mir unwillkürlich durch den Kopf gegangen, daß es nicht Hände waren, wie man sie bei einem Pflanzer erwartet. Aber warum ein Pflanzer andere Hände haben soll als andere Menschen – darüber hatte ich nicht weiter nachgedacht. Die seinen waren etwas groß, aber sehr wohlgebildet, mit besonders langen Fingern, und die Nägel hatten eine wunderbare Form. Es waren männliche, und doch seltsam sensible Hände. Ich bemerkte dies und dachte nicht weiter darüber nach. Aber als Schriftsteller gewinnt man im Laufe der Jahre die Fähigkeit, Eindrücke aufzuspeichern, ohne sich dessen bewußt zu werden. Manchmal stimmen sie mit den Tatsachen nicht überein, und es kann vorkommen, daß einem eine Frau als dunkles, massives, ochsenäugiges Geschöpf im Unterbewußtsein bleibt, während sie in Wirklichkeit klein und von undefinierbarem Kolorit ist. Aber das hat nichts zu sagen. Der Eindruck kann trotzdem zutreffender sein als die nüchterne Wahrheit. Und nun, als ich versuchte, aus meinen Tiefen ein Bild dieses Mannes heraufzurufen, hatte ich das Gefühl einer gewissen Unklarheit. Er war glattrasiert, und sein Gesicht, oval, aber nicht mager, schien seltsam bleich unter dem Braun, mit dem die tropische Sonne es überzogen hatte. Seine Züge waren verschwommen. Ich wußte nicht, ob ich mich daran erinnerte oder mir nur einbildete, daß sein rundes Kinn den Eindruck einer gewissen Schwäche auf mich gemacht hatte. Er hatte dichtes braunes Haar, das am Ergrauen war, und eine lange Strähne fiel ihm ständig über die Stirn. Er strich sie mit einer Geste zurück, die ihm zur Gewohnheit geworden war; seine braunen Augen waren groß und sanft, aber vielleicht ein wenig traurig; sie hatten eine schmelzende Weichheit, die, wie ich annahm, von großer Wirkung auf andere Menschen sein konnte.

Nach einer Pause fuhr Featherstone fort:

»Es ist sonderbar, daß ich Tim Hardy nach all den Jahren wieder begegnet bin. Aber so geht es in den Malaiischen Staaten. Man wandert herum, und plötzlich findet man sich an dem gleichen Ort mit einem Menschen, den man vor Jahren in einem ganz andern Teil des Landes gekannt hat. Ich hatte Tim kennengelernt, als er eine Plantage in der Nähe von Sibuku hatte. Sind Sie jemals dort gewesen?«

»Nein, wo liegt es?«

»Ach, im Norden oben. Gegen Siam zu. Für Sie würde es sich nicht lohnen, hinzufahren. Es ist genauso wie jeder andere Ort im Malaiischen Staatenbund. Aber es ist ganz hübsch. Es hatte einen sehr kleinen netten Klub, und es waren ein paar angenehme Leute dort. Es gab da einen Lehrer und einen Polizeihauptmann, einen Arzt, einen Padre und einen Ingenieur. Die übliche Gesellschaft. Ein paar Pflanzer. Drei oder vier Frauen. Ich war Adjutant des Distriktsoffiziers. Es war eine meiner ersten Stellungen. Tim Hardy hatte eine Plantage, die ungefähr fünfundzwanzig Meilen entfernt war. Dort lebte er mit seiner

Schwester. Sie hatten etwas Vermögen, und er hatte die Plantage gekauft. Gummi stand damals sehr gut, und er machte ganz schöne Geschäfte. Wir schlossen uns ziemlich eng aneinander an. Im allgemeinen ist es nicht ganz leicht mit Pflanzern. Manche von ihnen sind sehr nette Kerle, aber nicht ganz ...«, er suchte nach einem Wort oder eine Phrase, die nicht snobistisch klang, »nun, sie sind nicht die Sorte von Menschen, mit denen man zu Hause verkehren würde. Tim und Olive gehörten der gleichen Gesellschaftsschicht an wie man selbst – Sie verstehen doch?«

»Olive war die Schwester?«

»Ja. Sie hatten eine ziemlich unglückliche Vergangenheit. Ihre Eltern hatten sich getrennt, als sie noch ganz klein waren – sieben oder acht Jahre alt –, und die Mutter hatte Olive und der Vater Tim zu sich genommen. Tim wurde nach Clifton geschickt – sie lebten im Westen – und kam bloß in den Ferien nach Hause. Sein Vater war Marineoffizier in Pension und lebte in Fowey. Aber Olive ging mit ihrer Mutter nach Italien; sie sprach perfekt Italienisch und auch gut Französisch. In all den Jahren sahen Tim und Olive einander nicht ein einziges Mal, aber sie schrieben einander regelmäßig. Sie hatten als Kinder sehr aneinander gehangen. Soviel ich aus ihren Andeutungen entnehmen konnte, war das Leben in ihrem Elternhause ziemlich stürmisch gewesen, mit vielen Szenen und Aufregungen – Sie wissen ja, wie es ist, wenn zwei Menschen nicht miteinander auskommen können –, und die Kinder waren viel sich selbst überlassen gewesen. Dann starb Mrs. Hardy, Olive kehrte nach England zurück und ging wieder zu ihrem Vater. Sie war damals achtzehn Jahre alt und Tim siebzehn. Ein Jahr später brach der Krieg aus. Tim wurde Soldat, und sein Vater, der über fünfzig Jahre alt war, bekam irgendeine Beschäftigung in Portsmouth. Ich nehme an, daß er sehr flott gelebt und viel getrunken hat. Er brach noch vor Kriegsende zusammen und starb nach längerer Krankheit. Es scheinen keine Verwandten dagewesen zu sein. Tim und Olive waren die letzten Sprößlinge einer ziemlich alten Familie; sie besaßen ein schönes altes Haus in Dorsetshire, das seit Generationen im Besitz der Familie gewesen war, aber sie waren nicht reich genug, es zu bewohnen, und es wurde immer vermietet. Ich erinnere mich, Photographien davon gesehen zu haben. Es war ein sehr herrschaftliches Haus, aus grauem Stein und ziemlich großartig, mit einem geschnitzten Wappen über dem Eingangstor und geschnitzten Fensterbalken. Tims und Olives großer Ehrgeiz war, genügend Geld zu erwerben, um es bewohnen zu können. Sie sprachen häufig davon. In ihren Gesprächen war nie davon die Rede, daß eines von ihnen heiraten könnte; es schien ausgemacht für sie, daß sie beisammen bleiben würden. Das war merkwürdig, wenn man bedachte, wie jung sie waren.«

»Wie alt waren sie denn damals?« fragte ich.

»Nun, er muß fünfundzwanzig oder sechsundzwanzig gewesen sein, und sie war ein Jahr älter. Sie waren furchtbar nett zu mir, als ich nach Sibuku kam. Sie schlossen mich gleich ins Herz. Wir hatten viel mehr gemeinsam, sehen Sie, als die meisten anderen Leute dort. Ich glaube, sie freuten sich über meine Gesellschaft. Sie waren nicht besonders beliebt.«

»Warum nicht?« fragte ich.

»Sie waren sehr zurückhaltend, und es war deutlich zu sehen, daß sie ihre eigene Gesellschaft der anderer Leute vorzogen. Das lieben die Menschen nicht; es reizt sie; sie nehmen es einem übel, wenn sie bemerken, daß man ohne sie auskommen kann.«

»Nun ja, es verletzt ihre Eitelkeit«, sagte ich.

»Den andern Pflanzern war es ein Dorn im Auge, daß Tim sein eigener Herr war und Privatvermögen besaß. Sie mußten sich mit einem alten Ford zufriedengeben, während Tim einen eleganten Wagen hatte. Tim und Olive waren sehr nett, wenn sie in den Klub kamen, und spielten bei den Tennisturnieren mit und so weiter, aber man hatte den Eindruck, daß sie immer froh waren, wenn sie wieder nach Hause gehen durften. Und genauso war es, wenn sie Einladungen annahmen. Wenn man ein bißchen Verstand hatte, konnte man es ihnen nicht verdenken. Ich weiß nicht, ob Sie viel mit Pflanzern verkehrt haben und in ihre Häuser gekommen sind. Sie sind recht trübselig. Eine Menge kitschiger Möbel und silberne Prunkstücke und Tigerfelle. Und das Essen ist ungenießbar. Aber die Hardys hatten sich ihren Bungalow sehr hübsch gemacht. Nichts Großartiges; es war behaglich, wohnlich und bequem. Das Wohnzimmer war wie ein Drawing-room in einem englischen Landhaus. Man merkte, daß sie an ihren Sachen hingen und sie seit langer Zeit um sich hatten. Es war ein Haus, in dem man sich gerne aufhielt. Der Bungalow stand inmitten des Grundstückes, aber oben auf dem Kamm eines Hügels, und man sah über die Gummibäume hinweg auf das ferne Meer. Olive schenkte dem Garten viel Sorgfalt, und er war wirklich wunderschön. Nie habe ich so prachtvolle Kannas gesehen. Ich verbrachte gewöhnlich das Wochenende dort. Es war bloß eine halbe Stunde Autofahrt bis zum Meer, und wir nahmen unsern Lunch mit und badeten und segelten. Tim hatte ein kleines Boot. Diese Tage waren herrlich. Ich hatte nie gewußt, daß das Leben so genußreich sein konnte. Es ist ein wunderschönes Stück Küste, und es war wirklich außerordentlich romantisch. An den Abenden legten wir Patience oder spielten Schach oder drehten das Grammophon an. Es gab auch sehr gut zu essen; andere Sachen als die, die man gewöhnlich vorgesetzt bekam. Olive hatte ihre Köchin gelehrt, allerhand italienische Gerichte zuzubereiten, und wir vertilgten riesige Schüsseln Makkaroni, Risotto, Gnocchi und dergleichen. Unwillkürlich beneidete ich die beiden um ihr Leben, es war so heiter und friedlich, und wenn sie Zukunftspläne schmiedeten für die Zeit ihrer Rückkehr nach England, prophezeite ich ihnen immer wieder, daß sie sich nach dem, was sie hinter sich gelassen, zurücksehnen würden.

›Ja, wir sind sehr glücklich hier‹, sagte Olive.

Sie hatte eine Art, Tim anzusehen – von der Seite her mit einem langsamen Blick, unter den langen Wimpern hervor –, die sehr reizvoll war.

In ihrem Hause waren sie ganz anders, als wenn sie ausgingen. Sie waren so natürlich und herzlich. Jeder gab das zu, und man kam gerne zu ihnen. Sie luden häufig Gäste ein und verstanden es, sie aufzunehmen; man fühlte sich bei ihnen zu Hause. Es war ein sehr harmonisches Haus. Natürlich mußte jeder merken, wie sehr die beiden aneinander hingen. Und was man ihnen auch vorzuwerfen hatte – man fand sie ungesellig und egozentrisch –, die Zuneigung, die zwischen ihnen herrschte, rührte alle. Sie hätten nicht inniger verbunden sein können, wenn sie verheiratet gewesen wären, meinten die Leute, und wenn man bedachte, wie manche Paare miteinander lebten, so fiel der Vergleich für die meisten Ehen ziemlich unvorteilhaft aus. Sie schienen gleichzeitig das gleiche zu denken. Sie hatten ihre ganz privaten kleinen Späße, über die sie lachen konnten wie die Kinder. Sie waren so reizend miteinander, so fröhlich, so glücklich, daß es eine geistige Erfrischung bedeutete, mit ihnen beisammen zu sein. Ich weiß nicht, wie ich es sonst ausdrücken soll. Wenn man von ihnen fortging, nach ein paar Tagen in ihrem Bungalow, dann hatte man das Gefühl, etwas von ihrem Frieden und von ihrer ruhigen Heiterkeit in sich aufgenommen zu haben. Es war wie ein Seelenbad in kühlem Wasser. Man fühlte sich seltsam gereinigt.«

Es war ganz merkwürdig, Featherstone so schwärmerisch reden zu hören. Er sah so smart aus in seinem eleganten weißen Rock, sein Schnurrbart war so gepflegt, sein dichtes, gewelltes Haar so sorgfältig gebürstet, daß mich seine Überschwenglichkeit ein wenig peinlich berührte. Aber ich merkte, daß er sich bemühte, in seiner ungeschickten Art etwas sehr tief Empfundenes auszudrücken.

»Wie sah Olive Hardy aus?« fragte ich.

»Ich kann sie Ihnen zeigen. Ich habe eine Menge Photos.«

Er erhob sich und holte von einem Regal ein großes Album herunter. Es war das Übliche – gleichgültige Gruppenaufnahmen und wenig schmeichelhafte Einzelbilder. Die Personen, die man sah, hatten Badeanzüge oder Shorts oder Tenniskleider an, die Gesichter waren verkniffen – weil die Sonne sie blendete – oder von Lachen verzerrt. Ich erkannte Hardy, der sich in zehn Jahren nicht viel verändert hatte, mit seiner Haarsträhne in der Stirn – die Erinnerung an ihn wurde durch die Bilder deutlicher. Auf ihnen sah er frisch und jung aus. Sein Ausdruck war von einer Lebendigkeit, die ich bei meiner Begegnung mit ihm bestimmt nicht bemerkt hatte. In seinen Augen war etwas wie Lebensverlangen, das heiß aus dem vergilbten Abzug hervorzuleuchten schien. Ich betrachtete die Photographien seiner Schwester. Ihr Badeanzug ließ erkennen, daß sie eine gute Figur hatte, gut entwickelt, aber schmal; und ihre Beine waren lang und schlank.

»Sie sehen einander ziemlich ähnlich«, sagte ich.

»Ja, obgleich sie ein Jahr älter war, hätte man sie für Zwillinge halten können. Sie hatten beide das gleiche ovale Gesicht und die gleiche blasse Haut, ohne jede Farbe in den Wangen, und sie hatten die gleichen weichen braunen Augen, sehr feucht und sprechend, so daß man unwillkürlich das Gefühl hatte, man könnte ihnen niemals böse sein, was immer sie taten. Und beide hatten sie eine nachlässige, selbstverständliche Eleganz, die sie immer bezaubernd aussehen ließ, mochten sie anhaben, was sie wollten, und mochten sie noch so unordentlich sein. Das ist ihm jetzt abhanden gekommen, nehme ich an, aber damals, in der ersten Zeit unserer Bekanntschaft, hatte er es bestimmt. Sie erinnerten mich immer an die Geschwister in ›Was ihr wollt‹. Sie wissen, welche ich meine?«

»Viola und Sebastian?«

»Sie schienen mir nicht ganz der Gegenwart anzugehören. Es war etwas Elisabethanisches an ihnen. Ich war damals sehr jung, aber ich glaube nicht, daß sie mir nur deshalb so romantisch erschienen. Ich konnte sie mir in Illyrien lebend vorstellen.«

Ich sah mir eines der Bilder ein zweites Mal an.

»Das Mädchen sieht aus, als hätte es weit mehr Charakter als der Bruder«, sagte ich.

»Das stimmt. Ich weiß nicht, ob man Olive schön hätte nennen können, aber sie war außerordentlich reizvoll. Sie hatte etwas Poetisches, etwas Lyrisches, möchte ich sagen, das ihre Bewegungen, ihre Handlungen und alles an ihr bestimmte. Es schien sie über den Alltag emporzuheben. Es war etwas so Reines in ihrem Ausdruck, etwas so Mutiges und Selbständiges in ihrem Gehaben, daß bloße Schönheit daneben flach und langweilig wirkte.«

»Sie sprechen, als wären Sie in sie verliebt gewesen«, unterbrach ich ihn.

»So war es ja auch – selbstverständlich. Ich hätte gedacht, daß Sie das sofort erraten hätten. Ich war furchtbar verliebt in sie.«

»War es Liebe auf den ersten Blick?« lächelte ich.

»Ja, ich nehme an, aber ich begriff es im Anfang nicht. Als es mir nach einem Monat ungefähr zum Bewußtsein kam, daß das, was ich fühlte – ich kann es nur schwer erklären, es war eine Art von verheerendem Aufruhr, der jede Fiber in mir erschütterte –, daß das Liebe war, da wußte ich, daß ich es vom ersten Augenblick an empfunden hatte. Es war nicht nur ihr Äußeres, so bezaubernd es war, die Glätte ihrer blassen Haut, die Art, wie ihr das Haar in die Stirne fiel, und der sanfte Ernst ihrer braunen Augen – es war mehr: man fühlte sich wohl in ihrer Nähe, man war gelöst, man hatte die Empfindung, vollkommen natürlich, ganz man selbst sein zu dürfen. Man fühlte, daß sie keiner Niedrigkeit fähig war. Es war unmöglich, sich vorzustellen, daß sie neidisch oder boshaft sein könnte. Sie besaß eine angeborene Seelengröße. Man konnte eine Stunde mit ihr beisammen sein, ohne zu sprechen und sich dennoch niemals langweilen.«

»Eine seltene Gabe«, warf ich ein.

»Sie war ein großartiger Kamerad. Sie war für jeden Spaß zu haben. Sie war das anspruchsloseste Mädchen, das ich je kennengelernt habe. Man konnte ihr im letzten Moment eine Freude verderben, und so enttäuscht sie auch war, es änderte nichts an ihrer Freundschaft. Wenn man ihr das nächstemal begegnete, war sie genauso herzlich und heiter wie immer.«

»Warum haben Sie sie nicht geheiratet?«

Featherstones Zigarre war ausgegangen. Er warf den Stumpf weg und zündete sich bedächtig eine neue an. Er antwortete nicht gleich. Menschen, die in hochzivilisierter Umgebung leben, werden es vielleicht merkwürdig finden, daß er einem Fremden diese intimen Dinge anvertraute; mir schien es nicht merkwürdig. Ich war daran gewöhnt. Diese Leute, die so rettungslos allein in den entlegensten Winkeln der Erde leben, empfinden es als Wohltat, jemandem, den sie aller Wahrscheinlichkeit nach niemals wiedersehen werden, die Geschichte zu erzählen, die durch Jahre ihr Wachen und Träumen bestimmt hat. Es mag auch sein, daß die Tatsache, einen Schriftsteller vor sich zu haben, ihr Vertrauen weckt. Sie nehmen vielleicht an, daß das, was sie ihm erzählen wollen, ihn auf eine unpersönliche Weise interessieren wird, und das macht es ihnen leichter, ihm ihr Herz auszuschütten. Überdies – wir wissen es alle aus eigener Erfahrung – ist es niemals unangenehm, über sich selbst zu sprechen.

»Warum haben Sie sie nicht geheiratet?« fragte ich.

»Es wäre mein sehnlichster Wunsch gewesen«, antwortete Featherstone endlich. »Aber ich zögerte, es ihr vorzuschlagen. Sie war immer reizend zu mir, wir kamen so großartig miteinander aus und waren so gute Freunde – und doch konnte ich das Gefühl nicht loswerden, daß sie etwas Geheimnisvolles an sich hatte. Obgleich sie so einfach, so offen und natürlich war, spürte ich immer einen Kern von Fremdheit, als hüte sie, tief in ihrem Herzen, nicht ein Geheimnis, aber eine Art von ureigenstem Sein, in das keinem Menschen jemals Einblick gewährt werden würde. Ich weiß nicht, ob ich mich klar ausdrücke.«

»Doch, ich glaube schon.«

»Ich führte es auf die Art zurück, wie sie aufgewachsen war. Sie sprach nie von ihrer Mutter, aber irgendwie gelangte ich zu dem Eindruck, daß sie eine jener neurasthenischen, ganz ihren Gefühlen preisgegebenen Frauen gewesen war, die ihr eigenes Glück zerstören und eine Pest sind für jeden, der mit ihnen in Berührung kommt. Ich hatte den Verdacht, daß sie in Florenz ein ziemlich hemmungsloses Leben geführt hatte, und vermutete, daß Olive ihre schöne Heiterkeit einer bewußten Willensanstrengung verdankte und daß ihre innere Abgeschlossenheit eine Art von Festung war, die sie in sich aufgerichtet hatte, um sich vor dem Wissen um allerhand beschämende Dinge zu schützen. Aber gerade diese Fremdheit fesselte mich. Es war seltsam erregend, zu denken, daß man, wenn man von ihr geliebt wurde und mit ihr verheiratet war, endlich bis in das verborgene Herz dieses Geheimnisses eindringen würde; und teilte man es dann mit ihr, so würde es die Erfüllung sein all dessen, was man je im Leben gewünscht hatte. Es würde sicherlich nicht der Himmel sein. Mir war zumute wie Blaubarts Frau vor der versperrten Kammer im Märchen. Alle Zimmer standen mir offen, aber ich würde keine Ruhe finden, ehe ich nicht auch in das letzte, das mir verschlossen blieb, eingedrungen war.«

Mein Blick fiel auf einen Gecko, eine kleine braune Hauseidechse mit großem Kopf, hoch oben auf der Wand. Es ist ein freundliches kleines Tier, und es ist nett, es im Haus zu haben. Es belauerte eine Fliege. Es hielt sich ganz still. Mit einemmal schoß es vorwärts, um gleich darauf, als die Fliege davongeflogen war, mit einem Ruck in seine seltsame Unbeweglichkeit zurückzusinken.

»Und noch aus einem andern Grund zögerte ich. Wenn ich ihr einen Heiratsantrag machte und sie mich abwies, würde sie mir vielleicht nicht mehr erlauben, wie bisher nach dem Bungalow zu kommen. Das wäre mir furchtbar gewesen. Ich ging so gerne hin. Es machte mich so glücklich, in ihrer Nähe zu sein. Aber sehen Sie, manchmal wird man schwach. Schließlich sprach ich doch, aber fast durch Zufall. Eines Abends, nach dem Dinner, als wir allein auf der Veranda saßen, nahm ich ihre Hand. Sie zog sie sofort zurück.

›Ich mag es nicht, wenn man mich anrührt‹, sagte sie. Sie

wandte den Kopf ein wenig und lächelte. ›Bist du beleidigt? Du darfst nicht böse sein, es ist bloß eine komische Eigenheit von mir. Ich kann nichts dafür.‹

›Ob du wohl bemerkt hast, daß ich dich furchtbar lieb habe?‹ sagte ich.

Ich brachte es wahrscheinlich sehr ungeschickt heraus, aber ich hatte noch nie eine Liebeserklärung gemacht.« Featherstone gab einen kleinen Laut von sich – man wußte nicht, war es ein Lachen oder ein Seufzer. »Übrigens war es auch meine letzte. Sie schwieg eine Minute, dann sagte sie:

›Das freut mich sehr, aber mehr darf nicht sein zwischen uns.‹

›Warum nicht?‹ fragte ich.

›Ich könnte mich niemals von Tim trennen.‹

›Und was, wenn er heiratet?‹

›Das wird nicht geschehen.‹

Ich war nun schon so weit gegangen, daß ich es für das beste hielt, fortzufahren. Aber meine Kehle war so trocken, daß ich kaum sprechen konnte. Ich zitterte vor Aufregung.

›Ich bin schrecklich verliebt in dich, Olive. Ich möchte dich heiraten. Es ist mein größter Wunsch auf der Welt.‹

Sie legte ihre Hand sehr zart auf meinen Arm. Es war, als streife mich eine Blume.

›Nein, Lieber, ich kann nicht‹, sagte sie.

Ich schwieg. Es fiel mir schwer, zu sagen, was ich wollte. Ich bin von Natur aus ziemlich scheu. Sie war ein Mädchen. Ich konnte ihr nicht sagen, daß es nicht das gleiche ist, mit einem Gatten oder mit einem Bruder zu leben. Sie war normal und gesund; sie sollte Kinder haben, sie durfte ihre natürlichen Instinkte nicht verkümmern lassen. Es wäre so schade um ihre Jugend. Aber sie war es, die zuerst sprach.

›Reden wir nicht weiter darüber‹, sagte sie. ›Nimm es mir nicht übel. Hie und da hatte ich wohl den Eindruck, daß du in mich verliebt bist. Tim hat es auch bemerkt. Es tat mir leid, weil ich Angst hatte, es könnte unsere Freundschaft zerstören. Das möchte ich nicht, Mark. Wir verstehen uns so gut, wir drei, und wir haben es so nett miteinander. Ich weiß gar nicht, was wir ohne dich anfangen würden.‹

›Das war auch meine Angst‹, sagte ich.

›Und glaubst du, daß es unvermeidlich ist?‹

›Wenn es nach mir geht, bestimmt nicht, Olive‹, sagte ich. ›Du mußt doch wissen, wie gerne ich herkomme. Noch nie habe ich mich irgendwo so glücklich gefühlt.‹

›Und du bist mir nicht böse?‹

›Warum sollte ich dir böse sein? Du kannst doch nichts dafür. Es zeigt mir bloß, daß du mich nicht liebst, sonst würdest du dich den Teufel um Tim scheren.‹

›Du bist lieb‹, sagte sie.

Sie legte den Arm um meinen Hals und küßte mich leicht auf die Wange. Ich hatte den Eindruck, daß unsere Beziehung damit für sie besiegelt war. Sie sah mich von nun an als ihren zweiten Bruder an.

Ein paar Wochen später fuhr Tim nach England. Der Pächter ihres Hauses in Dorset hatte gekündigt, und obzwar ein anderer bereits gefunden war, hielt Tim es für angezeigt, an Ort und Stelle zu sein, um die Verhandlungen zu führen. Und er brauchte ein paar neue Maschinen für die Plantage. Die wollte er sich bei dieser Gelegenheit anschaffen. Er nahm an, daß er nicht länger als drei Monate ausbleiben würde, und Olive beschloß, nicht mitzufahren. Sie kannte kaum jemanden in England; es war ein fast fremdes Land für sie, sie machte sich nichts daraus, allein gelassen zu werden, und sie wollte die Plantage beaufsichtigen. Natürlich hätten sie auch einen Verwalter aufnehmen können, aber das war nicht das gleiche. Der Gummi fiel im Preis, und es war ratsam, daß eines von ihnen dablieb, für den Fall, daß etwas Unvorhergesehenes eintrat. Ich versprach Tim, mich um sie zu kümmern. Wenn sie mich brauchte, konnte sie mich immer rufen lassen. Meine Liebeserklärung hatte nichts zwischen uns geändert. Wir benahmen uns, als wäre nichts geschehen. Ich weiß nicht, ob sie Tim etwas erzählt hatte. Er verriet durch kein Zeichen, daß er es wußte. Ich liebte sie natürlich genauso wie vorher, aber ich behielt es für mich. Ich kann mich sehr gut beherrschen. Mein Gefühl sagte mir, daß ich keine Hoffnung hätte. Ich hoffte, daß meine Liebe sich mit der Zeit in etwas anderes wandeln würde und daß wir schließlich einfach gute Freunde sein würden. Das ist merkwürdigerweise nie geschehen. Wahrscheinlich war ich allzu tief getroffen, um jemals ganz darüber hinwegzukommen.

Sie begleitete Tim nach Penang, und als sie zurückkehrte, holte ich sie vom Bahnhof ab und brachte sie nach Hause. Ich konnte nicht gut im Bungalow wohnen, während Tim fort war, aber ich fuhr jeden Sonntag zum Lunch hinüber, und nachher gingen wir miteinander an den Strand und badeten. Die Leute bemühten sich, nett zu ihr zu sein, und sie wurde wiederholt aufgefordert, ein paar Tage da und dort zu verbringen, aber das wollte sie nicht. Sie entfernte sich nur selten von der Plantage. Sie hatte eine Menge zu tun. Sie las viel. Sie langweilte sich niemals. Sie schien vollkommen zufrieden mit ihrer eigenen Gesellschaft, und wenn sie Gäste einlud, so tat sie es nur aus einer Art von Pflichtgefühl. Sie wollte nicht, daß man sie für unfreundlich halten sollte. Aber es bedeutete eine Anstrengung für sie, und sie vertraute mir an, wie erleichtert sie sich fühlte, wenn der letzte gegangen war und sie wieder ungestört die friedliche Einsamkeit ihres Hauses genießen durfte. Sie war ein sehr eigenartiges Mädchen. Es war merkwürdig, daß sie in ihrem Alter so gleichgültig gegen die Gesellschaften und kleinen Vergnügungen war, die die Station bot. Auf geistigem Gebiet, wenn Sie verstehen, was ich meine, war sie vollkommen selbständig. Ich weiß nicht, wieso man entdeckte, daß ich in sie verliebt war; ich hatte mir eingebildet, mich niemals verraten zu haben. Aber aus kleinen Andeutungen da und dort entnahm ich, daß man es wußte. Man vermutete, daß Olive meinetwegen nicht mit ihrem Bruder nach England gefahren war. Eine von den Damen, Mrs. Sergison, die Gattin des Polizeioffiziers, ging so weit, mich zu fragen, wann man mir würde gratulieren dürfen. Ich stellte mich natürlich so, als wüßte ich nicht, was sie meinte, aber es war nicht ganz überzeugend. Ich mußte unwillkürlich lachen. Ich bedeutete Olive in dieser Beziehung so wenig, daß sie wahrscheinlich längst meinen Heiratsantrag vergessen hatte. Ich kann nicht sagen, daß sie nicht nett zu mir gewesen wäre – es gab niemanden, zu dem sie nicht nett war –, aber sie behandelte mich mit der gleichen Selbstverständlichkeit wie eine Schwester ihren jüngeren Bruder. Sie war zwei oder drei Jahre älter als ich. Sie war immer furchtbar froh, mich zu sehen, aber sie kam gar nicht auf die Idee, Umstände mit mir zu machen; sie war fast verblüffend intim mit mir; aber unbewußt, wissen Sie, wie man es einem Menschen gegenüber ist, den man sein Leben lang gekannt hat; daß ich ein Mann war, spielte überhaupt keine Rolle; ebensogut hätte ich ein alter Rock sein können, den man anzog, weil er bequem und angenehm war und in dem man alles unternehmen konnte. Ich hätte verrückt sein müssen, wenn ich nicht gesehen hätte, daß sie viele tausend Meilen von mir entfernt war.

Dann, eines Tages, drei oder vier Wochen vor Tims Rückkehr, merkte ich, als ich zu ihr kam, daß sie geweint hatte. Ich war bestürzt. Sie war immer so ruhig. Ich hatte sie niemals in Aufregung gesehen.

›Hallo, was ist los?‹ fragte ich.

›Nichts.‹

›Mach mir nichts vor, Liebling‹, sagte ich. ›Warum hast du geweint?‹

Sie versuchte zu lächeln.

›Ich wollte, du hättest nicht so scharfe Augen‹, sagte sie. ›Ich bin bloß dumm. Eben habe ich ein Kabel von Tim bekommen, daß er die Heimreise aufgeschoben hat.‹

›Oh, das tut mir aber leid, Olive‹, sagte ich. ›Es ist eine furchtbare Enttäuschung für dich.‹

›Ich hatte die Tage gezählt. Ich habe solche Sehnsucht nach ihm.‹

›Gibt er den Grund seines Aufschubes an?‹ fragte ich.

›Nein, er sagt, daß er schreiben wird. Ich will dir das Kabel zeigen.‹

Ich merkte, daß sie sehr beunruhigt war. Ihre ruhigen stillen Augen waren voll Bangigkeit, und zwischen ihren Brauen hatte sich eine kleine Falte eingegraben. Sie ging in ihr Schlafzimmer und kam einen Augenblick später mit dem Kabel zurück. Ich spürte, daß sie mich gespannt beobachtete, während ich es las. Soweit ich mich erinnern kann, hatte das Telegramm folgenden Wortlaut:

Liebling, ich kann am 7. noch nicht abreisen. Bitte, verzeihe mir. Ausführlicher Brief folgt. Innigst Tim.

›Gott, vielleicht sind die Maschinen, die er haben wollte, noch nicht fertig, und er will ohne sie nicht abreisen‹, sagte ich.

›Was könnte es ausmachen, wenn sie mit einem spätern Schiff kämen? In Penang müßten sie ohnedies liegenbleiben.«

›Vielleicht ist etwas mit dem Haus?‹

›Warum hätte er es dann nicht angedeutet? Er muß doch wissen, wie schrecklich beunruhigt ich bin.‹

›Er hat es vielleicht nicht bedacht‹, sagte ich. ›Wenn man fort ist, vergißt man so leicht, daß die Menschen, die man zurückgelassen hat, manches nicht wissen, was einem an Ort und Stelle selbstverständlich erscheint.‹

Sie lächelte wieder, aber nun schon glücklicher.

›Du wirst wahrscheinlich recht haben. Tim wäre das zuzutrauen. Er war immer ein wenig nachlässig und unbekümmert. Sicherlich habe ich aus einer Fliege einen Elefanten gemacht. Nun muß ich geduldig warten, bis sein Brief kommt.‹

Olive hatte sehr viel Selbstbeherrschung, und ich merkte, wie sie sich zusammennahm. Die kleine Falte zwischen ihren Brauen verschwand, und sie wurde wieder das heitere, lächelnde, freundliche Geschöpf, das sie immer war. Sie war stets sanft; an diesem Tage ging eine Milde von ihr aus, die mich erschütterte. In der folgenden Zeit jedoch konnte ich sehen, daß sie ihre Unruhe bloß mit der größten Willensanstrengung bemeisterte. Es war, als fühlte sie ein Unheil herannahen. An dem Tage, ehe die Post ankam, war ich bei ihr. Ihre Aufregung wirkte um so mitleiderregender, als sie sich die größte Mühe gab, sie zu verbergen. Ich hatte an den Posttagen immer viel zu tun, aber ich versprach, gegen Abend zu kommen, um zu hören, was es Neues gebe. Ich war gerade im Begriff, mich auf den Weg zu machen, als Hardys Seis im Wagen vorfuhr und mir eine Botschaft von der Amah überbrachte, ich sollte sofort zu ihrer Herrin kommen. Die Amah war eine ordentliche ältere Person, der ich ein paar Dollar gegeben hatte, mit der Bitte, mich sofort zu benachrichtigen, wenn irgend etwas auf der Plantage nicht in Ordnung war. Ich sprang in meinen Wagen. Als ich vorfuhr, stand die Amah schon auf der Treppe und wartete auf mich.

›Ein Brief ist heute angekommen‹, sagte sie.

Ich unterbrach sie. Ich rannte die Stiege hinauf. Das Wohnzimmer war leer.

›Olive‹, rief ich.

Ich trat auf den Korridor, und plötzlich hörte ich einen Laut, der mein Herz erstarren ließ. Die Amah kam mir nach und öffnete die Tür zu Olives Zimmer. Was ich gehört hatte, war Olives Weinen. Ich trat ein. Sie lag auf ihrem Bett, auf dem Gesicht, den Leib von Schluchzen geschüttelt. Ich legte meine Hand auf ihre Schulter.

›Olive, was ist geschehen?‹ fragte ich.

›Wer ist das?‹ rief sie. Sie sprang plötzlich auf, wie wahnsinnig vor Schreck. Und dann: ›Ach, du bist es‹, sagte sie. Sie stand vor mir, den Kopf zurückgeworfen, die Augen geschlossen, und Tränen entströmten ihnen. Es war furchtbar. ›Tim ist verheiratet‹, stieß sie hervor, und ihr Gesicht verzerrte sich zu einer Grimasse des Schmerzes.

Ich muß gestehen, daß für einen Augenblick etwas wie Freude in mir aufquoll; es war wie ein kleiner elektrischer Schlag, der mein Herz durchzuckte; eine Hoffnung stieg vor mir auf; nun würde sie vielleicht einwilligen, mich zu heiraten; ich weiß, es war furchtbar egoistisch von mir; Sie müssen bedenken, die Nachricht kam völlig überraschend; aber es dauerte bloß einen Augenblick; danach sah ich bloß ihre schreckliche Verzweiflung, und das einzige, was ich empfand, war tiefer Kummer, weil sie so unglücklich war. Ich legte meinen Arm um sie.

›Ach, meine Liebe, wie leid tut mir das!‹ sagte ich. ›Komm, laß uns ins Wohnzimmer gehen und alles besprechen. Und du mußt etwas zu dir nehmen.‹

Sie ließ sich von mir ins Nebenzimmer führen, und wir setzten uns aufs Sofa. Ich trug der Amah auf, Whisky und Sodawasser zu holen, mischte ein starkes Getränk zusammen und zwang Olive, ein wenig davon zu trinken. Ich nahm sie in den Arm und bettete ihren Kopf auf meine Schulter. Sie ließ alles mit sich geschehen. Die dicken Tränen strömten ihr über das arme Gesicht.

›Wie konnte er nur?‹ stöhnte sie. ›Wie konnte er nur?‹

›Liebling‹, sagte ich, ›früher oder später mußte es geschehen. Er ist ein junger Mann. Wie konntest du dir vorstellen, daß er niemals heiraten würde? Es ist doch das Natürliche.‹

›Nein, nein, nein‹, stieß sie hervor.

Zusammengeballt in ihrer Hand hielt sie einen Brief, und ich nahm an, daß es der von Tim war.

›Was schreibt er?‹ fragte ich.

Sie machte eine erschrockene Bewegung und preßte den Brief an ihr Herz, als fürchtete sie, ich könnte ihn ihr entreißen.

›Er schreibt, daß er nicht anders konnte. Er mußte, schreibt er. Was bedeutet das?‹

›Gott, in seiner Art ist er genauso anziehend wie du. Er hat soviel Charme. Wahrscheinlich hat er sich wahnsinnig in irgendein Mädchen verliebt und sie in ihn.‹

›Er ist so schwach‹, stöhnte sie.

›Kommen sie bald?‹ fragte ich.

›Sie haben sich gestern eingeschifft. Er sagt, daß sich nichts ändern wird. Er ist wahnsinnig. Wie könnte ich hierbleiben?‹

Sie fing an, krampfhaft zu weinen. Es war qualvoll, dieses sonst so ruhige Mädchen so völlig verstört und aufgelöst zu sehen. Ich hatte immer geahnt, daß sich hinter ihrer heitern Ruhe ein tiefes Empfindungsvermögen verbarg. Aber die Hemmungslosigkeit ihres Schmerzes zerschmetterte mich. Ich hielt sie in den Armen und küßte sie, ihre Augen und ihre nassen Wangen und ihr Haar. Ich glaube nicht, daß sie wußte, was ich tat. Ich wußte es selber kaum. Ich war so tief erschüttert.

›Was soll ich tun?‹ jammerte sie.

›Heirate doch mich.‹

Sie versuchte, sich von mir zurückzuziehen, aber ich gab es nicht zu.

›Schließlich wäre es ein Ausweg‹, sagte ich.

›Wie kann ich dich heiraten?‹ stöhnte sie. ›Ich bin um Jahre älter als du.‹

›Unsinn, es sind höchstens zwei oder drei. Was liegt daran?‹

›Nein, nein.‹

›Warum nicht?‹ fragte ich.

›Ich liebe dich nicht.‹

›Das tut nichts. Ich liebe dich.‹

Ich weiß nicht, was ich sonst noch sagte. Ich versprach ihr, daß ich alles tun wollte, um sie glücklich zu machen. Ich sagte, daß ich nie mehr von ihr verlangen wollte, als was sie mir freiwillig gab. Ich redete und redete. Ich versuchte, sie zur Vernunft zu bringen. Ich spürte, daß sie nicht dableiben wollte, an dem gleichen Ort wie Tim, und erklärte ihr, daß ich bald in einen andern Distrikt versetzt werden würde. Ich dachte, dies könnte sie verlocken. Sie mußte doch zugeben, daß wir uns immer großartig vertragen hatten. Nach einiger Zeit schien sie etwas ruhiger zu werden. Ich hatte den Eindruck, daß sie mir zuhörte. Es kam mir sogar vor, daß sie wußte, daß sie in meinen Armen lag, und daß es sie tröstete. Ich flößte ihr noch ein paar Schluck Whisky ein. Ich gab ihr eine Zigarette. Endlich dachte ich, es mit einem Scherz versuchen zu können.

›Ich bin wirklich ein ganz netter Kerl‹, sagte ich, ›du hättest es schlechter treffen können.‹

›Du kennst mich nicht‹, war ihre Antwort. ›Du weißt nichts von mir. Nicht das geringste.‹

›Ich könnte es lernen‹, sagte ich.

Sie lächelte ein wenig.

›Du bist furchtbar nett, Mark.‹

›Sag ja, Olive‹, bettelte ich.

Sie seufzte tief auf. Lange Zeit starrte sie zu Boden. Aber sie rührte sich nicht, und ich fühlte die Weichheit ihres Körpers in meinen Armen. Ich wartete. Ich war furchtbar aufgeregt, und die Minuten schienen mir endlos.

›Gut‹, sagte sie endlich, als wäre sie sich gar nicht bewußt, daß eine Pause zwischen meiner Bitte und ihrer Antwort lag.

Ich war dermaßen erschüttert, daß ich kein Wort fand. Aber als ich sie auf die Lippen küssen wollte, wandte sie das Gesicht ab und gab es nicht zu. Sie bestand darauf, zu warten, bis Tim zurückkäme. Sie wissen, manchmal kann man in den Gedanken des andern lesen, so daß man sie genauer kennt, als wären sie ausgesprochen; ich sah, daß sie nicht ganz daran glaubte, daß das, was Tim geschrieben hatte, wahr sei, und daß sie eine Art armseliger Hoffnung in sich nährte, das Ganze würde sich als Irrtum erweisen und er wäre überhaupt nicht verheiratet. Es schmerzte mich, aber ich liebte sie so sehr, ich nahm es einfach hin. Ich war bereit, alles hinzunehmen. Ich betete sie an. Sie wollte mir nicht erlauben, irgendeinem Menschen von unserer Verlobung zu erzählen; ich mußte versprechen, kein Wort davon zu sagen, bis Tim wieder da wäre. Der Gedanke, Gratulationen entgegennehmen zu müssen und dergleichen, war ihr unerträglich. Sie verbot mir sogar, Tims Heirat bekanntzumachen. Sie war sehr eigensinnig in diesem Punkt. Sie schien zu fürchten, daß das Bekanntwerden der Tatsache dieser eine Gewißheit verlieh, die sie ihr nicht zugestehen wollte.

Aber die Sache wurde ihr aus der Hand genommen. Neuigkeiten verbreiten sich auf geheimnisvolle Weise im Orient. Ich weiß nicht, was Olive in Gegenwart der Amah gesagt hatte, als sie die Nachricht von Tims Verheiratung erhielt; jedenfalls teilte der Seis von Hardys es dem Seis der Sergisons mit, und als ich das nächstemal in den Klub kam, stürzte sich Mrs. Sergison auf mich.

›Ich höre, Tim hat geheiratet‹, sagte sie.

›Ach‹, antwortete ich, in dem Wunsch, mich nicht zu verraten.

Sie lächelte über mein undurchsichtiges Gesicht und erzählte mir, sie habe, nachdem sie durch ihre Amah von dem Gerücht erfahren, Olive angerufen und sie auf den Kopf zu gefragt, ob es wahr sei. Olives Antwort wäre etwas merkwürdig gewesen. Sie habe nicht einfach ja gesagt, sondern erklärt, Tim hätte ihr einen Brief geschrieben, in dem er ihr mitteilte, daß er geheiratet habe.

›Sie ist ein sonderbares Mädchen‹, sagte Mrs. Sergison. ›Als ich sie um nähere Einzelheiten fragte, sagte sie, sie wüßte keine, und als ich sie fragte: ‚Freuen Sie sich nicht?‘ gab sie keine Antwort.‹

›Olive hängt furchtbar an Tim, Mrs. Sergison‹, sagte ich. ›Seine Heirat muß ein Schock für sie gewesen sein. Sie weiß nichts von Tims Frau. Sie hat wohl ein bißchen Angst vor ihr.‹

›Und wann werden Sie heiraten?‹ fragte sie mich unvermittelt.

›Was für eine indiskrete Frage‹, lächelte ich, in dem Versuch, sie mit einem Scherz abzuspeisen.

Sie blickte mich schalkhaft an.

›Können Sie mir Ihr Ehrenwort geben, daß Sie nicht mit Olive verlobt sind?‹

Ich wollte sie nicht ausgesprochen anlügen und sie auch nicht bitten, sich um ihre eigenen Angelegenheiten zu kümmern; anderseits hatte ich Olive fest versprochen, mit keinem Menschen darüber zu sprechen, bis Tim zurück wäre. Ich wand mich herum.

›Mrs. Sergison‹, sagte ich. ›Wenn es etwas mitzuteilen gibt, werden Sie die erste sein, die es erfährt; das verspreche ich Ihnen. Alles, was ich Ihnen jetzt sagen kann, ist, daß es mein sehnlichster Wunsch wäre, Olive zu heiraten.‹

›Ich bin sehr froh, daß Tim verheiratet ist‹, antwortete sie. ›Und ich hoffe aufrichtig, daß auch Olive bald heiratet. Es war ein unnatürliches und ungesundes Leben, das die beiden da oben miteinander führten. Sie haben sich viel zu sehr abgesondert und waren viel zu sehr voneinander absorbiert.‹

Ich sah Olive fast täglich. Sie wollte es nicht haben – das spürte ich –, daß ich ihr meine Liebe zeigte, und ich begnügte mich damit, sie zu küssen, wenn ich kam und wenn ich ging. Sie war sehr nett zu mir, freundlich und aufmerksam; ich wußte, daß sie froh war, wenn ich erschien, und daß es ihr leid tat, wenn ich wieder gehen mußte. Im allgemeinen neigte sie zur Schweigsamkeit, aber während dieser Zeit sprach sie mehr als je zuvor, doch niemals von der Zukunft und niemals von Tim und seiner Frau. Sie erzählte mir viel von ihrem Leben in Florenz mit ihrer Mutter. Sie hatte ein merkwürdiges, einsames Dasein geführt, zumeist mit Dienstboten und Erzieherinnen, während ihre Mutter in eine Liebesaffäre nach der andern verwickelt war, mit schleierhaften italienischen Grafen und russischen Fürsten. Mit vierzehn Jahren wußte Olive wohl so ziemlich alles, was es zu wissen gab. Es war ihr selbstverständlich, vollkommen unkonventionell zu sein: in der Welt, die sie bis zu ihrem achtzehnten Jahr gekannt hatte, war von Konventionen niemals die Rede gewesen, weil sie nicht existierten. Allmählich schien Olive ihre Ruhe zurückzugewinnen, und ich hätte mir einbilden können, sie fange an, sich an den Gedanken von Tims Verheiratung zu gewöhnen, wenn ich nicht bemerkt hätte, wie blaß und müde sie aussah. Ich beschloß, nach seiner Rückkehr darauf zu dringen, daß sie mich sofort heirate. Ich konnte jederzeit einen kurzen Urlaub bekommen, und war dieser abgelaufen, hoffte ich, eine Versetzung an einen andern Ort zu erwirken. Olive brauchte Luftveränderung und neue Eindrücke.

Wir erfuhren, an welchem Tage man mit der Ankunft von Tims Schiff in Penang rechnete, aber es war die Frage, ob es zu einer Stunde eintreffen würde, die ihm gestattete, den Zug noch zu erreichen. Ich schrieb deshalb an den Schiffahrtsagenten und bat ihn, zu telegraphieren, sobald er Genaueres wüßte. Als ich das Telegramm erhielt und es Olive hinaufbrachte, fand ich, daß sie eben eines von Tim bekommen hatte. Das Schiff war frühzeitig eingelaufen, und er würde am nächsten Tage da sein. Der Zug sollte um acht Uhr morgens ankommen, aber Verspätungen von einer bis zu sechs Stunden waren an der Tagesordnung, und ich brachte eine Einladung von Mrs. Sergison mit, in der sie Olive aufforderte, mit mir zurückzufahren und bei ihr zu übernachten, um an Ort und Stelle zu sein und erst, wenn der Zug gemeldet war, auf den Bahnhof zu gehen.

Ich fühlte mich unendlich erleichtert. Ich dachte, wenn der Schlag nun endlich fiele, würde Olive ihn nicht so sehr fühlen. Sie hatte in einem derartigen Zustand von Erregung gelebt, daß ich annahm, es müßte nun eine Reaktion eintreten. Vielleicht würde ihr ihre Schwägerin gefallen. Warum sollten sie nicht zu dritt miteinander auskommen? Zu meiner Überraschung erklärte Olive, daß sie nicht mit auf den Bahnhof kommen wolle.

›Sie werden furchtbar enttäuscht sein‹, sagte ich.

›Ich erwarte sie lieber hier‹, antwortete sie. Sie lächelte ein wenig. ›Rede mir nicht zu, Mark. Ich bin fest entschlossen.‹

›Ich habe bei mir zu Hause das Frühstück bestellt‹, sagte ich.

›Das ist recht. Hole sie ab und gib ihnen ein Frühstück, und nachher können sie herkommen. Ich schicke ihnen natürlich den Wagen.‹

›Ich glaube, sie werden kein Frühstück haben wollen, wenn du nicht da bist‹, sagte ich.

›Oh, doch, sicherlich. Wenn der Zug rechtzeitig eintrifft, werden sie bestimmt noch nicht gefrühstückt haben und hungrig sein. Sie werden die lange Autofahrt nicht antreten wollen, ohne vorher etwas zu sich zu nehmen.‹

Ich wußte nicht, was ich denken sollte. Sie hatte Tims Rückkehr so brennend herbeigesehnt, und es war sonderbar, daß sie nun ganz allein warten wollte, während wir andern fröhlich miteinander frühstückten. Vielleicht war sie ängstlich und wollte die Zusammenkunft mit der fremden Frau, die nun kam, um ihren Platz einzunehmen, so lange wie möglich hinausschieben. Es schien unvernünftig, ich sah nicht ein, daß eine Stunde früher oder später einen Unterschied ausmachen konnte, aber ich wußte, daß Frauen unberechenbar sind und fühlte auch, daß es nicht am Platz war, weiter in Olive zu dringen.

›Telephoniere, wenn ihr aufbrecht, damit ich weiß, wann ich euch erwarten kann‹, sagte sie.

›Schön‹, antwortete ich, ›aber ich werde nicht mit herauskommen können. Es ist der Tag, an dem ich nach Lahad fahren muß.‹

Das ist eine Stadt, wo ich einmal in der Woche hinfahren mußte, um die Geschäfte zu erledigen, die sich angesammelt hatten. Sie war ziemlich weit entfernt, und man mußte mit einer Fähre über den Fluß setzen, was einige Zeit in Anspruch nahm, so daß ich immer erst spät zurückkehrte. Es lebten ein paar Europäer dort, und es gab einen Klub, in dem ich mich gewöhnlich eine Weile aufhielt, um nicht ungesellig zu erscheinen.

›Überdies‹, fügte ich hinzu, ›bringt Tim zum erstenmal seine

Frau ins Haus, und da werdet ihr mich bestimmt nicht brauchen können. Aber wenn du mich zum Dinner einladen willst, komme ich gerne.‹

Olive lächelte.

›Es steht mir nicht mehr zu, Einladungen ergehen zu lassen‹, sagte sie. ›Du wirst dich an die junge Frau wenden müssen.‹

Sie sagte das so leicht, daß mein Herz hüpfte. Ich hatte die Empfindung, daß sie sich endlich dazu durchgerungen hatte, die neuen Umstände hinzunehmen und, was mehr war, sogar mit Humor. Sie lud mich ein, zum Dinner zu bleiben. Gewöhnlich ging ich gegen acht Uhr und aß zu Hause. Sie war sehr reizend, fast zärtlich, und ich fühlte mich glücklicher als seit Wochen. Nie war ich leidenschaftlicher in sie verliebt gewesen. Ich trank ein paar Gin Pahits und war, glaube ich, ziemlich gut in Form während der Mahlzeit. Ich weiß, daß ich sie zum Lachen brachte. Ich hatte den Eindruck, daß sie nun endlich die Last des Kummers, der sie bedrückte, abgeschüttelt hatte. Aus diesem Grund ließ ich mich von dem, was sich am Schluß dieses Abends zutrug, nicht weiter beunruhigen.

›Glaubst du nicht, daß es nun an der Zeit wäre, sich von einer vermutlich jungfräulichen Dame zu verabschieden?‹ sagte sie.

Sie sprach in einer so ruhig heitern Art, daß ich ohne Zögern antwortete:

›Oh, meine Liebe, wenn du glaubst, daß dir auch nur eine Spur von gutem Ruf geblieben ist, so irrst du dich. Du bildest dir doch nicht ein, daß die Damen von Sibuku nicht wissen, daß ich seit einem Monat tagtäglich zu dir komme? Die allgemeine Ansicht ist, daß es allerhöchste Zeit wäre, daß wir heiraten. Glaubst du nicht, daß ich ihnen allmählich unsere Verlobung mitteilen sollte?‹

›Ach, Mark, du darfst unsere Verlobung nicht zu ernst auffassen‹, sagte sie.

Ich lachte. ›Wie soll ich sie sonst auffassen? Sie ist doch ernst?‹

Sie schüttelte leicht den Kopf.

›Nein, ich war aufgeregt und hysterisch an jenem Tag. Du warst sehr lieb zu mir. Ich sagte ja, weil ich zu elend war, um nein zu sagen; aber jetzt hatte ich Zeit, mich zu sammeln. Halte mich nicht für ungut. Ich habe einen Irrtum begangen. Es war ein großes Unrecht von mir. Du mußt mir verzeihen.‹

›Ach, Liebling, du redest Unsinn. Du hast doch nichts gegen mich?‹

Sie blickte mich fest an. Sie war ganz ruhig. Ich erspähte sogar ein Lächeln in ihren Augen.

›Ich kann dich nicht heiraten. Ich kann niemanden heiraten. Es war unsinnig von mir, zu denken, daß ich es jemals könnte.‹

Ich antwortete nicht gleich. Sie war in einem merkwürdigen Zustand, und ich hielt es für besser, sie nicht zu bedrängen.

›Mit Gewalt kann ich dich nicht zum Altar zerren‹, sagte ich.

Ich streckte ihr meine Hand hin, und sie gab mir die ihre. Ich legte meinen Arm um sie, und sie machte keinen Versuch, sich mir zu entwinden. Sie ließ es zu, daß ich sie wie gewöhnlich auf die Wange küßte.

Am nächsten Morgen ging ich an den Zug. Ausnahmsweise traf er pünktlich ein. Tim winkte mir, als sein Waggon die Stelle passierte, an der ich stand, und als ich herankam, war er bereits abgesprungen und half seiner Frau beim Aussteigen. Er faßte warm meine Hand.

›Wo ist Olive?‹ fragte er, und sein Blick überflog den Bahnsteig. ›Dies ist Sally.‹

Ich begrüßte sie und erklärte gleichzeitig, warum Olive nicht da war.

›Es ist furchtbar früh, nicht?‹ meinte Mrs. Hardy.

Ich setzte ihr auseinander, daß ich mir gedacht hatte, sie sollten bei mir frühstücken und nachher nach Hause fahren.

›Ich lechze nach einem Bad‹, sagte Mrs. Hardy.

›Sie sollen eines haben‹, sagte ich.

Sie war wirklich ein besonders hübsches kleines Ding, sehr hell, mit riesigen blauen Augen und einer reizenden geraden kleinen Nase. Ihre Haut, ganz Milch und Rosen, war wunderbar. Eine Spur Tanzgirltyp vielleicht, und man konnte das ein bißchen kitschig finden, aber in ihrer Art war sie bezaubernd. Wir fuhren zu mir nach Hause, und sie badeten beide, und Tim rasierte sich; zwei Minuten war ich mit ihm allein. Er fragte mich, wie Olive seine Heirat aufgenommen hätte. Ich sagte ihm, daß sie sehr unglücklich gewesen wäre.

›Das habe ich gefürchtet‹, sagte er, und sein Gesicht verdüsterte sich. Er seufzte kurz auf. ›Es blieb mir nichts anderes übrig.‹

Ich wußte nicht, was er damit meinte. In diesem Augenblick

kam Mrs. Hardy wieder herein und schob ihren Arm unter den ihres Gatten. Er nahm ihre Hand und drückte sie zärtlich. Er warf ihr einen Blick zu, der etwas Wohlgefälliges und liebevoll Belustigtes hatte, als nehme er sie nicht ganz ernst, freue sich jedoch seines Besitzerrechtes und sei stolz auf ihre Schönheit. Sie war wirklich entzückend. Sie war nicht im geringsten schüchtern, hatte mich bereits aufgefordert, sie Sally zu nennen, als unsere Bekanntschaft noch keine zehn Minuten alt war, und sie war schlagfertig. Natürlich war sie damals angeregt durch die Ankunft. Sie war noch nie im Orient gewesen und fand alles ungeheuer interessant. Jeder konnte sehen, daß sie bis über die Ohren in Tim verliebt war. Sie ließ die Augen nicht von ihm und hing an seinen Lippen. Wir frühstückten fröhlich miteinander und trennten uns dann. Sie stiegen in ihren Wagen, um nach Hause, und ich in den meinen, um nach Lahad zu fahren. Ich versprach, von dort aus direkt nach der Plantage zu kommen. Ich nahm meinen Abendanzug mit. Ich sah nicht ein, warum Sally Olive nicht gefallen sollte; sie war offen, fröhlich und unbefangen; sie war ganz jung, sicherlich nicht älter als neunzehn, und ihre ungewöhnliche Hübschheit würde ihre Wirkung auf Olive nicht verfehlen. Ich war aufrichtig froh, eine plausible Entschuldigung zu haben, die drei den Tag über sich selbst zu überlassen, aber als ich von Lahad aufbrach, dachte ich mir, daß sie sich, wenn ich nun ankam, sicherlich alle freuen würden, mich zu sehen. Ich fuhr vor dem Bungalow vor und hupte zwei-, dreimal, in der Erwartung, jemanden herauskommen zu sehen. Keine Seele. Das Haus lag in völliger Dunkelheit da. Ich war erstaunt. Es herrschte absolute Stille. Ich konnte es nicht verstehen. Sie mußten zu Hause sein. Sehr merkwürdig, dachte ich. Ich wartete einen Augenblick, dann stieg ich aus und ging die Treppe hinauf. Oben angekommen, stolperte ich über etwas. Ich fluchte und beugte mich nieder, um zu sehen, was es wäre; es hatte sich wie ein menschlicher Körper angefühlt. Ich hörte einen Schrei und sah, daß es die Amah war. Sie wich zusammengekauert zurück, als ich sie berührte, und brach in lautes Jammern aus.

›Was, zum Teufel, ist denn los?‹ rief ich, und dann spürte ich eine Hand auf meinem Arm und hörte eine Stimme: ›Tuan, Tuan.‹ Ich wandte mich um und erkannte in der Finsternis Tims Hauptboy. Er fing in abgerissenen, ängstlichen Sätzen zu reden an. Ich hörte ihm mit Entsetzen zu. Was er mir erzählte, war unsagbar. Ich schob ihn beiseite und rannte ins Haus. Das Wohnzimmer war dunkel. Ich drehte das Licht an. Das erste, was ich sah, war Sally, die in sich verkrochen auf einem Lehnstuhl saß. Sie war erschrocken über mein plötzliches Erscheinen und schrie auf. Ich konnte kaum sprechen. Ich fragte sie, ob es wahr wäre. Als sie es bejahte, hatte ich das Gefühl, das Zimmer fange an, sich um mich zu drehen. Ich mußte mich hinsetzen. Als der Wagen, der Tim und Sally nach Hause brachte, die Straße hinauffuhr, die zum Bungalow führte, und Tim die Hupe ertönen ließ, um seine Ankunft anzukündigen, und die Amah und die Boys zur Begrüßung herbeigerannt kamen, erklang plötzlich ein Schuß. Alle stürzten in Olives Zimmer und fanden sie vor ihrem Spiegel in einer Blutlache liegen. Sie hatte sich mit Tims Revolver erschossen.

›Ist sie tot?‹ fragte ich.

›Nein, man hat den Arzt kommen lassen, und er hat sie ins Krankenhaus gebracht.‹

Ich wußte kaum, was ich tat. Ich kam nicht einmal auf den Gedanken, Sally zu sagen, wohin ich ging. Ich stand auf und wankte zur Tür. Ich stieg in meinen Wagen und trug dem Seis auf, so schnell wie möglich zum Krankenhaus zu fahren. Ich stürzte hinein. Ich fragte, wo sie liege. Man versuchte, mir den Weg zu verstellen, aber ich stieß alle beiseite. Ich wußte, wo die Einzelzimmer waren. Jemand packte meinen Arm, aber ich schüttelte ihn ab. Ich begriff vage, daß der Arzt den Befehl gegeben hatte, niemanden hereinzulassen. Es war mir gleichgültig. An der Tür stand ein Posten. Er streckte den Arm aus, um mich am Eintreten zu hindern. Ich stieß einen Fluch aus und befahl ihm, mir den Weg freizugeben. Ich glaube, ich machte einen Krach, ich war außer mir; die Tür wurde geöffnet, und der Arzt kam heraus.

›Wer, zum Teufel, macht solchen Lärm?‹ rief er. ›Ach, Sie sind es. Was wollen Sie?‹

›Ist sie tot?‹ fragte ich.

›Nein. Aber bewußtlos. Sie ist nicht mehr zu sich gekommen. Es kann höchstens noch ein bis zwei Stunden dauern.‹

›Ich will sie sehen.‹

›Das können Sie nicht.‹

›Ich bin mit ihr verlobt.‹

›Was?‹ rief er, und es fiel mir auf, daß er mich mit einem eigentümlichen Blick ansah. ›Dann um so weniger.‹

Ich wußte nicht, was er meinte. Ich war blöde vor Entsetzen.

›Sicher können Sie etwas tun, um sie zu retten‹, rief ich.

Er schüttelte den Kopf.

›Wenn Sie sie sähen, würden Sie es nicht wünschen‹, sagte er.

Ich starrte ihn fassungslos an. In der Stille hörte ich das krampfhafte Schluchzen eines Mannes.

›Wer ist das?‹ fragte ich.

›Ihr Bruder.‹

Dann fühlte ich eine Hand auf meinem Arm. Ich wandte mich um und sah, daß es Mrs. Sergison war.

›Mein armer Junge‹, sagte sie. ›Sie tun mir leid.‹

›Warum hat sie es nur getan?‹ stöhnte ich.

›Kommen Sie fort, mein Lieber‹, sagte Mrs. Sergison. ›Sie können hier nichts helfen.‹

›Nein, ich muß bleiben‹, sagte ich.

›Schön, dann setzen Sie sich in mein Zimmer und warten Sie dort.‹

Ich war so gebrochen, daß ich mich von Mrs. Sergison beim Arm nehmen und in das Privatzimmer des Arztes führen ließ. Sie zwang mich, mich zu setzen. Ich konnte immer noch nicht glauben, daß es wahr sei. Ich dachte, es sei ein schrecklicher Traum, aus dem ich wieder erwachen würde. Ich weiß nicht, wie lange ich dort saß. Drei Stunden. Vier Stunden. Endlich kam der Doktor herein.

›Es ist vorbei‹, sagte er.

Nun konnte ich mich nicht mehr halten. Ich fing zu weinen an. Es war mir gleichgültig, was man von mir dachte. Ich war so furchtbar unglücklich.

Wir begruben sie am nächsten Tag.

Mrs. Sergison begleitete mich nach Hause und blieb eine Weile bei mir. Sie wollte, ich sollte mit ihr in den Klub gehen. Ich konnte nicht. Sie war sehr gut zu mir, aber ich war froh, als sie mich allein ließ. Ich versuchte zu lesen, aber die Worte sagten mir nichts. Ich fühlte mich innerlich tot. Mein Boy kam herein und zündete das Licht an. Mein Kopf schmerzte wie wahnsinnig. Dann kam er wieder und meldete, eine Dame wünsche mich zu sprechen. Ich fragte, wer es wäre. Er wußte es nicht genau, glaubte aber, es müßte die junge Frau des Tuan in Putatan sein. Ich konnte mir nicht vorstellen, was sie wollte. Ich stand auf und ging zur Tür. Er hatte recht. Es war Sally. Ich bat sie, einzutreten. Ich bemerkte, daß sie totenbleich war. Sie tat mir leid. Es war ein schreckliches Erlebnis für ein Mädchen ihres Alters und ein trauriger Einzug für eine Braut. Sie setzte sich. Sie war sehr aufgeregt. Ich versuchte, ihr über ihre Befangenheit hinwegzuhelfen, indem ich ein paar konventionelle Dinge sagte. Ich fühlte mich sehr unbehaglich, weil sie mich mit ihren riesigen blauen Augen anstarrte und diese ganz verstört vor Entsetzen waren. Plötzlich unterbrach sie mich.

›Sie sind der einzige Mensch hier, den ich kenne‹, sagte sie. ›Ich mußte zu Ihnen kommen. Ich möchte, daß Sie mich von hier wegbringen.‹

Ich war sprachlos.

›Was wollen Sie damit sagen?‹ fragte ich.

›Sie dürfen keine Frage an mich stellen, Sie müssen mich bloß von hier wegbringen. Sofort. Ich will nach England zurück.‹

›Aber Sie können doch Tim jetzt nicht verlassen‹, sagte ich. ›Meine Liebe, Sie müssen sich zusammennehmen. Ich weiß, es war schrecklich für Sie. Aber denken Sie an Tim. Er wird unglücklich sein. Wenn Sie ihn lieb haben, so müssen Sie jetzt bei ihm bleiben und ihn trösten. Das ist das Geringste, was Sie tun können.‹

›Oh, Sie wissen nicht‹, rief sie. ›Ich kann es Ihnen nicht sagen. Es ist zu schrecklich. Ich flehe Sie an, mir zu helfen. Wenn es heute abend noch einen Zug gibt, lassen Sie mich ihn nehmen. Wenn ich nur erst in Penang bin, bekomme ich schon ein Schiff. Ich kann keine Nacht mehr in diesem Haus zubringen. Ich werde verrückt.‹

Ich begriff nicht.

›Weiß es Tim?‹ fragte ich.

›Ich habe Tim seit gestern abend nicht mehr gesehen. Ich werde ihn nie mehr wiedersehen. Ich würde lieber sterben.‹

Ich wollte etwas Zeit gewinnen.

›Aber wie können Sie ohne Ihre Sachen reisen? Wo ist Ihr Gepäck?‹

›Was liegt daran?‹ rief sie. ›Ich habe so viel, wie ich für die Reise brauche.‹

›Haben Sie Geld?‹

›Genug. Gibt es heute noch einen Zug?‹

›Ja‹, sagte ich. ›Er fährt kurz nach Mitternacht ab.‹

›Gott sei Dank. Werden Sie alles ordnen? Kann ich bis dahin hierbleiben?‹

›Sie versetzen mich in eine furchtbare Lage‹, sagte ich. ›Ich weiß nicht, wie ich mich verhalten soll. Es ist ein sehr ernster Schritt, den Sie tun.‹

›Wenn Sie alles wüßten, würden Sie zugeben, daß mir nichts anderes übrigbleibt.‹

›Es wird einen furchtbaren Skandal geben. Ich weiß nicht, was die Leute sagen werden. Haben Sie bedacht, was für eine Wirkung es auf Tim haben wird?‹ Ich war bekümmert und unglücklich. ›Gott weiß, daß ich nicht die Absicht habe, mich in Dinge einzumischen, die mich nichts angehen; aber wenn Sie wollen, daß ich Ihnen helfe, dann sollte ich doch wenigstens so viel wissen, um mich berechtigt zu fühlen, zu tun, was Sie von mir verlangen. Sie müssen mir sagen, was geschehen ist.‹

›Das kann ich nicht. Ich kann Ihnen nur sagen, daß ich alles weiß.‹

Sie verbarg ihr Gesicht in den Händen und schauderte. Dann schüttelte sie sich, als wollte sie sich von einem schrecklichen Eindruck befreien.

›Er hatte kein Recht, mich zu heiraten. Es war ungeheuerlich.‹ Und während sie sprach, wurde ihre Stimme schrill und durchdringend. Ich hatte Angst, sie werde einen hysterischen Anfall bekommen. Ihr hübsches Puppengesicht war voll Entsetzen, und ihre Augen waren aufgerissen, als könnte sie sie nie mehr schließen.

›Lieben Sie ihn nicht mehr?‹ fragte ich.

›Nach dem?‹

›Was werden Sie tun, wenn ich es ablehne, Ihnen zu helfen?‹

›Ich nehme an, es wird ein Pastor hier sein oder ein Arzt. Sie können mir nicht abschlagen, mich hinzuführen.‹

›Wie sind Sie hergekommen?‹

›Der Hauptboy hat mich hergebracht. Er hat sich irgendwo einen Wagen ausgeborgt.‹

›Weiß Tim, daß Sie fort sind?‹

›Ich habe ihm einen Brief hinterlassen.‹

›Er wird erfahren, daß Sie hier sind.‹

›Er wird nicht versuchen, mich aufzuhalten. Das versichere

ich Ihnen. Er wird es nicht wagen. Um Gottes willen, versuchen auch Sie es nicht. Ich sage Ihnen, ich werde verrückt, wenn ich noch eine Nacht hierbleibe.‹

Ich seufzte. Schließlich war sie alt genug, zu wissen, was sie tat.«

Ich, der Schreiber dieser Zeilen, hatte lange nicht gesprochen.

»Wußten Sie, was sie meinte?« fragte ich Featherstone.

Er warf mir einen langen, verstörten Blick zu.

»Es gab nur eines, was sie meinen konnte. Es war unaussprechlich. Jawohl, ich wußte es. Es erklärte alles. Arme Olive. Armes, süßes Mädchen. Ich weiß, es war nicht richtig von mir, aber in jenem Augenblick fühlte ich nichts als Abscheu vor diesem kleinen hübschen, blondhaarigen Ding mit seinen entsetzten Augen. Ich haßte sie. Eine Weile schwieg ich. Dann erklärte ich mich bereit, zu tun, was sie von mir verlangte. Sie bedankte sich nicht einmal. Ich glaube, sie wußte, wie ich zu ihr stand. Als es Zeit zum Dinner wurde, zwang ich sie, etwas zu essen, und dann fragte sie mich, ob ein Zimmer da wäre, in dem sie sich hinlegen könnte, bis wir zum Bahnhof gehen mußten. Ich führte sie in mein Gastzimmer und ließ sie allein. Ich setzte mich ins Wohnzimmer und wartete. Mein Gott, ich glaube nicht, daß mir die Zeit jemals langsamer vergangen ist. Ich dachte, es würde nie zwölf Uhr schlagen. Ich telephonierte zum Bahnhof und erfuhr, daß der Zug erst gegen zwei eintreffen würde. Um Mitternacht kam sie zu mir ins Wohnzimmer, und dort blieben wir eineinhalb Stunden sitzen. Wir hatten einander nichts zu sagen und redeten nicht. Dann brachte ich sie auf den Bahnhof und setzte sie in den Zug.«

»Gab es einen großen Skandal?«

Featherstones Gesicht verfinsterte sich.

»Ich weiß nicht. Ich kam um einen kurzen Urlaub ein. Danach wurde ich an einen andern Ort versetzt. Ich erfuhr, daß Tim seine Plantage verkauft und eine andere erworben hatte. Aber ich wußte nicht, wo. Es war ein Schock für mich, als ich hier mit ihm zusammentraf.«

Featherstone stand auf, ging zu einem Tisch und mischte sich ein Glas Whisky und Soda. In der Stille, die nun eintrat, hörte ich den monotonen Chor der quakenden Frösche. Und plötzlich ließ sich ein Vogel, den man den Fiebervogel nennt, in einem Baum nahe am Hause nieder und begann zu rufen.

Erst drei Töne, in einer absteigenden chromatischen Tonleiter, dann fünf, dann vier. Die wechselnden Töne folgten einander mit einer Hartnäckigkeit, die einen rasend machen konnte. Man war gezwungen, hinzuhören, um sie zu zählen, und weil man nicht wußte, wie viele es sein würden, war es eine Pein für die Nerven.

»Der Teufel hole den Vogel«, rief Featherstone. »Das bedeutet wieder einmal eine schlaflose Nacht für mich.«

Fußspuren im Dschungel

Es gibt keinen Ort in den Malaiischen Staaten, der bezaubernder wäre als Tanah Merah. Es liegt am Meer, und das sandige Ufer ist von Kasuarinabäumen eingefaßt. Die Amtsräume der Regierung befinden sich immer noch in dem alten Raadhuis, das die Holländer gebaut hatten, als das Land ihnen gehörte, und auf dem Berg stehen die grauen Ruinen des Forts, mit dessen Hilfe die Portugiesen ihre Herrschaft über die widerspenstigen Einheimischen aufrechterhielten. Tanah Merah hat eine Geschichte, und in den großen labyrinthischen Häusern der chinesischen Kaufleute, mit dem Blick auf das Meer – so daß man in der Abendkühle in den Loggias sitzen und die salzige Seeluft genießen kann –, wohnen Familien, die seit drei Jahrhunderten im Lande ansässig sind. Viele haben ihre Muttersprache vergessen und sprechen untereinander Malaiisch oder Pidgin-Englisch. Die Phantasie hat hier ein freies Spiel, denn im Malaiischen Staatenbund weiß man von der Vergangenheit bloß so viel, als im Gedächtnis der Väter der lebenden Generation beschlossen ist.

Tanah Merah war lange Zeit der belebteste Markt des Mittleren Orients, und sein Hafen war von Fahrzeugen überfüllt, als noch Segler und Dschunken die Chinesische See befuhren. Aber jetzt ist es tot. Es hat die traurige, romantische Atmosphäre jener Orte, die einst eine Rolle gespielt haben und nun von der Erinnerung an entschwundene Größe leben. Es ist eine schläfrige kleine Stadt, und wer sich hier niederläßt, verliert seine angeborene Energie und verfällt alsbald in die bequeme lethargische Art seiner Umgebung. Gelegentliche Gummihaussen bringen der Stadt keinen Wohlstand, und die darauffolgenden Preisstürze beschleunigen ihren Verfall. Das europäische Viertel ist sehr still. Es ist hübsch, nett und sauber. Die Häuser der Weißen stehen um einen riesigen Padang herum, angenehme und geräumige Bungalows, von großen Kassias beschattet, und der Padang ist weit, grün und gut gepflegt wie der Rasen eines Klosterhofes; und tatsächlich hat dieser Winkel von Tanah Merah etwas Stilles und sanft Abgeschlossenes, das an die Höfe von Canterbury erinnert.

Das Klubhaus blickt auf das Meer; es ist ein geräumiges, schäbiges Gebäude; es wirkt vernachlässigt, und wenn man eintritt, fühlt man sich als Eindringling. Man hat den Eindruck, daß es eigentlich geschlossen sei, wegen Umbauten und Reparaturen, und daß man sich taktloserweise einer offenen Tür bedient habe, um sich Zugang an einen Ort zu verschaffen, an dem man unerwünscht ist. Vormittags kann man ein paar Pflanzer dort antreffen, die geschäftlich in der Stadt zu tun haben und einen Punsch trinken, ehe sie wieder den Rückweg antreten; und am späten Nachmittag sitzt da und dort eine Dame und blättert mit verstohlener Miene, als täte sie etwas Unerlaubtes, in alten Nummern der *Illustrated London News*. Gegen Abend kommen ein paar Männer hereingeschlendert, sitzen im Billardzimmer herum und schauen dem Spiel zu und trinken Sukus. Aber am Mittwoch ist es belebter. An diesem Tag wird in dem großen Zimmer oben das Grammophon aufgezogen, und aus der Umgebung kommen die Leute, um zu tanzen. Manchmal gibt es nicht weniger als zwölf Paare, und es wird sogar möglich, zwei Bridgetische zusammenzubringen.

An einem dieser Mittwoche lernte ich nun die Cartwrights kennen. Ich war im Hause eines Mannes namens Gaze, des Polizeikommandanten von Tanah Merah, zu Gast. Er kam ins Billardzimmer, wo ich saß, und fragte mich, ob ich als Vierter an einer Bridgepartie teilnehmen wollte. Die Cartwrights waren Pflanzer und kamen mittwochs gewöhnlich nach Tanah Merah, weil sie ihrer Tochter ein wenig Unterhaltung verschaffen wollten. Sie waren nette Leute, meinte Gaze, still und zurückhaltend, und spielten sehr annehmbar Bridge. Ich folgte Gaze in das Spielzimmer und wurde ihnen vorgestellt. Sie saßen bereits an einem Tisch, und Mrs. Cartwright mischte die Karten. Es flößte mir Vertrauen ein, zu sehen, wie gut sie das tat. Sie nahm ein halbes Paket in jede Hand – ihre Hände waren groß und kräftig –, schob geschickt die Ecken der einen Hälfte unter die der andern, um dann mit einem Ruck und einer sichern, kühnen Bewegung die Karten ineinanderzuwerfen.

Es wirkte wie ein Zaubertrick. Der Kartenspieler weiß, daß so etwas nur durch unaufhörliche Übung zu erlernen ist. Er kann sich darauf verlassen, daß jeder, der ein Spiel Karten auf diese Weise zu mischen versteht, die Karten um ihrer selbst willen liebt.

»Stört es Sie, wenn mein Mann und ich zusammen spielen?« fragte Mrs. Cartwright. »Es macht uns keinen Spaß, uns gegenseitig Geld abzugewinnen.«

»Nicht im geringsten.«

Wir hoben ab, und Gaze und ich setzten uns.

Mrs. Cartwright zog ein As, und während sie rasch und sicher gab, plauderte sie mit Gaze über lokale Angelegenheiten. Aber ich merkte, daß sie mich taxierte. Sie sah schlau, aber gutmütig aus.

Sie war eine Frau in den Fünfzigern (obgleich es im Orient, wo die Menschen schnell altern, schwer ist, das Alter zu bestimmen) und hatte weißes, sehr unordentlich frisiertes Haar; und eine ständige Geste bei ihr war, daß sie mit einer ungeduldigen Handbewegung eine lange Haarsträhne zurückstrich, die ihr immer wieder in die Stirn fiel. Man wunderte sich, warum sie diesem Übel nicht mit ein paar Haarnadeln abhalf. Ihre blauen Augen waren groß, aber blaß und ein wenig müde; ihr Gesicht durchfurcht und fahl; es mußte der Mund sein, der ihm seinen Ausdruck von spöttischer, aber zugleich toleranter Ironie verlieh. Man fühlte, daß man es mit einer Frau zu tun hatte, die wußte, was sie wollte, und sich niemals scheute, es auszusprechen. Sie war eine schwatzhafte Spielerin (was viele Leute ablehnen, wogegen ich aber nichts einzuwenden habe, weil ich nicht einsehe, warum man sich am Spieltisch benehmen soll wie bei einem Begräbnis), und es zeigte sich bald, daß sie es trefflich verstand, ihre Mitmenschen aufs Korn zu nehmen. Ihr Witz war ziemlich scharf, aber so amüsant, daß bloß ein Schwachkopf sich beleidigt fühlen konnte. Und wenn sie hie und da eine dermaßen beißende Bemerkung fallen ließ, daß man seinen ganzen Humor aufwenden mußte, um ihre Komik zu würdigen, fand sie es anderseits durchaus in der Ordnung, daß man ihr mit gleicher Münze heimzahlte. Ihr großer, schmaler Mund verzog sich zu einem trockenen Lächeln, und ihre Augen leuchteten, wenn einem das Glück eine Antwort eingab, die die Lacher gegen sie aufbrachte.

Ich fand, daß sie eine sehr angenehme Person war. Mir gefiel ihre Geradheit. Mir gefiel ihre Schlagfertigkeit. Mir gefiel ihr unschönes Gesicht. Ich hatte noch nie eine Frau gesehen, die so wenig Wert auf ihr Äußeres legte. Nicht nur ihr Kopf, alles an ihr war unordentlich. Sie hatte eine hochgeschlossene

Seidenbluse an, aber um es kühler zu haben, hatte sie sich die obersten Knöpfe aufgeknöpft, und man sah einen magern, runzligen Hals; die Bluse war zerknittert und nicht allzu sauber, denn sie rauchte unzählige Zigaretten und bestreute sich über und über mit Asche. Wenn sie für einen Augenblick aufstand, um mit jemandem zu sprechen, konnte man sehen, daß der Saum ihres blauen Rockes ziemlich zerfranst war und einer gründlichen Reinigung bedurfte; und sie trug schwere Schuhe mit niedrigen Absätzen. Aber all dies spielte keine Rolle. Was sie anhatte, paßte zu ihr.

Und es war ein Vergnügen, Bridge mit ihr zu spielen. Sie spielte sehr rasch, ohne Zögern, und besaß nicht nur Können, sondern auch Flair. Natürlich kannte sie Gaze und war mit seinem Spiel vertraut, aber ich war ein Fremder, und sie paßte sich mir sehr schnell an. Das Zusammenspiel zwischen ihr und ihrem Gatten war bewundernswert; er war vernünftig und vorsichtig, und weil sie wußte, daß sie sich auf ihn verlassen konnte, durfte sie unbesorgt kühn und wagemutig sein. Gaze war ein Spieler, der sich einem albernen Optimismus hingab, gegründet auf die Hoffnung, daß die Gegner nicht schlau genug sein würden, sich seine Fehler zunutze zu machen; und wir beide kamen natürlich gegen die Cartwrights nicht auf. Wir verloren einen Rubber nach dem andern, und es blieb uns nichts anderes übrig, als zu lächeln und zu tun, als ob es uns gefiele.

»Ich weiß wirklich nicht, was heute mit den Karten los ist«, rief Gaze schließlich kläglich. »Was wir auch in der Hand haben, wir verlieren immer.«

»Ihr Spiel kann nicht schuld daran sein«, antwortete Mrs. Cartwright, indem sie ihm mit ihren blassen, blauen Augen voll ins Gesicht sah. »Es muß Pech sein, ganz einfach. Wenn Sie übrigens bei der letzten Runde Ihre Karos nicht mit Ihren Cœurs durcheinandergebracht hätten, so hätten Sie das Spiel retten können.«

Gaze fing an, ausführlich zu erklären, wie ihm das Unglück passiert war, aber Mrs. Cartwright entfaltete mit einer geschickten Handbewegung die Karten zu einem großen Fächer und ließ uns ziehen. Cartwright schaute auf die Uhr.

»Das ist aber das letzte Spiel, Liebe«, sagte er.

»Ach, wirklich?« Sie blickte ebenfalls auf die Uhr und rief

dann einen jungen Mann heran, der gerade durch das Zimmer ging. »Oh, Mr. Bullen, wenn Sie hinaufgehen, sagen Sie doch Olive, daß wir in ein paar Minuten aufbrechen.« Sie wandte sich mir zu. »Es dauert fast eine Stunde, bis wir nach Hause kommen, und der arme Theo muß beim ersten Morgengrauen aufstehen.«

»Dafür kommen wir auch bloß einmal in der Woche herein«, sagte Cartwright, »und es ist die einzige Gelegenheit für Olive, sich ein bißchen zu unterhalten.«

Ich fand, daß Cartwright müde und alt aussah. Er war ein Mann von mittlerer Größe mit einem kahlen, glänzenden Schädel, einem borstigen grauen Schnurrbart und goldgeränderter Brille. Er trug weiße Hosen und eine weißschwarze Krawatte. Er sah ziemlich adrett aus, und man merkte, daß er viel mehr Sorgfalt auf seine Kleidung verwandte als seine unordentliche Frau. Er sprach wenig, aber es war klar, daß er sich an dem beißenden Humor seiner Frau freute, und hin und wieder konnte er eine ganz witzige Antwort geben. Die beiden waren, das sah man deutlich, sehr gute Freunde. Es war wohltuend, eine so feste und verständnisvolle Zuneigung zwischen zwei Menschen zu sehen, die sich dem Alter näherten und so viele Jahre miteinander gelebt haben mußten.

Es fehlten bloß noch wenige Spiele, um den Rubber zu beenden, und wir hatten gerade einen letzten Gin bestellt, als Olive herunterkam.

»Wollt ihr wirklich schon gehen, Mumsey?« fragte sie.

Mrs. Cartwright sah ihre Tochter mit liebevollen Augen an.

»Ja, Liebling. Es ist bald halb acht. Ehe wir unser Dinner bekommen, wird es zehn.«

»Ach, der Teufel soll das Dinner holen«, sagte Olive fröhlich.

»Erlaube ihr noch einen Tanz, ehe wir gehen«, schlug Cartwright vor.

»Nicht einen einzigen. Sie muß sich ordentlich ausschlafen.« Cartwright warf Olive einen lächelnden Blick zu.

»Wenn deine Mutter etwas beschlossen hat, Kind, dann richten wir beide nichts gegen sie aus.«

»Ja, sie ist eine energische Frau«, sagte Olive und streichelte liebevoll die runzelige Wange ihrer Mutter.

Mrs. Cartwright tätschelte ihrer Tochter die Hand und küßte sie.

Olive war nicht sehr hübsch, aber sie sah sehr reizend aus. Sie war neunzehn oder zwanzig Jahre alt und hatte noch die Rundlichkeit ihres Alters; später, wenn sie etwas schlanker sein würde, mochte sie noch hübscher werden. Sie hatte nichts von der Entschlossenheit, die dem Gesicht ihrer Mutter so viel Charakter gab, sondern sah ihrem Vater ähnlich; sie hatte seine dunklen Augen, seine leichtgebogene Nase und den gleichen Ausdruck gutmütiger Schwäche, den man auch bei ihm bemerkte. Man sah, daß sie kräftig und gesund war. Ihre Wangen waren rot, und ihre Augen leuchteten. Sie hatte eine Vitalität, von der bei ihm nichts mehr zu spüren war. Sie machte den Eindruck des vollkommen normalen englischen Mädchens, das Temperament hat, sich gern unterhält und sehr gutartig veranlagt ist.

Als wir uns trennten, gingen Gaze und ich zu Fuß nach Hause.

»Wie fanden Sie die Cartwrights?« fragte er mich.

»Sie haben mir gefallen. Solche Leute müssen ein großer Gewinn sein für einen Ort wie Tanah Merah.«

»Leider sieht man sie nicht sehr häufig. Sie leben sehr zurückgezogen.«

»Das muß langweilig sein für das Mädchen. Vater und Mutter scheinen aneinander Gesellschaft genug zu finden.«

»Ja, es ist eine sehr gute Ehe.«

»Olive ist ihrem Vater wie aus dem Gesicht geschnitten, nicht?«

Gaze blickte mich von der Seite her an.

»Cartwright ist nicht ihr Vater. Mrs. Cartwright war Witwe, als sie ihn heiratete. Olive wurde vier Monate nach dem Tode ihres Vaters geboren.«

»Ach!«

Ich legte so viel an Überraschung, Interesse und Neugier in diesen Ausruf, als ich nur konnte. Aber Gaze fügte nichts weiter hinzu, und wir legten den Rest des Weges schweigend zurück. Der Boy wartete schon an der Tür, als wir das Heim erreichten, und nach einem letzten Gin Pahit setzten wir uns zum Dinner.

Anfangs schien es, als wäre Gaze geneigt, gesprächig zu sein. Infolge gewisser die Gummigewinnung einschränkender Bestimmungen hatte sich unter den Schmugglern eine lebhafte

Tätigkeit entwickelt, und es gehörte zu seinen Pflichten, ihre Gaunereien zu hintertreiben. An diesem Tage war es seinen Leuten gelungen, zwei Dschunken zu kapern, und er rieb sich die Hände aus Freude über diesen Erfolg. Die Speicher waren voll von konfisziertem Gummi, und bald sollte er feierlich verbrannt werden. Aber nach einer Weile verfiel Gaze in Stillschweigen, und wir aßen wortlos zu Ende. Die Boys brachten Kaffee und Brandy, und wir zündeten uns unsere Zigarren an. Gaze lehnte sich in seinem Stuhl zurück. Er blickte mich nachdenklich an, und dann schaute er auf sein Glas. Die Boys hatten das Zimmer verlassen, und wir waren allein.

»Ich kenne Mrs. Cartwright nun schon über zwanzig Jahre«, sagte er langsam. »Sie sah früher gar nicht übel aus. Immer unordentlich, aber als sie jung war, schadete das nichts. Es hatte sogar einen gewissen Reiz. Sie war mit einem Mann namens Bronson verheiratet. Reggie Bronson. Er war ein Pflanzer, Leiter einer Plantage in Selantan oben, und ich war zu jener Zeit in Alor Lipis stationiert. Das war damals noch ein viel kleinerer Ort als heute; ich glaube, die ganze Kolonie bestand höchstens aus zwanzig Leuten, aber es war ein hübscher kleiner Klub da, und wir hatten es sehr nett. Ich erinnere mich an meine erste Begegnung mit Mrs. Bronson, als wäre es gestern gewesen. Es gab in jenen Tagen noch keine Autos, und sie und ihr Mann waren auf Rädern hereingekommen. Natürlich sah sie damals noch nicht so energisch aus wie jetzt. Sie war viel schlanker, hatte gute Farben, und ihre Augen waren sehr hübsch – ganz blau –, und sie hatte eine Menge dunklen Haares. Wenn sie nur ein bißchen mehr Sorgfalt auf sich verwandt hätte, wäre sie sogar auffallend apart gewesen. Jedenfalls war sie die bestaussehende Frau dort.«

Nach dieser nicht sehr anschaulichen Schilderung und nach ihrem gegenwärtigen Äußern versuchte ich mir ein Bild zu machen, wie Mrs. Cartwright oder Mrs. Bronson damals ausgesehen haben mochte. In der massigen Frau mit ihren gut zugedeckten Knochen, die ziemlich schwer am Bridgetisch saß, versuchte ich ein schlankes junges Ding mit federnden Bewegungen und anmutigen, leichten Gesten wiederzufinden. Ihr Kinn war nun viereckig und ihre Nase markant, aber das war durch die runde Weichheit der Jugend maskiert gewesen. Sie mußte entzückend gewesen sein mit ihrer weißrosa Haut und dem reichen braunen, achtlos frisierten Haar. Zu jener Zeit hatte sie wohl einen langen Rock, eine dünne Taille und einen malerischen großen Hut getragen. Oder trugen die Frauen damals in den Malaiischen Staaten noch Tropenhelme, wie man es in alten illustrierten Zeitschriften sieht?

»Ich hatte sie – ach – wohl an die zwanzig Jahre nicht mehr gesehen«, fuhr Gaze fort. »Ich wußte, daß sie irgendwo im Malaiischen Staatenbund lebte, aber es war mir eine Überraschung, ihr, nach meiner Versetzung hierher, im Klub zu begegnen wie so viele Jahre vorher in Selantan. Natürlich ist inzwischen eine ältliche Frau aus ihr geworden, und sie ist kaum wiederzuerkennen, so sehr hat sie sich verändert. Ein Schreck packte mich, als sie mir ihre erwachsene Tochter vorstellte – ich merkte wieder einmal, wie die Zeit vergeht; als ich sie kennenlernte, war ich ein junger Mensch gewesen, und jetzt! In zwei, drei Jahren habe ich die Altersgrenze erreicht und kann mich zur Ruhe setzen!«

Mit einem kläglichen Grinsen auf seinem häßlichen Gesicht warf Gaze mir einen indignierten Blick zu, als wäre *ich* schuld an der unaufhaltsamen Flucht der Jahre.

»Ich bin auch kein Küken mehr«, antwortete ich.

»Sie haben Ihr Leben nicht im Orient zugebracht. Man altert hier vor der Zeit. Mit fünfzig ist man ein ältlicher Mann, und mit fünfundfünfzig taugt man bloß mehr für den Misthaufen.«

Aber ich wollte von Gaze keine Vorträge über das Alter hören.

»Haben Sie Mrs. Cartwright erkannt, als Sie sie wiedersahen?« fragte ich.

»Ja und nein. Auf den ersten Blick war es mir, als ob ich sie kenne; ich wußte bloß nicht, wo ich sie hintun sollte. Ich dachte mir, sie sei vielleicht jemand, dem ich auf einem Schiff begegnet war und den ich bloß vom Sehen kannte. Aber sofort, als sie zu sprechen anfing, erkannte ich sie wieder. Ich erinnerte mich an das trockene Zwinkern in ihren Augen und an den herzhaften Klang ihrer Stimme. In dieser Stimme war etwas, das zu sagen schien: Du bist zwar ein Esel, mein Junge, aber ein guter Kerl, und ich mag dich gern – wahrhaftig.«

»Das ist ja allerhand herausgehört aus dem Klang einer Stimme«, lächelte ich.

»Sie kam im Klub auf mich zu und begrüßte mich. ›Guten Tag, Major Gaze. Erinnern Sie sich noch an mich?‹ sagte sie.

›Natürlich erinnere ich mich noch an Sie.‹

›Es ist eine Menge Wasser ins Meer geflossen, seitdem wir uns das letztemal gesehen haben. Wir sind alle nicht jünger geworden. Haben Sie Theo gesehen?‹

Einen Augenblick wußte ich nicht recht, wen sie meinte. Ich muß ein dummes Gesicht gemacht haben, denn sie lächelte das neckende Lächeln, das ich so gut kenne, und erklärte:

›Ich habe Theo nämlich geheiratet. Es schien mir das richtigste. Ich fühlte mich einsam, und er wollte es.‹

›Ich habe gehört, daß Sie ihn geheiratet haben‹, sagte ich. ›Ich hoffe, Sie sind glücklich geworden.‹

›Ach sehr. Theo ist ein Engel. Er wird in einer Minute hier sein. Er wird sich freuen, Sie zu sehen.‹

Ich war dessen nicht ganz sicher. Ich hätte gedacht, daß ich der letzte Mensch wäre, den Theo wiederzusehen wünschte. Eigentlich hätte ich das auch von ihr gedacht. Aber Frauen sind komisch.«

»Warum hätte ihm ein Wiedersehen unerwünscht sein sollen?« fragte ich.

»Darauf komme ich später zurück«, sagte Gaze. »Theo erschien sehr bald. Ich weiß nicht, warum ich ihn Theo nenne; ich hatte ihn nie anders genannt als Cartwright und immer nur als Cartwright an ihn gedacht. Ich erschrak über Theo. Sie wissen, wie er jetzt aussieht; ich erinnere mich seiner noch von früher her, als er ein junger Mensch war, mit lockigem Kopf, sehr frisch und sauber, und immer wie aus dem Ei gepellt; er hatte eine gute Figur und hielt sich tadellos, wie jemand, der gewohnt ist, viel Sport zu treiben. Dabei hatte er nichts Grobes, Massives, im Gegenteil, er war anmutig und schlank. Als ich diesen gebeugten, mumienhaften, kahlköpfigen, bebrillten alten Kerl erblickte, traute ich meinen Augen kaum. Ich hätte ihn nie im Leben wiedererkannt. Er schien erfreut zu sein, mich zu sehen, zumindest interessiert; er war nicht überschwenglich, aber er war immer einer von den Stillen gewesen, und ich hatte nichts anderes erwartet.

›Sind Sie überrascht, uns hier zu treffen?‹ fragte er mich.

›Gott, ich hatte nicht die leiseste Ahnung, wo Sie waren.‹

›Wir haben Ihre Laufbahn mehr oder weniger verfolgt. Hin

und wieder haben wir Ihren Namen in der Zeitung gelesen. Sie müssen einmal hinauskommen und sich unsere Plantage ansehen. Wir sind nun schon eine ganze Reihe von Jahren hier und werden wahrscheinlich bleiben, bis wir endgültig nach Hause zurückkehren. Sind Sie jemals wieder nach Alor Lipis gekommen?‹

›Nein‹, sagte ich.

›Es ist ein netter kleiner Ort. Man sagt mir, es sei größer geworden. Ich bin nie wieder hingekommen.‹

›Für uns knüpfen sich nicht die angenehmsten Erinnerungen an Alor Lipis‹, sagte Mrs. Cartwright.

Ich fragte, ob sie etwas trinken wollten, und wir riefen den Boy. Sie werden bemerkt haben, daß Mrs. Cartwright dem Alkohol nicht abgeneigt ist; ich will damit nicht sagen, daß sie zuviel des Guten tut, aber sie trinkt ihren Stengah wie ein Mann. Ich betrachtete die beiden und konnte eine gewisse Neugier nicht unterdrücken. Sie schienen mir vollkommen glücklich; ich entnahm ihren Erzählungen, daß sie Glück gehabt hatten, und erfuhr später, daß sie sogar ziemlich wohlhabend geworden waren. Sie hatten einen sehr hübschen Wagen, und wenn sie in die Ferien fuhren, versagten sie sich nichts. Sie standen ausgezeichnet miteinander. Sie wissen, wie man sich freut, zwei Leute zu sehen, die seit vielen Jahren verheiratet sind und offensichtlich ihre eigene Gesellschaft jeder andern vorziehen. Ihre Ehe war zweifellos ein großer Erfolg. Und beide liebten sie Olive und waren stolz auf sie, besonders Theo.«

»Obgleich sie bloß seine Stieftochter ist?« fragte ich.

»Obgleich sie bloß seine Stieftochter ist«, antwortete Gaze. »Man hätte meinen sollen, sie hätte seinen Namen angenommen. Aber das hatte sie nicht getan. Sie nannte ihn Daddy, natürlich – er war der einzige Vater, den sie gekannt hatte, aber sie unterschrieb ihre Briefe mit Olive Bronson.«

»Wie hat Bronson denn ausgesehen?«

»Bronson? Er war ein großer, kräftiger Mensch, sehr herzlich, mit einer lauten Stimme und einem bellenden Lachen, stierhaft, wissen Sie, und ein tüchtiger Athlet. Es war nicht viel an ihm, aber er war so gerade wie selten einer. Er hatte ein rotes Gesicht und rotes Haar. Jetzt erinnere ich mich, daß ich nie einen Menschen gesehen habe, der so viel schwitzte wie er. Das Wasser lief nur so an ihm herunter, und wenn er Tennis spielte, brachte er immer ein Handtuch mit.«

»Das klingt ja nicht gerade anziehend.«

»Er war ein schöner Kerl. Immer in Form. Und darauf hielt er. Es gab nicht viele Gesprächsthemen für ihn außer Gummi und Sport – Tennis, wissen Sie, Golf und Jagd, und ich glaube nicht, daß er je ein Buch gelesen hat. Er war der typische Public-School-Junge. Als ich ihn kennenlernte, war er fünfunddreißig Jahre alt, aber er hatte die Mentalität eines Achtzehnjährigen. Sie wissen doch, wie es mit vielen jungen Menschen geht, wenn sie nach dem Orient kommen: sie hören einfach auf, sich weiterzuentwickeln.«

Das wußte ich allerdings. Es gehört zu den unfaßbarsten Dingen für den Reisenden, die vielen dicken, ältlichen, kahlköpfigen Herren zu sehen, die sprechen und sich benehmen, als wären sie Schuljungen. Man könnte meinen, daß keine Idee mehr in ihren Kopf eingedrungen ist, seitdem sie den Suezkanal passiert haben. Obgleich sie verheiratet und Väter von Kindern sind und vielleicht ein großes Geschäftsunternehmen leiten, betrachten sie das Leben immer noch vom Gesichtspunkt der sechsten Klasse.

»Aber er war nicht dumm«, fuhr Gaze fort. »Er verstand seine Arbeit aus dem Effeff. Sein Gut war eines der bestgeleiteten im Lande, und er wußte seine Arbeiter zu behandeln. Er war ein netter Bursche, und wenn er einem auch ein bißchen auf die Nieren fiel, mußte man ihn doch gern haben. Er war großzügig mit Geld und immer bereit, Menschen zu helfen. Seine Hilfsbereitschaft war auch die Ursache von Cartwrights Auftauchen.«

»Lebten die Bronsons gut miteinander?«

»Ach ja, ich glaube schon. Ich bin eigentlich überzeugt davon. Er war gutmütig und sie sehr heiter und fröhlich. Sie war sehr freimütig und nahm kein Blatt vor den Mund. Noch jetzt kann sie außerordentlich amüsant sein, wenn sie will, aber gewöhnlich versteckt sich eine Spitze hinter ihren Späßen. Als sie noch jung und mit Bronson verheiratet war, war es alles bloß harmlose Lustigkeit. Sie hatte Temperament und unterhielt sich gern. Sie zerbrach sich nicht im geringsten den Kopf über ihre Äußerungen, aber es paßte zu ihr, wenn Sie mich richtig verstehen. Es war etwas so Offenes, Freies und Unbekümmertes an ihr, daß es einem ganz gleich war, was sie sagte. Sie schienen sehr glücklich.

Ihre Besitzung war ungefähr fünf Meilen von Alor Lipis entfernt. Sie hatten einen Kutschierwagen und kamen fast jeden Abend gegen fünf Uhr in die Stadt herein. Die englische Gemeinde war damals sehr klein, und die Männer waren in der Überzahl. Es dürften nicht mehr als sechs Frauen dagewesen sein. Die Bronsons waren ein Geschenk des Himmels. Sie brachten Leben in die Gesellschaft. Wir hatten es oft sehr lustig in unserem kleinen Klub. Ich habe noch oft an die beiden zurückgedacht und weiß nicht, ob ich mich jemals im Leben besser unterhalten habe als damals. Zwischen sechs und halb neun, vor zwanzig Jahren, war der Klub in Alor Lipis ungefähr der lebendigste Platz, den man zwischen Aden und Yokohama finden konnte.

Eines Tages erzählte uns Mrs. Bronson, daß sie Besuch erwarteten, und ein paar Tage später brachten sie Cartwright mit. Er war ein alter Freund von Bronson, sie waren miteinander in die Schule gegangen und später auf dem gleichen Schiff nach den Kolonien gekommen. Es hatte einen Preissturz in Gummi gegeben, und viele Leute hatten ihren Verdienst verloren. Zu ihnen gehörte Cartwright. Er war seit nahezu einem Jahr arbeitslos und hatte alle seine Reserven aufgezehrt. In jenen Tagen waren die Pflanzer noch schlechter bezahlt, als sie es heute sind, und man mußte schon Glück haben, wenn man sich einen Notpfennig zurücklegen konnte. Cartwright war nach Singapur gegangen. Alle kommen dorthin in schlechten Zeiten. Es ist dann furchtbar; ich habe es gesehen; ich habe von Pflanzern gehört, die auf der Straße übernachtet haben, weil sie nicht das Geld hatten, ein Hotelzimmer zu bezahlen. Ich habe erlebt, daß sie vor dem ›Europa‹ Fremde angehalten und um einen Dollar gebeten haben, um sich eine Mahlzeit kaufen zu können, und ich glaube, Cartwright hatte eine böse Zeit durchgemacht.

Endlich schrieb er an Bronson und fragte ihn, ob er etwas für ihn tun könne. Bronson lud ihn ein, zu kommen und zu bleiben, bis die Verhältnisse sich wieder gebessert hätten. Kost und Quartier würde ihm auf alle Fälle gesichert sein. Cartwright nahm das Anerbieten sofort an, aber Bronson mußte ihm das Geld für die Reise schicken. Als Cartwright in Alor Lipis ankam, hatte er keine zehn Cents in der Tasche. Bronson hatte ein wenig eigenes Geld, zwei- oder dreihundert Pfund jährlich; und obgleich ihm sein Gehalt gekürzt worden war, hatte er seine Stellung behalten. Er war besser daran als die meisten seiner Kollegen. Als Cartwright eintraf, sagte ihm Mrs. Bronson, er möge ihr Haus als das seine ansehen und so lange bleiben, wie es ihm gefalle.«

»Das war doch nett von ihr«, bemerkte ich.

»Sehr.«

Gaze zündete sich eine neue Zigarre an und füllte sein Glas. Es war sehr still, und bis auf das gelegentliche Krächzen des Gekkos war die Stille vollkommen. Es schien, als wären wir allein in der tropischen Nacht und Gott weiß wie weit von jeder menschlichen Behausung entfernt. Gaze ließ eine so lange Pause eintreten, daß ich mich schließlich gezwungen sah, etwas zu sagen.

»Was für ein Mensch war Cartwright zu jener Zeit?« fragte ich. »Jünger natürlich, und wie Sie mir sagten, sehr gut aussehend; aber abgesehen davon?«

»Ach, ehrlich gestanden, habe ich ihn nie besonders beachtet. Er war angenehm und bescheiden. Er ist auch jetzt sehr still, wie Sie bemerkt haben werden; nun, und besonders lebhaft war er auch damals nicht. Aber er war völlig harmlos. Er las gerne und spielte sehr nett Klavier. Man empfand ihn niemals als überflüssig, er störte nicht, aber man kümmerte sich nicht besonders um ihn. Er tanzte gut, und das gefiel den Frauen, aber er spielte auch ganz ordentlich Billard und war ein leidlich guter Tennisspieler. Er fügte sich sehr gut in unsern kleinen Kreis ein. Ich möchte nicht sagen, daß er jemals besonders populär wurde, aber jeder hatte ihn gern. Natürlich tat er uns leid, wie einem jeder Mensch leid tut, der im Unglück ist, aber wir konnten nichts für ihn tun und nahmen ihn schließlich einfach hin, als wäre er immer dagewesen. Er kam jeden Abend mit den Bronsons herein, zahlte für seine Getränke – ich nehme an, daß Bronson ihm etwas Geld für laufende Ausgaben geliehen hatte – und war immer sehr höflich und freundlich. Meine Beschreibung ist etwas vage, weil er wirklich nie einen besondern Eindruck auf mich gemacht hat; in den Kolonien begegnet man so vielen Menschen, und er hatte nichts Hervorstechendes. Er tat alles, was er konnte, um Arbeit zu bekommen, aber er hatte kein Glück; es gab damals keine Stellungen, und oft schien er sehr bedrückt. Er blieb über ein Jahr bei den Bronsons. Einmal sagte er zu mir:

›Schließlich kann ich nicht ewig bei den Bronsons bleiben. Sie waren unendlich gut mit mir – aber es gibt Grenzen.‹

›Die Bronsons sind sicher sehr froh, Sie bei sich zu haben‹, sagte ich. ›Es ist nicht besonders kurzweilig auf einer Gummipflanzung, und was Essen und Trinken anbelangt, muß es für sie sehr wenig ausmachen, ob Sie da sind oder nicht.‹«

Gaze hielt abermals inne und blickte mich zögernd an.

»Was gibt's?« fragte ich.

»Ich fürchte, ich erzähle die Geschichte sehr schlecht«, sagte er. »Ich bin kein Schriftsteller, sondern ein Polizist und bringe die Tatsachen, wie sie sich mir in jeder Phase darstellten; und von meinem Standpunkt aus sind alle Umstände wichtig; ich meine, es ist wichtig zu wissen, was für Leute sie waren.«

»Natürlich. Nur weiter.«

»Ich erinnere mich, daß jemand – ich glaube, es war die Frau des Arztes – Mrs. Bronson fragte, ob es ihr nicht zuviel würde, immer einen Fremden im Hause zu haben. In einem Ort wie Alor Lipis gibt es nur wenig Gesprächsstoff, und wenn man nicht über seine Nachbarn redete, bliebe einem nicht viel zu sagen.

›Ach nein‹, sagte sie. ›Theo stört uns nicht.‹ Sie wandte sich an ihren Mann, der dasaß und sich das Gesicht wischte. ›Nicht wahr, wir sind froh, ihn bei uns zu haben?‹

›Natürlich‹, sagte Bronson.

›Was tut er denn den ganzen Tag?‹

›Ach, ich weiß nicht‹, sagte Mrs. Bronson. ›Manchmal geht er mit Reggie durch die Plantage, und ab und zu jagt er. Oder er unterhält sich mit mir.‹

›Er ist immer froh, wenn er sich nützlich machen kann‹, sagte Bronson. ›Neulich, als ich einen Fieberanfall hatte, übernahm er meine Arbeit, und ich konnte ruhig im Bett liegen bleiben.‹«

»Hatten die Bronsons keine Kinder?« fragte ich.

»Nein«, antwortete Gaze. »Ich weiß eigentlich nicht warum. Sie hätten es sich durchaus gestatten können.«

Gaze lehnte sich in seinen Stuhl zurück. Er nahm seine Brille ab und putzte die Gläser. Sie waren sehr stark und verzerrten häßlich seine Augen. Wenn er sie abnahm, sah er viel besser aus. Der Gecko an der Decke ließ seinen seltsam menschlichen Schrei ertönen. Er klang wie das Kichern eines idiotischen Kindes.

»Bronson wurde getötet«, sagte Gaze plötzlich.

»Getötet?«

»Ja, ermordet. Ich werde den Abend nie vergessen. Wir hatten Tennis gespielt, Mrs. Bronson, die Frau des Arztes, Theo Cartwright und ich; und nachher spielten wir Bridge. Cartwright war schlecht in Form gewesen, und als wir uns nachher an den Tisch setzten, sagte Mrs. Bronson zu ihm: ›Nun, Theo, wenn Sie sich jetzt nicht mehr zusammennehmen als beim Tennis, verlieren wir unser letztes Hemd.‹

Wir hatten gerade etwas getrunken, aber sie rief den Boy und bestellte noch eine Runde.

›Führen Sie sich das zu Gemüte‹, sagte sie zu ihm.

Bronson war nicht erschienen. Er war mit dem Rad nach Kabulong gefahren, um das Geld für die Löhne der Kulis zu holen, und sollte nach seiner Rückkehr in den Klub kommen. Alor Lipis lag der Plantage Bronsons näher als Kabulong, aber Kabulong war der geschäftlich wichtigere Ort, und Bronson hatte dort seine Bank.

›Reggie kann mitspielen, wenn er kommt‹, sagte Mrs. Bronson.

›Er verspätet sich, nicht?‹ meinte die Frau des Arztes.

›Sehr. Er hat mich darauf vorbereitet, daß er nicht rechtzeitig zum Tennisspielen hier sein würde, aber zum Bridge wollte er da sein. Wahrscheinlich ist er in Kabulong in den Klub gegangen und trinkt dort, der Schurke, anstatt direkt nach Hause zu fahren.‹

›Nun, er verträgt ja eine Menge, ohne daß es ihm schadet‹, lachte ich.

›Ja, aber er fängt an dick zu werden.‹

Wir saßen allein im Speisesaal und hörten die Leute im Billardzimmer sprechen und lachen. Sie waren alle fröhlicher Laune. Weihnachten stand vor der Tür, und wir ließen uns alle ein wenig gehen. Am Weihnachtsabend sollte ein Ball stattfinden.

Ich erinnerte mich später, daß die Frau des Arztes, als wir uns niedersetzten, Mrs. Bronson gefragt hatte, ob sie nicht müde wäre.

›Nicht im geringsten‹, hatte sie geantwortet. ›Warum sollte ich müde sein?‹

Ich begriff nicht, warum sie errötete.

›Ich hatte Angst, das Tennisspielen hätte Sie angestrengt‹, sagte die Frau des Arztes.

›Ach nein‹, antwortete Mrs. Bronson etwas schroff, wie ich fand, als wollte sie nicht darüber reden.

Ich wußte nicht, was dahintersteckte, und das Gespräch fiel mir auch erst viel später wieder ein.

Wir spielten drei oder vier Rubber, und immer noch tauchte Bronson nicht auf.

›Was kann nur los sein?‹ sagte seine Frau. ›Ich kann mir nicht erklären, warum er so lange ausbleibt.‹

Cartwright war immer schweigsam, aber an diesem Abend tat er den Mund überhaupt nicht auf. Ich dachte mir, daß er vielleicht müde sei, und fragte ihn, was er getan habe.

›Nicht viel‹, sagte er. ›Ich bin nach dem Essen Tauben schießen gegangen.‹

›Hatten Sie Glück?‹ fragte ich.

›Ach, nicht sonderlich. Sie waren sehr scheu.‹

Aber dann sagte er: ›Vielleicht ist Reggie spät nach Hause gekommen und hat gefunden, daß es sich nicht mehr lohnt, hierherzufahren. Wahrscheinlich hat er ein Bad genommen und sitzt jetzt in seinem Lehnstuhl und schläft.‹

›Es ist ein weiter Weg von Kabulong‹, sagte die Frau des Arztes.

›Er fährt nicht auf der Straße‹, erklärte Mrs. Bronson. ›Er nimmt die Abkürzung durch den Dschungel.‹

›Kommt er denn da durch mit seinem Rad?‹ fragte ich.

›Ach ja, es ist ein sehr guter Weg. Man erspart ein paar Meilen.‹

Wir hatten gerade einen neuen Rubber angefangen, als ein Boy hereinkam und meldete, draußen warte ein Polizeisergeant, der mich zu sprechen wünsche.

›Was will er denn?‹ fragte ich.

Der Boy sagte, das wisse er nicht, aber der Sergeant habe zwei Kulis bei sich.

›Hol ihn der Teufel‹, rief ich. ›Der bekommt etwas zu hören, wenn er mich um nichts und wieder nichts gestört hat.‹

Ich spielte das Spiel zu Ende, dann stand ich auf.

›Ich bin gleich wieder da‹, sagte ich. ›Geben Sie bitte für mich‹, fügte ich zu Cartwright gewendet hinzu.

Ich ging hinaus. Draußen auf der Treppe wartete der Sergeant mit den zwei Malaien. Ich fragte ihn, was er wünsche. Sie können sich meine Bestürzung vorstellen, als er mir mitteilte, die beiden Malaien wären auf der Polizeistation erschienen und hätten gemeldet, daß auf dem Weg, der durch den Dschungel nach Kabulong führt, ein toter weißer Mann liege. Ich dachte sofort an Bronson.

›Tot‹, rief ich.

›Ja, erschossen. Durch den Kopf geschossen. Ein weißer Mann mit rotem Haar.‹

Nun wußte ich, daß es Reggie Bronson war, und einer von den beiden nannte auch seine Plantage und erklärte, er hätte ihn erkannt. Es war ein furchtbarer Schock. Und drinnen im Spielzimmer saß Frau Bronson und wartete ungeduldig, daß ich meine Karten ordnete und anzusagen begann! Einen Augenblick wußte ich wirklich nicht, was ich tun sollte. Ich war furchtbar aufgeregt. Es war entsetzlich, ihr ohne ein Wort der Vorbereitung einen so schrecklichen und unerwarteten Schlag versetzen zu müssen; aber ich war unfähig, eine schonende Form zu finden. Ich bat den Sergeanten und die Kulis zu warten und ging in den Klub zurück. Ich versuchte, mich zu fassen. Als ich das Spielzimmer betrat, rief Mrs. Bronson: ›Sie sind furchtbar lange ausgeblieben.‹ Dann fiel ihr Blick auf mein Gesicht. ›Was ist los?‹ Ich sah, wie sie die Fäuste ballte und weiß wurde. Fast schien es, als hätte sie ein böses Vorgefühl.

›Es ist etwas Schreckliches geschehen‹, sagte ich, und meine Kehle war wie zugeschnürt, so daß meine Stimme sogar für mich selbst heiser und unheimlich klang. ›Ein Unglück hat sich ereignet. Ihr Mann ist verwundet.‹

Sie stieß einen langen Laut aus, es war kein Schrei, es erinnerte seltsam an das Geräusch, wenn ein Stück Seide entzweigerissen wird.

›Verwundet?‹

Sie sprang auf und starrte mit Augen, die ihr förmlich aus dem Kopf traten, Cartwright an. Die Wirkung auf ihn war erschreckend. Er fiel in seinen Stuhl zurück und wurde weiß wie der Tod.

›Sehr, sehr schwer verwundet, fürchte ich‹, fügte ich hinzu.

Ich wußte, daß ich ihr die Wahrheit sagen mußte, und zwar sofort, aber ich konnte es nicht über mich bringen.

›Ist er‹, ihre Lippen zitterten so sehr, daß sie die Worte kaum formen konnte, ›ist er – bei Bewußtsein?‹

Ich blickte sie einen Augenblick an, ohne zu antworten. Ich hätte tausend Pfund dafür gegeben, schweigen zu dürfen.

›Nein, leider nicht.‹

Mrs. Bronson starrte mich an, als versuche sie, in meinem Hirn zu lesen.

›Ist er tot?‹

Ich dachte, es wäre das beste, es jetzt zu sagen. Dann hatte ich es hinter mir.

›Ja, er war tot, als man ihn fand.‹

Mrs. Bronson sank auf ihren Stuhl und brach in Tränen aus.

›Ach, mein Gott‹, murmelte sie, ›mein Gott.‹

Die Frau des Arztes trat zu ihr und legte die Arme um sie. Mrs. Bronson hielt die Hände vor das Gesicht und schaukelte hysterisch weinend hin und her. Cartwright, mit seinem fahlen Gesicht, saß ganz still da, den Mund geöffnet, und starrte sie an. Man hätte meinen können, er wäre zu Stein erstarrt.

›Oh, Liebe, Liebe‹, sagte die Frau des Arztes. ›Sie müssen versuchen, sich zusammenzunehmen.‹ Und indem sie sich mir zuwandte: ›Bringen Sie ihr ein Glas Wasser und holen Sie Harry.‹

Harry war ihr Mann und spielte Billard. Ich ging hinein und teilte ihm mit, was geschehen war.

›Unsinn, Wasser‹, sagte er. ›Sie braucht einen ordentlichen Schluck Brandy.‹

Wir brachten ihr also etwas Brandy, und allmählich erschöpfte sich die Heftigkeit ihres Schmerzes. Nach ein paar Minuten konnte die Frau des Arztes sie in den Toilettenraum führen und ihr das Gesicht waschen. Ich hatte mir inzwischen überlegt, was man tun solle. Auf Cartwright war nicht zu rechnen, er war völlig verstört. Ich konnte verstehen, daß es ein furchtbarer Schock für ihn war, denn Bronson war sein bester Freund gewesen und hatte alles auf der Welt für ihn getan.

›Sie sehen aus, als hätten Sie auch ein Glas Brandy nötig, mein Junge‹, sagte ich zu ihm.

›Es ist furchtbar‹, brachte er hervor. ›Ich ... ich ... hatte ...‹, er hielt inne, als ob seine Gedanken abschweiften; er war immer noch entsetzlich blaß; er zog ein Paket Zigaretten hervor und zündete ein Streichholz an, aber seine Hand zitterte dermaßen, daß es ihm kaum gelingen wollte.

›Ja, ich werde etwas Brandy trinken.‹

›Boy‹, rief ich, und dann zu Cartwright: ›Sind Sie imstande, Mrs. Bronson nach Hause zu bringen?‹

›O ja‹, antwortete er.

›Das ist recht. Der Doktor und ich werden uns mit den Kulis und ein paar Polizisten an die Stelle begeben, wo der Leichnam liegt.‹

›Werden Sie ihn nach dem Bungalow bringen?‹ fragte Cartwright.

›Ich denke, wir bringen ihn gleich ins Leichenhaus‹, antwortete der Doktor an meiner Stelle. ›Ich werde eine Leichenöffnung vornehmen müssen.‹

Als Mrs. Bronson, nun um so vieles ruhiger, daß ich erstaunt war, zurückkehrte, teilte ich ihr mit, was ich vorgeschlagen hatte. Die Frau des Arztes, eine gute Seele, erbot sich, sie zu begleiten und die Nacht über bei ihr zu bleiben, aber Mrs. Bronson wollte nichts davon hören. Sie sagte, es wäre nicht nötig, und als die Frau des Arztes nicht nachgeben wollte – Sie wissen, wie hartnäckig manche Leute sind, vom Unglück heimgesuchten Menschen ihre Güte aufzudrängen –, wurde sie beinahe heftig.

›Nein, nein, ich muß allein sein‹, sagte sie. ›Wirklich. Und überdies ist ja Theo da.‹

Sie stiegen in den Kutschierwagen. Theo nahm die Zügel, und sie fuhren ab. Der Doktor und ich brachen gleich nach ihnen auf, und der Sergeant und die Kulis folgten uns. Ich hatte meinen Seis zur Polizeistation gesandt mit der Weisung, zwei Mann nach der Stelle zu schicken, wo der Leichnam lag. Wir überholten bald Mrs. Bronson und Cartwright.

›Alles in Ordnung?‹ rief ich.

›Ja‹, antwortete er.

Einige Zeit fuhren der Doktor und ich dahin, ohne ein Wort zu sprechen. Wir waren beide tief erschüttert. Ich war überdies auch bedrückt. Es würde meine Aufgabe sein, die Mörder zu finden, und ich wußte, wie schwer das war.

›Meinen Sie, daß es sich um einen Raubmord handelt?‹ fragte der Doktor schließlich.

Es war, als hätte er in meinen Gedanken gelesen.

›Ich glaube, daran besteht kein Zweifel‹, antwortete ich. ›Man wußte, daß er nach Kabulong gefahren war, um das Geld für die Löhne abzuholen, und man lauerte ihm auf dem Rückweg auf. Er hätte natürlich nie allein durch den Dschungel fahren dürfen, wo jeder wußte, daß er eine solche Summe bei sich hatte.‹

›Er hat es aber seit Jahren so gemacht‹, sagte der Arzt. ›Und er ist nicht der einzige.‹

›Ich weiß. Jetzt fragt es sich bloß, wie wir den Burschen bekommen, der es getan hat.‹

›Sie glauben nicht, daß die beiden Kulis, die behaupten, ihn gefunden zu haben, etwas damit zu tun haben?‹

›Nein, diesen Mut hätten sie nicht aufgebracht. Chinesen wäre so etwas vielleicht zuzutrauen, aber Malaien nicht. Sie hätten viel zu große Angst. Wir werden natürlich ein Auge auf sie haben. Es wird sich ja zeigen, ob sie mit Geld herumwerfen.‹

›Für Mrs. Bronson ist es schrecklich‹, sagte der Doktor. ›Es wäre zu jeder Zeit schlimm gewesen, aber jetzt, wo sie gerade ein Kind erwartet . . .‹

›Das wußte ich ja gar nicht‹, unterbrach ich ihn.

›Nein, aus irgendeinem Grunde wollte sie es geheimhalten. Ich fand es eigentlich merkwürdig von ihr.‹

Ich erinnerte mich nun an die kleine Szene zwischen Mrs. Bronson und der Gattin des Arztes. Nun wurde mir verständlich, warum die gute Frau so besorgt gewesen war, Mrs. Bronson könnte sich überanstrengen.

›Seltsam, daß sie nach so vielen Jahren der Ehe ein Kind bekommt.‹

›Solche Dinge kommen vor. Aber sie war nicht darauf gefaßt. Als sie zu mir in die Sprechstunde kam und ich ihr eröffnete, was los sei, wurde sie ohnmächtig, und dann fing sie zu weinen an. Ich hätte gemeint, sie würde sich freuen. Sie erklärte mir, Bronson liebe Kinder nicht und würde böse sein. Ich mußte ihr versprechen, nichts zu sagen, bis sie Gelegenheit fand, es ihm schonend beizubringen.‹

Ich überlegte einen Augenblick.

›Von einem Menschen seiner Art hätte ich eigentlich angenommen, daß er sich nichts so sehr wünsche, als Kinder zu haben.‹

›Das kann man nie wissen. Manche Leute sind egoistisch und haben einfach Angst vor der Störung.‹

›Nun, und wie hat er es schließlich aufgenommen?‹

›Ich weiß nicht, ob sie es ihm überhaupt gesagt hat. Obgleich sie es nicht mehr lange hätte hinausschieben können; wenn ich mich nicht irre, war sie im fünften Monat.‹

›Armer Teufel‹, sagte ich. ›Meiner Ansicht nach wäre er glücklich gewesen, wenn er es erfahren hätte.‹

Wir legten den Rest der Fahrt schweigend zurück und erreichten schließlich den Punkt, wo die Abkürzung nach Kabulong von der Straße abzweigt. Hier blieben wir stehen, und nach ein paar Minuten kam auch mein Kutschierwagen mit dem Polizeisergeanten und den beiden Malaien angefahren. Wir nahmen die Wagenlampen mit, damit sie uns auf dem Wege leuchteten. Ich ließ den Seis des Doktors bei den Pferden zurück und ließ den Polizisten sagen, sie sollten uns nachkommen. Es war ein leidlich breiter Weg, breit genug für einen kleinen Wagen, denn ehe die große Straße gebaut worden war, hatte er die Verbindung zwischen Kabulong und Alor Lipis hergestellt. Er war fest und gut gangbar. Da und dort gab es sandige Stellen, und in diesen waren deutliche Spuren eines Rades zu erkennen. Es waren diejenigen, die Bronson zurückgelassen hatte.

Wir gingen etwa zwanzig Minuten einer hinter dem andern, und plötzlich stießen die Kulis einen Schrei aus und blieben wie angewurzelt stehen. Der Anblick, obgleich sie ihn erwartet hatten, kam ihnen nun so unvermittelt, daß sie erschreckt waren. Da, in der Mitte des Weges, schwach beleuchtet von den Laternen, die die Kulis trugen, lag Bronson; er war über sein Rad gefallen und lag als formloser Haufen darüber hingeworfen. Ich war zu entsetzt, um sprechen zu können, und ebenso erging es dem Doktor. Aber durch unser Schweigen dröhnte ohrenbetäubend der Lärm des Dschungels; diese verdammten Zikaden und Ochsenfrösche machten ein Getöse, daß es die Toten hätte erwecken können. Selbst unter normalen Umständen hat das Geräusch des Dschungels in der Nacht etwas Unheimliches; weil man annimmt, daß um diese Zeit völlige Stille herrschen müßte, berührt einen dieses unaufhörliche, unsichtbare Tosen, das einem die Nerven zerreißt, so seltsam. Es umschließt, umzingelt einen. Aber in jener Nacht war es grauenhaft, glauben Sie mir. Der arme Kerl lag tot da, und rings umher verfolgte das ruhelose Leben des Dschungels seinen unbeteiligten, wilden Lauf.

Er lag mit dem Gesicht nach unten. Der Sergeant und die Kulis schauten mich an, als erwarteten sie einen Befehl. Ich war damals noch ein junger Mensch und gestehe, daß ich mich ein wenig fürchtete. Obgleich ich das Gesicht nicht sehen konnte, zweifelte ich nicht, daß es Bronson war; aber ich fühlte, daß es an mir gewesen wäre, den Leichnam umzudrehen. Wir alle haben unsere kleinen Eigenheiten; ich selbst hatte immer eine furchtbare Scheu, einen Leichnam anzurühren. Inzwischen habe ich es häufig genug tun müssen, aber es wird mir immer noch übel dabei.

›Es ist bestimmt Bronson‹, sagte ich.

Der Doktor – beim Himmel, es war ein Glück für mich, daß der Doktor da war – bückte sich und drehte den Kopf um. Der Sergeant richtete die Laterne auf das tote Gesicht.

›Mein Gott, der halbe Kopf ist weggeschossen‹, rief ich.

›Ja.‹

Der Doktor richtete sich auf und wischte sich die Hände an den Blättern eines Baumes, der am Wegrand wuchs, ab.

›Ist er ganz tot?‹ fragte ich.

›Ja. Der Tod muß augenblicklich eingetreten sein. Der, der ihn erschossen hat, muß aus ziemlicher Nähe gefeuert haben.‹

›Wie lange kann er tot sein?‹

›Ach, ich weiß nicht, ein paar Stunden.‹

›Er dürfte gegen fünf Uhr hier vorbeigekommen sein, wenn er um sechs im Klub sein wollte.‹

›Es ist nichts zu sehen, was auf einen Kampf schließen ließe‹, sagte der Doktor.

›Nein, es hat wohl auch keinen gegeben. Er wurde erschossen, während er auf seinem Rad dahinfuhr.‹

Ich betrachtete den Leichnam eine Weile. Unwillkürlich mußte ich denken, wie wenige Stunden es her war, daß Bronson noch lärmend und laut und voll von herzhaftem Leben gewesen war.

›Sie haben nicht vergessen, daß er das Lohngeld für die Kulis bei sich hatte?‹ fragte der Doktor.

›Nein, wir müssen ihn durchsuchen.‹

›Sollen wir ihn umdrehen?‹

›Warten Sie einen Augenblick. Lassen Sie uns zuerst den Boden ansehen.‹

Ich nahm die Lampe und schaute so sorgfältig, wie ich konnte, umher. An der Stelle, wo er gefallen war, war der sandige Weg zertreten und verwischt; man sah unsere Fußstapfen und die Fußstapfen der Kulis, die ihn gefunden hatten. Ich ging zwei oder drei Schritte weiter und erblickte nun ganz deutlich die Spuren seines Rades; er war gerade und sicher dahingefahren. Ich verfolgte die Spuren bis zu der Stelle, wo er gefallen war – vielmehr bis zu der Stelle knapp davor –, und hier zu jeder Seite des Rades waren unverkennbar die Abdrücke seiner schweren Stiefel zu sehen. Er hatte also offenbar haltgemacht und seine Füße auf den Boden gesetzt; hierauf war er weitergefahren – die Radspur zeigte eine große Schwankung –, und dann war er gestürzt.

›Jetzt wollen wir ihn durchsuchen‹, sagte ich.

Der Doktor und der Sergeant drehten den Leichnam um, und einer der Kulis zog das Rad fort. Sie legten Bronson auf den Rücken. Ich nahm an, er würde das Geld teils in Noten, teils in Silber bekommen haben. Das Silber hätte sich in einer am Rade befestigten Tasche befinden müssen, aber ein Blick belehrte mich, daß es nicht da war. Die Noten hatte er wahrscheinlich in eine Brieftasche gesteckt. Es hätte ein dikkes Bündel sein müssen. Ich betastete ihn überall, aber es war nichts da; dann drehte ich die Taschen um – sie waren vollkommen leer, mit Ausnahme der rechten Hosentasche, in der sich etwas Kleingeld befand.

›Hat er nicht immer eine Uhr getragen?‹ fragte der Arzt.

›Ja, natürlich.‹

Ich erinnerte mich, daß er die Kette im Knopfloch seines Rockaufschlages zu befestigen pflegte, und die Uhr und einige Siegel und sonstige Dinge trug er in seiner obern Rocktasche. Aber Uhr und Kette waren fort.

›Da bleibt wohl kein Zweifel mehr‹, sagte ich.

Es war klar, daß er von Raubmördern überfallen worden war, die wußten, daß er Geld bei sich hatte. Nachdem sie ihn getötet hatten, hatten sie ihm alles weggenommen. Ich erinnerte mich plötzlich an die Fußspuren, die bewiesen, daß er einen Augenblick stehengeblieben war; ich konnte mir genau vorstellen, wie der Mord sich abgespielt hatte. Einer hatte ihn unter irgendeinem Vorwand angehalten, und in dem Moment, als er sich wieder in Bewegung setzte, war ein zweiter hinten aus dem Dschungel hervorgeschlüpft und hatte ihm zwei Gewehrladungen in den Kopf gefeuert.

›Jetzt‹, sagte ich zu dem Arzt, ›ist es meine Aufgabe, die Halunken zu fangen. Und es wird mir ein besonderes Vergnügen sein, sie baumeln zu sehen.‹

Selbstverständlich gab es eine gerichtliche Untersuchung. Mrs. Bronson wurde vernommen, aber sie hatte nichts zu sagen, was nicht schon bekannt war. Bronson hatte den Bungalow um ungefähr elf Uhr verlassen, er wollte in Kabulong zu Mittag essen und zwischen fünf und sechs Uhr wieder zurück sein. Er bat seine Frau, nicht auf ihn zu warten, er würde bloß das Geld in die Kasse sperren und dann gleich in den Klub kommen. Cartwright bestätigte dies. Er hatte allein mit Mrs. Bronson gegessen und war, nachdem er noch eine Zigarre geraucht hatte, auf die Taubenjagd gegangen. Er war um ungefähr fünf Uhr wieder nach Hause gekommen, etwas früher vielleicht, hatte gebadet und sich seinen Tennisanzug angezogen. Er hatte nicht weit von der Stelle, wo Bronson getötet worden war, gejagt, aber keinen Schuß gehört; das bedeutete natürlich nichts; bei den vielen Zikaden, Fröschen und den andern Geräuschen des Dschungels hätte er schon sehr nahe sein müssen, um etwas zu hören; und überdies war Cartwright, wahrscheinlich noch ehe Bronson ermordet worden war, wieder zu Hause gewesen. Wir verfolgten Bronsons Bewegungen. Er hatte im Klub gegessen, das Geld von der Bank geholt, knapp ehe sie geschlossen wurde, war dann in den Klub zurückgegangen, um noch etwas zu trinken, und dann auf seinem Rad davongefahren. Er hatte den Fluß mit der Fähre überquert – der Fährmann erinnerte sich deutlich, ihn gesehen zu haben, und wußte genau, daß niemand anderer mit einem Rad hinübergefahren war. Das sah so aus, als ob ihm die Mörder nicht gefolgt wären, sondern ihm aufgelauert hätten. Er fuhr ein paar Meilen auf der Landstraße und nahm dann die Abzweigung, die zu seinem Bungalow führte.

Es schien, als wäre er von Männern getötet worden, die seine Gewohnheiten kannten, und selbstverständlich fiel der Verdacht sofort auf die Kulis seiner Pflanzung. Wir durchsuchten sie alle – sehr sorgfältig –, aber es ergab sich bei keinem auch nur das geringste belastende Moment. Die meisten waren imstande, für ihre Handlungen in durchaus befriedigender Weise Rechenschaft abzulegen, und die, die es nicht konnten, schienen mir aus diesem oder jenem Grunde nicht in Betracht zu kommen. Es gab ein paar Taugenichtse unter den Chinesen in Alor Lipis, und ich ließ sie beobachten. Aber ich hatte meine Zweifel, daß die Tat von Chinesen begangen worden war. Chinesen, dachte ich, hätten sich eines Revolvers und nicht eines Gewehres bedient. Jedenfalls konnte ich bei ihnen nichts herauskriegen. Wir schrieben also eine Belohnung von tausend Dollar aus für jeden, der uns eine Mitteilung machen konnte, die zur Entdeckung der Mörder beitrug. Ich war überzeugt, daß es viele Leute geben mußte, denen es ein Bedürfnis war, der Öffentlichkeit einen Dienst zu erweisen und gleichzeitig eine hübsche Summe Geld zu verdienen. Aber anderseits wußte ich, daß ein Angeber nicht gerne ein Risiko auf sich nahm; er würde, was er wußte, erst dann sagen, wenn er es ohne Gefahr tun konnte, und so wappnete ich mich mit Geduld. Die Belohnung hatte das Interesse meiner Polizisten geschärft, und ich wußte, daß sie nichts unversucht lassen würden, die Verbrecher aufzuspüren. In einem derartigen Fall konnten sie mehr tun als ich.

Aber es war sonderbar – nichts ereignete sich. Die Belohnung schien niemanden zu locken. Ich warf meine Netze ein wenig weiter. Es gab zwei, drei Sträflingslager an der Straße, und ich fragte mich, ob die Mörder vielleicht dort zu finden waren. Ich ließ mir die Aufseher kommen, fand aber auch bei ihnen keine Hilfe. Ich sprach mit den Sträflingen selbst, doch es ergab sich nicht der geringste Anhaltspunkt, daß sie etwas mit dem Mord zu tun hatten.

›Schön‹, sagte ich zu mir selbst, als ich nach Alor Lipis zurückfuhr. ›Es eilt ja nicht. Der Strick wird vom Warten nicht schlechter.‹

Die Schurken hatten sich eine beträchtliche Summe angeeignet, aber was hat man vom Geld, wenn man es nicht ausgibt? Ich kannte das Temperament der Eingeborenen gut genug, um zu wissen, daß ein derartiger Besitz eine ständige Versuchung bedeuten mußte. Die Malaien sind ein verschwenderisches Volk und ein Volk von Spielern, und auch die Chinesen sind Spieler; früher oder später würde einer anfangen, mit Geld herumzuwerfen, und dann würde ich erfahren wollen, woher er es hatte. Mit ein paar wohlgezielten Fragen könnte ich dem Burschen die Hölle heiß machen, und dann sollte es mir, wenn ich mein Handwerk nur halbwegs verstand, nicht schwerfallen, ihm ein volles Geständnis abzuzwingen.

Es blieb nun nichts anderes übrig als stillzusitzen und zu warten, bis das erste Aufsehen verflogen war und die Mörder glaubten, die Sache wäre vergessen. Der Kitzel, jene übelerworbenen Dollars auszugeben, würde wachsen und wachsen, bis er unwiderstehlich wurde. Ich nahm mir vor, meinen Geschäften nachzugehen, aber unvermindert wachsam zu bleiben, und eines Tages, früher oder später, würde meine Stunde kommen.

Cartwright fuhr mit Mrs. Bronson nach Singapur. Die Gesellschaft, für die Bronson gearbeitet hatte, fragte bei ihm an, ob er Bronsons Stelle übernehmen wolle, aber er erklärte sehr verständlicherweise, daß er sich dazu nicht entschließen könne, sie schickten also jemand anderen hin und boten Cartwright den Posten, den Bronsons Nachfolger freigelassen hatte, an. Es handelte sich um die Leitung der Plantage, auf der Cartwright jetzt noch lebt. Er übernahm die Arbeit sofort. Vier Monate später wurde Olive in Singapur geboren, und ein paar Monate später, etwas über ein Jahr nach Bronsons Tode, heiratete Cartwright Mrs. Bronson. Ich war überrascht; aber bei näherer Überlegung mußte ich zugeben, daß es nur natürlich war. Nach dem Unglück hatte sich Mrs. Bronson sehr auf Cartwright gestützt, und er hatte alles für sie geordnet; sie mußte sich einsam gefühlt haben, ziemlich verloren und war ihm dankbar für seine Güte; er benahm sich großartig. Und er, seinerseits, hatte bestimmt Mitleid mit ihr; es war eine schreckliche Lage für eine Frau, sie wußte nicht, wo sie sich hinwenden sollte, und das, was sie miteinander durchgemacht hatten, bildete ein Band zwischen ihnen. Es war durchaus begreiflich, daß sie einander heirateten und wahrscheinlich das Beste, was sie tun konnten.

Es sah aus, als ob Bronsons Mörder niemals gefangen werden würden, denn mein Plan funktionierte nicht; es gab niemanden im Distrikt, der mehr Geld ausgab, als er verantworten konnte, und wenn jemand diesen Schatz bei sich vergraben hatte, so zeigte er eine Selbstbeherrschung, die übermenschlich war. Ein Jahr war vergangen und die Sache völlig in Vergessenheit geraten. Konnte jemand dermaßen vorsichtig sein, daß er sich nach so langer Zeit nicht einmal ein kleines bißchen Geld durch die Finger sickern ließ? Es war unglaublich. Ich fing an zu erwägen, ob Bronson nicht von ein paar wandernden Chinesen umgebracht worden war, die Zeit gehabt hatten, zu flüchten, nach Singapur vielleicht, wo man nur geringe Chancen hatte, sie zu fangen. Endlich gab ich es auf. Wenn man es näher bedenkt, sind es gerade Verbrechen dieser Art, Raubverbrechen, bei denen die geringste Wahrscheinlichkeit besteht, den Schuldigen zu entdecken; denn es gibt nichts, was den Verdacht auf ihn lenkt; und wenn man ihn erwischt, so hat er es zumeist bloß seiner Unvorsichtigkeit zu verdanken.

Anders ist es bei Leidenschafts- oder Racheverbrechen. In solchen Fällen kann man in Erfahrung bringen, wer ein Motiv hatte, das Opfer aus dem Wege zu schaffen.

Es hat keinen Zweck, sich über einen Mißerfolg graue Haare wachsen zu lassen, und ich rief meinen gesunden Menschenverstand zu Hilfe, um mir die Sache aus dem Kopf zu schlagen. Niemand hat es gerne, sich für geschlagen zu erklären, aber ich war geschlagen und mußte gute Miene zum bösen Spiel machen. Und dann wurde ein Chinese dabei ertappt, daß er versuchte, Bronsons Uhr zu versetzen.

Ich habe Ihnen erzählt, daß Bronsons Uhr und Kette gestohlen worden waren, und Mrs. Bronson konnte sie uns natürlich genau beschreiben. Es war eine Uhr mit Springdeckel von Benson, eine Goldkette, drei oder vier Siegel und eine kleine Geldbörse. Der Pfandleiher war ein schlauer Bursche, und als der Chinese die Uhr brachte, erkannte er sie sofort. Unter einem Vorwand ließ er den Burschen warten und schickte um einen Polizisten. Der Mann wurde verhaftet und unverzüglich zu mir gebracht. Ich begrüßte ihn wie einen langverlorenen Bruder. Nie habe ich mich mehr gefreut, einen Menschen zu sehen. Ich kenne keine moralisierenden Gefühle Verbrechern gegenüber; sie tun mir leid, weil sie ein Spiel spielen, bei dem ihre Gegner alle Trümpfe und Könige in der Hand haben; aber wenn ich einen erwische, empfinde ich die gleiche Befriedigung, wie wenn mir beim Bridge eine wohlausgedachte List gelingt. Endlich würde das Geheimnis gelüftet werden; denn wenn der Chinese nicht selber der Täter war, konnten wir ziemlich sicher sein, durch ihn die Täter aufzuspüren. Ich strahlte ihn an.

Ich forderte ihn auf, Rechenschaft abzulegen, wie er in den Besitz der Uhr gelangt war. Er sagte, er hätte sie von einem Mann gekauft, den er nicht kannte. Das war sehr fadenscheinig. Ich setzte ihm kurz die Umstände auseinander und teilte ihm mit, daß er des Mordes angeklagt werden würde. Ich hatte die Absicht, ihn zu erschrecken, und das gelang mir. Er sagte, daß er die Uhr gefunden hätte.

›Gefunden? Sieh mal an. Wo denn?‹

Seine Antwort machte mich stutzig; er sagte, er hätte sie im Dschungel gefunden; ich lachte ihn aus; ich fragte, ob er es für wahrscheinlich hielte, daß man im Dschungel Uhren herumliegen ließ; nun sagte er, er wäre den Weg gegangen, der von Kabulong nach Alor Lipis führte, wäre ein Stück in den Dschungel eingedrungen und hätte mit einem Male etwas Glänzendes erblickt, nämlich die Uhr. Das war merkwürdig. Warum sollte er gerade diese Stelle als Fundort angeben? Es war entweder wahr oder ungewöhnlich schlau. Ich fragte ihn, wo die Kette und die Anhängsel geblieben wären, und er zog sie sofort hervor. Ich hatte ihm Angst eingejagt, und er war blaß und schlotterte; er war ein x-beiniger kleiner Kerl, und ich hätte ein Esel sein müssen, wenn ich nicht erkannt hätte, daß er nicht der Mörder war. Aber sein Schreck ließ vermuten, daß er etwas wußte.

Ich fragte ihn, wann er die Uhr gefunden hätte.

›Gestern‹, sagte er.

Ich fragte ihn, was er auf dem Weg von Kabulong nach Alor Lipis zu suchen gehabt hätte. Er sagte, er hätte in Singapur gearbeitet, wäre nach Kabulong gekommen, weil sein Vater krank war, und hätte sich dann in Alor Lipis nach Arbeit umsehen wollen. Ein Freund seines Vaters, ein Zimmermann von Beruf, hätte ihm Beschäftigung gegeben. Er nannte mir den Namen des Mannes, bei dem er in Singapur gearbeitet hatte und auch den seines Arbeitgebers in Alor Lipis. Alles, was er sagte, schien plausibel und war so leicht zu überprüfen, daß es schwerlich falsch sein konnte. Selbstverständlich fiel mir ein, daß die Uhr, wenn das, was er sagte, stimmte, über ein Jahr im Dschungel gelegen hatte. Sie konnte also kaum in gutem Zustand sein; ich versuchte, sie zu öffnen, aber es gelang mir nicht. Der Pfandleiher war mit zur Polizei gekommen und wartete im Zimmer nebenan. Zum Glück verstand er sich ein bißchen auf Uhrmacherei. Ich ließ ihn kommen und bat ihn, sich die Uhr anzusehen; als er sie öffnete, wurde ein kleines Knirschen hörbar, das Werk war dick verrostet.

›Diese Uhr ganz schlecht‹, sagte er kopfschüttelnd. ›Sie nie mehr gehen.‹

Ich fragte ihn, worauf das zurückzuführen wäre, und ohne daß ich noch ein Wort hinzugefügt hätte, erklärte er mir, sie müßte lange Zeit der Feuchtigkeit ausgesetzt gewesen sein. Der moralischen Wirkung wegen ließ ich den Gefangenen in eine Zelle sperren und schickte nach seinem Arbeitgeber. Ich sandte ein Telegramm nach Kabulong und eines nach Singapur. Während ich wartete, tat ich mein Bestes, um mir die Sache zu deuten. Die Geschichte, die der Mann erzählte, schien mir wahr zu sein; sein Schuldbewußtsein und seine Angst waren vielleicht nur darauf zurückzuführen, daß er etwas Gefundenes hatte verkaufen wollen. Die unschuldigsten Menschen verlieren ihre Ruhe, wenn sie der Polizei in die Hände fallen; ich weiß nicht, was ein Polizeibeamter an sich hat: niemand fühlt sich wohl in seiner Gesellschaft. Aber wenn der Chinese die Uhr wirklich dort gefunden hatte, wo er sagte, dann mußte jemand sie hingeworfen haben. Das war nun komisch. Selbst wenn die Mörder die Uhr für ein gefährliches Besitzstück gehalten hatten – sie hätten das goldene Gehäuse ohne weiteres einschmelzen können. Für einen Eingeborenen war so etwas das Einfachste von der Welt. Und die Kette war so gewöhnlich, daß man sie kaum erkannt hätte. In jedem Juwelierladen des Landes waren solche Ketten zu haben. Es konnte natürlich sein, daß die Mörder die Uhr in der Eile im Dschungel fallengelassen hatten und sich dann fürchteten, noch einmal umzukehren und sie zu suchen. Ich hielt dies für unwahrscheinlich. Die Malaien besitzen eine große Geschicklichkeit, Gegenstände in ihren Sarongs zu verbergen, und die Chinesen haben Taschen in ihren Röcken. Überdies hatten sie ja, sobald sie einmal in den Dschungel eingedrungen waren, keine Eile mehr; sie hatten sich wahrscheinlich Zeit gelassen und die Beute auf der Stelle untereinander verteilt.

Nach ein paar Minuten erschien der Mann, den ich hatte holen lassen, auf der Polizeistation und bestätigte die Aussage des Gefangenen; und eine Stunde später bekam ich die Antwort aus Kabulong. Die Polizei hatte seinen Vater verhört und erfahren, daß sein Sohn nach Alor Lipis gegangen war, um eine Stelle bei einem Zimmermann anzutreten. Soweit schien also alles wahr zu sein. Ich ließ den Burschen vorführen und eröffnete ihm, daß ich ihn nun an die Stelle führen würde, wo er die Uhr gefunden hatte. Er müßte uns den Platz genau zeigen. Ich legte ihm Handschellen an, obzwar es kaum nötig gewesen wäre, denn der arme Teufel schlotterte vor Angst, und nahm noch ein paar Mann Bedeckung mit. Wir fuhren bis zu dem Punkt, wo der Weg in die Straße einmündet, und gingen dann zu Fuß weiter; ungefähr fünf Meter von der Stelle, wo Bronson getötet worden war, blieb der Chinese stehen.

›Hier‹, sagte er.

Er zeigte in den Dschungel, und wir folgten ihm. Wir drangen ungefähr acht Meter tief ein, und dann deutete er auf eine Spalte zwischen zwei Steinblöcken und sagte, da hätte er die Uhr gefunden. Er konnte sie dort nur durch den reinsten Zufall bemerkt haben, und wenn sie tatsächlich an dieser Stelle gelegen hatte, sah es entschieden danach aus, als ob jemand sie hingelegt hatte, um sie zu verstecken.«

Gaze hielt inne und blickte mich nachdenklich an.

»Was hätten Sie nun gedacht?« fragte er.

»Ich weiß nicht«, antwortete ich.

»Nun, ich will Ihnen sagen, was ich dachte. Ich dachte, wenn die Uhr dort gelegen hat, könnte auch das Geld dort liegen. Es schien mir der Mühe wert, zu suchen. Natürlich ist es nicht einfach, im Dschungel etwas zu suchen; in einem Heubündel nach einer Nadel zu suchen, ist daneben ein Kinderspiel. Mich sollte das nicht abschrecken. Ich nahm dem Chinesen die Handschellen ab, denn ich brauchte alle Hilfe, die ich mir verschaffen konnte; ich ließ meine Polizisten antreten, und ich machte mich selbst auf die Suche. Wir bildeten eine Reihe, wir waren unser fünf, und fingen von der Straße her zu suchen an; auf einer Breite von je vierzig Metern zu beiden Seiten der Stelle, wo Bronson ermordet worden war, und in einer Tiefe von achtzig Metern untersuchten wir den Boden Schritt für Schritt. Wir wühlten in welkem Laub und spähten in Büsche, wir schauten unter Steinblöcke und in hohle Bäume. Ich wußte, daß es ein törichtes Beginnen war, denn unsere Chancen standen tausend zu eins. Aber eine Überlegung gab mir Hoffnung; es war anzunehmen, daß jemand, der einen Mord begangen hatte, sich gehetzt fühlte und das, was er zu verstecken hatte, schnell verstecken wollte. Er wählte also das erstbeste Versteck, das sich ihm bot, und das hatte der vermutliche Mörder ja auch getan, als er die Uhr verborgen hatte.

Wir arbeiteten weiter. Ich fing an, müde und ärgerlich zu werden. Wir schwitzten wie die Schweine. Ich hatte einen rasenden Durst und nicht das geringste zu trinken. Endlich gelangte ich zu dem Schluß, daß wir es aufgeben müßten, zumindest für diesen Tag, als plötzlich der Chinese – er mußte scharfe Augen haben, der junge Mann – einen gutturalen Ruf ausstieß. Er bückte sich, und unter einer verknorrten Baumwurzel zog er ein schmutziges, faulendes, stinkendes Ding hervor. Es war eine Brieftasche, die ein Jahr lang draußen im Regen gelegen hatte, von Ameisen, Käfern und Gott weiß was benagt, durchweicht und verschimmelt, aber dennoch eine Brieftasche, und zwar die, die Bronson gehört hatte, und in ihr steckten die formlosen, zerfressenen, modernden Überbleibsel der Scheine, die er von der Bank in Kabulong geholt hatte. Nun fehlte noch das Silber, und ich war überzeugt, daß es irgendwo in der Nähe liegen mußte, aber ich wollte mich damit nicht länger aufhalten. Ich hatte etwas sehr Wichtiges entdeckt: derjenige, der Bronson ermordet hatte, hatte es nicht um des Geldes willen getan.

Können Sie sich erinnern, daß ich Ihnen erzählt habe, ich hätte zu beiden Seiten der Radspur die Abdrücke von Bronsons Stiefeln gefunden, dort, wo er stehengeblieben war und vermutlich mit jemandem gesprochen hatte? Er war ein schwerer Mann, und die Abdrücke waren deutlich abgezeichnet. Er hatte seine Füße nicht einfach auf den weichen Sand gesetzt und sie sofort wieder aufgehoben, sondern muß mindestens ein, zwei Minuten fest gestanden haben. Ich deutete es mir anfangs so, daß er stehengeblieben war, um mit einem Malaien oder einem Chinesen zu plaudern, aber je länger ich darüber nachdachte, desto unwahrscheinlicher schien es mir. Warum hätte er das tun sollen? Bronson war es darum zu tun, nach Hause zu kommen, und obgleich er ein jovialer Mensch war, stand er doch nicht auf du und du mit den Eingeborenen. Seine Beziehung zu ihnen war die zwischen Herr und Diener. Diese

Fußspuren also hatten mich immer beschäftigt. Und mit einem Male blitzte die Wahrheit in mir auf. Derjenige, der Bronson ermordet hatte, hatte es nicht getan, um ihn zu berauben; und wenn er stehengeblieben war, um mit jemandem zu sprechen, konnte der Betreffende nur ein Freund gewesen sein. Ich wußte endlich, wer der Mörder war.«

Ich habe den Detektivroman immer als eine höchst unterhaltsame und scharfsinnige Gattung der Erzählungskunst angesehen und bedauert, nicht die Geschicklichkeit zu besitzen, einen zu schreiben, aber ich habe viele gelesen und muß mir schmeicheln, daß es mir fast ausnahmslos gelang, das Rätsel zu lösen, noch ehe es mir enthüllt wurde; und nun hatte ich schon eine ganze Weile vorausgesehen, was Gaze sagen würde, aber als er es dann wirklich aussprach, lief mir – ich muß es gestehen – doch ein kalter Schauder über den Rücken.

»Der Mann, dem er begegnet war, war Cartwright. Cartwright war auf der Taubenjagd gewesen. Bronson blieb stehen und fragte ihn, ob er Glück gehabt hatte, und als er weiterfuhr, legte Cartwright das Gewehr an und schoß ihm beide Ladungen in den Kopf. Cartwright nahm das Geld und die Uhr, damit es so aussehen sollte, als hätten Raubmörder die Tat begangen, verbarg die Sachen schnell im Dschungel, ging am Rand des Busches dahin, bis er auf die Straße kam, kehrte in den Bungalow zurück, zog sich um und fuhr mit Mrs. Bronson in den Klub.

Ich erinnerte mich, wie schlecht er Tennis gespielt hatte und wie er zusammengebrochen war, als ich aus Schonung für Mrs. Bronson gesagt hatte, Bronson wäre bloß verwundet und nicht tot. Wenn er bloß verwundet war, dann konnte er vielleicht sprechen. Bei Gott, es muß ein böser Moment gewesen sein. Das Kind war von Cartwright. Sehen Sie sich Olive doch an: Sie haben ja selbst die Ähnlichkeit bemerkt. Der Doktor hatte erzählt, Mrs. Bronson wäre bestürzt gewesen, als er sie über ihren Zustand aufklärte; sie hätte sich von ihm versprechen lassen, Bronson nichts zu sagen. Warum? Weil Bronson wußte, daß er nicht der Vater des Kindes sein konnte.«

»Glauben Sie, daß Mrs. Bronson wußte, was Cartwright getan hatte?« fragte ich.

»Ich bin überzeugt davon. Wenn ich mir ihr Verhalten an jenem Abend im Klub ins Gedächtnis zurückrufe, kann ich nicht daran zweifeln. Sie war erschüttert, nicht weil Bronson tot war, sondern weil ich gesagt hatte, er wäre bloß verwundet; als ich später zugab, daß er tot war, brach sie in Tränen aus; aber es waren Tränen der Befreiung. Ich kenne diese Frau. Man muß sich doch nur dieses viereckige Kinn ansehen, um zu wissen, daß sie einen Teufelsmut im Leibe hat. Ihr Wille ist eisern. Sie war es, die Cartwright zu der Tat angestiftet hatte. Sie hatte sich jede Einzelheit, jeden kleinsten Zug ausgedacht. Er stand vollkommen unter ihrem Einfluß; und so ist es auch heute noch.«

»Und niemand ahnte, daß die beiden etwas miteinander hatten?«

»Niemand?«

»Wenn sie einander liebten, warum liefen sie, als sich herausstellte, daß die Frau ein Kind bekommen sollte, nicht einfach miteinander davon?«

»Das konnten sie nicht. Es war Bronson, der das Geld hatte; sie besaß keinen Pfennig, und Cartwright ebensowenig. Er hatte keine Stellung. Halten Sie es für möglich, daß er eine bekommen hätte, mit einer derartigen Affäre um den Hals? Bronson hatte ihn aufgenommen, als er in Not gewesen war, und er hatte ihm seine Frau gestohlen. Die beiden hätten nicht die geringste Lebensmöglichkeit gehabt. Sie durften die Wahrheit nicht aufkommen lassen. Das einzige, was ihnen übrigblieb, war, Bronson aus dem Weg zu schaffen, und das haben sie getan.«

»Sie hätten sich ihm anvertrauen können.«

»Ja, aber sie haben sich wahrscheinlich geschämt. Er war so gut zu ihnen gewesen, er war ein so anständiger Kerl. Ich glaube, sie hatten nicht das Herz, ihm die Wahrheit zu sagen. Sie zogen es vor, ihn umzubringen.«

Es trat ein Moment der Stille ein, während ich über das, was Gaze gesagt hatte, nachdachte.

»Nun, und Sie? Was haben Sie unternommen?«

»Nichts. Was hätte ich tun sollen? Was für Beweise hatte ich? Die Uhr und die Banknoten? Sie konnten ebensogut von jemandem versteckt worden sein, der später Angst hatte, sie zu holen. Der Mörder konnte sich mit dem Silber begnügt haben. Die Fußspuren? Bronson konnte stehengeblieben sein, um sich eine Zigarette anzuzünden; oder es konnte sein, daß ein Baumstamm über den Weg gefallen war und er warten mußte, bis die Kulis ihn weggeschafft hatten. Wer sollte beweisen, daß das Kind, das eine Frau von tadellosem Ruf vier Monate nach dem Tode ihres Gatten zur Welt brachte, nicht sein Kind war? Kein Geschworener hätte Cartwright verurteilt. Ich hielt den Mund, und der Mordfall Bronson wurde vergessen.«

»Aber die Cartwrights dürften ihn kaum vergessen haben«, warf ich ein.

»Wer weiß? Das menschliche Gedächtnis ist erstaunlich kurz; die Erfahrung hat mich gelehrt, daß die Reue den Menschen für gewöhnlich nicht sehr schwer belastet, wenn er vollkommen sicher ist, daß die Tat, die er begangen hat, nie ans Licht kommt.«

Ich dachte nochmals an das Paar, das ich am Nachmittag kennengelernt hatte, an den dünnen, ältlichen, kahlen Mann mit seiner goldgeränderten Brille und an die weißhaarige, unordentliche Frau mit ihrer ungenierten Art zu reden und ihrem gutmütig ironischen Lächeln. Es war beinahe unvorstellbar, daß diese beiden einst von einer so stürmischen Leidenschaft durchtobt worden waren – denn das allein machte ihr Verhalten begreiflich –, daß sie schließlich in ihrer Verblendung keinen andern Ausweg sahen als einen grausamen, kaltblütigen Mord.

»Ist es Ihnen nicht ein bißchen unbehaglich in ihrer Gesellschaft?« fragte ich Gaze. »Denn, ohne mich zu ihrem Richter aufzuspielen, muß ich doch sagen, daß sie unmöglich – nun – sehr nette Leute sein können.«

»Sehen Sie, das stimmt nicht; sie sind sehr nette Leute; die nettesten vielleicht, die wir hier haben. Mrs. Cartwright ist eine durch und durch gutmütige Person und eine sehr amüsante Frau. Es ist meine Aufgabe, Verbrechen zu verhindern und, wenn ein Verbrechen begangen worden ist, den Schuldigen ausfindig zu machen. Aber ich habe in meinem Leben zu viele Verbrecher kennengelernt, um zu glauben, daß sie im allgemeinen schlechter sind als andere Menschen. Ein durchaus anständiger Mensch kann durch bestimmte Umstände dazu getrieben werden, ein Verbrechen zu begehen, und wenn man ihn ertappt, wird er bestraft. Aber er kann deshalb ein durchaus anständiger Mensch bleiben. Die Gesellschaft bestraft ihn natürlich, wenn er ihre Gesetze verletzt – und so muß es auch sein –, aber es sind nicht immer die Handlungen einer Person, die

Aufschluß über ihr Wesen geben. Wenn Sie so lange Polizeibeamter gewesen wären wie ich, würden Sie wissen, daß es nicht so sehr darauf ankommt, was ein Mensch tut, als darauf, was er ist. Zum Glück hat sich die Polizei bloß mit den Taten der Angeklagten und nicht mit ihren Gedanken zu beschäftigen. Ihr Amt wäre sonst schwieriger.«

Gaze streifte die Asche von seiner Zigarre und blickte mich mit seinem schiefen, sardonischen, aber sympathischen Lächeln an.

»Es gibt eine Aufgabe, die ich nicht haben wollte«, sagte er.

»Nämlich?« fragte ich.

»Die, die den lieben Gott am Tage des Jüngsten Gerichtes erwartet«, antwortete Gaze. »No, Sir.«

Die Tür des Schicksals

Sie fanden ein Coupé erster Klasse für sich allein. Das war angenehm, denn sie hatten eine Menge Handgepäck, Albans Coupékoffer und eine Reisetasche und Annes Reisenecessaire und eine Hutschachtel. Zwei weitere Koffer, die das Nötigste für die nächste Zukunft enthielten, waren im Gepäckwagen untergebracht, aber das ganze übrige Gepäck hatte Alban einem Spediteur übergeben, der es nach London bringen und so lange einlagern sollte, bis sie sich entschlossen hatten, was sie tun wollten. Sie besaßen eine Menge Bilder und Bücher, Kuriositäten, die Alban im Orient gesammelt hatte, seine Gewehre und Sättel. Sie hatten Sondurah für immer verlassen. Alban gab, wie es seine Gewohnheit war, dem Träger ein reichliches Trinkgeld und ging dann zum Bücherstand, um Zeitungen zu holen. Er kaufte den *New Statesman* und die *Nation*, den *Tatler* und den *Sketch* und die letzte Nummer des *London Mercury*. Dann kehrte er ins Coupé zurück und warf alles auf einen Sitz.

»Wir fahren doch bloß eine Stunde«, sagte Anne.

»Ich weiß, aber ich hatte solche Lust, sie zu kaufen. Ich bin so ausgehungert. Ist es nicht wunderbar, daß wir morgen die morgige *Times* und den *Express* und die *Mail* bekommen werden?«

Sie gab keine Antwort, und er drehte sich um, denn er sah zwei Personen durch den Gang kommen, ein Ehepaar, das von Singapur an mit ihnen gereist war.

»Gut durch den Zoll gekommen?« rief er ihnen munter entgegen.

Der Mann schien nicht zu hören, denn er schritt unentwegt weiter, aber die Frau antwortete.

»Ja, sie haben unsere Zigaretten nicht gefunden.«

Sie erblickte Anne, lächelte ihr freundlich zu und ging vorüber. Anne errötete.

»Ich fürchtete schon, sie würden hier hereinkommen«, sagte Alban. »Laß uns doch lieber allein bleiben, wenn es geht.«

Sie blickte ihn mit einem merkwürdigen Ausdruck an.

Er zündete sich eine Zigarette an und blieb in der Coupétür stehen. Auf seinem Gesicht lag ein glückliches Lächeln. Als sie das Rote Meer passiert hatten und im Kanal einen scharfen Wind antrafen, war Anne überrascht gewesen über die Veränderung, die mit den Leuten vorging, als sie wärmere Kleider anzogen. Männer, die in weißen Hosen durchaus präsentabel ausgesehen hatten, hatten nun schäbige Flanellhosen und abgetragene alte Golfröcke an, allzu sichtlich von der Stange gekauft, oder blaue Stoffanzüge, die den Provinzschneider verrieten. Die meisten Passagiere waren in Marseille an Land gegangen, aber ein Dutzend ungefähr waren – entweder weil sie dachten, daß ihnen die Fahrt durch die Bay nach dem langen Aufenthalt im Orient guttun würde, oder aus Sparsamkeit, wie sie selbst – nach Tilbury mitgefahren, und einige gingen nun auf dem Perron auf und ab. Sie trugen Tropenhelme oder doppelrandige Filzhüte und schwere Winterröcke oder aber aus der Form geratene weiche oder steife Hüte, nicht sehr gut gebürstet, die zu klein für ihre Köpfe schienen. Es war ein deprimierender Anblick. Sie sahen vorstadtmäßig und eine Spur zweitrangig aus. Aber Alban wirkte bereits wie ein Londoner. Auf seinem eleganten Winterrock war nicht ein Stäubchen zu sehen, und sein schwarzer Hut schien funkelnagelneu. Man hätte nie erraten, daß er drei Jahre von England fortgewesen war. Sein Kragen paßte genau um seinen Hals, und seine Foulardkrawatte war hübsch gebunden. Anne mußte, während sie ihn betrachtete, unwillkürlich denken, wie gut er aussah. Er war nicht ganz sechs Fuß hoch und schlank, er verstand, seine Anzüge zu tragen, und seine Anzüge waren gut geschnitten. Er hatte helles, noch dichtes Haar, blaue Augen und die schwach gelbliche Haut, die Menschen seines Typs eigen ist, wenn sie die rosige Frische der frühen Jugendjahre verloren haben. In seinen Wangen war keine Farbe. Es war ein feiner Kopf, gut aufgesetzt auf einem ziemlich langen Hals mit etwas vorstehendem Adamsapfel, aber sein Gesicht fiel mehr durch seine Vornehmheit als durch Schönheit auf. Mit seinen regelmäßigen Zügen, seiner geraden Nase und seiner breiten Stirn war er sehr gut zu photographieren, und nach den Bildern, die er gab, hätte man ihn für besonders schön halten können. Das war er nicht, vielleicht weil seine Augenbrauen und seine Wimpern blaß und seine Lippen dünn waren, aber er sah sehr intellektuell aus. Aus seinen Zügen sprach eine Feinsinnigkeit, eine Geistigkeit, die seltsam rührend wirkte. So stellte man sich einen Dichter vor; und als Anne sich mit ihm verlobt hatte, erzählte sie ihren Freundinnen, wenn sie nach ihm fragten, er sehe aus wie Shelley. Er wandte sich ihr nun mit einem leisen Lächeln in seinen blauen Augen zu. Sein Lächeln war sehr anziehend.

»Was für ein wunderbarer Tag für unsere Ankunft in England!«

Es war Oktober. Sie waren unter einem grauen Himmel und auf einem grauen Meer durch den Kanal gedampft. Es regte sich kein Windhauch. Die Fischerboote schienen auf dem friedlichen Wasser zu ruhen, als hätten die Elemente ihre alte Feindschaft für immer begraben. Die Küste war unglaublich grün, aber von einem hellen, traulichen Grün, ganz ungleich dem üppigen, ungestümen Grün des tropischen Urwalds. Die roten Städte, an denen sie vorbeifuhren, waren behaglich und heimatlich. Sie schienen die Verbannten mit lächelnder Freundlichkeit willkommen zu heißen. Und als sie in das Mündungsgebiet der Themse einfuhren, sahen sie die fruchtbaren Ebenen von Essex und bald darauf Chalk Church auf dem Kenter Ufer, einsam inmitten sturmgeprüfter Bäume, und dahinter die Wälder von Cobham. Die Sonne, rot in einem schwachen Nebel, ging auf den Mooren unter, und die Nacht brach herein. Die Bogenlampen auf dem Bahnhof warfen ein Licht, das kalte, harte Flecke in die Dunkelheit streute. Es tat gut, die Träger in ihren saloppen Uniformen herumpoltern und den dicken wichtigen Stationsvorstand mit seiner steifen Mütze seines Amtes walten zu sehen. Der Stationsvorstand pfiff und hob den Arm. Alban stieg ein und ließ sich in der Ecke, Anne gegenüber, nieder. Der Zug setzte sich in Bewegung.

»Wir kommen um sechs Uhr zehn in London an«, sagte Alban. »Um sieben können wir in Jermyn Street sein. Da bleibt uns eine Stunde zum Baden und Umziehen, und um halb neun dinieren wir im Savoy. Eine Flasche Sekt heute abend, Kleines, und ein Festdinner!« Er lachte in sich hinein. »Die Strouds und die Maundys haben sich verabredet, im Trocadero Grillroom zu essen.«

Er nahm die Zeitungen und fragte sie, ob sie auch welche haben wolle. Anne schüttelte den Kopf.

»Müde?« lächelte er.

»Nein.«

»Aufgeregt?«

Um nicht antworten zu müssen, lachte sie leicht auf. Er fing an, sich in die Zeitungen zu vertiefen, mit den Buchanzeigen beginnend, und Anne merkte, wie sehr es ihn beglückte, sich wieder näher an den Quellen der Dinge zu fühlen. Sie hatten die gleichen Zeitschriften auch in Sondurah bekommen, aber sechs Wochen verspätet, und obgleich sie sie auf dem laufenden hielten über das, was in ihrer Welt vorging, brachten sie ihnen ihre Verbannung doch nur noch deutlicher zum Bewußtsein. Aber diese Blätter kamen frisch aus der Presse. Sie rochen anders. Sie hatten eine Knusprigkeit, die beinahe wollüstig war. Er hätte sie am liebsten alle auf einmal gelesen. Anne schaute zum Fenster hinaus. Die Landschaft war dunkel, und sie konnte kaum etwas sehen außer den Lichtern ihres Abteils, die sich in den Fensterscheiben spiegelten; aber sehr bald tauchte die Stadt auf, und kleine armselige Häuser wurden sichtbar, Meilen um Meilen dieser Häuser, mit einem erleuchteten Fenster da und dort, und die Rauchfänge bildeten ein düsteres Muster gegen den Himmel. Sie fuhren durch Barking und East Ham und Bromley – es war dumm, wie ihr das Herz zitterte, als sie im Durchfahren die Namen auf den Stationsschildern las – und dann durch Stepney. Alban legte seine Zeitungen hin.

»In fünf Minuten sind wir da.«

Er setzte seinen Hut auf und holte die Sachen, die der Träger in die Gepäcknetze gelegt hatte, herunter. Er blickte Anne mit leuchtenden Augen an, und um seine Lippen zuckte es. Sie sah, daß es ihm nur mit Mühe gelang, seiner Bewegung Herr zu werden. Auch er schaute nun zum Fenster hinaus, und sie fuhren über hellerleuchtete Verkehrsstraßen, voll von Elektrischen, Autobussen und Lastwagen, und überall drängten sich die Menschen. Welche Menge! Die Läden waren alle erleuchtet. Sie sahen die Straßenhändler mit ihren Karren an den Wegrändern.

»London«, sagte er.

Er nahm ihre Hand und drückte sie sanft. Sein Lächeln war so bezaubernd, daß sie etwas sagen mußte. Sie versuchte zu scherzen.

»Hast du auch ein so komisches Gefühl im Magen?«

»Ich weiß nicht, ob ich weinen möchte oder ob mir schlecht ist.«

Fenchurch Street. Er ließ das Fenster herunter und winkte

einen Träger heran. Mit knirschenden Bremsen blieb der Zug stehen. Ein Träger riß die Coupétür auf, und Alban reichte ihm ein Stück nach dem andern hinunter. Dann sprang er aus dem Wagen und hielt Anne in seiner höflichen Art die Hand hin, um ihr beim Aussteigen behilflich zu sein. Der Träger entfernte sich, um einen Schubkarren zu holen, und sie blieben bei ihrem Gepäck stehen. Alban winkte zwei Schiffspassagieren zu, die an ihnen vorbeikamen. Der Mann nickte steif.

»Was für ein Trost, daß wir es nie mehr nötig haben werden, zu diesen gräßlichen Leuten höflich zu sein«, sagte Alban leichthin.

Anne warf ihm einen raschen Blick zu. Er war wirklich unverständlich. Der Träger kam mit seinem Karren zurück, das Gepäck wurde aufgeladen, und sie folgten ihm, um auch noch ihre weiteren Koffer zu holen. Alban nahm den Arm seiner Frau und drückte ihn.

»Der Geruch von London! Himmel, ist das schön!«

Er war beseligt über das Getriebe, den Lärm, die drängenden, stoßenden Menschenmassen ringsumher; das Strahlen der Bogenlampen und die schwarzen Schatten, die sie warfen, scharf, aber voll und warm im Ton, hatten etwas Erhebendes für ihn. Sie traten auf die Straße, und der Träger ging, ein Taxi zu besorgen. Albans Augen leuchteten, während er die Autobusse betrachtete und die Polizisten, die bemüht waren, das Durcheinander zu regeln. Sein vornehmes Gesicht hatte einen Ausdruck, der an Ekstase grenzte. Das Taxi kam. Ihr Gepäck wurde verstaut und neben dem Chauffeur aufgestapelt. Alban gab dem Träger zweieinhalb Shilling, und sie fuhren los. Sie bogen in die Gracechurch Street ein und wurden in der Cannon Street durch eine Verkehrsstockung aufgehalten. Alban lachte laut auf.

»Was ist los?« fragte Anne.

»Ich bin so aufgeregt.«

Sie fuhren am Themsekai entlang. Dort war es verhältnismäßig ruhig. Taxis und andere Automobile fuhren an ihnen vorbei. Das Klingeln der Elektrischen war Musik für sein Ohr. An der Westminster-Brücke überquerten sie Parliament Square und fuhren dann durch die grüne Stille des St. James' Park. Sie hatten ein Zimmer in einem Hotel ganz nahe der Jermyn Street bestellt.

Der Empfangschef führte sie hinauf, und ein Diener brachte ihnen ihr Gepäck. Es war ein Zimmer mit Ehebetten und anschließendem Bad.

»Das sieht ja ganz ordentlich aus«, sagte Alban. »Es wird vollkommen ausreichen, bis wir eine kleine Wohnung oder sonst etwas gefunden haben.«

Er schaute auf die Uhr.

»Hör zu, Liebling, wir würden bloß übereinander stolpern, wenn wir gleichzeitig auspackten. Wir haben massenhaft Zeit, und du wirst länger brauchen als ich, um in Ordnung zu kommen und dich anzuziehen. Ich lasse dich eine Weile allein. Ich möchte in den Klub gehen und sehen, ob Post für mich da ist. Ich habe meinen Smoking im Handkoffer und brauche keine zwanzig Minuten, um zu baden und mich umzuziehen. Ist es dir recht?«

»Ja. Vollkommen.«

»In einer Stunde bin ich wieder da.«

»Schön.«

Er zog aus seiner Tasche den kleinen Kamm, den er immer bei sich hatte, und zog ihn durch sein langes blondes Haar. Dann setzte er den Hut auf. Er warf einen Blick in den Spiegel.

»Soll ich dir das Bad einlassen?«

»Nein, bemühe dich nicht.«

»Auf Wiedersehen also.«

Er ging.

Als er draußen war, nahm Anne ihr Reisenecessaire und ihre Hutschachtel und stellte beides auf ihren Koffer. Dann klingelte sie. Sie nahm ihren Hut nicht ab. Sie setzte sich hin und zündete sich eine Zigarette an. Als ein Mädchen erschien, ließ sie den Hausdiener kommen. Sie zeigte auf ihr Gepäck.

»Bringen Sie diese Sachen hinunter und lassen Sie sie vorläufig unten in der Halle stehen. Ich werde Ihnen später sagen, was mit ihnen zu geschehen hat.«

Sie gab dem Mann ein Zweishillingstück. Er schaffte den Koffer und die anderen Gepäckstücke hinaus und schloß die Tür hinter sich. Ein paar Tränen liefen Anne über die Wangen, aber sie rüttelte sich auf; sie trocknete sich die Augen und puderte sich das Gesicht. Sie brauchte ihre ganze Ruhe. Sie war froh, daß Alban auf die Idee gekommen war, in den Klub zu gehen. Es erleichterte ihr Vorhaben und ließ ihr ein wenig Zeit zur Überlegung.

Nun, da der Augenblick gekommen war, auszuführen, was sie seit Wochen beschlossen hatte, nun, da sie die furchtbaren Dinge aussprechen mußte, die sie zu sagen hatte, verließ sie der Mut. Ihr Herz sank. Sie wußte genau, was sie Alban sagen wollte, sie war sich seit langem darüber klar. Auf der langen Reise von Singapur hatte sie es sich hundertmal Wort für Wort vorgesagt, aber sie hatte Angst, sich zu verwirren. Sie verabscheute Streit. Der bloße Gedanke an eine Szene machte sie krank. Darum war es gut, daß sie nun eine Stunde Zeit hatte, sich zu sammeln. Er würde sagen, daß sie herzlos und grausam und unvernünftig sei. Sie konnte es nicht ändern.

»Nein, nein, nein«, rief sie laut.

Sie schauderte vor Entsetzen. Und mit einem Male sah sie sich wieder in dem Bungalow, so wie sie dagesessen hatte, als das Ganze anfing. Es war knapp vor dem Mittagessen, und in ein paar Minuten sollte Alban vom Büro zurück sein. Es war eine Freude für sie, daß der Raum, der ihn erwartete, diese große Veranda, die ihr Wohnzimmer bildete, so hübsch war, und sie wußte, daß Alban nach achtzehn Monaten immer noch nicht abgestumpft war gegen das kleine Kunstwerk, das sie hier zustande gebracht hatte. Die Jalousien waren nun heruntergelassen, um die Mittagsonne abzuhalten, und das gemilderte Licht, das durch den Stoff hindurchdrang, rief den Eindruck kühler Stille hervor. Anne setzte ihren Stolz in eine hübsche Wohnung, und obgleich sie, wie der Dienst es mit sich brachte, von Distrikt zu Distrikt versetzt wurden und selten lange an ein und demselben Ort blieben, machte sie sich jedesmal mit neuem Enthusiasmus daran, ihr Haus reizend und behaglich einzurichten. Sie war sehr modern. Besucher wunderten sich, daß keine Nippsachen herumstanden. Sie waren befremdet über die kühnen Farben der Vorhänge und konnten nichts mit den farbigen Reproduktionen von Marie Laurencin und Gauguin anfangen, die in versilberten Rahmen an den Wänden verteilt waren. Sie war sich bewußt, daß ihr Geschmack nur von wenigen gebilligt wurde und daß die guten Damen von Port Wallace und Pemberton derartige Neuheiten ausgefallen, affektiert und unangebracht fanden; aber sie ließ sich dadurch nicht beirren. Sie würden schon lernen. Es tat ihnen gut, ein bißchen aufgerüttelt zu werden. Und nun blickte sie sich in der langen, geräumigen Veranda um, mit dem befriedigten Aufseufzen des Künstlers, der sein Werk gutheißt. Der Raum war farbig. Er war kahl. Er verbreitete Ruhe. Er erfrischte den Geist und wirkte sanft belebend auf die Phantasie. Drei ungeheure Vasen mit gelben Kannas vervollständigten das Bild. Ihre Augen blieben einen Augenblick auf den mit Büchern gefüllten Regalen haften; das war auch etwas, was die Kolonie nicht verstehen konnte: diese vielen Bücher, die sie hatten, und merkwürdige Bücher, schwer fanden sie sie meistenteils; und Anne streifte sie mit einem liebevollen Blick, als wären es lebendige Wesen. Dann schaute sie zum Klavier hinüber. Ein Notenheft stand offen da, es war etwas von Debussy, und Alban hatte es gespielt, ehe er ins Büro gegangen war.

Ihre Freundinnen in der Kolonie hatten sie bemitleidet, als Alban zum Distriktsoffizier in Daktar ernannt worden war, denn es war der entlegenste Distrikt von Sondurah. Daktar war mit der Stadt, die das Hauptquartier der Regierung bildete, weder durch Telegraph noch durch Telephon verbunden. Aber Anne gefiel es. Sie waren nun schon eine ganze Weile da und hofften, bleiben zu können, bis Alban nach zwölf Monaten seinen Urlaub antreten und nach England fahren würde. Der Distrikt war so groß wie eine englische Grafschaft, mit einer langen Küstenlinie, und das Meer war von kleinen Inseln übersät. Ein breiter, gewundener Fluß floß durch das Land, zwischen Hügelketten, die dicht mit Urwald bewachsen waren. Die Station, ein gutes Stück flußaufwärts gelegen, bestand aus einer Reihe chinesischer Läden und einem zwischen Kokospalmen eingebetteten Eingeborenendorf, dem Distriktsamt, dem Bungalow des Distriktsoffiziers, dem Haus des Sekretärs und einigen Baracken. Ihre einzigen Nachbarn waren der Leiter einer Gummiplantage, ein paar Meilen flußaufwärts, und zwei Holländer, Leiter und Assistent eines Holzwerkes an einem der Nebenflüsse des Flusses. Das Motorboot der Gummiplantage fuhr zweimal des Monats den Fluß hinauf und bildete die einzige regelmäßige Verbindung mit der übrigen Welt. Aber obgleich sie einsam waren, langweilten sie sich nicht. Ihre Tage waren ausgefüllt. Am frühen Morgen warteten ihre Pferde auf sie, und sie ritten, solange der Tag noch frisch war und in den Pfaden des Dschungels noch das Geheimnis der tropischen

Nacht verweilte. Sie kamen zurück, badeten, zogen sich um und frühstückten, und Alban ging in sein Amt. Anne verbrachte den Vormittag mit Briefschreiben und allerhand Arbeiten. Sie hatte sich in das Land verliebt und vom ersten Tag versucht, sich seine Umgangssprache zu eigen zu machen. Ihre Phantasie entzündete sich an den Geschichten von Liebe, Eifersucht und Tod, die sie hörte. Man erzählte ihr romantische Begebenheiten aus einer Zeit, die noch kaum vergangen war. Sie versuchte sich in die Gedankenwelt dieses seltsamen Volkes zu versenken. Sowohl sie als Alban lasen viel. Sie hatten eine für diese Gegend ansehnliche Bibliothek, und neue Bücher kamen aus London fast mit jeder neuen Post. Wenig Beachtenswertes entging ihnen. Alban liebte es, Klavier zu spielen. Für einen Dilettanten spielte er sehr gut. Er hatte ziemlich ernsthaft studiert und hatte einen schönen Anschlag und ein gutes Gehör; er spielte mit Leichtigkeit vom Blatt, und es war immer ein Vergnügen für Anne, neben ihm zu sitzen und mitzulesen, wenn er etwas Neues probierte. Aber ihre größte Freude war, den Distrikt zu bereisen. Manchmal blieben sie volle vierzehn Tage aus. Sie fuhren in einem Prahu den Fluß hinunter und segelten dann von einer kleinen Insel zur andern, badeten im Meer und fischten, oder aber sie ruderten stromaufwärts, bis der Lauf seicht wurde und die Bäume an den Ufern einander so nahe kamen, daß man bloß einen schmalen Streifen Himmel zwischen ihnen sehen konnte. Hier mußte der Bootsmann das Boot mit der Stange vorwärtsstoßen, und sie verbrachten die Nacht in einem Eingeborenenhaus. Sie badeten in einem tiefen Flußtümpel, der so klar war, daß man den Sand silbern am Grund glitzern sah; und der Platz war so schön, so friedlich, so weltabgeschieden, daß man das Gefühl hatte, hier könnte man ewig bleiben. Manchmal wieder wanderten sie tagelang durch den Dschungel, unter Zelten schlafend, und trotz der Moskitos, die sie stachen, und der Blutegel, die ihr Blut saugten, genossen sie jeden Augenblick. Wer hatte je so gut auf einem Feldbett geschlafen? Und danach die Freude der Heimkehr, das Entzücken an der Behaglichkeit des wohlgeordneten Heims, die Post, die angekommen war, mit Briefen von zu Hause und den vielen Zeitungen, und das Klavier.

Alban setzte sich hin – in seinen Fingern zuckte es nach den Tasten –, und was er auch spielte, ob nun Strawinski, Ravel oder Darius Milhaud – aus allem hörte sie etwas von ihm selbst heraus, die nächtlichen Geräusche des Dschungels, die Dämmerung über der Flußmündung, die sternhellen Nächte und die kristallene Klarheit der Waldgewässer.

Manchmal fiel der Regen tagelang in Strömen herab.

Dann beschäftigte sich Alban mit Chinesisch. Er lernte es, um sich mit den im Lande ansässigen Chinesen in ihrer Muttersprache verständigen zu können, und Anne erledigte etwas von den tausend Dingen, für die sie sonst keine Zeit fand. Diese Tage brachten sie einander noch näher; sie hatten immer viel miteinander zu sprechen, und wenn jedes mit seinen eigenen Angelegenheiten beschäftigt war, tat es doch wohl, die Gegenwart des andern zu spüren. Sie waren wunderbar verbunden. Die Regentage, die sie in die Wände des Bungalows einschlossen, gaben ihnen das Gefühl, eins zu sein, ein Leib und eine Seele, der ganzen übrigen Welt gegenüber.

Gelegentlich fuhren sie nach Port Wallace. Es war eine Abwechslung, aber Anne war froh, wenn sie wieder nach Hause kam. Sie fühlte sich nie ganz wohl dort. Sie merkte, daß die Leute, mit denen sie zusammentrafen, Alban nicht mochten. Es waren sehr gewöhnliche Leute, bürgerlich, provinzlerisch und stumpf, ohne eine Spur der geistigen Interessen, durch die das Leben für sie und Alban so erfüllt und abwechslungsreich wurde; und viele von ihnen waren beschränkt und bösartig; aber da sie den größten Teil des Lebens mit ihnen in Verbindung würden bleiben müssen, war es bedauerlich, daß sie Alban so wenig Sympathie entgegenbrachten. Sie behaupteten, er wäre eingebildet. Er benahm sich immer sehr nett zu ihnen, aber sie fühlte, daß sie ihm seine Freundlichkeit übelnahmen. Wenn er sich bemühte, jovial zu sein, behaupteten sie, er spiele sich auf, und wenn er sie neckte, fanden sie, er prahle auf ihre Kosten mit seinem Witz.

Einmal waren sie im Hause des Gouverneurs zu Gast, und Mrs. Hannay, seine Frau, die Anne gern hatte, fing mit ihr darüber zu sprechen an. Vielleicht geschah es auf Veranlassung des Gouverneurs.

»Es ist so schade, meine Liebe, daß Ihr Mann sich nicht bemüht, ein bißchen kameradschaftlicher mit den Leuten zu sein. Er ist sehr intelligent; glauben Sie nicht, es wäre besser, wenn er die andern nicht so ganz deutlich merken ließe, daß er das weiß? Mein Mann hat erst gestern zu mir gesagt: ›Es ist mir vollkommen klar, daß Alban Torel der klügste unter den jungen Leuten hier draußen ist, aber er hat etwas an sich, was mich reizt. Wenn er mit mir spricht, habe ich den Eindruck, daß er mich in seinem Innern einen Esel nennt.‹«

Das Schlimme daran war, daß Anne wußte, daß Alban tatsächlich eine sehr geringe Meinung von den Fähigkeiten des Gouverneurs hatte.

»Er meint es nicht so«, antwortete sie lächelnd. »Und er ist wirklich nicht im mindesten eingebildet. Er sieht bloß so aus, weil er eine gerade Nase und hohe Backenknochen hat.«

»Sehen Sie, man hat ihn im Klub nicht gern. Man nennt ihn den Puderquasten-Percy.«

Anne errötete. Sie hatte das schon früher einmal gehört, und es machte sie böse. Ihre Augen füllten sich mit Tränen.

»Ich finde das furchtbar unfair.«

Mrs. Hannay nahm ihre Hand und drückte sie liebevoll.

»Meine Liebe, Sie wissen, daß ich Ihnen nicht weh tun will. Ihr Mann wird es ganz bestimmt sehr weit bringen im Dienst. Er könnte sich seine Stellung um vieles erleichtern, wenn er ein bißchen menschlicher wäre. Warum spielt er nicht Fußball?«

»Es liegt ihm nicht. Aber er ist immer mit Freuden bereit, Tennis zu spielen.«

»Das glaubt man ihm bloß nicht. Er setzt eine Miene auf, als dächte er sich, daß niemand da sei, mit dem es sich lohne, zu spielen.«

»Gott, das stimmt ja eigentlich auch«, entgegnete Anne verletzt.

Alban war ein ausgezeichneter Tennisspieler. Er hatte in England viele Turniere gespielt, und Anne wußte, daß es ihm ein boshaftes Vergnügen bereitete, die fleischigen, biederen Männer hier auf dem Platze herumzujagen. Der Beste von ihnen wirkte dann lächerlich. Alban konnte verheerend sein auf dem Tennisplatz.

»Er spielt für die Galerie, finden Sie nicht?« fragte Mrs. Hannay.

»Nein, bestimmt nicht. Glauben Sie mir, Alban hat keine Ahnung, daß er unbeliebt ist. Soweit ich es beurteilen kann, ist er immer nett und freundlich zu allen.«

»Ja, aber gerade dann ist er am beleidigendsten«, meinte Mrs. Hannay trocken.

»Ich weiß, daß wir nicht sehr beliebt sind«, sagte Anne mit einem schwachen Lächeln. »Das tut mir sehr leid, aber ich wüßte wirklich nicht, was wir dagegen tun können.«

»Von Ihnen ist nicht die Rede, meine Liebe«, rief Mrs. Hannay. »Sie werden von allen geliebt. Deshalb finden sie sich ja auch mit Ihrem Gatten ab. Wer sollte Sie nicht gern haben, Kind?«

»Ich weiß nicht, warum ich Gnade vor ihren Augen finde«, sagte Anne.

Aber sie war nicht ganz aufrichtig. Sie spielte bewußt die Rolle der reizenden kleinen Frau und unterhielt sich königlich dabei. Sie lehnten Alban ab, weil er etwas so Vornehmes hatte und sich für Kunst und Literatur interessierte; sie verstanden nichts von diesen Dingen und hielten sie darum für unmännlich; und sie lehnten ihn ab, weil seine Fähigkeiten größer waren als die ihren. Sie lehnten ihn ab, weil er besser erzogen war als sie. Sie fanden ihn überlegen; nun, er war überlegen, aber nicht in dem Sinn, wie sie meinten. Sie verziehen ihr, weil sie ein häßliches kleines Ding war. So nannte sie sich wenigstens, aber es stimmte nicht, oder wenn es stimmte, so war ihre Häßlichkeit außerordentlich anziehend. Sie war wie ein kleiner Affe, aber ein süßer kleiner Affe und sehr menschlich. Sie hatte eine nette Figur. Das war das Beste an ihr. Das und ihre Augen. Sie waren sehr groß, von einem tiefen Braun, feucht und glänzend; sie waren voll Schelmerei, aber sie konnten auch weich werden, voll zarter innerer Anteilnahme. Sie war brünett, ihr krauses Haar wirkte beinahe schwarz, und ihre Haut war dunkel; sie hatte eine kleine fleischige Nase mit großen Nasenlöchern und einen viel zu großen Mund. Aber sie war munter und lebhaft. Sie konnte mit einem Schein von wirklichem Interesse mit den Damen der Kolonie über ihre Gatten, ihre Dienstboten und ihre Kinder in England sprechen, und sie konnte verständnisvoll den Männern zuhören, wenn sie ihr Geschichten erzählten, die sie längst kannte. Die Leute fanden sie nett und sympathisch. Sie wußten nicht, wie sie sich im geheimen über sie lustig machte. Es wäre ihnen niemals in den Sinn gekommen, daß sie sie für beschränkt, grob und anmaßend hielt. Sie konnten den Tropen keinen Reiz abgewinnen, weil sie ihre Umgebung mit banalen, nüchternen Augen betrachteten. Sie trieben die Romantik von ihrer Schwelle fort wie einen lästigen Bettler. Sie fühlte sich weit von ihnen entfernt. Sie sagte sich die Zeile von Landor vor:

»Ich liebe die Natur und nächst der Natur die Kunst.«

Sie dachte über ihr Gespräch mit Mrs. Hannay nach, aber im großen und ganzen ließ es sie unberührt. Sie überlegte, ob sie Alban etwas davon sagen wollte; es war ihr immer merkwürdig erschienen, daß er sich seiner Unbeliebtheit so wenig bewußt war; aber sie hatte Angst, er könnte seine Unbefangenheit verlieren, wenn sie mit ihm darüber sprach. Er bemerkte die Kälte der Männer im Klub einfach nicht. Sie fühlten sich in seiner Gegenwart befangen und daher unbehaglich. Sein Erscheinen löste daher immer eine Art von Peinlichkeit aus, aber er, in glücklicher Ahnungslosigkeit, war unverbindlich freundlich mit jedem einzelnen. Tatsächlich verhielt es sich so, daß er die Menschen im Grunde gar nicht bemerkte. Er und Anne und ein kleiner Kreis von Freunden, den sie in London hatten, bildeten eine Klasse für sich, aber es kam ihm nie klar zum Bewußtsein, daß auch die Leute der Kolonie, die Regierungsbeamten und die Pflanzer mit ihren Frauen menschliche Wesen waren. Er behandelte sie wie Mitspieler in einem Spiel. Er lachte mit ihnen, neckte sie und war liebenswürdig tolerant ihnen gegenüber; lachend sagte sich Anne, daß er ihr eigentlich vorkam wie ein Volksschullehrer, der mit seinen kleinen Jungen einen Ausflug unternimmt und sich bemüht, ihnen einen recht schönen Tag zu bereiten.

Sie fürchtete, es würde keinen Sinn haben, Alban von dem Gespräch zu erzählen.

Er war unfähig, sich zu verstellen, was, wie sie sich fröhlich eingestand, ihr selbst so leichtfiel. Was sollte man mit diesen Leuten anfangen? Die Männer waren als junge Burschen von zweitrangigen Schulen in die Kolonien herausgekommen, und das Leben hatte sie nichts gelehrt. Mit Fünfzig hatten sie den Horizont von Grünschnäbeln. Die meisten von ihnen tranken viel zuviel. Sie lasen nichts, was des Lesens wert war. Ihr Ehrgeiz war, so zu sein wie alle andern. Das größte Lob, das sie einem Menschen spendeten, war, er sei ›ein verdammt guter Kerl‹. Wenn man sich für geistige Dinge interessierte, war man ein Bildungsprotz. Sie waren zerfressen von Neid und verzehrten sich in kleinlichen Eifersüchteleien. Und die Frauen, die armen Dinger, waren voll von kleinen Rivalitäten. Sie bildeten einen Kreis, der provinzlerischer war als die Gesellschaft der kleinsten Stadt in England. Sie waren prüde und gehässig. Was hatte es zu sagen, wenn sie Alban nicht mochten? Sie würden sich mit ihm abfinden müssen, weil seine Fähigkeiten so groß waren. Er war klug und energisch. Sie konnten ihm nicht vorwerfen, daß er seine Arbeit nicht gut verrichtete. Er hatte an jedem Posten, den er bisher bekleidet hatte, Erfolg gehabt. Dank seinem Einfühlungsvermögen und seiner Phantasie drang er in die Mentalität der Eingeborenen ein und vermochte sie zu Leistungen anzuspornen, wie sie kein anderer in seiner Stellung erzielt hatte. Er hatte Sprachentalent und sprach alle lokalen Dialekte. Er beherrschte nicht nur die gewöhnliche Umgangssprache, wie sie von den meisten Regierungsbeamten gesprochen wurde, sondern er hatte sich überdies gewisse Feinheiten angeeignet, so daß er sich gelegentlich einer zeremoniellen Ausdrucksweise bedienen konnte, die den Häuptlingen schmeichelte und ihnen Eindruck machte. Er hatte Organisationstalent. Er scheute nicht vor Verantwortung zurück. Mit der Zeit mußte er es zum Residenten bringen. Alban hatte einen gewissen Rückhalt in England; sein Vater war Brigadegeneral gewesen und im Kriege gefallen, und obgleich er kein Vermögen geerbt hatte, besaß er einflußreiche Freunde. Er sprach von ihnen mit scherzhafter Ironie.

»Der große Vorteil der Demokratie«, pflegte er zu sagen, »besteht darin, daß Verdienst, gestützt auf gute Beziehungen, auf die gebührende Anerkennung rechnen darf.«

Alban war so offensichtlich der befähigteste Mann unter seinen Kollegen, daß es durchaus möglich schien, daß er eines Tages zum Gouverneur ernannt wurde. Dann, überlegte Anne, würde die überlegene Haltung, die man ihm jetzt zum Vorwurf machte, am Platz sein. Man würde ihn als Vorgesetzten anerkennen, und er würde es verstehen, sich Achtung und Gehorsam zu verschaffen. Die Position, die sie voraussah, blendete sie nicht. Sie faßte sie auf als etwas, worauf sie ein Anrecht hatten. Es würde schön sein für Alban, Gouverneur zu sein, und für sie, die Frau des Gouverneurs. Und was für ein Betätigungsfeld! Diese Regierungsbeamten und Pflanzer waren ja Schafe; wenn das Haus des Gouverneurs ein Sitz der Kultur war, würden sie sich bald anpassen. Wenn die Gunst des Gouverneurs am ehesten durch Intelligenz zu erlangen war, würde es Mode werden, intelligent zu sein. Sie und Alban würden die einheimischen Künste pflegen und mit Sorgfalt die Denkmäler entschwundener Epochen sammeln. Das Land würde eine Entwicklung nehmen, die es sich nie erträumt hatte. Sie würden es erschließen, aber nach Richtlinien der Ordnung und Schönheit. Sie würden ihren Untergebenen eine Leidenschaft für dieses schöne Stück Erde und ein liebevolles Interesse für seine romantischen Völkerstämme einflößen. Sie würden ihnen begreiflich machen, was Musik ist. Sie würden die Literatur pflegen. Sie würden Schönheit schaffen. Es sollte das Goldene Zeitalter werden.

Plötzlich hörte sie Albans Schritte. Anne erwachte aus ihren Träumen. All dies lag noch weit in der Zukunft. Alban war vorläufig noch Distriktsoffizier, und das, worauf es ankam, war das Leben, das sie gegenwärtig führten. Sie hörte Alban ins Badezimmer gehen und sich mit Wasser übergießen. Bald darauf erschien er. Er hatte sich umgezogen und trug Hemd und Shorts. Sein blondes Haar war noch feucht.

»Das Essen fertig?« fragte er.

»Ja.«

Er setzte sich ans Klavier und spielte das Stück, das er am Morgen gespielt hatte. Die silbernen Töne fielen in Kaskaden kühl durch die schwüle Luft. Man vermeinte, einen streng angelegten Garten mit hohen Bäumen und eleganten Springbrunnen zu sehen, und sanfte Wege, von pseudoklassischen Statuen eingefaßt. Alban spielte mit zartester Empfindung. Der Lunch wurde gemeldet. Er erhob sich vom Klavier. Sie gingen Hand in Hand miteinander ins Eßzimmer. Ein Punkah fächelte träge die Luft. Anne warf einen Blick auf den Tisch. Mit seinem lebhaft farbigen Tischtuch und seinen amüsanten Tellern sah er sehr lustig aus.

»Gibt es etwas Neues im Büro?« fragte sie.

»Nein, nicht viel. Eine Büffelaffäre. Oh, Prynne hat hergeschickt und mich gebeten, nach seiner Pflanzung zu kommen. Ein paar Kulis haben Bäume beschädigt, und er möchte, daß ich mir die Sache ansehe.«

Prynne war der Leiter der Gummiplantage am Fluß oben, und hin und wieder verbrachten sie einen Abend mit ihm.

Manchmal, wenn er eine Abwechslung brauchte, kam er zum Dinner herunter und übernachtete bei ihnen. Sie hatten ihn beide gern. Er war ein Mann von Fünfunddreißig, mit einem roten, zerfurchten Gesicht und sehr schwarzem Haar. Er war völlig ungebildet, aber heiter und natürlich, und da er der einzige Engländer im Umkreis von zwei Tagereisen war, konnten sie gar nicht anders als freundlich zu ihm sein. Er war anfangs etwas schüchtern ihnen gegenüber gewesen. Neuigkeiten verbreiten sich rasch im Orient, und lang ehe sie eingetroffen waren, hatte er bereits gehört, sie wären Intellektuelle. Er war sich nicht im klaren, wie er sich zu ihnen stellen sollte. Wahrscheinlich wußte er nicht, daß er Charme hatte, was viele weit wertvollere Eigenschaften aufwiegt, und Alban, mit seiner fast weiblichen Empfindsamkeit, war außerordentlich empfänglich dafür. Prynne fand also Alban bedeutend menschlicher, als er erwartet hatte, und Anne war natürlich wunderbar. Alban spielte ihm Ragtimes vor, was er nicht einmal dem Gouverneur zuliebe getan hätte, und er spielte Domino mit ihm. Als Alban seine erste Distriktsreise mit Anne unternahm und ihm mitteilte, daß er gerne ein paar Nächte auf seiner Pflanzung zubringen wollte, hatte Prynne sich verpflichtet gefühlt, ihn aufmerksam zu machen, daß er mit einer eingeborenen Frau lebte und zwei Kinder mit ihr hatte. Er würde sein möglichstes tun, sie vor Anne verborgen zu halten, aber er konnte sie nicht wegschicken, denn er wußte nicht, wohin. Alban lachte.

»Anne ist nicht so. Lassen Sie es sich ja nicht einfallen, sie zu verstecken. Anne liebt Kinder.«

Anne schloß schnell Freundschaft mit der scheuen, hübschen kleinen Frau und spielte bald fröhlich mit den Kindern. Sie und das Mädchen hatten lange, vertrauliche Gespräche miteinander, die Kinder faßten eine große Zuneigung zu ihr. Sie brachte ihnen reizende Spielsachen aus Port Wallace mit. Prynne, der ihre lächelnde Toleranz mit der mißbilligenden Säuerlichkeit der andern Frauen der Kolonie verglich, war völlig überwältigt. Er konnte sich gar nicht genugtun, seiner Freude und seiner Dankbarkeit Ausdruck zu geben.

»Wenn alle Intellektuellen so sind wie Sie«, sagte er, »dann will ich nur mehr mit Intellektuellen verkehren.«

Es tat ihm weh, zu denken, daß sie in einem Jahr den Distrikt für immer verlassen würden. Denn wenn der nächste Distriktsoffizier eine Frau hatte, mußte er sich auf ihre mißbilligende Ablehnung gefaßt machen. Sie würde es schrecklich finden, daß er, anstatt allein zu leben, eine Eingeborene bei sich hatte und, was noch schlimmer war, an ihr hing.

Aber es hatte in letzter Zeit allerhand Mißhelligkeiten gegeben auf der Plantage. Die Kulis waren Chinesen und von kommunistischen Ideen angesteckt. Sie waren ungefügig. Alban hatte sich gezwungen gesehen, einige von ihnen zu Gefängnisstrafen zu verurteilen.

»Prynne sagt mir, daß er sie alle, sobald ihr Quartal um ist, nach China zurückschicken und sich statt ihrer Javaner nehmen will«, erzählte Alban. »Ich bin überzeugt, er hat recht. Javaner sind viel leichter zu behandeln.«

»Du glaubst doch nicht, daß es ernsthafte Unruhen geben wird?«

»Ach nein. Prynne versteht sein Handwerk und ist ein energischer Mensch. Er wird schon fertig werden mit diesen Burschen. Überdies hat er mich und unsere Polizisten hinter sich; da werden sie es bestimmt nicht wagen, ernsthaft aufzumucken.« Er lächelte. »Die eiserne Hand im samtenen Handschuh.«

Die Worte waren kaum ausgesprochen, als ein plötzliches Geschrei sich erhob. Es gab einen Tumult, und man hörte das Getrappel von Schritten. Laute Stimmen und Schreie.

»Tuan, Tuan.«

»Was, zum Teufel, ist los?«

Alban sprang von seinem Stuhl auf und ging schnell auf die Veranda. Anne folgte ihm. Am Fuße der Treppe stand eine Gruppe von Eingeborenen, auch der Sergeant war da, drei oder vier Polizisten, Bootsleute und ein paar Männer aus dem Sträflingslager.

»Was gibt's?« rief Alban.

Zwei oder drei antworteten gleichzeitig. Der Sergeant schob die andern beiseite, und Alban sah auf dem Boden einen Mann liegen in Hemd und Khakihosen. Er rannte die Treppen hinunter und erkannte in ihm den Hilfsaufseher von Prynnes Plantage. Er war ein Mischling. Seine Hosen waren voll Blut, und die eine Seite seines Gesichtes und seines Kopfes war von geronnenem Blut überzogen. Er war bewußtlos.

»Bringt ihn herauf«, rief Anne.

Alban gab einen Befehl. Der Mann wurde aufgehoben und auf die Veranda getragen. Man legte ihn auf den Boden, und Anne schob ihm ein Kissen unter den Kopf. Sie ließ Wasser und ihr Medikamentenkästchen bringen.

»Ist er tot?« fragte Alban.

»Nein.«

»Versuche, ihm etwas Brandy einzuflößen.«

Die Bootsleute brachten grausige Nachricht. Die chinesischen Kulis hatten sich plötzlich erhoben und Prynnes Büro angegriffen. Prynne war getötet worden, und der Hilfsaufseher, Oakley mit Namen, hatte sich nur mit äußerster Not retten können. Er war erschienen, als die Aufrührer im Begriffe waren, das Büro zu plündern, hatte gesehen, wie man Prynnes Leichnam zum Fenster hinauswarf und hatte die Flucht ergriffen. Einige von den Chinesen erblickten ihn und jagten hinter ihm her. Er rannte zum Fluß hinunter und wurde verwundet, als er in das Motorboot sprang. Dem Bootsführer gelang es, abzustoßen, ehe noch die Chinesen an Bord kommen konnten, und man war so rasch wie möglich flußabwärts gefahren. Unterwegs hatte man Flammen aus den Verwaltungsgebäuden emporschlagen gesehen. Es gab keinen Zweifel, daß die Kulis alles niedergebrannt hatten, was niederzubrennen war.

Oakley stöhnte auf und öffnete die Augen. Er war ein kleiner dunkelhäutiger Mann mit glatten Zügen und dickem, grobem Haar. Seine großen Augen waren von Entsetzen erfüllt.

»Fürchten Sie sich nicht«, sagte Anne. »Sie sind in Sicherheit.«

Er seufzte auf und lächelte. Anne wusch ihm das Gesicht und benetzte es mit antiseptischen Mitteln. Die Wunde auf seinem Kopf war nicht ernst.

»Können Sie schon sprechen?« fragte Alban.

»Warte ein bißchen«, sagte sie. »Wir müssen uns zuerst sein Bein ansehen.«

Alban befahl dem Sergeanten, die Leute von der Veranda zu entfernen. Anne schlitzte das eine Hosenbein auf. Der Stoff klebte an der Wunde.

»Ich habe geblutet wie ein Schwein«, sagte Oakley.

Es war bloß eine Fleischwunde. Alban hatte geschickte Finger, und obgleich das Blut von neuem zu fließen begann, stillte er es bald. Er legte einen Verband an. Der Sergeant und ein Polizist hoben Oakley auf einen Liegestuhl. Alban flößte ihm etwas Brandy ein, und bald fühlte er sich kräftig genug, zu sprechen. Er wußte nicht mehr, als die Bootsleute bereits berichtet hatten. Prynne war tot, und die Plantage stand in Flammen.

»Und das Mädchen und die Kinder?« fragte Anne.

»Ich weiß nicht.«

»Ach, Alban!«

»Ich muß die Polizei hinschicken. Sind Sie sicher, daß Prynne tot ist?«

»Ja, Sir. Ich habe ihn gesehen.«

»Haben die Aufrührer Feuerwaffen?«

»Ich weiß nicht, Sir.«

»Was heißt das: Sie wissen nicht?« rief Alban gereizt. »Prynne hatte doch ein Gewehr, nicht?«

»Ja, Sir.«

»Es müssen mehrere Gewehre dagewesen sein. Sie hatten doch auch eines, nein? Und der Hauptaufseher ebenfalls?«

Der Mann schwieg. Alban blickte ihn streng an.

»Wie viele von diesen verdammten Chinesen sind da?«

»Hundertfünfzig.«

Anne wunderte sich, daß er so viele Fragen stellte. Es erschien ihr als Zeitverlust. Jetzt kam es darauf an, Kulis für den Transport flußaufwärts zu sammeln, die Boote flottzumachen und Munition für die Polizei auszugeben.

»Wie viele Polizisten haben Sie, Sir?« fragte Oakley.

»Acht und den Sergeanten.«

»Könnte ich mitkommen? Dann wären wir zehn. Es wird bestimmt gehen, jetzt, wo ich verbunden bin.«

»Ich fahre nicht hin«, sagte Alban.

»Alban, du mußt«, rief Anne. Sie traute ihren Ohren kaum.

»Es kommt gar nicht in Frage. Es wäre der hellste Wahnsinn. Mit Oakley können wir nicht rechnen. In ein paar Stunden wird er Fieber haben. Er stünde uns nur im Wege. So blieben uns im ganzen neun Gewehre. Die Chinesen sind hundertfünfzig und haben Waffen und Munition, soviel sie brauchen.«

»Wieso weißt du das?«

»Das sagt mir der Verstand, sonst hätten sie diesen Aufstand nicht gewagt. Es wäre idiotisch, hinzufahren.«

Anne starrte ihn offenen Mundes an. Die Augen Oakleys blickten verständnislos.

»Was wirst du denn tun?«

»Nun, glücklicherweise haben wir das Boot. Ich werde es nach Port Wallace schicken mit der Bitte um Verstärkung.«

»Aber die kann erst frühestens in zwei Tagen hier sein.«

»Nun, und was liegt daran? Prynne ist tot und die Plantage niedergebrannt. Was könnte es nützen, wenn wir jetzt hinauffahren? Ich werde einen Eingeborenen hinschicken, damit er genau auskundschaftet, was die Aufrührer tun.« Er lächelte Anne auf seine bezaubernde Weise zu. »Glaube mir, Kleines, den Schurken bleibt nichts erspart, wenn sie ein, zwei Tage auf ihr Strafgericht warten müssen.«

Oakley öffnete den Mund, um zu sprechen, aber vielleicht versagte ihm der Mut. Er war ein Mischling, ein kleiner Hilfsaufseher, und Alban, der Distriktsoffizier, repräsentierte die Regierung. Aber die Augen des Mannes suchten die Annes, und sie hatte den Eindruck, als läse sie in ihnen einen ernsten und persönlichen Appell.

»Aber in zwei Tagen können sie die entsetzlichsten Greuel anrichten«, rief sie. »Es ist nicht auszudenken, was sie alles tun können.«

»Was sie auch anrichten, sie werden es bezahlen, das versichere ich dir.«

»Oh, Alban, du kannst nicht stillsitzen und nichts tun. Ich flehe dich an, sofort selbst hinzufahren.«

»Sei nicht so dumm. Ich kann nicht mit acht Mann und einem Sergeanten einen Aufstand unterdrücken. Ich habe nicht das Recht, ein solches Wagnis auf mich zu nehmen. Wir müßten in Booten hinfahren. Und du glaubst doch nicht, daß wir unbemerkt hingelangen könnten? Der Busch längs der Ufer ist ein sicherer Hinterhalt, und sie könnten uns einfach abknallen, während wir dahinfahren. Wir hätten nicht die geringste Chance.«

»Ich fürchte, sie werden es bloß für Schwäche halten, wenn zwei Tage einfach gar nichts unternommen wird, Sir«, sagte Oakley.

»Wenn ich Ihre Meinung hören will, werde ich Sie fragen«, erwiderte Alban eisig. »Was haben denn Sie getan in der Gefahr? Einfach ausgerissen sind Sie, das ist alles. Ich kann mir nicht vorstellen, daß Ihre Hilfe im Notfall sehr wertvoll wäre.«

Der Mischling errötete. Er sagte nichts mehr. Mit verstörten Augen blickte er vor sich hin.

»Ich gehe ins Büro hinunter«, sagte Alban. »Ich will schnell einen Bericht schreiben und ihn dann sofort mit dem Boot wegschicken.«

Er gab dem Sergeanten, der die ganze Zeit über steif oben an der Treppe gestanden hatte, einen Befehl. Der Sergeant salutierte und eilte fort. Alban begab sich in einen kleinen Vorraum, den sie hatten, um sich einen Tropenhelm zu holen. Anne folgte ihm rasch.

»Alban, um Gottes willen, höre mir eine Minute zu«, flüsterte sie.

»Ich will nicht unhöflich zu dir sein, Liebling, aber ich habe Eile. Du tätest besser, dich um deine eigenen Angelegenheiten zu kümmern.«

»Du kannst nicht einfach nichts tun, Alban. Du mußt gehen. Auf jede Gefahr hin.«

»Mach dich nicht lächerlich«, sagte er scharf.

Er war noch nie böse zu ihr gewesen. Sie erfaßte seine Hand, um ihn zurückzuhalten.

»Ich habe dir schon gesagt, daß nichts damit geholfen ist, wenn ich hinfahre.«

»Das weißt du nicht. Es ist doch noch die Frau da und Prynnes Kinder. Wir müssen etwas tun, um sie zu retten. Laß mich mitkommen. Sie werden sie umbringen.«

»Das haben sie vermutlich schon getan.«

»Ach, wie kannst du so roh sein! Wenn es nur die geringste Möglichkeit gibt, sie zu retten, ist es deine Pflicht, alles zu versuchen.«

»Es ist mein Pflicht, wie ein vernünftiger Mensch zu handeln. Ich denke nicht daran, mein Leben und das Leben meiner Polizisten wegen einer Eingeborenen und ihrer halbblütigen Bälger aufs Spiel zu setzen. Für was für einen Idioten hältst du mich?«

»Sie werden sagen, daß du Angst gehabt hast.«

»Wer?«

»Alle in der Kolonie.«

Er lächelte verächtlich.

»Wenn du wüßtest, welch restlose Verachtung ich für die Meinung jedes einzelnen in der Kolonie habe.«

Sie warf ihm einen langen, forschenden Blick zu. Seit acht Jahren war sie mit ihm verheiratet und kannte jeden Ausdruck seines Gesichtes, jeden Gedanken seines Hirns. Sie starrte in seine blauen Augen, als wären es offene Fenster. Plötzlich wurde sie totenblaß. Sie ließ seine Hand fallen und wandte sich ab. Wortlos ging sie auf die Veranda zurück. Ihr häßliches kleines Affengesicht war eine Maske des Entsetzens.

Alban ging in sein Büro, schrieb einen kurzen Bericht nieder, und ein paar Minuten später stampfte das Motorboot den Fluß hinunter.

Die nächsten beiden Tage waren endlos. Entflohene Eingeborene brachten Nachrichten von den Geschehnissen auf der Plantage. Aber es war unmöglich, sich nach ihren aufgeregten und schreckerfüllten Berichten ein genaues Bild von der Wirklichkeit zu machen. Es hatte viel Blutvergießen gegeben. Der Erste Aufseher war getötet worden. Sie erzählten wilde Geschichten von Grausamkeiten und Gewalttätigkeiten. Anne konnte nichts von Prynnes Frau und den beiden Kindern erfahren. Sie schauderte bei dem Gedanken an ihr Schicksal. Alban sammelte so viele Eingeborene, wie er konnte. Sie waren mit Speeren und Schwertern bewaffnet. Er requirierte Boote. Die Situation war ernst, aber er bewahrte seine Fassung. Er hatte die Empfindung, sein möglichstes getan zu haben, wonach ihm nichts mehr übrigblieb, als sein normales Leben weiterzuführen. Er verrichtete seine Büroarbeit. Er spielte viel Klavier. Er ritt am frühen Morgen mit Anne. Er schien vergessen zu haben, daß es zwischen ihnen die erste ernste Meinungsverschiedenheit ihrer Ehe gegeben hatte. Er schien es für ausgemacht zu halten, daß Anne sich der Weisheit seines Entschlusses gebeugt hatte. Er zeigte sich ihr gegenüber so amüsant, so herzlich und heiter wie immer. Wenn er von den Aufrührern sprach, so geschah es mit grimmiger Ironie: kam erst die Zeit der Abrechnung, dann würden die meisten von ihnen wünschen, sie wären nie geboren.

»Was wird ihnen denn geschehen?« fragte Anne.

»Ach, sie werden baumeln.« Er zuckte voll Abscheu die Schulter. »Ich hasse es, bei Hinrichtungen zugegen sein zu müssen. Es macht mich ganz elend.«

Er war teilnahmsvoll zu Oakley, den Anne ins Bett gelegt hatte und pflegte. Vielleicht tat es ihm leid, daß er in der Aufregung des Augenblickes so beleidigend zu ihm gesprochen hatte, und nun konnte er sich gar nicht genug tun, nett zu ihm zu sein.

Dann, am Nachmittag des dritten Tages, als sie nach dem Lunch ihren Kaffee tranken, erlauschte Albans scharfes Ohr das Geräusch eines herannahenden Motorbootes. Im gleichen Augenblick kam ein Polizist gelaufen und meldete, daß das Regierungsboot in Sicht wäre.

»Endlich«, rief Alban.

Er stürzte aus dem Hause. Anne zog eine von den Jalousien hoch und schaute auf den Fluß hinaus. Das Geräusch war nun schon ganz laut, und im nächsten Augenblick sah sie das Motorboot um die Biegung kommen. Sie sah Alban auf der Landungsbrücke. Er sprang in einen Prahu, und als das Boot die Anker auswarf, ging er an Bord. Sie teilte Oakley mit, daß Verstärkung eingetroffen sei.

»Wird der Herr Distriktsoffizier mitgehen, wenn sie angreifen?« fragte er.

»Selbstverständlich«, antwortete Anne kühl.

»Ich war mir nicht ganz klar.«

Anne fühlte einen merkwürdigen Schmerz im Herzen. Die beiden letzten Tage hatte sie ihre ganze Selbstbeherrschung aufwenden müssen, um nicht zu weinen. Sie antwortete nicht. Sie ging aus dem Zimmer.

Eine Viertelstunde später kam Alban zurück, in Gesellschaft des Polizeihauptmanns, der mit zwanzig Sikhs geschickt worden war, um gegen die Aufständischen vorzugehen. Captain Stratton war ein kleiner Mann mit einem roten Gesicht, rotem Schnurrbart und O-Beinen, sehr jovial und schneidig, mit dem sie in Port Wallace oft zusammengekommen war.

»Nun, Mrs. Torel, da haben wir ja eine schöne Bescherung«, rief er, während er ihr die Hand schüttelte, mit lauter, fröhlicher Stimme. »Aber wir wollen es ihnen schon heimzahlen, diesen Burschen, ich und meine Armee. Können es kaum erwarten. Gibt's übrigens etwas zu trinken in diesem gottverlassenen Nest?«

»Boy«, rief sie lächelnd.

»Etwas Langes und Kühles und schwach Alkoholisches, und dann bin ich bereit, den Feldzugsplan zu besprechen.«

Seine Munterkeit war sehr tröstlich. Sie blies die düstere

Bangigkeit fort, die seit dem Unglück über dem verlorenen Frieden des Bungalows gelastet hatte. Der Boy kam mit dem Tablett herein, und Stratton mischte sich einen Stengah. Alban machte ihn mit den Tatsachen bekannt. Er erzählte sie klar, kurz und präzis.

»Ich bewundere Sie«, sagte Stratton. »In Ihrem Falle wäre ich nicht imstande gewesen, der Versuchung zu widerstehen. Ich hätte meine acht Mann genommen und wäre losgezogen.«

»Ich hielt es für ein nicht zu verantwortendes Risiko.«

»Safety first, alter Junge, was?« sagte Stratton aufgeräumt. »Ich bin ja froh, daß Sie gewartet haben. Es bietet sich nicht oft Gelegenheit zu einem kleinen Abenteuer. Es wäre gemein von Ihnen gewesen, das Ganze für sich zu behalten.«

Captain Stratton war dafür, einfach den Fluß hinaufzufahren und sofort anzugreifen, aber Alban machte ihn auf die Unratsamkeit eines solchen Vorgehens aufmerksam. Das Geräusch des herannahenden Motorbootes würde die Aufrührer warnen. Das hohe Gras an den Flußufern bot ihnen Deckung, und sie hatten genügend Gewehre, um eine Landung schwierig zu machen. Es schien zwecklos, die Angreifer dem Feuer dieser Burschen auszusetzen. Man durfte nicht vergessen, daß man hundertfünfzig zum Äußersten entschlossene Männer vor sich hatte, und man könnte leicht in eine Falle geraten. Alban setzte seinen eigenen Plan auseinander. Stratton hörte ihm zu. Hin und wieder nickte er. Der Plan war zweifellos gut. Er würde ihnen die Möglichkeit geben, den Aufrührern in den Rücken zu fallen, sie zu überrumpeln und die Strafexpedition durchzuführen, ohne auch nur einen einzigen Mann zu opfern. Es wäre Narrheit, ihn nicht anzunehmen.

»Aber warum haben Sie das nicht selbst gemacht?« fragte Stratton.

»Mit acht Mann und einem Sergeanten?«

Stratton antwortete nicht.

»Immerhin, es ist keine schlechte Idee, und wir wollen dabei bleiben. Es läßt uns eine Menge Zeit, und wenn Sie gestatten, Mrs. Torel, werde ich zuvor ein Bad nehmen.«

Sie machten sich bei Sonnenuntergang auf, Captain Stratton und seine zwanzig Sikhs, Alban mit seinen Polizisten und den Eingeborenen, die er zusammengetrommelt hatte. Die Nacht war dunkel und ohne Mond. Hinter sich schleiften sie die Kanus einher, die Alban gesammelt hatte und in die später die Mannschaft verladen werden sollte. Es war wichtig, daß kein Laut ihr Herannahen verriet. Nachdem sie ungefähr drei Stunden mit dem Motorboot gefahren waren, stiegen sie in die Kanus und paddelten leise flußaufwärts. Sie erreichten die Grenzen der ausgedehnten Plantage und gingen an Land. Führer wiesen ihnen einen Pfad, der so schmal war, daß einer hinter dem andern marschieren mußte. Der Weg war lange nicht benützt worden, und das Gehen war beschwerlich. Zweimal mußten sie einen Wasserlauf durchwaten. Der Pfad führte sie auf Umwegen bis hinter die Quartiere der Aufständischen, aber sie wollten sie erst knapp vor Morgengrauen erreichen, und Stratton gab den Befehl haltzumachen. Es war eine lange, kalte Wartezeit; endlich schien die Nacht etwas weniger finster; man sah die Baumstämme zwar noch nicht, erriet sie aber vage in der Dunkelheit. Stratton hatte an einen Baum gelehnt dagesessen. Er gab dem Sergeanten einen geflüsterten Befehl, und einige Minuten später befand sich die Kolonne wieder auf dem Marsch. Plötzlich war sie auf der Straße. Sie bildete Viererreihen. Die Dämmerung brach an, und in dem gespenstischen Licht wurden die Gegenstände ringsherum undeutlich sichtbar. Die Kolonne blieb auf einen leisen Befehl hin stehen. Man erblickte die Quartiere der Kulis. Stille herrschte dort. Die Kolonne schlich abermals weiter und machte abermals halt. Stratton lächelte Alban mit leuchtenden Augen zu.

»Wir haben die Gauner im Schlafe überrumpelt.«

Er reihte seine Leute in einer Linie auf. Sie luden ihre Gewehre. Er trat vor und hob die Hand. Die Karabiner waren auf die Quartiere der Kulis gerichtet.

»Feuer!«

Man hörte ein Rasseln und gleich darauf das Krachen der Salve. Dann, plötzlich, entstand ein furchtbares Getöse, und die Chinesen strömten hervor, schreiend und Arme schwenkend, aber allen voran lief, zu Albans äußerster Verblüffung, laut brüllend und die Fäuste gegen sie schüttelnd, ein weißer Mann.

»Wer, zum Teufel, ist das?« rief Stratton.

Ein sehr großer, sehr dicker Mann in Khakihosen und Unterhemd kam auf sie zugerannt, so schnell ihn seine fetten Beine trugen, schüttelte im Rennen beide Fäuste und schrie:

»Smerige flikkers! Verlockte plörten!«

»Mein Gott, das ist ja Van Hasseldt«, sagte Alban.

Das war der holländische Leiter des Holzcamps, das an einem wichtigen Nebenfluß des Stromes, etwa zwanzig Meilen entfernt lag.

»Was, zum Donnerwetter, fällt euch ein? Seid ihr verrückt?« keuchte er, als er näher kam.

»Wie kommen Sie daher?«, fragte Stratton zurück.

Er sah, daß die Chinesen nach allen Himmelsrichtungen auseinanderstoben, und gab seinen Leuten den Befehl, sie zu umzingeln. Dann wandte er sich wieder Van Hasseldt zu.

»Was hat das zu bedeuten?«

»Zu bedeuten? Zu bedeuten?« brüllte der Holländer wütend. »Das möchte *ich* wissen. Sie und Ihre verfluchten Polizisten. Was hat das zu bedeuten, daß Sie in aller Herrgottsfrühe hier erscheinen und einfach losfeuern? Schießübungen wohl? Um ein Haar hätten Sie mich umgebracht. Idioten!«

»Nehmen Sie eine Zigarette«, sagte Stratton.

»Wie sind Sie hergekommen, Van Hasseldt?« fragte Alban sehr ratlos. »Dies ist die Abteilung, die von Port Wallace hergeschickt wurde, um den Aufstand niederzuschlagen.«

»Wie ich hergekommen bin? Zu Fuß. Wie soll ich sonst hergekommen sein? Und der Aufstand ist längst erledigt. *Ich* habe ihn niedergeschlagen. Wenn Sie deshalb gekommen sind, können Sie Ihre verdammten Polizisten wieder nach Hause schicken. Zwei Zoll von meinem Kopf entfernt hat eine Kugel eingeschlagen.«

»Ich verstehe nicht«, sagte Alban.

»Da gibt's nichts zu verstehen«, blubberte Van Hasseldt noch immer keuchend vor Wut. »Ein paar Kulis kamen zu mir und meldeten, daß die Chinesen Prynne umgebracht und alles hier niedergebrannt hätten, und da nahm ich meinen Assistenten, meinen Aufseher und einen holländischen Freund, der gerade bei mir wohnte, und ging mit ihnen herüber, um zu sehen, was los sei.«

Captain Stratton riß die Augen auf.

»Was, einfach herüberspaziert wie zu einem Picknick?« fragte er.

»Glauben Sie, daß ich mich von ein paar Chinesen einschüchtern lasse? Dazu habe ich viel zu lange in diesem Land gelebt. Ich fand sie alle halb von Sinnen vor Angst. Einer von ihnen hatte die Frechheit, auf mich zu schießen. Dem habe ich eine Ladung Schrot in den Kopf gejagt, und die übrigen haben sich ergeben. Die Anführer habe ich fesseln lassen. Heute wollte ich Ihnen ein Boot hinunterschicken und Ihnen sagen lassen, Sie sollten sie sich holen.«

Stratton starrte ihn eine Minute an und brach dann in ein schallendes Gelächter aus. Er lachte, bis ihm die Tränen über die Wangen liefen. Der Holländer schaute zornig zurück und fing dann ebenfalls zu lachen an. Er lachte das dröhnende, aus dem Bauch kommende Lachen des sehr dicken Menschen, und seine Fettmassen wogten und bebten. Alban betrachtete die beiden mürrisch, er war sehr böse.

»Was ist mit Prynnes Mädchen und den Kindern geschehen?« fragte er.

»Ach, sie sind ganz gut weggekommen.«

Es zeigte sich, wie klug es von ihm gewesen war, sich nicht von Annes Hysterie beeinflussen zu lassen. Natürlich war den Kindern nichts geschehen. Er hatte es nicht anders erwartet.

Van Hasseldt und seine kleine Truppe traten den Rückweg nach dem Holzwerk an, und gleich darauf schiffte Stratton seine zwanzig Sikhs ein und fuhr mit ihnen nach Port Wallace, während es Alban, seinem Sergeanten und seinen Polizisten überlassen blieb, die Angelegenheit weiterzuführen. Alban gab Stratton einen kurzen Bericht für den Gouverneur mit. Er fand eine Menge zu tun. Es sah aus, als würde er lange hierbleiben müssen; aber da alle Häuser auf der Plantage niedergebrannt waren und er in den Quartieren der Kulis Unterkunft nehmen mußte, hielt er es für geraten, Anne nicht nachkommen zu lassen. Er sandte ihr eine kurze Nachricht in diesem Sinne. Er freute sich, sie über das Schicksal von Prynnes Frau beruhigen zu können. Er machte sich sofort an die Arbeit, um Licht in die Angelegenheit zu bringen. Er verhörte eine Unmenge Zeugen. Aber eine Woche später erhielt er den Befehl, sich sofort nach Port Wallace zu begeben. Das Motorboot, das die Botschaft gebracht hatte, sollte ihn mitnehmen, und unterwegs blieb ihm bloß eine knappe Stunde Zeit, sich von Anne zu verabschieden. Alban war sehr verärgert.

»Der Gouverneur könnte wirklich warten, bis ich die Sache in Ordnung gebracht habe, anstatt mich mitten drin herauszureißen. Es kommt mir äußerst ungelegen.«

»Auf so etwas pflegt die Regierung keine Rücksicht zu nehmen ihren Untergebenen gegenüber«, lächelte Anne.

»Amtsschimmel, nichts weiter. Ich würde dich gerne mitnehmen, Liebling, aber ich will keine Minute länger dort bleiben als unbedingt nötig. Ich möchte so rasch wie möglich das Material für die Gerichtssitzung zusammenbringen. Ich finde, hierzulande sollte rasch gerichtet werden.«

Als das Boot Port Wallace erreichte, sagte ihm jemand von der Hafenpolizei, daß der Hafenmeister einen Brief für ihn habe. Er war vom Sekretär des Gouverneurs und enthielt die Mitteilung, daß Seine Exzellenz ihn baldmöglichst nach seiner Ankunft zu sprechen wünsche. Es war zehn Uhr vormittags. Alban ging in den Klub, nahm ein Bad, rasierte sich, und dann, in sauberen weißen Hosen, mit frisch gebürstetem Haar, rief er eine Rikscha und gab dem Boy den Auftrag, ihn zum Gouvernementsgebäude zu bringen. Er wurde sofort in das Zimmer des Sekretärs geführt. Der Sekretär schüttelte ihm die Hand.

»Ich werde Seiner Exzellenz melden, daß Sie hier sind«, sagte er. »Wollen Sie nicht Platz nehmen?«

Der Sekretär verließ das Zimmer und kam bald darauf wieder.

»Seine Exzellenz wird Sie sofort empfangen. Gestatten Sie, daß ich mit meinen Briefen fortfahre?«

Alban lächelte. Der Sekretär war nicht gerade herzlich. Er wartete, rauchte eine Zigarette und unterhielt sich mit seinen eigenen Gedanken. Die Voruntersuchung ging gut vonstatten. Sie interessierte ihn. Dann kam eine Ordonnanz und meldete Alban, daß der Gouverneur ihn erwarte. Er stand auf und ließ sich in das Zimmer des Gouverneurs geleiten.

»Guten Morgen, Torel.«

»Guten Morgen, Sir.«

Der Gouverneur saß an einem großen Schreibtisch. Er nickte Alban zu und lud ihn mit einer Geste zum Sitzen ein. Der Gouverneur war ganz grau. Sein Haar war grau, sein Gesicht, seine Augen; er sah aus, als ob die tropische Sonne alle Farbe aus ihm herausgewaschen hätte; er war seit dreißig Jahren im Lande und war Stufe um Stufe durch alle Ränge bis zu seiner heutigen Stellung emporgestiegen; er sah müde und bedrückt aus. Selbst seine Stimme war grau. Alban mochte ihn gern, weil er still war; er hielt ihn nicht für klug; aber er wußte, daß er eine unvergleichliche Kenntnis des Landes besaß, und diese große Erfahrung bildete einen sehr guten Ersatz für Klugheit. Er blickte Alban eine volle Minute an, ohne zu sprechen, und Alban kam auf die sonderbare Idee, daß er befangen sei. Er hatte das Gefühl, er müßte ihm über die Situation hinweghelfen.

»Ich habe gestern mit Van Hasseldt gesprochen«, sagte der Gouverneur plötzlich.

»Ja, Sir?«

»Geben Sie mir bitte eine genaue Darstellung der Ereignisse auf der Alud-Plantage und erzählen Sie mir, was für Schritte Sie unternommen haben, sich mit ihnen auseinanderzusetzen.«

Alban war ein methodischer Kopf. Er besaß eine große Sicherheit. Er übersah seine Tatsachen und war imstande, sie mit Präzision darzulegen. Er wählte seine Worte mit Sorgfalt und sprach sie fließend.

»Sie hatten einen Sergeanten und acht Polizisten. Warum haben Sie sich nicht sofort an den Tatort begeben?«

»Ich hielt es für ein nicht zu rechtfertigendes Wagnis.«

Ein dünnes Lächeln erschien auf dem grauen Gesicht des Gouverneurs.

»Wenn die Beamten dieses Gouvernements gezögert hätten, nicht zu rechtfertigende Wagnisse auf sich zu nehmen, wäre es nie eine Provinz des britischen Weltreiches geworden.«

Alban schwieg. Es war schwer, mit einem Mann zu sprechen, der so offenkundigen Unsinn redete.

»Ich bin begierig, die Gründe für Ihr Verhalten zu erfahren.«

Alban setzte sie kühl auseinander. Er war vollkommen von der Richtigkeit seines Handelns überzeugt. Er wiederholte, aber ausführlicher, was er schon einmal zu Anne gesagt hatte. Der Gouverneur hörte aufmerksam zu.

»Van Hasseldt mit seinem Verwalter, einem Freund und einem eingeborenen Aufseher scheint sehr gut mit der Situation fertig geworden zu sein«, sagte der Gouverneur.

»Er hatte Glück. Das schließt nicht aus, daß er ein Narr ist. Was er tat, war der hellste Wahnsinn.«

»Indem Sie einem holländischen Pflanzer überließen, was Sie selber hätten tun sollen, haben Sie die Regierung der Lächerlichkeit preisgegeben. Sind Sie sich dessen bewußt?«

»Nein, Sir.«

»Sie haben sich zur Zielscheibe des Spottes für die ganze Kolonie gemacht.«

Alban lächelte.

»Mein Rücken ist breit genug, um den Spott von Menschen zu ertragen, deren Meinung mir vollkommen gleichgültig ist.«

»Die Verwendbarkeit eines Regierungsbeamten hängt zum großen Teil von seinem Ansehen ab, und ich fürchte, daß das Ansehen leidet, wenn ihm das Stigma der Feigheit anhaftet.«

Alban errötete leicht.

»Ich verstehe nicht genau, was Sie meinen, Sir.«

»Ich habe die Sache sehr genau untersucht. Ich habe mit Captain Stratton gesprochen, mit Oakley, dem Assistenten des armen Prynne, und ich habe mit Van Hasseldt gesprochen. Ich habe mir Ihre Verteidigung angehört.«

»Ich wußte nicht, daß ich mich verteidigte, Sir.«

»Seien Sie so freundlich, mich nicht zu unterbrechen. Ich finde, daß Sie einen schweren Irrtum begangen haben. Es hat sich erwiesen, daß das Risiko sehr gering war, aber wie groß es auch gewesen wäre, Sie hätten es auf alle Fälle auf sich nehmen müssen. In solchen Angelegenheiten sind Raschheit und Festigkeit unerläßlich. Es steht mir nicht an, zu entscheiden, was für ein Motiv Sie veranlaßt hat, eine Polizeitruppe kommen zu lassen und bis zu deren Eintreffen nichts zu unternehmen. Doch muß ich zu meinem Bedauern feststellen, daß mein Glaube an Ihre Verwendbarkeit im Dienste erschüttert ist.«

Alban blickte ihn erstaunt an.

»Ja, wären Sie etwa hingefahren, unter den gleichen Umständen?« fragte er.

»Jawohl.«

Alban zuckte die Achseln.

»Glauben Sie mir nicht?« fuhr ihn der Gouverneur an.

»Selbstverständlich glaube ich Ihnen, Sir. Aber ich darf mir vielleicht die Bemerkung erlauben, daß, falls Sie getötet worden wären, die Kolonie einen nicht wiedergutzumachenden Verlust erlitten hätte.«

Der Gouverneur trommelte mit den Fingern auf die Tischplatte. Er schaute zum Fenster hinaus und dann wieder auf Alban. Als er sprach, war es nicht ohne eine gewisse Güte.

»Ich glaube, Sie sind Ihrem Temperament nach ungeeignet

für dieses etwas rauhe Leben, Torel. Wenn Sie auf meinen Rat hören, gehen Sie lieber nach Hause zurück. Ich bin überzeugt, daß Sie bei Ihren Fähigkeiten bald eine Beschäftigung finden werden, die Ihnen besser liegt.«

»Ich bedaure, aber ich verstehe nicht, was Sie meinen, Sir.«

»Ach, Torel, Sie sind doch nicht dumm. Ich versuche, es Ihnen leichtzumachen. Um Ihrer Frau und auch um Ihrer selbst willen möchte ich es Ihnen ersparen, die Kolonie mit dem Makel zu verlassen, wegen Feigheit aus dem Dienst entlassen worden zu sein. Ich biete Ihnen die Gelegenheit, selbst um Ihren Abschied einzukommen.«

»Ich danke Ihnen vielmals, Sir. Aber ich kann mich nicht bereit finden, diese Gelegenheit zu ergreifen. Wenn ich um meinen Abschied einkomme, gebe ich zu, daß ich einen Fehler begangen habe und daß die Anklage, die Sie gegen mich erheben, gerechtfertigt ist. Ich gebe das nicht zu.«

»Sie können tun, was Ihnen beliebt. Ich habe die Angelegenheit sehr genau geprüft und hege keinerlei Zweifel mehr. Ich sehe mich gezwungen, Sie aus dem Dienst zu entlassen. Die nötigen Papiere werden Sie binnen kurzem erreichen. Inzwischen bitte ich Sie, an Ihren Posten zurückzukehren und dem Beamten, der zu Ihrem Nachfolger bestimmt ist, nach seiner Ankunft das Amt zu übergeben.«

»Sehr wohl, Sir«, entgegnete Alban, ein belustigtes Zwinkern in den Augen. »Wann wünschen Sie, daß ich an meinen Posten zurückkehre?«

»Sofort.«

»Haben Sie etwas dagegen einzuwenden, wenn ich vor meinem Aufbruch in den Klub gehe und frühstücke?«

Der Gouverneur blickte ihn erstaunt an. In seine Gereiztheit mischte sich unfreiwillige Bewunderung.

»Nicht das geringste. Es tut mir leid, Torel, daß dieses unglückselige Ereignis die Regierung eines Dieners beraubt hat, dessen Eifer so offensichtlich war und dessen Takt, Intelligenz und Fleiß ihn als Anwärter für ein sehr hohes Amt bestimmt zu haben schienen.«

»Exzellenz lesen wohl nicht Schiller, nehme ich an. Vermutlich ist Ihnen die berühmte Zeile unbekannt: ›Mit der Dummheit kämpfen Götter selbst vergebens‹.«

»Was heißt das?«

Alban übersetzte.

»Guten Morgen.«

Erhobenen Hauptes, ein Lächeln auf den Lippen, verließ Alban das Amt des Gouverneurs. Der Gouverneur war bloß ein Mensch und hatte die Neugierde, seinen Sekretär später zu fragen, ob Torel wirklich in den Klub gegangen war.

»Jawohl, Sir. Er frühstückte dort.«

»Dazu gehört Courage.«

Alban betrat unbefangen den Klub und gesellte sich zu der Gruppe von Männern, die an der Bar standen. Er sprach mit ihnen in dem flotten, kordialen Ton, den er ihnen gegenüber immer anschlug. Er sollte eine ungezwungene Atmosphäre schaffen. Sie hatten, seit Stratton aus Port Wallace zurückgekehrt war, unaufhörlich über ihn gesprochen, sich über ihn lustig gemacht und über ihn gelacht, und alle, die ihm seine Überlegenheit übelgenommen hatten – und sie waren in der Majorität –, triumphierten, weil sein Stolz zu Fall gekommen war. Aber nun waren sie so verblüfft, ihn plötzlich in ihrer Mitte zu sehen, so verwirrt, ihn so sicher wie immer zu finden, daß sie die Verlegenen waren.

Einer von ihnen fragte ihn, obgleich er es ganz genau wußte, was er in Port Wallace zu tun hätte.

»Ach, ich bin wegen des Aufstandes auf der Alud-Plantage hier. Seine Exzellenz wollte mich sprechen. Er sieht die Sache anders als ich. Der alte Esel hat mich entlassen. Ich kehre nach England zurück, sobald er mir einen Nachfolger schickt.«

Es trat eine verlegene Pause ein. Einer, der etwas freundlicher gesinnt war als die andern, sagte:

»Das tut mir aber furchtbar leid.«

Alban zuckte die Achsel.

»Mein guter Junge, was will man mit einem solchen Schafskopf anfangen? Das einzige ist, ihn laufenlassen.«

Als der Sekretär seinem Chef so viel von dem Vorgefallenen mitteilte, als er für angemessen hielt, lächelte der Gouverneur.

»Es ist eine sonderbare Sache um den Mut. Ich hätte mich eher erschossen, als in einem solchen Augenblick in den Klub zu gehen und mich all den Leuten zu zeigen.«

Vierzehn Tage später, nachdem sie dem neueingetroffenen Distriktsoffizier die Wohnungsausstattung, auf die Anne soviel Mühe verwandt hatte, verkauft und den Rest ihrer Habe in Kisten und Koffern verstaut hatten, trafen sie in Port Wallace ein, um den Dampfer abzuwarten, der sie nach Singapur bringen sollte. Die Frau des Padre lud sie ein, bei ihr zu wohnen, aber Anne lehnte ab; sie ließ sich nicht davon abbringen, ins Hotel zu gehen. Eine Stunde nach ihrer Ankunft bekam sie einen sehr freundlichen Brief von der Frau des Gouverneurs, die sie zum Tee einlud. Sie ging hin. Sie fand Mrs. Hannay allein, aber nach einer kleinen Weile erschien auch der Gouverneur. Er sprach ihr sein Bedauern aus über ihr Fortgehen und versicherte ihr, wie sehr er die Ursache beklage.

»Sie sind sehr gütig«, erwiderte Anne, heiter lächelnd, »aber Sie dürfen nicht glauben, daß ich es mir allzusehr zu Herzen nehme. Ich bin vollkommen auf Albans Seite. Ich finde sein Verhalten durchaus richtig und – wenn ich mir gestatten darf, es zu sagen – die Behandlung, die Sie ihm zuteil werden ließen, höchst ungerecht.«

»Glauben Sie mir, es war mir furchtbar, diesen Schritt zu tun.«

»Sprechen wir lieber nicht davon«, sagte Anne.

»Was haben Sie für Pläne für die Zukunft?« fragte Mrs. Hannay.

Anne fing an, lebhaft zu plaudern. Man hätte meinen können, daß keinerlei Sorge sie bedrückte. Sie schien sich sehr auf England zu freuen. Sie war fröhlich und amüsant und scherzte unbekümmert. Als sie sich von dem Gouverneur und seiner Frau verabschiedete, dankte sie ihnen für ihre Güte. Der Gouverneur begleitete sie zur Tür.

Am übernächsten Tag, nach dem Dinner, begaben sie sich an Bord des bequemen, sauberen kleinen Schiffes. Der Padre und seine Frau gaben ihnen das Geleit. Als sie in ihre Kajüte kamen, fanden sie ein Paket auf Annes Bett. Es war an Alban adressiert. Er öffnete es und sah, daß es eine riesenhafte Puderquaste enthielt.

»Sieh doch, wer kann uns das bloß geschickt haben?« rief er lachend. »Es muß für dich sein, Liebling.«

Anne warf ihm einen raschen Blick zu. Sie wurde blaß. Diese gemeinen Menschen! Wie konnten sie nur so grausam sein? Sie zwang sich zu lächeln.

»Sie ist ungeheuer, nicht? Noch nie im Leben habe ich eine so große Puderquaste gesehen.«

Aber als er die Kajüte verließ und sie das freie Meer erreicht hatten, warf sie sie leidenschaftlich über Bord.

Und nun, da sie wieder in London waren und Sondurah neuntausend Meilen hinter ihnen lag, ballte sie die Fäuste, als sie daran dachte. Beinahe erschien es ihr als das Schlimmste von allem. Es war so unverhüllt ungut, Alban dieses absurde Ding zu schicken; Puderquasten-Percy; es zeigte eine so kleinliche Bösartigkeit. War das der Begriff von Humor, den diese Leute hatten? Nichts hatte sie tiefer verletzt, und selbst jetzt noch mußte sie an sich halten, um nicht in Tränen auszubrechen. Plötzlich fuhr sie in die Höhe, denn die Tür ging auf, und Alban kam herein. Sie saß immer noch in dem Stuhl, in dem er sie verlassen hatte.

»Hallo, warum hast du dich nicht umgezogen?« Er blickte sich im Zimmer um. »Du hast ja nicht ausgepackt.«

»Nein.«

»Warum nicht, um Gottes willen?«

»Ich werde nicht auspacken. Ich bleibe nicht hier. Ich gehe von dir fort.«

»Was redest du da?«

»Ich habe bis jetzt durchgehalten. Ich hatte mir vorgenommen, es zu tun, sobald wir zu Hause wären. Ich habe die Zähne zusammengebissen, ich habe mehr ertragen, als ich je für möglich gehalten hätte, aber nun ist es aus. Wir sind zurück, in London, und ich kann gehen.«

Er starrte sie in heller Bestürzung an.

»Bist du wahnsinnig, Anne?«

»Ach, mein Gott, was habe ich gelitten! Die Reise nach Singapur, wo alle es wußten, selbst die chinesischen Stewards. Und in Singapur, wie uns die Leute im Hotel anstarrten; und das Mitleid, das ich hinnehmen mußte, die taktlosen Bemerkungen, die man zu hören bekam, und die Verlegenheit, wenn den Betreffenden klarwurde, was sie angerichtet hatten! Mein Gott, ich hätte sie ermorden können. Und dann: die endlose Heimreise. Es war auch nicht ein Passagier auf dem Schiff, der es nicht wußte. Die Verachtung, die sie für dich hatten und die betonte Freundlichkeit, die sie mir gegenüber an den Tag legten. Und du, so selbstgefällig, so zufrieden mit dir selbst; nichts hast du bemerkt, nichts hast du gefühlt. Du mußt die Haut eines Rhinozeros' haben. Wie elend war ich, wenn ich dich so gesprächig, so liebenswürdig sah. Parias sind wir, nichts anderes. Du hast sie ja geradezu herausgefordert, dich zu schneiden. Wie kann man nur so schamlos sein.«

Sie flammte vor Leidenschaft. Nun, da sie die Maske von Gleichgültigkeit und Stolz, die sie sich aufgezwungen hatte, nicht länger zu tragen brauchte, warf sie alle Zurückhaltung und Selbstbeherrschung über Bord. Die Worte stürzten in einem reißenden Strom über ihre bebenden Lippen.

»Aber, meine Liebe, wie kannst du nur so unvernünftig sein?« sagte er gutmütig lächelnd. »Du mußt sehr nervös und überreizt sein, um auf solche Gedanken zu kommen. Warum hast du mir nichts gesagt? Du bist wie ein Bauer, der nach London kommt und sich einbildet, daß jeder ihn anstarrt. Niemand hat sich über uns den Kopf zerbrochen, und wenn es doch geschehen ist, was liegt daran. Du solltest wirklich gescheiter sein, als dich um das Gerede der Leute zu kümmern. Was meinst du, haben sie denn gesagt?«

»Sie haben gesagt, daß du entlassen worden bist.«

»Nun, das ist ja wahr«, lachte er.

»Sie haben gesagt, du seist ein Feigling.«

»Was liegt daran?«

»Es ist eben auch wahr.«

Er blickte sie einen Augenblick nachdenklich an. Seine Lippen wurden schmal.

»Und wie kommst du zu dieser Ansicht?« fragte er scharf.

»Ich habe es in deinen Augen gelesen, an dem Tag, an dem die Nachricht kam, als du ablehntest, auf die Plantage zu gehen, und ich dir ins Vorzimmer nachlief. Ich flehte dich an, zu gehen, ich fühlte, daß du die Gefahr, wie groß sie auch sei, auf dich nehmen mußtest – und plötzlich erkannte ich die Angst in deinen Augen. Ich wurde beinahe ohnmächtig vor Entsetzen.«

»Ich wäre ein Narr gewesen, für nichts und wieder nichts mein Leben zu riskieren. Warum hätte ich es tun sollen? Nichts, was mich anging, stand auf dem Spiel. Mut ist die seichte Tugend der Dummen. Ich messe ihr keine besondere Wichtigkeit bei.«

»Was meinst du damit, daß nichts, was dich anging, auf dem Spiel stand? Wenn das wahr ist, dann ist dein ganzes Leben eine Lüge. Du hast alles preisgegeben, was du hochhieltest, alles, was wir beide hochhalten. Du hast uns verraten. Wir haben uns erhaben gefühlt, wir haben uns für besser gehalten als die übrigen, weil wir Kunst und Literatur und Musik liebten, wir gaben uns nicht damit zufrieden, ein Leben unwürdiger Eifersüchteleien und vulgärer Kleinlichkeiten zu führen, wir liebten die Dinge des Geistes, und wir liebten die Schönheit. Sie war uns Speise und Trank. Man lachte uns aus und verspottete uns. Das war unvermeidlich. Die Unwissenden und Gewöhnlichen hassen und verachten diejenigen, die sich mit Dingen beschäftigen, die sie selbst nicht verstehen. Wir kümmerten uns nicht darum. Wir nannten sie Philister. Wir verachteten sie, und wir hatten ein Recht, sie zu verachten. Unsere Rechtfertigung war, daß wir besser, edler, weiser und tapferer waren als sie. Und du warst nicht besser, nicht edler, nicht tapferer. Als die Stunde der Prüfung kam, schlichst du dich hinweg wie ein geprügelter Hund mit eingezogenem Schweif. Du, vor allen andern, hattest nicht das Recht, feige zu sein. Jetzt verachten sie uns, und sie haben ein Recht, uns zu verachten. Uns und alles, wofür wir einstanden. Jetzt können sie sagen, daß Kunst und Schönheit Quatsch sind; wenn es hart auf hart kommt, versagen Leute wie wir. Sie haben ja bloß auf eine Gelegenheit gelauert, uns in der Luft zu zerreißen; du hast sie ihnen gegeben. Sie können sagen, daß sie nichts anderes von uns erwartet haben. Es ist ein Triumph für sie. Ich war so empört, daß sie dich den Puderquasten-Percy nannten. Wußtest du das überhaupt?«

»Natürlich wußte ich es. Ich fand es sehr abgeschmackt, und es ließ mich vollkommen gleichgültig.«

»Es ist komisch, daß ihr Instinkt so richtig war.«

»Hast du diesen Groll gegen mich die ganzen Wochen mit dir herumgetragen? Das hätte ich dir nie zugetraut.«

»Ich konnte dich nicht im Stich lassen, solange alle gegen dich waren. Dazu war ich zu stolz. Ich hatte mir zugeschworen, bei dir auszuharren, bis wir nach England kämen. Es war eine Tortur.«

»Liebst du mich denn nicht mehr?«

»Lieben? Dein bloßer Anblick ist mir verhaßt.«

»Anne.«

»Gott weiß, daß ich dich geliebt habe. Acht Jahre lang habe ich den Boden angebetet, auf dem du gingst. Du warst mir alles. Ich habe an dich geglaubt, wie manche Menschen an Gott glauben. Als ich an jenem Tag die Angst in deinen Augen sah und du mir sagtest, du würdest dein Leben nicht aufs Spiel setzen für eine ausgehaltene Frau und ihre halbblütigen Bälger, war ich vernichtet. Mir war, als hätte mir jemand das Herz aus dem Leibe gerissen und es zertreten. In diesem Augenblick hast du meine Liebe getötet, Alban. Du hast sie für ewig getötet. Seither mußte ich, wenn du mich küßtest, die Fäuste ballen, um mein Gesicht nicht abzuwenden. Der bloße Gedanke an mehr verursacht mir Übelkeit. Ich verabscheue deine Selbstgefälligkeit und deine erschreckende Unempfindlichkeit. Vielleicht hätte ich dir verzeihen können, wenn es bloß die Schwäche eines Augenblicks gewesen wäre und du dich nachher geschämt hättest. Ich wäre unglücklich gewesen, aber ich glaube, meine Liebe war so groß, daß ich nur Mitleid für dich gefühlt hätte. Aber du bist der Scham unfähig. Und jetzt glaube ich dir nichts mehr. Du bist nichts weiter als ein dummer, anmaßender, vulgärer Poseur. Ich möchte lieber die Frau eines zweitrangigen, kleinen Pflanzers sein, wenn er bloß die gewöhnlichen, menschlichen Tugenden des Mannes hätte, anstatt mit einem Blender, wie du es bist, verheiratet zu sein.«

Er antwortete nicht. Langsam ging eine Veränderung in seinem Gesicht vor. Seine schönen, regelmäßigen Züge verzerrten sich erschreckend, und mit einem Male brach er in lautes Schluchzen aus. Sie stieß einen leisen Schrei aus.

»Nicht, Alban, nicht.«

»Oh, Liebling, wie kannst du so grausam zu mir sein? Ich bete dich an. Ich würde alles hingeben, dir zuliebe. Ich kann ohne dich nicht leben.«

Sie streckte die Arme aus, als wollte sie einen Schlag abwehren.

Er sank vor ihr nieder und versuchte, ihre Knie zu umfassen. Mit einem Stöhnen sprang sie auf, und er vergrub sein Gesicht in dem leeren Stuhl. Er weinte qualvoll, sein Schluchzen zerriß ihr die Brust. Es war furchtbar anzuhören. Tränen entströmten Annes Augen, und die Hände über die Ohren pressend, um sich gegen dieses furchtbare, hysterische Schluchzen abzusperren, stürzte sie blind taumelnd zur Tür und rannte hinaus.

Neil Mac Adam

Kapitän Bredon war gutmütig. Als Angus Munro, der Kurator des Museums von Kuala Solor, ihm mitteilte, er hätte Neil Mac Adam, seinem neuen Assistenten, geraten, bei seiner Ankunft in Singapur im Van Dyke Hotel abzusteigen, und ihn bat, er möge sich darum kümmern, daß der Junge während der paar Tage, die er dort zubringen mußte, keine Dummheiten machte, versprach er, sein Bestes zu tun. Kapitän Bredon kommandierte die ›Sultan Achmed‹ und wohnte, wenn er in Singapur war, immer im Van Dyke. Er war mit einer japanischen Frau verheiratet und hatte ein ständiges Zimmer in dem Hotel gemietet. Es war sein Zuhause. Als er nach einer vierzehntägigen Fahrt längs der Küste von Borneo zurückkehrte, teilte ihm der Holländer, der das Hotel leitete, mit, daß Neil vor zwei Tagen angekommen wäre. Der Junge saß in dem kleinen, staubigen Hotelgarten und las alte Nummern der *Straits Times*. Kapitän Bredon sah sich ihn zuerst an und ging dann auf ihn zu.

»Sie sind Mac Adam, nicht wahr?«

Neil stand auf, errötete bis an die Haarwurzeln und antwortete schüchtern: »Ja.«

»Mein Name ist Bredon. Ich bin der Kapitän der ›Sultans Achmed‹. Sie fahren am nächsten Donnerstag mit mir. Munro hat mich gebeten, mich ein wenig um Sie zu kümmern. Wie wäre es mit einem Stengah? Ich nehme an, daß Sie bereits gelernt haben, was das heißt.«

»Danke vielmals, aber ich trinke nicht.«

Er sprach mit breitem schottischen Akzent.

»Das ist recht von Ihnen. Der Trunk hat schon manchen in diesem Lande zugrunde gerichtet.«

Er rief den chinesischen Boy und bestellte sich einen Doppel-Whisky und eine kleine Flasche Soda.

»Was haben Sie mit sich angefangen, seitdem Sie hier sind?«

»Ich bin spazierengegangen.«

»Es gibt nicht viel zu sehen in Singapur.«

»Ich habe eine Menge Interessantes gefunden.«

Das erste, was er getan hatte, war natürlich, ins Museum

zu gehen. Es gab wenig, was er nicht schon von zu Hause her kannte, aber die Tatsache, daß die ausgestellten Tiere und Vögel, die Reptile, Falter, Schmetterlinge und Insekten in diesem Lande beheimatet waren, erregte ihn. Eine Abteilung war jenem Teil von Borneo gewidmet, dessen Hauptstadt Kuala Solor war, und da er hier die Geschöpfe vor sich sah, die ihn in den nächsten drei Jahren hauptsächlich beschäftigen würden, betrachtete er sie mit besonderer Aufmerksamkeit. Aber am aufregendsten fand er es draußen, auf der Straße, und wäre er nicht ein so ernsthafter, zurückhaltender junger Mann gewesen, so hätte er laut herausgelacht vor Freude. Alles war neu für ihn. Er ging, bis ihm die Füße weh taten. Er stand an der Ecke einer belebten Straße und staunte über die lange Reihe von Rikschas und über die kleinen Männer zwischen den Stangen, die mit unermüdlichen Schritten einhertrabten. Er stand auf einer Brücke über einem Kanal und schaute auf die Sampans hinunter, die da lagen, dicht zusammengekeilt, wie Sardinen in einer Büchse. Er guckte in die chinesischen Läden in der Victoria Street, wo so viele merkwürdige Dinge feilgeboten wurden. Kaufleute aus Bombay, fett und überschwenglich, versuchten ihm Seide und falschen Schmuck anzuhängen. Er betrachtete die Tamilen, die nachdenklich und verloren in düsterer Anmut durch die Straßen gingen, und die bärtigen Araber in weißen Käppchen, in deren Haltung eine trotzige Würde lag. Die Sonne schien mit hartem, grellem Glanz auf das belebte Bild herunter. Er war verwirrt. Er meinte, daß es Jahre dauern würde, ehe er sich in dieser bunten, übersteigerten Welt zurechtfand.

Nach dem Dinner fragte ihn Kapitän Bredon, ob er Lust habe, mit ihm in die Stadt zu gehen.

»Sie müssen ein bißchen Leben sehen, solange Sie hier sind«, sagte er.

Sie stiegen in Rikschas ein und ließen sich in das Chinesenviertel bringen. Der Kapitän, der auf See niemals trank, hatte sich den Tag über dafür schadlos gehalten. Er war in gehobener Stimmung. Die Rikschas blieben vor einem Hause in einer Seitengasse stehen, und der Kapitän klopfte an die Tür. Sie wurde geöffnet, und er und Neil gelangten durch einen engen Gang in einen großen Raum mit rotgepolsterten Plüschbänken. Eine Anzahl von Frauen saß herum – Französinnen,

Italienerinnen, Amerikanerinnen. Ein mechanisches Klavier hämmerte eine abgedroschene Melodie, und einige Paare tanzten. Kapitän Bredon bestellte Getränke. Zwei, drei von den Frauen warfen ihnen aufmunternde Blicke zu.

»Nun, mein Junge, gefällt Ihnen eine davon?« fragte der Kapitän scherzend.

»Zum Schlafen, meinen Sie? Nein.«

»Keine weißen Mädchen, wo Sie hinkommen, müssen Sie wissen.«

»Ach, das tut nichts.«

»Wollen wir uns Eingeborene ansehen?«

»Mir ist's recht.«

Der Kapitän bezahlte, und sie gingen weiter. Sie kamen in ein anderes Haus. Hier waren die Mädchen Chinesinnen, klein, zierlich, mit winzigen Händen und Füßen, wie Blumen, und sie trugen Gewänder aus geblumter Seide. Aber ihre gemalten Gesichter waren wie Masken. Sie blickten mit schwarzen, spöttischen Augen auf die Fremden. Sie waren seltsam unmenschlich.

»Ich habe Sie hergebracht, weil ich dachte, daß Sie es sehen sollten«, sagte Kapitän Bredon mit der Miene eines Mannes, der seine verfluchte Pflicht und Schuldigkeit tut. »Aber sich umschauen und wieder gehen ist alles. Sie mögen uns nicht, aus irgendeinem Grund. In manchen von diesen chinesischen Lokalen wird ein Weißer nicht einmal hereingelassen. Sie behaupten, wir stinken. Komisch, nicht? Sie sagen, wir riechen nach Leichen.«

»Wir?«

»Da lobe ich mir die Japaner«, sagte der Kapitän. »Die sind wunderbar. Meine Frau ist eine Japanerin. Jetzt bringe ich Sie an einen Ort, wo es japanische Mädchen gibt, und wenn Sie dort keine finden, die Ihnen gefällt, will ich Veitel heißen.«

Ihre Rikschas warteten, und sie stiegen ein. Kapitän Bredon nannte eine Adresse, und die Boys liefen los. Eine dicke Japanerin mittleren Alters ließ sie in das Haus ein und verbeugte sich tief, als sie eintraten. Sie führte sie in ein nettes, sauberes Zimmer, dessen ganze Einrichtung aus Matten bestand; sie setzten sich, und gleich darauf kam ein kleines Mädchen herein, mit einem Tablett, auf dem zwei Schalen blassen Tees standen. Mit einer scheuen Verbeugung reichte sie jedem eine. Der

Kapitän sprach mit der ältlichen Frau, und sie blickte Neil an und kicherte. Sie sagte etwas zu dem Kind, das hinausging, und gleich darauf trippelten vier Mädchen herein. Sie waren süß in ihren Kimonos und ihrem kunstvoll frisierten schwarzen Haar; sie waren klein und rundlich, mit runden Gesichtern und lachenden Augen. Sie verbeugten sich tief, als sie hereinkamen und murmelten wohlerzogen höfliche Begrüßungen. Ihre Sprache klang wie das Gezwitscher von Vögeln. Dann knieten sie hin, eine zu jeder Seite der beiden Männer, und fingen reizend mit ihnen zu flirten an. Kapitän Bredon hatte seine Arme bald um zwei schlanke Taillen gelegt. Sie plauderten alle wie die Wasserfälle. Sie waren sehr fröhlich. Es schien Neil, daß die Mädchen des Kapitäns sich über ihn, Neil, lustig machten, denn ihre leuchtenden Augen waren schalkhaft auf ihn gerichtet, und er errötete. Aber die beiden andern schmiegten sich an ihn an und redeten lächelnd japanisch auf ihn ein, als ob er jedes Wort verstehen müßte. Sie schienen so glücklich und arglos, daß er lachen mußte. Sie waren sehr aufmerksam. Sie reichten ihm die Schale, damit er seinen Tee trinke, und dann nahmen sie ihm sie wieder ab, damit er nicht die Mühe habe, sie zu halten. Sie zündeten ihm seine Zigarette an, und eine hielt ihre kleine zarte Hand hin, um die Asche aufzufangen und zu verhindern, daß sie ihm auf die Kleider fiele. Sie streichelten sein weiches Gesicht und betrachteten neugierig seine großen jungen Hände. Sie waren übermütig und verspielt wie junge Kätzchen.

»Nun, welche soll es sein?« fragte der Kapitän nach einer Weile. »Ihre Wahl schon getroffen?«

»Was meinen Sie damit?«

»Ich warte bloß, bis Sie versorgt sind, dann wähle ich.«

»Oh, ich will keine haben. Ich gehe nach Hause, schlafen.«

»Warum? Was ist los? Sie fürchten sich doch nicht?«

»Nein, ich habe bloß keine Lust. Aber bitte, lassen Sie sich durch mich nicht stören. Ich finde den Weg allein ins Hotel zurück.«

»Keine Spur. Wenn Sie nichts unternehmen, unternehme ich auch nichts. Ich wollte Ihnen bloß Gesellschaft leisten.«

Er sprach mit der ältlichen Frau, und was er sagte, veranlaßte die Mädchen, Neil mit plötzlicher Überraschung anzusehen. Sie antwortete, und der Kapitän zuckte die Achseln. Dann machte eines der Mädchen eine Bemerkung, die alle zum Lachen brachte.

»Was sagt sie?« fragte Neinl.

»Sie neckt Sie«, antwortete der Kapitän lächelnd.

Aber er blickte Neil neugierig an. Das Mädchen, das die Bemerkung gemacht hatte, sagte nun etwas direkt zu Neil. Er verstand es nicht, aber der Spott in ihren Augen trieb ihm das Blut in die Wangen und machte ihn böse. Er liebte es nicht, wenn man sich über ihn lustig machte. Dann lachte sie laut auf, warf die Arme um seinen Hals und küßte ihn leicht.

»Kommen Sie, wir wollen gehen«, sagte der Kapitän.

Als sie ihre Rikschas entließen und in das Hotel traten, fragte Neil:

»Was hat das Mädchen denn gesagt, daß alle lachten?«

»Es hat gesagt, Sie seien eine Jungfrau.«

»Ich verstehe nicht, was es daran zu lachen gibt«, sagte Neil mit seinem schwerfälligen schottischen Akzent.

»Stimmt es denn?«

»Jawohl.«

»Wie alt sind Sie?«

»Zweiundzwanzig.«

»Und wie lange gedenken Sie noch zu warten?«

»Bis ich heirate.«

Der Kapitän schwieg. Oben auf der Stiege gab er Neil die Hand. In seinen Augen war ein Zwinkern, als er ihm gute Nacht wünschte, aber Neil begegnete ihnen mit ruhigem, offenem, ungetrübtem Blick.

Drei Tage später fuhren sie ab. Neil war der einzige weiße Passagier. Wenn der Kapitän zu tun hatte, las er. Er las zum zweiten Male ›Malay Archipelago‹ von Wallace. Er hatte es als Knabe gelesen, aber nun gewann es ein neues unmittelbares Interesse für ihn. Wenn der Kapitän frei war, spielten sie Cribbage oder lagen auf Liegestühlen auf Deck und rauchten und plauderten. Neil war der Sohn eines Landarztes und hatte sich von jeher für Naturwissenschaften interessiert. Als er die Mittelschule beendet hatte, ging er an die Universität von Edinburgh und machte dort mit Auszeichnung seine Prüfungen. Er war auf der Suche nach einer Demonstratorstelle, als er zufällig in *Nature* eine Annonce fand, in der ein Assistent für das Museum von Kuala Solor gesucht wurde. Der Kurator,

Angus Munro, hatte zusammen mit seinem Onkel, einem Kaufmann aus Glasgow, in Edinburgh studiert, und der Onkel schrieb ihm und fragte an, ob er es mit seinem Neffen versuchen wollte. Neil hatte sich zwar hauptsächlich für Entomologie interessiert, aber er verstand sich auch auf das Ausstopfen von Tieren, und dies war in der Annonce als unerläßlich angeführt worden. Der Onkel legte Zeugnisse von Neils alten Lehrern bei; er fügte hinzu, daß Neil für seine Universität Fußball gespielt habe. Nach ein paar Wochen kam ein Kabel mit der Nachricht, daß er engagiert sei, und vierzehn Tage später reiste er ab.

»Was ist Mr. Munro für ein Mensch?« fragte Neil.

»Netter Kerl. Er ist allgemein beliebt.«

»Ich habe mir Aufsätze von ihm in den wissenschaftlichen Zeitschriften angesehen. Er hatte einen in der letzten Nummer der *Ibis* über die Gymnathidae.«

»Darüber weiß ich nichts. Ich weiß bloß, daß er mit einer Russin verheiratet ist. Sie mag man nicht sehr gern.«

»Er schrieb mir nach Singapur, daß er mich für eine Weile bei sich aufnehmen will, damit ich mich in Ruhe umsehen kann.«

Nun dampften sie den Fluß hinauf. An seiner Mündung lag ein langgestrecktes Fischerdorf, dessen Häuser auf Pfählen im Wasser standen; die Ufer waren dicht bewachsen mit Nipahpalmen und knorrigen Mangrovebäumen; dahinter dehnte sich das üppige Grün des Urwaldes. In der Ferne, dunkel abgezeichnet gegen den blauen Himmel, sah man die zerklüftete Silhouette eines Berges. Neils Herz klopfte vor Erregung, und seine Augen verschlangen das Bild. Er war überrascht. Er kannte Conrad nahezu auswendig und hatte erwartet, ein geheimnisumwittertes Land vorzufinden. Er war nicht vorbereitet auf den blauen, milchigen Himmel. Kleine weiße Wolken am Horizont, wie stillgelegte Segelboote, glänzten in der Sonne. Die grünen Bäume des Waldes glitzerten in dem strahlenden Licht. Da und dort an den Ufern standen malaiische Häuser mit strohgedeckten Dächern, traulich in Obstbäume eingebettet. Eingeborene in Kanus ruderten stehend den Fluß hinauf. Neil hatte nicht im geringsten die Empfindung von Eingeschlossenheit oder Düsterkeit, sondern vielmehr ein Gefühl von Weite und Freiheit. Das Land hieß ihn freundlich willkommen. Er fühlte, daß er hier glücklich werden würde. Kapitän Bredon warf von der Brücke her einen liebevollen Blick auf den Jungen. Er hatte ihn während der vier Tage, die die Reise nun schon dauerte, richtig ins Herz geschlossen. Er trank zwar nicht, und wenn man etwas Scherzhaftes sagte, konnte es passieren, daß er es ernst nahm, aber seine Ernsthaftigkeit hatte etwas sehr Sympathisches; alles war ihm interessant und wichtig – und aus diesem Grunde fand er die Späße, die man machte, nicht amüsant; aber wenn er auch kein Verständnis für sie hatte, so lachte er doch, weil er fühlte, daß man es von ihm erwartete. Er lachte, weil das Leben wunderbar war. Er war dankbar für jede Kleinigkeit, die man ihm erzählte. Er war sehr höflich. Er verlangte nie etwas, ohne »bitte« zu sagen und sagte stets »danke«, wenn er es bekam. Und er war ein gutaussehender Junge, das konnte niemand leugnen. Neil stand da, die Hände auf dem Geländer, barhäuptig, und betrachtete die vorüberziehenden Ufer. Er war groß, sechs Fuß zwei, mit langen lockeren Gliedern, breiten Schultern und schmalen Hüften; man mußte an ein Füllen denken, wenn man ihn ansah, und hätte sich nicht gewundert, ihn plötzlich in Sprünge und Kapriolen ausbrechen zu sehen. Er hatte braunes, lockiges Haar von einem eigenen Glanz. Manchmal, wenn die Sonne darauf fiel, glitzerte es wie Gold. Seine Augen, groß und sehr blau, leuchteten vor innerer Heiterkeit. Sie spiegelten seine glückliche Veranlagung wieder. Seine Nase war kurz und stumpf, sein Mund groß, sein Kinn energisch; sein Gesicht war ziemlich breit. Aber das auffallendste an ihm war seine Haut; sie war sehr weiß und weich mit einem rosigen Fleck auf jeder Wange. Selbst für eine Frau wäre es eine besonders schöne Haut gewesen. Kapitän Bredon machte jeden Morgen den gleichen Witz:

»Nun, mein Junge, haben Sie sich heute rasiert?«

Neil fuhr sich mit der Hand übers Kinn.

»Nein, glauben Sie, daß es nötig ist?«

Der Kapitän lachte.

»Ob es nötig ist? Junge, Sie haben doch ein Gesicht wie ein Babypopo.«

Und regelmäßig wurde Neil rot bis unter die Haarwurzeln.

»Ich rasiere mich einmal wöchentlich«, antwortete er.

Aber es war nicht nur sein Aussehen, das für ihn einnahm. Es war seine Unverdorbenheit, seine Offenheit, und die Frische, mit der er der Welt gegenüberstand. Trotz der Intensität und dem feierlichen Ernst, mit dem er alles aufnahm, trotz seiner Neigung, über jeden Punkt, auf den die Rede kam, zu diskutieren, war etwas merkwürdig Einfaches an ihm, das einen ganz eigenartig berührte. Der Kapitän konnte es sich nicht recht erklären.

›Ob es etwas damit zu tun hat, daß er noch nie eine Frau gehabt hat?‹ fragte er sich. ›Komisch, ich hätte gedacht, die Mädchen müßten furchtbar hinter ihm her sein. Bei einer solchen Haut!‹

Aber die ›Sultan Achmed‹ näherte sich der Biegung, hinter der Kuala Solor in Sicht kam, und die Überlegungen des Kapitäns wurden durch berufliche Pflichten unterbrochen. Er läutete hinunter in den Maschinenraum. Das Schiff setzte seine Geschwindigkeit um die Hälfte herab. Kuala Solor zog sich am linken Flußufer hin, eine weiße, schmucke kleine Stadt, und auf dem rechten Ufer, auf einem Hügel, standen das Fort und der Palast des Sultans. Es war windig, und die Fahne des Sultans, an der Spitze einer langen Stange, flatterte kühn am Himmel. Sie gingen in der Mitte des Stromes vor Anker. Der Arzt und ein Polizeioffizier kamen in dem Regierungsboot heran. In ihrer Begleitung befand sich ein großer, dünner Mann in weißen Hosen. Der Kapitän stand an der Falltreppe und begrüßte sie. Dann wandte er sich dem zuletzt Angekommenen zu:

»Hier bringe ich Ihnen Ihren jungen Schützling. Er ist gesund und wohlbehalten.« Und mit einem Blick zu Neil hin: »Dies ist Munro.«

Der große, dünne Mann gab Neil die Hand und schaute ihn prüfend an. Neil errötete ein wenig und lächelte. Er hatte sehr schöne Zähne.

»Guten Tag, Sir.«

Munro lächelte nicht mit den Lippen, aber in seinen grauen Augen erschien ein schwaches Lächeln. Seine Wangen waren hohl, und er hatte eine schmale Adlernase und blasse Lippen. Er war tiefbraun von der Sonne. Sein Gesicht sah müde aus, aber es hatte einen sehr gütigen Ausdruck, und Neil faßte sofort Zutrauen. Der Kapitän stellte ihn dem Arzt und dem Polizeioffizier vor und lud die Herren dann ein, etwas zu trinken. Als man sich hinsetzte und der Boy ein paar Flaschen Bier brachte, nahm Munro seinen Tropenhelm ab. Neil sah, daß er kurzgeschorenes braunes Haar hatte, das zu ergrauen begann. Er war ein Mann von vierzig Jahren, still, sicher im Auftreten, und er hatte etwas Durchgeistigtes, das ihn von dem strammen, kleinen Doktor und dem schweren, schwadronierenden Polizeioffizier unterschied.

»Mac Adam trinkt nicht«, sagte der Kapitän, als der Boy vier Gläser Bier einschenkte.

»Um so besser«, sagte Munro. »Ich hoffe, Sie werden nicht versucht haben, ihn auf Abwege zu führen.«

»Ich habe es versucht, in Singapur«, sagte der Kapitän mit einem Zwinkern in den Augen. »Aber es war nichts mit ihm zu machen.«

Als er sein Bier ausgetrunken hatte, wandte sich Munro an Neil:

»Nun wollen wir sehen, daß wir an Land kommen, nicht?«

Neils Gepäck wurde Munros Boy übergeben, und die beiden Männer stiegen in einen Sampan. Sie landeten.

»Wollen wir gleich nach Hause gehen, oder möchten Sie sich zuerst ein bißchen umsehen? Wir haben noch ein paar Stunden Zeit bis zum Lunch.«

»Könnten wir nicht ins Museum gehen?« fragte Neil.

Munros Augen lächelten freundlich. Er freute sich. Neil war schüchtern, und Munro von Natur aus wenig gesprächig, und so gingen sie schweigend nebeneinander her. Längs des Flusses standen die Eingeborenenhütten, und hier wohnten, ihr althergebrachtes Leben führend, die Malaien. Sie waren fleißig, aber ohne Hast, und man hatte den Eindruck einer glücklichen, normalen Aktivität. Man fühlte einen Lebensrhythmus, der durch Geburt und Tod, Liebe und die allen Menschen gemeinsamen Dinge bestimmt wird. Sie gelangten zu den Basars, schmalen Straßen mit Arkaden, wo die wimmelnden Chinesen, arbeitend, essend und lärmende Reden führend, wie es ihre Art ist, unermüdlich gegen die Unendlichkeit ankämpften.

»Nach Singapur wird es Ihnen keinen besonderen Eindruck machen«, sagte Munro, »aber ich finde es immer sehr pittoresk.«

Er sprach mit einem weniger breiten Akzent als Neil, aber der schottische Anklang war da und gab Neil ein heimatliches Gefühl. Er konnte sich nicht helfen; das Englisch der Engländer erschien ihm immer ein wenig affektiert.

Das Museum war ein schöner Steinbau, und als sie das Portal durchschritten, richtete Munro sich instinktiv straffer auf. Der Diener an der Tür salutierte, und Munro sagte etwas auf malaiisch zu ihm; offenbar erklärte er, wer Neil sei, denn der Diener lächelte ihm zu und salutierte abermals. Es war kühl im Vergleich zu der Hitze draußen, und das Licht war wohltuend nach der grellen Sonne der Straße.

»Ich fürchte, Sie werden enttäuscht sein«, sagte Munro. »Wir haben nicht die Hälfte von dem, was wir haben sollten, aber bisher waren wir immer durch Geldmangel gehemmt. Wir mußten uns einrichten, so gut wir konnten.«

Neil trat ein, wie ein mit dem Wasser vertrauter Schwimmer in ein sommerliches Meer taucht. Die Stücke waren wunderbar aufgestellt. Munro hatte sich bemüht, ästhetische Gesichtspunkte mit instruktiven zu verbinden, und Vögel, Tiere und Reptile wurden, soweit es ging, in ihrer natürlichen Umgebung gezeigt, um einen möglichst lebendigen Eindruck zu vermitteln. Neil verlor seine Schüchternheit und fing an mit jungenhaftem Enthusiasmus über das und jenes zu reden. Er stellte eine Unzahl von Fragen. Er war aufgeregt. Keiner von ihnen merkte, wie die Zeit verging, und als Munro auf die Uhr schaute, war er überrascht, zu sehen, wie spät es war. Sie stiegen in Rikschas und ließen sich nach dem Bungalow bringen.

Munro führte den jungen Mann in ein Empfangszimmer. Eine Frau lag auf einem Sofa und las ein Buch. Als die beiden eintraten, erhob sie sich langsam.

»Das ist meine Frau. Ich fürchte, wir haben uns sehr verspätet, Darya.«

»Was liegt daran?« lächelte sie. »Was ist unwichtiger als die Zeit?« Sie streckte Neil die Hand hin, eine ziemlich große Hand, und sah ihn mit einem langen, nachdenklichen, aber freundlichen Blick an.

»Ich nehme an, du hast ihm das Museum gezeigt?«

Sie war eine Frau von fünfunddreißig, mittelgroß, mit einem blassen braunen Gesicht von gleichmäßiger Farbe und blaßblauen Augen. Ihr Haar, in der Mitte gescheitelt und im Nakken zu einem Knoten zusammengenommen, war unordentlich; es war weich wie die Härchen eines Nachtfalters und von einem eigenartigen blassen Braun. Ihr Gesicht war breit mit hohen Backenknochen und ihre Nase ziemlich fleischig. Sie war keine hübsche Frau, aber in ihren langsamen Bewegungen lag eine sinnliche Anmut und in ihrem Gehaben eine sozusagen körperliche Nonchalance, die nur sehr stumpfen Menschen nicht interessant erscheinen konnte. Sie hatte ein grünes Waschkleid an. Sie sprach perfekt Englisch, jedoch mit einem leicht fremden Akzent.

Man setzte sich zu Tisch. Neil wurde abermals von Schüchternheit befallen, aber Darya schien es nicht zu bemerken. Sie plauderte frei und unbefangen. Sie fragte ihn nach seiner Reise und wie ihm Singapur gefallen habe. Sie erzählte ihm von den Leuten, die er kennenlernen würde. Am Nachmittag sollte ihn Munro zum Residenten führen – der Sultan war verreist – und später würden sie in den Klub gehen. Da würde er alle versammelt finden.

»Sie werden beliebt sein«, sagte sie, während ihre blaßblauen Augen aufmerksam auf ihm ruhten. Ein weniger unschuldiger Mensch als Neil hätte vielleicht bemerkt, daß sie seine Größe, seine jugendliche Männlichkeit, sein glänzendes lockiges Haar und seine schöne Haut registrierte. »Uns mögen sie nicht besonders.«

»Unsinn, Darya. Du bist zu empfindlich. Sie sind Engländer, das ist alles.«

»Sie finden es komisch von Angus, daß er ein Gelehrter ist, und vulgär von mir, daß ich Russin bin. Mir ist es gleich. Sie sind Schafe. Sie sind die banalsten, beschränktesten, konventionellsten Menschen, unter denen ich je gelebt habe.«

»Überlaß es doch Mac Adam, sich sein Urteil selbst zu bilden. Er wird sie vielleicht nett und gastfreundlich finden.«

»Wie heißen Sie mit dem Vornamen?« fragte sie den Jungen.

»Neil.«

»Ich werde Sie also Neil nennen. Und Sie müssen mich Darya nennen. Ich hasse es, wenn man Mrs. Munro zu mir sagt. Da komme ich mir vor wie eine Pastorsfrau.«

Neil errötete. Es machte ihn verlegen, daß sie ihn so bald zu solcher Vertraulichkeit aufforderte. Sie fuhr fort:

»Manche von den Männern sind ganz sympathisch.«

»Sie tun ihre Arbeit, wie es sich gebührt, und dafür sind sie da«, sagte Munro.

»Sie schießen. Sie spielen Fußball und Tennis und Cricket. Ich komme ganz gut mit ihnen aus. Die Frauen sind unerträglich. Sie sind eifersüchtig und boshaft und faul. Sie können über nichts sprechen. Wenn man ein interessantes Thema anschlägt, schauen sie indigniert drein, als hätte man etwas Unpassendes begangen. Sie interessieren sich für nichts. Wenn man vom Körper spricht, so finden sie einen unanständig, und spricht man von der Seele, so finden sie einen überspannt.«

»Sie müssen das, was meine Frau sagt, nicht allzu wörtlich nehmen«, lächelte Munro in seiner sanften, toleranten Art. »Die englische Kolonie hier ist genauso wie überall im Orient. Die Leute sind weder sehr klug noch sehr dumm, aber liebenswürdig und freundlich. Und das ist schon viel.«

»Ich verlange von den Menschen nicht, daß sie liebenswürdig und freundlich sind. Ich verlange von ihnen, daß sie lebendig und leidenschaftlich sind. Ich verlange von ihnen, daß sie sich für die Menschheit interessieren. Ich verlange von ihnen, daß sie geistigen Dingen größere Wichtigkeit beimessen als einem Gin Pahit und einem Currygericht. Ich verlange, daß ihnen Kunst und Literatur etwas bedeuten.« Sie wandte sich unvermittelt an Neil. »Haben Sie eine Seele?«

»Ach – – ich weiß nicht. Ich weiß nicht genau, was Sie meinen.«

»Warum werden Sie rot, wenn ich Sie frage? Warum sollten Sie sich Ihrer Seele schämen? Ihre Seele ist das, was wichtig ist an Ihnen. Erzählen Sie mir von ihr. Ich interessiere mich für Sie, und ich möchte Bescheid wissen.«

Es war Neil sehr peinlich, von einer völlig Fremden in dieser Weise ausgefragt zu werden. Er war noch nie einem solchen Menschen begegnet. Aber er war ein ernsthafter junger Mann, und wenn man eine Frage an ihn stellte, so tat er sein Bestes, sie zu beantworten. Es war Munros Anwesenheit, die ihn befangen machte.

»Ich weiß nicht, was Sie unter Seele verstehen. Wenn Sie ein unkörperliches oder geistiges Gebilde meinen, vom Schöpfer als etwas für sich allein Bestehendes gedacht und nur zeitweilig verbunden mit dem irdischen Leib, dann ist meine Antwort: nein. Es scheint mir, daß eine so ausgesprochen dualistische Ansicht über die Persönlichkeit des Menschen von niemandem verteidigt werden kann, der imstande ist, sich unvoreingenommen mit den Tatsachen auseinanderzusetzen. Wenn Sie jedoch unter Seele die Gesamtheit der psychischen Elemente meinen, die dasjenige ausmachen, was wir unter Persönlichkeit des Individuums verstehen, dann, natürlich, besitze ich eine.«

»Sie sind süß, und Sie sehen sehr gut aus«, sagte sie lächelnd. »Nein, ich meine das Herz mit seinen Sehnsüchten und den Körper mit seinem Verlangen und das Unendliche in uns. Erzählen Sie mir, was haben Sie auf der Reise gelesen? Oder haben Sie bloß Deck-Tennis gespielt?«

Neil war betroffen über die Unkonsequenz ihrer Antwort. Fast hätte er sich ein wenig beleidigt gefühlt, aber ihre Augen blickten so freundlich, und ihre ganze Art war so natürlich. Munro lächelte still über die Verwirrung des Jungen. Wenn er lächelte, dann wurden die Linien, die von seinen Nasenflügeln zu den Mundwinkeln hinunterliefen, tiefe Furchen.

»Ich habe eine Menge von Conrad gelesen.«

»Zum Vergnügen oder um sich zu bilden?«

»Beides. Ich bewundere ihn unendlich.«

Darya warf die Arme in einer übertriebenen Geste des Protestes hoch.

»Dieser Pole«, rief sie. »Wie könnt ihr Engländer euch von diesem geschwätzigen Maulhelden hineinlegen lassen? Er hat die ganze Oberflächlichkeit seiner Landsleute. Dieser Wortstrom, diese verwickelten Sätze, diese aufdringliche Rhetorik, dieses Vortäuschen von Tiefe; wenn man sich durch all das Gewirr schließlich zu dem Gedanken am Grunde durchgearbeitet hat, was findet man? Die trivialsten Gemeinplätze. Er war wie ein zweitrangiger Schauspieler, der sich ein romantisches Kostüm anzieht und ein Stück von Victor Hugo deklamiert. Fünf Minuten erscheint einem das heroisch, aber dann lehnt sich die Seele auf, und man schreit: ›Nein, es ist falsch, es ist falsch.‹«

Sie sprach mit einer Leidenschaft, die Neil noch nie bei einem Menschen erlebt hatte, wenn von Kunst und Literatur die Rede war. Ihre sonst farblosen Wangen röteten sich, und ihre blassen Augen glühten.

»Es gibt niemanden, der soviel Atmosphäre hat wie Conrad«, sagte Neil. »Ich kann den Orient sehen und fühlen und riechen, wenn ich ihn lese.«

»Unsinn. Was wissen Sie vom Orient? Jeder wird Ihnen sagen, daß er die gröbsten Schnitzer begangen hat. Fragen Sie Angus.«

»Er war nicht immer ganz präzise«, sagte Munro in seiner

gemessenen, überlegten Art. »Das Borneo, das er beschreibt, ist nicht das Borneo, das wir kennen. Er sah es vom Deck eines Handelsschiffes aus und war kein scharfer Beobachter. Aber was liegt daran? Ich sehe nicht ein, warum sich ein Erzähler von den Tatsachen einengen lassen soll. Ich glaube nicht, daß es eine geringe Leistung ist, ein Land geschaffen zu haben, ein dunkles, düsteres, romantisches und heroisches Land der Seele.«

»Du bist sentimental, mein armer Angus.« Und dann wieder zu Neil gewandt: »Sie müssen Turgenjew, Sie müssen Tolstoi, Sie müssen Dostojewski lesen.«

Neil wußte nicht im geringsten, was er von Darya Munro halten sollte. Sie übersprang die ersten Stufen der Bekanntschaft und behandelte ihn sofort wie jemanden, den sie ihr Leben lang gekannt hatte. Er konnte es nicht begreifen. Es schien ihm so unbedacht. Wenn er selbst jemanden kennenlernte, so riet ihm sein Instinkt, vorsichtig zu sein. Er war liebenswürdig, aber er hütete sich, zu weit zu gehen, ehe er nicht einen Weg vor sich sah. Er schenkte niemandem sein Vertrauen, ehe er es nicht für gerechtfertigt hielt. Aber bei Darya hatte man keine Wahl; sie zwang einen zum Vertrauen. Sie sprudelte Gefühle und Gedanken, die andere Leute bei sich behalten, heraus, wie ein Verschwender Geldstücke in eine sich balgende Menge wirft. Er hatte noch nie einen Menschen sprechen und sich benehmen sehen wie sie. Es war ihr gleichgültig, was sie sagte. Sie sprach von den natürlichen Funktionen des Menschen in einer Weise, die ihm die Schamröte in die Wangen trieb.

»Oh, wie zimperlich sind Sie! Was ist denn dabei? Wenn ich ein Abführmittel nehme, warum sollte ich es nicht sagen? Und wenn ich glaube, daß auch Sie eines nötig haben, warum sollte ich es Ihnen nicht anbieten?«

»Theoretisch haben Sie wahrscheinlich recht«, antwortete der immer vernünftige Neil.

Er mußte ihr von seinem Vater und seiner Mutter, seinen Geschwistern, seinem Leben in der Schule und an der Universität erzählen. Sie erzählte ihm von sich selbst. Ihr Vater war ein im Krieg gefallener General und ihre Mutter eine Prinzessin Lutschkow. Sie hatte sich in Ostrußland aufgehalten, als die Bolschewiken die Macht ergriffen, und war nach Yokohama geflohen. Hier hatten sie armselig von dem Verkauf ihrer Juwelen und einiger weniger geretteter Kunstgegenstände gelebt, und hier heiratete Darya einen Schicksalsgenossen. Sie war unglücklich mit ihm und ließ sich nach zwei Jahren von ihm scheiden. Ihre Mutter starb, und aller Mittel bar, sah sie sich gezwungen, sich ihren Unterhalt zu verdienen, so gut sie konnte. Sie wurde von einer amerikanischen Hilfsorganisation angestellt. Sie unterrichtete in einer Missionsschule. Sie arbeitete in einem Krankenhaus. Sie brachte Neils Blut zum Kochen und machte ihn gleichzeitig sehr verlegen, wenn sie von den Männern sprach, die ihre Schutzlosigkeit und ihre Armut zu mißbrauchen suchten. Sie ersparte ihm keine Einzelheiten.

»Tiere«, sagte er.

»Ach, alle Männer sind so«, antwortete sie mit einem Achselzucken.

Sie erzählte ihm, wie sie einmal mit vorgehaltenem Revolver ihre Tugend verteidigt hatte.

»Ich schwor, ihn zu töten, wenn er noch einen Schritt näher käme – und hätte er es gewagt, ich hätte ihn wie einen Hund zusammengeschossen.«

»Mein Gott«, sagte Neil.

Es war in Yokohama, als sie Angus kennenlernte. Er verbrachte seinen Urlaub in Japan. Er eroberte sie durch seine Geradheit, die Anständigkeit, die so unverkennbar aus ihm sprach, durch seine Zartheit und seine Rücksicht. Er war kein Geschäftsmann; er war ein Wissenschaftler, und die Wissenschaft ist eine Milchschwester der Kunst. Er bot ihr Frieden. Er bot ihr Geborgenheit. Und sie war Japans müde. Borneo war ein Land des Geheimnisses. Sie waren seit fünf Jahren verheiratet.

Sie gab Neil die russischen Romanschriftsteller zu lesen. Sie gab ihm ›Väter und Söhne‹ und ›Anna Karenina‹ und die ›Brüder Karamasow‹.

»Das sind die drei Gipfel der Literatur. Lesen Sie sie. Es sind die größten Romane, die die Welt gesehen hat.«

Wie so viele ihrer Landsleute, sprach sie, als ob keine andere Literatur zählte, und als ob ein paar Romane und Novellen, eine geringe Anzahl gleichgültiger Verse und ein halbes Dutzend guter Theaterstücke alles, was die Kunst sonst hervorgebracht, in Schatten stellten. Neil war fasziniert und überwältigt.

»Sie sind selber ein Aljoscha, Neil«, sagte sie mit Augen, die nun so weich und zärtlich waren, »ein Aljoscha mit einem

Schuß schottischer Härte, mißtrauisch und vorsichtig, und diese Härte will die Seele in Ihnen, die geistige Schönheit, nicht an die Oberfläche lassen.«

»Ich bin nicht im geringsten wie Aljoscha«, antwortete er verlegen.

»Sie wissen nicht, wie Sie sind. Sie wissen überhaupt nichts über sich selbst. Warum sind Sie Naturwissenschaftler? Des Geldes wegen? Sie hätten bedeutend mehr Geld verdient, wenn Sie in das Büro Ihres Onkels in Glasgow eingetreten wären. Ich fühle etwas Seltsames, Unirdisches in Ihnen. Ich könnte vor Ihnen knien, wie Vater Zossima vor Dimitri.«

»Bitte, tun Sie das nicht«, sagte er lächelnd, aber gleichzeitig ein wenig errötend.

Aber die Romane, die er las, machten ihm Darya ein wenig verständlicher. Sie verliehen ihr eine Umgebung, und er erkannte in ihr Züge, die, so ungewöhnlich sie an den Frauen, die er in Schottland kannte, gewesen wären – etwa bei seiner Mutter oder bei den Töchtern seines Onkels in Glasgow –, in den russischen Romanen vielen Charakteren eigen waren. Er wunderte sich nun nicht mehr, daß sie gerne so lange aufblieb, unzählige Tassen Tee trinkend, und fast den ganzen Tag auf dem Sofa lag, lesend und ununterbrochen Zigaretten rauchend. Sie konnte tagelang überhaupt nichts tun, ohne sich im geringsten zu langweilen. Sie hatte eine seltsame Mischung von schmachtender Mattigkeit und Vitalität. Oft erklärte sie mit einem Achselzucken, sie wäre eigentlich Orientalin und nur durch Zufall Europäerin geworden. Und ihre katzenhafte Anmut mutete tatsächlich orientalisch an. Sie war ungeheuer unordentlich, und es schien sie nicht zu stören, daß Zigarettenstummel, alte Papiere und leere Blechschachteln in ihrem Wohnzimmer herumlagen. Aber er fand, daß sie an Anna Karenina erinnerte, und er übertrug auf sie die Sympathie, die er für dieses tragische Wesen empfand. Er begriff ihre Arroganz. Es war nicht unnatürlich, daß sie die Frauen der Kolonie, deren Bekanntschaft er allmählich machte, verachtete; sie waren wirklich gewöhnlich; Daryas Verstand war rascher als der ihre; sie hatte eine weitere Bildung, und sie hatte vor allem eine Empfindungsfähigkeit, die die anderen unbeschreiblich farblos erscheinen ließ. Sie nahm sich nicht die geringste Mühe, sie zu gewinnen. Obgleich sie zu Hause in Sarong und Baju herumschlampte, kleidete sie sich, wenn sie mit Angus ausging, mit einer Pracht, die etwas deplaciert war. Sie liebte es, ihren vollen Busen und ihren wohlgeformten Rücken zu zeigen. Sie malte ihre Wangen und färbte sich die Wimpern wie eine Schauspielerin für die Bühne. Und obzwar Neil wütend wurde, wenn er die belustigten oder entrüsteten Blicke auffing, die ihr Erscheinen hervorrief, mußte er sich tief in seinem Herzen eingestehen, daß es bedauerlich war, daß sie ein solches Schauobjekt aus sich machte. Sie sah natürlich wunderbar aus, aber wenn man nicht gewußt hätte, wer sie war, hätte man sie für eine Kokotte halten können. Sie hatte Dinge an sich, über die er nie ganz hinwegkam. Ihr Appetit war ungeheuer, und es irritierte ihn, daß sie mehr aß als Angus und er zusammen. Er konnte sich nie ganz an die Unverblümtheit gewöhnen, mit der sie sexuelle Dinge erörterte. Es stand für sie fest, daß er zu Hause und in Edinburgh mit unzähligen Frauen zu tun gehabt hatte. Sie drang in ihn, ihr Details von seinen Abenteuern zu erzählen. Seine schottische Pfiffigkeit half ihm, ihre Vorstöße zu parieren, und er wich ihren Fragen mit angeborener Vorsicht aus. Sie lachte über seine Verschlossenheit.

Manchmal schockierte sie ihn. Er gewöhnte sich an die Offenheit, mit der sie sein Aussehen bewunderte, und wenn sie ihm sagte, er wäre schön wie ein junger nordischer Gott, so blieb er völlig unberührt. Schmeichelei lief an ihm ab wie Wasser an einem Entenrücken. Aber er hatte es nicht gern, wenn sie ihm mit der Hand, ihrer großen, aber sehr weichen Hand, liebkosend durch sein lockiges Haar fuhr, oder, ein Lächeln auf den Lippen, sein glattes Gesicht streichelte. Er konnte es nicht leiden, gehätschelt zu werden. Eines Tages wollte sie Mineralwasser trinken und fing an, in ein Glas, das auf dem Tisch stand, einzuschenken.

»Das ist mein Glas«, rief er schnell. »Ich habe eben daraus getrunken.«

»Nun, und was liegt daran? Sie haben doch nicht Syphilis, wie?«

»Ich selbst hasse es, aus fremden Gläsern zu trinken.«

Sie war auch komisch mit Zigaretten. Einmal – es war nicht sehr lange nach seiner Ankunft – hatte er sich gerade eine angezündet, als sie vorbeikam und sagte:

»Die will ich haben.«

Sie nahm sie ihm aus dem Mund und fing an, zu rauchen. Nach zwei, drei Zügen erklärte sie, sie hätte genug und gab sie ihm wieder zurück. Das Ende, das sie im Mund gehalten hatte, war rot von der Schminke auf ihren Lippen, und er hatte gar keine Lust, weiterzurauchen. Aber er hatte Angst, sie könnte ihn für unhöflich halten, wenn er die Zigarette wegwarf. Es ekelte ihn ein bißchen. Oft kam es vor, daß sie ihn um eine Zigarette bat, und wenn er sie ihr reichte, sagte:

»Oh, zünden Sie mir sie an, bitte.«

Wenn er es tat und sie ihr hinhielt, öffnete sie den Mund, damit er sie ihr hineinstecke. Er hatte, ohne es zu wollen, das Ende ein wenig feucht gemacht. Er wunderte sich, daß sie es so ohne weiteres in den Mund steckte. Das Ganze schien ihm furchtbar familiär. Er war überzeugt, daß es Munro nicht passen würde. Ein- oder zweimal hatte sie es sogar im Klub getan. Neil hatte gespürt, wie er puterrot wurde. Er wünschte sehr, sie hätte diese unangenehmen Angewohnheiten nicht, aber offenbar entsprachen sie russischen Sitten, und niemand konnte leugnen, daß Darya eine wunderbare Gesellschafterin war. Ihr Gespräch war sehr anregend. Es war wie Champagner (Neil hatte nur einmal welchen getrunken und ihn damals für abscheuliches Zeug erklärt), ›bildlich gesprochen‹. Es gab nichts, worüber sie nicht sprechen konnte. Sie sprach nicht wie ein Mann; bei einem Mann wußte man gewöhnlich, was er als nächstes sagen würde; das wußte man bei ihr nie; ihre Intuition war erstaunlich. Sie gab einem Ideen ein. Sie öffnete einem den Blick und regte die Phantasie an. Neil fühlte sich lebendig wie nie zuvor. Ihm war, als wandle er auf Berggipfeln, und unbegrenzte geistige Horizonte taten sich vor ihm auf. Neil empfand eine gewisse Genugtuung, wenn er bedachte, auf welch erhabener Ebene sein Geist mit dem ihren Zwiesprache hielt. In diesen Gesprächen fanden die vielgepriesenen Freuden der Sinne eine sehr geringschätzige Beurteilung. Sie war in vieler Hinsicht (er war eine vorsichtige Natur und stellte selten eine Behauptung auf, nicht einmal vor sich selbst, die er nicht rechtfertigen konnte) die intelligenteste Frau, die ihm jemals begegnet war. Und außerdem war sie Angus Munros Frau.

Denn, mit welchen Vorbehalten Neil Darya auch gegenüberstand, in bezug auf Munro kannte er keine; und sie hätte schon eine viel unbedeutendere Frau sein müssen, um nicht Vorteil zu ziehen aus der ungeheuren Bewunderung, die er für ihren Gatten hegte. Ihm gegenüber öffnete Neil sich ganz und gar. Er empfand für ihn, was er noch nie zuvor für einen Menschen empfunden hatte. Er war so vernünftig, so ausgeglichen, so tolerant. Ein solcher Mensch hätte auch er werden mögen, wenn er älter war. Er sprach wenig, aber was er sagte, hatte Hand und Fuß. Er war weise. Er hatte einen trockenen Humor, den Neil verstand. Die derben englischen Späße der Männer im Klub schienen daneben leer und geistlos. Er war gütig und geduldig. Er hatte eine Würde, die es unvorstellbar machte, daß jemand sich ihm gegenüber eine Freiheit herausnehmen könnte, aber er war weder pompös noch feierlich. Er war ehrlich und unbedingt wahrhaftig. Aber Neil bewunderte ihn nicht weniger als Wissenschaftler wie als Mensch. Er hatte Phantasie. Er war genau und fleißig. Obgleich sein Interesse der Forschung galt, erledigte er die administrative Arbeit im Museum mit größter Gewissenhaftigkeit. Er beschäftigte sich zu jener Zeit eingehend mit Stabinsekten und beabsichtigte eine Abhandlung über ihre Fähigkeit der jungfräulichen Fortpflanzung zu schreiben. Ein Zwischenfall, der sich während der Experimente zutrug, machte großen Eindruck auf Neil. Ein kleiner gefangener Affe riß sich eines Tages von seiner Kette los und fraß alle Larven auf, wodurch Munros gesamtes Material vernichtet wurde. Neil war dem Weinen nahe. Angus Munro nahm den Affen in den Arm und streichelte ihn lächelnd.

»Diamant, Diamant«, sagte er, Sir Isaac Newton zitierend, »du ahnst nicht, wieviel Unheil du angerichtet hast.«

Er beschäftigte sich auch mit Mimikry und wußte in Neil das gleiche leidenschaftliche Interesse für diesen vielumstrittenen Gegenstand zu erwecken. Sie hatten nicht endend wollende Gespräche darüber. Neil staunte über das umfassende Wissen des Kurators. Es erstreckte sich auf alle Gebiete, und Neil schämte sich seiner eigenen Unwissenheit. Aber am ansteckendsten war Munros Enthusiasmus, wenn er von den Expeditionen ins Landesinnere sprach, um Tiere für das Museum zu sammeln. Das war das wahre Leben, ein Leben der Mühsal und Beschwerden, der Entbehrung oft, und manchmal der Gefahren, aber belohnt durch die Freude, eine seltene oder vielleicht gar neue Tierart zu finden, durch die Schönheit der Landschaft und die nahe Verbundenheit mit der Natur und vor allem durch das Gefühl völliger Freiheit und Losgelöstheit. Und hauptsächlich für diesen Teil der Arbeit war Neil engagiert worden. Munro war mit seiner Forschertätigkeit beschäftigt, die es ihm verbot, sich auf mehrere Wochen von seinem Laboratorium zu entfernen, und Darya hatte es stets abgelehnt, ihn zu begleiten. Sie hatte eine unsinnige Angst vor dem Dschungel. Sie fürchtete sich vor wilden Tieren, Schlangen und giftigen Insekten. Obgleich Munro ihr immer wieder versicherte, daß kein Tier einem etwas tat, wenn man es nicht belästigte oder erschreckte, konnte sie ihre instinktive Furcht nicht überwinden. Er wollte sie nicht gerne allein lassen. Sie mochte die Leute in der Kolonie nicht, und er fürchtete, daß das Leben, wenn er fort war, unerträglich einsam für sie sein würde. Aber der Sultan interessierte sich lebhaft für Naturwissenschaft und legte großen Wert darauf, die gesamte Fauna des Landes in seinem Museum vertreten zu finden. Die erste Expedition sollten Munro und Neil gemeinsam unternehmen, damit Neil lerne, wie man die Arbeit in Angriff nahm, und die Pläne dafür wurden monatelang besprochen. Neil freute sich auf diese Expedition, wie er sich noch nie im Leben auf etwas gefreut hatte.

Inzwischen lernte er Malaiisch und eignete sich ein wenig von den Dialekten an, die er auf zukünftigen Reisen brauchen würde. Er spielte Tennis und Fußball. Er kannte bald alle Leute im Orte. Auf dem Fußballplatz vergaß er die Wissenschaft und sein Interesse für russische Romane und gab sich ganz dem Genuß des Spieles hin. Er war stark, rasch und beweglich. Nachher war es wunderbar, unter die Dusche zu gehen, ein großes Glas Zitronenwasser zu trinken und mit den andern das Spiel noch einmal durchzusprechen. Es war nie vorgesehen gewesen, daß Neil ständig bei den Munros wohnen sollte. In Kuala Solor gab es ein geräumiges Unterkunftshaus, doch bestand die Vorschrift, daß niemand sich länger als vierzehn Tage darin aufhalten sollte, und die Junggesellen, die keine Amtswohnung zugewiesen bekommen hatten, taten sich gewöhnlich zusammen und nahmen gemeinsam ein Haus. Als Neil eintraf, war zufällig in keiner dieser Behausungen ein Zimmer frei. Eines Abends jedoch, als er ungefähr vier Monate in der Kolonie war, teilten ihm zwei Bekannte, Waring und Jonson, mit denen er nach einer Tennispartie beisammensaß, mit, daß ein

Mitglied ihres Haushaltes nach England fuhr, und forderten ihn auf, zu ihnen zu ziehen. Sie waren junge Burschen in seinem Alter, gehörten dem Fußballteam an, und Neil hatte sie beide gern. Waring war im Zollamt angestellt und Jonson bei der Polizei. Er nahm ihren Vorschlag mit Freuden an. Sie sagten ihm, wieviel es kosten würde, und bestimmten einen Tag, zwei Wochen später, an dem er einziehen könne.

Beim Dinner teilte er es den Munros mit.

»Es war furchtbar nett von Ihnen, mich so lange zu beherbergen. Ich habe wirklich ausgiebigen Gebrauch von Ihrer Gastfreundschaft gemacht, es war mir schon ganz peinlich, doch nun gibt es keine Entschuldigung mehr für mich.«

»Aber wir freuen uns doch, Sie bei uns zu haben«, sagte Darya. »Sie brauchen keine Entschuldigung.«

»Immerhin kann ich nicht endlos bei Ihnen bleiben.«

»Warum nicht? Ihr Gehalt ist winzig, warum sollten Sie es für Kost und Quartier ausgeben? Sie würden sich zu Tode langweilen mit Jonson und Waring. Schafsköpfe. Denken an nichts als an Grammophonspielen und Bälle durchs Tor schießen.«

Es stimmte, daß es sehr angenehm für ihn gewesen war, kostenfrei zu leben. Er hatte den größten Teil seines Gehaltes beiseite gelegt. Er war sparsam veranlagt und nicht gewöhnt, unnötig Geld auszugeben, aber er war auch stolz. Er konnte nicht fortfahren, auf anderer Leute Kosten zu leben. Darya blickte ihn mit ruhigen, aufmerksamen Augen an.

»Angus und ich haben uns an Sie gewöhnt. Ich glaube, Sie würden uns fehlen. Wenn Sie wollen, können Sie für Ihren Unterhalt bezahlen. Sie kosten uns zwar nichts, aber wenn es Sie beruhigt, werde ich genau feststellen, welchen Unterschied es in dem Wirtschaftsbuch unseres Koches ausmacht, und das können Sie bezahlen.«

»Es muß furchtbar lästig sein, ständig einen Fremden im Haus zu haben«, antwortete er unsicher.

»Sie hätten es dort gräßlich. Wenn ich mir bloß vorstelle, was für einen Fraß Sie vorgesetzt bekämen!«

Es war auch wahr, daß man bei den Munros besser aß als sonstwo in Kuala Solor. Er hatte hin und wieder auswärts gegessen – und nicht einmal beim Residenten bekam man ein wirkliches gutes Dinner. Darya aß gerne und hatte ein strenges Auge auf den Koch. Er kochte russische Gerichte, die großartig waren. Daryas Kohlsuppe war es wert, daß man fünf Meilen zu Fuß ging, um sie zu bekommen. Aber Munro hatte noch nichts geäußert.

»Ich würde mich freuen, wenn Sie hierblieben«, sagte er nun. »Es ist sehr bequem für mich, Sie an Ort und Stelle zu haben. Wenn irgend etwas los ist, können wir es sofort miteinander besprechen. Waring und Jonson sind nette Jungen, aber Sie würden sie vielleicht wirklich ein bißchen beschränkt finden mit der Zeit.«

»Wenn Sie mich tatsächlich hierbehalten wollen, bleibe ich natürlich sehr gern. Nichts könnte mir lieber sein. Ich hatte bloß Angst, Ihnen zur Last zu fallen.«

Am nächsten Tag regnete es Bindfäden, und es war unmöglich, Tennis oder Fußball zu spielen, aber gegen sechs Uhr zog Neil einen Regenmantel an und ging in den Klub. Es war niemand da, bis auf den Residenten, der in einem Lehnstuhl saß und *The Fortnightly* las. Sein Name war Trevelyan, und er behauptete, mit dem Freunde Byrons verwandt zu sein. Er war ein großer, dicker Mann mit kurzgeschorenem weißem Haar und dem breiten roten Gesicht eines Komikers. Er liebte es, bei Dilettantenaufführungen mitzuwirken, und seine Spezialität waren zynische Herzöge und witzige Butler. Er war Junggeselle, stand aber allgemein in dem Ruf eines Damenfreundes und trank gerne einen Gin Pahit vor dem Dinner. Er verdankte seine Position der Freundschaft des Sultans. Er war ein bequemer, gemütlicher Mann, ein großer Sprecher, nicht besonders erpicht auf Arbeit, und es war ihm darum zu tun, daß alles glatt ging und niemand Anlaß zur Klage gab. Obgleich er nicht als besonders befähigt galt, war er in der Kolonie beliebt, weil er nett und gastfreundlich war; und er machte seiner Umgebung das Leben zweifellos angenehmer, als wenn er allzu energisch und tüchtig gewesen wäre. Er nickte Neil zu.

»Nun, mein Junge, wie geht es den Flöhen heute?«

»Sie spüren das Wetter, Sir«, antwortete Neil ernst.

»Hi-hi.«

Nach ein paar Minuten erschienen Waring, Jonson und noch ein dritter junger Mensch, namens Bishop. Er war im Zivildienst. Neil spielte nicht Bridge, und so wandte sich Bishop an den Residenten.

»Würden Sie mit uns spielen, Sir?« fragte er ihn. »Es sind heute nur wenige Leute da.«

Der Resident warf einen Blick auf die andern.

»Schön. Ich lese nur einen Artikel zu Ende und komme dann. Heben Sie für mich ab und geben Sie. Ich bin in fünf Minuten fertig.«

Neil ging zu den dreien hinüber.

»Ach, Waring, ich danke Ihnen sehr, aber ich kann doch nicht zu Ihnen ziehen. Die Munros haben mich aufgefordert, ganz bei ihnen zu bleiben.«

Ein breites Lachen erschien auf Warings Gesicht.

»Was Sie nicht sagen.«

»Es ist furchtbar nett von ihnen, nicht? Sie scheinen Wert darauf zu legen, und ich konnte nicht gut ablehnen.«

»Was habe ich euch gesagt«, rief Bishop.

»Ich kann es dem Jungen nicht verübeln«, sagte Waring. Es war etwas in ihrer Art, das Neil nicht gefiel. Sie schienen sich lustig zu machen. Er wurde rot.

»Was, zum Teufel, meinen Sie?« rief er.

»Ach, tun Sie nicht so«, meinte Bishop. »Wir kennen unsere Darya. Sie sind nicht der erste gutaussehende Junge, mit dem sie sich amüsiert, und Sie werden nicht der letzte sein.«

Die Worte waren seinem Munde kaum entfahren, als Neils geballte Faust hervorschoß wie ein Blitz. Er schlug Bishop ins Gesicht, so daß er schwer zu Boden fiel. Jonson sprang auf Neil zu und packte ihn um den Leib, denn Neil war außer sich.

»Lassen Sie mich los«, brüllte er. »Wenn er das nicht zurücknimmt, bringe ich ihn um.«

Der Resident, durch den Lärm aufgeschreckt, blickte auf und erhob sich. Schwerfällig kam er heran.

»Was ist los? Was gibt's? Was, zum Teufel, treibt ihr Jungen hier?«

Sie waren bestürzt. Sie hatten ihn vergessen. Er war ihr Vorgesetzter. Jonson ließ Neil los, und Bishop stand auf. Der Resident wandte sich mit strenger Miene an Neil und fuhr ihn scharf an.

»Was hat das zu bedeuten? Haben Sie Bishop geschlagen?«

»Ja, Sir.«

»Warum?«

»Er hat eine unverschämte Bemerkung gemacht, die die Ehre einer Dame antastet«, sagte Neil sehr hochmütig und immer noch weiß vor Wut.

Die Augen des Residenten zwinkerten, aber er wahrte sein ernstes Gesicht.

»Um welche Dame handelt es sich?«

»Ich verweigere die Auskunft«, sagte Neil, den Kopf zurückwerfend und sich zu seiner vollen, imposanten Höhe aufrichtend.

Es wäre bedeutend wirkungsvoller gewesen, wenn der Resident nicht gute zwei Zoll höher und um vieles dicker gewesen wäre als er.

»Seien Sie kein Kindskopf.«

»Darya Munro«, sagte Jonson.

»Was haben Sie gesagt, Bishop?«

»Ich weiß den genauen Wortlaut nicht mehr. Ich habe gesagt, daß sie sich mit einer ganzen Anzahl von jungen Leuten hier ins Bett gelegt hat und sich vermutlich die Gelegenheit nicht entgehen lassen würde, mit Mac Adam das gleiche zu tun.«

»Das war eine höchst beleidigende Behauptung. Wollen Sie die Güte haben, sich zu entschuldigen. Beide.«

»Er hat mich scheußlich zugerichtet, Sir. Tagelang werde ich mit einem blauen Auge herumrennen. Ich denke nicht daran, mich zu entschuldigen, weil ich die Wahrheit gesagt habe.«

»Sie sind alt genug, zu wissen, daß nichts beleidigender ist als die Wahrheit, und was Ihr blaues Auge anbelangt, so würde ich Ihnen empfehlen, ein rohes Beefsteak aufzulegen. Überdies bitte ich Sie, zur Kenntnis zu nehmen, daß mein Wunsch, Sie möchten sich entschuldigen, aus Höflichkeit in die Form einer Bitte gekleidet war. Er ist als Befehl aufzufassen.«

Einen Augenblick herrschte Stille. Der Resident blickte undurchdringlich vor sich hin.

»Ich bitte um Entschuldigung wegen meiner Bemerkung, Sir«, murmelte Bishop verdrießlich.

»Na, und Sie, Mac Adam?«

»Es tut mir leid, daß ich ihn geschlagen habe, Sir. Auch ich bitte um Entschuldigung.«

»Reichen Sie einander die Hände.«

Die beiden jungen Männer taten zeremoniell, wie ihnen geheißen.

»Ich möchte nicht, daß diese Sache irgendwie weitergeht. Es wäre bedauerlich, Munros wegen, den wir alle gern haben. Kann ich darauf zählen, daß Sie den Mund halten?«

Sie nickten.

»Jetzt können Sie gehen. Sie bleiben, Mac Adam. Ich möchte ein paar Worte mit Ihnen reden.«

Als sie allein waren, setzte sich der Resident hin und zündete sich eine Zigarre an. Er bot auch Neil eine an, aber Neil rauchte bloß Zigaretten.

»Sie sind ein sehr gewalttätiger junger Mann«, sagte der Resident mit einem Lächeln. »Ich schätze es nicht, wenn meine Beamten an einem öffentlichen Ort Szenen machen.«

»Ich bin mit Mrs. Munro sehr befreundet. Sie war die Güte selbst zu mir. Ich dulde es nicht, daß ein Wort gegen sie gesagt wird.«

»Dann werden Sie, fürchte ich, reichlich Gelegenheit finden, sich zu betätigen, wenn Sie noch länger hierbleiben.«

Neil war einen Augenblick still. Er stand, groß und schlank, vor dem Residenten, und sein ernstes junges Gesicht war rein. Er warf den Kopf trotzig zurück. Seine Aufregung ließ ihn in noch breiterem Schottisch sprechen als sonst.

»Ich wohne nun seit vier Monaten bei den Munros und gebe Ihnen mein Ehrenwort, daß, soweit es mich betrifft, nicht ein Funken Wahrheit an dem ist, was dieser Mensch gesagt hat. Mrs. Munro hat mir gegenüber niemals die geringste ungebührliche Vertraulichkeit an den Tag gelegt. Weder durch Wort noch Tat hat sie zu der Vermutung Anlaß gegeben, daß sie auch nur im entferntesten an etwas Unschickliches denkt. Sie war wie eine Mutter zu mir oder wie eine ältere Schwester.«

Der Resident betrachtete ihn mit ironischen Augen.

»Es freut mich sehr, daß Sie das sagen. Es ist das Beste, was ich seit langer Zeit über sie gehört habe.«

»Sie glauben mir doch, Sir?«

»Natürlich. Vielleicht haben Sie sie gebessert.« Er rief: »Boy, bringe mir einen Gin Pahit.« Und dann zu Neil: »Sie können jetzt gehen, wenn Sie wollen. Aber keine Schlägereien mehr, wenn ich bitten darf, oder Sie fliegen.«

Als Neil nach Hause ging, hatte der Regen aufgehört, und

der samtene Himmel war übersät von Sternen. Im Garten flimmerte es von Glühwürmchen. Aus der Erde stieg eine duftende Wärme empor, und man hatte das Gefühl, man müßte, wenn man stehenblieb, die üppige Vegetation wachsen hören. Auf der Veranda schrieb Munro auf der Schreibmaschine ein paar Notizen, und Darya lag ausgestreckt auf einem Liegestuhl und las. Die Lampe hinter ihr warf einen Schein auf ihr duftiges Haar, so daß es leuchtete wie eine Aureole. Sie blickte zu Neil auf, legte ihr Buch hin und lächelte. Ihr Lächeln war sehr freundlich.

»Wo waren Sie, Neil?«

»Im Klub.«

»Waren Leute da?«

Das Bild war so traulich, Daryas Art so friedlich und unbekümmert ruhig, daß es unmöglich war, nicht gerührt zu sein. Die beiden, jedes auf seine Art beschäftigt, schienen so verbunden, ihre Vertrautheit so natürlich, daß niemand sich hätte vorstellen können, daß sie nicht vollkommen glücklich miteinander waren. Neil glaubte nicht ein Wort von dem, was Bishop gesagt und der Resident angedeutet hatte. Schließlich wußte er, daß das, was sie von ihm gedacht hatten, nicht wahr war, warum also sollte das andere wahr sein? Sie hatten eine schmutzige Phantasie, diese Leute; weil sie selber Schweine waren, glaubten sie, ihre Mitmenschen müßten ebenso schlecht sein. Seine Knöchel taten ihm ein bißchen weh. Er war froh, daß er Bishop geschlagen hatte. Er hätte wissen mögen, wer diese gemeine Geschichte aufgebracht hatte. Er würde ihm den Hals umdrehen.

Aber nun setzte Munro ein Datum für die Expedition fest, über die sie so viel gesprochen hatten, und fing in seiner sorgfältigen Art an, Vorbereitungen zu treffen, damit im letzten Moment nichts vergessen würde. Der Plan bestand darin, so weit wie möglich den Fluß hinaufzufahren und sich dann durch den Dschungel durchzuschlagen und auf dem wenig bekannten Mount Hitam nach Exemplaren zu jagen. Sie hatten vor, zwei Monate fortzubleiben. Je näher der Tag des Aufbruchs kam, desto strahlender wurde Munros Laune, und obgleich er still und beherrscht blieb, merkte man doch an dem Leuchten in seinen Augen und an der Elastizität seiner Schritte, wie sehr er sich freute. Eines Morgens, im Museum, war er beinahe übermütig.

»Ich habe Ihnen etwas Freudiges mitzuteilen«, sagte er plötzlich zu Neil, nachdem sie sich miteinander ein paar Experimente angesehen hatten, an denen sie arbeiteten. »Darya kommt mit uns.«

»Wirklich? Das ist großartig.«

Neil war entzückt. Nun wurde die Freude erst vollkommen.

»Es war mir kein angenehmer Gedanke, sie so lange allein zu lassen; jetzt können wir bleiben, solange wir wollen.«

Sie brachen früh am Morgen in vier von Malaien bemannten Prahus auf, und außer ihnen bestand die Reisegesellschaft aus ihren Dienern und vier dajakischen Jägern. Munro, Darya und Neil lagen nebeneinander auf Kissen unter einer Plache; in den andern Booten waren die chinesischen Diener und die Dajaks verteilt. Sie führten Säcke voll Reis für die ganze Gesellschaft, Vorräte für sich selbst, Kleider, Bücher und alles, was für die Reise nötig war, mit sich. Es war himmlisch, die Zivilisation hinter sich zu lassen, und sie waren alle freudig erregt. Sie sprachen. Sie rauchten. Sie lasen. Die Fahrt auf dem Fluß war köstlich beruhigend. Sie aßen auf dem grasbewachsenen Ufer. Die Dunkelheit brach herein, und sie verstauten die Boote für die Nacht. Sie schliefen in einem weitläufigen Haus, und ihre dajakischen Gastgeber feierten ihren Besuch mit Arrak, Beredsamkeit und phantastischem Tanz. Am nächsten Tage gab ihnen der sich verengende Fluß immer mehr die Empfindung, in das Unbekannte einzudringen, und die exotische Vegetation, die die Ufer bis an den Rand des Wassers überwucherte wie eine erregte Menge, die von den nachdrängenden Massen geschoben wird, versetzte Neil in atemloses Entzücken. O Wunder und Seligkeit! Am dritten Tage stiegen sie, da das Wasser seichter und die Strömung stärker wurde, in leichtere Boote um, und bald wurde die Strömung so heftig, daß die Bootsleute nicht mehr rudern konnten, sondern sich stehend mit kräftigen, prachtvollen Bewegungen gegen den Strom vorwärtsstießen. Hie und da gelangte man an Stromschnellen, wo man aussteigen, ausladen und die Boote über felsbestreute Stellen hinwegtragen mußte. Nach fünf Tagen erreichte man einen Punkt, über den hinaus es kein Vordringen mehr gab. Es stand dort ein Regierungsbungalow, und sie quartierten sich für einige Nächte darin ein, während Munro Vorbereitungen für die Exkursion in das Innere traf. Er brauchte Träger für das

Gepäck und Leute, die ihm ein Haus bauten, wenn der Mount Hitam erreicht war. Es erwies sich als notwendig, daß Munro mit dem Häuptling eines in der Nähe gelegenen Dorfes spreche, und da er meinte, es würde Zeit ersparen, wenn er selbst zu ihm hinging, anstatt ihn kommen zu lassen, machte er sich am Tage nach seiner Ankunft bei Morgengrauen mit einem Führer und ein paar Dajaks auf den Weg. Er hoffte, in ein paar Stunden wieder zurück zu sein. Neil begleitete ihn ein Stück und beschloß dann, zu baden. Unweit des Bungalow gab es eine tiefe Stelle, wo das Wasser so klar war, daß man jedes Sandkorn am Grunde sehen konnte. Der Fluß war dort so schmal, daß die Äste der Bäume sich über ihm zusammenschlossen. Es war ein wunderbarer Fleck. Er erinnerte Neil an gewisse Stellen in schottischen Bächen, wo er als Kind gebadet hatte, und doch war alles seltsam anders. Hier fand er eine Atmosphäre von Romantik, eine Unberührtheit der Natur, die Gefühle in ihm wachrief, die schwer zu analysieren waren. Er versuchte es natürlich, aber ältere Köpfe haben sich vergeblich bemüht, das Glück zu zergliedern. Ein Königsfischer saß auf einem überhängenden Ast, und sein leuchtendes Blau spiegelte sich ebenso blau in dem kristallenen Wasser. Er flog mit einem glitzernden Aufblitzen seiner prangenden Flügel auf, als Neil, Sarong und Baju abwerfend, ins Wasser sprang. Es war frisch, ohne kalt zu sein. Neil spritzte und tollte herum. Er freute sich der Bewegung seiner kräftigen Glieder. Er legte sich auf den Rücken und schaute in den blauen Himmel, der durch das Laub hindurchschimmerte, und in die Sonne, die da und dort das Wasser vergoldete. Plötzlich hörte er eine Stimme.

»Wie weiß Ihr Körper ist, Neil.«

Aufschreckend tauchte er ins Wasser, und als er sich umdrehte, sah er Darya am Ufer stehen.

»Oh, ich habe ja nichts an.«

»Das habe ich gesehen. Es ist viel schöner, ohne Kleider zu baden. Warten Sie einen Moment, ich komme auch hinein. Es sieht wunderbar verlockend aus.«

Auch sie hatte Sarong und Baju an. Er drehte rasch den Kopf weg, weil er sah, daß sie im Begriffe war, sich auszuziehen. Er hörte sie ins Wasser steigen. Er machte ein paar Stöße, damit sie Platz hätte, in ziemlicher Entfernung von ihm zu schwimmen, aber sie schwamm zu ihm hin.

»Ist es nicht herrlich, das Wasser am bloßen Körper zu spüren?« rief sie.

Sie lachte und spritzte ihm mit der geöffneten Hand Wasser ins Gesicht. Er war so verlegen, daß er nicht wußte, wo er hinschauen sollte. In diesem klaren Wasser war es unmöglich, nicht zu sehen, daß sie splitternackt war. Vorläufig war es ja nicht so schlimm, aber er mußte daran denken, wie schwer es sein würde, wieder hinauszukommen. Sie schien sich außerordentlich wohl zu fühlen. »Ich mache mir nichts daraus, wenn mein Haar naß wird«, sagte sie.

Sie legte sich auf den Rücken und schwamm mit kräftigen Stößen um die Badestelle herum. Wenn sie aus dem Wasser stieg, überlegte er, würde es das beste sein, er drehte sich um, und nachher, wenn sie angekleidet war, konnte sie weggehen, und er würde hinaussteigen. Sie schien sich der Peinlichkeit der Situation nicht im geringsten bewußt. Er ärgerte sich über sie. Es war wirklich ziemlich taktlos, sich so zu benehmen. Sie fuhr fort, mit ihm zu plaudern, gerade so, als befänden sie sich auf trockenem Boden und wären vollkommen bekleidet. Sie versuchte sogar, seine Aufmerksamkeit auf sich zu lenken.

»Sieht mein Haar nicht furchtbar aus? Es ist so fein, es wird wie ein Rattenschwanz, wenn es naß wird. Halten Sie mich bitte einen Augenblick, damit ich es aufstecken kann.«

»Oh, es ist ganz in Ordnung«, sagte er. »Lassen Sie es jetzt lieber.«

»Ich bekomme furchtbaren Hunger«, meinte sie bald darauf. »Sollten wir nicht bald frühstücken?«

»Wenn Sie zuerst aus dem Wasser steigen und sich anziehen, komme ich Ihnen in einer Minute nach.«

»Schön.«

Sie schwamm die zwei Stöße, die nötig waren, sie ans Ufer zu bringen, und er schaute keusch beiseite, um sie nicht nackt aus dem Wasser steigen zu sehen.

»Ich kann nicht hinaus«, rief sie. »Sie müssen mir helfen.«

Es war nicht so schwierig gewesen, hineinzukommen, aber das Ufer hing über das Wasser, und man mußte sich an einem Ast hinaufziehen.

»Ich kann nicht. Ich bin splitternackt.«

»Das weiß ich. Seien Sie nicht so schottisch. Klettern Sie ans Ufer und geben Sie mir die Hand.«

Es war nichts zu machen. Neil schwang sich hinauf und zog sie nach. Sie hatte ihren Sarong neben den seinen gelegt. Unbekümmert hob sie ihn auf und fing an, sich damit abzutrocknen. Es blieb ihm nichts anderes übrig, als das gleiche zu tun, aber aus Anstand wandte er ihr den Rücken zu.

»Sie haben wirklich eine wunderbare Haut«, sagte sie. »Sie ist so weich und weiß wie die einer Frau. Ganz merkwürdig bei einer so männlichen Figur. Und nicht ein Haar haben Sie auf der Brust.«

Neil wickelte sich den Sarong um und schlüpfte mit den Armen in den Baju.

»Sind Sie fertig?«

Sie hatten Porridge zum Frühstück und Eier und Speck, kaltes Fleisch und Orangenmarmelade. Neil war verstimmt. Sie war wirklich allzu russisch. Es war dumm von ihr, sich so zu benehmen; selbstverständlich war nichts dabei, aber es gehörte zu den Dingen, die den Anlaß dazu geben, daß die Leute so schlecht über sie dachten. Das schlimmste war, daß man ihr das nicht begreiflich machen konnte. Sie lachte einen nur aus. Und doch war es klar: hätte irgend jemand aus Kuala Solor sie so miteinander baden gesehen, splitternackt, so wäre er unmöglich zu überzeugen gewesen, daß nichts zwischen ihnen vorgefallen war. In seiner einsichtsvollen Art mußte Neil zugeben, daß man es diesen Leuten nicht einmal übelnehmen konnte. Es war wirklich rücksichtslos von ihr. Sie hatte kein Recht, einen in eine solche Lage zu versetzen. Er war sich so dumm vorgekommen. Und man konnte sagen, was man wollte: es schickte sich einfach nicht.

Am nächsten Morgen, nachdem sie ihre Träger vorausgeschickt hatten, einen langen Zug von Männern, einer hinter dem andern, die ihre Lasten auf Weidenkörben auf dem Rücken trugen, traten sie mit ihren Dienern, Führern und Jägern den Fußmarsch an. Der Weg führte über die Vorhügel des Berges durch Buschwerk und hohes Gras, und hie und da stießen sie auf Wasserläufe, die sie auf schwankenden Bambusbrücken überquerten. Die Sonne brannte unbarmherzig auf sie herab. Am Nachmittag gelangten sie in den Schatten eines Bambuswaldes, wohltuend nach der Glut, und die Bambusstämme in ihrer schlanken Eleganz erhoben sich zu unwahrscheinlicher Höhe, und das grüne Licht war wie das Licht am Meeresgrunde. Endlich erreichten sie den Urwald, riesige Bäume, eingehüllt von üppigen Schlinggewächsen, ein undurchdringliches Gewirr, und heilige Scheu erfaßte sie. Sie bahnten sich mit Äxten ihren Weg durch das Unterholz. Durch dämmriges Dunkel ging es dahin, und nur hin und wieder erhaschten sie durch das dichte Laubwerk einen Strahl von Sonne. Sie sahen weder Mensch noch Tier, denn die Bewohner des Dschungels sind scheu und verschwinden, sowie sie Schritte vernehmen, in ihre Verstecke. Sie hörten Vögel hoch oben in den Bäumen, sahen aber keine außer den zwitschernden Kolibris, die durch das Unterholz flitzten und zart mit den wilden Blumen liebäugelten. Sie machten halt für die Nacht. Die Träger breiteten Zweige auf den Boden und bedeckten sie mit wasserundurchlässigen Plachen. Der chinesische Koch bereitete ihnen ihr Abendessen, und dann legten sie sich zu Ruhe nieder.

Es war die erste Nacht, die Neil im Dschungel zubrachte, und er konnte nicht schlafen. Die Dunkelheit war undurchdringlich. Unzählige Insekten vollführten einen ohrenbetäubenden Lärm, aber wie das Tosen des Verkehrs in einer großen Stadt war er so anhaltend, daß man ihn allmählich als tiefe Stille empfand; und wenn Neil plötzlich den Schrei eines Affen vernahm, der von einer Schlange gepackt wurde, oder das Kreischen eines Nachtvogels, fuhr er fast aus der Haut vor Schreck. Er hatte das unheimliche Gefühl, daß ringsumher Lebewesen ihn und seine Gefährten beobachteten. Drüben, jenseits der Lagerfeuer, war ein wilder Krieg im Gange, und sie, drei Menschen auf einem Lager aus Zweigen, waren allein und wehrlos den Schrecken der Natur preisgegeben. Neben ihm atmete Munro ruhig in tiefem Schlaf.

»Sind Sie wach, Neil?« flüsterte Darya.

»Ja. Ist etwas los?«

»Ich fürchte mich.«

»Es ist alles in Ordnung. Sie brauchen keine Angst zu haben.«

»Die Stille ist so fürchterlich. Ich wollte, ich wäre nicht mitgekommen.«

Sie zündete sich eine Zigarette an.

Neil, der endlich doch noch eingeschlafen war, wurde von dem Hämmern eines Spechtes aufgeweckt, dessen selbstzufriedenes Lachen, während er von Baum zu Baum flog, die Langschläfer zu verspotten schien. Ein eiliges Frühstück, und die Karawane brach auf. Die Affen schwangen sich von Ast zu Ast in der Morgendämmerung, den Tau von den Blättern sammelnd, und ihr seltsamer Schrei klang wie ein Vogelruf. Die Helligkeit hatte Daryas Ängste zerstreut, und trotz der schlaflosen Nacht war sie nun munter und fröhlich. Sie setzten ihren Aufstieg fort. Am Nachmittag hatten sie die Stelle erreicht, die von den Führern als günstiger Lagerplatz bezeichnet worden war, und hier beschloß Munro, ein Haus zu bauen. Die Männer machten sich an die Arbeit. Mit ihren langen Messern schnitten sie Palmenblätter und Sprößlinge ab, und bald hatten sie eine zweizimmerige Hütte errichtet, die sich auf Pfählen über dem Boden erhob. Sie war hübsch, frisch und grün. Sie roch gut.

Die Munros, er aus alter Gewohnheit, sie, weil sie jahrelang durch die Welt gezogen war und eine katzenhafte Fähigkeit besaß, sich's behaglich zu machen, wo sie hinkam, waren überall zu Hause. In einem Tage hatten sie sich eingerichtet. Ihre Zeiteinteilung war immer die gleiche. Jeden Morgen, sehr früh, machten Neil und Munro sich auf und zogen, jeder für sich, auf Beute aus. Der Nachmittag war dem Aufspießen von Insekten, dem Spannen von Schmetterlingen, dem Präparieren von Vögeln gewidmet. Wenn die Dunkelheit hereinbrach, fingen sie Nachtfalter. Darya war mit dem Haus und den Dienstboten beschäftigt, nähte, las und rauchte unzählige Zigaretten. Die Tage gingen sehr angenehm, einförmig, aber ereignisreich dahin. Neil war begeistert. Er erforschte den Berg nach allen Richtungen. Eines Tages fand er zu seinem Stolz eine neue Art von Stabinsekten. Munro nannte sie Cuniculina Mac Adami. Das war Ruhm. Neil, mit zweiundzwanzig Jahren, durfte sich sagen, daß er nicht umsonst gelebt habe. Aber an einem andern Tage wäre er um ein Haar von einer giftigen Schlange gebissen worden. Da sie grün war, sah er sie nicht und wurde nur durch einen dajakischen Jäger davor bewahrt, auf sie zu treten. Sie töteten sie und brachten sie mit ins Lager. Darya schauderte, als sie sie sah. Sie hatte ein Grauen vor den wilden Tieren des Dschungels, das fast hysterisch war. Sie entfernte sich nie mehr als ein paar Meter vom Lager, aus Angst, sich zu verirren.

»Hat Ihnen Angus erzählt, wie er sich einmal verirrt hat?«

fragte sie Neil eines Abends, als sie nach dem Dinner ruhig beisammen saßen.

»Es war kein sehr angenehmes Erlebnis«, lächelte er.

»Erzähle es ihm, Angus.«

Er zögerte. Es war eine Sache, an die er nicht gerne zurückdachte.

»Es war vor ein paar Jahren. Ich war mit dem Schmetterlingsnetz ausgezogen und hatte sehr viel Glück gehabt, ich hatte ein paar seltene Exemplare gefangen, die ich schon lange gesucht hatte. Nach einer Weile wurde ich hungrig und kehrte um. Ich ging eine Zeit, und es fiel mir auf, daß ich viel weiter vom Lager entfernt war, als ich gedacht hatte. Plötzlich erblickte ich eine leere Streichholzschachtel. Ich fluchte. Ich wußte sofort, was geschehen war. Ich hatte sie weggeworfen, als ich den Rückweg angetreten hatte und war im Kreise herumgegangen. Nun befand ich mich am gleichen Fleck wie eine Stunde zuvor. Ich war nicht entzückt. Aber ich blickte mich um und brach von neuem auf. Es war furchtbar heiß, und ich triefte vor Schweiß. Ich wußte ungefähr die Richtung, in der sich das Lager befand, und sah mich nach Spuren meines Vorüberkommens um, um festzustellen, ob ich auf dem richtigen Weg war. Es war mir, als hätte ich die eine oder andere gefunden, und hoffnungsvoll ging ich weiter. Ich war entsetzlich durstig. Ich ging und ging, mir den Weg über Baumwurzeln und Schlingpflanzen bahnend, und mit einem Male wurde mir klar, daß ich mich verirrt hatte. Wenn ich die richtige Richtung eingeschlagen hätte, hätte ich das Lager längst erreicht haben müssen. Ich kann Ihnen sagen, daß mir nicht wohl zumute war. Ich wußte, daß ich den Kopf nicht verlieren durfte, und setzte mich hin, um mir die Situation zu überlegen. Ich war von Durst gepeinigt. Mittag war lange vorbei, und in drei, vier Stunden würde es dunkel sein. Der Gedanke, die Nacht im Dschungel zubringen zu müssen, behagte mir ganz und gar nicht. Das einzige, was mir einfiel, war, nach einem Wasserlauf zu suchen. Wenn ich seinem Lauf folgte, würde er mich zu einem größeren Wasserlauf und schließlich zum Fluß hinunterführen. Aber das konnte natürlich ein paar Tage in Anspruch nehmen. Ich verwünschte mich wegen meiner Dummheit, aber es blieb mir nichts anderes übrig, und ich fing an zu gehen. Fand ich einen Bach, dann würde ich auf alle Fälle meinen Durst stillen können. Aber ich konnte nicht eine Spur von Wasser erspähen, nicht den kleinsten Quell, der zu irgendeinem größeren Gewässer führen konnte. Ich fing an, unruhig zu werden. Ich sah mich immer weiter irren, bis ich schließlich erschöpft hinsinken würde. Ich wußte, daß der Wald voll von Getier war, und wenn ich einem Rhinozeros begegnete, war ich verloren. Was mich rasend machte, war, daß ich unmöglich mehr als zehn Meilen von meinem Lager entfernt sein konnte. Ich zwang mich, ruhig zu bleiben. Der Tag neigte sich seinem Ende zu, und in den Tiefen des Dschungels wurde es bereits finster. Wenn ich ein Gewehr mitgenommen hätte, hätte ich es abfeuern können. Im Lager mußten sie nun schon wissen, daß ich mich verirrt hatte, und mich bereits suchen. Das Unterholz war so dicht, daß ich keinen Meter tief hineinsehen konnte, und plötzlich, ich weiß nicht, ob es meine Nerven waren oder nicht, hatte ich die Empfindung, daß irgendein Tier unentwegt neben mir einherging. Ich blieb stehen, und es blieb ebenfalls stehen. Ich ging weiter, und es ging ebenfalls weiter. Ich konnte es nicht sehen. Ich konnte keine Bewegung im Busch feststellen. Ich hörte nicht einmal das Knacken von Ästen oder das Hinhuschen eines Körpers durch Blätter. Aber ich wußte, wie leise solche Tiere sich bewegen, und war überzeugt, daß etwas mich begleitete. Mein Herz schlug so heftig gegen meine Rippen, daß ich meinte, es müßte zerspringen. Ich war wahnsinnig vor Angst. Nur mit äußerster Selbstbeherrschung konnte ich mich zwingen, nicht anzufangen zu rennen. Ich wußte, wenn ich das tat, war es um mich geschehen. Nach kaum zwanzig Metern würde ich über eine verknorrte Baumwurzel stolpern, und lag ich erst einmal da, dann würde das Tier mich anspringen. Und Gott weiß, wo ich hingeriet, wenn ich zu laufen anfing. Ich mußte mit meinen Kräften haushalten. Ich war dem Weinen nahe. Und dieser unerträgliche Durst. In meinem ganzen Leben habe ich nicht solche Ängste ausgestanden. Glauben Sie mir, wenn ich einen Revolver gehabt hätte, ich hätte mich erschossen. Es war so entsetzlich – ich wünschte bloß, Schluß zu machen. Ich war dermaßen erschöpft, daß ich mich kaum weiterschleppen konnte. Wenn ich einen Feind hätte, der mir eine tödliche Beleidigung zugefügt hat, so würde ich ihm die Qualen nicht wünschen, die ich damals ausgestanden habe. Mit einem Male hörte ich zwei Schüsse. Mein Herz stand still. Man war auf der Suche nach mir. Nun verlor ich wirklich den Kopf. Ich rannte in der Richtung der Schüsse, schreiend, so laut ich konnte, ich fiel, ich stand wieder auf, ich rannte weiter, ich schrie, bis ich dachte, die Lunge müßte mir bersten, abermals ertönte ein Schuß – näher schon –, ich schrie wieder, ich hörte antwortende Rufe; im Unterholz raschelte es von Schritten. In einer Minute war ich von Dajaks umgeben. Sie drückten mir die Hände und küßten sie. Sie lachten und weinten. Fast hätte auch ich geweint. Ich war völlig erledigt, fertig – aber sie gaben mir zu trinken. Wir waren bloß drei Meilen vom Lager entfernt. Es war stockdunkel, als wir es erreichten. Bei Gott, es war ein gefährliches Abenteuer gewesen.«

Ein krampfhafter Schauder durchlief Darya.

»Glauben Sie mir, ich möchte mich nicht ein zweites Mal im Dschungel verirren.«

»Was wäre geschehen, wenn man Sie nicht gefunden hätte?«

»Ich weiß nicht. Ich wäre verrückt geworden. Wenn mich nicht eine Schlange gebissen oder ein Rhinozeros angefallen hätte, wäre ich blind weitergetaumelt, bis ich hingefallen wäre. Ich wäre verhungert. Ich wäre vor Durst gestorben. Wilde Tiere würden meinen Leichnam gefressen und Ameisen meine Knochen abgenagt haben.«

Sie schwiegen.

Dann, als sie beinahe einen Monat auf dem Mount Hitam waren, geschah es, daß Neil trotz des Chinins, das ihm Munro regelmäßig verabreicht hatte, Fieber bekam. Es war kein schlimmer Anfall, aber er hatte Mitleid mit sich selbst und mußte im Bett bleiben. Darya pflegte ihn. Er schämte sich, ihr soviel Mühe zu machen, aber sie hörte nicht auf seine Proteste. Er ließ es sich also gefallen, daß sie Dinge für ihn tat, die ein chinesischer Boy ebensogut hätte besorgen können. Er war gerührt. Sie bediente ihn hingebungsvoll. Aber als das Fieber seinen Höhepunkt erreichte und sie ihn von Kopf bis Fuß mit kaltem Wasser abwusch, fühlte er sich, obgleich es unbeschreiblich wohltuend war, doch sehr geniert. Sie bestand darauf, diese Waschungen morgens und abends vorzunehmen.

»Ich war nicht sechs Monate am Britischen Hospital in Yokohama, ohne etwas von Krankenpflege zu erlernen«, sagte sie lächelnd.

Sie küßte ihn jedesmal, wenn sie fertig war, auf die Lippen. Es war freundlich und lieb von ihr. Er hatte es gern, nahm es aber keineswegs wichtig. Er ging sogar so weit – etwas Seltsames bei ihm –, mit ihr darüber zu scherzen.

»Haben Sie alle Ihre Patienten im Hospital geküßt?« fragte er sie.

»Mögen Sie es nicht, wenn ich Sie küsse?« lächelte sie.

»Es schadet mir nichts.«

»Vielleicht beschleunigt es Ihre Genesung«, neckte sie.

Eines Nachts träumte er von ihr. Er fuhr aus dem Schlaf auf. Er war in Schweiß gebadet. Er fühlte sich wunderbar wohl und wußte, daß seine Temperatur gefallen war; er war gesund. Aber es war ihm gleichgültig. Denn, was er geträumt hatte, erfüllte ihn mit Scham. Er war entsetzt, daß er, wenn auch nur im Schlaf, auf solche Gedanken kommen konnte, es machte ihn unglücklich. Er mußte ein Ungeheuer an Verworfenheit sein. Der Tag brach an, und er hörte Munro in dem benachbarten Zimmer, das er mit Darya teilte, aufstehen. Sie schlief lange, und er bemühte sich, sie nicht zu wecken. Als er durch Neils Zimmer kam, rief ihn Neil mit leiser Stimme.

»Hallo, sind Sie wach?«

»Ja, die Krisis muß vorüber sein; jetzt geht es mir wieder gut.«

»Das ist recht. Heute bleiben Sie aber noch im Bett. Dann sind Sie morgen gesund wie ein Fisch.«

»Schicken Sie mir bitte Ah Tan, wenn Sie gefrühstückt haben, ja?«

»Schön.«

Er hörte Munro aufbrechen. Der chinesische Boy kam und fragte, was er wolle. Eine Stunde später wachte Darya auf. Sie kam herein, um ihm guten Morgen zu sagen. Er konnte ihr kaum in die Augen sehen.

»Ich will nur rasch frühstücken, und dann komme ich und wasche Sie«, sagte sie.

»Ich bin schon gewaschen. Ich habe Ah Tan gebeten, mir zu helfen.«

»Warum?«

»Ich wollte Ihnen die Mühe ersparen.«

»Es ist keine Mühe für mich. Ich tue es gerne.«

Sie trat an sein Bett und beugte sich über ihn, um ihn zu küssen, aber er wandte den Kopf ab.

»Nicht«, sagte er.

»Warum nicht?«

»Es ist dumm.«

Sie blickte ihn einen Augenblick überrascht an und verließ ihn dann mit einem Achselzucken. Etwas später kam sie wieder herein, um zu sehen, ob er nichts brauche. Er stellte sich schlafend. Sie streichelte sehr zart seine Wange.

»Um Gottes willen, tun Sie das nicht«, rief er.

»Ich dachte, Sie schliefen. Was ist denn heute los mit Ihnen?«

»Nichts.«

»Warum sind Sie so abscheulich zu mir? Habe ich Sie irgendwie beleidigt?«

»Nein.«

»Sagen Sie mir, was es ist.«

Sie setzte sich auf sein Bett und nahm seine Hand. Er drehte sein Gesicht zur Wand. Er schämte sich so sehr, daß er kaum sprechen konnte.

»Sie scheinen zu vergessen, daß ich ein Mann bin. Sie behandeln mich wie einen zwölfjährigen Jungen.«

»Ach!«

Er wurde über und über rot. Er war böse auf sich selbst und ärgerlich über sie. Sie hätte wirklich taktvoller sein können. Nervös zupfte er an seinem Laken.

»Ich weiß, daß Sie nichts dabei denken, und bei mir sollte es ebenso sein. Es ist auch so, wenn ich gesund bin. Man kann nichts für seine Träume, aber sie sind ein Fingerzeig für das, was im Unterbewußtsein vorgeht.«

»Haben Sie von mir geträumt?« Ihre Augen strahlten, aber die seinen waren schwer von Reue.

»Sie kennen die Männer nicht«, sagte er.

Sie lachte perlend auf. Sie beugte sich über ihn und warf ihre Arme um seinen Hals. Sie hatte nichts an außer einem Sarong und einem Baju.

»Du lieber Junge«, rief sie. »Sage mir doch, was du geträumt hast.«

Er war wie von Sinnen vor Schreck. Heftig stieß er sie beiseite.

»Was tun Sie? Sie sind verrückt.«

Er sprang halb aus dem Bett.

»Weißt du nicht, daß ich wahnsinnig in dich verliebt bin?«

»Was reden Sie da?«

Sie setzte sich auf den Bettrand. Er war völlig verwirrt. Sie lachte leise.

»Warum, glaubst du, habe ich diese schauderhafte Expedition mitgemacht? Um mit dir beisammen zu sein, Liebling. Weißt du nicht, daß ich mich halbtot fürchte im Dschungel? Sogar hier drin habe ich Angst, es könnten Schlangen da sein oder Skorpione oder sonst etwas. Ich liebe dich.«

»Sie haben kein Recht, so mit mir zu reden«, sagte er streng.

»Oh, sei nicht so moralisch.«

»Gehen wir hier hinaus.«

Er ging auf die Veranda, und sie folgte ihm. Er warf sich in einen Stuhl. Sie kniete vor ihm nieder und versuchte, seine Hände zu erfassen, aber er zog sie zurück.

»Sie müssen wahnsinnig sein. Ich hoffe zu Gott, daß Sie das, was Sie sagen, nicht ernst meinen.«

»Doch. Jedes Wort«, lächelte sie.

Es erbitterte ihn, daß sie sich der Ungeheuerlichkeit ihres Geständnisses nicht im geringsten bewußt schien.

»Haben Sie Ihren Mann vergessen?«

»Ach, was liegt an meinem Mann?«

»Darya!«

»Ich kann jetzt nicht an Angus denken.«

»Ich glaube, Sie sind eine sehr schlechte Frau«, sagte er langsam, und seine glatte Stirn umdüsterte sich.

Sie lachte.

»Weil ich mich in dich verliebt habe? Liebling, du solltest nicht so gut aussehen.«

»Um Gottes willen, lachen Sie nicht.«

»Ich kann mir nicht helfen; du bist komisch – aber gleichzeitig so furchtbar lieb. Ich liebe deine weiße Haut und dein glänzendes lockiges Haar. Ich liebe dich, weil du so schottisch und steif und humorlos bist. Ich liebe deine Kraft. Ich liebe deine Jugend.«

Ihre Augen leuchteten, und ihr Atem flog. Sie bückte sich und küßte seine nackten Füße. Er zog sie rasch mit einem Ruf des Protestes fort, und seine Bewegung war so aufgeregt, daß er beinahe den wackligen Stuhl umgeworfen hätte.

»Darya, Sie sind von Sinnen! Haben Sie denn kein Schamgefühl?«

»Nein.«

»Was wollen Sie von mir?« fragte er heftig.

»Liebe.«

»Für was für einen Menschen halten Sie mich?«

»Für einen Mann wie alle andern«, antwortete sie ruhig.

»Glauben Sie, nach dem, was Munro für mich getan hat, könnte ich ein solcher Schuft sein, mit seiner Frau herumzupoussieren? Ich bewundere ihn mehr als irgendeinen Menschen auf der Welt. Er ist wunderbar. Er ist hundertmal so viel wert als Sie. Ich würde mich eher umbringen, als ihn verraten. Ich weiß nicht, wie Sie mich einer solchen Gemeinheit für fähig halten können.«

»Oh, mein Lieber, rede nicht solchen Unsinn. Was kann es ihm schon schaden? Du mußt diese Dinge nicht zu tragisch nehmen. Schließlich ist das Leben sehr kurz; wir sind Narren, wenn wir nicht mitnehmen, was uns an Freuden in den Weg kommt.«

»Sie können Unrecht nicht in Recht verwandeln, indem Sie darüber reden.«

»Das ist eine sehr anfechtbare Behauptung.«

Er blickte sie voll Erstaunen an. Sie saß zu seinen Füßen, kühl allem Anschein nach und völlig gefaßt, und die Situation behagte ihr offenbar. Sie schien sich ihres Ernstes in keiner Weise bewußt.

»Wissen Sie, daß ich einen Burschen im Klub niedergeschlagen habe, weil er eine beleidigende Bemerkung über Sie gemacht hat?«

»Wer war das?«

»Bishop.«

»Der gemeine Kerl. Was hat er gesagt?«

»Er hat gesagt, daß Sie Liebschaften mit Männern haben.«

»Ich weiß nicht, warum sich die Leute nicht um ihre eigenen Angelegenheiten kümmern. Aber was liegt schon daran, was sie reden? Ich liebe dich. Ich habe noch nie jemanden so geliebt wie dich. Ich bin krank vor Liebe zu dir.«

»Schweigen Sie. Seien Sie still.«

»Hör zu, heute nacht, wenn Angus schläft, werde ich zu dir ins Zimmer kommen. Er schläft wie ein Stein. Wir brauchen uns nicht zu fürchten.«

»Das dürfen Sie nicht tun.«

»Warum nicht?«

»Nein, nein, nein.«

Er war außer sich vor Angst. Plötzlich sprang sie auf und ging ins Haus hinein.

Munro kam zu Mittag zurück, und am Nachmittag beschäftigten sie sich wie gewöhnlich. Darya half ihnen, was sie manchmal tat. Sie war strahlender Laune. Sie war so vergnügt, daß Munro bemerkte, sie scheine allmählich Gefallen an dem Lagerleben zu finden.

»Ach ja, es ist ganz schön«, gab sie zu. »Ich fühle mich heute glücklich.«

Sie neckte Neil. Sie schien nicht zu bemerken, daß er still war und seine Augen den ihren auswichen.

»Neil ist heute sehr einsilbig«, sagte Munro. »Wahrscheinlich sind Sie noch ein bißchen schwach.«

»Nein, ich fühle mich bloß nicht zum Sprechen aufgelegt.«

Er war tief beunruhigt. Er war überzeugt, daß Darya zu allem fähig war. Er erinnerte sich der hysterischen Raserei Nastasja Filipownas im ›Idiot‹ und sagte sich, daß Darya die gleiche Maßlosigkeit zuzumuten war. Er war mehr als einmal Zeuge heftiger Szenen gewesen, die sie den Dienstboten gemacht hatte, und wußte, wie sie dann jede Beherrschung verlieren konnte. Widerstand brachte sie nur noch mehr auf. Wenn sie nicht auf der Stelle bekam, was sie haben wollte, geriet sie außer sich vor Wut. Zum Glück verlor sie das Interesse an einer Sache ebenso plötzlich, wie sie es faßte. Und gelang es, ihre Aufmerksamkeit für eine Minute abzulenken, so vergaß sie alles. In solchen Situationen bewunderte Neil am meisten Munros Takt. Oft hatte er sich darüber amüsiert, mit welch schlauer und doch zarter List er ihre weiblichen Launen zu besänftigen verstand. Munros wegen war Neil so empört. Munro war ein Heiliger. Aus welcher Armseligkeit, welcher Not, welch kümmerlichem Lavieren hatte er sie nicht herausgehoben und zu seiner Frau gemacht. Sie verdankte ihm alles. Sein Name schützte sie. Sie genoß Achtung und Ansehen. Die primitivste Dankbarkeit hätte es ihr verbieten müssen, Gedanken zu nähren, wie sie sie an diesem Morgen geäußert hatte. Wenn ein Mann einer Frau Avancen machte, so war nichts dagegen zu sagen, es war Männerart, aber bei einer Frau fand er es abscheulich. Sein Anstandsgefühl lehnte sich dagegen auf. Die

Leidenschaft, die er in ihrem Gesicht gelesen hatte, und die Unverhülltheit ihrer Gesten stießen ihn ab.

Er fragte sich, ob sie ihre Drohung, in sein Zimmer zu kommen, wirklich ausführen würde. Er glaubte nicht, daß sie es wagen würde. Aber als die Nacht kam und alle zu Bett gingen, war ihm so beklommen zumute, daß er nicht schlafen konnte. Er lag da und horchte angstvoll. Die Stille wurde nur durch den wiederholten einförmigen Schrei einer Eule unterbrochen. Durch die dünne Wand aus geflochtenen Palmenblättern hörte er Munros ruhigen Atem. Plötzlich merkte er, daß jemand leise in sein Zimmer geschlichen kam. Es stand für ihn fest, wie er sich verhalten würde.

»Sind das Sie, Mr. Munro«, rief er laut.

Darya blieb plötzlich stehen. Munro erwachte.

»Es ist jemand in meinem Zimmer. Ich dachte, Sie wären es.«

»Nein, nein«, sagte Darya. »Ich bin es. Ich konnte nicht schlafen und wollte auf die Veranda gehen und eine Zigarette rauchen.«

»Ach so«, sagte Munro. »Erkälte dich nicht.«

Sie ging durch Neils Zimmer hinaus. Er sah, wie sie sich eine Zigarette anzündete. Bald darauf kam sie zurück, und er hörte, wie sie sich zu Bett legte.

Am nächsten Morgen sah er sie nicht, denn er brach auf, ehe sie aufgestanden war, und richtete es so ein, daß er erst zurückkam, als anzunehmen war, daß auch Munro wieder zu Hause sein würde. Er vermied es, mit ihr allein zu sein, bis es dunkel wurde und Munro für ein paar Minuten hinunterging, um die Netze für die Nachtfalter auszulegen.

»Warum hast du gestern nacht Angus geweckt?« fragte sie böse mit leiser Stimme.

Er zuckte die Achseln und fuhr, ohne zu antworten, in seiner Arbeit fort.

»Hast du dich gefürchtet?«

»Ich besitze ein gewisses Anstandsgefühl.«

»Ach, sei kein solcher Tugendbold.«

»Ich bin lieber ein Tugendbold als ein Schuft.«

»Ich hasse dich.«

»Dann lassen Sie mich in Ruhe.«

Ohne zu antworten, holte sie aus und schlug ihm mit der flachen Hand heftig ins Gesicht. Er wurde rot, sagte aber nichts.

Munro kam zurück, und sie taten, als wäre jedes in seine Beschäftigung vertieft.

In den nächsten Tagen richtete Darya außer bei den Mahlzeiten und an den Abenden kein Wort an Neil. Ohne daß sie sich darüber verständigt hätten, waren sie bemüht, ihre gespannte Beziehung vor Munro zu verbergen. Aber die Anstrengung, mit der Darya sich aus ihrem trotzigen Schweigen löste, würde jedem weniger arglosen Menschen als Angus aufgefallen sein, und manchmal konnte sie sich nicht beherrschen und wurde ein wenig scharf Neil gegenüber. Sie neckte ihn, aber in ihren Neckereien verbarg sich ein Stachel. Sie verstand es, zu verletzen, und traf ihn auch, aber er hütete sich, es sich anmerken zu lassen. Er fühlte instinktiv, daß die gute Laune, die er heuchelte, sie zutiefst erboste.

Dann, eines Tages, als Neil von seiner Sammelexpedition zurückkehrte, fand er, obgleich er seine Heimkehr absichtlich bis zur letzten Minute vor dem Mittagessen hinausgezögert hatte, daß Munro noch nicht da war. Darya lag auf einer Matratze auf der Veranda, nippte an seinem Glas Gin Pahit und rauchte. Sie richtete kein Wort an ihn, als er an ihr vorüberging, um sich zu waschen. Nach einer Minute kam der Boy in sein Zimmer und meldete, daß das Essen bereit wäre. Er trat hinaus.

»Wo ist Munro?« fragte er.

»Er kommt nicht«, sagte Darya. »Er hat sagen lassen, daß der Platz, den er gefunden hat, so gut ist, daß er erst am Abend wieder herunterkommt.«

Munro hatte sich an diesem Morgen nach dem Gipfel des Berges aufgemacht. Die niedrigen Regionen waren in bezug auf Säugetiere wenig ergiebig gewesen, und Munro trug sich mit der Absicht, das Lager, falls er weiter oben einen bessern Platz mit Wasser fand, zu verlegen. Neil und Darya aßen schweigend. Als sie fertig waren, ging Neil ins Haus und kam gleich darauf mit seinem Tropenhelm und seinem Sammelgerät wieder. Es war ungewöhnlich, daß er nachmittags noch einmal auszog.

»Wohin gehst du?« fragte sie abrupt.

»Hinaus.«

»Warum?«

»Ich bin nicht müde. Ich habe heute nichts anderes zu tun.«

Plötzlich brach sie in Tränen aus.

»Wie kannst du zu mir so häßlich sein?« schluchzte sie. »Oh, es ist grausam, mich so zu behandeln.«

Er schaute von seiner Höhe auf sie hinunter, und Bestürzung malte sich auf seinem schönen, ein wenig einfältigen Gesicht.

»Was habe ich getan?«

»Du warst abscheulich zu mir. So schlecht ich auch bin, habe ich doch nicht verdient, so viel zu leiden. Es gibt nichts auf der Welt, was ich nicht mit Freuden für dich täte. Ich bin so furchtbar unglücklich.«

Er trat verlegen von einem Fuß auf den andern. Wie schrecklich von ihr, so zu reden. Er verabscheute und fürchtete sie, aber er hatte immer noch die Achtung vor ihr, die er immer empfunden hatte, nicht nur, weil sie eine Frau, sondern weil sie Angus Munros Gattin war. Sie weinte fassungslos. Glücklicherweise waren die Dajaks am Morgen mit Munro ausgezogen. Es war niemand im Lager außer drei chinesischen Dienern, und diese hatten sich nach dem Lunch in ihre ungefähr vierzig Meter entfernte Behausung zurückgezogen und schliefen. Sie waren allein.

»Ich will Sie nicht unglücklich machen. Das Ganze ist mir unbegreiflich. Es ist absurd, daß eine Frau wie Sie sich in einen Burschen, wie ich es bin, verliebt. Haben Sie denn keine Selbstbeherrschung?«

»Ach Gott, Selbstbeherrschung!«

»Wenn Sie mich wirklich gern hätten, könnten Sie sich doch nicht wünschen, daß ich ein solcher Schuft bin. Bedeutet es Ihnen nichts, daß Ihr Mann uns blind vertraut? Die bloße Tatsache, daß er uns miteinander allein läßt, verpflichtet uns. Er ist ein Mensch, der keiner Fliege etwas zuleide täte. Ich könnte mich nicht mehr achten, wenn ich sein Vertrauen mißbrauchte.«

Sie blickte plötzlich auf.

»Wie kannst du behaupten, daß er keiner Fliege etwas zuleide tut? Alle Flaschen und Kästen hier sind voll von harmlosen Tieren, die er umgebracht hat.«

»Im Interesse der Wissenschaft. Das ist etwas ganz anderes.«

»Oh, du dummer, dummer Junge!«

»Wenn ich dumm bin, so kann ich nichts dafür. Warum lassen Sie mich dann nicht laufen?«

»Glaubst du, daß ich mich mit Absicht in dich verliebt habe?«

»Sie sollten sich schämen.«

»Schämen? Rede doch keinen Unsinn. Mein Gott, was habe ich verbrochen, daß ich mich von diesem eingebildeten Affen quälen lassen muß.«

»Sie sprechen nur immer davon, was Sie für mich getan haben. Was Munro für Sie getan hat, daran denken Sie nicht.«

»Munro langweilt mich zu Tode. Ich habe genug von ihm. Er macht mich krank.«

»Dann bin ich etwa nicht der erste?«

Von dem Augenblick an, da sie ihn mit ihrem verblüffenden Geständnis überrascht hatte, quälte ihn der Verdacht, daß das, was die jungen Leute in Kuala Solor über sie gesagt hatten, wahr sein könnte. Er hatte sich dagegen gesträubt, es zu glauben, und sogar jetzt wollte er es einfach nicht gelten lassen, daß sie ein solches Monstrum an Verderbtheit sein könnte. Es war schrecklich zu denken, daß Angus Munro, dieser vertrauensvolle, zarte Mensch, in einem eingebildeten Paradies lebte. Sie konnte nicht so schlecht sein. Aber sie mißverstand ihn. Sie lächelte ihn durch Tränen an.

»Natürlich nicht. Wie kannst du so töricht sein? Oh, Liebling, sei nicht so fürchterlich ernst. Ich liebe dich.«

Es war also wahr. Er hatte sich einzureden versucht, daß das, was sie für ihn fühlte, etwas Außergewöhnliches sei, eine Tollheit, die sie mit vereinten Kräften bekämpfen und schließlich niederringen würden. Aber sie war einfach treulos.

»Fürchten Sie sich nicht, daß Munro dahinterkommt?«

Sie weinte nun nicht mehr. Sie liebte es über alles, über sich selbst zu sprechen, und hatte das Gefühl, Neils Interesse aufs neue fesseln zu können.

»Ich frage mich manchmal, ob er es nicht weiß. Wenn nicht mit dem Verstand, so doch mit dem Herzen. Er hat den Instinkt und die Sensibilität einer Frau. Manchmal war ich überzeugt, daß er die Wahrheit ahnt, und dann spürte ich in seinem Schmerz etwas seltsam Vergeistigtes, ja etwas Verzücktes. Ich möchte fast glauben, daß ihn das Leid auf eine unendlich subtile Weise beglückt. Es gibt solche Naturen. Sie finden eine wollüstige Freude in der Selbstzerfleischung.«

»Wie abscheulich!« Neil hatte keine Geduld für diese Phantastereien. »Die einzige Entschuldigung für Sie ist, daß Sie nicht bei Sinnen sind.«

Sie war nun wieder viel selbstsicherer geworden. Sie blickte ihn herausfordernd an.

»Findest du mich nicht reizvoll? Den meisten Männern gefalle ich sehr gut. Du mußt in Schottland Dutzende von Frauen gehabt haben, die sich mit mir nicht messen können.«

Sie blickte mit ruhigem Stolz an ihrer wohlgeformten sinnlichen Gestalt hinunter.

»Ich habe noch nie eine Frau gehabt«, sagte er ernst.

»Warum nicht?«

Sie war dermaßen überrascht, daß sie aufsprang. Er zuckte die Achseln. Er konnte sich nicht dazu bringen, ihr zu sagen, wie ihn der bloße Gedanke an solche Dinge abstieß und wie unwürdig ihm die wahllosen Liebeleien seiner Kollegen in Edinburgh erschienen waren. Er fand eine mystische Freude in seiner Reinheit. Die Liebe war etwas Heiliges. Der Geschlechtsakt flößte ihm Entsetzen ein. Seine Rechtfertigung war die Zeugung von Kindern und seine Heiligung die Ehe. Aber Darya stand da mit gestrafftem Körper und starrte ihn an; sie keuchte; und plötzlich, mit einem schluchzenden Schrei, in dem Jauchzen und wildes Verlangen sich mischten, warf sie sich auf die Knie, packte seine Hand und küßte sie leidenschaftlich.

»Aljoscha«, stieß sie hervor. »Aljoscha.«

Und dann, lachend und weinend, sank sie zu seinen Füßen in sich zusammen. Seltsame, kaum menschliche Laute entrangen sich ihrer Kehle, und krampfhafte Schauer durchzitterten ihren Körper, so daß man meinen konnte, sie empfange einen elektrischen Schlag nach dem andern. Neil wußte nicht, ob es Hysterie oder ein epileptischer Anfall war.

»Hören Sie auf«, rief er. »Hören Sie auf.«

Er nahm sie in seine starken Arme und legte sie in einen Stuhl. Aber als er versuchte, sich von ihr freizumachen, ließ sie ihn nicht los. Sie warf die Arme um seinen Hals und hielt ihn fest. Sie bedeckte sein Gesicht mit Küssen. Er wehrte sich. Er wandte das Gesicht ab. Er legte die Hand zwischen sein Gesicht und das ihre, um sich zu schützen. Plötzlich grub sie ihre Zähne tief in sein Fleisch. Der Schmerz war so groß, daß er, ohne nachzudenken, ihr einen schallenden Schlag versetzte.

»Du Teufel!« rief sie.

Seine heftige Bewegung hatte sie gezwungen, ihn loszulassen. Er hielt seine Hand und betrachtete sie. Darya hatte seitlich an dem fleischigen Teil zugebissen, und die Wunde blutete. Ihre Augen loderten. Sie fühlte sich belebt und angeregt.

»Ich habe jetzt genug«, sagte er. »Ich geh aus.«

Sie sprang auf.

»Ich begleite dich.«

Er setzte seinen Tropenhelm auf, raffte seine Sammelausrüstung zusammen und wandte sich wortlos zum Gehen. Mit einem Satz sprang er die drei Stufen herab, die vom Haus hinunterführten. Sie folgte ihm.

»Ich gehe in den Dschungel«, sagte er.

»Mir ist es gleich.«

In dem rasenden Verlangen, von dem sie besessen war, vergaß sie ihre krankhafte Angst vor dem Dschungel. Sie vergaß Schlangen und wilde Tiere. Sie achtete nicht der Zweige, die ihr ins Gesicht schlugen, nicht der Schlingpflanzen, in denen sich die Füße verfingen. Einen Monat lang hatte Neil diesen Teil des Waldes genau erforscht und kannte jedes Fleckchen. Er sagte sich grimmig, daß er sie schon lehren wolle, ihn zu verfolgen. Mit raschen Schritten bahnte er sich einen Weg durch das Unterholz; sie folgte ihm, stolpernd, aber entschlossen; blind vor Wut brach er vorwärts, und sie ging hinter ihm drein. Sie redete; er hörte ihr nicht zu. Sie flehte ihn um Mitleid an. Sie bejammerte ihr Schicksal. Sie demütigte sich. Sie weinte und rang die Hände. Sie versuchte ihn zu besänftigen. Die Worte flossen in endlosem Schwall über ihre Lippen. Sie war wie eine Wahnsinnige. Endlich, auf einer kleinen Lichtung, blieb er unvermittelt stehen und drehte sich um.

»Das ist unmöglich«, rief er. »Jetzt habe ich genug. Sobald Angus nach Hause kommt, werde ich ihm sagen, daß ich fort muß. Ich werde morgen nach Kuala Solor zurückkehren und dann nach England fahren.«

»Er wird dich nicht weglassen. Er braucht dich. Er ist begeistert von dir.«

»Das ist mir gleich. Ich werde es ihm schon verständlich machen.«

»Was?«

Er mißverstand sie.

»Oh, Sie brauchen keine Angst zu haben. Ich werde ihm nicht die Wahrheit sagen. Sie können ihm das Herz brechen, wenn Sie wollen; ich werde es nicht tun.«

»Du liebst ihn? Diesen öden, phlegmatischen Menschen.«

»Er ist hundertmal mehr wert als Sie.«

»Es wäre spaßig, wenn ich ihm sagte, daß du weggegangen bist, weil du mich mit Liebesanträgen verfolgt hast und ich dich nicht erhörte.«

Er fuhr betroffen zurück und blickte sie an, um zu sehen, ob sie das, was sie sagte, auch wirklich meinte.

»Sie bilden sich doch nicht ein, daß er das glauben würde? Er kennt mich doch.«

»Darauf würde ich mich nicht zu fest verlassen.«

Sie hatte gesprochen, ohne nachzudenken, mit keiner besonderen Absicht, bloß um den Streit fortzusetzen, aber nun sah sie, daß er Angst hatte, und ein grausamer Instinkt trieb sie, ihren Vorteil auszunützen.

»Erwartest du Schonung von mir? Du hast mich gedemütigt über alle Maßen. Du hast mich behandelt wie den letzten Dreck. Ich schwöre dir: wenn du die leiseste Andeutung machst, daß du fort willst, gehe ich schnurstracks zu Angus und sage ihm, daß du seine Abwesenheit mißbraucht hast und mich vergewaltigen wolltest.«

»Das kann ich leugnen. Schließlich stünde ein Wort gegen das andere.«

»Ja, aber das meine würde gelten. Ich kann beweisen, was ich sage.«

»Wieso?«

»Ich habe eine sehr empfindliche Haut. Die Stelle, wo du mich geschlagen hast, ist blutunterlaufen. Und sieh dir deine Hand an.« Rasch blickte er hinunter. »Woher stammen diese Bisse?«

Er starrte sie blöde an. Er war ganz blaß geworden. In der Tat: wie sollte er den blutunterlaufenen Fleck, die Male an seiner Hand erklären? Wenn die Notwehr ihn zwang, konnte er die Wahrheit sagen; aber durfte er annehmen, daß Angus ihm glauben würde? Angus betete Darya an. Blind würde er ihr Wort gegen jedes andere gelten lassen. Und für all seine Güte würde er sich mit dem ungeheuerlichsten Undank, für all sein Vertrauen mit dem schnödesten Verrat belohnt sehen. Er mußte ihn für einen gemeinen Schuft halten, und von seinem Standpunkt aus mit Recht. Das war es, was Neil erschütterte. Es schien ihm unerträglich, daß Munro, für den er mit Freuden sein Leben hingegeben hätte, schlecht von ihm denken sollte. Er war so unglücklich, daß Tränen, unmännliche Tränen, die er haßte, ihm in die Augen traten. Darya sah, wie zerschmettert er war. Sie frohlockte. Nun zahlte sie ihm heim, was er ihr angetan hatte. Nun hatte sie ihn in der Hand. Er war in ihrer Macht. Sie kostete ihren Triumph aus, und trotz aller Qual lachte sie in ihrem Herzen, weil er ein solcher Dummkopf war. In diesem Augenblick wußte sie nicht, ob sie ihn liebte oder verachtete.

»Wirst du also brav sein?« fragte sie.

Er schluchzte auf, und blindlings, in einem plötzlichen Impuls, dieser furchtbaren Frau zu entfliehen, fing er wild zu laufen an und rannte, was er konnte. Er jagte durch den Dschungel wie ein verwundetes Tier, ohne zu schauen, wohin, bis er außer Atem war. Dann blieb er keuchend stehen. Er zog sein Taschentuch hervor und wischte sich damit den Schweiß ab, der ihm in die Augen rann und ihn blendete. Er war erschöpft und setzte sich nieder, um sich auszuruhen.

›Ich muß aufpassen, daß ich mich nicht verirre‹, sagte er zu sich selbst.

Es war seine geringste Sorge, aber trotzdem war er froh, daß er einen Taschenkompaß bei sich trug und wußte, welche Richtung er einzuhalten hatte. Er seufzte tief auf und erhob sich mühsam. Dann fing er zu gehen an. Er suchte sich aufmerksam seinen Weg, und mit einem andern Teil seines Bewußtseins fragte er sich beklommen, was er nun tun sollte. Er war überzeugt, daß Darya ihre Drohung wahr machen würde. Drei Wochen sollten sie noch bleiben. Er wagte nicht, zu gehen; er wagte nicht, zu bleiben. Er war völlig verstört. Das einzige, was ihm zu tun übrig blieb, war, ins Lager zurückzukehren und ruhig zu überlegen. Nach einer Viertelstunde ungefähr kam er an eine Stelle, die er kannte. Nach einer Stunde war er zu Hause. Er warf sich unglücklich in einen Stuhl. Er mußte unausgesetzt an Angus denken. Sein Herz blutete für ihn. Neil begriff nun viele Dinge, die ihm zuvor unerklärlich gewesen waren. Wie in einem Aufblitzen wurde ihm die bittere Erkenntnis zuteil. Er wußte nun, warum die Frauen in Kuala Solor so feindselig gegen Darya waren und warum sie Angus so merkwürdig ansahen. Sie behandelten ihn mit einer Art von liebevoller Nachsicht. Neil hatte es sich damit erklärt, daß Angus Wissenschaftler und deshalb in ihren Augen nicht ganz voll zu nehmen war. Nun wußte er, daß sie sich so benahmen, weil sie Mitleid mit ihm hatten und ihn gleichzeitig lächerlich fanden. Darya hatte ihn dem Spott der Gemeinde preisgegeben. Wenn es einen Mann gab, der es nicht verdiente, von einer Frau schlecht behandelt zu werden, so war es Munro. Mit einemmal fuhr Neil zusammen und fing am ganzen Körper zu zittern an. Es war ihm eingefallen, daß Darya sich im Dschungel nicht zurechtfinden konnte; in seiner Bedrängnis hatte er kaum gewußt, wohin er mit ihr ging. Was, wenn sie den Weg zurück nicht mehr fand? Sie würde furchtbare Angst haben. Er erinnerte sich der schaurigen Geschichte, die Angus erzählt hatte. Sein erster Impuls war, sie suchen zu gehen, und er sprang auf. Dann packte ihn ein wilder Ärger. Nein, sie sollte sehen, wie sie allein fertig wurde. Sie war gegen seinen Willen mitgekommen. Nun sollte sie sich allein zurückfinden. Sie war eine abscheuliche Frau und verdiente alles, was ihr zustieß. Neil warf trotzig den Kopf zurück und runzelte finster seine glatte junge Stirn. Er ballte die Fäuste. Mut. Er wollte nicht wankend werden. Er setzte sich hin und versuchte, die Haut eines Gebirgs-Trogon zu präparieren. Aber der Gebirgs-Trogon hat eine Haut wie nasses Seidenpapier, und seine Hände zitterten. Er versuchte seine Gedanken auf die Arbeit zu konzentrieren, aber sie flatterten verzweifelt wie Falter in einem Netz, und er konnte sie nicht beherrschen. Was geschah da drüben, im Dschungel? Was hatte sie getan, als er plötzlich ausgerissen war? Gegen seinen Willen schaute er immer wieder auf. Jeden Augenblick konnte sie in der Lichtung auftauchen und ruhig auf das Haus zuschreiten. Ihm war kein Vorwurf zu machen. Es war die Hand Gottes. Er schauderte. Gewitterwolken zogen am Himmel auf, und es wurde rasch dunkel.

Kurz nach Einbruch der Dämmerung kam Munro nach Hause.

»Gerade noch rechtzeitig«, sagte er. »Es wird ein furchtbares Gewitter geben.«

Er war in freudiger Stimmung. Er hatte ein schönes Plateau entdeckt mit viel Wasser, von dem aus man eine prachtvolle Aussicht aufs Meer hatte. Er hatte zwei, drei seltene Schmetterlinge und ein fliegendes Eichhörnchen gefangen. Er war voll von Plänen, das Lager nach dem neuen Platz zu verlegen. Ringsumher hatte er Spuren einer reichhaltigen Fauna gefunden. Er ging ins Haus, um seine schweren Wanderstiefel abzulegen. Sofort kam er wieder heraus.

»Wo ist Darya?«

Neil nahm sich zusammen, um natürlich zu scheinen.

»Ist sie nicht in ihrem Zimmer?«

»Nein. Vielleicht ist sie aus irgendeinem Grunde zum Dienerschaftsquartier hinübergegangen.«

Er stieg die Treppen hinunter und ging ein paar Meter.

»Darya!« rief er. »Darya!« Keine Antwort. »Boy!«

Ein Chinese kam gelaufen, und Angus fragte ihn, wo seine Herrin wäre. Er wußte es nicht. Er hatte sie seit dem Lunch nicht mehr gesehen.

»Wo kann sie sein?« fragte Munro befremdet.

Er lief hinters Haus und rief.

»Sie kann doch nicht ausgegangen sein. Man kann doch nirgends hingehen. Wann haben Sie sie das letztemal gesehen, Neil?«

»Ich bin nach dem Essen sammeln gegangen. Der Vormittag war ziemlich unergiebig gewesen, und da wollte ich mein Glück noch einmal versuchen.«

»Sonderbar.«

Sie suchten überall in der Umgebung des Lagers. Munro meinte, daß sie sich's vielleicht irgendwo bequem gemacht hatte und eingeschlafen war.

»Es ist wirklich unrecht von ihr, einen so zu ängstigen.«

Alle schlossen sich der Suche an. Munro fing an, besorgt zu werden.

»Sie wird doch nicht einen Spaziergang in den Dschungel unternommen und sich verirrt haben? Seitdem wir hier sind, hat sie sich nie weiter als hundert Meter vom Hause fortgewagt.«

Neil sah die Angst in Munros Augen und blickte zu Boden.

»Wir müssen uns alle aufmachen und sie suchen. Eines steht fest: sie kann unmöglich weit sein. Wenn man sich verirrt, dann ist es das beste, sich nicht von der Stelle zu rühren und zu warten, bis man gefunden wird; das weiß sie genau. Aber sie wird halb wahnsinnig werden vor Angst, die Ärmste.«

Er rief die Dajaks heraus und befahl den Chinesen, Laternen zu bringen. Er feuerte als Signal ein paar Schüsse ab. Man verteilte sich in zwei Gruppen, die eine unter Munro, die andere unter Neil, und drang auf den beiden Pfaden, die man im Laufe des Monats ausgetreten hatte, vorwärts. Es wurde ausgemacht, daß diejenigen, die Darya fanden, rasch hintereinander drei Schüsse abfeuern sollten. Neil ging mit hartem, entschlossenem Gesicht. Sein Gewissen war rein. Es war, als trüge er in seinen Händen den Ratschluß der strafenden Gerechtigkeit. Er wußte, daß Darya nie gefunden werden würde. Die beiden Gruppen trafen zusammen. Es war nicht nötig, Munro ins Gesicht zu sehen. Er war verzweifelt. Neil fühlte sich wie ein Chirurg, der gezwungen ist, ohne Assistenz und Hilfsmittel eine gefährliche Operation durchzuführen, um das Leben eines geliebten Menschen zu retten. Er mußte fest sein.

»Sie kann unmöglich so weit gegangen sein«, sagte Munro. »Wir müssen zum Haus zurückkehren und den Dschungel im Umkreis einer Meile Zoll um Zoll durchsuchen. Die einzige Erklärung scheint mir, daß sie vor irgend etwas erschrocken und ohnmächtig geworden ist oder daß eine Schlange sie gebissen hat.«

Neil antwortete nicht. Sie brachen abermals auf, bildeten Reihen und durchsuchten das Gebüsch. Sie riefen. Hin und wieder feuerten sie einen Schuß ab und horchten, ob sie nicht einen schwachen Antwortruf erlauschen konnten. Nachtvögel flatterten erschrocken mit schwirrendem Flügelschlag auf, als sie mit Laternen vordrangen; und hie und da – halb sahen, halb errieten sie es – tauchte ein Tier auf, Hirsch, Eber oder Rhinozeros, das bei ihrem Herannahen floh. Das Gewitter brach plötzlich los. Ein heftiger Wind setzte ein, und dann zerriß ein Strahl die Finsternis wie der Schrei einer gebärenden Frau, und die zuckenden Blitze, schnell, schnell, einer auf den andern, wie gespenstische Tänzer in einem rasenden Reigen, schlängelten sich durch die Nacht. Der Schrecken des Urwaldes lag aufgedeckt in einem unirdischen Licht. Der Donner rollte krachend über den Himmel, Schlag auf Schlag, mächtigen urzeitlichen Wogen gleich, anprallend gegen die Ufer der Unendlichkeit. Das furchtbare Dröhnen erfüllte den Raum, als hätte es Gestalt und Gewicht. Der Regen prasselte in heftigen Strömen herab. Felsen und gigantische Bäume kamen den Berg heruntergekollert. Der Aufruhr war grauenhaft. Die Dajaks duckten sich in schlotternder Angst vor den erzürnten Geistern, die durch das Gewitter sprachen, aber Munro trieb sie an. Der Regen fiel die ganze Nacht, begleitet von Blitz und Donner, und hörte nicht auf bis zum Morgen. Bis auf die Haut durchnäßt und vor Kälte zitternd kehrten sie in das Lager zurück. Sie waren erschöpft. Als sie gegessen und sich gestärkt hatten, wollte Munro die verzweifelte Suche wiederaufnehmen. Aber er wußte, daß es hoffnungslos war. Man würde Darya nie mehr lebend wiedersehen. Mutlos warf er sich auf sein Lager. Sein Gesicht war müde, weiß und zerquält.

»Armes Kind. Armes Kind.«

Der Brief

Auf dem Kai draußen brannte die Sonne sengend hernieder. Ein Strom von Autos – Lastwagen, Omnibussen, Personenwagen und Taxis – bahnte sich den Weg durch den Verkehr der überfüllten Straße, und jeder Chauffeur ließ die Hupe ertönen. Rikschas schlängelten sich durch die Menge, und die keuchenden Kulis hatten noch genug Atem, einander anzubrüllen. Kulis mit schweren Ballen auf den Schultern rannten im Laufschritt durch die Menge und schrien den Vorübergehenden laut zu, Platz zu machen. Hausierer priesen ihre Waren an. In Singapur stoßen hundert Völker aufeinander; Menschen aller Farben – schwarze Tamilen, gelbe Chinesen, braune Malaien, Armenier, Juden und Inder – schrien heiser durcheinander. Aber in der Kanzlei der Anwaltsfirma Ripley, Joyce und Naylor war es nach dem stauberfüllten Glitzern der Straße dunkel und kühl und nach dem unaufhörlichen Lärm angenehm ruhig. Mr. Joyce saß am Schreibtisch seines Privatbüros, während der elektrische Ventilator auf vollen Touren lief. Er lehnte sich zurück, die Ellbogen auf der Stuhllehne, und legte die Spitzen der ausgestreckten Finger beider Hände fein säuberlich zusammen. Sein Blick ruhte auf den abgegriffenen Bänden der Gerichtsentscheide, die ihm gegenüber auf einem Regal aneinandergereiht waren. Oben auf einem Schrank standen viereckige lackierte Blechschachteln, auf denen die Namen verschiedener Klienten verzeichnet waren.

Es klopfte an der Tür.

»Herein!«

Der chinesische Sekretär, sehr elegant in seiner weißen Leinenhose, öffnete und sagte: »Mr. Crosbie ist da, Sir.«

Er sprach ein gepflegtes Englisch, wobei er jedes Wort deutlich aussprach. Mr. Joyce hatte sich schon oft über seinen reichen Wortschatz gewundert. Ong Chi Seng stammte aus Kanton und hatte in England Jura studiert. Er wollte ein paar Jahre bei Ripley, Joyce und Naylor arbeiten, um sich dann selbständig zu machen. Er war fleißig, zuvorkommend und von mustergültigem Charakter.

»Führen Sie ihn herein«, sagte Mr. Joyce. Er stand auf, um

mit seinem Besucher einen Händedruck zu tauschen, und bat ihn, Platz zu nehmen. Das Licht fiel auf ihn, als er sich setzte. Das Gesicht von Mr. Joyce blieb im Schatten. Er war von Natur schweigsam, und jetzt musterte er Robert Crosbie eine Zeitlang, ohne ein Wort zu sagen. Crosbie war ein wuchtiger Mann, etwas über einen Meter achtzig groß, mit breiten Schultern und muskulös. Er war Gummipflanzer, abgehärtet durch die dauernden Rundgänge über die Plantage und das Tennis, das seine Erholung nach der Arbeit des Tages war. Die Sonne hatte ihn tiefbraun verbrannt. Seine behaarten Hände, seine in derben Schuhen steckenden Füße waren riesig, und Mr. Joyce dachte unwillkürlich, daß ein Schlag mit dieser großen Faust genügen würde, um einen schmächtigen Tamilen auf der Stelle zu töten. Aber in seinen blauen Augen war keine Wildheit; sie waren im Gegenteil vertrauenerweckend und gutmütig. Sein Gesicht mit den etwas groben, unausgeprägten Zügen war offen, freimütig und ehrlich. Aber in diesem Augenblick zeigte es einen Ausdruck tiefer Niedergeschlagenheit. Es war verhärmt und eingefallen.

»Sie sehen so aus, als hätten Sie in den letzten Nächten nicht viel geschlafen«, bemerkte Mr. Joyce.

»Das habe ich auch nicht.«

Mr. Joyce bemerkte jetzt den alten Filzhut mit der breiten Krempe, den Crosbie auf den Tisch gelegt hatte. Dann schweiften seine Blicke zu der kurzen Khakihose, welche die kräftigen, leicht rötlich behaarten Schenkel seines Besuchers sehen ließ, dann zu dem am Hals offenen Tennishemd und der fleckigen Khakijacke mit den aufgekrempelten Ärmeln. Crosbie sah so aus, als sei er gerade nach einem langen Rundgang zwischen den Gummibäumen hereingekommen. Mr. Joyce runzelte leicht die Stirne.

»Sie müssen sich zusammenreißen, alter Junge. Sie müssen einen kühlen Kopf bewahren.«

»Ach, meinetwegen brauchen Sie sich keine Sorgen zu machen.«

»Haben Sie denn Ihre Frau heute gesprochen?«

»Nein, ich sehe sie erst am Nachmittag. Wissen Sie, es ist eine verdammte Schande, daß man sie verhaftet hat.«

»Ich fürchte, man konnte nicht anders«, erwiderte Mr. Joyce in seinem ausgeglichenen, sanften Ton.

»Ich hätte gedacht, man würde sie gegen Bürgschaft freilassen.«

»Es ist eine sehr schwerwiegende Beschuldigung.«

»Unsinn! Sie hat nur getan, was jede anständige Frau an ihrer Stelle getan hätte. Nur würden neun von zehn Frauen nicht den Mut dazu gehabt haben. Leslie ist die beste Frau von der Welt. Sie täte keiner Fliege etwas zuleide. Zum Teufel, mein Lieber – ich bin schließlich zwölf Jahre mit ihr verheiratet, glauben Sie, ich kenne sie nicht? Wahrhaftig, wenn ich den Kerl zu fassen bekommen hätte, ich würde ihm den Kragen umgedreht haben. Ich hätte ihn umgebracht, ohne nur einen Augenblick zu zaudern. Das hätten Sie doch auch getan.«

»Mein lieber Freund, jedermann ist auf Ihrer Seite. Niemand hat ein gutes Wort für Hammond einzulegen. Wir werden sie schon herausbringen. Ich nehme nicht an, daß die Geschworenen oder der Richter zu Gericht sitzen werden, ohne bereits vorher zu dem Entschluß gekommen zu sein, ein ›nicht schuldig‹ zu fällen.«

»Die ganze Geschichte ist eine Farce«, brach es aus Crosbie heftig hervor. »Erst einmal hätte man sie überhaupt nicht verhaften sollen, und dann ist es schrecklich, nach allem, was das arme Mädchen durchgemacht hat, sie noch der Qual einer Gerichtsverhandlung auszusetzen. Seitdem ich in Singapur bin, habe ich nicht einen einzigen Menschen getroffen, ob Mann oder Frau, der mir nicht versichert hätte, daß Leslie vollkommen im Recht war. Ich finde es ganz scheußlich, sie alle diese Wochen im Gefängnis festzuhalten.«

»Gesetz ist Gesetz. Schließlich gibt sie zu, den Mann getötet zu haben. Es ist schrecklich, und Sie und Ihre Frau tun mir furchtbar leid.«

»Was mich angeht, ist gänzlich belanglos«, unterbrach ihn Crosbie.

»Aber die Tatsache bleibt, daß ein Mord oder Totschlag begangen wurde. In einer zivilisierten Gemeinschaft ist daher eine Untersuchung unvermeidlich.«

»Ist es Mord, schädliches Ungeziefer auszutilgen? Sie hat ihn erschossen wie einen tollwütigen Hund.«

Mr. Joyce lehnte sich in seinem Sessel zurück und legte die Spitzen seiner zehn Finger aneinander. Es sah aus wie das Gerüst eines Daches. Er schwieg einen Augenblick.

»Ich ließe es an meiner Pflicht als Ihr Rechtsberater fehlen«, sagte er schließlich mit gleichmäßiger Stimme und sah seinen Klienten mit seinen kühlen braunen Augen an, »wenn ich Sie nicht darauf aufmerksam machen würde, daß es einen Punkt gibt, der mir ein wenig Sorgen macht. Hätte Ihre Frau nur *einen* Schuß auf Hammond abgegeben, so wäre das Ganze eine glatte Sache. Aber unglücklicherweise feuerte sie sechsmal.«

»Leslies Erklärung dafür ist sehr einfach. Unter den gegebenen Umständen hätte jedermann dasselbe getan.«

»Das darf man wohl behaupten«, stimmte Mr. Joyce zu, »und natürlich finde ich ihre Erklärung sehr einleuchtend. Aber wir dürfen die Augen nicht vor den Tatsachen verschließen. Es ist immer richtig, sich an die Stelle des anderen zu versetzen, und ich kann nicht leugnen, daß ich, wenn ich der Staatsanwalt wäre, meine ganze Untersuchung auf diesen einen Punkt richten würde.«

»Lieber Freund, das ist doch reiner Unsinn.«

Mr. Joyce warf einen scharfen Seitenblick auf Robert Crosbie. Der Schatten eines Lächelns huschte über seine schmalen Lippen. Crosbie war ein guter Kerl, aber als intelligent konnte man ihn kaum bezeichnen.

»Vielleicht hat es nichts weiter auf sich«, fuhr der Anwalt fort, »ich dachte nur, ich sollte es lieber erwähnen. Sie brauchen jetzt nicht mehr sehr lange zu warten, und wenn alles vorbei ist, rate ich Ihnen, mit Ihrer Frau eine kleine Erholungsreise zu machen und das Ganze zu vergessen. Obwohl wir so gut wie todsicher sind, einen Freispruch zu erzielen, ist ein derartiger Prozeß doch immer eine peinliche Angelegenheit. Sie beide werden Erholung brauchen.«

Zum erstenmal lächelte Crosbie, und sein Lächeln veränderte sein Gesicht seltsam. Man vergaß seine Ungeschlachtheit und sah nur noch seine Seelengüte.

»Ich glaube, ich werde eine Erholung nötiger haben als Leslie. Sie trägt es wundervoll. Diese Frau hat wahrhaftig Mut!«

»Ja, ich habe sehr bewundert, wie sie sich in der Gewalt hat«, bemerkte der Anwalt. »Nie hätte ich sie einer solchen Entschlossenheit für fähig gehalten.«

Seine Pflichten als ihr Verteidiger hatten es notwendig gemacht, daß er seit ihrer Verhaftung mehrere Unterredungen mit Mrs. Crosbie hatte. Obgleich man ihr die Dinge so leicht wie möglich gemacht hatte, blieb doch die Tatsache bestehen, daß sie im Gefängnis saß und auf ihre Verhandlung wegen Mordes wartete. Es wäre nicht weiter erstaunlich gewesen, wenn ihre Nerven versagt hätten. Sie schien ihre harte Prüfung mit Fassung zu ertragen. Sie las viel, trieb so gut wie möglich Gymnastik und arbeitete dank dem Entgegenkommen der Behörden an der Klöppelspitze, die während ihrer langen Mußestunden schon immer ihr Zeitvertreib gewesen war. Wenn Mr. Joyce zu ihr in die Zelle kam, trug sie ein hübsches, frisches, einfaches Kleid, ihr Haar war sorgfältig frisiert, und ihre Nägel waren manikürt. Sie war immer gefaßt. Sie konnte sogar über die kleinen Unbequemlichkeiten ihrer Lage scherzen. Es war etwas Bagatellisierendes an der Art und Weise, wie sie über die Tragödie sprach, so daß Mr. Joyce den Eindruck hatte, nur ihre gute Kinderstube hindere sie daran, eine Situation, die äußerst ernst war, ein klein wenig lächerlich zu finden. Das überraschte ihn, denn er hätte ihr nie einen Sinn für Humor zugetraut.

Er hatte sie während der letzten Jahre hin und wieder gesehen. Wenn sie nach Singapur kam, ging sie gewöhnlich mit seiner Frau und ihm zum Essen aus, und ein paarmal hatte sie ein Wochenende mit ihnen in ihrem Bungalow am Meer verbracht. Seine Frau hatte einen vierzehntägigen Urlaub mit ihr auf der Plantage verlebt und war dort Geoffrey Hammond mehrmals begegnet. Die beiden Ehepaare hatten freundlich, wenn auch nicht herzlich miteinander verkehrt, und deshalb war Robert Crosbie sofort nach der Katastrophe nach Singapur geeilt und hatte Mr. Joyce gebeten, die Verteidigung seiner unglücklichen Frau persönlich zu übernehmen.

Nie hatte sie die Geschichte abgewandelt, die sie ihm berichtete, als er sie zum erstenmal aufsuchte – nie auch nur in der geringsten Einzelheit. Sie erzählte sie damals, wenige Stunden nach der Tragödie, ebenso kühl wie jetzt. Sie erzählte sie fließend, mit ruhiger, nie schwankender Stimme. Das einzige Anzeichen ihrer Verwirrung war, daß ihr bei der Schilderung von ein paar Einzelheiten eine leise Röte ins Gesicht stieg. Sie war die letzte Frau, von der man erwartet hätte, daß ihr so etwas passieren würde. Sie war anfangs Dreißig – ein zartes Persönchen, weder groß noch klein, eher graziös als hübsch. Ihre Hand- und Fußgelenke waren sehr schmal; sie war ungewöhnlich schlank, man konnte die Knochen ihrer Hand durch die helle Haut schimmern sehen, und die Adern waren groß und blau. Ihr Gesicht war farblos, ein wenig bläßlich, und ihre Lippen waren bleich. Die Farbe ihrer Augen nahm man nicht wahr. Sie hatte üppiges hellbraunes Haar, das leicht natürlich gewellt war. Es war die Art von Haar, das durch ein wenig Nachhelfen sehr hübsch gewesen wäre, aber man konnte sich nicht vorstellen, daß Mrs. Crosbie daran dachte, einen solchen Kunstgriff anzuwenden.

Sie war die letzte Frau in der Welt, der man einen Mord zutrauen würde.

Mr. Joyce verabschiedete sich von Robert Crosbie mit beruhigenden Worten, und als er wieder allein in seinem Büro war, blätterte er in dem Akt Crosbie. Es war eine rein mechanische Handlung, denn alle Einzelheiten waren ihm seit langem vertraut. Der Fall war die Sensation des Tages, wurde in allen Klubs diskutiert und bildete überall das Tischgespräch, von Singapur bis Penang. Der Tatbestand, den Mrs. Crosbie angab, war einfach. Ihr Mann war geschäftlich nach Singapur gefahren, und sie war für die Nacht allein geblieben. Sie aß spät, um Viertel vor neun, zu Abend und saß nach dem Essen im Wohnzimmer und arbeitete an ihrem Klöppelkissen. Das Wohnzimmer hatte eine Tür zur Veranda. Niemand sonst befand sich im Bungalow, denn die Dienerschaft hatte sich in ihre eigenen, hinter dem Wohnhaus innerhalb der Umfriedung gelegenen Quartiere zurückgezogen. Sie war erstaunt, Schritte auf dem Kiesweg zu hören – beschuhte Schritte, die eher auf einen Weißen als auf einen Eingeborenen schließen ließen. Sie hatte kein Auto vorfahren hören und konnte sich nicht vorstellen, wer sie um diese späte Stunde besuchen könnte. Jemand stieg die paar Stufen der Vortreppe hinauf, die zum Bungalow führte, ging über die Veranda und erschien in der Tür des Zimmers, in dem sie saß. Im ersten Augenblick erkannte sie den Besucher nicht. Sie saß neben einer abgeschirmten Lampe, und er stand mit dem Rücken zur Dunkelheit.

»Darf ich hereinkommen?« fragte er.

Sie erkannte nicht einmal seine Stimme.

»Wer ist da?« erkundigte sie sich.

Sie hatte zum Klöppeln eine Brille aufgesetzt, die sie abnahm, während sie sprach.

»Ich bin's – Geoffrey Hammond.«

»Ja, bitte. Kommen Sie herein und trinken Sie etwas.«

Sie stand auf und schüttelte ihm herzlich die Hand. Sie war ein wenig überrascht, ihn zu sehen, denn obschon er nicht weit von ihnen wohnte, hatten weder sie noch Robert in letzter Zeit auf sehr vertrautem Fuß mit ihm gestanden. Seit Wochen hatte sie ihn nicht mehr gesehen. Er war Verwalter einer fast acht Meilen von der ihrigen entfernten Gummiplantage, und sie fragte sich, warum er diese späte Stunde gewählt hatte, um herzukommen und sie zu besuchen.

»Robert ist fort«, erklärte sie. »Er bleibt die Nacht über in Singapur.«

Vielleicht glaubte er, sein Besuch bedürfe einer Erklärung, denn er sagte: »Verzeihung. Ich habe mich heute abend recht einsam gefühlt, und so dachte ich, ich würde eben mal vorbeischauen, wie es Ihnen geht.«

»Wie um alles in der Welt sind Sie hergekommen? Ich habe keinen Wagen gehört.«

»Ich habe ihn unten an der Straße stehen lassen. Ich dachte, Sie beide seien womöglich schon zu Bett gegangen.«

Das war durchaus natürlich. Der Pflanzer steht bei Morgengrauen auf, um die Kulis namentlich aufzurufen, und ist froh, bald nach dem Abendessen ins Bett zu kommen. Hammonds Wagen wurde auch tatsächlich am nächsten Tag eine Viertelmeile von dem Bungalow entfernt gefunden.

Da Robert fort war, stand die Whiskyflasche nicht im Zimmer. Leslie rief nicht nach dem Boy, der vermutlich schon schlief, sondern holte sie selbst. Ihr Gast mischte sich einen Drink und stopfte seine Pfeife.

Geoffrey Hammond hatte eine Menge Freunde in der Kolonie. Er war damals Ende Dreißig, war aber bereits als junger Bursche nach dem Orient gekommen. Bei Ausbruch des Krieges hatte er sich als einer der ersten freiwillig gemeldet und sich tapfer bewährt. Wegen einer Verwundung am Knie wurde er zwei Jahre später als dienstuntauglich aus der Armee entlassen, kehrte jedoch nach dem Krieg mit einer Tapferkeitsauszeichnung und dem Militärverdienstkreuz wieder nach Malaya zurück. Er war einer der vorzüglichsten Billardspieler der Kolonie. Er war ein hervorragender Tänzer und ein glänzender Tennisspieler gewesen, und obschon er mit seinem steifen

Knie nicht mehr tanzen konnte und Tennis nicht mehr so gut wie früher spielte, hatten ihn doch alle Leute gern. Er war ein hochgewachsener, gutaussehender Mann mit sympathischen blauen Augen und einem schöngeformten Kopf mit dichtem schwarzem, naturgelocktem Haar. Leute, die schon lange im Osten lebten, behaupteten, sein einziger Fehler sei, daß er zu sehr hinter den Mädchen her war. Nach der Katastrophe schüttelten sie die Köpfe und beteuerten, sie hätten schon immer gewußt, daß ihn das eines schönen Tages in Schwierigkeiten bringen würde.

Er begann jetzt, mit Leslie über die örtlichen Ereignisse, die bevorstehenden Rennen in Singapur, den Gummipreis und über seine Aussichten, einen kürzlich in der Gegend gesichteten Tiger zu erlegen, zu plaudern. Sie war darauf bedacht, das Stück Spitze, an dem sie arbeitete, bis zu einem bestimmten Datum fertigzubringen, denn sie wollte es ihrer Mutter zum Geburtstag heimsenden. Sie setzte daher ihre Brille wieder auf und zog das Tischchen, auf dem die Arbeit lag, näher zu ihrem Stuhl heran.

»Ich wollte, Sie würden nicht diese große Hornbrille tragen«, sagte Hammond plötzlich. »Ich kann nicht begreifen, wie eine so hübsche Frau wie Sie alles tut, um hausbacken auszusehen.«

Sie war ein wenig verblüfft über diese Bemerkung. Noch nie zuvor hatte er in diesem Ton mit ihr gesprochen. Sie hielt es für das beste, es nicht weiter tragisch zu nehmen.

»Ich habe nicht den Ehrgeiz, eine hinreißende Schönheit zu sein, und wenn Sie mich schon fragen, dann sage ich Ihnen rundheraus, daß ich darauf pfeife, ob Sie mich hausbacken finden oder nicht.«

»Ich finde Sie nicht hausbacken. Ich finde Sie unglaublich hübsch.«

»Sehr freundlich von Ihnen«, gab sie ironisch zur Antwort. »Aber in diesem Fall kann ich Sie nur für halbwegs bei Verstand halten.«

Er lachte in sich hinein, stand jedoch von seinem Sessel auf und setzte sich in einen anderen neben sie.

»Sie werden es nicht leugnen wollen, daß Sie die hübschesten Hände der Welt haben«, fing er wieder an.

Er machte eine Bewegung, als wollte er eine von ihnen ergreifen. Sie versetzte ihm einen kleinen Klaps. »Seien Sie kein Dummkopf! Setzen Sie sich wieder dahin, wo Sie vorher waren, und sprechen Sie vernünftig, sonst schicke ich Sie nach Hause.«

Er rührte sich nicht.

»Wissen Sie nicht, daß ich schrecklich verliebt in Sie bin?« sagte er.

Sie blieb völlig ungerührt.

»Nein, das glaube ich keinen Augenblick, und selbst wenn es wahr wäre, will ich es nicht hören.«

Sie war um so erstaunter über seine Worte, als er ihr in den sieben Jahren ihrer Bekanntschaft nie besondere Aufmerksamkeit geschenkt hatte. Nach seiner Rückkehr aus dem Krieg hatten sie einander ziemlich häufig gesehen, und einmal, als Hammond krank war, hatte Robert ihn geholt und in seinem Wagen nach Hause in seinen Bungalow gebracht. Vierzehn Tage lang war er bei ihnen geblieben. Aber sie hatten verschiedenartige Interessen, und in den letzten zwei oder drei Jahren hatten sie wenig von ihm gesehen.

Jetzt schenkte er sich noch ein Glas Whisky mit Soda ein. Leslie fragte sich, ob er vielleicht schon vorher getrunken hatte. Es war etwas Sonderbares an ihm – und es machte sie ein wenig unsicher. Mißbilligend sah sie ihm zu, wie er sich bediente.

»An Ihrer Stelle würde ich nichts mehr trinken«, meinte sie, noch immer gutgelaunt.

Er leerte sein Glas und stellte es hin.

»Glauben Sie vielleicht, ich rede so zu Ihnen, weil ich zuviel getrunken habe?« wollte er plötzlich wissen.

»Das ist die wahrscheinlichste Erklärung.«

»Nein, es stimmt nicht. Ich habe Sie immer geliebt, seit ich Sie kenne. Ich habe geschwiegen, solange ich konnte, und jetzt muß es heraus. Ich liebe Sie, ich liebe Sie, ich liebe Sie!«

Sie stand auf und legte sorgfältig das Klöppelkissen beiseite. »Gute Nacht«, sagte sie.

»Ich gehe jetzt nicht.«

Schließlich begann sie die Geduld zu verlieren.

»Aber wissen Sie denn nicht, Sie armer Narr, daß ich nie jemand anderen geliebt habe als Robert, und selbst wenn ich Robert nicht lieben würde, wären Sie der letzte Mann, an dem mir etwas läge.«

»Was kümmert mich das? Robert ist fort.«

»Wenn Sie nicht auf der Stelle weggehen, rufe ich die Boys und lasse Sie hinauswerfen.«

»Sie sind außer Hörweite.«

Sie war jetzt sehr zornig. Sie machte eine Bewegung, als wollte sie auf die Veranda hinausgehen, von der aus der Hausboy sie sicherlich hören würde; aber er hielt sie am Arm fest.

»Lassen Sie mich los!« schrie sie wütend.

»Nichts da. Jetzt habe ich Sie.«

Sie rief aus Leibeskräften: »Boy! Boy!« Aber er legte ihr mit einer raschen Bewegung die Hand auf den Mund. Bevor sie wußte, was er wollte, hatte er sie in die Arme genommen und küßte sie leidenschaftlich. Sie wehrte sich und wandte die Lippen von seinem begehrlichen Mund weg.

»Nein, nein, nein!« schrie sie. »Lassen Sie mich! Ich will nicht.«

Sie wußte nicht mehr ganz klar, was dann geschehen war. An alles vorher Erzählte erinnerte sie sich genau, jetzt aber drangen seine Worte wie durch einen Nebel von Angst und Entsetzen an ihre Ohren. Er schien sie um ihre Liebe zu beschwören. Er brach in heftige leidenschaftliche Beteuerungen aus. Und die ganze Zeit hielt er sie in seiner stürmischen Umarmung fest. Sie war hilflos; denn er war ein kräftiger Mann, und ihre Arme waren an ihre Seiten gefesselt. Er küßte ihren Mund, ihre Augen, ihre Wangen, ihre Haare. Der heftige Druck seiner Arme erstickte sie fast. Er hob sie hoch. Sie versuchte, mit den Füßen nach ihm zu stoßen, aber er hielt sie nur um so fester. Er trug sie jetzt. Er sagte nichts mehr; aber sie sah, daß sein Gesicht bleich und seine Augen brennend vor Verlangen waren. Er schleppte sie ins Schlafzimmer. Er war kein zivilisierter Mensch mehr, sondern ein Wilder. Beim Laufen stieß er gegen einen im Wege stehenden Tisch. Sein steifes Knie machte ihn ein wenig linkisch und unsicher auf den Beinen, so daß er mit der Last der Frau auf den Armen zu Boden fiel. Im Nu hatte sie sich von ihm befreit. Sie lief um das Sofa. Er war sogleich wieder hoch und stürzte sich auf sie. Dort auf dem Schreibtisch lag ein Revolver. Sie war keine überängstliche Frau, aber Robert war die Nacht über abwesend, und sie hatte die Waffe in ihr Zimmer mitnehmen wollen, wenn sie zu Bett ging. Darum lag sie da. Sie war jetzt wie von Sinnen vor Angst. Sie wußte nicht mehr, was sie tat. Sie hörte einen Schuß. Sie sah Hammond wanken. Er sagte etwas, was, wußte sie nicht. Dann taumelte er aus dem Zimmer hinaus auf die Veranda. Sie war jetzt in einer Raserei, wie um den Verstand gebracht, sie folgte ihm nach ... ja, so war's ... sie mußte ihm ins Freie nachgefolgt sein, wenn sie sich auch an nichts mehr von all dem erinnern konnte. Sie folgte ihm und feuerte automatisch Schuß um Schuß, bis die sechs Kammern leer waren. Hammond stürzte auf den Boden der Veranda, zusammengekrampft zu einem blutigen Haufen.

Als die Boys, aufgeschreckt durch die Schüsse, angelaufen kamen, fanden sie Mrs. Crosbie über Hammond gebeugt dastehen, noch den Revolver in der Hand – und Hammond war leblos. Sie starrte die Boys einen Augenblick wortlos an. Dann ließ sie den Revolver aus der Hand fallen, wandte sich schweigend um und ging ins Wohnzimmer. Sie hörten, wie sie in ihr Schlafzimmer ging und den Schlüssel im Schloß drehte. Sie wagten nicht, die Leiche zu berühren, sondern starrten sie aus entsetzten Augen an. Aufgeregt sprachen sie im Flüsterton miteinander. Dann faßte sich einer der Boys ein Herz – er war seit vielen Jahren bei ihnen; er war ein Chinese und hatte seine fünf Sinne beisammen. Robert war mit dem Motorrad nach Singapur gefahren, und der Wagen stand in der Garage. Er sagte dem Hausboy, er solle ihn herausfahren. Sie müßten sofort zum Distriktsverwaltungsbeamten und ihm berichten, was vorgefallen war.

Der Distriktsbeamte, ein Mann namens Withers, wohnte am Rande der nächsten Stadt, die etwa fünfunddreißig Meilen entfernt lag. Sie brauchten über eine Stunde, um ihn zu erreichen. Alles schlief bereits, und sie mußten die Boys wecken. Endlich kam Withers heraus, und sie berichteten ihm, was geschehen war. Der Boy Nummer eins zeigte ihm den Revolver als Beweis für seine Aussage. Der Beamte ging in sein Zimmer, um sich anzuziehen, ließ seinen Wagen vorfahren und folgte ihnen kurz darauf auf der verlassenen Straße zum Bungalow. Der Morgen graute schon, als er vor dem Haus der Crosbies ankam. Er lief die Verandastufen hinauf und blieb wie angewurzelt stehen, als er Hammonds Körper dort, wo er der Länge nach hingesunken war, liegen sah. Er befühlte das Gesicht. Es war ganz kalt.

»Wo ist die Mem?« fragte er den Hausboy.

Der Chinese deutete auf das Schlafzimmer. Withers ging zur Tür und klopfte an. Es kam keine Antwort. Er klopfte wieder. »Mrs. Crosbie!« rief er.

»Wer ist da?«

»Withers.«

Wieder trat Stille ein. Dann wurde die Tür aufgeschlossen und langsam geöffnet. Leslie stand vor ihm. Sie war nicht im Bett gewesen und hatte noch das Teekleid an, in dem sie zu Abend gegessen hatte. Sie stand da und sah schweigend den Distriktsverwaltungsbeamten an.

»Ihr Hausboy hat mich geholt«, erklärte dieser. »Hammond ... Was haben Sie getan?«

»Er wollte mich vergewaltigen, und ich habe ihn erschossen.«

»Großer Gott! Es ist wohl besser, Sie kommen hier heraus. Sie müssen mir genau erzählen, was geschehen ist.«

»Nicht jetzt. Ich kann nicht. Sie müssen mir Zeit lassen. Schicken Sie jemanden, um meinen Mann zu holen.«

Withers war noch jung und wußte nicht genau, was er in einem solchen Fall, der so grundverschieden von seinem gewöhnlichen Pflichtenkreis war, tun sollte. Leslie weigerte sich, etwas auszusagen, bis endlich Robert kam. Dann erzählte sie den beiden Männern die Geschichte, von der sie, obzwar sie diese seither oft wiederholt hatte, nie um Haaresbreite abgewichen war ...

Der Punkt, auf den Mr. Joyce immer wieder zurückkam, waren die Schüsse. Als Anwalt beunruhigte es ihn, daß Leslie nicht einmal, sondern sechsmal geschossen hatte. Und die Untersuchung des Toten ergab, daß vier Schüsse aus unmittelbarer Nähe in den Körper abgefeuert worden waren. Man hätte fast glauben können, sie habe, als der Mann am Boden lag, über ihm gestanden und eine Kugel um die andere in ihn gefeuert, bis der Revolver leer war. Sie gab zu, daß ihr sonst in allen vorausgegangenen Dingen so genaues Gedächtnis sie hier im Stich ließ. Ihr Kopf war leer. Das deutete auf eine unbeherrschte Wut hin. Aber gerade ein solcher Ausbruch von Wut war das letzte, was man sich von dieser stillen, zarten Frau erwartet hätte.

Mr. Joyce zuckte die Achseln.

Tatsächlich, so überlegte er, kann man wohl nie sagen, was

für verborgene Möglichkeiten eines Ausbruchs wilder Raserei auch in der ehrbarsten Frau schlummern.

Es klopfte an der Tür.

»Herein!«

Der chinesische Sekretär trat ein und schloß hinter sich die Tür. Er tat das leise, behutsam, aber entschieden und ging auf den Tisch zu, an dem Mr. Joyce saß.

»Darf ich Sie mit ein paar privaten Worten stören, Sir?« fragte er.

Die betonte Genauigkeit, mit der sich der Sekretär ausdrückte, belustigte Mr. Joyce immer ein wenig, und er lächelte jetzt.

»Sie stören nicht, Chi Seng«, erwiderte er.

»Die Angelegenheit, über die ich mit Ihnen sprechen möchte, Sir, ist heikel und vertraulich.«

»Legen Sie los.«

Mr. Joyce schaute seinem Sekretär in die klugen Augen. Wie gewöhnlich war Ong Chi Seng nach der letzten landesüblichen Mode gekleidet. Er trug sehr glänzende und farbenfreudige Seidensocken. In seiner dunklen Krawatte steckte eine Nadel mit einer Perle und Rubinen und am vierten Finger seiner linken Hand ein Brillantring. Aus der Brusttasche seiner blendendweißen Jacke lugten ein goldener Füllfederhalter und ein goldener Bleistift hervor. Er hatte eine goldene Armbanduhr und auf der Nase eine große Hornbrille. Er hüstelte leise.

»Die Sache hat mit dem Fall Crosbie zu tun, Sir.«

»Ach ja?«

»Ein Umstand ist mir zur Kenntnis gekommen, Sir, nämlich, daß ein von der Angeklagten an das unglückliche Opfer der Tragödie geschriebener Brief vorhanden ist.«

»Das sollte mich durchaus nicht wundern. Ich zweifle nicht, daß Mrs. Crosbie im Lauf der sieben Jahre oft Gelegenheit hatte, an Mr. Hammond zu schreiben.«

Mr. Joyce hatte eine hohe Meinung von der Klugheit seines Sekretärs, und seine Worte waren dazu bestimmt, seine Gedanken zu verbergen.

»Das ist sehr wahrscheinlich, Sir. Mrs. Crosbie muß dem Verstorbenen häufig eine Mitteilung haben zukommen lassen, um ihn zum Beispiel zum Essen einzuladen oder eine Tennispartie vorzuschlagen. Das war auch mein erster Gedanke, als die

Angelegenheit zu meiner Kenntnis gebracht wurde. Der fragliche Brief wurde jedoch am Tage von Mr. Hammonds Tod geschrieben.«

Mr. Joyce zuckte mit keiner Wimper. Er schaute Ong Chi Seng weiter mit dem leise belustigten Lächeln an, mit dem er gewöhnlich zu ihm sprach.

»Wer hat Ihnen das gesagt?«

»Die Umstände wurden mir von einem Freund zur Kenntnis gebracht.«

Mr. Joyce wollte nicht mit weiteren Fragen in ihn dringen.

»Sie werden sich zweifellos erinnern, Sir, daß Mrs. Crosbie ausgesagt hat, sie habe bis zur Unglücksnacht seit mehreren Wochen keine Verbindung mehr mit dem Ermordeten gehabt.«

»Haben Sie den Brief bei sich?«

»Nein, Sir.«

»Wie lautet er denn?«

»Mein Freund gab mir eine Abschrift. Möchten Sie sie wohl sehen?«

»Geben Sie her.«

Ong Chi Seng zog aus seiner Jacke eine dicke Brieftasche hervor. Sie war gefüllt mit Schriftstücken, Singapur-Dollarnoten und Zigarettenpapier. Er fischte jetzt aus dem Durcheinander ein halbes Blatt dünnes Notizpapier heraus und legte es Mr. Joyce vor. Der Brief lautete folgendermaßen:

R. wird heute nacht fort sein. Ich muß Dich unbedingt sprechen. Ich erwarte Dich um elf. Ich bin verzweifelt, und wenn Du nicht kommst, weiß ich nicht, was passiert. Fahre nicht mit dem Auto vor. – L.

Die Abschrift war in der sauberen Handschrift angefertigt, welche die Chinesen in den ausländischen Schulen erlernen.

»Warum glauben Sie, daß diese Mitteilung von Mrs. Crosbie stammt?«

»Ich habe volles Vertrauen in die Glaubwürdigkeit meines Gewährsmannes«, antwortete Ong Chi Seng. »Und man kann sehr leicht die Probe darauf machen. Mrs. Crosbie wird Ihnen zweifellos sofort sagen können, ob sie einen solchen Brief geschrieben hat oder nicht.«

Seit Anfang des Gespräches hatte Mr. Joyce unverwandt in

das würdevolle Gesicht seines Sekretärs geblickt. Er fragte sich jetzt, ob nicht ein leiser Ausdruck von Hohn darin wahrzunehmen war.

»Es ist unvorstellbar, daß Mrs. Crosbie einen solchen Brief geschrieben haben soll«, versetzte er.

»Wenn das Ihre Meinung ist, Sir, dann ist die Sache natürlich erledigt. Mein Freund sprach mit mir nur deshalb über die Angelegenheit, weil er glaubte, da ich in Ihrer Kanzlei arbeite, würden Sie vielleicht Wert darauf legen, von dem Vorhandensein dieses Briefes unterrichtet zu werden, ehe er an die Staatsanwaltschaft weitergeleitet wird.«

»Wer hat das Original?« fragte Mr. Joyce scharf.

Ong Chi Seng verriet durch kein Zeichen, daß er in dieser Frage und in der Art, wie sie vorgebracht wurde, eine Änderung des Benehmens erkannte.

»Sie werden sich sicher erinnern, Sir, daß nach dem Tode von Mr. Hammond entdeckt wurde, daß er ein Verhältnis mit einer Chinesin gehabt hatte. Der Brief befindet sich gegenwärtig in ihrem Besitz.«

Das war eines der Dinge gewesen, welche die öffentliche Meinung aufs heftigste gegen Hammond eingenommen hatten. Es wurde bekannt, daß er seit mehreren Monaten mit einer Chinesin zusammenlebte.

Einen Augenblick sprach keiner von beiden. Alles war gesagt worden – und jeder von beiden verstand den anderen vollkommen.

»Ich bin Ihnen sehr verbunden, Chi Seng. Ich werde mir die Sache überlegen.«

»Sehr wohl, Sir. Wünschen Sie, daß ich meinem Freunde Mitteilung in diesem Sinne mache?«

»Es wäre vielleicht nichts dagegen einzuwenden, wenn Sie mit ihm in Verbindung blieben«, antwortete Mr. Joyce feierlich.

»Sehr wohl, Sir.«

Der Sekretär verließ geräuschlos das Zimmer, wobei er die Tür wieder vorsichtig schloß, und überließ Mr. Joyce seinen Überlegungen. Der Anwalt betrachtete die in schulmäßiger, unpersönlicher Handschrift geschriebene Kopie von Leslies Brief. Es mußte eine einfache Erklärung für diesen Brief geben. Leslie konnte sicher sofort alles klarstellen; aber eine Erklärung war hier wahrhaftig nötig. Er stand von seinem Stuhl auf, steckte den Brief in die Tasche und ergriff seinen Tropenhelm. Als er hinaustrat, saß Ong Chi Seng eifrig schreibend an seinem Tisch.

»Ich gehe ein paar Minuten fort, Chi Seng«, sagte er.

»Mr. George Reed ist um zwölf Uhr mit Ihnen verabredet, Sir. Was soll ich ihm sagen, wohin Sie gegangen sind?«

Mr. Joyce verzerrte den Mund zu einem schwachen Lächeln. »Sie können sagen, daß Sie keine Ahnung hätten.«

Aber er wußte genau, daß Ong Chi Seng nicht im Zweifel war, wohin er ging. Obwohl das Verbrechen in Belanda begangen worden war und die Verhandlung in Belanda Bhatu stattfinden sollte, hatte man, da das dortige Gefängnis keine Unterbringungsmöglichkeit für eine weiße Frau bot, Mrs. Crosbie nach Singapur gebracht.

Als Leslie in das Sprechzimmer geführt wurde, in dem Mr. Joyce wartete, streckte sie ihm ihre schmale, vornehme Hand entgegen und begrüßte ihn mit einem freundlichen Lächeln. Sie war wie immer hübsch und einfach gekleidet, und ihr reiches hellbraunes Haar war sorgfältig frisiert.

»Ich erwartete nicht, Sie heute vormittag zu sehen«, sagte sie anmutig.

Sie hätte in ihrem eigenen Haus sein können, und Mr. Joyce erwartete beinahe, sie den Boy rufen und ihm sagen zu hören, er solle dem Besucher einen Gin Pahit bringen.

»Wie fühlen Sie sich?« erkundigte er sich.

»Danke. Ich bin bei bester Gesundheit.« Ein belustigter Funke huschte über ihre Augen. »Das hier ist ein wundervoller Ort für eine Ruhekur.«

Der Aufseher zog sich zurück, und die beiden blieben allein.

»Nehmen Sie bitte Platz«, sagte Leslie.

Er setzte sich. Er wußte nicht recht, wie er beginnen sollte. Sie war so ruhig, daß es fast unmöglich schien, ihr zu sagen, warum er hergekommen war. Obschon sie nicht hübsch war, lag doch etwas Ansprechendes in ihrer Erscheinung. Sie hatte Eleganz, aber es war die Eleganz guter Herkunft, die nichts mit angelernter gesellschaftlicher Gewandtheit zu tun hatte. Man brauchte sie nur anzusehen, um sofort zu wissen, aus was für einer Familie sie stammte und in welcher Umgebung sie aufgewachsen war. Ihre zarte Gestalt verlieh ihr eine besondere Verfeinerung. Es war auch nicht eine Spur von Gewöhnlichkeit an ihr zu entdecken.

»Ich hoffe, Robert heute nachmittag zu sehen«, sagte sie in ihrem unbeschwerten, ruhigen Tonfall. »Der Arme, es war eine große Nervenprobe für ihn. Ich bin froh, daß in ein paar Tagen alles vorüber sein wird.«

»Es sind nur noch fünf Tage.«

»Ich weiß. Jeden Morgen sage ich mir beim Erwachen vor: ›Wieder ein Tag weniger.‹« Sie lächelte. »Ganz so wie ich es in der Schule tat, wenn die Ferien in Sicht waren.«

»Übrigens, habe ich recht mit der Annahme, daß Sie mehrere Wochen vor der Katastrophe keinerlei Verbindung mit Hammond hatten?«

»Dessen bin ich ganz sicher. Zum letztenmal sahen wir uns bei einer Tennispartie bei den MacFarrens. Ich glaube, ich habe kaum zwei Worte mit ihm gesprochen.«

»Und Sie haben ihm nicht geschrieben?«

»O nein.«

»Sind Sie ganz sicher?«

»Ganz«, antwortete sie mit einem kleinen Lächeln. »Es gab nichts, was ich ihm zu schreiben gehabt hätte, außer, um ihn zum Essen oder zum Tennis einzuladen. Und beides habe ich seit Monaten nicht mehr getan.«

»Es gab eine Zeit, da Sie sich recht gut mit ihm verstanden. Wie kommt es, daß Sie ihn nicht mehr zu sich eingeladen haben?«

Mrs. Crosbie zuckte ihre schmalen Schultern.

»Man wird manchmal der Menschen müde. Wir hatten nicht sehr viel Gemeinsames. Er war überall beliebt und hatte immer viele Verabredungen, so daß kein Anlaß bestand, ihn mit Einladungen zu überschütten.«

»Sind Sie ganz sicher, daß das alles war?«

Mrs. Crosbie zögerte einen Augenblick.

»Nun, ich kann es Ihnen wohl ebensogut sagen. Es war uns zu Ohren gekommen, daß er mit einer Chinesin zusammenlebte, und Robert meinte, er wolle ihn nicht mehr im Hause haben. Ich habe das Mädchen selbst gesehen.«

Mr. Joyce saß in einem Sessel mit gerader Rückenlehne; er hatte das Kinn in die Hand gestützt, und seine Augen waren unverwandt auf Leslie gerichtet. Bildete er sich nur ein, daß in ihren schwarzen Pupillen, als sie diese Bemerkung machte, für den Bruchteil einer Sekunde ein seltsames rotes Licht aufflackerte? Mr. Joyce rückte auf seinem Stuhl. Er legte die Fingerspitzen aneinander und begann, wobei er seine Worte sorgfältig wählte, sehr langsam:

»Ich glaube Ihnen sagen zu müssen, daß es einen in Ihrer Handschrift verfaßten Brief an Geoffrey Hammond gibt.«

Er beobachtete sie aufmerksam. Sie machte keine Bewegung, ebensowenig wechselte ihr Gesicht die Farbe, aber sie brauchte geraume Zeit, um zu antworten.

»Früher habe ich ihm oft kleine Mitteilungen geschickt, um ihn zu diesem oder jenem aufzufordern oder ihn zu bitten, etwas mitzubringen, wenn ich wußte, daß er nach Singapur fuhr.«

»Dieser Brief fordert ihn auf, Sie zu besuchen, weil Robert in Singapur sei.«

»Das ist unmöglich. Ich tat nie etwas dergleichen.«

»Sie lesen ihn besser selbst.«

Er zog den Brief aus der Tasche und reichte ihn ihr. Sie warf einen Blick darauf und gab ihn ihm mit einem geringschätzigen Lächeln zurück.

»Das ist nicht meine Handschrift.«

»Ich weiß, angeblich soll es eine genaue Abschrift des Originals sein.«

Sie las jetzt den Wortlaut, und während sie das tat, ging eine schreckliche Veränderung mit ihr vor. Ihr farbloses Gesicht war fürchterlich anzusehen. Es verfärbte sich fahlgrün. Das Fleisch schien plötzlich von ihm abzufallen, und ihre Haut spannte sich straff über die Knochen. Die Lippen traten zurück, so daß die Zähne zu sehen waren. Sie starrte Mr. Joyce mit Augen an, die aus ihren Höhlen traten. Er blickte jetzt auf einen schnatternden Totenkopf.

»Was soll das bedeuten?« flüsterte sie.

Ihr Mund war so ausgetrocknet, daß sie nur einen heiseren Laut hervorbrachte. Es war keine menschliche Stimme mehr.

»Es ist an Ihnen, das zu erklären«, gab er zur Antwort.

»Ich habe ihn nicht geschrieben. Ich schwöre, daß ich ihn nicht geschrieben habe.«

»Seien Sie sehr vorsichtig mit Ihren Worten. Wenn das Original in Ihrer Handschrift geschrieben ist, wäre es zwecklos, zu leugnen.«

»Es wäre eine Fälschung.«

»Das wäre schwer zu beweisen.«

Ein Schauer überlief ihren schlanken Körper. Große Schweißtropfen standen auf ihrer Stirn. Sie zog ein Taschentuch aus ihrer Handtasche und trocknete sich damit die Handteller. Noch einmal warf sie einen Blick auf den Brief und sah dann Mr. Joyce von der Seite an.

»Er ist nicht datiert. Falls ich ihn geschrieben und das vergessen haben sollte, kann es vor Jahren gewesen sein. Wenn Sie mir Zeit lassen, werde ich versuchen, mich an die Umstände zu erinnern.«

»Ich habe bemerkt, daß er ohne Datum ist. Wenn dieser Brief in die Hände der Staatsanwaltschaft gelangt, wird sie die Boys ins Kreuzverhör nehmen. Sie würde dann bald herausbekommen, ob einer von ihnen Hammond an seinem Todestag einen Brief gebracht hat.«

Mrs. Crosbie faltete heftig die Hände und schwankte auf ihrem Stuhl, so daß er glaubte, sie würde in Ohnmacht fallen.

»Ich schwöre Ihnen, ich habe diesen Brief nicht geschrieben.«

Mr. Joyce schwieg einige Zeit. Er wandte den Blick von ihrem verzerrten Gesicht und richtete ihn zu Boden. Er überlegte.

»Unter diesen Umständen brauchen wir die Sache nicht weiter zu verfolgen«, sagte er langsam, endlich das Schweigen brechend. »Wenn der Besitzer dieses Briefes es für angebracht hält, ihn in die Hände des Staatsanwalts zu legen, so sind Sie vorbereitet.«

Seine Worte gaben zu verstehen, daß er ihr nun nichts mehr zu sagen habe, aber er machte keine Anstalten, aufzubrechen. Er wartete. Es schien ihm, als warte er sehr lange. Er blickte Leslie nicht an, war sich aber bewußt, daß sie sehr still dasaß. Sie gab keinen Laut von sich. Schließlich war er es, der wieder das Wort ergriff:

»Wenn Sie mir nichts mehr zu sagen haben, gehe ich jetzt wohl besser in meine Kanzlei zurück.«

»Was würde jemand, der diesen Brief läse, glauben, daß er bedeutet?« fragte sie daraufhin.

»Er wäre überzeugt, daß Sie eine vorsätzliche Lüge gesagt haben«, erwiderte Mr. Joyce scharf.

»Wieso?«

»Sie haben deutlich ausgesagt, daß Sie während der letzten drei Monate keine Verbindung mit Hammond gehabt haben.«

»Das Ganze war eine schreckliche Erschütterung für mich. Die Geschehnisse dieser entsetzlichen Nacht waren ein Albtraum. Es ist nicht allzu verwunderlich, wenn eine Einzelheit meinem Gedächtnis entfallen ist.«

»Nachdem Ihr Gedächtnis jede Einzelheit Ihrer Begegnung mit Hammond so genau festgehalten hat, wäre es verhängnisvoll, wenn Sie einen so wichtigen Punkt vergessen haben sollten wie den, daß er Sie in der Nacht seines Todes auf Ihren ausdrücklichen Wunsch hin in Ihrem Bungalow besuchte.«

»Ich hatte es nicht vergessen. Nach dem Vorgefallenen hatte ich nur Angst, es zu erwähnen. Ich dachte, niemand würde meine Geschichte glauben, wenn ich zugab, daß er auf meine Aufforderung hin gekommen war. Ich gebe zu, es war dumm von mir. Aber ich habe den Kopf verloren, und nachdem ich einmal beteuert hatte, ich hätte keine Verbindung mit Hammond gehabt, mußte ich dabei bleiben.«

Mittlerweile hatte Leslie ihre bewundernswerte Fassung wiedergefunden, und sie begegnete Mr. Joyces Blick offen und ehrlich. Ihre Sanftmut war entwaffnend.

»Dann wird man von Ihnen eine Erklärung verlangen, *warum* Sie Hammond gebeten haben, zu Ihnen zu kommen, als Robert die Nacht über fort war.«

Sie richtete ihre Augen auf den Anwalt. Sie standen voll Tränen. Ihre Stimme schwankte ein wenig.

»Ich wollte Robert eine Überraschung bereiten. Er hat nächsten Monat Geburtstag. Ich wußte, daß er sich ein neues Gewehr wünschte, und ich bin schrecklich unerfahren in sportlichen Dingen. Ich wollte mit Geoffrey darüber reden. Ich hatte vor, ihn darum zu bitten, es für mich zu besorgen.«

»Vielleicht haben Sie den Wortlaut des Briefes nicht deutlich in Erinnerung. Wollen Sie ihn noch einmal ansehen?«

»Nein, nein«, sagte sie rasch.

»Scheint Ihnen dieser Brief von der Art zu sein, wie ihn eine Frau einem einigermaßen gleichgültigen Bekannten schreiben würde, weil sie ihn über den Kauf einer Jagdflinte zu Rate ziehen möchte?«

»Ich muß selbst sagen, daß er ziemlich ungewöhnlich und aufgeregt klingt. Aber ich drücke mich oft so aus, wissen Sie. Ich gebe gerne zu, daß er ziemlich töricht ist.« Sie lächelte. »Und schließlich war Geoffrey Hammond kein ganz gleichgültiger Bekannter. Als er krank war, hatte ich ihn wie eine Mutter gepflegt. Ich bat ihn, zu kommen, als Robert fort war, weil Robert ihn nicht gern im Hause haben wollte.«

Mr. Joyce war es müde, so lange in der gleichen Stellung dazusitzen. Er stand auf und ging ein paarmal durchs Zimmer, um nach passenden Worten zu suchen. Dann beugte er sich über die Rückenlehne des Stuhles, auf dem er gesessen hatte, und sagte langsam in tiefernstem Ton:

»Mrs. Crosbie, ich möchte ein sehr, sehr ernstes Wort mit Ihnen reden. Ihr Fall lag verhältnismäßig einfach. Es gab nur einen Punkt, der mir eine Erklärung zu fordern schien: soweit ich es beurteilen konnte, hatten Sie nicht weniger als vier Schüsse auf Hammond abgefeuert, als er auf dem Boden lag. Es war nicht leicht, die Möglichkeit gelten zu lassen, daß eine zarte, schüchterne und für gewöhnlich beherrschte Frau von sanfter Veranlagung und verfeinerten Instinkten in eine völlig unbeherrschte Raserei verfallen sein sollte. Aber freilich war es denkbar. Obwohl Geoffrey Hammond sehr beliebt und im großen und ganzen gut beleumundet war, hatte ich mich darauf vorbereitet, zu beweisen, daß er sich sehr wohl eines solchen Verbrechens schuldig machen konnte, dessen Sie ihn zur Rechtfertigung Ihrer Tat beschuldigten. Die nach seinem Tode entdeckte Tatsache, daß er mit einer Chinesin zusammenlebte, bot uns eine wichtige Handhabe. Sie beraubte ihn aller Sympathien, die ihm sonst vielleicht entgegengebracht worden wären. Ich sagte heute morgen zu Ihrem Mann, daß ich eines Freispruches sicher sei – und tat das nicht nur, um ihm Mut zu machen.«

Sie blickten einander in die Augen. Mrs. Crosbie war seltsam still. Sie war wie ein von einer Schlange gebannter kleiner Vogel. Mr. Joyce fuhr im gleichen ruhigen Ton fort:

»Aber dieser Brief hat dem Fall ein völlig anderes Gesicht gegeben. Ich bin Ihr Verteidiger und nehme Ihre Geschichte so an, wie Sie sie mir erzählen. Ich richte danach Ihre Verteidigung ein. Es kann sein, daß ich Ihre Aussagen glaube, kann aber auch sein, daß ich sie in Zweifel stelle.«

Er war erstaunt, in Leslies Augen das Aufflackern eines Lächelns zu sehen. Ein wenig ärgerlich fuhr er fort:

»Sie werden nicht leugnen wollen, daß Hammond auf Ihre dringende, ich möchte fast sagen hysterische Einladung hin in Ihr Haus kam?«

Mrs. Crosbie zauderte einen Augenblick und schien zu überlegen.

»Man kann beweisen, daß der Brief von einem Ihrer Hausboys zu ihm gebracht wurde. Sie dürfen nicht erwarten, daß andere Menschen dümmer sind als Sie. Der Brief wird das Gericht auf die Spur von Verdachtsmomenten setzen, die sich kein Mensch einfallen ließ. Ich will Ihnen nicht sagen, was ich persönlich dachte, als ich die Abschrift sah. Ich möchte nicht, daß Sie mir etwas anderes sagen als das, was notwendig ist, um Ihren Kopf und Kragen zu retten.«

Mrs. Crosbie stieß einen schrillen Schrei aus. Sie sprang auf, bleich vor Entsetzen. »Sie glauben doch nicht, daß man mich hängen wird?«

»Wenn man zu der Schlußfolgerung kommt, daß Sie Hammond nicht in Notwehr getötet haben, wäre es die Pflicht der Geschworenen, einen Schuldspruch zu fällen. Die Anklage lautet auf Mord. Es wäre die Pflicht des Richters, Sie zum Tode zu verurteilen.«

»Aber was kann man mir nachweisen?« stieß sie hervor.

»Ich weiß nicht, was bewiesen werden kann. Das müssen Sie wissen. Aber wenn der Verdacht einmal geweckt ist, wenn Nachforschungen angestellt und die Eingeborenen verhört werden – was kann dann entdeckt werden?«

Sie brach plötzlich zusammen. Sie fiel der Länge nach hin, ehe er sie auffangen konnte. Sie war ohnmächtig geworden. Er blickte sich in dem Zimmer nach Wasser um, aber es war keines da, und er wollte kein Aufsehen erregen. Da kniete er neben ihr auf den Boden nieder und wartete, bis sie wieder zu sich kam. Als sie die Augen aufschlug, war er entsetzt über die gespenstische Furcht, die er in ihnen sah.

»Verhalten Sie sich ganz ruhig«, sprach er ihr zu. »Sie werden sich gleich besser fühlen.«

»Sie werden doch nicht zulassen, daß ich gehängt werde!« flüsterte sie.

Sie begann hysterisch zu schluchzen, während er sie mit leisen Worten zu beruhigen versuchte.

»Um Himmels willen, nehmen Sie sich zusammen«, sagte er.

»Lassen Sie mir eine Minute Zeit.«

Ihr Mut war erstaunlich. Mr. Joyce konnte die Anstrengung sehen, die sie machte, um ihre Selbstbeherrschung zurückzugewinnen, und gleich darauf war sie wieder ruhig. »Ich möchte jetzt aufstehen.«

Er reichte ihr die Hand und half ihr hoch. Dann führte er sie zu einem Stuhl. Sie setzte sich erschöpft. Als sie schließlich zu sprechen begann, sagte sie etwas, das er nicht erwartet hatte. Sie stieß einen kleinen Seufzer aus:

»Ich fürchte, ich habe ein schlimmes Durcheinander angerichtet!«

Er antwortete nichts, und wieder trat Schweigen ein.

»Ist es nicht möglich, den Brief zu bekommen?« sagte sie schließlich.

»Ich glaube nicht, daß man mir etwas von ihm gesagt hätte, wenn die Person, in deren Händen er sich befindet, nicht bereit wäre, ihn zu verkaufen.«

»Wer hat ihn?«

»Die Chinesin, die in Hammonds Haus wohnte.«

Eine leichte Röte überzog flüchtig Leslies Wangen.

»Verlangt sie schrecklich viel dafür?«

»Ich glaube, sie weiß über seinen Wert sehr genau Bescheid. Ich bezweifle, daß es möglich ist, sich in seinen Besitz zu setzen, außer um eine sehr große Summe.«

»Wollen Sie mich hängen lassen?«

»Glauben Sie denn, es sei so einfach, sich in den Besitz eines unwillkommenen Beweisstückes zu setzen? Es bedeutet nichts anderes, als einen Zeugen zu bestechen. Sie haben nicht das Recht, mir so etwas zuzumuten.«

»Was wird dann aus mir?«

»Die Gerechtigkeit muß ihren Lauf nehmen.«

Sie wurde sehr bleich. Ein kleiner Schauder durchrieselte ihren Leib.

»Ich lege mein Schicksal in Ihre Hände. Natürlich darf ich nicht etwas Unerlaubtes von Ihnen verlangen.«

Mr. Joyce hatte nicht mit dem Schwanken in ihrer Stimme gerechnet, das durch ihre sonst so große Selbstbeherrschung unerträglich rührend gemacht wurde. Sie sah ihn aus demütigen Augen an, und er dachte, wenn er ihre Bitte zurückwiese, würden sie ihn für den Rest seines Lebens verfolgen. Schließlich konnte nichts den armen Hammond wieder lebendig machen. Er fragte sich, wie wohl die wirkliche Erklärung für den Brief lauten mochte. Es war nicht gerecht, anzunehmen, sie habe Hammond ohne Anlaß getötet. Mr. Joyce hatte lange Zeit im Osten gelebt, und sein berufliches Ehrgefühl war vielleicht nicht mehr so fein entwickelt, wie es vor zwanzig Jahren gewesen war. Er starrte auf den Boden. Dann entschloß er sich, etwas wie er wußte nicht zu Rechtfertigendes zu tun. Es setzte ihn ein wenig in Verlegenheit, zu sprechen.

»Ich weiß nicht genau, wie die Verhältnisse Ihres Mannes liegen.«

Leicht errötend warf sie ihm einen raschen Blick zu.

»Er hat ziemlich viele Zinnaktien und einen kleinen Anteil an einigen Gummiplantagen. Ich nehme an, er könnte das Geld aufbringen.«

»Man müßte ihm sagen, wofür.«

Sie schwieg einen Augenblick. Sie schien zu überlegen.

»Er ist noch immer in mich verliebt. Er würde jedes Opfer bringen, um mich zu retten. Ist es notwendig, daß er den Brief zu Gesicht bekommt?«

Mr. Joyce runzelte ein wenig die Stirne. Sie bemerkte es sofort und fuhr fort: »Robert ist ein alter Freund von Ihnen. Ich bitte Sie nicht, etwas für mich zu tun, sondern einem einfachen, gütigen Menschen, der Ihnen nie etwas zuleide getan hat, dieses mögliche Leid zu ersparen.«

Mr. Joyce gab keine Antwort. Er stand auf, um zu gehen, und Mrs. Crosbie streckte ihm mit der ihr angeborenen Anmut die Hand hin.

»Es ist so lieb von Ihnen, sich meinetwegen allen diesen Unannehmlichkeiten auszusetzen. Ich kann Ihnen nicht sagen, wie dankbar ich Ihnen bin.«

Mr. Joyce ging in seine Kanzlei zurück. Er saß ganz still in seinem Zimmer und versuchte zu überlegen. Seine Phantasie brachte ihn auf viele seltsame Gedanken. Schließlich war ein leises Klopfen an der Tür zu hören, auf das er gewartet hatte. Ong Chi Seng trat ein.

»Ich wollte gerade zu meinem Tiffin ausgehen, Sir«, sagte er.

»Schön.«

»Ich wußte nicht, ob es vielleicht noch etwas gibt, bevor ich gehe.«

»Ich glaube nicht. Haben Sie eine andere Verabredung mit Mr. Reed vereinbart?«

»Gewiß, Sir. Er kommt um drei Uhr.«

»Gut.«

Ong Chi Seng machte kehrt, ging zur Tür und legte seine langen, schmalen Finger auf die Klinke. Dann, als fiele ihm noch etwas ein, wandte er sich um.

»Möchten Sie, daß ich meinem Freund etwas sage, Sir?«

»Welchem Freund?«

»Wegen des Briefes, den Mrs. Crosbie an den verstorbenen Hammond geschrieben hat, Sir.«

»Oh! Das hatte ich ganz vergessen. Ich erwähnte es Mrs. Crosbie gegenüber, und sie stellt in Abrede, etwas Derartiges geschrieben zu haben. Es handelt sich offenbar um eine Fälschung.«

Mr. Joyce zog die Abschrift aus der Tasche und reichte sie Ong Chi Seng. Dieser übersah die Geste.

»In diesem Fall nehme ich an, Sir, daß kein Einwand dagegen besteht, wenn mein Freund den Brief der Staatsanwaltschaft übergibt.«

»Nein, keiner. Aber ich sehe nicht ganz, was Ihrem Freund damit gedient wäre.«

»Mein Freund, Sir, hält das im Interesse der Gerechtigkeit für seine Pflicht.«

»Ich bin der letzte Mensch von der Welt, der jemanden daran hindert, seine Pflicht zu tun, Chi Seng.«

Die Augen des Rechtsanwalts und des chinesischen Sekretärs begegneten sich. Weder um die Lippen des einen noch um die des anderen spielte auch nur der Schatten eines Lächelns, aber sie verstanden einander voll und ganz.

»Ich verstehe vollkommen, Sir«, sagte Ong Chi Seng, »aber nach Studium des Falles Crosbie-Hammond bin ich der Ansicht, daß das Auftauchen eines solchen Briefes für unsere Klientin abträglich wäre.«

»Ich hatte immer eine hohe Meinung von Ihrem juristischen Scharfsinn, Chi Seng.«

»Mir kam der Gedanke, Sir, wenn ich meinen Freund überreden könnte, die Chinesin, die den Brief hat, dazu zu bestimmen, ihn Ihnen auszuhändigen, so blieben viele Schwierigkeiten erspart.«

Mr. Joyce zeichnete müßig Gesichter auf sein Löschpapier. »Ich nehme an, Ihr Freund ist ein Geschäftsmann. Unter welchen Bedingungen glauben Sie, daß er bereit wäre, sich von dem Brief zu trennen?«

»Er hat den Brief nicht. Die Chinesin hat ihn. Er ist nur ein Verwandter von ihr. Sie ist eine ungebildete Frau und erkannte den Wert des Briefes nicht, bis mein Freund sie darauf aufmerksam machte.«

»Welchen Wert mißt er ihm bei?«

»Zehntausend Dollar, Sir.«

»Um Himmels willen! Wo um alles in der Welt glauben Sie, daß Mrs. Crosbie zehntausend Dollar sollte auftreiben können? Ich sage Ihnen doch, der Brief ist eine Fälschung.«

Während er das sagte, blickte er zu Ong Chi Seng empor. Der Sekretär blieb ungerührt. Er stand höflich, kühl und beobachtend neben dem Schreibtisch.

»Mr. Crosbie besitzt einen Achtelanteil an der Betong-Gummiplantage und ein Sechstel der Selantanfluß-Gummi-Anbaugesellschaft. Ich habe einen Freund, der ihm das Geld auf die Sicherheit seines Eigentums leihen wird.«

»Sie haben einen großen Freundeskreis, Chi Seng.«

»Ja, Sir.«

»Nun, Sie können ihnen allen sagen, sie sollen sich zum Teufel scheren. Ich würde Mr. Crosbie nie raten, auch nur einen Pfennig mehr als fünftausend für einen Brief zu zahlen, für den sehr leicht eine Erklärung gefunden werden kann.«

»Die Chinesin will den Brief nicht verkaufen, Sir. Mein Freund brauchte lange, um sie dazu zu überreden. Es ist zwecklos, ihr weniger als die genannte Summe anzubieten.«

Mr. Joyce sah Ong Chi Seng wenigstens drei Minuten lang prüfend an. Der Sekretär ließ die forschende Musterung ohne Verlegenheit über sich ergehen. Er stand in respektvoller Haltung mit niedergeschlagenen Augen da. Mr. Joyce kannte seinen Mann. ›Ein kluger Bursche, dieser Chi Seng‹, dachte er, ›ich möchte gerne wissen, wieviel dabei für ihn abfällt.‹

»Zehntausend Dollar sind eine sehr hohe Summe.«

»Mr. Crosbie wird sie sicherlich lieber hinlegen, als zuzusehen, wie seine Frau gehängt wird, Sir.«

Wieder ließ Mr. Joyce eine Pause eintreten. Chi Seng mußte seiner Sache sicher sein, um nicht mit sich handeln zu lassen. Diese Summe war bestimmt worden, weil derjenige, der das Ding drehte, wer es auch sein mochte, genau wußte, daß es der äußerste Betrag war, den Robert Crosbie aufbringen konnte.

»Wo ist die Chinesin jetzt?« fragte Mr. Joyce.

»Sie ist im Hause meines Freundes untergebracht, Sir.«

»Kann sie herkommen?«

»Ich glaube, es ist besser, wenn Sie zu ihr gehen, Sir. Ich kann Sie heute abend zu dem Haus führen, und sie wird Ihnen den Brief geben. Sie ist eine sehr ungebildete Frau und versteht nichts von Schecks.«

»Ich dachte nicht daran, ihr einen Scheck zu geben. Ich bringe Banknoten mit.«

»Es wäre nur Zeitvergeudung, weniger als zehntausend Dollar zu bringen, Sir.«

»Ich verstehe vollkommen.«

»Ich gehe jetzt und sage es meinem Freund, wenn ich beim Tiffin gewesen bin, Sir.«

»Sehr gut. Treffen wir uns heute abend um zehn Uhr vor meinem Klub.«

»Mit Vergnügen, Sir«, erwiderte Chi Seng.

Er machte vor Mr. Joyce eine kleine Verbeugung und verließ das Zimmer. Mr. Joyce ging ebenfalls zum Mittagessen. Er ging in den Klub und traf dort, wie er erwartet hatte, Robert Crosbie. Er saß an einem vollbesetzten Tisch, und Mr. Joyce tippte ihm auf der Suche nach einem Platz im Vorbeigehen auf die Schulter.

»Ich hätte gerne ein paar Worte mit Ihnen gesprochen, ehe Sie weggehen«, sagte er.

»Gut. Sagen Sie mir's, wenn Sie fertig sind.«

Mr. Joyce hatte sich einen Plan zurechtgelegt, denn er wollte Crosbie in dieser Sache nicht in seiner Kanzlei sprechen. Um abzuwarten, bis der Klub sich geleert hatte, spielte er nach dem Essen eine Partie Bridge. Crosbie kam jetzt in den Spielsaal herein und sah zu, bis die Partie zu Ende war. Die anderen Spieler gingen ihren verschiedenen Geschäften nach, und die beiden Männer blieben allein.

»Eine recht dumme Geschichte ist passiert, alter Freund«, begann Mr. Joyce in einem Ton, der möglichst beiläufig klingen sollte. »Es scheint, daß Ihre Frau einen Brief an Hammond geschrieben und ihn gebeten hat, in der Nacht, in der er getötet wurde, in Ihren Bungalow zu kommen.«

»Aber das ist doch nicht möglich!« rief Crosbie. »Sie hat doch immer ausgesagt, daß sie keine Verbindung mit Hammond hatte. Ich weiß aus eigener Kenntnis, daß sie ihn zwei Monate lang nicht mehr gesehen hat.«

»Die Tatsache bleibt bestehen, daß der Brief existiert. Er ist im Besitz der Chinesin, mit der Hammond zusammenlebte. Ihre Frau wollte Ihnen ein Geburtstagsgeschenk machen, und Hammond sollte es ihr besorgen. In dem Zustand der Erregung nach der Tragödie vergaß sie das ganz, und nachdem sie einmal geleugnet hatte, irgendeine Verbindung mit Hammond gehabt zu haben, scheute sie sich zu sagen, daß sie sich geirrt hatte. Das war freilich recht verhängnisvoll, aber ich darf wohl sagen, nicht unnatürlich.«

Crosbie erwiderte nichts. Sein breites rotes Gesicht drückte vollkommene Ratlosigkeit aus, und Mr. Joyce war gleichzeitig erleichtert und aufgebracht über Crosbies mangelndes Verständnis. Er war ein dummer Mensch, und Mr. Joyce brachte für solche Menschen keine Geduld auf. Aber Crosbies Verzweiflung nach der Katastrophe war dem Anwalt zu Herzen gegangen, und Mrs. Crosbie hatte den richtigen Ton getroffen, als sie ihn bat, ihr zu helfen – nicht ihretwegen, sondern ihrem Mann zuliebe.

»Ich brauche Ihnen wohl nicht zu sagen, daß es sehr peinlich wäre, wenn dieser Brief seinen Weg in die Hände der Staatsanwaltschaft fände. Ihre Frau hat gelogen, und man würde von ihr verlangen, die Lüge zu erklären. Es ändert die Dinge ein wenig, wenn Hammond sich nicht als unwillkommener Gast eindrängte, sondern aufgefordert in Ihr Haus kam.«

Mr. Joyce zögerte. Wenn Humor am Platze gewesen wäre, so hätte er lächeln können bei der Überlegung, daß er einen so gewichtigen Schritt tat und der Mann, für den er ihn machte, nicht die geringste Ahnung hatte, wie schwerwiegend dieser Schritt war. Wenn er die Angelegenheit überhaupt mit einem Gedanken erwog, so stellte er sich vermutlich vor, Mr. Joyce tue nichts anderes, als was jeder Anwalt im gewöhnlichen Geschäftsverlauf tun würde.

»Mein lieber Robert, Sie sind nicht nur mein Klient, sondern auch mein Freund. Ich glaube, wir müssen diesen Brief in unseren Besitz bringen. Er wird uns eine Stange Geld kosten. Wäre das nicht der Fall, dann hätte ich Ihnen lieber nichts davon gesagt.«

»Wieviel?«

»Zehntausend Dollar.«

»Das ist verteufelt viel. Bei dem augenblicklichen Preissturz und diesem und jenem geht damit so gut wie alles drauf, was ich besitze.«

»Können Sie den Betrag sofort aufbringen?«

»Ich denke ja. Der alte Charlie Meadows wird ihn mir auf meine Zinnaktien und die Anteile an den zwei Plantagen vorschießen.«

»Sie wollen es also machen?«

»Ist es unbedingt notwendig?«

»Ja, wenn Sie wollen, daß Ihre Frau freigesprochen wird.«

Crosbie wurde sehr rot. Sein Mund erschlaffte seltsam.

»Aber ...« Er konnte keine Worte finden. »Aber ich verstehe das nicht. Sie kann es doch erklären. Sie werden doch wohl nicht behaupten wollen, man würde sie schuldig finden? Man kann sie doch nicht dafür hängen, ein schändliches Gewürm aus der Welt geschafft zu haben.«

»Natürlich würde man sie nicht hängen. Man würde sie vielleicht nur des Totschlags schuldig sprechen. Sie käme vermutlich mit zwei oder drei Jahren davon.«

Crosbie starrte auf seine Füße, und sein rotes Gesicht war von Entsetzen verzerrt.

»Drei Jahre!«

Dann schien etwas in seinem langsam arbeitenden Verstand zu dämmern. Mr. Joyce sah, daß Crosbies große rote Hände, die hart und schwielig geworden waren von der vielen Arbeit, zu der er sie gebraucht hatte, zitterten.

»Worin bestand das Geschenk, das sie mir machen wollte?«

»Sie sagte, sie wollte Ihnen ein neues Gewehr schenken.«

Wieder lief das große rote Gesicht zu einem tieferen Rot an.

»Wann müssen Sie das Geld bereit haben?«

Es war jetzt etwas Seltsames in seiner Stimme. Sie klang, als würgten ihn unsichtbare Hände beim Sprechen an der Kehle.

»Heute abend um zehn. Ich dachte, Sie könnten es mir gegen sechs Uhr in meine Kanzlei bringen.«

»Kommt das Weib zu Ihnen?«

»Nein, ich gehe zu ihr.«

»Ich bringe das Geld. Ich gehe mit.«

Mr. Joyce sah ihn scharf an.

»Halten Sie das für notwendig? Ich glaube, es ist besser, wenn Sie mich diese Angelegenheit allein regeln lassen.«

»Es ist mein Geld – oder nicht? Ich komme mit.«

Mr. Joyce zuckte die Achseln. Sie erhoben sich und tauschten einen Händedruck. Mr. Joyce betrachtete ihn neugierig.

Um zehn Uhr trafen sie sich im Klub, der um diese Zeit leer war.

»Alles in Ordnung?« fragte Mr. Joyce.

»Ja, ich habe das Geld in der Tasche.«

»Dann wollen wir gehen.«

Sie stiegen die Treppe hinunter. Der Wagen von Mr. Joyce erwartete sie auf dem zu dieser Stunde stillen Platz. Als sie ihn erreichten, trat Ong Chi Seng aus dem Schatten eines Hauses. Er setzte sich neben den Chauffeur und sagte ihm die Richtung. Sie fuhren am ›Hôtel de l'Europe‹ vorbei und bogen beim Seemannsheim in die Victoria Street ein. Hier waren die chinesischen Läden noch offen. Plötzlich hielt der Wagen, und Chi Seng wandte sich um.

»Ich halte es für besser, wenn wir von hier aus zu Fuß gehen, Sir«, sagte er.

Sie stiegen aus, und er ging voran. Sie folgten ein paar Schritte hinter ihm. Dann bat er sie, stehenzubleiben.

»Warten Sie hier, Sir. Ich gehe hinein und spreche mit meinem Freund.«

Er trat in einen nach der Straße zu offenen Laden, in dem drei oder vier Chinesen hinter dem Ladentisch standen. Es war einer jener merkwürdigen Läden, in denen nichts zu sehen ist und wo man sich fragt, was hier wohl verkauft wird. Sie sahen Chi Seng zu einem untersetzten Mann in einem Leinenanzug mit einer großen goldenen Kette über der Brust sprechen, und der Mann warf einen flüchtigen Blick hinaus in die Nacht. Er reichte Chi Seng einen Schlüssel, und Chi Seng kam heraus. Er winkte den beiden wartenden Männern und schlüpfte in einen Torweg neben dem Laden. Sie folgten ihm nach und fanden sich am Fuß einer Treppe.

»Wenn Sie einen Augenblick warten, zünde ich ein Streichholz an«, sagte er zuvorkommend wie immer. »Kommen Sie bitte nach oben.«

Er hielt ein japanisches Streichholz vor sie; aber es zerstreute kaum die Dunkelheit, und sie tasteten sich hinter ihm hinauf.

Im ersten Stock schloß er eine Türe auf und zündete beim Eintreten eine Gasflamme an.

»Bitte, treten Sie ein«, sagte er.

Es war ein kleiner, rechteckiger Raum mit einem Fenster. Das einzige Mobiliar bestand aus zwei niedrigen, mit Matten belegten chinesischen Betten. In einer Ecke war eine große Truhe mit einem kunstvollen Schloß, auf der ein schäbiges Tablett mit einer Opiumpfeife und der dazugehörigen Lampe stand. In dem Zimmer hing der leichte, beißende Geruch der Droge in der Luft. Sie setzten sich, und Chi Seng bot ihnen Zigaretten an. Im nächsten Augenblick wurde die Tür von dem dicken Chinesen geöffnet, den sie hinter dem Ladentisch bemerkt hatten. Er begrüßte sie in sehr gutem Englisch und setzte sich neben seinen Landsmann.

»Die Chinesin kommt gleich«, erklärte Chi Seng.

Ein Bursche aus dem Laden brachte ein Tablett mit einer Teekanne und Tassen herein, und der Chinese bot ihnen eine Tasse Tee an. Crosbie lehnte ab. Die Chinesen sprachen miteinander im Flüsterton, aber Crosbie und Mr. Joyce schwiegen. Schließlich hörte man draußen eine Stimme. Jemand begehrte leise Einlaß, und der Chinese ging zur Tür. Er öffnete sie, sagte ein paar Worte und führte eine Frau herein. Mr. Joyce betrachtete sie. Er hatte seit Hammonds Tod viel von ihr gehört, sie aber nie zu Gesicht bekommen. Sie war eine beleibte Person, nicht mehr sehr jung, mit einem breiten, phlegmatischen Gesicht. Sie war stark gepudert, hatte Rouge aufgelegt, und ihre Augenbrauen waren nur dünne schwarze Striche. Aber sie machte den Eindruck einer Persönlichkeit. Sie trug eine hellblaue Jacke und einen weißen Rock. Ihr Kostüm war weder ganz europäisch noch ganz chinesisch; aber ihre Füße steckten in chinesischen Seidenpantöffelchen. Sie trug eine schwere Goldkette und goldene Ohrringe, und fein ausgearbeitete Nadelpfeile staken in ihren schwarzen Haaren. Sie kam langsam herein, in der Haltung einer selbstsicheren Frau, aber mit ziemlich schwerfälligem Gang, und setzte sich neben Chi Seng aufs Bett. Er sagte etwas zu ihr; sie nickte und warf einen unbeteiligten Blick auf die beiden weißen Männer.

»Hat sie den Brief bei sich?« wollte Mr. Joyce wissen.

»Ja, Sir.«

Crosbie sagte nichts, sondern zog eine Rolle von Fünfhundertdollarscheinen hervor. Er zählte davon zwanzig ab und reichte sie Chi Seng.

»Wollen Sie bitte nachzählen, ob es stimmt.«

Der Sekretär zählte sie und reichte sie dem dicken Chinesen.

»Stimmt genau, Sir.«

Der Chinese zählte sie noch einmal und schob sie dann in die Tasche. Er sagte wieder etwas zu der Frau, und diese zog einen Brief aus ihrem Ausschnitt hervor. Sie gab ihn Chi Seng, der ihn mit einem Blick überflog.

»Es ist das richtige Dokument, Sir«, bestätigte er und wollte es Mr. Joyce geben, aber Crosbie nahm es ihm ab.

»Lassen Sie es mich ansehen«, sagte er.

Mr. Joyce beobachtete ihn, während er las, und streckte dann die Hand danach aus.

»Geben Sie ihn besser mir.«

Crosbie faltete den Brief sorgfältig zusammen und steckte ihn in die Tasche.

»Nein, dieser Brief hat mich genug Geld gekostet. Ich behalte ihn selbst.«

Mr. Joyce erwiderte nichts. Die drei Chinesen beobachteten den kleinen Zwischenfall; was sie aber dabei dachten oder ob sie etwas dabei dachten, das konnte man unmöglich von ihren unbeweglichen Gesichtern ablesen. Mr. Joyce stand auf.

»Brauchen Sie mich heute abend noch, Sir?« fragte Ong Chi Seng.

»Nein.« Mr. Joyce wußte, daß der Sekretär dableiben wollte, um seinen vereinbarten Anteil von dem Geld einzukassieren. Er wandte sich an Crosbie: »Sind Sie fertig?«

Crosbie gab keine Antwort, sondern stand auf.

Der Chinese ging zur Tür und öffnete sie vor ihnen. Chi Seng fand einen Kerzenstummel und zündete ihn an, um ihnen hinunterzuleuchten, und die zwei Chinesen begleiteten sie auf die Straße. Sie ließen die Frau ruhig auf dem Bett sitzen und eine Zigarette rauchen. Als sie die Straße erreichten, gingen die Chinesen wieder nach oben.

»Was wollen Sie mit diesem Brief?« fragte Mr. Joyce.

»Ihn aufheben.«

Sie gingen zu dem auf sie wartenden Wagen, und Mr. Joyce bot seinem Freund an, ihn nach Hause zu fahren. Crosbie schüttelte den Kopf.

»Ich gehe lieber.« Er zögerte einen Augenblick und trat von einem Fuß auf den anderen.

»In der Nacht von Hammonds Tod fuhr ich nach Singapur, um unter anderem ein neues Gewehr zu kaufen, das ein Mann, den ich kannte, hergeben wollte. Gute Nacht!«

Er verschwand rasch in der Dunkelheit.

Mr. Joyce behielt durchaus recht, was den Prozeß anbetraf. Die Geschworenen gingen mit dem festen Entschluß in den Gerichtssaal, Mrs. Crosbie freizusprechen. Sie legte in eigener Sache Zeugnis ab. Sie erzählte ihre Geschichte ohne Umschweife und offen. Der Staatsanwalt war ein freundlicher Mann, und es war offensichtlich, daß ihm seine Aufgabe kein großes Vergnügen machte. Er stellte die notwendigen Fragen in einer wie um Entschuldigung bittenden Form. Seine Anklagerede hätte genausogut eine Verteidigungsrede sein können. Und die Geschworenen brauchten knapp fünf Minuten, um ihr allgemein beifällig aufgenommenes Urteil zu treffen. Es war unmöglich, die großen Beifallskundgebungen zu unterdrücken, mit der es von der Menge aufgenommen wurde, die den Gerichtssaal füllte. Der Richter beglückwünschte Mrs. Crosbie – und sie war eine freie Frau.

Niemand hatte heftiger ihrem Mißfallen an Hammonds Benehmen Ausdruck verliehen als Mrs. Joyce. Sie war eine Frau, die ihren Freunden die Treue wahrte, und sie hatte darauf bestanden, daß die Crosbies nach der Verhandlung bei ihr bleiben sollten, bis sie die zur Abreise nötigen Vorbereitungen getroffen hatten – denn wie jeder andere zweifelte sie nicht an dem Ergebnis. Es käme für die arme, liebe, tapfere Leslie nicht in Frage, so meinte sie, zu dem Bungalow zurückzukehren, in dem sich die schreckliche Katastrophe abgespielt hatte. Die Verhandlung war um halb eins zu Ende, und als sie das Haus des Ehepaares Joyce erreichten, erwartete sie ein Festessen. Cocktails standen bereit. Mrs. Joyces Cocktail war in den ganzen malaiischen Staaten berühmt, und Mrs. Joyce trank auf Leslies Wohl. Sie war eine gesprächige, lebhafte Frau und jetzt in Hochstimmung. Das war ein Glück; denn die übrigen Anwesenden waren schweigsam. Sie wunderte sich nicht darüber. Ihr Mann hatte nie viel zu sagen, und die anderen beiden waren natürlicherweise erschöpft durch die lange Anspannung, der sie ausgesetzt gewesen waren. Während des Essens führte

Mrs. Joyce ein fröhliches und angeregtes Alleingespräch. Dann wurde der Kaffee serviert.

»Nun, Kinder«, sagte sie in ihrer munteren, übersprudelnden Art, »müßt ihr euch ausruhen, und nach dem Tee nehme ich euch beide zu einer Fahrt ans Meer mit.«

Mr. Joyce, der nur ausnahmsweise zu Hause zu Mittag aß, mußte natürlich zurück in seine Kanzlei.

»Ich fürchte, ich kann da nicht mitmachen, Mrs. Joyce«, entschuldigte sich Crosbie. »Ich muß sofort zurück zur Plantage.«

»Aber doch nicht heute!« rief sie.

»Doch, sofort. Ich habe sie schon zu lange vernachlässigt und habe dringend zu tun. Aber ich wäre Ihnen sehr dankbar, wenn Sie Leslie bei sich aufnehmen wollten, bis wir beschlossen haben, was nun zu tun ist.«

Mrs. Joyce wollte gerade Einspruch erheben, aber ihr Mann kam ihr zuvor.

»Wenn er gehen muß, dann laß ihn gehen, und damit basta.«

Etwas an seinem Ton ließ sie ihn rasch ansehen. Sie schwieg, und einen Augenblick lang sprach niemand. Dann ergriff Crosbie wieder das Wort:

»Verzeihen Sie bitte, wenn ich sofort aufbreche, damit ich noch vor Einbruch der Dunkelheit dort bin.« Er stand vom Tisch auf. »Möchtest du mich hinausbegleiten, Leslie?«

»Natürlich.«

Sie gingen zusammen aus dem Eßzimmer.

»Ich finde das ziemlich rücksichtslos von ihm«, erklärte Mrs. Joyce. »Er muß doch wissen, daß Leslie ihn gerade jetzt bei sich haben will.«

»Ich bin sicher, er würde nicht gehen, wenn es nicht notwendig wäre.«

»Nun gut, ich will nur gerade einmal nachsehen, ob Leslies Zimmer für sie gerichtet ist. Sie braucht natürlich erst einmal vollständige Ruhe und dann Zerstreuung.«

Mrs. Joyce verließ das Zimmer, und Joyce setzte sich wieder. Kurz darauf hörte er, wie Crosbie den Motor anließ und wie dann die Räder geräuschvoll über den Kiesweg des Gartens knirschten. Er stand auf und ging ins Wohnzimmer. Mrs. Crosbie stand in der Mitte des Raums und hielt einen Brief in der Hand. Er erkannte ihn. Sie warf ihm einen Blick zu, als er hereinkam, und er sah, daß sie totenbleich war.

»Er weiß Bescheid«, flüsterte sie.

Mr. Joyce ging zu ihr hin und nahm ihr den Brief aus der Hand. Er strich ein Zündholz an und setzte das Papier in Brand. Sie sah zu, wie die Flamme hochschoß. Als er es nicht mehr halten konnte, ließ er es auf den mit Fliesen belegten Boden fallen. Sie sahen beide zu, wie es sich zusammenrollte und schwarz wurde. Dann zertrat er es mit dem Fuß zu Asche.

»Was weiß er?«

Sie starrte ihn lange, sehr lange an, und ein seltsamer Ausdruck kam in ihren Blick. War es Verachtung oder Verzweiflung? Mr. Joyce hätte es nicht sagen können.

»Er weiß, daß Geoffrey mein Geliebter war.«

Mr. Joyce machte keine Bewegung und gab keinen Laut von sich.

»Er war seit Jahren mein Geliebter. Wir wußten, wie vorsichtig wir sein mußten. Als wir ein Liebespaar wurden, gab ich vor, seiner überdrüssig zu sein, und er kam seltener ins Haus, wenn Robert da war. Gewöhnlich trafen wir uns ein oder zweimal in der Woche an einem verabredeten Ort. Und wenn Robert nach Singapur fuhr, kam er spät, wenn die Boys für die Nacht fortgegangen waren, in den Bungalow. Wir sahen einander sehr häufig, ohne daß eine Menschenseele den leisesten Verdacht geschöpft hätte. Und dann ging in letzter Zeit, vor etwa einem Jahr, eine Veränderung mit ihm vor. Ich wußte nicht, woran es lag. Ich konnte nicht glauben, daß er mich nicht mehr mochte. Er leugnete das auch immer. Ich war außer mir. Machte ihm Szenen. Ich durchlebte die Hölle. Aber dann hörte ich, daß er mit einer Chinesin zusammenlebte. Ich konnte – ja ich wollte es nicht glauben. Und dann sah ich sie, sah sie mit meinen eigenen Augen, wie sie mit ihren goldenen Armreifen und Halsketten – eine alte, dicke Chinesin – durchs Dorf ging. Sie war älter als ich. Schrecklich! Alle in der Siedlung wußten, daß sie seine Geliebte war. Und als ich an ihr vorüberging, musterte sie mich, und ich wußte, daß sie wußte, daß auch ich seine Geliebte war. Ich schrieb ihm. Ich sagte ihm, ich müsse ihn unbedingt sehen. Sie haben ja den Brief gelesen. Ich war verrückt, ihm zu schreiben. Ich wußte nicht mehr, was ich tat. Ich hatte ihn zehn Tage lang nicht gesehen. Und bei unserer letzten Trennung hatte er mich in die Arme genommen, mich geküßt und mir gesagt, ich solle mir keine Sorgen machen. Dabei ging er direkt aus meinen Armen in ihre!«

Sie hatte mit leiser Stimme heftig gesprochen, und jetzt hielt sie inne und rang die Hände.

»Dieser verfluchte Brief! Wir waren immer so vorsichtig gewesen. Er zerriß sonst immer jede Zeile, die ich ihm schrieb, sobald er sie gelesen hatte. Wie konnte ich ahnen, daß er diesen Brief aufheben würde! Er kam, und ich sagte ihm, daß ich über die Chinesin Bescheid wisse. Er leugnete alles ab. Er sagte, es sei nur Geklatsch. Ich war außer mir. Ich weiß nicht, was ich zu ihm sagte. Ich haßte ihn in diesem Augenblick. Beschimpfte ihn. Ich hätte ihm ins Gesicht spucken können. Und schließlich wandte er sich gegen mich. Er sagte mir, er habe mich satt und wolle mich nie mehr sehen. Ich langweile ihn zu Tode. Und dann gab er zu, daß das mit der Chinesin wahr sei. Er setzte hinzu, er habe sie seit Jahren, schon vor dem Krieg, gekannt, und sie sei die einzige Frau, die ihm wirklich etwas bedeute; alle anderen wären nur eben Zeitvertreib. Er sei froh, daß ich nun Bescheid wisse und ihn endlich in Ruhe lassen würde. Und dann weiß ich nicht mehr, was passierte. Ich war außer mir, ich sah rot. Ich ergriff den Revolver und schoß. Er stieß einen Schrei aus, und ich sah, daß ich ihn getroffen hatte. Er wankte und schleppte sich hinaus auf die Veranda. Ich eilte ihm nach und schoß wieder. Er fiel der Länge nach hin, und dann stand ich über ihn gebeugt und feuerte und feuerte, bis der Revolver klick klick machte und ich wußte, daß keine Patronen mehr drin waren.«

Schließlich hielt sie keuchend inne. Ihre Gesichtszüge hatten nichts Menschliches mehr, sie waren verzerrt von Grausamkeit, Wut und Schmerz. Nie hätte man geglaubt, daß diese stille, vornehme Frau einer so zügellosen Raserei der Leidenschaft fähig sei. Mr. Joyce trat einen Schritt zurück. Er war einfach entsetzt über ihren Anblick. Es war kein Gesicht mehr, es war eine geifernde, scheußliche Maske. Dann hörten sie aus einem anderen Zimmer eine Stimme rufen – eine laute, freundliche und heitere Stimme. Es war Mrs. Joyce.

»Kommen Sie, liebste Leslie, Ihr Zimmer ist fertig. Sie müssen zum Umfallen müde sein.«

Mrs. Crosbies Züge glätteten sich langsam. Diese so deutlich eingezeichneten Leidenschaften waren weggewischt, so wie man mit der Hand ein zerknittertes Papier glattstreicht. Und im nächsten Augenblick war das Gesicht kühl, ruhig und faltenlos. Sie war ein wenig blaß, aber ihre Lippen teilten sich zu einem liebenswürdigen, freundlichen Lächeln. Sie war wieder die wohlerzogene, ja sogar vornehme Dame.

»Ich komme, Dorothy, meine Liebe. Es tut mir schrecklich leid, daß ich Ihnen so viel Mühe mache.«

Vor der Party

Mrs. Skinner verspätete sich nicht gern. Sie war bereits angekleidet. Sie trug ein schwarzes Seidenkleid, wie es ihrem Alter und der Trauer um ihren Schwiegersohn entsprach. Sie war gerade dabei, ihren Baretthut aufzusetzen. Es war ihr nicht ganz wohl dabei, da seine Verzierung mit Reiherfedern möglicherweise bei einigen Bekannten, die sie sicher auf der Veranstaltung treffen würde, bissige Bemerkungen auslösen konnte. Es war natürlich scheußlich, solche schönen weißen Vögel nur wegen ihrer Federn abzuschießen und dazu noch in der Brutzeit, aber sie waren nun einmal an ihrem Hut und sahen so hübsch und stilvoll aus. Wie hätte sie die Federn auch zurückweisen können, wenn sie ihren Schwiegersohn nicht beleidigen wollte! Er hatte sie den ganzen weiten Weg von Borneo mitgebracht in der Annahme, ihr eine große Freude zu machen. Kathleen hatte sich damals über Gebühr entrüstet; vielleicht tat es ihr jetzt, nach dem, was inzwischen geschehen war, leid, aber Kathleen hatte Harold nie recht leiden können. Mrs. Skinner stand vor ihrem Ankleidetisch, rückte den Hut auf dem Kopfe zurecht – es war schließlich der einzige nette Hut, den sie besaß – und steckte dann eine Nadel mit einem großen pechschwarzen Knopf hinein. Wenn jemand sie wegen der Reiherfedern zur Rede stellen sollte, hatte sie die Antwort schon bereit.

»Ich weiß, es ist schrecklich«, wollte sie sagen, »und ich würde sie natürlich niemals kaufen, aber mein armer Schwiegersohn hat sie mir mitgebracht, als er das letzte Mal auf Urlaub war.«

Dies würde zugleich als Erklärung und Entschuldigung dienen, warum sie diesen Federschmuck besaß und ihn trug. Alle waren ja so teilnahmsvoll gewesen. Mrs. Skinner nahm ein sauberes Taschentuch aus der Schublade und besprengte es mit ein paar Tropfen Eau de Cologne. Sie gebrauchte niemals Parfum, das nach ihrer Ansicht nur leichtfertige Frauen verwendeten, aber Eau de Cologne war so erfrischend. Sie war jetzt so ziemlich fertig, und ihre Blicke schweiften über den Spiegel hinweg durch das Fenster. Pastor Heywood hatte einen schönen Tag für seine Gartengesellschaft. Es war warm, der Himmel blau, die Bäume hatten ihr frisches Frühlingsgrün noch nicht verloren. Sie lächelte, als sie ihre kleine Enkelin in dem Garten hinter dem Haus sah, wie sie eifrig ein kleines Blumenbeet harkte, das ihr ganz allein gehörte. Joan war allerdings zu bleich. Sie hätte nicht so lange in den Tropen bleiben dürfen. Sie war so ernst für ihr Alter; nie sah man sie umherrennen; sie vertiefte sich in Spiele, die sie selbst erfunden hatte, und begoß ihre Blumen. Mrs. Skinner strich mit ein paar Handbewegungen ihr Kleid glatt, nahm ihre Handschuhe und ging nach unten.

Kathleen saß am Schreibtisch und arbeitete an den Listen, die sie aufstellen mußte, denn sie war ehrenamtliche Sekretärin des Damengolfklubs, und wenn Wettspiele waren, hatte sie eine Menge zu tun. Aber auch sie hatte sich bereits für die Party zurechtgemacht.

»Du hast also doch deinen Jumper angezogen«, sagte Mrs. Skinner.

Sie hatten schon beim Essen erörtert, ob Kathleen ihren Jumper oder ihr schwarzes Seidenkleid anziehen sollte. Der Jumper war schwarz und weiß, und Kathleen hielt ihn für sehr schick, wenn er auch nicht eigentlich als Trauerkleidung gelten konnte. Millicent jedoch hatte nichts dagegen einzuwenden gehabt.

»Es ist gar kein Grund vorhanden, warum wir alle so aussehen sollten, als kämen wir gerade von einem Begräbnis«, hatte sie gesagt. »Harold ist immerhin schon acht Monate tot.«

Mrs. Skinner hatte diese Bemerkung sehr unpassend gefunden. Seit ihrer Rückkehr von Borneo war Millicent etwas sonderbar.

»Du willst doch wohl deine Witwentrauer noch nicht ablegen, Liebste?« hatte ihre Mutter gefragt.

Millicent gab keine direkte Antwort.

»Man nimmt es heute mit der Trauerkleidung nicht mehr so genau wie früher«, versetzte sie, und als sie nach einer kleinen Pause fortfuhr, war etwas in ihrer Stimme, das ihrer Mutter sehr eigentümlich vorkam. Kathleen war es auch aufgefallen, denn sie hatte ihre Schwester erstaunt angesehen.

»Ich bin überzeugt«, hatte Millicent gesagt, »Harold wäre

der letzte gewesen, der verlangt hätte, daß ich auf unbegrenzte Zeit um ihn trauerte.«

»Ich habe mich schon früh angezogen, weil ich Millicent etwas sagen wollte«, erwiderte Kathleen auf die Bemerkung ihrer Mutter.

»So?«

Kathleen erklärte ihre Worte nicht näher. Aber sie legte ihre Listen beiseite und las mit zusammengezogenen Augenbrauen zum zweitenmal den Brief einer Dame, die sich bitter beklagte, daß der Ausschuß höchst ungerechterweise ihr Handikap von vierundzwanzig auf achtzehn herabgesetzt hatte. Die ehrenamtliche Sekretärin eines Damengolfklubs muß über sehr viel Takt verfügen. Mrs. Skinner begann ihre neuen Handschuhe anzuziehen. Die heruntergelassenen Jalousien hielten das Zimmer kühl und dunkel. Mrs. Skinner blickte auf den großen hölzernen und buntbemalten Nashornvogel, den ihr Harold zur Aufbewahrung hinterlassen hatte. Ihr kam er ein wenig sonderbar und barbarisch vor, aber Harold hatte ihm großen Wert beigemessen. Er war irgendein religiöses Symbol, und auf Pastor Heywood hatte er starken Eindruck gemacht. An der Wand über dem Sofa hingen malaiische Waffen, deren Namen sie vergessen hatte, und hier und da standen auf kleinen Tischen Silber- und Bronzegefäße, die Harold ab und zu geschickt hatte. Sie hatte Harold gern gehabt, und unwillkürlich suchten ihre Augen sein Bild, das neben den Photographien ihrer beiden Töchter, ihres Enkelkindes, ihrer Schwester und ihrer Neffen auf dem Klavier stand.

»Wo ist denn Harolds Bild, Kathleen?« fragte sie.

Kathleen sah sich um. Das Bild stand nicht mehr auf dem gewohnten Platz.

»Irgend jemand hat es fortgenommen«, sagte Kathleen.

Überrascht und verwundert stand sie auf und ging zum Piano. Die Photos waren neu geordnet worden, so daß keine Lücke sichtbar war.

»Vielleicht wollte Millicent es in ihrem Zimmer haben«, meinte Mrs. Skinner.

»Da hätte ich es bemerkt. Überdies hat Millicent mehrere Bilder von Harold, aber sie hält sie unter Verschluß.«

Mrs. Skinner konnte nicht verstehen, daß ihre Tochter keine Bilder Harolds in ihrem Zimmer hatte. Sie hatte mit ihr schon einmal darüber gesprochen, aber Millicent hatte nichts darauf erwidert. Sie war sonderbar schweigsam, seitdem sie von Borneo zurück war. Sie hatte das Mitgefühl, das ihre Mutter ihr so gern gezeigt hätte, nicht gerade zurückgewiesen, aber auch nicht danach verlangt. Sie schien nicht bereit zu sein, von ihrem großen Verlust zu sprechen. Der Kummer äußerte sich bei verschiedenen Menschen auf verschiedene Weise. Ihr Mann hatte gesagt, das beste sei, man ließe Millicent in Ruhe. Da Mrs. Skinner gerade an ihren Mann dachte, kehrten ihre Gedanken wieder zu der Gesellschaft zurück, zu der sie eingeladen waren.

»Vater fragte mich, ob er einen Zylinder aufsetzen sollte. Ich riet ihm dazu, da gegen einen Zylinder niemand etwas einwenden kann.«

Der Pastor wollte die Einladung offenbar in großem Stil aufziehen. Die Konditorei Boddy sollte Stachelbeer- und Vanilleeis liefern, aber den Eiskaffee wollten die Heywoods zu Hause herstellen. Es würde eine große Gesellschaft werden. Die Gäste sollten den Bischof von Hongkong kennenlernen, der bei dem Pastor zu Besuch war. Er war ein alter Schulfreund von Heywood. Der Bischof wollte einen Vortrag über die Missionen in China halten. Mrs. Skinner, deren Tochter acht Jahre lang im Fernen Osten gelebt und deren Schwiegersohn einen Distrikt in Borneo verwaltet hatte, zeigte sich brennend interessiert. Natürlich würde sie einen solchen Vortrag ganz anders würdigen können als Leute, die nie etwas mit den Kolonien und der Welt da draußen zu tun gehabt hatten.

»Was kann einer von England wissen, der nur England kennt?« wie Mrs. Skinner sich ausdrückte.

Er kam in diesem Augenblick ins Zimmer. Er war Rechtsanwalt, wie vor ihm schon sein Vater, und hatte seine Amtsräume in Lincoln's Inn Fields. Er fuhr jeden Morgen nach London und kam am Abend zurück. Er konnte seine Frau und seine Töchter nur zu der Gartengesellschaft des Pastors begleiten, weil dieser vernünftigerweise einen Samstag dafür ausgesucht hatte. Mr. Skinner sah in seinem Gehrock und seiner grauschwarzen Hose sehr gut aus. Er war nicht besonders auffällig, aber sehr adrett angezogen. Er sah aus wie ein ehrenwerter Familienanwalt, und das war er ja auch. Seine Firma übernahm keinen Prozeß, der nicht ganz sauber war, und wenn sich jemand von ihm vertreten lassen wollte, der keine ganze reine Weste hatte, machte Mr. Skinner ein sehr ernstes Gesicht.

»Ich glaube, Ihr Anliegen gehört nicht zu den Fällen, auf deren Übernahme wir Wert legen«, sagte er dann. »Ich halte es für besser, daß Sie zu einer anderen Firma gehen.«

Er zog dann seinen Notizblock zu sich heran und kritzelte einen Namen und eine Adresse darauf, riß das Blatt Papier ab und reichte es dem Kunden.

»Wenn ich an Ihrer Stelle wäre, würde ich, glaube ich, zu dieser Firma gehen. Sie brauchen nur meinen Namen zu erwähnen, und sie wird sicher alles für Sie tun, was ihr möglich ist.«

Mr. Skinner war glattrasiert und hatte einen völlig kahlen Kopf. Seine bleichen, schmalen Lippen waren fest zusammengepreßt, aber seine blauen Augen blickten schüchtern drein. Seine Wangen waren farblos, sein Gesicht voll feiner Runzeln.

»Du hast deine neue Hose angezogen, wie ich sehe«, sagte seine Frau.

»Man findet selten eine so gute Gelegenheit. Ich habe mir überlegt, ob ich eine Blume im Knopfloch tragen soll.«

»Das würde ich nicht tun«, sagte Kathleen. »Das scheint mir nicht sehr fein zu sein.«

»Aber viele Gäste werden so erscheinen«, entgegnete Mrs. Skinner.

»Nur Angestellten und ähnlichen Leuten gefällt so etwas«, erklärte Kathleen. »Die Heywoods haben alle möglichen Leute einladen müssen, und übrigens sind wir in Trauer.«

»Ich bin gespannt, ob nach der Ansprache des Bischofs gesammelt wird«, sagte Mr. Skinner.

»Das glaube ich kaum«, bemerkte seine Frau.

»Ich hielte das für ziemlich geschmacklos«, meinte Kathleen.

»Es ist besser, man macht sich darauf gefaßt«, sagte Mr. Skinner. »Ich werde für uns alle geben. Ob zehn Shilling genügen – oder muß ich wohl ein Pfund opfern?«

»Wenn du überhaupt was gibst, Vater, solltest du ein Pfund hergeben«, sagte Kathleen.

»Wenn eine Sammlung stattfindet, will ich nicht weniger als andere beitragen, aber andererseits sehe ich nicht ein, warum ich mehr herausrücken soll, als ich muß.«

Kathleen legte ihre Papiere in die Schublade des Schreibtisches und erhob sich. Sie warf einen Blick auf ihre Armbanduhr.

»Ist Millicent fertig?« fragte ihre Mutter.

»Es ist noch Zeit genug. Wir sind erst um vier gebeten. Ich denke, wir sollten nicht viel vor halb fünf eintreffen. Ich habe Davis gesagt, er solle um Viertel nach vier vorfahren.«

Gewöhnlich fuhr Kathleen das Auto; aber bei großen Gelegenheiten wie dieser zog der Gärtner Davis seine Livree an und spielte Chauffeur. Es sah besser aus, wenn man so vorfuhr, und Kathleen wollte auch deshalb nicht selbst fahren, weil sie ihren neuen Jumper anhatte. Sie sah, wie ihre Mutter Finger für Finger in die neuen Handschuhe zwängte, und das erinnerte sie daran, daß auch sie ihre Handschuhe anziehen mußte. Sie roch an ihnen, denn sie waren gerade gereinigt worden, und sie wollte feststellen, ob es noch zu merken war. Der Geruch war sehr schwach. Sie glaubte nicht, daß jemand ihn bemerken würde.

Schließlich ging die Tür auf, und Millicent kam herein. Sie trug ihre Witwentrauer. Ihre Mutter konnte sich nicht daran gewöhnen, aber sie wußte natürlich, daß Millicent sie ein Jahr lang tragen mußte. Es war schade, denn sie stand ihr nicht. Merkwürdig, anderen stand sie gut. Sie hatte einmal versuchsweise Millicents Hut mit dem weißen Band und dem langen Schleier aufgesetzt und gefunden, daß sie sehr gut darin aussah. Sie hoffte natürlich, ihr lieber Alfred würde sie überleben, aber wenn das nicht sein sollte, würde sie, wie Königin Victoria, die Trauer nie mehr ablegen. Bei Millicent war das anders. Sie war im Vergleich zu ihr noch jung, erst sechsunddreißig. Es war sehr traurig, wenn man in diesem Alter schon Witwe war. Es bestand auch keine große Aussicht auf Wiederverheiratung. Kathleen, die fünfunddreißig war, dachte anscheinend schon nicht mehr ans Heiraten. Als Millicent und Harold das letzte Mal da waren, hatte sie den Vorschlag gemacht, sie sollten Kathleen mitnehmen. Harold war nicht abgeneigt gewesen, ihrer Anregung zuzustimmen, aber Millicent hatte sich dagegen gesträubt. Mrs. Skinner wußte nicht, was sie dagegen einzuwenden hatte. Kathleen hätte dadurch vielleicht Aussichten gehabt. Man wollte sie natürlich nicht los haben, aber ein Mädchen sollte heiraten, und alle Männer, die sie in ihrer Heimat kannte, waren bereits verheiratet. Millicent hatte als Entschuldigung für ihre ablehnende Haltung das Klima angeführt. Sie sah schlecht aus, das war richtig. Niemand würde denken, daß Millicent die hübschere von beiden gewesen war. Kathleens Aussehen hatte sich im Laufe der Jahre verfeinert. Viele hielten sie allerdings für zu mager, aber jetzt, da sie ihr Haar geschnitten und rote Wangen hatte, weil sie bei jedem Wetter Golf spielte, kam sie Mrs. Skinner hübsch vor. Von der armen Millicent konnte man das nicht sagen. Sie hatte ihre Figur verloren. Groß war sie nie gewesen, aber jetzt, da sie dick geworden war, sah sie plump aus. Sie hatte zuviel Fett angesetzt. Mrs. Skinner führte das auf die tropische Hitze zurück, die Millicent davon abgehalten hatte, sich Bewegung zu machen. Ihre Haut war wachsbleich und unrein. Ihre blauen Augen, die ihr so viel Anziehungskraft verliehen hatten, waren matt geworden.

›Sie muß etwas für ihre Halspartie tun‹, dachte ihre Mutter. ›Sie bekommt da eine richtige Wamme.‹

Sie hatte schon ein paarmal mit ihrem Mann darüber gesprochen. Er hatte gemeint, Millicent sei eben nicht mehr so jung wie früher. Das mochte sein, aber sie brauchte sich deshalb nicht so völlig gehenzulassen. Mrs. Skinner nahm sich vor, mit ihrer Tochter gelegentlich ein ernstes Wort darüber zu reden, aber sie mußte natürlich ihre Trauer respektieren und würde daher warten, bis das Jahr um war. Sie war übrigens heilfroh, einen Grund zu haben, diese Auseinandersetzung, die sie schon im voraus nervös machte, hinauszuschieben, denn Millicent hatte sich sehr verändert. Es lag etwas Verdrossenes und Mürrisches in ihrem Gesicht, das ihrer Mutter gar nicht behagte. Mrs. Skinner sagte gern alles laut heraus, was ihr durch den Kopf ging, aber Millicent hatte, wenn man eine Bemerkung machte (nur um etwas zu sagen, wohlverstanden), die scheußliche Gewohnheit, keine Antwort zu geben, so daß man sich fragte, ob sie überhaupt zugehört hatte. Manchmal fand ihre Mutter diese Haltung so aufreizend, daß sie sich, um Millicent keinen Verweis zu erteilen, daran erinnern mußte, daß der arme Harold erst acht Monate tot war.

Vom Fenster her fiel das Licht auf das stumpfe Gesicht der Witwe, als sie schweigend ins Zimmer kam, aber Kathleen hatte das Licht im Rücken. Sie sah ihre Schwester einen Augenblick an.

»Millicent, ich muß dir etwas sagen«, begann sie. »Ich habe heute morgen mit Gladys Heywood Golf gespielt.«

»Hast du gewonnen?«

Gladys Heywood war die einzige unverheiratete Tochter des Pastors.

»Sie hat etwas über dich gesagt, was du meiner Ansicht nach erfahren solltest.«

Millicent blickte über ihre Schwester hinweg auf das kleine Mädchen, das im Garten Blumen begoß.

»Hast du Annie gesagt, Mutter, sie soll Joan ihren Nachmittagstee in der Küche geben?« erkundigte sie sich.

»Ja, sie wird ihn gleichzeitig mit dem Personal bekommen.«

Kathleen maß ihre Schwester mit kühlen Blicken.

»Der Bischof hat auf der Heimreise einige Tage in Singapur zugebracht«, fuhr sie fort. »Er reist sehr gern. Er war auch in Borneo, und er kennt dort einige Leute, mit denen du auch bekannt bist.«

»Da wird er sich freuen, dich zu sehen«, sagte Mrs. Skinner. »Hat er den armen Harold gekannt?«

»Ja, er hat ihn einmal in Kuala Solor getroffen. Er erinnert sich sehr gut an ihn. Er sei entsetzt gewesen, als er die Nachricht von Harolds Tod vernommen habe.«

Millicent setzte sich und zog langsam ihre schwarzen Handschuhe an. Es erschien ihrer Mutter sonderbar, daß sie alle diese Bemerkungen mit völligem Schweigen hinnahm.

»Was mir gerade einfällt, Millicent«, sagte sie. »Harolds Photo ist verschwunden. Hast du es weggenommen?«

»Ja, ich habe es entfernt.«

»Ich hätte mir eigentlich denken können, daß du es für dich haben wolltest.«

Wieder antwortete Millicent nichts. Diese Angewohnheit war wirklich scheußlich.

Kathleen veränderte leicht ihre Stellung, um Millicent besser ins Auge fassen zu können.

»Millicent, warum hast du uns erzählt, Harold sei am Fieber gestorben?«

Die Witwe rührte sich nicht. Sie richtete ihren Blick fest auf Kathleen, und ihre bleiche Haut rötete sich plötzlich, aber sie gab keine Antwort.

»Was willst du damit sagen?« fragte Mrs. Skinner überrascht.

»Der Bischof sagt, Harold habe Selbstmord begangen.«

Mrs. Skinner stieß einen Schrei aus, aber ihr Mann machte eine besänftigende Geste mit der Hand.

»Ist das wahr, Millicent?«

»Ja.«

»Aber warum hast du uns das nicht gesagt?«

Millicent schwieg eine Weile. Sie spielte leicht mit einer bronzenen Schale aus Borneo, die neben ihr auf dem Tisch stand. Auch diese war ein Geschenk Harolds.

»Ich dachte mir, es wäre besser für Joan, wenn die Leute annähmen, ihr Vater sei am Fieber gestorben. Sie sollte die Wahrheit nicht erfahren.«

»Du hast uns in eine äußerst peinliche Lage gebracht«, sagte Kathleen mit gerunzelter Stirn. »Gladys Heywood machte mir Vorwürfe, weil ich ihr nicht die Wahrheit gesagt hätte. Ich hatte die größte Schwierigkeit, ihr beizubringen, daß ich nicht die geringste Ahnung davon hatte. Ihr Vater, sagte sie, sei hierüber ziemlich betroffen. Da wir doch so viele Jahre miteinander bekannt seien und er dich dazu noch getraut habe, hätten wir Vertrauen zu ihm haben können, meint er. Wenn wir ihm schon nicht die Wahrheit gesagt hätten, wäre jedenfalls nicht nötig gewesen, ihn anzulügen.«

»Ich muß sagen, darin kann ich ihm nur zustimmen«, bemerkte Mr. Skinner bitter.

»Ich habe Gladys natürlich gesagt, daß uns keine Schuld trifft. Wir haben ja nur berichtet, was du uns gesagt hast.«

»Hoffentlich habe ich dich nicht um dein Spiel gebracht«, meinte Millicent.

»Aber wirklich, Kind, das ist eine höchst unpassende Bemerkung!« rief ihr Vater aus.

Er erhob sich vom Stuhl, ging zu dem leeren Kamin hinüber und blieb, der Macht der Gewohnheit gehorchend, mit geteilten Rockschößen davor stehen.

»Es war meine eigene Angelegenheit«, sagte Millicent, »und wenn ich sie für mich behalten wollte, sehe ich nicht ein, warum ich es nicht hätte tun sollen.«

»Du scheinst überhaupt keine Liebe zu deiner Mutter zu haben, wenn du dich nicht einmal ihr anvertraut hast!« rief Mrs. Skinner.

Millicent zuckte die Schultern.

»Du hättest wissen können, daß es einmal herauskommen werde«, sagte Kathleen.

»Warum? Daß zwei alte Tratschtanten nichts Besseres zu tun hatten, als über mich zu sprechen, konnte ich nicht voraussehen.«

»Wenn der Bischof sagte, er sei in Borneo gewesen, so war es nur natürlich, daß die Heywoods fragten, ob er dich und Harold kannte.«

»Das ist alles müßiges Gerede«, sagte Mr. Skinner. »Ich meine, du hättest uns die Wahrheit sagen sollen. Dann hätten wir uns entscheiden können, wie wir uns verhalten sollten. Als Rechtsanwalt kann ich dir sagen, daß man eine Sache nur schlimmer macht, wenn man versucht, sie zu verbergen.«

»Der arme Harold!« jammerte Mrs. Skinner. Tränen flossen ihr über die rotgeschminkten Wangen. »Es ist schrecklich. Mir war er immer ein guter Schwiegersohn. Was hat ihn nur dazu gebracht, etwas so Schreckliches zu tun?«

»Das Klima.«

»Du solltest uns besser alles erzählen, Millicent«, sagte ihr Vater.

»Das kann Kathleen besser.«

Kathleen zögerte. Es war einfach nicht zu verstehen, daß so schreckliche Dinge in einer Familie wie der ihrigen vorkommen konnten.

»Der Bischof sagt, Harold habe sich die Kehle durchgeschnitten.«

Mrs. Skinner schnappte nach Luft. Sie ging impulsiv auf ihre verwitwete Tochter zu, um sie in die Arme zu schließen.

»Mein armes Kind!« schluchzte sie.

Aber Millicent entzog sich ihr.

»Bitte laß mich in Ruhe. Ich kann ein solches Getue einfach nicht ertragen.«

»Aber wirklich, Millicent!« sagte Mr. Skinner und zog mißbilligend die Augenbrauen zusammen.

Mrs. Skinner tupfte sich vorsichtig mit dem Taschentuch die Tränen ab und kehrte mit einem Seufzer und einem leichten Kopfschütteln zu ihrem Stuhl zurück. Kathleen spielte nervös mit der langen Kette, die sie um den Hals trug.

»Ist es nicht geradezu lächerlich, daß ich die Einzelheiten über den Tod meines Schwagers von einer Freundin erfahren muß? Man kommt sich so dumm dabei vor. Der Bischof möchte dich gerne sehen, Millicent. Er möchte dir sagen, wie sehr er mit dir fühlt.« Sie machte eine Pause, aber Millicent gab keine Antwort. »Er sagt, Millicent sei mit Joan fortgewesen und habe bei ihrer Rückkehr den armen Harold tot auf dem Bett gefunden.«

»Es muß entsetzlich gewesen sein!« sagte Mr. Skinner.

Mrs. Skinner begann wieder zu weinen, aber Kathleen legte ihr die Hand auf die Schulter.

»Weine nicht, Mutter«, sagte sie. »Du bekommst sonst rotgeränderte Augen, und die Leute werden das komisch finden.«

Alle schwiegen, während Mrs. Skinner sich die Augen trocknete und einen erfolgreichen Versuch machte, sich zusammenzunehmen. Es kam ihr sehr sonderbar vor, daß sie gerade in diesem Augenblick die Reiherfedern auf dem Hut trug, die Harold ihr geschenkt hatte.

»Ich muß euch auch noch eine andere Mitteilung machen«, sagte Kathleen.

Millicent richtete ihre Augen wieder auf ihre Schwester. Sie tat es ohne Hast, aber mit einem Ausdruck gespannter Erwartung. Sie sah aus wie jemand, der auf ein Geräusch wartet, das er ja nicht überhören darf.

»Ich will dir nicht weh tun, liebe Schwester«, fuhr Kathleen fort, »aber ich meine, du müßtest es unbedingt wissen und dazu Stellung nehmen. Der Bischof hat auch gesagt, Harold habe getrunken.«

»Oh, wie schrecklich!« rief Mrs. Skinner. »Wie kann man nur so etwas Furchtbares sagen! Hast du das von Gladys Heywood? Was hast du darauf erwidert?«

»Ich habe gesagt, es sei gänzlich unwahr.«

»Das kommt davon, wenn man etwas verbergen will«, sagte Mr. Skinner gereizt. »Es ist immer dasselbe. Wenn man etwas vertuschen will, entstehen allerlei Gerüchte, die schlimmer sind als die Wahrheit.«

»Man hat dem Bischof in Singapur gesagt, Harold habe sich im Zustand des Delirium tremens das Leben genommen. Ich denke, Millicent, du wirst uns allen einen Dienst erweisen, indem du das energisch bestreitest.«

»Wie kann man nur so etwas Schreckliches von einem Toten

sagen!« rief Mrs. Skinner. »Wenn Joan heranwächst, könnte es ihr zu Ohren kommen und ihr schaden.«

»Aber worauf beruht denn diese Behauptung, Millicent?« fragte Mr. Skinner. »Harold war doch immer sehr enthaltsam.«

»Hier«, sagte die Witwe.

»Hat er wirklich getrunken?«

»Wie ein Fisch.«

Die Antwort kam so unerwartet, und der Ton war so sarkastisch, daß alle drei auffuhren.

»Millicent, wie kannst du so von deinem toten Gatten sprechen!« rief ihre Mutter und schlug ihre hübsch behandschuhten Hände zusammen. »Ich kann dich nicht verstehen. Du bist so sonderbar, seitdem du wieder hier bist. Ich hätte nie geglaubt, daß eine meiner Töchter den Tod ihres Mannes so hinnehmen kann.«

»Das laß vorläufig beiseite«, sagte Mr. Skinner. »Wir können später darüber sprechen.«

Er ging zum Fenster und sah in den sonnigen kleinen Garten hinaus, dann spazierte er wieder ins Zimmer zurück. Er nahm seinen Kneifer aus der Tasche und putzte ihn mit dem Taschentuch, obwohl er gar nicht die Absicht hatte, ihn aufzusetzen. Millicent sah ihn an, und ihr Blick war unmißverständlich ironisch, wenn nicht sogar zynisch. Mr. Skinner war ärgerlich. Er hatte seine Wochenarbeit hinter sich und war bis Montag morgen ein freier Mann. Er hatte zwar seiner Frau gesagt, die Einladung passe ihm durchaus nicht in den Kram und er würde viel lieber seinen Tee ruhig im eigenen Garten trinken, aber innerlich hatte er sich doch darauf gefreut. An chinesischen Missionen lag ihm nichts, aber die Begegnung mit dem Bischof würde sicher interessant sein. Und jetzt dies! Er liebte es nicht, in solch unerfreuliche Sachen hineingezogen zu werden. Es war wahrhaftig nicht angenehm, plötzlich von einem Schwiegersohn zu hören, der ein Trunkenbold und Selbstmörder war. Millicent strich sorgfältig ihre weißen Ärmelaufschläge glatt. Ihre Gelassenheit reizte ihn, aber anstatt sich an sie zu wenden, redete er seine jüngere Tochter an.

»Warum setzt du dich denn nicht hin, Kathleen? Ich meine, es sind doch genug Stühle im Zimmer.«

Kathleen zog einen Stuhl heran und setzte sich, ohne ein

Wort zu erwidern. Mr. Skinner blieb vor Millicent stehen und sah sie an.

»Ich begreife natürlich, warum du uns gesagt hast, Harold sei am Fieber gestorben. Ich halte es aber für einen Fehler, weil solche Dinge früher oder später doch herauskommen. Ich weiß nicht, inwieweit das, was der Bischof den Heywoods erzählt hat, den Tatsachen entspricht, aber wenn ich dir einen Rat geben darf, so erzähle uns alles so genau, wie es möglich ist; dann können wir weiter sehen. Wir können nicht hoffen, daß diese Unglücksbotschaft auf den engen Kreis, der jetzt von ihr Kenntnis hat, beschränkt bleiben wird. In einem so kleinen Ort können die Leute kein Geheimnis bewahren. Es wird leichter für uns alle sein, wenn wir die volle Wahrheit wissen.«

Mrs. Skinner und Kathleen hielten die Form seiner Ansprache für ganz vorzüglich. Sie warteten auf Millicents Antwort. Die hatte mit unbewegter Miene zugehört. Die plötzlich aufgetretene Röte war wieder aus ihrem Gesicht gewichen, und es war wie gewöhnlich teigig und blaßgelb.

»Ich glaube, wenn ich euch die Wahrheit sage, wird sie euch nicht sehr gefallen«, wandte Millicent ein.

»Du wirst hoffentlich wissen, daß du auf unser Mitgefühl und Verständnis rechnen kannst«, sagte Kathleen ernst.

Millicent warf ihr einen Blick zu, und der Schatten eines Lächelns schwebte um ihren fest geschlossenen Mund. Sie sah alle drei nacheinander an. Mrs. Skinner hatte den unangenehmen Eindruck, daß ihre Tochter sie alle anblicke, als seien sie Mannequins auf einer Modenschau. Sie schien in einer anderen Welt zu leben und keine Verbindung mit ihnen zu haben.

»Wie ihr vielleicht wißt, liebte ich Harold nicht, als ich ihn heiratete«, begann sie nachdenklich.

Mrs. Skinner wollte gerade eine Bemerkung dazu machen, als eine schnelle, kaum sichtbare, aber nach so vielen Ehejahren ganz eindeutige Kopfbewegung ihres Mannes sie davon abhielt. Millicent sprach weiter, langsam, ohne die Stimme zu erheben und in kaum wechselndem Tonfall.

»Ich war siebenundzwanzig, und kein anderer war in Sicht, den ich hätte heiraten können. Er war zwar vierundvierzig und kam mir ziemlich alt vor, aber er hatte eine gute Stellung, nicht wahr? Eine bessere Partie würde sich kaum zeigen.«

Mrs. Skinner wurde wieder weinerlich zumute, aber sie dachte an die Party.

»Jetzt weiß ich natürlich, warum du sein Bild weggenommen hast«, sagte sie betrübt.

»Still, Mutter!« ermahnte Kathleen sie.

Es war eine Aufnahme aus ihrer Verlobungszeit und ein sehr gutes Bild von Harold. Mrs. Skinner hatte ihn immer für einen tadellosen Mann gehalten. Er war groß und stark, vielleicht ein wenig zu dick, aber er hielt sich gut, er wirkte achtunggebietend. Schon damals neigte er zur Kahlköpfigkeit, aber Männer werden heutzutage eben leicht kahl, und Harold hatte seiner Schwiegermutter erklärt, die Topis, die Sonnenhelme, seien verderblich für den Haarwuchs. Er hatte einen kleinen schwarzen Schnurrbart, und sein Gesicht war tief von der Sonne gebräunt. Am besten wirkten seine Augen, die braun und groß waren. Joan hatte sie von ihm geerbt. Er konnte interessant erzählen. Nach Kathleens Meinung war er eingebildet und gespreizt, aber Mrs. Skinner konnte einen Mann nicht verurteilen, der selbstbewußt auftrat. Sie sah bald, daß Millicent Eindruck auf ihn machte, und von da an gewann sie ihn Tag für Tag lieber. Er war immer sehr aufmerksam zu seiner Schwiegermutter, und wenn er von seinem Verwaltungsdistrikt sprach und von dem Großwild, das er erlegt hatte, hörte sie zu, als sei sie wirklich interessiert. Nach Kathleens Ansicht hatte er eine ziemlich hohe Meinung von sich, aber Mrs. Skinner gehörte einer Generation an, die das für richtig und ganz in Ordnung hielt. Millicent sah sehr bald, woher der Wind wehte. Sie sagte nichts zu ihrer Mutter, aber diese wußte, daß ihre Tochter nicht nein sagen würde, wenn Harold ihr einen Antrag machte.

Harold war zu Besuch bei Bekannten, die dreißig Jahre in Borneo gewesen waren und das Land über alles rühmten. Es war nicht einzusehen, warum eine Frau dort nicht behaglich leben sollte. Die Kinder mußten natürlich heimgeschickt werden, wenn sie sieben Jahre alt waren, aber so weit vorauszudenken hielt Mrs. Skinner für unnötig. Sie bat Harold zum Essen und sagte ihm, sie seien immer zur Teezeit zu Hause. Er schien nicht zu wissen, was er mit sich anfangen sollte, und als der Besuch bei seinen alten Freunden sich dem Ende näherte, erklärte sie ihm, sie würden sich alle freuen, wenn er zwei Wochen zu ihnen käme. Nach Ablauf dieser Zeit verlobten sich Harold und Millicent. Die Hochzeit war großartig. Das junge Paar verbrachte die Flitterwochen in Venedig und reiste dann nach dem Fernen Osten. Millicent schrieb aus verschiedenen Häfen, die das Schiff anlief. Sie schien glücklich zu sein.

»In Kuala Solor waren alle sehr nett zu mir«, sagte Millicent. Kuala Solor war die Hauptstadt des Staates Sembulu. »Wir wohnten bei dem Gouverneur und wurden überall zum Essen eingeladen. Ein paarmal hörte ich, wie Männer Harold etwas zu trinken anboten, aber er lehnte ab. Er sagte, mit der Ehe habe für ihn ein neues Kapitel begonnen. Ich hatte keine Ahnung, warum sie lachten. Mrs. Gray, die Frau des Gouverneurs, sagte mir, sie seien alle sehr froh, daß Harold sich verheiratet habe. Für einen Junggesellen sei es auf einer Außenstation entsetzlich einsam. Als wir Kuala Solor verließen, verabschiedete sich Mrs. Gray so sonderbar von mir, daß ich ganz überrascht war. Es war, als lege sie mir Harold feierlich ans Herz.«

Sie hörten sie schweigend an. Kathleens Augen ruhten die ganze Zeit auf dem unbewegten Gesicht ihrer Schwester, aber Mr. Skinner starrte geradeaus auf die malaiischen Waffen, die Krise und Parangs an der Wand über dem Sofa, auf dem seine Frau saß.

»Erst als ich anderthalb Jahre später nach Kuala Solor zurückkam, entdeckte ich, warum sich alle so sonderbar verhalten hatten.« Millicent gab einen Laut von sich, der wie das Echo eines verächtlichen Lachens klang. »Ich wußte damals bereits etwas mehr als zuvor. Harold war nach England gekommen, um zu heiraten. Erinnerst du dich noch, Mutter, wie wir uns anstrengten, ihn zu kapern? Wir hätten uns nicht so viel Mühe zu geben brauchen.«

»Ich weiß nicht, was du damit sagen willst«, entgegnete Mrs. Skinner nicht ohne Bitterkeit, denn das Wort ›kapern‹ war eine Unterstellung, die ihr nicht gefiel. »Ich sah, daß du Eindruck auf ihn machtest.«

Millicent zuckte ihre schweren Schultern.

»Er war ein richtiger Säufer. Er ging jeden Abend mit einer Flasche Whisky zu Bett, und am Morgen war sie leer. Der Erste Sekretär des Gouverneurs sagte ihm, er müsse sein Amt niederlegen, wenn er nicht aufhöre zu trinken. Es sei dies die letzte Warnung, aber er wolle ihm noch einmal eine Chance geben. Er konnte seinen Urlaub nehmen und nach England fahren. Es wurde ihm der Rat gegeben, zu heiraten, damit er nach seiner Rückkehr jemand hätte, der auf ihn aufpaßte. Harold hat mich geheiratet, weil er eine Wärterin brauchte. In Kuala Solor schloß man Wetten ab, wie lange ich ihn nüchtern halten würde.«

»Aber er war in dich verliebt«, unterbrach ihre Mutter sie. »Du weißt nicht, wie gut er immer von dir gesprochen hat, und als du damals nach Kuala Solor gingst, um Joan zur Welt zu bringen, schrieb er mir einen so reizenden Brief über dich.«

Millicent blickte wieder zu ihrer Mutter hinüber, und eine tiefe Röte färbte ihre blasse Haut. Ihre Hände, die ruhig in ihrem Schoß lagen, begannen ein wenig zu zittern. Sie dachte an jene ersten Monate ihrer Ehe. Die Regierungsbarkasse brachte sie bis zur Flußmündung. Sie verbrachten die Nacht in dem Bungalow, den Harold scherzend seine Seeresidenz nannte. Am nächsten Tage fuhren sie in einem Prahu* stromaufwärts. Nach den Romanen, die sie gelesen hatte, besaß sie eine ganz andere Vorstellung von den Flüssen Borneos. Sie sollten dunkel und unheimlich sein, aber der Himmel war blau, mit weißen Wölkchen getüpfelt, und das Grün der vom Wasser bespülten Mangroven und Nipahs glitzerte in der Sonne. Zu beiden Seiten erstreckte sich der pfadlose Dschungel, und in der Ferne sah sie als Silhouette gegen den Himmel die zackigen Umrisse eines Berges. Die Luft am frühen Morgen war erfrischend und klar. Sie schien in ein freundliches, fruchtbares Land zu kommen und hatte ein Gefühl grenzenloser Freiheit. Auf den Zweigen der dichtverschlungenen Bäume saßen Affen, und einmal zeigte Harold auf etwas, das wie ein Baumstamm aussah, und sagte, das sei ein Krokodil. Harolds Stellvertreter, im weißen Anzug und Topi, war am Landungssteg und begrüßte sie, und ein Dutzend schmucker kleiner Soldaten präsentierte das Gewehr vor ihnen. Harold stellte ihr Mr. Simpson, seinen Mitarbeiter, vor.

»Wahrhaftig, Sir«, sagte er zu Harold, »ich bin froh, daß Sie wieder da sind. Ohne Sie ist es hier verteufelt einsam.«

* Eingeborenenboot

Der Regierungsbungalow war von einem Garten umgeben, in dem alle Arten bunter Blumen wild wuchsen. Das Haus lag auf einem niedrigen Hügel. Es sah ein wenig schäbig aus und war nur spärlich möbliert, aber die Zimmer waren kühl und sehr geräumig.

Harold streckte die Hand aus. »Der Kampong* ist dort unten.«

Ihre Augen folgten seiner Gebärde. Aus Kokospalmen stieg der Klang eines Gongs auf. Es gab ihr tief im Herzen einen seltsamen kleinen Stich.

Obschon sie nicht viel zu tun hatte, vergingen die Tage ziemlich rasch. Wenn der Morgen dämmerte, brachte ihnen ein Boy ihren Tee. Sie nahmen ihn draußen auf der Veranda ein und genossen die duftige Frische der Frühe (Harold im Trikothemd und Sarong**, sie im Morgenrock), bis es Zeit wurde, sich für das Frühstück anzukleiden. Dann ging Harold in sein Büro, und sie lernte ein bis zwei Stunden Malaiisch. Nach dem Tiffin*** kehrte Harold zu seiner Arbeit zurück, während sie schlief. Später erfrischte eine Tasse Tee sie beide wieder, und dann machten sie einen Spaziergang oder spielten Golf. Unter dem Bungalow hatte Harold ein ebenes Stück Dschungel roden lassen und auf ihm einen Golfplatz mit neun Löchern angelegt. Um sechs wurde es dunkel. Dann kam gewöhnlich Mr. Simpson herüber. Sie plauderten bis zum Abendessen, und manchmal spielten Harold und Simpson Schach. Die balsamischen Abende waren herrlich. Die Glühwürmchen verwandelten die Büsche unter der Veranda in kalt funkelnde, zitternde Leuchtfeuer, blühende Bäume würzten die Luft mit süßem Duft. Nach dem Essen lasen sie die Zeitungen, die vor sechs Wochen in London erschienen waren, und gingen dann zu Bett. Millicent genoß das Gefühl, jung verheiratet zu sein. Die einheimischen Diener in ihren bunten Sarongs, die barfüßig, still, aber freundlich im Hause umhergingen, gefielen ihr. Sie hatte das angenehme Gefühl, als Frau des ersten Regierungsbeamten eine wichtige Rolle zu spielen. Harold imponierte ihr durch seine völlige Beherrschung der Eingeborenensprache, durch sein herrenhaftes Auftreten und durch seine Würde. Dann und

* Eingeborenendorf

** rockähnliches Kleidungsstück der Malaien

*** anglo-indischer Ausdruck für Mittagessen

wann ging sie ins Amtshaus, wo er als Richter die Streitigkeiten der Einheimischen entschied. Die Vielfältigkeit seiner Aufgaben und die geschickte Art, mit der er sie erledigte, nötigten ihr Achtung ab. Wie Mr. Simpson sagte, wurde Harold mit den Eingeborenen besser fertig als andere. Festigkeit, Takt und gute Laune wirkten bei ihm zusammen, und das war wesentlich im Umgang mit dieser furchtsamen, rachsüchtigen und argwöhnischen Rasse. Millicent begann eine gewisse Bewunderung für ihren Mann zu fühlen.

Sie waren ein Jahr verheiratet, als zwei englische Naturforscher auf ihrem Wege ins Innere für einige Tage bei ihnen haltmachten. Sie brachten eine dringende Empfehlung vom Gouverneur mit, und Harold wollte sich nicht lumpen lassen. Ihre Ankunft war eine angenehme Abwechslung. Millicent lud Mr. Simpson zum Essen ein (er wohnte im Fort und aß nur an Sonntagabenden bei ihnen). Nach dem Essen setzten sich die Männer auf die Veranda, um Bridge zu spielen. Millicent ließ sie allein und ging bald zu Bett, aber die Spieler machten einen solchen Lärm, daß sie eine Zeitlang keinen Schlaf finden konnte. Wie spät es war, als Harold ins Zimmer schwankte, wußte sie nicht. Sie verhielt sich still. Er entschloß sich offenbar, noch ein Bad zu nehmen, bevor er zu Bett ging. Der Baderaum war direkt unter ihrem Schlafzimmer. Er stieg die Treppe hinab. Offenbar glitt er aus, denn es gab ein gewaltiges Getöse, und sie hörte ihn fluchen. Dann erbrach er sich heftig. Sie hörte, wie er Kübel Wasser über sich schüttete, und kurze Zeit darauf kam er, diesmal sehr vorsichtig, wieder nach oben und schlüpfte ins Bett. Millicent tat so, als schliefe sie. Sie war entsetzt. Harold war betrunken. Sie nahm sich vor, ihn deshalb am Morgen zur Rede zu stellen. Was würden die zwei Naturforscher von ihnen denken! Aber am Morgen trat Harold mit solcher Würde auf, daß sie nicht den Mut hatte, auf die Sache zu sprechen zu kommen. Um acht Uhr setzten sich Harold und sie mit den beiden Gästen zum Frühstück. Harold warf einen Blick auf den Tisch.

»Hafergrütze«, sagte er. »Millicent, ich glaube, meine Gäste möchten gern ein bißchen Worcestersauce zum Frühstück. Nach mehr werden sie kaum Verlangen haben. Ich persönlich werde mich mit Whisky und Soda begnügen.«

Die beiden lachten beschämt.

»Ihr Mann ist ein furchtbarer Mensch«, sagte einer von ihnen.

»Ich würde glauben, die Gebote der Gastfreundschaft nicht richtig erfüllt zu haben, wenn ich sie am ersten Abend ihres Besuches nüchtern ins Bett geschickt hätte«, sagte Harold in der offenherzigen und etwas pompösen Art, in der er sich manchmal ausdrückte.

Millicent lächelte säuerlich, tröstete sich aber mit dem Gedanken, daß die Gäste ebenso betrunken gewesen waren wie ihr Mann. An diesem Abend blieb sie bei ihnen, und man ging zu einer vernünftigen Stunde zu Bett. Sie war froh, als die Fremden Abschied nahmen. Das Leben floß wieder ruhig dahin. Einige Monate später machte Harold eine Inspektionsreise durch seinen Distrikt und kam mit einem schlimmen Malariaanfall zurück. Zum erstenmal sah sie nun die Krankheit, von der sie schon so viel gehört hatte. Als Harold sich langsam erholte, fiel es ihr nicht weiter auf, daß er sehr schwach war; sie fand jedoch sein Verhalten sonderbar. Wenn er vom Amt zurückkam, starrte er sie mit glasigen Augen an. Er stand auf der Veranda und schwankte leicht, aber doch würdevoll, und hielt lange Ansprachen über die politische Lage in England. Dann verlor er den Faden und sah sie mit einer schalkhaften Durchtriebenheit an. Da er sonst immer so ernst und gemessen war, wußte sie nicht, was sie davon halten sollte.

»Sie zwingt einen in die Knie, diese verfluchte Malaria. Ach, liebes Frauchen, du hast keine Ahnung, wie anstrengend es ist, am Aufbau des Empire mitzuwirken.«

Mr. Simpson sah manchmal, wie ihr vorkam, so besorgt aus, und wenn sie allein waren, schien er etwas sagen zu wollen; aber aus Schüchternheit unterließ er es dann im letzten Augenblick. Dieses Gefühl wurde so stark, daß es sie nervös machte, und eines Abends, als Harold, sie wußte nicht warum, länger als üblich im Büro blieb, konnte sie nicht mehr an sich halten.

»Was haben Sie mir zu sagen, Mr. Simpson?« platzte sie heraus.

Er wurde rot und zögerte.

»Nichts. Was veranlaßt Sie zu der Annahme, ich hätte Ihnen etwas Besonderes zu sagen?«

Mr. Simpson war ein hagerer, hochaufgeschossener junger Mann von vierundzwanzig, der sich große Mühe gab, seinen mächtigen welligen Haarschopf glatt und anliegend zu halten. Seine Handgelenke waren von Moskitostichen geschwollen und fleckig. Millicent sah ihn fest an.

»Glauben Sie nicht, es wäre besser, Sie sagten es mir, wenn es etwas mit Harold zu tun hat?«

Er wurde jetzt krebsrot. Er rückte unruhig auf dem Stuhl hin und her. Sie drang weiter in ihn.

»Ich fürchte, Sie werden mich für frech halten«, begann er schließlich. »Es ist scheußlich von mir, hinter seinem Rücken etwas über meinen Chef zu sagen. Malaria ist eine schlimme Sache, und wenn man einen Anfall gehabt hat, fühlt man sich gänzlich erledigt.«

Er zögerte wieder und zog die Mundwinkel nach unten, als wolle er weinen. Millicent kam er wie ein kleiner Junge vor.

»Ich werde alles mit Grabesschweigen bedecken«, sagte sie lächelnd. Sie versuchte ihre Unruhe zu verbergen. »Erzählen Sie es mir doch.«

»Dann muß ich Ihnen leider sagen, daß Ihr Mann immer eine Flasche Whisky in seinen Amtsräumen hat. Es ist ein Jammer. Er nimmt nämlich dort oft einen Schluck mehr, als er sonst tun würde.«

Mr. Simpson bekam vor Aufregung eine heisere Stimme. Millicent fühlte, wie ein kalter Schauer sie durchfuhr. Sie nahm sich zusammen, denn sie wußte, sie durfte dem jungen Mann keine Angst machen, wenn sie alles aus ihm herausholen wollte. Er scheute sich, mit der Sprache herauszurücken. Sie drängte ihn, bat ihn, appellierte an sein Pflichtgefühl und brach schließlich in Tränen aus. Dann sagte er ihr, Harold sei in den letzten zwei Wochen immer mehr oder weniger betrunken gewesen. Die Eingeborenen sprächen bereits darüber und sagten, es würde mit ihm bald wieder so schlimm sein wie vor seiner Verheiratung. Er habe damals regelmäßig zuviel getrunken. Trotz aller ihrer Versuche, Näheres über jene Zeit aus ihm herauszubringen, lehnte es Mr. Simpson ab, ihr Einzelheiten zu berichten.

»Meinen Sie, daß er jetzt drüben geblieben ist, um zu trinken?«

»Das weiß ich nicht.«

Millicent glühte plötzlich vor Scham und Zorn. Das Fort, wie es genannt wurde, weil man dort die Gewehre und die

Munition aufbewahrte, diente auch als Gerichtssaal. Es stand dem Bungalow gegenüber, umgeben von einem Garten. Die Sonne war gerade am Untergehen, und so brauchte sie keinen Hut. Sie eilte hinüber. Sie fand Harold in dem Büro hinter der großen Halle, in der er die Gerichtssitzungen abhielt. Vor ihm stand eine angebrochene Flasche Whisky. Er rauchte und sprach mit einigen Malaien, die ihm mit unterwürfigem und gleichzeitig verächtlichem Lächeln zuhörten. Sein Gesicht war hochrot. Die Eingeborenen verschwanden sofort aus dem Zimmer.

»Ich bin hergekommen, um zu sehen, was du tust«, sagte sie.

Er stand auf, denn er behandelte sie stets mit ausgesuchter Höflichkeit, und schwankte auf sie zu. Da er sich unsicher auf den Beinen fühlte, richtete er sich hoch und steif auf.

»Setz dich, meine liebe Millicent, setz dich, nimm Platz. Ich hatte noch dringend zu tun. Deshalb konnte ich nicht eher kommen.«

Sie sah ihn mit zornfunkelnden Augen an.

»Du bist betrunken«, sagte sie.

Er starrte sie an, seine Augen traten etwas hervor, und sein breites, fleischiges Gesicht nahm einen hochmütigen Ausdruck an.

»Ich verstehe nicht im geringsten, was du damit sagen willst.«

Sie hatte sich vorgenommen, ihm heftige Vorhaltungen zu machen, brach aber plötzlich in Tränen aus, sank auf einen Stuhl und bedeckte ihr Gesicht mit den Händen. Harold blickte sie eine Weile an, dann kollerten auch ihm die Tränen über die Wangen. Mit ausgestreckten Armen ging er auf sie zu und fiel schwer vor ihr auf die Knie. Schluchzend zog er sie an sich.

»Verzeih mir, verzeih mir«, stammelte er. »Ich verspreche dir, es soll nicht wieder vorkommen. Es war diese verdammte Malaria. Sie hat mich dazu gebracht.«

»Es ist so erniedrigend«, stöhnte sie.

Er weinte wie ein Kind. In der Selbsterniedrigung dieses großen gesetzten Mannes lag etwas Rührendes. Millicent nahm die Hände vom Gesicht. Mit flehendem und zerknirschtem Ausdruck schaute er zu ihr auf.

»Willst du mir dein Ehrenwort geben, daß du nie wieder Alkohol anrührst?«

»Ja, ja. Ich hasse ihn.«

Da sagte sie ihm, sie erwarte ein Kind. Er war überglücklich.

»Darauf habe ich mich schon lange gefreut. Das wird mir Kraft geben.«

Sie gingen zum Bungalow zurück. Harold badete und schlief dann ein wenig. Nach dem Essen hatten sie eine lange und ruhige Aussprache. Er gab zu, er habe vor seiner Verheiratung gelegentlich mehr getrunken, als gut für ihn war. Wenn man von der Welt abgeschnitten sei, könne man leicht einem solchen Laster verfallen. Er willigte in alles ein, was Millicent von ihm verlangte. Es waren noch einige Monate, bevor Millicent sich zur Entbindung nach Kuala Solor begeben mußte, und in dieser Zeit war Harold ein ausgezeichneter Gatte, aufmerksam, untadelig und liebevoll. Als die Barkasse sie abholte und sie ihn für sechs Wochen allein lassen mußte, versprach er feierlich, während ihrer Abwesenheit keinen Alkohol anzurühren. Er legte ihr die Hände auf die Schultern.

»Ich breche niemals ein Versprechen«, sagte er in seiner würdevollen Art. »Aber selbst wenn ich nichts verspräche, könntest du dir vorstellen, daß ich in der Zeit, in der du so viel durchmachen mußt, etwas täte, was dir Kummer bereiten könnte?«

Nach Joans Geburt wohnte Millicent im Hause des Gouverneurs, und Mrs. Gray, seine Frau, war sehr gut zu ihr. Die beiden Frauen hatten während der langen Stunden, in denen sie allein waren, nichts zu tun als zu reden, und so erfuhr Millicent mit der Zeit alles über die alkoholische Vergangenheit ihres Mannes. Am allerwenigsten konnte sie sich mit der Tatsache abfinden, daß Harold nur unter der Bedingung, sich zu verheiraten, seinen Posten behalten konnte. Sie rief in ihr ein dunkles Rachegefühl hervor. Und als sie entdeckte, was für ein unverbesserlicher Trunkenbold er gewesen war, bekam sie starke Beklemmungen. Sie hatte eine entsetzliche Angst, er könnte während ihrer Abwesenheit wieder seiner Sucht nachgegeben haben. Sie fuhr mit ihrem Kind und einer Pflegerin zurück. Sie blieb eine Nacht in dem Bungalow an der Flußmündung und schickte einen Boten in einem Kanu voraus, der ihre Ankunft ankündigen sollte. Ängstlich blickte sie nach dem Landungssteg, als die Barkasse sich dem Ufer näherte. Dort standen Harold und Mr. Simpson. Die adretten Soldaten waren in einer Reihe aufmarschiert. Ihr wurde schwach ums Herz, denn Harold schwankte leicht hin und her wie ein Mann, der versucht, auf einem rollenden Schiff sein Gleichgewicht zu behaupten. Sie erkannte, daß er betrunken war. Es war keine sehr angenehme Heimkehr.

Millicent hatte ihre Eltern und ihre Schwester, die ihr schweigend zuhörten, fast vergessen. Sie spürte jetzt wieder deren Gegenwart und richtete sich auf. Alles, was sie da erzählte, schien so weit weg zu sein.

»Da wußte ich, daß ich ihn haßte«, sagte sie. »Ich hätte ihn umbringen können.«

»Oh, Millicent, sag doch so was nicht!« rief ihre Mutter. »Vergiß nicht, daß der Arme tot ist.«

Millicent sah ihre Mutter an, und ihr Gesicht wurde plötzlich finster. Mr. Skinner wurde es unbehaglich zumute.

»Sprich weiter«, sagte Kathleen.

»Als er entdeckte, daß ich alles über ihn erfahren hatte, ließ er sich vollständig gehen. Nach einem Vierteljahr hatte er wieder einen Anfall von Delirium tremens.«

»Warum bist du nicht von ihm fortgegangen?« fragte Kathleen.

»Was hätte ich damit erreicht? Er wäre nach vierzehn Tagen entlassen worden. Wer sollte für mich und Joan sorgen? Ich mußte bleiben. Wenn er nüchtern war, konnte ich mich ja über nichts beklagen. Liebe fühlte er nicht für mich, aber er hatte mich gern. Ich hatte ihn ja auch nicht geheiratet, weil ich in ihn verliebt war, sondern weil ich verheiratet sein wollte. Ich tat alles, um den Alkohol von ihm fernzuhalten. Ich erreichte sogar, daß Mr. Gray die Übersendung von Whisky aus Kuala Solor verbot, aber Harold erhielt ihn von den Chinesen. Ich beobachtete ihn wie eine Katze eine Maus. Aber er war zu schlau für mich. Nach kurzer Zeit ging es von neuem los. Er vernachlässigte seine Amtspflichten. Ich hatte Angst, es könnten Beschwerden einlaufen. Wir waren zwei Tagereisen von Kuala Solor entfernt, und das war unser Glück, aber es mußte doch etwas durchgesickert sein, denn Mr. Gray schrieb mir einen privaten Warnungsbrief. Ich zeigte ihn Harold. Er tobte und fluchte, aber ich sah, daß er Angst bekam, und einige Monate war er ganz nüchtern. Dann begann es wieder. Und so ging es fort bis zu unserem Urlaub.

Bevor wir hierherkamen, bat ich ihn und flehte ihn an, sich ja in acht zu nehmen. Es sollte keiner von euch merken, was für einen Mann ich geheiratet hatte. Solange er in England war, ging alles gut. Bevor wir fortfuhren, warnte ich ihn. Er hatte Joan sehr liebgewonnen und war stolz auf sie. Sie hing sehr an ihm, mehr als an mir. Ich fragte ihn, ob ihn sein Kind später als Trunkenbold ansehen sollte. Dadurch entdeckte ich, womit ich Eindruck auf ihn machen konnte. Der Gedanke erschreckte ihn. Ich sagte ihm, ich würde es nicht zulassen, und wenn Joan ihn einmal betrunken sähe, würde ich sie ihm fortnehmen. Er wurde ganz bleich, als ich das sagte. In jener Nacht fiel ich auf die Knie und dankte Gott, weil er mir einen Weg gezeigt hatte, meinen Mann zu retten.

Er bat mich, ihm zur Seite zu stehen, dann wolle er einen neuen Versuch machen. Wir beschlossen, die Sucht zusammen zu bekämpfen. Und er gab sich redlich Mühe. Wenn er fühlte, daß das Verlangen ihn zu überwältigen drohte, kam er zu mir. Ihr wißt, daß er immer gern großtat, aber bei mir war er so klein und demütig wie ein Kind. Er verließ sich auf mich. Er liebte mich wohl nicht, als er mich heiratete, aber nun liebte er mich, mich und Joan. Ich hatte ihn gehaßt, weil er sich erniedrigt hatte, weil er, wenn er betrunken war, versuchte, sich würdevoll, überlegen und herablassend zu gebärden, was mich abstieß. Aber nun zog ein sonderbares Gefühl in mein Herz ein. Es war nicht Liebe, aber eine eigentümliche scheue Zärtlichkeit. Er war jetzt noch etwas mehr als mein Mann, er war wie ein Kind, das ich lange und ermüdende Monate hindurch unter dem Herzen getragen hatte. Er war so stolz auf mich, und ich war stolz auf ihn. Seine langen Reden reizten mich nicht mehr, und sein gespreiztes Wesen erschien mir eher komisch. Schließlich besiegten wir den bösen Feind. Zwei Jahre lang trank er keinen Tropfen Alkohol mehr. Er verlor die Sucht völlig. Er konnte sogar über sie scherzen.

Mr. Simpson war nicht mehr bei uns, und wir hatten einen anderen jungen Mann namens Francis.

›Ich bin ein bekehrter Trunkenbold‹, sagte Harold einmal zu ihm. ›Wenn meine Frau nicht gewesen wäre, hätte man mich längst an die Luft gesetzt. Ich habe die beste Frau, die es auf der Welt gibt, Francis.‹

Ihr wißt nicht, was solche Worte für mich bedeuteten ...

Alle meine Mühen und Sorgen hatten sich gelohnt. Ich war überglücklich.«

Sie schwieg. Sie dachte an den breiten gelben, schlammigen Fluß, an dessen Ufer sie so lange gelebt hatte. Vor Sonnenuntergang flogen die Reiher weiß und glitzernd in der von Hitze zitternden Luft den Fluß hinab; sie flogen niedrig und schnell und entschwanden bald den Blicken. Sie waren wie ein Triller schneeiger Noten, süß und rein und frühlingshaft, ein göttlicher Akkord, den eine unsichtbare Hand auf einer unsichtbaren Harfe anschlug. Eingehüllt in die Schatten des Abends flatterten sie zwischen den grünen Ufern dahin wie die glücklichen Gedanken eines zufriedenen Geistes.

»Dann wurde Joan krank. Drei Wochen lang schwebten wir in Angst. Ein Arzt war erst in Kuala Solor zu erreichen, und wir mußten das Kind von einem eingeborenen Medizinmann behandeln lassen. Als Joan wieder genas, fuhr ich mit ihr an die Flußmündung, um sie durch die frische Meeresluft zu stärken. Wir blieben eine Woche dort. Es war das erste Mal, daß ich mich von Harold trennte, seitdem ich wegen meiner Niederkunft in Kuala Solor war. In der Nähe war ein Fischerpfahldorf, aber in Wirklichkeit waren wir ganz allein. Mit großer Zärtlichkeit dachte ich immer an Harold, und auf einmal wußte ich, daß ich ihn liebte. Ich war so froh, als das Boot uns wieder abholte, denn ich wollte es Harold ja sagen. Ich dachte, wie sehr er sich darüber freuen würde. Ich kann euch nicht beschreiben, wie glücklich ich war. Als wir stromaufwärts ruderten, erzählte mir der Bootsführer, daß Mr. Francis ins Landesinnere gegangen sei, um eine Frau zu verhaften, die ihren Mann ermordet hatte. Er sei schon ein paar Tage fort.

Ich war überrascht, daß Harold nicht am Landungssteg war, um mich abzuholen. Er war in dieser Beziehung sonst peinlich aufmerksam. Er sagte manchmal, Mann und Frau sollten zueinander so höflich sein, wie sie zu Bekannten wären. Ich konnte mir nicht vorstellen, welche Amtsgeschäfte ihn abgehalten hatten. Ich ging den niedrigen Hügel hinauf, auf dem der Bungalow stand. Die Aja* führte Joan hinter mir her. Es war sonderbar still in dem Bungalow. Ich sah auch keine Diener, und dies kam mir höchst seltsam vor. Vielleicht hatte Harold

* malaiische Kinderfrau

mich nicht so bald erwartet und war ausgegangen. Ich stieg die Treppe hinauf. Joan hatte Durst, und die Aja führte sie in die Küche, um ihr etwas zu trinken zu geben. Harold war nicht im Wohnzimmer. Ich rief seinen Namen, aber niemand antwortete. Ich war enttäuscht, weil ich ihn so gern dagehabt hätte. Ich ging in unser Schlafzimmer. Harold war doch nicht ausgegangen, er lag schlafend auf dem Bett. Diese Entdeckung machte mir Spaß, weil er immer behauptete, er schliefe nie am Nachmittag. Das war für ihn lediglich eine schlechte Gewohnheit, der nur Weiße huldigten. Ich trat leise ans Bett. Ich wollte mir einen Scherz mit ihm machen, ihn kitzeln oder so etwas. Ich öffnete die Moskitovorhänge. Er lag auf dem Rükken und hatte nur einen Sarong an. Eine leere Whiskyflasche lag an seiner Seite. Er war betrunken.

Es hatte wieder begonnen. Alle meine jahrelangen Kämpfe waren nutzlos gewesen. Mein Traum zerfloß in nichts. Es war alles hoffnungslos. Maßlose Wut ergriff mich.«

Millicents Gesicht wurde wieder dunkelrot. Sie umklammerte die Stuhllehne.

»Ich faßte ihn bei den Schultern und schüttelte ihn mit aller Kraft. ›Du Biest!‹ schrie ich, ›du Biest!‹ Ich war so wütend, daß ich nicht wußte, was ich tat und sagte. Ich schüttelte ihn immer wieder. Ihr könnt euch nicht denken, wie häßlich er aussah, dieser große, dicke halbnackte Mann. Er hatte sich tagelang nicht rasiert, und sein Gesicht war aufgedunsen und purpurrot. Er atmete schwer. Ich schrie ihn an – vergeblich. Ich versuchte ihn aus dem Bett zu ziehen, aber er war zu schwer. Er lag wie ein Baumstamm da. ›Mach die Augen auf!‹ schrie ich. Ich schüttelte ihn wieder. Ich haßte ihn. Ich haßte ihn um so mehr, als ich ihn eine ganze Woche von Herzen geliebt hatte. Er hatte mich verraten. Er hatte mich im Stich gelassen. Ich wollte ihm sagen, was für ein elender Schuft er war. Ich konnte ihn nicht wachbekommen. ›Du sollst die Augen aufmachen!‹ rief ich. Er sollte mich wenigstens ansehen.«

Die Witwe fuhr sich mit der Zunge über die trockenen Lippen. Ihr Atem ging schnell. Sie schwieg.

»Wenn er in einem solchen Zustand war, wäre es das beste gewesen, ihn schlafen zu lassen«, sagte Kathleen.

»An der Wand neben dem Bett hing ein Parang. Ihr wißt ja, welche Vorliebe Harold für solche exotischen Dinge hatte.«

»Was ist ein Parang?« fragte Mrs. Skinner.

»Stell dich nicht so dumm, Mutter«, sagte Mr. Skinner gereizt. »Gleich hinter dir ist einer an der Wand.«

Er zeigte auf das malaiische Schwert, auf dem aus irgendeinem Grunde seine Augen unbewußt geruht hatten. Mrs. Skinner zog sich mit ängstlicher Gebärde, wie wenn man sie auf eine Giftschlange aufmerksam gemacht hätte, in die Ecke des Sofas zurück.

»Plötzlich quoll Blut aus Harolds Kehle hervor. Er hatte eine große Wunde quer über den Hals.«

»Millicent!« rief Kathleen, schnellte hoch und sprang mit einem Satz auf ihre Schwester zu. »Was um Gottes willen willst du damit sagen?«

Mrs. Skinner starrte sie mit großen entsetzten Augen und offenem Munde an.

»Der Parang war nicht mehr an der Wand. Er war auf dem Bett. Da öffnete Harold die Augen. Sie waren von Joans Augen nicht zu unterscheiden.«

»Das verstehe ich nicht«, sagte Mr. Skinner. »Wie konnte er Selbstmord begehen, wenn er in dem von dir geschilderten Zustand war?«

Kathleen griff nach dem Arm ihrer Schwester und schüttelte ihn heftig.

»Millicent, um Himmels willen, erkläre doch!«

Millicent machte sich von ihr frei.

»Wie ich euch schon gesagt habe, der Parang hing an der Wand. Was geschah, weiß ich nicht. Ich sah nur, wie das Blut floß und Harold die Augen öffnete. Er starb fast unmittelbar darauf. Er sagte kein Wort mehr, gab aber eine Art Keuchen von sich.«

Schließlich fand Mr. Skinner seine Stimme wieder:

»Aber es war Mord, du Elende!«

Millicent, deren Gesicht jetzt mit roten Flecken übersät war, warf ihm einen so haßerfüllten, zornigen Blick zu, daß er zurückwich. Mrs. Skinner rief:

»Millicent, du hast es nicht getan, sag, daß du es nicht getan hast!«

Dann hatten sie alle das Gefühl, als ob ihnen das Blut in den Adern zu Eis würde, denn Millicent lachte laut auf.

»Wer sollte es sonst getan haben?« sagte sie.

»Mein Gott!« murmelte Mr. Skinner.

Kathleen hatte kerzengerade dagestanden, die Hände aufs Herz gedrückt, als klopfe es unerträglich.

»Und was geschah dann?« fragte sie.

»Ich schrie. Ich lief zum Fenster und riß es auf. Ich rief nach der Aja. Sie kam mit Joan angelaufen. ›Joan dalassen‹, rief ich. ›Ja nicht mit Joan kommen!‹ Sie rief den Koch und übergab ihm das Kind. ›Schnell, schnell!‹ Ich wies auf Harold hin. ›Der Tuan hat sich das Leben genommen!‹ schrie ich. Sie kreischte auf und lief aus dem Hause.

Niemand wollte näher kommen. Alle waren ganz fassungslos. Ich schrieb Mr. Francis einen Brief, berichtete ihm, was geschehen war, und bat ihn, sofort zurückzukommen.«

»Was hast du ihm denn berichtet?«

»Ich hätte bei meiner Rückkehr Harold mit durchgeschnittener Kehle aufgefunden. In den Tropen muß man die Menschen schnell beerdigen. Ich kaufte einen chinesischen Sarg, und die Soldaten schaufelten ein Grab hinter dem Fort. Als Mr. Francis kam, lag Harold schon zwei Tage in der Erde. Mr. Francis war noch ein dummer Junge. Ich konnte ihm einen Bären aufbinden, ohne daß er es merkte. Ich sagte ihm, ich hätte den Parang in Harolds Hand gefunden, und es sei kein Zweifel, daß er sich in einem Anfall von Delirium tremens getötet habe. Ich zeigte ihm die leere Flasche. Die Diener bestätigten, er sei während meines Aufenthaltes an der Küste dauernd betrunken gewesen. Dieselbe Geschichte erzählte ich in Kuala Solor. Alle waren sehr nett zu mir, und die Regierung gewährte mir eine Pension.«

Eine ganze Weile sagte niemand ein Wort. Schließlich riß sich Mr. Skinner zusammen.

»Ich bin Jurist. Ich bin Rechtsanwalt. Als solcher habe ich gewisse Pflichten. Wir haben immer eine sehr achtenswerte Praxis gehabt. Du hast mich in eine unmögliche Lage gebracht.«

Er versuchte, die sich wirr in seinem Kopf jagenden Gedanken zu ordnen. Millicent sah ihn verächtlich an.

»Und was willst du in der Sache tun?«

»Es war Mord, das ist unbestreitbar. Meinst du, ich kann zu einem Mord schweigen?«

»Rede keinen Unsinn, Vater«, sagte Kathleen scharf. »Du kannst nicht deine eigene Tochter anzeigen.«

»Du hast mich in eine unmögliche Lage gebracht«, wiederholte Mr. Skinner.

Millicent zuckte die Schultern. »Ihr habt mich ja gedrängt, euch alles zu erzählen. Ich habe es lange genug allein getragen. Es wird Zeit, daß ihr mir alle dabei helft.«

In diesem Augenblick öffnete das Hausmädchen die Tür.

»Davis ist mit dem Auto vorgefahren.«

Kathleen hatte die Geistesgegenwart, etwas darauf zu sagen, und das Mädchen schloß die Tür wieder.

»Wir brechen besser gleich auf«, sagte Millicent.

»Ich kann doch jetzt nicht zu der Party gehen«, rief Mrs. Skinner entsetzt. »Ich bin ja ganz erledigt. Wie können wir den Heywoods gegenübertreten? Und der Bischof will dir sicher vorgestellt werden.«

Millicent machte eine Gebärde, als ob ihr das völlig gleichgültig sei. Ihre Augen behielten den ironischen Ausdruck.

»Wir müssen gehen, Mutter«, drängte Kathleen. »Wie sieht es denn aus, wenn wir wegbleiben?« Sie wandte sich wütend an Millicent. »Oh, meiner Ansicht nach ist das alles schrecklich taktlos!«

Mrs. Skinner blickte hilflos ihren Mann an. Er ging zu ihr, reichte ihr die Hand und half ihr vom Sofa auf.

»Ich fürchte, wir müssen gehen«, sagte er.

»Und ich mit den Reiherfedern auf dem Hut, die Harold mir eigenhändig gegeben hat«, stöhnte sie.

Er führte sie aus dem Zimmer, Kathleen folgte ihnen dicht auf den Fersen, und einige Schritte hinter ihnen ging Millicent.

»Man gewöhnt sich daran«, sagte sie ruhig. »Zuerst habe ich an nichts anderes denken können, aber jetzt vergesse ich es manchmal zwei oder drei Tage vollständig. Es ist ja nicht so, als drohe einem Gefahr.«

Niemand antwortete ihr. Sie schritten über den Flur und durch die Haustür. Die drei Damen setzten sich hinten in den Wagen, und Mr. Skinner nahm neben dem Fahrer Platz. Es war ein alter Wagen, und Davis mußte erst den Anlasser anwerfen. Mr. Skinner drehte sich mürrisch nach Millicent um.

»Das hättest du mir nie erzählen sollen«, sagte er. »Es war höchst selbstsüchtig von dir.«

Davis setzte sich ans Steuer, und sie fuhren zum Gartenfest des Pastors.

Jane

Ich erinnere mich noch sehr genau des Nachmittags, an dem ich Jane Fowler zum ersten Male sah. Aber nur weil der Eindruck, den ich damals von ihr empfing, noch so klar und in allen Einzelheiten in mir fortlebt, darf ich es überhaupt wagen, mich auf mein Gedächtnis zu verlassen. Denn bei richtiger Überlegung kann ich eigentlich nur schwer glauben, daß es mir nicht einen mutwilligen Streich gespielt hat. Ich war eben aus China nach London zurückgekehrt und trank eine Tasse Tee bei Mrs. Tower. Mrs. Tower war während meiner Abwesenheit von der allgemein grassierenden Einrichtungswut befallen worden. Mit der Unbarmherzigkeit, die ihrem Geschlecht eigen ist, hatte sie Stühle geopfert, auf denen sie jahrelang bequem gesessen hatte, Tisch, Kommoden und Dekorationen, auf denen ihre Augen, seitdem sie verheiratet war, friedfertig geruht hatten, Bilder, die ihr ein Menschenalter lang vertraut gewesen waren; sie hatte sich einem Sachverständigen überliefert. Nichts in ihrem Empfangszimmer, wozu sie irgendeine innere Beziehung hatte, blieb erhalten, nichts, woran sich das kleinste Gefühl knüpfte; und an jenem Nachmittag also hatte sie mich eingeladen, um mir den vornehmen Glanz, in dem sie nun lebte, vorzuführen. Alles, was sich zum Beizen irgendwie geeignet hatte, war gebeizt, und das übrige gestrichen. Kein Stück paßte zum andern, aber alles harmonierte.

»Erinnern Sie sich noch an die lächerliche Salongarnitur, die ich früher hatte?« fragte Mrs. Tower.

Die Vorhänge waren kostbar und doch einfach; das Sofa war mit italienischem Brokat bezogen, der Stuhl, auf dem ich saß, mit Petit-Point-Stickerei. Das Zimmer war ausgesprochen schön, luxuriös, ohne protzig zu sein, originell und doch nicht geziert. Aber es fehlte ihm etwas. Und während ich mit dem Mund lobte, fragte ich mich im stillen, warum mir der ziemlich schäbige Chintz der verachteten Salongarnitur, die lang vertrauten viktorianischen Aquarelle und das lächerliche Meißner Porzellan, das den Kamin geziert hatte, um so vieles lieber gewesen war. Was vermißte ich an all diesen Zimmern, die von den Innenarchitekten mit soviel einträglicher Emsigkeit eingerichtet wurden? Am Ende gar Herz? Aber Mrs. Tower blickte glücklich um sich.

»Finden Sie meine Alabasterlampen nicht schön?« fragte sie. »Sie geben ein so weiches Licht.«

»Ich persönlich habe eine Schwäche für Lampen, bei denen man gut sieht«, lächelte ich.

»Alles recht schön und gut«, lächelte Mrs. Tower. »Aber andererseits möchte man nicht allzu genau gesehen werden! Wie soll man das vereinigen?«

Ich hatte keine Ahnung, wie alt sie war. Als ich in jungen Jahren ihre Bekanntschaft gemacht hatte, war sie bereits verheiratet gewesen und um vieles älter als ich, aber nun behandelte sie mich als Altersgenossen. Sie erklärte bei jeder Gelegenheit, aus ihrem Alter kein Geheimnis machen zu wollen – vierzig wäre die Zahl –, um dann mit einem Lächeln hinzuzufügen, daß jede Frau fünf Jahre abstriche. Sie suchte nie zu verbergen, daß sie sich das Haar färbe (es war sehr hübsch braun, mit einem rötlichen Schimmer). Warum sie dies täte? Nun, ergrauende Haare seien doch häßlich, nicht? Waren die ihren erst einmal weiß, dann wollte sie aufhören, sie zu färben.

»Dann werde ich von allen Leuten zu hören bekommen, was für ein junges Gesicht ich habe.«

Gegenwärtig war es gemalt, wenn auch diskret, und was die Lebhaftigkeit ihrer Augen anbetrifft, so halfen auch da die künstlichen Mittel ein wenig nach. Sie war eine gutaussehende Frau, ausgezeichnet angezogen, und in dem matten Licht der Alabasterlampen wirkte sie nicht um einen Tag älter als vierzig.

»Nur an meinem Toilettentisch ertrage ich die nackte Helligkeit einer hundertkerzigen Birne«, fügte sie mit lächelndem Zynismus hinzu. »Dort brauche ich sie. Zuerst muß sie mir die häßliche Wahrheit sagen, und dann muß sie mir behilflich sein, sie zu korrigieren.«

Wir plauderten einträchtig über unsere gemeinsamen Freunde, und Mrs. Tower ergänzte meine etwas vernachlässigten Kenntnisse auf dem Gebiet des augenblicklichen Klatsches. Ich hatte mich ja eine Zeitlang einigermaßen unsanft durch die Welt geschlagen, also empfand ich es als sehr wohltuend, in einem bequemen Sessel zu sitzen, an einem lustig prasselnden Feuer, vor mir einen entzückend servierten Tee auf einem entzückenden Tisch, und mit dieser reizvollen, amüsanten Frau zu sprechen. Sie behandelte mich als den reuig heimgekehrten Abtrünnigen und war offenbar entschlossen, mich unter ihre Fittiche zu nehmen. Sie war sehr stolz auf ihre Dinners. Sie verwandte ebensoviel Sorgfalt auf die richtige Zusammenstellung ihrer Gäste wie auf die Bewirtung, die sie ihnen zuteil werden ließ. Und es gab nur wenige, die es nicht als besonderes Vergnügen betrachteten, von ihr eingeladen zu werden. Sie schlug mir ein bestimmtes Datum vor und fragte mich, mit wem ich gern zusammentreffen wollte.

»Nur eines muß ich Ihnen sagen. Wenn Jane Fowler noch hier ist, werde ich den Abend verschieben müssen.«

»Wer ist Jane Fowler?« fragte ich.

Mrs. Tower lächelte schmerzlich.

»Jane Fowler ist mein Kreuz.«

»Ach!«

»Erinnern Sie sich an eine Photographie, die ich auf dem Klavier stehen hatte, als das Zimmer noch nicht umgeändert war? Eine Frau in einem enganliegenden Kleid mit engen Ärmeln und goldenem Medaillon, die Haare straff nach hinten gezogen, so daß man die breite Stirn und die Ohren sah? Und eine ziemlich knubbelige Nase, auf der eine Brille saß? Nun, das war Jane Fowler.«

»Du lieber Himmel, Sie hatten so viele Photographien im Zimmer herumstehn in Ihren unaufgeklärten Tagen«, warf ich hin.

»Ja, mich schaudert's, wenn ich daran denke. Ich habe sie alle in ein riesiges Paket zusammengeschnürt und auf dem Boden versteckt.«

»Und wer ist Jane Fowler?« fragte ich nochmals, lächelnd.

»Jane Fowler ist meine Schwägerin. Sie ist die Schwester meines verstorbenen Mannes und war mit einem Fabrikanten aus dem Norden verheiratet. Sie ist seit vielen Jahren Witwe und sehr vermögend.«

»Und warum ist sie Ihr Kreuz?«

»Sie ist würdevoll, sie ist altmodisch, sie ist provinzlerisch. Sie sieht um zwanzig Jahre älter aus als ich und ist ohne weiteres imstande, jedem, der es hören will, zu erzählen, daß wir miteinander in die Schule gegangen sind. Sie hat einen überwältigenden Familiensinn und konzentriert ihn, da ich ihre einzige überlebende Verwandte bin, ganz allein auf mich. Wenn sie in London ist, käme es ihr gar nicht in den Sinn, irgendwo anders zu wohnen als bei mir – sie ist der festen Überzeugung, daß es meine Gefühle verletzen würde –, und ihre Besuche dauern durchschnittlich drei bis vier Wochen. Wir sitzen beisammen, und sie strickt und liest. Und hin und wieder läßt sie sich's nicht nehmen, mich ins Claridge auszuführen, zum Dinner, und dann schaut sie aus wie eine komische alte Aufwartefrau, und alle Leute, von denen ich um keinen Preis gesehen werden möchte, sitzen an den Nebentischen. Und beim Nachhausefahren erzählt sie mir, was für eine Freude es für sie sei, mir ein kleines Vergnügen zu bereiten. Eigenhändig verfertigt sie mir Teewärmer, die ich zu benützen gezwungen bin, solange sie da ist, und kleine Deckchen und Milieus für den Speisezimmertisch.«

Mrs. Tower hielt inne, um Atem zu schöpfen.

»Eine Frau von Ihrem Takt müßte doch eigentlich Mittel und Wege finden, mit einer solchen Situation fertig zu werden.«

»Ach, sagen Sie das nicht. Bei ihr ist das nicht so einfach. Sie müssen nämlich wissen: sie ist unbeschreiblich gut. Sie hat ein goldenes Herz. Sie langweilt mich zu Tode; aber um nichts in der Welt würde ich sie das spüren lassen.«

»Und wann soll sie kommen?«

»Morgen.«

Aber Mrs. Tower hatte diese Worte kaum ausgesprochen, als es draußen klingelte. Im Vorzimmer entstand ein kleiner Tumult, und ein, zwei Minuten später komplimentierte der Diener eine ältliche Dame herein.

»Mrs. Fowler«, meldete er.

»Jane«, rief Mrs. Tower und sprang auf. »Ich hatte dich heute nicht erwartet.«

»Das sagt mir auch dein Diener. Aber ich habe bestimmt ›heute‹ geschrieben.«

Mrs. Tower erlangte ihre Fassung wieder.

»Ach, es spielt ja auch weiter keine Rolle. Ich freue mich furchtbar, dich zu sehen, wann immer du kommst. Glücklicherweise habe ich heute abend nichts vor.«

»Du sollst dir aber keine Umstände machen meinetwegen. Ein weiches Ei zum Abendessen genügt mir vollkommen.«

Eine schwache Grimasse verzerrte für einen Augenblick Mrs. Towers schöne Züge. Ein weiches Ei!

»Na, ein bißchen höher werden wir unsere Ansprüche schon noch schrauben dürfen.«

Wie komisch! Diese beiden Frauen sollten Altersgenossinnen sein? Mrs. Fowler sah aus wie gut fünfundfünfzig. Sie war eine ziemlich voluminöse Frau, sie trug einen breitrandigen schwarzen Strohhut, von dem ein schwarzer Spitzenschleier auf ihre Schultern herniederwallte, einen Mantel, der eine seltsame Mischung von Strenge und Fahrigkeit aufwies, ein langes schwarzes Kleid, das so umfangreich war, daß man mehrere Unterröcke darunter vermutete, und derbe Stiefel. Sie war offenbar kurzsichtig, denn sie blickte durch große goldgeränderte Brillengläser in die Welt.

»Möchtest du eine Tasse Tee haben?« fragte Mrs. Tower.

»Wenn es nicht zuviel Mühe macht. Zuerst will ich mir aber den Mantel ausziehen.«

Sie streifte ihre schwarzen Handschuhe von den Händen und legte dann den Mantel ab. Um ihren Hals lag eine schwere Goldkette mit einem großen goldenen Medaillon, das – ich zweifelte nicht daran – wohl ein Bildnis ihres verstorbenen Gatten barg. Dann nahm sie den Hut ab und legte ihn mit Handschuhen und Mantel fein säuberlich in eine Ecke des Sofas. Mrs. Tower verzog die Lippen. Diese Garderobe paßte nicht im mindesten zu der kostbaren Pracht ihres neueingerichteten Empfangszimmers. Wo mochte Mrs. Fowler diese merkwürdigen Kleidungsstücke aufgetrieben haben? Sie waren nicht alt und aus teueren Stoffen gearbeitet. Es war kaum zu fassen, daß es Schneiderinnen gab, die immer noch in einem Stil nähten, der vor einem Vierteljahrhundert modern gewesen war. Mrs. Fowlers graues Haar war sehr einfach frisiert; es ließ Stirn und Ohren frei und war in der Mitte gescheitelt. Offenbar hatte es nie eine Berührung mit Monsieur Marcels Brennschere erfahren.

Ihr Blick fiel auf den Teetisch mit der köstlichen Kanne aus georgianischem Silber und mit den alten Worcestertassen.

»Was ist mit dem Teewärmer geschehen, den ich dir das letztemal geschenkt habe, Marion?« fragte sie. »Benützt du ihn denn nicht?«

»Doch, täglich, Jane«, antwortete Mrs. Tower gleisnerisch. »Aber vor kurzem ist uns leider ein kleines Malheur passiert. Er ist verbrannt!«

»Ach! Der frühere ist doch auch verbrannt!«

»Du wirst uns sicherlich für nachlässig halten – und wie!«

»Na, es hat nichts zu sagen«, lächelte Mrs. Fowler. »Ich mache dir gern einen anderen. Morgen gehe ich zu Liberty und besorge mir ein paar Seidenreste.«

Mrs. Tower bewahrte tapfer Haltung.

»Ich verdiene das gar nicht. Braucht nicht die Frau deines Pastors einen Teewärmer?«

»Hat eben einen bekommen«, entgegnete Mrs. Fowler strahlend.

Wenn sie lächelte, wurde eine Reihe weißer kleiner regelmäßiger Zähne sichtbar. Sie waren wunderschön. Ihr Lächeln war wirklich ungemein reizend.

Aber nun schien es mir hoch an der Zeit, die beiden Damen allein zu lassen, und ich verabschiedete mich.

Am nächsten Morgen, sehr früh, wurde ich von Mrs. Tower angerufen. Ich merkte, daß sie in äußerst angeregter Stimmung war.

»Ich habe eine großartige Neuigkeit für Sie!« rief sie. »Jane hat sich verlobt.«

»Unsinn.«

»Ihr Bräutigam kommt heute abend zu mir, damit wir uns kennenlernen. Ich wäre sehr froh, wenn Sie auch kämen.«

»Ich möchte nicht gern stören ...«

»Nicht im mindesten. Jane hat selbst den Vorschlag gemacht, Sie einzuladen. Bitte kommen Sie.«

Sie wollte sich ausschütten vor Lachen.

»Wer ist denn der Glückliche?«

»Das weiß ich nicht. Jane sagt, er sei Architekt. Können Sie sich vorstellen, was das für ein Mann sein muß?«

Als ich am Abend erschien, war Mrs. Tower noch allein. Sie hatte ein wunderbares Gesellschaftskleid an, das um eine Spur zu jugendlich war.

»Jane ist im Begriff, sich schönzumachen. Ich kann es gar nicht erwarten, daß Sie sie sehen. Sie ist geradezu aufgelöst. Sie sagt, daß er sie anbetet. Er heißt Gilbert, und wenn sie von ihm spricht, wird ihre Stimme ganz komisch und zittrig.

Ich muß mich furchtbar zusammennehmen, um nicht laut herauszuplatzen.«

»Bin neugierig, wie er aussieht.«

»Ach, das weiß ich genau. Sehr umfangreich und massiv, mit kahlem Kopf und ungeheuerlicher Goldkette über einem ungeheuren Bauch. Ein breites, dickes, glattrasiertes rotes Gesicht und eine dröhnende Stimme.«

Mrs. Fowler kam herein. Sie hatte ein sehr steifes schwarzes Seidenkleid an mit einem weiten Rock und einer Schleppe. Der Ausschnitt am Hals bildete ein bescheidenes V, und die Ärmel reichten bis zu den Ellbogen. Sie war geschmückt mit einem silbergefaßten Diamantenhalsband. In den Händen trug sie ein Paar lange schwarze Handschuhe und einen Fächer aus schwarzen Straußfedern. Ihr Aussehen stimmte, wie nur bei wenigen Menschen, vollkommen mit dem überein, was sie war. Unter keinen Umständen hätte man sie für etwas anderes halten können als für die würdige Witwe eines nordenglischen Fabrikanten in glänzenden Vermögensverhältnissen.

»Was für einen hübschen Hals du hast, Jane«, sagte Mrs. Tower mit einem freundlichen Lächeln.

Er war in der Tat erstaunlich jung, im Vergleich zu dem wettergegerbten Gesicht. Er war weich, faltenlos und weiß. Jane hatte ihre Schönheiten. Jetzt erst fiel es mir auf, wie gut der Kopf auf den Schultern saß.

»Hat Marion Ihnen die große Neuigkeit erzählt?« wandte sie sich mit ihrem reizenden Lächeln an mich, als wären wir alte Freunde.

»Ich muß Ihnen gratulieren«, sagte ich.

»Warten Sie lieber damit, bis Sie den jungen Mann gesehen haben.«

»Einfach süß, dich von deinem ›jungen Mann‹ reden zu hören«, lächelte Mrs. Tower.

Mrs. Fowlers Augen zwinkerten hinter den vorsintflutlichen Brillengläsern. Oder irrte ich mich? »Stellt euch bloß keinen allzu alten Menschen vor. Ihr seid doch nicht dafür, daß ich mich mit einem hinfälligen Greis verheirate, der schon mit einem Fuß im Grabe steht?«

Es war die einzige Warnung, die sie uns zuteil werden ließ. Wir hätten auch für weitere Unterhaltungen keine Zeit mehr gefunden, denn der Diener riß die Tür auf und meldete mit lauter Stimme:

»Mr. Gilbert Napier.«

Es trat ein junger Mann in einem sehr gut geschnittenen Smoking ein. Er war schlank, nicht sehr groß, mit hellem, leicht gewelltem Haar, glattrasiert und blauäugig. Er war zwar nicht schön, aber er hatte ein angenehmes, liebenswürdiges Gesicht. In zehn Jahren würde er wahrscheinlich vertrocknet und fahl aussehen; jetzt aber, in vollster Jugendkraft, wirkte er frisch, sauber und blühend. Denn er war bestimmt nicht älter als vierundzwanzig. Wahrscheinlich der Sohn des Bräutigams, war mein erster Gedanke. Der Vater ist wohl Witwer, ist durch einen Gichtanfall am Erscheinen verhindert, und der Sohn soll ihn entschuldigen. Aber der junge Mann richtete den Blick sofort auf Jane Fowler, sein Gesicht erhellte sich, und er eilte mit ausgestreckten Händen auf sie zu. Mrs. Fowler reichte ihm die ihren, ein sittsames Lächeln auf den Lippen; dann wandte sie sich ihrer Schwägerin zu.

»Dies ist mein junger Mann, Marion«, sagte sie. Er streckte Marion die Hand entgegen.

»Ich hoffe, daß ich Ihnen gefallen werde, Mrs. Tower. Jane sagt mir, daß Sie ihre einzige Verwandte sind.«

Es war großartig, Mrs. Towers Gesicht zu beobachten. Ich konnte mich meiner Bewunderung nicht erwehren: wie sehr doch gute Erziehung und gesellschaftlicher Schliff imstande sind, die natürlichen Instinkte des Weibes zu bekämpfen! Denn das Erstaunen und gleich nachher die Bestürzung, die Mrs. Tower einen Augenblick lang nicht hatte verbergen können, waren schnell überwunden, und ihr Gesicht nahm den Ausdruck liebenswürdiger Begrüßung an. Doch schien sie vergeblich nach den richtigen Worten zu suchen. Daß Gilbert eine gewisse Befangenheit empfand, war begreiflich, und ich selbst hatte Mühe genug, mir das Lachen zu verbeißen; also fiel mir nichts zu sagen ein. Mrs. Fowler allein blieb vollkommen ruhig.

»Ich weiß, daß er dir gefallen wird, Marion. Es gibt niemanden, der mehr Verständnis für gutes Essen hat als er.« Sie wandte sich dem jungen Mann zu. »Ihre Dinners sind berühmt.«

»Ich weiß«, strahlte er.

Mrs. Tower gab irgendeine rasche Antwort, und wir gingen hinunter. Ich werde diese Mahlzeit nicht sobald vergessen. Es war eine Komödie. Mrs. Tower zerbrach sich vergebens den Kopf, ob die beiden ihren Scherz mit ihr trieben oder ob Jane absichtlich das Alter ihres Verlobten verschwiegen hatte, um sich an ihrem dummen Gesicht zu weiden. Aber Jane scherzte niemals, und ebensowenig lag es in ihrer Art, boshaft zu sein. Mrs. Tower war verblüfft, verärgert und irritiert. Aber sie hatte ihre Selbstbeherrschung wiedererlangt und hätte um nichts in der Welt ihre Pflicht als Hausfrau vernachlässigt. Es durfte kein verunglückter Abend werden. Sie sprach lebhaft, und wahrscheinlich entging es Gilbert Napier, wie hart und rachsüchtig ihre Augen hinter der freundlichen, ihm zugewandten Maske blitzten. Sie musterte ihn. Sie bemühte sich, in das Geheimnis seiner Seele einzudringen. Ich merkte deutlich, daß sie wütend war; unter der Schminke glühten ihre Wangen rot und böse.

»Du bist so lebhaft gefärbt heute, Marion«, sagte Jane und schaute sie freundlich durch ihre großen runden Brillengläser an.

»Ich hatte nicht viel Zeit zum Anziehen. Wahrscheinlich habe ich zuviel Rouge aufgelegt.«

»Ach so, es ist Rouge. Ich dachte, es wäre Natur. Sonst hätte ich es bestimmt nicht erwähnt.« Sie blickte mit einem schüchternen kleinen Lächeln zu Gilbert hin. »Du mußt wissen, Marion und ich sind miteinander zur Schule gegangen. Man würde es nicht glauben, wenn man uns jetzt so nebeneinander sieht, nicht? Aber ich habe natürlich ein sehr stilles Leben geführt.«

Ich weiß nicht, was sie mit diesen Bemerkungen meinte; waren sie wirklich in aller Harmlosigkeit hingesagt? Es war kaum zu glauben. Jedenfalls versetzten sie Marion Tower in eine solche Wut, daß sie ihre Eitelkeit zum Teufel schickte. Sie lächelte liebenswürdig.

»Die Fünfzig, meine Liebe«, sagte sie, »die kommen für uns beide nicht wieder.«

Wenn diese Bemerkung die Witwe ins Herz treffen sollte, so verfehlte sie ihren Zweck.

»Gilbert meint, ich müßte mich ihm zuliebe ein bißchen jünger machen. Neunundvierzig wäre das Äußerste.«

Mrs. Towers Hände zitterten leicht, aber sie fand doch eine Antwort.

»Nun, ein gewisser Altersunterschied besteht ja zwischen euch beiden«, lächelte sie.

»Siebenundzwanzig Jahre. Ist das zuviel? Gilbert findet, daß ich für mein Alter sehr jung bin. Ich habe dir doch gesagt, daß ich keinen Mann heiraten möchte, der schon mit einem Fuß im Grabe steht.«

Ich mußte lachen, und Gilbert lachte auch. Sein Lachen war frei und jungenhaft. Es schien, als finde er alles, was Jane sagte, ungeheuer amüsant. Aber Mrs. Tower war am Ende ihrer Kräfte. Es bestand die höchste Gefahr, daß sie dieses eine Mal vergessen könnte, eine Frau von Welt zu sein. Ich kam ihr, so gut ich konnte, zu Hilfe.

»Sie haben jetzt sicherlich alle Hände voll zu tun mit Ihrer Ausstattung«, sagte ich.

»Ach nein. Ich wollte mir meine Sachen bei der Schneiderin in Liverpool bestellen, bei der ich schon seit meiner Verheiratung arbeiten lasse. Aber Gilbert will es nicht zugeben. Er ist ein großer Tyrann, und überdies hat er einen wunderbaren Geschmack.«

Sie blickte ihn mit einem liebevollen Lächeln an, schüchtern, als wäre sie ein junges Mädchen von siebzehn Jahren.

Mrs. Tower erbleichte unter ihrer Schminke.

»Wir machen unsere Hochzeitsreise nach Italien. Gilbert hat nie Gelegenheit gehabt, die Architektur der Renaissance zu studieren, und für einen Architekten ist es natürlich sehr wichtig, die Dinge an Ort und Stelle kennenzulernen. Unterwegs werden wir uns in Paris aufhalten, und dort werde ich mir meine Kleider besorgen.«

»Wollt ihr lange fortbleiben?«

»Gilbert hat sich für sechs Monate freigemacht. Es wird großartig für ihn sein, nicht? Er hat bisher nie mehr als vierzehn Tage Ferien gehabt.«

»Wieso denn nicht?« fragte Mrs. Tower in einem Ton, der eisig wurde, ob sie es wollte oder nicht.

»Er hat es sich nie leisten können, der Ärmste.«

»Ach so!« sagte Mrs. Tower, und dieser Ausruf sprach Bände.

Der Kaffee wurde serviert, und die Damen zogen sich in den Drawing-room zurück. Gilbert und ich fingen an, miteinander zu reden, in der belanglosen Art, in der Männer reden, die einander nicht das geringste zu sagen haben; aber nach zwei Minuten überbrachte mir der Diener ein Billett. Es war von Mrs. Tower und hatte folgenden Wortlaut:

»Kommen Sie schnell herauf und gehen Sie dann so bald wie möglich. Nehmen Sie ihn mit. Wenn ich mir Jane nicht sofort ins Gebet nehme, bekomme ich Krämpfe.«

Ich erfand eine Notlüge.

»Mrs. Tower hat Kopfschmerzen und möchte sich niederlegen. Es wird vielleicht das beste sein, wir verabschieden uns.«

»Natürlich, gewiß«, antwortete er.

Wir gingen hinauf und waren fünf Minuten später auf der Straße. Ich winkte ein Taxi heran und lud ihn ein, mitzufahren.

»Nein, danke«, entgegnete er. »Ich gehe bis an die Ecke und nehme dann den Autobus.«

Mrs. Tower wetterte los, sobald die Haustür hinter uns zugefallen war.

»Bist du wahnsinnig, Jane?« rief sie.

»Nicht mehr als die meisten Leute, die nicht in Irrenanstalten eingesperrt sind«, lautete die freundliche Antwort.

»Darf ich fragen, warum du diesen jungen Menschen heiratest?« fragte Mrs. Tower mit grimmiger Höflichkeit.

»Zum Teil, weil er ein ›Nein‹ einfach nicht hinnimmt. Er hat mich fünfmal um meine Hand gebeten. Schließlich wurde ich es müde, ihn immerzu abzuweisen.«

»Und warum, meinst du, ist er so versessen darauf, dich zu heiraten?«

»Weil er mich amüsant findet.«

Mrs. Tower schrie vor Ärger auf.

»Er ist ein gewissenloser Schuft. Ich war nahe daran, es ihm ins Gesicht zu sagen.«

»Das wäre unrecht von dir gewesen und außerdem wenig höflich.«

»Er besitzt keinen Penny, und du bist reich. Du mußt dir doch, um Gottes willen, klar sein, daß er dich des Geldes wegen heiratet.«

Jane blieb vollkommen ruhig. Die Aufregung ihrer Schwägerin ließ sie ungerührt.

»Das glaube ich eigentlich nicht«, antwortete sie. »Ich glaube, daß er mich sehr gern hat.«

»Du bist eine alte Frau, Jane.«

»Genauso alt wie du, Marion«, lächelte sie.

»Ich habe mich nie gehenlassen. Ich bin sehr jung für mein Alter. Niemand würde mich für älter als vierzig halten. Und trotzdem käme ich nicht einmal im Traum auf den Gedanken, einen Jungen zu heiraten, der um zwanzig Jahre weniger zählt als ich.«

»Siebenundzwanzig«, korrigierte Jane.

»Und du hältst es tatsächlich für möglich, daß ein junger Mann sich in eine Frau verliebt, die seine Mutter sein könnte? So etwas willst du mir einreden? Mach dich nicht lächerlich, Jane. Es ist so unwürdig. So unschön. Ich habe dich immer für einen vernünftigen Menschen gehalten. *Dir* hätte ich wahrhaftig niemals zugetraut, daß du dich in einen jungen Bengel verlieben könntest.«

»Aber ich bin gar nicht in ihn verliebt. Das habe ich dir schon gesagt. Ich habe ihn freilich sehr gern, sonst würde ich es mir nicht einfallen lassen, ihn zu heiraten. Aber ich habe ihm klipp und klar auseinandergesetzt, welcher Art meine Gefühle für ihn sind. Das hielt ich für meine Pflicht.«

Mrs. Tower verschlug es den Atem. Das Blut stieg ihr zu Kopf, und sie rang nach Luft. Sie hatte keinen Fächer, aber sie packte das Abendblatt und fächelte sich heftig Kühlung zu.

»Ja, wenn du nicht in ihn verliebt bist, warum willst du ihn dann heiraten?«

»Ich bin seit vielen Jahren Witwe und habe ein sehr ruhiges Leben geführt. Ein bißchen Abwechslung wird mir guttun.«

»Wenn du heiraten willst, bloß um verheiratet zu sein, warum nimmst du dann nicht einen Mann in deinem Alter?«

»Es war kein Mann in meinem Alter da, der mir fünf Heiratsanträge gemacht hätte. Es war überhaupt kein Mann in meinem Alter da.« Jane lachte bei dieser Antwort. Dies brachte Mrs. Tower um den letzten Rest ihrer Fassung.

»Lach nicht, Jane. Das dulde ich nicht. Ich glaube ernsthaft, du bist nicht recht bei Trost. Es ist entsetzlich!«

Es war einfach zuviel für sie, und sie brach in Tränen aus. Sie wußte, daß es in ihrem Alter verhängnisvoll ist, zu weinen. Ihre Augen würden vierundzwanzig Stunden geschwollen sein, und sie würde höchst unvorteilhaft aussehen. Aber sie wußte sich nicht zu helfen. Sie weinte. Jane blieb vollkommen ruhig. Sie schaute Marion durch ihre große Brille an und strich sich nachdenklich über den Schoß ihres schwarzen Seidenkleides.

»Du wirst tief unglücklich werden«, schluchzte Mrs. Tower und tupfte sich vorsichtig die Augen ab, in der Hoffnung, die Farbe auf ihren Wimpern nicht zu verwischen.

»Das glaube ich nicht«, antwortete Jane in ihrer ausgeglichenen Art. Es war, als stünde ein Lächeln hinter jedem ihrer Worte. »Wir haben alles ganz gründlich durchgesprochen. Ich bin der Ansicht, daß es sich mit mir sehr leicht leben läßt und daß es mir gelingen wird, Gilbert glücklich zu machen. Er hat nie jemanden gehabt, der sich richtig um ihn gekümmert hätte. Wir heiraten nach reiflicher Überlegung. Und wir sind übereingekommen, einander keine Hindernisse in den Weg zu legen, wenn einer von uns seine Freiheit wiederhaben will.«

Mrs. Tower hatte sich indessen genügend erholt, um mit der nötigen Schärfe zu fragen:

»Wie hoch ist die Apanage, die er sich ausbedungen hat?«

»Ich hatte die Absicht, ihm tausend Pfund jährlich auszusetzen; aber er wollte nichts davon hören. Er war ganz bestürzt, als ich es erwähnte. Er erklärte mir, daß er genug verdiene, um für seine eigenen Bedürfnisse aufzukommen.«

»Er ist schlauer, als ich gedacht hätte«, meinte Mrs. Tower kalt.

Jane schwieg einen Moment und blickte ihre Schwägerin mit freundlichen, aber resoluten Augen an.

»Siehst du, Kind, bei dir liegt die Sache anders. Du warst nie so ganz und gar Witwe. Habe ich nicht recht?«

Mrs. Tower horchte auf. Sie errötete ein wenig. Sie fühlte sogar ein leises Unbehagen. Aber nein! Jane war natürlich viel zu harmlos, um mit versteckten Anspielungen zu operieren. Mrs. Tower erhob sich mit Würde.

»Ich bin so aufgeregt, daß ich mich zu Bett legen muß«, sagte sie. »Wir können unser Gespräch morgen früh fortsetzen.«

»Das wird leider nicht möglich sein, Liebste. Gilbert und ich wollen uns morgen früh die Heiratslizenz besorgen.«

Mrs. Tower reckte verzweiflungsvoll die Arme gen Himmel, aber eine Erwiderung fiel ihr nicht mehr ein.

Die Trauung fand auf dem Standesamt statt. Mrs. Tower und ich waren Zeugen. Gilbert, in einem eleganten blauen Anzug, sah unsinnig jung aus und war sichtlich nervös. Es ist ein fataler Moment für jeden Mann. Aber Jane bewahrte ihre wunderbare Gemütsruhe. Man hätte meinen können, sie wäre das

Heiraten gewohnt wie irgendeine mondäne Frau. Nur ein leichtes Rot auf ihren Wangen verriet, daß sich unter ihrer Ruhe eine gewisse Aufregung verbarg. Es ist ein hinreißender Moment für jede Frau. Sie trug ein sehr weites Gewand aus silbergrauem Samt, in dessen Schnitt ich die Hand der Schneiderin aus Liverpool, die so viele Jahre ihre Kleider genäht hatte, wiedererkannte – allem Anschein nach eine Witwe unantastbaren Charakters; aber sie hatte sich der Heiterkeit des Anlasses insofern angepaßt, als sie einen riesigen malerischen Hut aufgesetzt hatte, der mit blauen Straußenfedern bedeckt war. Zu der goldgeränderten Brille wirkte er unbeschreiblich grotesk. Als die Zeremonie beendet war, schüttelte ihr der Standesbeamte (wie mir schien, etwas verblüfft über den Altersunterschied des Paares) die Hand und sprach seine streng offiziellen Glückwünsche aus. Der Bräutigam errötete leicht und küßte Jane. Mrs. Tower, resigniert, aber unversöhnt, küßte sie ebenfalls; und dann richtete die Braut ihre Blicke erwartungsvoll auf mich. Das bedeutete offenbar, daß auch ich sie zu küssen hatte. Ich tat es. Ich gestehe, daß mir etwas verlegen zumute war, als wir aus dem Standesamt auf die Straße traten, an Zuschauern vorbei, die zynisch dastanden und auf die Brautpaare warteten. Ich fühlte mich erleichtert, als wir Mrs. Towers Wagen bestiegen hatten. Wir fuhren nach dem Victoria-Bahnhof, denn das glückliche Paar sollte mit dem Zweiuhrzug nach Paris reisen, und Jane hatte darauf bestanden, das Hochzeitsfrühstück in der Bahnhofsrestauration einzunehmen. Es mache sie nervös, sagte sie, nicht rechtzeitig auf dem Perron zu sein. Mrs. Tower, deren Anwesenheit bloß einem ausgesprochenen Pflichtgefühl in Familienangelegenheiten zuzuschreiben war, konnte nur wenig dazu beitragen, Stimmung in die Gesellschaft zu bringen; sie aß nichts (was ich ihr nicht übelnehmen konnte, denn das Essen war abscheulich, und Champagner zum Frühstück lehne ich prinzipiell ab) und sprach mit gezwungener Stimme. Aber Jane aß sich gewissenhaft durch das Menü durch.

»Ich finde immer, man muß eine tüchtige Mahlzeit zu sich nehmen, ehe man eine Reise antritt«, meinte sie.

Wir begleiteten sie an den Zug, und ich brachte Mrs. Tower nach Hause.

»Wie lange geben Sie ihnen?« fragte sie. »Sechs Monate?« – »Hoffen wir das Beste«, lächelte ich.

»Aber ich bitte Sie! In diesem Fall kann es kein ›Bestes‹ geben. Sie werden doch nicht glauben, daß er sie aus einem anderen Grund als ihres Geldes wegen geheiratet hat. So etwas kann nicht von Dauer sein. Ich habe nur *eine* Hoffnung: daß es halbwegs glimpflich für sie abgeht und daß sie nicht ganz so viel durchmachen muß, wie sie verdient.«

Ich lachte. Die teilnahmsvollen Worte waren in einem Ton gesprochen, der mir wenig Zweifel an Mrs. Towers wahrer Gesinnung ließ.

»Ich weiß für Sie einen Trost, wenn es wirklich nicht lange dauert. Sie werden darauf hinweisen können, daß Sie ›es gleich gesagt haben‹.«

»Das werde ich bestimmt niemals tun.«

»Nun, wenn Sie wirklich nicht sagen werden, daß Sie ›es gleich gesagt haben‹ – dürfen Sie sich wenigstens zu Ihrer Selbstbeherrschung gratulieren.«

»Sie ist alt und provinzlerisch und langweilig.«

»Meinen Sie wirklich, daß sie langweilig ist?« fragte ich. »Sie sagt zwar nicht viel, das stimmt; aber *wenn* sie etwas sagt, ist es zumeist sehr treffend.«

»Ich habe in meinem ganzen Leben noch nichts Witziges von ihr gehört.«

Ich war wieder einmal im Fernen Osten, als Gilbert und Jane von ihrer Hochzeitsreise zurückkehrten; ich blieb dieses Mal beinahe zwei Jahre fort. Mrs. Tower war eine schlechte Briefschreiberin, und obgleich ich ihr hin und wieder eine Ansichtskarte schickte, antwortete sie nie.

Ich traf sie jedoch gleich in der ersten Woche nach meiner Rückkehr nach London; ich war zu einem Dinner eingeladen und hatte sie zur Tischnachbarin. Es war eine riesige Gesellschaft, ich glaube, wir waren vierundzwanzig – und da ich ein wenig zu spät kam und außerdem von der Menschenmenge, die ich vorfand, verwirrt war, merkte ich nicht sofort, wer alles anwesend war. Als wir uns jedoch hinsetzten und ich mich an dem langen Tisch umblickte, konstatierte ich, daß viele von den Miteingeladenen der Öffentlichkeit durch ihre Photographien in den illustrierten Blättern wohlbekannt waren. Unsere Gastgeberin hatte eine Schwäche für Personen, die unter den Begriff ›Berühmtheiten‹ fallen, und diesmal hatte sich eine ungewöhnlich glänzende Gesellschaft zusammengefunden. Nachdem Mrs. Tower und ich die Redensarten ausgetauscht hatten, die zwischen zwei Menschen üblich sind, die einander jahrelang nicht gesehen haben, erkundigte ich mich nach Jane.

»Es geht ihr sehr gut«, sagte Mrs. Tower mit einer gewissen Trockenheit.

»Wie ist die Ehe ausgefallen?«

Mrs. Tower schwieg eine Weile und nahm eine Salzmandel von dem Teller, der vor ihr stand.

»Allem Anschein nach ausgezeichnet.«

»Dann hatten Sie also unrecht?«

»Ich prophezeite damals, daß so etwas nicht von Dauer sein könne; und dabei bleibe ich noch heute. Es ist gegen die menschliche Natur.«

»Ist sie glücklich?«

»Sie sind beide glücklich.«

»Sie sehen sie wohl nicht häufig?«

»Anfangs sah ich sie sehr viel. Aber jetzt ...«, Mrs. Tower kräuselte die Lippen. »Jane ist sehr großartig geworden.«

»Was wollen Sie damit sagen?« lachte ich.

»Ich muß Sie darauf aufmerksam machen, daß sie heute hier ist.«

»Hier?«

Ich war verblüfft. Unsere Gastgeberin war eine reizende und amüsante Frau, aber ich konnte mir beim besten Willen nicht vorstellen, daß sie zu einem Dinner wie zu diesem die ältliche, altmodische Frau eines obskuren Architekten einladen könnte. Mrs. Tower merkte mein Erstaunen und war schlau genug, meine Gedanken zu erraten. Sie lächelte dünn.

»Schauen Sie dorthin, links vom Hausherrn.«

Ich schaute hin. Sonderbarerweise hatte die Frau, die dort saß, sofort bei meinem Eintritt in das überfüllte Empfangszimmer durch ihre phantastische Erscheinung meine Aufmerksamkeit erregt. Es war mir gewesen, als blitzte etwas wie ein Wiedererkennen in ihren Augen auf, aber soweit ich mich erinnern konnte, hatte ich sie nie vorher gesehen. Sie war nicht jung, denn ihre Haare waren eisgrau; sie waren sehr kurz geschnitten und legten sich in dichten Locken um den wohlgeformten Kopf. Sie machte keinerlei Anstrengung, jugendlich zu erscheinen; sie fiel in jener Gesellschaft dadurch auf, daß sie weder Lippenstift noch Schminke noch Puder benützte. Ihr Gesicht – man konnte es nicht besonders schön nennen – war rot und wettergegerbt; aber gerade der Verzicht auf alle Verschönerungskünste verlieh ihm eine Natürlichkeit, die sehr angenehm wirkte. Es stand in einem seltsamen Kontrast zu der Weiße ihrer Schultern. Sie waren wirklich prachtvoll. Eine dreißigjährige Frau hätte auf sie stolz sein dürfen. Aber ihr Kleid war unglaublich. Ich hatte selten etwas Gewagteres gesehen. Es war sehr tief ausgeschnitten, mit einem kurzen Rock, wie es damals Mode war, und in Schwarz und Gelb gehalten; es wirkte fast wie ein Kostüm und paßte doch so gut zu ihr: denn was an jeder anderen übertrieben und unmöglich ausgesehen hätte, verlieh ihr eine Note von selbstverständlicher Einfachheit. Und um den Eindruck zu vervollständigen – den Eindruck des Exzentrischen ohne Pose und der Extravaganz ohne Selbstgefälligkeit –, trug sie, befestigt an einem breiten schwarzen Band, ein Monokel.

»Sie werden mir doch nicht erzählen wollen, daß das Ihre Schwägerin ist!« rief ich.

»Das ist Jane Napier«, entgegnete Mrs. Tower säuerlich.

In diesem Augenblick sagte sie etwas, der Hausherr kehrte sich ihr zu und blickte sie mit einem erwartungsvollen Lächeln an. Ein etwas kahler weißhaariger Mann mit einem scharfen intelligenten Gesicht, der zu ihrer Linken saß, beugte sich interessiert vor, und das gegenübersitzende Paar unterbrach seine Unterhaltung und hörte gespannt hin. Sie sagte, was sie zu sagen hatte, worauf sich alle mit einer jähen Bewegung in ihren Stühlen zurückwarfen und in schallendes Gelächter ausbrachen. Von der anderen Seite des Tisches wandte sich ein Herr an Mrs. Tower: ich erkannte einen berühmten Staatsmann.

»Ihre Schwägerin hat wieder einmal einen Witz gemacht, Mrs. Tower«, sagte er.

Mrs. Tower lächelte.

»Sie ist unbezahlbar, nicht?«

»Lassen Sie mich, um Gottes willen, zuerst einmal ein großes Glas Sekt trinken, und dann erzählen Sie mir alles«, sagte ich.

Die Sache hatte sich, soweit ich verstand, folgendermaßen zugetragen. Zu Beginn ihrer Hochzeitsreise hatte Gilbert Jane zu verschiedenen Schneiderinnen in Paris geführt und ihr anheimgestellt, sich eine Anzahl von ›Toiletten‹ nach ihrem eigenen Herzen auszusuchen; daneben aber hatte er sie bewogen, ein oder zwei Kleider nach seinen Entwürfen anfertigen zu lassen. Es zeigte sich, daß er eine ausgesprochene Begabung für derartige Dinge besaß. Er engagierte eine schicke französische Jungfer. Jane hatte so etwas nie vorher gekannt. Sie hatte ihre Sachen selbst ausgebessert und, wenn sie jemanden zum ›Zuknöpfen‹ brauchte, nach dem Stubenmädchen geklingelt. Die Modelle, die Gilbert entwarf, unterschieden sich wesentlich von allem, was sie bisher getragen hatte; aber er hütete sich, im Anfang zu weit zu gehen; und weil sie merkte, daß es ihm Freude machte, verstand sie sich, wenn auch nicht ohne Seufzen und Stöhnen, dazu, diese neuen Kleider anzuziehen. Selbstverständlich konnte sie darunter nicht ihre gewohnten voluminösen Unterröcke tragen. Es kostete sie einen schweren inneren Kampf, schließlich wurden sie abgelegt.

»Und jetzt«, sagte Mrs. Tower in einem Ton, der sehr nach Mißbilligung klang, »trägt sie ausschließlich die dünnsten Seidenschlüpfer. Ein Wunder, daß sie sich nicht den Tod holt in ihrem Alter.«

Gilbert und die französische Jungfer hatten Jane in die Schule genommen, und unerwarteterweise erwies sie sich als sehr gelehrig in der Kunst, Kleider zu tragen. Die französische Jungfer geriet in Verzückung über Madames Arme und Schultern. Es sei eine Sünde, so etwas zu verbergen.

»Nur Geduld, Alphonsine«, beruhigte sie Gilbert. »Bei der nächsten Kleiderserie, die ich für Madame entwerfe, wollen wir alles zur Geltung bringen.«

Die Brille war natürlich furchtbar. Kein Mensch konnte mit goldgeränderten Gläsern wirklich gut aussehen. Gilbert versuchte es mit einer Schildpattfassung. Aber er schüttelte den Kopf.

»Bei einem jungen Mädchen ginge es«, erklärte er. »Aber du bist zu alt, um eine Brille zu tragen, Jane.« Plötzlich hatte er eine Inspiration. »Jetzt hab ich's! Du mußt ein Monokel tragen.«

»Aber Gilbert, was fällt dir denn ein!«

Sie blickte ihn an, und seine Aufregung, die Aufregung des Künstlers, brachte sie zum Lachen. Er war so nett zu ihr, sie wollte tun, was sie vermochte, um ihn zu erfreuen.

»Ich will es versuchen«, sagte sie. Sie suchten einen Optiker auf, und als sie die richtige Größe gefunden hatten und Jane sich das Monokel ins Auge drückte, klatschte Gilbert in die

Hände. Auf der Stelle, vor dem erstaunten Verkäufer, küßte er sie auf beide Wangen.

»Du siehst großartig aus«, rief er.

Nun fuhren sie hinunter nach Italien, studierten Renaissance- und Barockarchitektur und verlebten glückliche Monate. Nicht nur, daß sich Jane an ihr verändertes Äußeres gewöhnte, sie begann sogar Gefallen daran zu finden. Anfangs war sie etwas befangen, wenn sie den Speisesaal eines Hotels betrat und die Leute sich umdrehten, um sie anzustarren – kein Mensch hatte früher auch nur aufgeblickt, wenn sie erschienen war –, aber bald gestand sie sich, nicht unangenehm berührt zu sein. So manche Dame erkundigte sich bei ihr, woher sie ihr Kleid hatte.

»Gefällt es Ihnen?« antwortete sie züchtig. »Mein Mann hat es für mich entworfen.«

»Ich möchte es gern kopieren, wenn Sie gestatten.«

Jane hatte viele Jahre ein sehr stilles Leben geführt, aber es fehlte ihr keineswegs an den normalen Instinkten ihres Geschlechts. Sie hatte ihre Antwort bereit:

»Es tut mir furchtbar leid, aber mein Mann ist sehr komisch. Er duldet nicht, daß jemand meine Kleider kopiert. Ich soll einmalig sein.«

Die ersten Male befürchtete sie, daß die Leute, wenn sie diese Antwort gab, lachen könnten; aber sie lachten nicht; sie entgegneten bloß:

»Natürlich, natürlich. Das kann ich durchaus verstehen. Sie *sind* einmalig.«

Es entging ihr jedoch nicht, daß sie sich im Geiste notierten, was sie trug, und das ärgerte sie nicht wenig. Da hatte sie es endlich dazu gebracht, nicht so angezogen zu gehen wie alle Leute! Sie sah nicht ein, warum nun alle so angezogen sein wollten wie sie.

»Gilbert«, sagte sie, und es klang beinahe scharf für ihre Verhältnisse, »wenn du mir das nächstemal Kleider entwirfst, dann erfinde bitte solche, die man nicht kopieren *kann.*«

»Da müßte ich Kleider entwerfen, die nur *du* tragen kannst.«

»Ist das nicht möglich?«

»Doch; wenn du mir etwas zuliebe tust.«

»Und das wäre?«

»Daß du dir die Haare abschneiden läßt.«

Zum ersten Male zeigte sich Jane störrisch. Ihr Haar war lang und dicht, es war der Stolz ihrer Mädchenzeit gewesen. Es abzuschneiden erschien ihr wirklich allzu drastisch. Hieß das nicht seine Schiffe hinter sich niederbrennen? In ihrem Fall war es nicht der *erste* Schritt, der sie ein so besonderes Opfer gekostet hatte, sondern der letzte; aber auch zu ihm entschloß sie sich. (»Ich weiß, daß Marion mich für verrückt halten wird, und in Liverpool kann ich mich nie mehr zeigen«, sagte sie.) Und als sie auf der Heimreise durch Paris kamen, führte sie Gilbert (ihr war ganz übel, und das Herz klopfte ihr bis zum Hals) zu dem besten Friseur der Welt. Sie verließ seinen Laden mit einem flotten, kecken, duftigen grauen Lockenkopf. Pygmalion hatte sein phantastisches Meisterwerk vollendet: Galatea war erstanden.

»Schön«, sagte ich, »das erklärt aber immer noch nicht, wieso Jane heute abend hier ist, inmitten dieser illustren Gesellschaft von Herzoginnen und Ministern, und warum man ihr just den Hausherrn und einen Flottenadmiral als Tischnachbarn gegeben hat.«

»Jane ist eine Humoristin; haben Sie nicht das Gelächter gehört, das sich nach jedem ihrer Aussprüche erhebt?«

Die Bitterkeit im Herzen von Mrs. Tower war nun nicht mehr zu verkennen.

»Als Jane mir schrieb, daß sie von ihrer Hochzeitsreise zurückgekehrt wäre, hielt ich mich für verpflichtet, die beiden zum Dinner einzuladen. Ich war nicht sehr entzückt über diese Aussicht, fand aber keinen Ausweg. Aller Voraussicht nach mußte es sterbenslangweilig werden; ich war entschlossen, niemanden von den wirklich wichtigen Leuten zu opfern. Andererseits sollte Jane nicht meinen, daß ich keine netten Freunde hätte. Sie wissen, ich habe nie mehr als acht Gäste. Diesmal aber schien es mir geraten, zwölf einzuladen. Ich dachte mir, daß es die Situation erleichtern würde. Ich war zu beschäftigt gewesen, um vor dem festgesetzten Abend mit Jane zusammenzutreffen. Sie ließ uns alle ein wenig warten – Gilberts Regiekunst –, bis sie endlich hereingerauscht kam. Ich war fassungslos. Neben ihr sahen alle anderen Frauen schäbig und provinzlerisch aus. Ich kam mir vor wie ein altes, angemaltes Frauenzimmer.«

Mrs. Tower nippte an ihrem Sekt.

»Wenn ich Ihnen bloß das Kleid beschreiben könnte! An jeder anderen wäre es unmöglich gewesen. An ihr sah es großartig aus. Und das Monokel! Fünfunddreißig Jahre kannte ich sie, und nie hatte ich sie ohne Brille gesehen.«

»Aber Sie wußten doch, daß sie eine gute Figur hat?«

»Ja, wieso denn? Ich hatte sie immer nur so gekleidet gesehen wie damals, als Sie sie kennenlernten. Ahnten etwa *Sie* etwas von einer guten Figur? Sie schien sich des sensationellen Eindrucks, den sie hervorrief, zwar bewußt zu sein, nahm ihn aber als etwas Selbstverständliches hin. Ich dachte an mein Dinner und stieß einen Seufzer der Erleichterung aus. Wenn man so aussah, durfte man ruhig ein wenig schwerfällig sein. Sie saß am anderen Ende des Tisches, und ich hörte, daß viel gelacht wurde. Die Leute gaben sich offenbar Mühe, nett zu sein, und das freute mich. Aber wie erstaunt war ich, als nach dem Essen nicht weniger als drei Männer auf mich zustürzten und mir erklärten, meine Schwägerin wäre unbezahlbar. Ich wußte nicht: wachte oder träumte ich? Vierundzwanzig Stunden später rief mich unsere heutige Gastgeberin an: sie hätte gehört, daß meine Schwägerin in London wäre, man fände sie unbezahlbar, und ob ich sie nicht mit ihr zusammen zum Lunch einladen könnte. Sie hat einen untrüglichen Instinkt, diese Frau: nach einem Monat sprach alle Welt von Jane. Und ich, ich bin heute nicht etwa deshalb hier, weil ich die Hausfrau seit zwanzig Jahren kenne und sie Hunderte von Malen zum Dinner eingeladen habe, sondern weil ich Janes Schwägerin bin.«

Arme Mrs. Tower! Es war eine unerquickliche Lage, und obgleich ich mich der Komik der Situation nicht verschließen konnte – denn wie hatte sich das Blatt gewendet! –, fühlte ich doch, daß sie mein Mitleid verdiente.

»Die Menschen sind nun einmal so. Wer sie zum Lachen bringt, dem können sie nicht widerstehen«, bemühte ich mich, sie zu trösten.

»*Mich* hat sie noch nie zum Lachen gebracht.«

Ein dröhnender Heiterkeitsausbruch schallte vom oberen Ende des Tisches herüber; wahrscheinlich war Jane wieder einmal witzig und originell gewesen.

»Wollen Sie damit sagen, daß Sie die einzige Person sind, die sie nicht komisch findet?« fragte ich lächelnd.

»Wären *Sie* jemals auf den Gedanken gekommen, daß sie eine Humoristin ist?«

»Ich muß gestehen: nein.«

»Sie sagt genau dieselben Dinge, die sie fünfunddreißig Jahre lang gesagt hat. Ich lache, wenn alle andern lachen, um nicht für humorlos gehalten zu werden; aber wirklich erheitert fühle ich mich nicht.«

»Ist Gilbert hier?« fragte ich und ließ meine Blicke um den Tisch schweifen.

»Gilbert ist eingeladen worden, weil sie ohne ihn nicht ausgeht, aber heute ist er bei einem Bankett des Architektenvereins – oder wie das heißt.«

»Ich brenne darauf, die Bekanntschaft mit ihr zu erneuern.«

»Begrüßen Sie sie nach dem Essen. Sie wird Sie zu ihren Dienstagen einladen.«

»Zu ihren Dienstagen?«

»Sie ist an jedem Dienstagabend zu Hause. Sie treffen dort alles, was Namen hat. Es sind die interessantesten Gesellschaften von London. Sie hat in einem Winter erreicht, was mir in zwanzig Jahren nicht gelungen ist.«

»Das ist ja phantastisch! Wie hat sie das zustande gebracht?«

Mrs. Tower zuckte ihre schönen, aber etwas zu gepolsterten Schultern.

»Das hoffe ich von Ihnen zu erfahren«, antwortete sie. Nach dem Dinner versuchte ich mich zu dem Sofa durchzuschlängeln, auf dem Jane saß, wurde aber aufgehalten, und erst eine Weile später trat die Hausfrau auf mich zu und sagte:

»Ich muß Sie dem Star meiner Gesellschaft vorstellen. Kennen Sie Jane Napier? Sie ist unbezahlbar. Viel amüsanter als Ihre Komödien.«

Ich wurde zum Sofa geführt. Der Admiral, der während des Dinners neben ihr gesessen hatte, war immer noch bei ihr. Er zeigte nicht die geringste Absicht, sich zu entfernen, und Jane machte mich, nachdem sie mich begrüßt hatte, mit ihm bekannt.

»Kennen Sie Sir Reginald Frobisher?«

Wir begannen zu plaudern. Es war die gleiche Jane, die ich früher gekannt hatte, vollkommen einfach, schlicht und ungekünstelt, aber ihr ungewöhnliches Äußeres gab allem, was sie sagte, eine besondere Note. Mit einem Male merkte ich, daß ich mich vor Lachen schüttelte. Sie hatte eine Bemerkung gemacht, verständig und treffend, aber nicht im geringsten witzig, die bloß durch die Art, wie sie gesagt wurde, und den freundlichen Blick, der sie begleitete, unwiderstehlich wurde. Ich fühlte mich beschwingt und angeregt. Als ich mich verabschiedete, sagte sie zu mir:

»Wenn Sie nichts Besseres vorhaben, kommen Sie doch Dienstag abend zu uns. Gilbert wird sich freuen, Sie wiederzusehen.«

»Wenn er erst einen Monat in London gewesen sein wird, wird er wissen, daß er nichts Besseres vorhaben *kann*«, sagte der Admiral.

So begab ich mich denn am Dienstag, aber ziemlich spät, zu Jane. Ich gestehe, daß ich tatsächlich ein wenig überrascht war über die Gesellschaft, die ich antraf. Es war eine ganz hervorragende Versammlung von Schriftstellern, Malern, Politikern, Schauspielern, großen Damen und großen Schönheiten. Mrs. Tower hatte recht, es war eine glänzende Soiree; seit dem Verkauf von Stafford House hatte ich in London nichts dergleichen mehr gesehen. Es wurde keine besondere Bewirtung geboten. Die Erfrischungen waren der Gelegenheit angemessen, aber nicht luxuriös. Jane unterhielt sich auf ihre stille Weise und schien sich wohl zu fühlen; ich konnte nicht feststellen, daß sie sich besondere Mühe mit ihren Gästen gegeben hätte; aber diese schienen gern bei ihr zu sein, und die heiter vergnügte Gesellschaft brach erst um zwei Uhr morgens auf.

Nach diesem Abend war ich viel mit ihr beisammen. Ich kam nicht nur häufig in ihr Haus, sondern nahm nur selten an einem Lunch oder Dinner teil, bei dem nicht auch sie anwesend war. Da ich für Humor eine ausgesprochene Vorliebe habe, bemühte ich mich, herauszufinden, worin eigentlich ihre besondere Begabung lag. Es war unmöglich, ihre Aussprüche weiterzuerzählen, denn ihre Komik war sozusagen ›unverfrachtbar‹ wie manche Weine. Sie hatte kein Talent für epigrammatische Prägungen. Sie gab niemals eine witzige Antwort. In ihren Bemerkungen war keine Bosheit, in ihren Antworten kein Stachel. Es wird vielfach behauptet, daß nicht Kürze, sondern Frivolität die Seele des Witzes sei: von ihren Lippen kam niemals ein Wort, das die Röte der Scham in eine viktorianische Wange getrieben hätte. Ich bin der Ansicht, daß ihr Humor unbewußt war, auf alle Fälle war er spontan und unvorbedacht. Er flog wie ein Schmetterling von Blume zu Blume, nur seiner eigenen Laune gehorchend, weit entfernt von Absicht oder Methode. Er lag in der Art und Weise, wie sie etwas sagte, wie sie dabei blickte. Seine Wirksamkeit wurde noch erhöht durch das auffallende, extravagante Aussehen, das Gilbert ihr zugelegt hatte; aber dieses Aussehen bildete nur ein Element ihres Humors. Jetzt allerdings war sie in Mode, und jedermann lachte, wenn sie bloß den Mund auftat. Man wunderte sich schon lange nicht mehr, daß Gilbert eine um so vieles ältere Frau geheiratet hatte. Spielte denn das Alter bei Jane irgendeine Rolle? Nein, man fand, daß dieser junge Mensch ein verteufeltes Glück gehabt hatte. Der Admiral zitierte Shakespeare, als wir über sie sprachen: »Age cannot wither her, nor custom stale her infinite variety.« Gilbert war entzückt über ihren Erfolg. Bei näherer Bekanntschaft gefiel er mir immer besser. Es stand über jedem Zweifel, daß er weder ein Gauner noch ein Mitgiftjäger war. Er war nicht nur unendlich stolz auf Jane, er liebte sie aufrichtig. Die Güte, mit der er sie behandelte, war rührend. Er war ein selbstloser, angenehmer junger Mann.

»Nun, was sagen Sie jetzt zu Jane?« fragte er mich eines Tages mit knabenhaftem Triumph.

»Ich wüßte nicht, wer mehr zu bewundern ist«, antwortete ich. »Ihre Frau oder Sie.«

»Ach, ich bin gar nichts.«

»Unsinn. Sie allein haben Jane zu dem gemacht, was sie heute ist.«

»Mein einziges Verdienst ist es, daß ich gesehen habe, was da war, als es mit bloßem Auge noch nicht zu erkennen war«, entgegnete er.

»Ich begreife, daß Sie ihre äußeren Möglichkeiten erkannt haben. Aber wie, in aller Welt, haben Sie Jane zu einer Humoristin gemacht?«

»Aber ich bitte Sie! Ich fand ihre Aussprüche schon immer zum Totlachen. Eine Humoristin war sie seit jeher.«

»Sie sind der einzige Mensch, der auf diesen Gedanken gekommen ist.«

Mrs. Tower gab in großzügiger Weise zu, daß sie sich in Gilbert getäuscht hatte. Sie faßte für ihn eine regelrechte Zuneigung. Dennoch blieb sie, allem Anschein zum Trotz, bei ihrer Meinung, daß diese Ehe nicht von Bestand sein konnte. Ich machte mich über sie lustig.

»Wieso denn?« sagte ich. »Ich habe nie ein glücklicheres Paar gesehen.«

»Gilbert ist jetzt siebenundzwanzig Jahre alt. Ganz genau das richtige Alter für ein hübsches junges Mädchen. Haben Sie neulich bei Jane die nette kleine Nichte von Sir Reginald bemerkt? Es war mir, als ob Jane die beiden ziemlich scharf beobachtete; und ich dachte mir mein Teil.«

»Ich glaube, es gibt kein Mädchen unter der Sonne, dessen Rivalität Jane fürchtet.«

»Abwarten«, meinte Mrs. Tower.

»Sie hatten den beiden sechs Monate gegeben.«

»Schön. Mögen es drei Jahre sein.«

Wenn jemand seiner Sache allzu sicher ist, dann liegt es in der menschlichen Natur, daß man ihm wünscht, er möge eines Besseren belehrt werden. Mrs. Tower war wirklich unerlaubt sicher. Aber die erwünschte Genugtuung war mir nicht beschieden, denn das Ende, das sie dem ungleichen Paar stets und mit solcher Unbeirrbarkeit vorhergesagt hatte, kam tatsächlich. Immerhin, das Schicksal schenkt uns das, was wir wünschen, selten in der Form, in der wir es wünschen, und obgleich Mrs. Tower sich schmeicheln konnte, recht behalten zu haben, wäre es ihr letzten Endes vielleicht lieber gewesen, wenn sie sich getäuscht hätte. Denn was geschah, spielte sich ganz anders ab, als sie erwartet hatte.

Eines Tages berief sie mich dringend zu sich. Als ich das Zimmer betrat, erhob sich Mrs. Tower von ihrem Stuhl und kam mit der behenden Schnelligkeit eines Leoparden, der seine Beute erspäht, auf mich zu. Ich sah, daß sie aufgeregt war.

»Jane und Gilbert haben sich getrennt«, rief sie.

»Nein! Dann hatten Sie also doch recht.«

Mrs. Tower blickte mich mit einem Ausdruck an, der mir unverständlich blieb.

»Arme Jane«, murmelte ich.

»Arme Jane!« wiederholte sie, aber derart höhnisch, daß ich verblüfft innehielt.

Es fiel ihr einigermaßen schwer, mir das Vorgefallene folgerichtig zu erzählen.

Gilbert war bei ihr gewesen. Bleich und verstört. Sie hatte sofort, da er das Zimmer betreten hatte, gewußt, daß etwas Furchtbares sich ereignet haben mußte. Ja, sie hatte auch gewußt, was er sagen würde, noch ehe er es aussprach.

»Marion, Jane hat mich verlassen.«

Sie blickte ihn mit einem kleinen Lächeln an und nahm seine Hand.

»Ich wußte, daß du dich wie ein Gentleman benehmen wirst. Es wäre schrecklich für sie gewesen, wenn alle Welt sie bedauert hätte, weil *du* sie verlassen hast.«

»Ich bin zu dir gekommen, weil ich deiner Teilnahme sicher bin.«

»Ach, ich kann dir keine Vorwürfe machen, Gilbert«, sagte Mrs. Tower mit großer Güte. »Es *mußte* so kommen.«

Er seufzte.

»Wahrscheinlich. Wie hätte ich hoffen können, sie immer zu behalten. Sie ist wunderbar, und ich bin ein ganz alltäglicher Mensch.«

Mrs. Tower tätschelte seine Hand. Er benahm sich wirklich großartig.

»Und was wird nun geschehen?«

»Wir werden uns scheiden lassen.«

»Jane hat immer gesagt, daß sie dir keine Hindernisse in den Weg legen wird, wenn du einmal ein junges Mädchen heiraten willst.«

»Du glaubst doch nicht, daß ich jemals eine andere Frau heiraten werde, nachdem ich Janes Mann gewesen bin!« antwortete er.

Mrs. Tower war verdutzt.

»Ich vermute doch richtig, daß *du* derjenige bist, der die Trennung wünscht?«

»Ich? Was fällt dir denn ein?«

»Ja, warum denn sonst wollt ihr euch scheiden lassen?«

»Sie hat die Absicht, Sir Reginald Frobisher zu heiraten.«

Mrs. Tower stieß einen Schrei aus. Dann wurde ihr schwach, daß sie ihr Riechfläschchen holen mußte.

»Nach allem, was du für sie getan hast?«

»Ich habe gar nichts für sie getan.«

»Und du willst dich so ohne weiteres beiseite schieben lassen?«

»Wir haben vor unserer Hochzeit ausgemacht, einander keine Hindernisse in den Weg zu legen, wenn einer von uns seine Freiheit wiederhaben will.«

»Aber das geschah doch nur deinetwegen. Nur weil du um siebenundzwanzig Jahre jünger warst als sie.«

»Ja, aber es ist ihr volles Recht, sich darauf zu berufen«, antwortete er bitter.

Mrs. Tower widersprach, redete, räsonierte. Gilbert aber ließ sich nicht davon abbringen, daß es für Jane keinerlei Vorschriften gäbe und daß er tun müßte, was sie wünschte. Mrs. Tower blieb niedergeschmettert zurück. Es war ihr eine große Erleichterung, mir einen genauen Bericht über das Geschehene geben zu können. Es freute sie, daß ich ebenso überrascht war wie sie, und wenn ich mich im Gegensatz zu ihr keineswegs empört über Jane zeigte, so schrieb sie dies dem kriminellen Mangel an Moral zu, der meinem Geschlecht eigen ist. Sie befand sich immer noch in einem Zustand äußerster Erregung, als die Tür geöffnet wurde und der Diener eine Dame meldete – Jane in höchst eigener Person.

Sie war schwarz-weiß gekleidet, also durchaus ihrer fragwürdigen Position angemessen; aber ihr Kostüm war dermaßen originell, ihr Hut dermaßen auffallend, daß es mir bei ihrem Anblick förmlich den Atem verschlug. Sie war freundlich und ruhig wie immer. Sie kam auf Mrs. Tower zu, um sie zu küssen, aber Mrs. Tower zog sich mit eisiger Würde zurück.

»Gilbert war hier«, sagte sie.

»Ja, ich weiß«, lächelte Jane. »Ich habe ihn zu dir geschickt. Ich fahre heute abend nach Paris und möchte dich bitten, sehr gut zu ihm zu sein, wenn ich fort bin. Er wird sich anfangs vielleicht ein bißchen einsam fühlen. Und es wäre mir sehr tröstlich, wenn du dich seiner ein wenig annehmen wolltest.«

Mrs. Tower schlug die Hände zusammen.

»Gilbert hat mir vorhin etwas erzählt, was ich kaum glauben kann. Er sagte, daß du dich von ihm scheiden lassen willst, um Sir Reginald Frobisher zu heiraten.«

»Erinnerst du dich nicht: ehe ich mich mit Gilbert verheiratete, gabst du mir einen Rat, doch lieber einen Mann in meinem Alter zu nehmen. Der Admiral ist dreiundfünfzig.«

»Aber Jane! Alles, was du bist, hast du Gilbert zu verdanken«, rief Mrs. Tower indigniert. »Ohne ihn wärest du eine Null. Wenn er aufhört, dir deine Kleider zu entwerfen, existierst du einfach nicht mehr.«

»Er hat mir versprochen, mir auch weiterhin meine Kleider zu entwerfen«, antwortete Jane freundlich.

»Keine Frau könnte sich einen besseren Mann wünschen. Er war die Güte selbst dir gegenüber.«

»Ja, er war reizend.«

»Wie *kannst* du bloß so herzlos sein?«

»Ich habe Gilbert nie geliebt«, entgegnete Jane. »Das habe ich ihm auch immer gesagt. Ich fange an, mich nach einem Gefährten in meinem Alter zu sehnen. Wahrscheinlich war ich lange genug mit Gilbert verheiratet. Die jungen Leute haben keine Konversation.« Sie machte eine kleine Pause und strahlte uns beide mit ihrem reizenden Lächeln an. »Ich werde Gilbert natürlich nie aus den Augen verlieren. Das habe ich mit Reginald ausgemacht. Der Admiral hat eine Nichte, die sehr gut zu ihm passen würde. Sobald wir verheiratet sind, werden wir die beiden zu uns nach Malta einladen – Ihr wißt doch, daß Reginald das Kommando über die Mittelmeerflotte bekommt –, und es sollte mich gar nicht wundern, wenn sie sich ineinander verliebten.«

Mrs. Tower zuckte leicht zusammen.

»Und hast du mit dem Admiral besprochen, daß ihr euch gegenseitig keine Hindernisse in den Weg legen wollt, falls einer von euch seine Freiheit wiederhaben möchte?«

»Ich habe es vorgeschlagen«, antwortete Jane ruhig. »Aber der Admiral hat seine eigene Auffassung. Er behauptet, daß er, für seine Person, bestimmt niemand andern heiraten werde – und sollte einer kommen, der mich heiraten wolle, so hätte er auf seinem Admiralschiff acht Achtunddreißig-Zentimeter-Geschütze; die würden die Sache kurzerhand erledigen.«

Sie warf uns einen so unwiderstehlichen Blick durch ihr Monokel zu, daß nicht einmal die Angst vor Mrs. Towers Ungnade mich hindern konnte, laut herauszulachen.

»Ich glaube, der Admiral ist ein sehr leidenschaftlicher Mensch.«

Mrs. Tower schaute in der Tat grollend zu mir herüber.

»Ich habe dich nie komisch gefunden, Jane«, sagte sie. »Ich habe nie verstanden, warum die Leute über deine Aussprüche lachen.«

»Ich habe mich selbst niemals komisch gefunden, Marion«, lächelte Jane und zeigte ihre blitzenden, regelmäßigen Zähne. »Ich bin froh, daß ich von London fortkomme, bevor sich allzu viele Leute zu deiner Ansicht bekehren.«

»Können Sie mir das Geheimnis Ihres erstaunlichen Erfolges verraten?«

Sie wandte sich mir zu, mit dem freundlichen, schlichten Blick, den ich so gut kannte.

»Sehen Sie, als ich Gilbert heiratete und mich in London niederließ und als die Leute anfingen, über das, was ich sagte, zu lachen, da war niemand erstaunter als ich selbst. Ich hatte dreißig Jahre genau die gleichen Sachen geredet, und keiner hatte sie komisch gefunden. Ich nahm an, es müßten meine Kleider sein oder mein kurzes Haar oder mein Monokel. Schließlich entdeckte ich den Grund: man lachte, weil ich die Wahrheit sagte. Das war etwas so Ungewöhnliches, daß man es für humoristisch hielt. Eines Tages wird jemand anderer die gleiche Entdeckung machen, und wenn erst einmal alle die Wahrheit sprechen, wird kein Hund mehr es komisch finden.«

»Und warum bin ich die einzige, die für diese Komik kein Verständnis hat?« fragte Mrs. Tower.

Jane zögerte eine Weile, als suche sie ernsthaft nach einer befriedigenden Erklärung.

»Vielleicht erkennst du die Wahrheit nicht, wenn du ihr begegnest, Kind«, antwortete sie in ihrer sanften, gutmütigen Art.

Damit hatte sie zweifellos das letzte Wort. Ich begriff, daß Jane immer das letzte Wort haben würde. Sie *war* unbezahlbar.

Der rote Ted

Es gibt wenige Bücher auf der Welt, die mehr an gediegenem Lesestoff enthalten als die ›Sailing Directions‹, die im Auftrag der Admiralität vom hydrographischen Departement herausgegeben werden. Es sind stattliche Bände, in verschiedenfarbenes Leinen eingebunden (ziemlich dürftig), und der teuerste von ihnen ist billig. Für vier Shilling kann man den ›Yangtse Kiang Pilot‹ kaufen, »enthaltend Schiffahrtsanweisungen für den Yangtse Kiang, vom Wusungfluß bis zum äußersten schiffbaren Punkt, einschließlich des Han Kiang, des Kialing Kiang und des Min Kiang sowie eine Beschreibung dieser Flüsse«; und für drei Shilling bekommt man Teil III des ›Eastern Archipelage Pilot‹, »umfassend den nordöstlichen Teil der Celebes-, Molucca- und Gilolo-Passagen, die Banda und Arafura See und die nördliche, westliche und südwestliche Küste von Neuguinea«. Aber es ist nicht ratsam, dies zu tun, wenn man ein Mensch mit festgelegten Gewohnheiten ist, in die man keine Störung bringen möchte, oder wenn man eine Beschäftigung hat, die einen an einen bestimmten Ort bindet. Diese geschäftsmäßig nüchternen Bücher verführen zu verzauberten Reisen im Geiste; und ihr trockener Stil, die bewunderungswürdige Ordnung, die sachliche Knappheit, mit der das Material behandelt wird, der strenge Sinn für das Praktische, der aus jeder Zeile spricht, vermögen nicht, die Poesie, die uns aus diesen Seiten entgegenweht, abzuschwächen. Ihr holder Duft betört, gleich der gewürzgeschwängerten Brise, welche unsere Sinne mit fast überirdischer Süße umfängt, wenn wir uns einer der magischen Inseln der tropischen Meere nähern. Diese Bücher nennen uns die Anker- und Landungsplätze und führen aus, was für Lebensmittel an den verschiedenen Orten zu haben sind und wo man Wasser bekommen kann; sie unterrichten uns über Lichter, Bojen, Meeresströmungen, Wind- und Wetterverhältnisse. Sie geben uns einen kurzen Überblick über Bevölkerung und Handel. Und wenn man bedenkt, wie sachlich und ohne überflüssige Worte dies alles geschieht, dann muß man staunen, wieviel mehr sie uns sonst noch geben. Was ich meine? Nun, Geheimnis und Schönheit, Romantik und den

Zauber des Unbekannten. Es ist kein gewöhnliches Buch, in dem der müßig Blätternde einen Absatz wie den folgenden findet: »Nahrungsmittel: ein paar Dschungelhühner sind noch erhalten geblieben. Die Insel beherbergt überdies eine große Anzahl von Seevögeln. In der Lagune gibt es Schildkröten sowie zahlreiche Fische verschiedener Art, darunter graue Seebarben, Haifische und Katzenhaie; man kann nicht mit Netzen fischen, aber es sind Fische da, die mit der Angel gefangen werden können. Ein kleiner Vorrat von Konserven und Branntwein wird für Schiffbrüchige in einer kleinen Hütte aufbewahrt. Gutes Wasser findet sich an einer Quelle in der Nähe des Landungsplatzes.« Kann die Phantasie mehr Anregung für eine Reise durch Raum und Zeit verlangen?

In dem Band, aus dem dieser Aufsatz stammt, haben die Verfasser mit der gleichen Sachlichkeit die Alas-Inseln beschrieben. Es handelt sich um eine Gruppe oder Kette von Inseln, in der Mehrzahl niedrig und bewaldet, die sich ungefähr fünfundsiebzig Meilen in ostwestlicher und vierzig Meilen in nordsüdlicher Richtung hinziehen. Was man über sie weiß, so heißt es, ist sehr gering; es gibt Kanäle zwischen den verschiedenen Gruppen, und mehrere Schiffe haben sie passiert, aber die Durchfahrten sind nicht genau erforscht worden, und die Lage zahlreicher gefährlicher Stellen steht noch nicht fest; es ist daher geraten, diese Durchfahrten zu meiden. Die Bevölkerung der Inselgruppe wird auf ungefähr achttausend Einwohner geschätzt, von denen zweihundert Chinesen und vierhundert Mohammedaner sind. Die übrigen sind Heiden. Die wichtigste Insel heißt Baru, sie ist von einem Klippengürtel umgeben, und hier wohnt der holländische Contrôleur. Sein weißes Haus mit dem roten Dach, auf dem Gipfel eines Hügels erbaut, ist das hervorstechende Wahrzeichen, das die Schiffe der Royal Netherlands Steam Packet Company erblicken, wenn sie jeden zweiten Monat auf ihrem Weg nach Makassar und alle vier Wochen nach Merauke, in Holländisch-Neuguinea, die Insel berühren.

Zu einem bestimmten Zeitpunkt der Weltgeschichte bekleidete Mynheer Evert Gruyter die Stelle des Contrôleurs, und er regierte die Bewohner der Alas-Inseln mit Festigkeit, zu der sich mildernd ein lebhafter Sinn für Humor gesellte. Er hatte es für einen großartigen Spaß angesehen, im Alter von siebenundzwanzig Jahren an einen dermaßen verantwortungsvollen Posten gesetzt zu werden, und mit dreißig amüsierte er sich immer noch darüber. Es gab keine Kabelverbindung zwischen seinen Inseln und Batavia, und die Post funktionierte mit solcher Langsamkeit, daß die Antwort auf eine Anfrage, wenn sie endlich eintraf, stets schon überholt war. Und so hatte er sich angewöhnt, seelenruhig zu tun, was er für das richtige hielt, und darauf zu bauen, daß sein guter Stern ihn schon vor Scherereien mit den Behörden bewahren würde. Er war sehr klein, nicht größer als fünf Fuß vier Zoll, und außerordentlich dick; er hatte eine blühende Gesichtsfarbe. Der Hitze wegen hatte er den Kopf rasiert, und auch in seinem Gesicht war kein Haar zu erblicken. Es war rund und rot. Seine Augenbrauen waren so hell, daß man sie kaum sah; und er hatte kleine, zwinkernde blaue Augen. Er wußte, daß es ihm an Würde fehlte, und suchte diesen Mangel durch ungewöhnliche Sorgfalt in der Kleidung auszugleichen. Ob er nun im Büro war oder zu Gericht saß oder durch die Straßen ging, nie sah man ihn anders als in tadellosem Weiß. Sein Rock mit den glänzenden Metallknöpfen saß ihm sehr stramm und enthüllte die erschrekkende Tatsache, daß er trotz seiner Jugend ein rundes und hervorstehendes Bäuchlein besaß. Sein gutmütiges Gesicht glänzte vor Schweiß, und er fächelte sich unausgesetzt mit einem Fächer aus Palmenblättern Kühlung zu.

Aber zu Hause trug Mr. Gruyter am liebsten nichts weiter als einen Sarong, und mit seinem ausgepolsterten weißen Körper sah er dann aus wie ein dicker, komischer Junge von sechzehn Jahren. Er war ein Frühaufsteher, und sein Frühstück stand stets um sechs Uhr für ihn bereit. Es war immer das gleiche. Es bestand aus einer Papayaschnitte, drei kalten Spiegeleiern, Edamerkäse in dünnen Scheiben und einer Tasse schwarzen Kaffees. Wenn er damit fertig war, rauchte er eine dicke holländische Zigarre, las die Zeitungen, falls er sie nicht bereits längst von Anfang bis zu Ende durchgelesen hatte, und zog sich dann an, um ins Büro zu gehen.

Eines Tages, als er gerade in dieser Weise beschäftigt war, kam sein Hauptboy ins Schlafzimmer und meldete, daß Tuan Jones ihn zu sprechen wünsche. Mr. Gruyter stand vor dem Spiegel. Er hatte die Hosen an und bewunderte seinen glatten Oberkörper. Er spannte den Rücken, um den Brustkorb zu wölben und den Bauch einzuziehen. Sichtlich befriedigt klatschte er sich mehrere Male schallend auf die Brust. Es war eine männliche Brust. Als der Boy seine Meldung vorbrachte, blickte er in seine eigenen Augen im Spiegel und wechselte ein ironisches Lächeln mit ihnen. Er fragte sich, was zum Teufel sein Besucher von ihm haben wollte. Evert Gruyter sprach Englisch, Holländisch und Malaiisch mit der gleichen Leichtigkeit. Aber er dachte holländisch. Das machte ihm Spaß. Holländisch, fand er, war eine so angenehm derbe Sprache.

»Bitte den Tuan, zu warten. Ich werde gleich kommen.«

Er zog seinen Rock über den nackten Oberkörper, knöpfte ihn zu und stolzierte ins Wohnzimmer. Der Reverend Owen Jones stand auf.

»Guten Tag, Mr. Jones«, sagte der Contrôleur. »Sind Sie gekommen, um einen kleinen Morgencognac mit mir zu trinken?«

»Ich bin gekommen, um eine sehr betrübliche Angelegenheit mit Ihnen zu besprechen, Mr. Gruyter«, antwortete er.

Der Contrôleur ließ sich durch den Ernst seines Besuchers nicht aus der Fassung bringen und durch seine Worte nicht die Laune verderben. Seine kleinen blauen Augen strahlten liebenswürdig.

»Setzen Sie sich, mein Lieber, und nehmen Sie eine Zigarre.«

Mr. Gruyter wußte genau, daß Reverend Owen Jones weder rauchte noch trank, aber ein innerer Kobold stachelte ihn an, ihm jedesmal, wenn er mit ihm zusammenkam, etwas zu trinken und eine Zigarre anzubieten. Mr. Jones schüttelte den Kopf.

Mr. Jones leitete die baptistische Mission auf den Alas-Inseln. Sein Hauptquartier war in Baru, der größten unter ihnen, mit der zahlreichsten Bevölkerung, aber er hatte Versammlungshäuser, die unter die Obhut eingeborener Helfer gestellt waren, auch auf verschiedenen andern Inseln der Gruppe. Er war ein großer, magerer, melancholischer Mann von etwa vierzig Jahren mit einem langen, gelblichen, kummervollen Gesicht. Sein braunes Haar war an den Schläfen bereits weiß, und er trug es aus der Stirn gekämmt, was ihm eine gewisse vage Geistigkeit gab. Mr. Gruyter mochte ihn nicht und achtete ihn zugleich. Er selbst, ein fröhlicher Heide, der die guten Dinge des Lebens liebte und entschlossen war, sich ihrer so viele anzueignen, wie seine Umstände erlaubten, wußte nichts mit einem Menschen anzufangen, der alle Genüsse verdammte. Er war der Ansicht, daß die Sitten eines Landes dem Wesen seiner Einwohner entsprachen, und hatte keine Geduld mit den energischen Anstrengungen des Missionars, Lebensformen auszurotten, die sich durch viele Jahrhunderte trefflich bewährt hatten. Er achtete ihn, weil er ehrlich, aufopfernd und gut war. Mr. Jones, ein Australier walisischer Herkunft, war der einzige qualifizierte Arzt auf den Inseln, und es war tröstlich zu wissen, daß man im Krankheitsfall nicht ausschließlich auf einen chinesischen Kurpfuscher angewiesen war; und niemand wußte besser als der Contrôleur, wie segensreich die Kunst des Geistlichen sich erwiesen und mit welcher Barmherzigkeit er sie ausgeübt hatte. Gelegentlich einer Influenza-Epidemie hatte der Missionar die Arbeit von sechs Männern geleistet, und es mußte schon ein Taifun sein, der ihn abhalten konnte, von einer Insel zur andern zu fahren, wenn seine Hilfe gebraucht wurde.

Er lebte mit seiner Schwester in einem kleinen weißen Haus, ungefähr eine halbe Meile vom Dorfe entfernt, und als der Contrôleur angekommen war, war Mr. Jones an Bord gegangen, um ihn zu begrüßen, und hatte ihn gebeten, sein Gast zu sein, bis sein eigenes Haus instand gesetzt wäre. Der Contrôleur hatte die Einladung angenommen und mit eigenen Augen gesehen, in welcher Einfachheit das Paar lebte. Es ging über seine Kraft. Drei kärgliche Mahlzeiten am Tag – immer Tee dazu –, und wenn er sich eine Zigarre anzündete, bat ihn Mr. Jones höflich, aber entschieden, nicht zu rauchen, da sowohl er als seine Schwester diese Gewohnheit mißbilligten. Nach vierundzwanzig Stunden zog Mr. Gruyter in sein eigenes Haus. Er floh, panischen Schrecken im Herzen, wie aus einer pestverseuchten Stadt. Der Contrôleur liebte den Spaß und lachte gerne; mit einem Mann beisammen zu sein, der jeden Unsinn tödlich ernst nahm und über den besten Witz, den man ihm erzählte, nicht einmal lächelte, war mehr, als ein Mensch aus Fleisch und Blut aushalten konnte. Reverend Owen Jones war ein trefflicher Mann, aber als Gesellschafter war er unmöglich. Und seine Schwester war noch schlimmer. Beide hatten sie keinen Sinn für Humor. Doch während der Missionar melancholisch veranlagt war und so gewissenhaft seiner Pflicht nachging, sichtlich überzeugt, daß alles auf der Welt hoffnungslos sei, war Miss Jones von unbeirrbarer Heiterkeit. Grimmig entschlossen sah sie die Dinge von ihrer freundlichen Seite an.

Mit der Unerbittlichkeit eines rächenden Engels suchte sie das Gute in ihren Mitmenschen. Miss Jones unterrichtete in der Missionsschule und half ihrem Bruder bei seiner ärztlichen Arbeit. Wenn er operierte, machte sie die Narkosen und war Oberin, Assistentin und Pflegerin des winzigen Hospitals, das Mr. Jones aus eigener Initiative der Mission angegliedert hatte. Aber der Contrôleur war ein eigensinniger kleiner Mann und verlor nie seine Fähigkeit, in Reverend Owens unbeugsamem Kampf mit den Schwächen der menschlichen Natur und in Miss Jones' unbarmherzigem Optimismus Stoff zur Belustigung zu finden. Er mußte sich seine Unterhaltung holen, wo er sie fand. Die holländischen Schiffe kamen dreimal in zwei Monaten für ein paar Stunden, und dann konnte er mit dem Kapitän und dem Ersten Ingenieur seine Witze reißen, und einmal in allen heiligen Zeiten legte ein Perlenlogger von Thursday Island oder Port Darwin im Hafen an, und dann verlebte er ein paar wunderbare Tage. Sie waren zumeist rauhe Gesellen, diese Perlenfischer, aber doch ganze Kerle, und sie hatten eine Menge Alkohol an Bord und viele gute Geschichten zu erzählen, und der Contrôleur lud sie in sein Haus ein und bewirtete sie fürstlich, und das Gelage wurde nur dann als gelungen bezeichnet, wenn schließlich alle so betrunken waren, daß sie nicht mehr auf ihr Schiff zurückfinden konnten. Aber außer dem Missionar lebte auf Baru nur noch ein einziger weißer Mann, nämlich der rote Ted, und der, natürlich, war eine Schmach für die Zivilisation.

Es gab auch nicht das geringste, was man zu seinen Gunsten anführen konnte. Er brachte die weiße Rasse in Mißkredit. Nichtsdestoweniger mußte der Contrôleur feststellen, daß er das Leben auf Baru, wenn der rote Ted nicht gewesen wäre, manchmal kaum erträglich gefunden hätte.

Seltsamerweise bildete dieser Tunichtgut die Veranlassung, daß Mr. Jones zu einer Stunde, da er sonst junge Heiden in die Mysterien des baptistischen Glaubens einzuweihen pflegte, Mr. Gruyter seinen frühen Besuch abstattete.

»Nehmen Sie Platz, Mr. Jones«, sagte der Contrôleur. »Was kann ich für Sie tun?«

»Nun, ich komme wegen des Menschen, der hier allgemein der rote Ted genannt wird. Was haben Sie jetzt vor?«

»Warum? Was ist geschehen?«

»Haben Sie es nicht gehört? Ich hatte gedacht, der Sergeant würde es Ihnen erzählt haben.«

»Ich ermutige meine Angestellten nicht, mich in meinem Hause aufzusuchen, wenn es sich nicht um Angelegenheiten von besonderer Wichtigkeit handelt«, sagte der Contrôleur ziemlich großartig. »Zum Unterschied von Ihnen, Mr. Jones, arbeite ich nur, um mir Muße zu verschaffen, und diese Muße genieße ich gerne ohne Störung.«

Aber Mr. Jones hatte keinen Sinn für Plauderei und interessierte sich nicht für Betrachtungen allgemeiner Natur.

»Es hat gestern abend in einem der chinesischen Läden eine abscheuliche Rauferei gegeben. Der rote Ted hat alles kurz und klein geschlagen und den Chinesen halb umgebracht.«

»Wieder einmal betrunken, nehme ich an«, sagte der Contrôleur seelenruhig.

»Natürlich. Wann ist er das nicht? Man hat die Polizei geholt, und er hat den Sergeanten tätlich angegriffen. Sechs Mann waren nötig, um ihn zu überwältigen und ins Gefängnis zu schaffen.«

»Er ist ein kräftiger Bursche«, sagte der Contrôleur.

»Ich nehme an, Sie werden ihn nach Makassar schicken.«

Evert Gruyter erwiderte den empörten Blick des Missionars mit einem belustigten Zwinkern. Er war nicht dumm und wußte bereits, worauf Mr. Jones hinzielte. Es amüsierte ihn, ihn ein wenig auf die Folter zu spannen.

»Glücklicherweise reichen meine Befugnisse aus, die Angelegenheit nach eigenem Ermessen zu ordnen«, antwortete er.

»Sie haben die Macht, jeden zu deportieren, Mr. Gruyter, und ich bin überzeugt, es würde uns viel Verdruß ersparen, wenn Sie uns ein für allemal von diesem Menschen befreiten.«

»Die Macht habe ich wohl, selbstverständlich, aber ich bin überzeugt, daß Sie der letzte wären, der von mir verlangen würde, sie willkürlich zu gebrauchen.«

»Mr. Gruyter, die Anwesenheit dieses Mannes auf dieser Insel ist ein öffentlicher Skandal. Er ist immer betrunken, vom Morgen bis zum Abend; es ist notorisch, daß er Beziehungen zu eingeborenen Frauen unterhält, und zwar zu einer nach der andern.«

»Das ist interessant, Mr. Jones. Ich hatte immer gehört, daß alkoholische Ausschweifung den sexuellen Trieb zwar anregt, aber seine Befriedigung verhindert. Was Sie mir hier über den roten Ted erzählen, scheint diese Theorie zu widerlegen.«

Der Missionar wurde dunkelrot.

»Das sind physiologische Angelegenheiten, auf die ich im Augenblick nicht einzugehen wünsche«, sagte er eisig. »Das Benehmen dieses Mannes fügt dem Prestige der weißen Rasse unberechenbaren Schaden zu, und sein Beispiel macht die Bemühungen anderer, die Bevölkerung dieser Insel zu einem weniger lasterhaften Leben zu erziehen, zunichte. Er ist ein durch und durch verdorbener Mensch.«

»Verzeihen Sie die Frage, aber haben Sie irgendeinen Versuch gemacht, ihn zu bessern?«

»Als er hier auftauchte, tat ich mein Bestes, mich mit ihm in Verbindung zu setzen. Er wies alle meine Annäherungsversuche zurück. Als es den ersten Skandal gab, ging ich zu ihm hin und sprach ihm ernst ins Gewissen. Er fluchte mir ins Gesicht.«

»Niemand weiß die verdienstvolle Arbeit, die Sie und die anderen Missionare auf dieser Insel leisten, besser zu würdigen als ich, aber sind Sie sicher, daß Sie sich Ihrer Aufgabe auch immer mit dem nötigen Takt entledigen?«

Der Contrôleur war sehr zufrieden mit diesem Satz. Er war außerordentlich höflich und enthielt doch den Tadel, den auszusprechen er für angezeigt hielt. Der Missionar blickte ihn ernst an. Seine traurigen braunen Augen waren voll Aufrichtigkeit.

»Hat Jesus Takt angewandt, als er die Peitsche nahm und die Geldwechsler aus dem Tempel trieb? Nein, Mr. Gruyter. Takt ist die Ausflucht, deren sich die Lauen bedienen, um ihren Pflichten aus dem Wege zu gehen.«

Diese Antwort hatte die Wirkung, daß der Contrôleur plötzlich den Wunsch nach einer Flasche Bier in sich aufsteigen fühlte. Der Missionar beugte sich ernst vor.

»Mr. Gruyter, Sie kennen die Verfehlungen dieses Menschen so gut wie ich. Ich habe es nicht nötig, sie Ihnen in Erinnerung zu rufen. Es gibt keine Entschuldigung für ihn. Und jetzt ist wirklich das Maß voll. Sie werden nie eine bessere Gelegenheit finden. Ich bitte Sie, sich Ihrer Macht zu bedienen und ihn ein für allemal von hier zu entfernen.«

Die Augen des Contrôleurs zwinkerten lustiger denn je. Er amüsierte sich großartig. Er fand, daß die Menschen viel unterhaltendere Geschöpfe wurden, wenn man sich im Umgang mit ihnen nicht berufen fühlte, Lob oder Tadel zu spenden.

»Aber Mr. Jones, verstehe ich richtig? Verlangen Sie von mir das Versprechen, diesen Mann zu deportieren, ehe ich noch weiß, was gegen ihn vorliegt, und ehe ich mir seine Verteidigung angehört habe?«

»Ich kann mir nicht vorstellen, was er zu seiner Verteidigung vorzubringen hätte.«

Der Contrôleur erhob sich von seinem Stuhl, und es gelang ihm tatsächlich, ein wenig Würde in seine fünf Fuß vier Zoll zu bringen.

»Ich bin hier, um Gerichtsbarkeit zu üben nach den Gesetzen der holländischen Regierung. Gestatten Sie mir, Ihnen mein größtes Erstaunen auszusprechen über Ihren Versuch, mich in der Ausübung meiner richterlichen Funktionen zu beeinflussen.«

Der Missionar wurde etwas verwirrt. Es war ihm nie in den Sinn gekommen, daß dieser Grünschnabel, zehn Jahre jünger als er, eine solche Haltung einnehmen könnte. Er öffnete den Mund, um zu erklären, sich zu entschuldigen, aber der Contrôleur hob seine ausgepolsterte kleine Hand.

»Es ist Zeit, daß ich ins Büro gehe, Mr. Jones. Ich wünsche Ihnen einen guten Morgen.«

Der Missionar, verblüfft, verneigte sich und verließ ohne ein weiteres Wort das Zimmer. Er wäre erstaunt gewesen, hätte er sehen können, was der Contrôleur tat, als er ihm den Rükken zugekehrt hatte. Ein breites Lachen erschien auf seinem Gesicht, er spreizte die Hand, hob den Daumen und machte eine lange Nase hinter dem Reverend Owen Jones.

Ein paar Minuten später begab er sich in sein Büro. Sein Sekretär, ein holländischer Mischling, trug ihm seine Version der Schlägerei vom vergangenen Abend vor. Sie stimmte ziemlich genau mit der von Mr. Jones überein. Es war gerade der Tag, an dem Gericht gehalten wurde.

»Wollen Sie den roten Ted zuerst vornehmen, Sir?« fragte der Sekretär.

»Ich sehe nicht ein, warum ich das tun sollte. Es sind noch zwei, drei Fälle von der letzten Tagung übriggeblieben. Führen Sie sie der Reihe nach vor.«

»Ich dachte, Sie würden ihn vielleicht privat sprechen wollen, weil er ein Weißer ist, Sir.«

»Die Majestät des Gesetzes kennt keinen Unterschied zwischen weiß und farbig, mein Freund«, antwortete Mr. Gruyter etwas pompös.

Der Gerichtssaal war ein großer viereckiger Raum mit hölzernen Bänken, auf denen zusammengedrängt Eingeborene aller Art saßen – Polynesier, Bugis, Chinesen, Malaien –, und alle erhoben sich, als die Tür geöffnet wurde und ein Sergeant die Ankunft des Contrôleurs ankündigte. Er kam mit seinem Sekretär herein und nahm auf einer kleinen Estrade an einem Tisch aus poliertem amerikanischem Fichtenholz Platz. Hinter ihm hing ein großes Bild der Königin Wilhelmine. Er erledigte ein halbes Dutzend Fälle, und dann wurde der rote Ted hereingeführt. Er stand vor der Anklagebank, mit Handschellen und zwischen zwei Wärtern. Der Contrôleur blickte ihn mit ernstem Gesicht an, aber in seinen Augen zwinkerte es belustigt.

Der rote Ted litt an einem Kater. Er wankte im Stehen, und seine Augen waren leer. Er war ein noch junger Mann, dreißig Jahre alt etwa, von mehr als durchschnittlicher Größe, ziemlich dick, mit einem aufgedunsenen roten Gesicht und einer Mähne dichten, krausen roten Haares. Er war nicht unversehrt aus der Schlägerei hervorgegangen. Er hatte ein blaues Auge, und sein Mund war aufgeschlagen und geschwollen. Er hatte kurze Khakihosen an, sehr schmutzig und zerlumpt, und sein Trikot war ihm fast vom Rücken gerissen worden. Ein großer Riß enthüllte den dicken roten Haarpelz, mit dem seine Brust bedeckt war, aber auch die erstaunliche Weiße seiner Haut. Der Contrôleur warf einen Blick auf die Polizisten. Er rief die Zeugen auf. Nachdem er sie angehört, nachdem er den Chinesen gesehen, dem Ted mit einer Flasche den Kopf gespalten hatte, nachdem er den aufgeregten Bericht des Sergeanten entgegengenommen hatte, der bei dem Versuch, Ted zu arretieren, einfach zu Boden geschleudert worden war; nachdem er sich die Verwüstung hatte schildern lassen, die der Rote in seiner Raserei angerichtet, indem er alles, was ihm unter die Hände kam, kurz und klein schlug, wandte er sich dem angeklagten Engländer zu.

»Nun, Ted, was haben Sie zu Ihrer Verteidigung vorzubringen?«

»Ich war besinnungslos. Ich erinnere mich an nichts mehr.

Wenn Sie sagen, daß ich ihn halb umgebracht habe, wird es wahrscheinlich stimmen. Ich werde für den Schaden aufkommen, wenn die Leute mir Zeit lassen.«

»Das werden Sie, Ted«, sagte der Contrôleur. »Aber ich werde es sein, der Ihnen Zeit läßt.«

Er blickte den roten Ted eine Weile schweigend an. Er bot ein Bild des Abscheus. Ein völlig verkommener Mensch. Es war schrecklich. Man schauderte, wenn man ihn ansah, und wenn Mr. Jones nicht so eifervoll gewesen wäre, hätte der Contrôleur in diesem Augenblick sicherlich nicht gezögert, ihn deportieren zu lassen.

»Sie haben Ärgernis gegeben von dem Moment an, da Sie auf diesen Inseln aufgetaucht sind, Ted. Sie sind ein Schandfleck der Menschheit. Sie sind unverbesserlich faul. Unzählige Male hat man Sie sternhagelbesoffen von der Straße aufgelesen. Sie stürzen sich von einer Rauferei in die andere. Sie sind hoffnungslos. Das letztemal, als man Sie hierherbrachte, habe ich Sie gewarnt. Ich habe Ihnen gesagt, wenn Sie noch einmal arretiert würden, müßten Sie sich auf eine strenge Strafe gefaßt machen. Heute ist das Maß voll. Ich verurteile Sie zu sechs Monaten Zwangsarbeit.«

»Mich?«

»Jawohl, Sie.«

»Beim Himmel, ich bringe Sie um, wenn ich herauskomme.«

Er brach in eine Flut unflätiger und lästerlicher Flüche aus. Mr. Gruyter hörte ihm spöttisch zu. Auf Holländisch kann man viel besser fluchen als auf Englisch, und der rote Ted sagte nichts, was er selbst nicht mit Leichtigkeit hätte übertrumpfen können.

»Schweigen Sie«, befahl er. »Sie ermüden mich.«

Der Contrôleur wiederholte seinen Urteilsspruch auf Malaiisch, und der sich wild sträubende Angeklagte wurde abgeführt.

Mr. Gruyter setzte sich in vortrefflicher Laune zum Mittagessen. Es war erstaunlich, wie unterhaltsam das Leben sein konnte, wenn man es nur geschickt anpackte. Es gab Leute in Amsterdam und selbst in Batavia und Surabaja, die seine Insel als einen Ort der Verbannung ansahen. Sie ahnten nicht, wie angenehm es sich hier lebte und wieviel Vergnügen er der scheinbar unergiebigsten Materie abgewinnen konnte. Sie fragten ihn, ob er nicht den Klub, die Rennen, das Kino, die Bälle, die einmal wöchentlich im Kasino stattfanden, und die Gesellschaft holländischer Damen entbehre. Nicht im geringsten. Er liebte die Bequemlichkeit. Die gediegene Einrichtung des Zimmers, in dem er wohnte, hatte eine wohltuende Solidität. Er liebte französische Romane frivoler Natur, und es machte ihm Spaß, einen nach dem andern zu lesen, ohne sich von dem Bedenken anfechten zu lassen, er vergeude damit seine Zeit. Es schien ihm ein großer Luxus, seine Zeit zu vergeuden. Wandte sich sein jugendlicher Sinn der Liebe zu, dann brachte ihm sein Hauptboy ein dunkelhäutiges kleines Wesen mit leuchtenden Augen ins Haus. Er war sorgsam darauf bedacht, keine Beziehung dauerhafter Art anzuknüpfen. Er fand, daß Abwechslung das Herz jung erhalte. Er freute sich seiner Freiheit und wollte sich nicht mit Verantwortung beschweren. Die Hitze machte ihm nichts aus. Kalte Duschen, oft sechsmal am Tag wiederholt, wurden durch sie zu einem fast ästhetischen Genuß. Er spielte Klavier. Er schrieb Briefe an seine Freunde in Holland. Er fühlte kein Verlangen nach geistigem Verkehr. Er lachte gerne, aber lachen konnte er ebensogut mit einem Narren wie mit einem Professor der Philosophie. Manchmal war er nahe daran, sich für einen sehr weisen kleinen Mann zu halten.

Gleich allen guten Holländern im Fernen Osten eröffnete er sein Mittagessen mit einem kleinen Gläschen holländischen Wacholderbranntweins. Er hat ein dumpfes, scharfes Aroma, und man muß erst auf den Geschmack kommen – aber Mr. Gruyter zog ihn jedem Cocktail vor. Zudem hatte er, wenn er ihn trank, das erhebende Gefühl, die Traditionen seines Volkes aufrechtzuerhalten. Dann aß er ›rijs-tafel‹. Er aß dieses Gericht jeden Tag. Er häufte sich einen großen Suppenteller voll Reis auf und nahm dann – bedient von drei Boys – von dem Curry, das der eine ihm reichte, den Spiegeleiern, die ein zweiter servierte, und der Sauce, die ihm von dem dritten angeboten wurde. Dann brachte jeder eine andere Schüssel herbei, Speck oder Bananen oder marinierte Fische, bis schließlich eine riesige Pyramide auf seinem Teller aufgehäuft war. Er mischte das Ganze durcheinander und fing zu essen an. Er aß langsam und mit Genuß. Er trank eine Flasche Bier.

Während des Essens stellte er das Denken ein. Seine Aufmerksamkeit war auf die Massen, die er vor sich hatte, gerichtet, und er verzehrte sie mit glücklicher Konzentration. ›Rijs-tafel‹ wurde ihm niemals über. Und wenn er mit seinem großen Teller fertig war, dachte er mit Befriedigung, daß es am nächsten Tage wieder ›rijs-tafel‹ geben würde. Er wurde dieses Gerichtes ebensowenig überdrüssig wie andere Menschen des Brotes. Wenn er sein Bier ausgetrunken hatte, zündete er sich eine Zigarre an. Der Boy brachte ihm eine Tasse Kaffee. Er lehnte sich in seinen Stuhl zurück und gestattete sich den Luxus der Reflektion.

Es befriedigte ihn, den roten Ted zu der wohlverdienten Strafe von sechs Monaten Zwangsarbeit verurteilt zu haben, und er lächelte bei der Vorstellung, wie er mit den andern Sträflingen Straßenarbeiten würde verrichten müssen. Es wäre töricht gewesen, den einzigen Menschen, mit dem er sich bisweilen aussprechen konnte, von der Insel zu verbannen, und überdies wäre die Genugtuung, die er damit dem Missionar bereitet hätte, vielleicht nachteilig für den Charakter dieses Herrn gewesen. Der rote Ted war ein Lump und ein Taugenichts, aber der Contrôleur hatte eine Schwäche für ihn. Sie hatten so manche Flasche Bier miteinander geleert, und wenn sie mit den Perlenfischern aus Port Darwin gezecht hatten, waren sie wunderbar blau miteinander geworden. Dem Contrôleur gefiel die unbekümmerte Art, mit der Ted den unschätzbaren Schatz des Lebens vergeudete.

Der rote Ted war eines Tages eingewandert mit dem Schiff, das von Merauke nach Makassar fuhr. Der Kapitän wußte nicht, wie er seinen Weg in diese Gegend gefunden hatte, aber er war Zwischendeck gereist, mit den Eingeborenen, und auf den Alas-Inseln hatte er sich absetzen lassen, einfach weil ihm ihre Lage gefiel. Mr. Gruyter hegte den Verdacht, daß ihre Anziehungskraft darin bestand, daß sie unter holländischer Flagge standen und sich der britischen Gerichtsbarkeit entzogen. Aber Teds Papiere waren in Ordnung, und es fand sich kein Grund, ihn abzuweisen. Er erklärte, daß er für eine australische Firma Perlmutter einkaufe, aber es zeigte sich bald, daß seine geschäftlichen Unternehmungen nicht ernst zu nehmen waren. Das Trinken beanspruchte einen so großen Teil seiner Zeit, daß ihm nur wenig für andere Beschäftigungen übrigblieb. Er bezog zwei Pfund pro Woche, die ihm monatlich ausbezahlt wurden und regelmäßig aus England für ihn eintrafen. Der Contrôleur vermutete, daß sich an diese Rente die Bedingung knüpfte, sich von den Personen, die sie sandten, möglichst entfernt zu halten. Die Summe war auf alle Fälle viel zu klein, um ihm irgendwelche Bewegungsfreiheit zu gestatten. Der rote Ted war verschlossen. Der Contrôleur wußte, daß er Engländer war, was aus seinem Paß hervorging – er wurde darin als Edward Wilson bezeichnet –, und daß er in Australien gelebt hatte. Aber warum er England verlassen und was er in Australien gemacht hatte, ahnte er nicht. Er hatte auch nie genau feststellen können, zu was für einer Klasse der rote Ted gehörte. Wenn man ihn sah, in einem dreckigen Trikot, zerfetzten Hosen, einen verbeulten Tropenhelm auf dem Kopf, in Gesellschaft der Perlenfischer, und seine rohen, zotigen, ungebildeten Reden hörte, hätte man ihn für einen gemeinen Matrosen gehalten, der von seinem Schiff desertiert war, oder für einen Arbeiter; bekam man aber seine Handschrift zu Gesicht, so mußte man mit Erstaunen feststellen, daß sie zumindest eine gewisse Bildungsstufe verriet, und manchmal, wenn man mit ihm allein war und er bereits ein paar gehoben hatte, aber noch nicht betrunken war, redete er von Dingen, von denen weder ein Matrose noch ein Arbeiter etwas wissen konnte. Der Contrôleur hatte ein gewisses Feingefühl, und er merkte, daß Ted mit ihm nicht wie mit einem Höherstehenden, sondern wie mit einem Menschen der gleichen Gesellschaftsstufe sprach. Der größte Teil seiner Rente war verpfändet, noch ehe er sie empfing, und die Chinesen, denen er Geld schuldete, wichen ihm nicht von der Seite, wenn ihm sein monatlicher Wertbrief ausgehändigt wurde; aber mit dem, was übrigblieb, zog er los, um sich zu besaufen. Bei diesen Gelegenheiten ergaben sich die erwähnten unliebsamen Zwischenfälle, denn wenn er betrunken war, wurde er gewalttätig und konnte Handlungen begehen, die ihn in die Hände der Polizei lieferten. Bislang hatte Mr. Gruyter sich damit begnügt, ihn im Gefängnis zu halten, bis er wieder nüchtern war, und ihm ins Gewissen zu reden. Hatte er kein Geld, dann bettelte er jeden, der ihm in den Weg lief, um Alkohol an. Rum, Schnaps, Arrak – es galt ihm gleich. Zwei- oder dreimal hatte ihm Mr. Gruyter Arbeit verschafft, auf der oder jener Insel, auf Plantagen, die von Chinesen bewirtschaftet wurden, aber er hielt es nirgends lange aus, und nach ein paar Wochen tauchte er wieder am Strand in Baru auf. Es war ein Rätsel, wie er es fertigbrachte, nicht zu verhungern. Allerdings hatte er etwas Bestechendes. Er machte sich die verschiedenen Dialekte zu eigen und verstand es, die Eingeborenen zum Lachen zu bringen. Sie verachteten ihn, aber sie hatten Respekt vor seiner physischen Kraft und waren gerne mit ihm beisammen. Es fehlte ihm infolgedessen niemals an einer Mahlzeit oder an einer Matte zum Schlafen. Das merkwürdigste war – und das empörte den Reverend Owen Jones am meisten –, daß er die Frauen um den Finger wickeln konnte. Der Contrôleur konnte sich nicht vorstellen, was sie an ihm fanden. Er bemühte sich nicht sonderlich um sie und war ziemlich brutal. Er nahm, was sie ihm gaben, schien aber der Dankbarkeit unfähig zu sein. Er benützte sie zu seinem Vergnügen, um sie dann achtlos wegzuwerfen. Einige Male war er dadurch in Schwierigkeiten geraten; Mr. Gruyter hatte einen erzürnten Vater bestrafen müssen, weil er dem roten Ted eines Nachts ein Messer in den Rücken gerannt hatte, und eine Chinesin hatte versucht, sich mit Opium zu vergiften, weil er sie verlassen hatte. Einmal kam Mr. Jones in heller Aufregung zu dem Contrôleur gelaufen, weil der Strandräuber eines seiner neubekehrten Schäflein verführt hatte. Der Contrôleur fand dies sehr bedauerlich, konnte aber nichts anderes tun, als Mr. Jones zu raten, besser auf seine jungen Frauenzimmer aufzupassen. Etwas weniger erbaut war der Contrôleur, als er entdeckte, daß ein Mädchen, das er selbst nicht ungern sah und mit dem er seit einigen Wochen liiert war, mit seiner Gunst während der gleichen Zeit auch den roten Ted beglückt hatte. Und als er sich an diesen speziellen Fall erinnerte, lächelte er abermals bei dem Gedanken an die sechs Monate Zwangsarbeit, die Ted nun bevorstanden. Selten im Leben ist es einem beschieden, strengste Pflichterfüllung und Rache für einen bösen Streich, der einem gespielt wurde, so glücklich zu vereinigen.

Einige Tage später machte Mr. Gruyter einen Spaziergang, teils um sich Bewegung zu verschaffen, teils um zu sehen, ob eine Arbeit, die er angeordnet hatte, richtig ausgeführt wurde, als er an einer Abteilung von Sträflingen vorbeikam, die unter der Aufsicht eines Wärters arbeiteten. Unter ihnen erblickte er den roten Ted. Er hatte den Gefängnissarong an, einen schmutzigbraunen Kittel, der auf malaiisch Baju hieß, und seinen eigenen verbeulten Tropenhelm. Die Sträflinge besserten die Straße aus, und der rote Ted schwang eine schwere Hacke. Der Weg war schmal, und der Contrôleur sah, daß er knapp an Ted vorbei mußte. Er erinnerte sich an seine Drohungen. Er wußte, daß Ted ein Mensch von heftiger Gemütsart war, und die Sprache, die er auf der Anklagebank geführt hatte, ließ deutlich erkennen, daß er kein Verständnis dafür hatte, was für ein glänzender Witz es gewesen war, ihn zu sechs Monaten Zwangsarbeit zu verurteilen. Wenn Ted plötzlich mit der Hacke über ihn herfiel, vermochte nichts ihn zu retten. Zwar würde der Wärter ihn sofort über den Haufen schießen, aber inzwischen würde der Kopf des Contrôleurs bereits zertrümmert sein. Mr. Gruyter verspürte deshalb ein komisches Gefühl in der Magengrube, als er durch die Abteilung der Sträflinge hindurchschritt. Sie arbeiteten paarweise, in Abständen von einem Meter. Er nahm sich fest vor, seinen Schritt weder zu beschleunigen noch zu verlangsamen. Als er an dem roten Ted vorbeikam, stieß dieser seine Hacke in den Boden und blickte zu dem Contrôleur auf, und als er seinem Blick begegnete, zwinkerte er ihm zu. Der Contrôleur unterdrückte das Lächeln, das sich ihm über die Lippen stehlen wollte, und schritt mit steifer Amtswürde weiter. Aber dieses Zwinkern, so voll von spöttischem Humor, erfüllte ihn mit Befriedigung. Wäre er der Kalif von Bagdad gewesen und nicht ein junger Beamter des holländischen Zivildienstes, so hätte er den roten Ted auf der Stelle freigelassen, Sklaven geschickt, um ihn zu baden und zu salben, er hätte ihn in goldene Gewänder gehüllt und zu einem festlichen Mahl zu sich geladen.

Der rote Ted war ein musterhafter Gefangener, und als sich nach ein, zwei Monaten eine Arbeit auf einer der entfernten Inseln bot, schickte der Contrôleur ihn mit einem Trupp anderer Sträflinge hin. Es gab auf dieser Insel kein Gefängnis, und so wurden die zehn Mann, die unter der Aufsicht eines Wärters hingebracht worden waren, bei Eingeborenen einquartiert und lebten nach des Tages Arbeit wie freie Menschen. Die Arbeit reichte aus, um den Rest von Teds Strafzeit auszufüllen. Der Contrôleur sprach mit ihm, ehe er abging.

»Da, Roter«, sagte er. »Da haben Sie zehn Gulden, damit Sie sich ein bißchen Tabak kaufen können da drüben.«

»Könnte es nicht ein bißchen mehr sein? Es kommen regelmäßig acht Pfund monatlich für mich.«

»Nein, es ist genug. Ich werde die Geldbriefe, die für Sie eintreffen, aufbewahren, und wenn Sie zurückkommen, werden Sie eine nette Summe vorfinden. Sie werden genug haben, um hinzugehen, wo Sie wollen.«

»Ich fühle mich sehr wohl hier«, war Teds Antwort.

»Nun, an dem Tage, an dem Sie zurückkommen, machen Sie sich hübsch sauber und besuchen Sie mich. Wir werden eine Flasche Bier miteinander trinken.«

»Fein. Ein bißchen Unterhaltung wird mir not tun, nehme ich an.«

Nun schiebt sich der Zufall ein. Die Insel, nach der der rote Ted geschickt worden war, hieß Maputiti, und wie alle übrigen war sie felsig, dicht bewaldet und von einem Kranz von Riffen umgeben. Es war ein Dorf da, zwischen Kokospalmen, am Meeresstrand, einer Öffnung des Riffs gegenüber, und ein weiteres Dorf lag im Innern der Insel, an einem salzigen See. Unter den Einwohnern des zweiten Dorfes gab es einige, die zum Christentum bekehrt worden waren. Die Verbindung mit Baru wurde durch ein Motorboot hergestellt, das in unregelmäßigen Abständen die verschiedenen Inseln anlief. Es führte Passagiere und Waren. Aber die Dorfbewohner waren seebewanderte Leute, und wenn es galt, sich eilig mit Baru in Verbindung zu setzen, bemannten sie ein Prahu und segelten die fünfzig Meilen, die sie von der Insel trennten. Als der rote Ted nur mehr vierzehn Tage abzubüßen hatte, geschah es nun, daß der Häuptling des am See gelegenen Dorfes plötzlich erkrankte. Die einheimischen Medizinen nützten ihm nichts, und er wand sich in Schmerzen. Boten wurden nach Baru geschickt, um die Hilfe des Missionars zu erflehen; aber das Unglück wollte es, daß Mr. Jones gerade an einem Anfall von Malaria litt. Er lag im Bett und war unfähig, sich zu rühren. Er besprach die Sache mit seiner Schwester.

»Es klingt nach akuter Blinddarmentzündung«, sagte er zu ihr.

»Du kannst nicht fahren, Owen«, meinte sie.

»Ich kann den Mann nicht sterben lassen.«

Mr. Jones hatte vierzig Grad Fieber. Sein Kopf schmerzte zum Zerspringen. Er hatte die ganze Nacht im Delirium gelegen. Seine Augen glänzten sonderbar, und seine Schwester fühlte, daß er nur durch die äußerste Willensanstrengung seine Vernunft beisammenhielt.

»In diesem Zustand könntest du unmöglich operieren.«

»Nein, das könnte ich nicht. Hassan muß also fahren.«

Hassan war der Spitalgehilfe.

»Auf Hassan kannst du dich nicht verlassen. Er würde es nie wagen, auf eigene Verantwortung eine Operation durchzuführen. Und man würde sich ihm auch nicht anvertrauen. Ich werde fahren. Hassan kann hierbleiben und dich pflegen.«

»Du kannst doch nicht einen Blinddarm herausschneiden.«

»Warum nicht? Ich habe dir oft zugesehen und kleinere Operationen auch schon selbst gemacht.«

Mr. Jones meinte, er höre nicht richtig.

»Ist das Motorboot da?«

»Nein, es ist nach einer der andern Inseln gefahren. Aber ich kann das Prahu benützen, mit dem die Männer gekommen sind.«

»Du? An dich habe ich nicht gedacht. Du kannst nicht fahren.«

»Aber ich fahre, Owen.«

»Wohin fährst du?« fragte er.

Sie merkte, daß er nicht mehr klar bei Bewußtsein war. Beruhigend legte sie ihre Hand auf seine trockene Stirn. Sie gab ihm eine Dosis Medizin. Er murmelte etwas, und sie sah, daß er schon wieder phantasierte. Sie war natürlich besorgt um ihn, aber sie wußte, daß seine Krankheit nicht gefährlich war und daß sie ihn beruhigt dem Missionsdiener, der ihr bei der Pflege half, und dem Spitalgehilfen überlassen konnte. Sie schlüpfte aus dem Zimmer. Sie legte ihre Toilettensachen, ihr Nachthemd und ein Kleid in den Koffer. Ein kleiner Kasten mit chirurgischen Instrumenten, Bandagen und antiseptischem Verbandzeug stand immer bereit. Sie übergab beides den zwei Männern, die von Maputiti herübergekommen waren, erklärte dem Spitalgehilfen, was sie vorhatte, und gab ihm den Auftrag, es ihrem Bruder mitzuteilen, sobald er wieder imstande sein würde, zuzuhören. Vor allen Dingen sollte er sich keine Sorge um sie machen. Sie setzte ihren Tropenhelm auf und machte sich auf den Weg. Die Mission lag ungefähr eine halbe Meile vom Dorf entfernt. Sie ging rasch. Am Ende der Mole wartete das Prahu. Die Besatzung bestand aus sechs Mann.

Sie setzte sich ans Heck, und mit kräftigen Ruderschlägen ging es schnell dahin. Innerhalb des Klippengürtels war die See still, aber als die Felslinie überschritten war, gerieten sie in eine tüchtige Dünung. Aber es war nicht die erste Reise dieser Art für Miss Jones, und sie vertraute der Seetüchtigkeit des Bootes, in dem sie fuhr. Es war Mittag, und die Sonne prallte von einem trüben Himmel herunter. Das einzige, was ihr Sorge bereitete, war, daß man nicht vor Dunkelheit am Ziel sein würde, und wenn es sich als notwendig erweisen sollte, sofort zu operieren, standen ihr als Beleuchtung bloß Windlichter zur Verfügung.

Miss Jones war eine Frau von ungefähr vierzig Jahren. Nichts in ihrem Äußeren hätte auf die Energie schließen lassen, die sie soeben an den Tag gelegt hatte. Sie war von einer seltsamen, hinfälligen Anmut, und man hätte meinen können, jeder Windhauch könnte sie umblasen; es war schon fast wie eine Affektiertheit; und die Charakterstärke, die man bald an ihr entdeckte, wirkte dadurch geradezu monströs. Miss Jones war flachbrüstig, groß und außerordentlich dünn. Sie hatte ein gelbliches Gesicht und bekam sehr leicht Hitzbläschen. Ihr schlichtes braunes Haar war glatt aus der Stirn gekämmt. Sie hatte ziemlich kleine Augen, grau, und da sie etwas zu nahe aneinander standen, gaben sie ihrem Gesicht einen listigen Ausdruck. Ihre Nase war lang und dünn und ein bißchen gerötet. Sie litt an Verdauungsbeschwerden. Aber diese Kränklichkeit vermochte nichts gegen ihre unerbittliche Entschlossenheit, die Dinge von der heitern Seite anzusehen. Fest überzeugt, daß die Welt schlecht und die Menschheit unsagbar verrucht sei, registrierte sie jedes bißchen Anständigkeit, das sie entdecken konnte, mit dem gleichen Stolz, mit dem ein Zauberkünstler ein Kaninchen aus seinem Hut hervorzaubert und dem Publikum präsentiert. Sie war flink, anpassungsfähig und tüchtig. Als sie auf der Insel landete, sah sie, daß sie keinen Moment verlieren durfte, wenn sie das Leben des Häuptlings retten wollte. Unter den größten Schwierigkeiten operierte sie – sie mußte einem Eingeborenen zeigen, wie man die Narkose gab –, und die folgenden drei Tage pflegte sie den Patienten mit liebevoller Hingabe. Alles ging ausgezeichnet, und sie stellte fest, daß ihr Bruder es nicht besser hätte machen können. Sie wartete so lange, bis sie die Fäden herausnehmen konnte, und schickte sich dann zur Heimreise an. Sie durfte sich schmeicheln, ihre Zeit nicht unnütz vergeudet zu haben. Sie hatte, wo es not getan, ärztliche Hilfe geleistet, sie hatte die kleine christliche Gemeinde in ihrem Glauben gestärkt, die Lauen ermahnt und guten Samen ausgestreut an Orten, wo er mit Gottes Hilfe Wurzel fassen würde.

Das Motorboot, das von einer der andern Inseln kam, lief etwas spät am Nachmittag ein, aber es war Vollmond, und sie konnten hoffen, Baru vor Mitternacht zu erreichen. Man brachte ihr das Gepäck zur Landungsstelle, und die Leute, die sie begleiteten, standen herum und wiederholten immer wieder ihre Danksagungen. Eine ganze Menge hatte sich eingefunden. Das Motorboot war mit Koprasäcken beladen, aber Miss Jones war den starken Geruch gewohnt, und er störte sie nicht. Sie machte sich einen Sitzplatz zurecht, so bequem, wie sie konnte, und plauderte, während sie auf die Abfahrt des Motorbootes wartete, mit ihrer dankbaren Schar. Sie war der einzige Passagier. Plötzlich kam zwischen den Bäumen, die das kleine Dorf an der Küste beschatteten, eine Gruppe von Eingeborenen hervor, und sie sah, daß sich unter ihnen ein weißer Mann befand. Er war mit einem Gefängnissarong und einem Baju bekleidet. Er hatte langes, rotes Haar. Sie erkannte sofort den roten Ted. Ein Polizist ging mit ihm. Sie schüttelten einander die Hand, und der rote Ted verabschiedete sich auch von den Dorfbewohnern, die ihn begleiteten. Sie trugen Obstbündel und einen Krug, der, wie Miss Jones vermutete, Branntwein enthielt, und legten alles in das Boot. Miss Jones entdeckte zu ihrem Erstaunen, daß der rote Ted ihr Reisegefährte sein würde. Seine Strafzeit war um, und es war Weisung gekommen, ihn mit einem Motorboot nach Baru zurückzuschaffen. Er warf ihr einen Blick zu, grüßte aber nicht – allerdings hatte Miss Jones den Kopf abgewandt – und stieg ein. Der Mechaniker brachte den Motor in Gang, und kurz darauf pufften sie bereits durch die Lagune. Der rote Ted kletterte auf einen Haufen von Säcken und zündete sich eine Zigarette an.

Miss Jones ignorierte ihn. Selbstverständlich kannte sie ihn sehr genau. Ihr Herz sank, wenn sie daran dachte, daß er nun wieder in Baru sein würde, Skandale vom Zaun brechend und trinkend, eine Gefahr für die Frauen und ein Dorn im Fleisch aller anständigen Leute. Sie wußte von den Schritten, die ihr Bruder unternommen hatte, um ihn deportieren zu lassen, und war ungehalten über den Contrôleur, der eine so offenkundige Pflicht nicht erkannte. Als sie den Felsgürtel überschritten hatten und sich auf offenem Meer befanden, zog der rote Ted den Stöpsel aus dem Armkrug, setzte ihn an die Lippen und tat einen kräftigen Schluck, dann reichte er den Krug den beiden Mechanikern, die die Besatzung bildeten. Einer war ein Mann in mittleren Jahren, der andere ein junger Bursche.

»Ich wünsche nicht, daß Sie während der Fahrt trinken«, sagte Miss Jones streng zu dem älteren.

Er lächelte sie an und trank.

»Ein bißchen Arrak kann niemandem schaden«, antwortete er. Er reichte den Krug seinem Kollegen, und dieser trank ebenfalls.

»Wenn Sie noch einmal trinken, werde ich mich bei dem Contrôleur beschweren«, sagte Miss Jones.

Der ältere Mann murmelte etwas, was sie nicht verstehen konnte, aber, wie sie vermutete, sehr ungezogen war, und gab den Krug dem roten Ted zurück. Sie fuhren eine Stunde oder länger. Das Meer war wie Glas, und die Sonne ging strahlend unter. Sie sank hinter einer der Inseln und verwandelte sie für einige Minuten in eine mystische Stadt des Himmels. Miss Jones wandte sich, um das Bild zu betrachten, und ihr Herz war erfüllt von Dankbarkeit für die Schönheit der Welt.

›Und nur der Mensch ist schlecht‹, zitierte sie für sich.

Sie fuhren in östlicher Richtung. In der Ferne tauchte eine kleine Insel auf, an der sie vorbeikommen mußten. Sie war unbewohnt. Eine felsige kleine Insel, dicht mit Urwald bewachsen. Der Bootsmann zündete seine Lampe an. Die Dunkelheit brach unvermittelt herein, und der Himmel war dichtbesät mit Sternen. Der Mond war noch nicht aufgegangen. Mit einem Male gab es einen leichten Ruck, und das Motorboot fing an, seltsam zu vibrieren. Die Maschine rasselte. Der Mechaniker rief seinem Kameraden zu, das Steuer zu übernehmen, und kroch unter das Gehäuse. Das Tempo verlangsamte sich. Die Maschine blieb stehen. Miss Jones fragte den Burschen, was los sei, aber er konnte es ihr nicht sagen. Der rote Ted kam von seinem Sackhaufen herunter und schlüpfte ebenfalls unter das Gehäuse. Als er wieder auftauchte, hätte sie ihn gerne gefragt, was denn passiert wäre, aber ihre Würde ließ es nicht zu. Sie saß still da und beschäftigte sich mit ihren Gedanken. Das Meer war nun etwas bewegt, und das Boot schaukelte leicht. Der Mechaniker tauchte aus seiner Versenkung hervor und setzte die Maschine in Gang. Obgleich sie wie verrückt rasselte, fing das Boot an, sich zu bewegen. Es bebte in allen Fugen. Man fuhr sehr langsam. Offenbar war etwas nicht in Ordnung, aber Miss Jones war eher erbittert als besorgt. Das Boot sollte mit sechs Knoten Geschwindigkeit fahren, aber nun kroch es nur so dahin; bei diesem Tempo würden sie Baru erst lange nach Mitternacht erreichen. Der Mechaniker, immer noch unter dem Gehäuse beschäftigt, rief dem Mann am Steuer etwas zu. Sie sprachen Bugi, wovon Miss Jones nur wenig verstand. Aber nach einer Weile bemerkte sie, daß sie den Kurs geändert hatten und auf die unbewohnte Insel zuzusteuern schienen.

»Wo fahren wir denn hin?« fragte sie den Steuermann mit plötzlichem Argwohn.

Er zeigte auf die kleine Insel. Sie stand auf, ging zu dem Gehäuse und rief dem Mann zu, er solle hervorkommen.

»Sie fahren doch nicht dorthin? Warum? Was ist los?«

»Ich kann nicht bis Baru kommen«, sagte er.

»Aber Sie müssen. Ich bestehe darauf. Ich befehle Ihnen, nach Baru zu fahren.«

Der Mann zuckte die Achseln. Er kehrte ihr den Rücken und schlüpfte abermals unter das Gehäuse. Nun redete der rote Ted sie an.

»Ein Flügel des Propellers ist abgebrochen. Er meint, daß er gerade noch bis zu der kleinen Insel kommen kann. Wir werden die Nacht über dort bleiben müssen und morgen, bei Ebbe, wird er einen neuen Propeller anbringen.«

»Ich kann die Nacht nicht auf einer einsamen Insel zubringen, allein mit drei Männern«, rief sie.

»Viele Frauen würden sich darum reißen.«

»Ich bestehe darauf, daß wir nach Baru fahren. Was immer geschieht, ich muß heute nacht noch nach Baru kommen.«

»Regen Sie sich doch nicht auf, altes Mädchen. Wir müssen das Boot an Land bringen, um einen neuen Propeller einzusetzen, und wir werden uns schon einrichten auf der Insel.«

»Wie können Sie es wagen, in einem solchen Ton zu mir zu sprechen. Sie sind unverschämt.«

»Es wird Ihnen nicht das geringste passieren. Wir haben eine Menge Proviant mit, und wenn wir landen, stärken wir uns zuerst einmal. Sie kriegen einen Schluck Arrak und werden sich fühlen wie Gott in Frankreich.«

»Sie sind ein impertinenter Mensch. Wenn Sie nicht nach Baru fahren, lasse ich Sie alle einsperren.«

»Wir fahren nicht nach Baru. Es ist unmöglich. Wir fahren zu dieser Insel hin, und wenn es Ihnen nicht paßt, können Sie ins Wasser springen und schwimmen.«

»Oh, das werden Sie mir bezahlen.«

»Halten Sie 's Maul, alte Kuh«, sagte der rote Ted.

Miss Jones stockte der Atem vor Empörung. Aber sie beherrschte sich. Selbst hier draußen, inmitten des Ozeans, hatte sie zuviel Würde, sich mit diesem gemeinen Individuum herumzustreiten. Das Boot mit der scheußlich rasselnden Maschine kroch vorwärts. Es war nun stockdunkel, und die Insel, auf die man zusteuerte, war nicht mehr zu sehen. Wütend saß Miss Jones da, die Lippen fest geschlossen, die Stirn finster gerunzelt; sie war nicht gewöhnt, daß man ihren Willen nicht respektierte. Dann ging der Mond auf, und sie unterschied die Umrisse des roten Ted, der sich oben auf den aufgehäuften Koprasäcken rekelte. Das Glimmen seiner Zigarette war seltsam unheimlich. Nun zeichnete sich die Insel vage am Himmel ab. Sie erreichten sie, und der Bootsmann fuhr das Schiff auf den Strand. Plötzlich packte Miss Jones ein kalter Schreck, die Wahrheit dämmerte ihr, und ihre Empörung verwandelte sich in Angst. Ihr Herz schlug heftig. Sie zitterte an allen Gliedern. Sie fühlte sich entsetzlich schwach. Nun begriff sie erst. War das mit dem zerbrochenen Propeller abgekartetes Spiel, oder handelte es sich wirklich um eine Panne? Sie war sich nicht klar darüber, aber eines wußte sie: der rote Ted würde sich die Gelegenheit zunutze machen. Der rote Ted würde sie vergewaltigen. Sie kannte seinen Charakter. Er war wie toll hinter den Frauen her. Ähnlich hatte er es auch mit dem Mädchen von der Mission gemacht – so ein nettes kleines Ding war sie und eine ausgezeichnete Schneiderin; man hätte ihn deshalb gerichtlich belangen können, und er wäre bestimmt zu mehreren Jahren Gefängnis verurteilt worden, bloß daß das unschuldige Kind immer wieder zu ihm zurückgekehrt war und sich erst dann über seine schlechte Behandlung beklagt hatte, als er es einer andern wegen verließ. Sie waren zum Contrôleur gegangen und hatten ihm den Fall unterbreitet, aber er hatte es abgelehnt, etwas zu unternehmen. Denn selbst wenn die Angaben des Mädchens stimmten, hatte er in seiner rohen Art erklärt, scheine es doch kein ausschließlich unerfreuliches Erlebnis für sie gewesen zu sein. Der rote Ted war ein Schuft. Und sie war eine weiße Frau. Wie groß war die Wahrscheinlichkeit, daß er sie verschonen würde? Gleich Null. Sie kannte die Männer. Aber sie mußte sich zusammennehmen. Sie mußte wachsam sein. Sie mußte Mut haben. Sie war entschlossen, ihre Tugend teuer zu verkaufen, und wenn er sie tötete – nun, eher sterben, als sich ergeben. Und wenn sie starb, würde sie in den Armen Jesu ruhen. Einen Augenblick blendete ein strahlendes Licht ihre Augen, und sie sah die Wohnstätten ihres himmlischen Vaters. Sie stellten sich ihr dar als eine prunkvolle Mischung zwischen einem Kinopalast und einem Bahnhof. Die Mechaniker und der rote Ted sprangen aus dem Boot und versammelten sich, bis zum Gürtel im Wasser, um den zerbrochenen Propeller. Sie benützte diesen unbeobachteten Moment, um ihren Instrumentenkasten aus dem Koffer zu holen. Sie nahm die vier Skalpelle, die er enthielt, heraus und versteckte sie in ihren Kleidern. Wenn der Rote sie anrührte, würde sie ihm ohne Zögern ein Skalpell ins Herz stoßen.

»So, Fräulein, jetzt steigen Sie lieber aus«, sagte Ted. »Am Strand werden Sie es besser haben als im Boot.«

Das fand sie auch. Dort hatte sie wenigstens Bewegungsfreiheit. Wortlos kletterte sie über die Koprasäcke. Er bot ihr seine Hand.

»Ich brauche Ihre Hilfe nicht«, sagte sie kühl.

»Sie können sich zum Teufel scheren«, antwortete er.

Es war ein bißchen schwer, aus dem Boot herauszukommen, ohne daß man die Beine entblößte, aber durch Anwendung großer Findigkeit brachte sie es schließlich fertig.

»Ein Glück, daß wir etwas zu essen mithaben. Wir werden ein Feuer anzünden, und dann stärken Sie sich und nehmen einen Schluck Arrak.«

»Ich möchte nichts. Ich will bloß in Ruhe gelassen werden.«

»Mir kann's gleich sein, ob Sie Hunger leiden oder nicht.«

Sie antwortete nicht. Hocherhobenen Hauptes schritt sie den Strand entlang. Sie hielt das größte Skalpell in der geschlossenen Faust. Der Mond leuchtete ihr auf ihrem Weg. Sie suchte nach einem Platz, wo sie sich verstecken konnte. Der dichte

Wald reichte fast bis an den äußersten Rand des Strandes; aber abgeschreckt durch seine Finsternis (schließlich war sie bloß eine Frau), wagte sie nicht, in seine Tiefen einzudringen. Man konnte nicht wissen, was für Tiere dort lauerten oder was für gefährliche Schlangen. Außerdem sagte ihr der Instinkt, daß sie besser täte, die drei bösen Männer stets im Auge zu behalten; dann war sie vor Überrumpelungen geschützt. Nach einer Weile fand sie eine kleine Grube. Sie schaute sich um. Die Männer schienen mit ihren eigenen Angelegenheiten beschäftigt zu sein und konnten sie nicht sehen. Sie schlüpfte hinein. Zwischen ihr und ihnen lag ein Felsen, der sie selbst verbarg, ihr jedoch gestattete, sie zu beobachten. Sie sah sie zwischen Boot und Strand hin- und hergehen und Gegenstände tragen. Sie sah, wie sie ein Feuer anzündeten. Es beleuchtete geisterhaft ihre Gestalten, und sie sah, wie sie sich herumsetzten und aßen und den Krug mit Arrak von einem zum andern wandern ließen. Sie würden sich alle betrinken. Was würde ihr dann geschehen? Mit dem roten Ted allein würde sie vielleicht fertig werden – das war denkbar –, obgleich seine Kraft ihr Angst einjagte, aber gegen drei würde sie machtlos sein. Eine wahnsinnige Idee kam ihr. Sollte sie zu Ted hingehen, sich vor ihm auf die Knie werfen und ihn anflehen, sie zu verschonen? Es mußte doch ein Funke von Anständigkeit in ihm sein. War sie nicht stets überzeugt gewesen, daß selbst der schlechteste Mensch nicht gänzlich verworfen war? Er mußte doch eine Mutter gehabt haben. Vielleicht hatte er eine Schwester. Aber ach, wie sollte man einen Mann rühren, der von sinnlicher Begierde verblendet und von Arrak berauscht war. Sie fing an, sich schrecklich schwach zu fühlen. Gleich würde sie in Tränen ausbrechen. Aber nein, das durfte nicht sein. Sie wandte ihre ganze Selbstbeherrschung auf. Sie biß sich die Lippen wund. Sie beobachtete die Männer wie ein Tiger seine Beute, nein, wie ein Lamm drei hungrige Wölfe beobachtet. Sie sah, wie sie mehr Holz aufs Feuer legten, und sie sah den roten Ted in seinem Sarong, sah sein Schattenbild auf dem Boden tanzen. Wenn er an ihr seine Lust gestillt hatte, würde er sie vielleicht an die andern Männer weitergeben. Wie konnte sie zu ihrem Bruder zurückkehren, nachdem ihr solche Dinge widerfahren waren? Er würde natürlich verständnisvoll sein, aber würde er sie je wieder lieben und achten können wie zuvor? Es würde ihm das Herz brechen.

Und er würde vielleicht denken, daß sie größern Widerstand hätte leisten sollen. Vielleicht wäre es besser – aus Schonung für ihn – die Sache überhaupt zu verschweigen. Die Männer würden bestimmt nichts sagen. Es würde zwanzig Jahre Gefängnis für sie bedeuten. Aber was, wenn sie ein Kind bekäme! Bei diesem Gedanken ballte Miss Jones die Fäuste vor Schreck und schnitt sich beinahe mit dem Skalpell. Es würde die drei natürlich bloß wütend machen, wenn sie Widerstand leistete.

»Was soll ich nur tun?« rief sie. »Was habe ich getan, um soviel Unglück zu verdienen?«

Sie warf sich auf die Knie und flehte zu Gott, er möge sie retten. Sie betete lang und inbrünstig. Sie erinnerte Gott daran, daß sie Jungfrau sei – beiläufig einflechtend –, für den Fall, daß es seinem göttlichen Gedächtnis entfallen sein könnte, wie hoch St. Paulus diesen trefflichen Zustand geschätzt habe. Und dann spähte sie wieder hinter dem Felsen hervor. Die drei Männer schienen zu rauchen, und das Feuer war am Erlöschen. Nun kam die Zeit, da Teds lüsterne Gedanken sich der Frau zuwenden würden, die ihm auf Gnade und Ungnade ausgeliefert war. Sie unterdrückte einen Schrei. Denn plötzlich stand er auf und kam in ihre Richtung geschritten. Sie fühlte, wie sich alle Muskeln in ihrem Körper strafften, und obgleich ihr Herz rasend schlug, ließ ihre Hand das Skalpell nicht los. Aber der rote Ted war zu einem andern Zweck aufgestanden. Miss Jones errötete und schaute weg. Er schlenderte langsam zu den andern zurück, setzte sich wieder hin und hob den Arrakkrug an seine Lippen. Miss Jones folgte, hinter ihrem Felsen kauernd, mit gespannten Augen den Vorgängen. Die Unterhaltung um das Feuer versiegte allmählich, und sie erriet eher, als sie sah, daß die beiden Eingeborenen sich in Decken einwickelten und sich zum Schlummern hinlegten. Sie begriff. Dies war der Augenblick, auf den der rote Ted gewartet hatte. Wenn sie fest eingeschlafen waren, würde er vorsichtig aufstehen und lautlos, um die andern nicht zu wecken, zu ihr herüberschleichen. Hatte er vielleicht keine Lust, sie mit den andern zu teilen, oder wußte er, daß seine Tat dermaßen schurkisch war, daß er sie lieber vor ihnen geheimhielt? Schließlich war er ein Weißer und sie eine weiße Frau. Er konnte nicht so tief gesunken sein, sie der Gewalttätigkeit von Eingeborenen auszuliefern. Aber sein Plan, den sie so genau durchschaute, hatte sie auf eine Idee gebracht. Wenn sie ihn herankommen sah, würde sie schreien, so laut schreien, daß die beiden Mechaniker aufwachen mußten. Sie erinnerte sich nun, daß der ältere, obgleich ihm ein Auge fehlte, ein gutmütiges Gesicht hatte. Aber der rote Ted rührte sich nicht. Sie fühlte sich furchtbar müde. Sie fing an, zu fürchten, daß sie nicht die Kraft haben würde, Widerstand zu leisten. Sie hatte zuviel durchgemacht. Sie schloß für einen Moment die Augen.

Als sie sie wieder öffnete, war es heller Tag. Sie mußte eingeschlafen und durch die Aufregung dermaßen erschöpft gewesen sein, daß sie bis spät nach Sonnenaufgang geschlafen hatte. Sie war bestürzt. Sie versuchte aufzustehen, aber etwas verfing sich in ihren Füßen. Sie schaute nach und entdeckte, daß sie mit zwei leeren Koprasäcken zugedeckt war. Jemand war in der Nacht gekommen und hatte sie über sie gebreitet. Der rote Ted! Sie stieß einen kleinen Schrei aus. Der furchtbare Gedanke schoß ihr durch den Kopf, daß er sie im Schlaf vergewaltigt haben konnte. Nein. Das war unmöglich. Und doch war sie ihm preisgegeben gewesen. Schutzlos. Und er hatte sie geschont. Sie errötete heftig. Sie erhob sich, ganz steif von der Nacht, und brachte ihre derangierte Kleidung in Ordnung. Das Skalpell war ihrer Hand entfallen, und sie hob es auf. Sie nahm die beiden Koprasäcke und trat aus ihrem Versteck hervor. Dann ging sie zum Boot hin. Es schwamm in dem seichten Wasser der Lagune.

»Kommen Sie, Miss Jones«, sagte der rote Ted. »Wir sind fertig. Eben wollte ich Sie wecken.«

Sie konnte ihn nicht ansehen, aber sie fühlte, daß sie über und über rot war.

»Möchten Sie eine Banane?« fragte er.

Ohne ein Wort zu sagen, nahm sie sie. Sie war sehr hungrig und aß die Frucht mit Genuß.

»Treten Sie auf diesen Felsen, dann können Sie einsteigen, ohne sich die Füße naß zu machen.«

Miss Jones war zumute, als müßte sie in die Erde sinken vor Scham, aber sie tat, wie ihr geheißen. Er packte ihren Arm – Himmel, seine Hand war wie eine eiserne Schraube, nie, nie hätte sie mit ihm kämpfen können – und half ihr in das Boot. Der Mechaniker setzte seine Maschine in Gang, und sie glitten aus der Lagune heraus. In drei Stunden waren sie in Baru.

An diesem Abend begab sich der rote Ted, nachdem er offiziell in Freiheit gesetzt worden war, in das Haus des Contrôleurs. Er hatte nun nicht mehr seine Gefängnistracht an, sondern das zerfetzte Trikotleibchen und die Khakihosen, in denen er arretiert worden war. Er hatte sich die Haare schneiden lassen, und sie sahen nun aus wie eine enganliegende krause rote Kappe. Er war magerer geworden. Er hatte seine aufgedunsene Schlappheit verloren und sah jünger und besser aus. Mr. Gruyter schüttelte ihm mit einem freundlichen Grinsen die Hand und forderte ihn auf, Platz zu nehmen. Der Boy brachte zwei Flaschen Bier.

»Es ist schön, daß Sie meine Einladung nicht vergessen haben, Roter«, sagte der Contrôleur.

»Keine Gefahr. Sechs Monate habe ich mich auf diesen Abend gefreut.«

»Auf Ihr Wohl, Ted.«

»Auf das Ihre, Contrôleur.«

Sie leerten ihre Gläser, und der Contrôleur klatschte in die Hände. Der Boy brachte zwei weitere Flaschen.

»Nun, ich hoffe, Sie tragen mir nichts nach wegen der Strafe, die ich Ihnen aufbrummen mußte.«

»Nein, nein. Einen Moment war ich wütend, aber das habe ich längst überwunden. Eigentlich ist es mir gar nicht schlecht gegangen. Nette Mädels auf dieser Insel, Contrôleur. Sollten Sie sich mal ansehen.«

»Sie sind unverbesserlich, Roter.«

»Furchtbar.«

»Gutes Bier, nicht?«

»Wunderbar.«

»Lassen wir noch welches kommen.«

Teds Rente war jeden Monat angekommen, und der Contrôleur hatte nun fünfzig Pfund beisammen. Wenn der Schaden, den er im Laden des Chinesen angerichtet hatte, bezahlt war, würden ihm immer noch mehr als dreißig Pfund übrigbleiben.

»Das ist eine ganze Menge Geld, Ted. Sie sollten etwas Vernünftiges damit anfangen.«

»Will ich auch«, antwortete Ted. »Es ausgeben.«

Der Contrôleur seufzte.

»Nun, dazu ist das Geld ja schließlich da.«

Der Contrôleur berichtete seinem Gast, was sich inzwischen

ereignet hatte. Es war nicht viel. Die Zeit spielte auf den Alas-Inseln keine große Rolle und die übrige Welt überhaupt keine.

»Irgendwelche neue Kriege irgendwo?« fragte der rote Ted.

»Nein. Jedenfalls ist mir nichts aufgefallen. Harry Jervis hat eine hübsche, große Perle gefunden. Er sagt, er wird tausend Pfund dafür verlangen.«

»Hoffentlich kriegt er sie.«

»Und Charlie McCormack hat geheiratet.«

»War schon immer ein bißchen doof.«

Plötzlich erschien der Boy und meldete, Mr. Jones lasse anfragen, ob er hereinkommen dürfe. Noch ehe der Contrôleur antworten konnte, trat Mr. Jones ein.

»Ich werde Sie nicht lange aufhalten«, sagte er. »Ich habe mich den ganzen Tag bemüht, diesen guten Mann zu erreichen, und als ich hörte, er sei hier, habe ich mir erlaubt zu kommen.«

»Wie geht es Miss Jones?« fragte der Contrôleur höflich. »Ich hoffe, die Nacht im Freien hat ihr nicht geschadet.«

»Sie ist natürlich ein bißchen mitgenommen. Sie hat etwas Temperatur, und ich habe darauf bestanden, daß sie sich ins Bett legt; aber ich glaube nicht, daß es etwas Ernstes ist.«

Die beiden Männer waren beim Eintritt des Missionars aufgestanden, und nun ging dieser auf den roten Ted zu und streckte ihm die Hand hin.

»Ich möchte Ihnen danken. Sie haben etwas Großes und Edles getan. Meine Schwester hat recht; man sollte immer nur das Gute in seinen Mitmenschen suchen; ich habe Sie in der Vergangenheit leider nicht richtig beurteilt: ich bitte Sie, mir zu verzeihen.«

Er sprach sehr feierlich. Der rote Ted schaute ihn voll Erstaunen an. Er hatte es nicht verhindern können, daß der Missionar seine Hand erfaßte. Er hielt sie immer noch fest.

»Was, zum Teufel, meinen Sie eigentlich?«

»Meine Schwester war Ihnen preisgegeben, und Sie haben sie verschont. Ich dachte, Sie wären durch und durch schlecht, und ich schäme mich nun. Sie war schutzlos. Sie war in Ihrer Gewalt. Sie haben Erbarmen geübt. Ich danke Ihnen aus tiefstem Herzensgrund. Weder meine Schwester noch ich werden es Ihnen je vergessen. Gott schütze und behüte Sie.«

Mr. Jones Stimme zitterte ein wenig, und er wandte den

Kopf ab. Er ließ Teds Hand fallen und ging rasch zur Tür. Der rote Ted sah ihm mit verständnislosem Gesicht nach.

»Was in aller Welt kann er meinen?« rief er.

Der Contrôleur lachte. Er versuchte, sich zu beherrschen, aber je mehr er sich bemühte, desto mehr mußte er lachen. Er schüttelte sich, und man sah, wie die Falten seines dicken Bauches unter dem Sarong wackelten. Er lehnte sich in seinem Stuhl zurück und wälzte sich von einer Seite auf die andere. Er lachte nicht nur mit dem Gesicht, er lachte mit dem ganzen Körper, und selbst die Muskeln seiner festen Beine bebten. Er hielt sich die schmerzenden Rippen. Der rote Ted betrachtete ihn mit finsteren Blicken, und da er nicht wußte, was eigentlich so komisch war, wurde er böse. Er packte eine der leeren Bierflaschen beim Halse.

»Wenn Sie nicht aufhören zu lachen, schlage ich Ihnen den Schädel ein«, sagte er.

Der Contrôleur wischte sich das Gesicht ab. Er trank einen Schluck Bier. Er seufzte und stöhnte, weil ihm die Seiten weh taten.

»Er hat Ihnen gedankt, weil Sie die Tugend von Miss Jones respektiert haben«, brachte er schließlich hervor.

»Ich?« rief der rote Ted.

Es dauerte eine ganze Weile, ehe der Gedanke in seinen Kopf eindrang, aber als er ihn endlich erfaßt hatte, wurde er rasend vor Zorn. Seinem Munde entströmte eine Flut der unflätigsten Obszönitäten, daß es einen Kaschemmenwirt erschreckt hätte.

»Diese alte Kuh«, schloß er. »Wofür hält er mich eigentlich?«

»Sie stehen eben im Ruf, ein gefährlicher Frauenjäger zu sein, Roter«, schmunzelte der Contrôleur.

»Nicht mit der Zange würde ich sie anrühren. Nicht im Traum. So eine Frechheit. Ich werde ihm den Hals umdrehen. Geben Sie mir mein Geld, Contrôleur, ich muß mich betrinken.«

»Ich kann es Ihnen nicht verübeln«, pflichtete ihm der Contrôleur bei.

»Diese alte Kuh«, wiederholte Ted. »Diese alte Kuh.«

Er war empört und schockiert. Die Zumutung beleidigte sein Anstandsgefühl.

Der Contrôleur hatte das Geld bei der Hand, und nachdem er Ted die Quittungen hatte unterzeichnen lassen, überreichte er es ihm.

»Gehen Sie und betrinken Sie sich, Roter«, sagte er. »Aber lassen Sie sich warnen: wenn Sie das nächstemal etwas anstellen, werden es zwölf Monate sein.«

»Ich werde nichts anstellen«, sagte der rote Ted düster. Er war voll Schwermut über das erlittene Unrecht. »Es ist eine Beleidigung«, brüllte er den Contrôleur an, »eine unverschämte Beleidigung.«

Er schlurfte aus dem Haus und murmelte im Gehen: »Schweine, dreckige Schweine.« Der rote Ted blieb eine Woche betrunken. Mr. Jones besuchte den Contrôleur abermals.

»Ich bedaure tief, daß dieser arme Mensch seinen lasterhaften Lebenswandel wiederaufgenommen hat«, sagte er. »Meine Schwester und ich sind furchtbar enttäuscht. Ich fürchte, es war nicht ganz richtig, ihm soviel Geld auf einmal zu geben.«

»Es war sein Geld. Ich hatte kein Recht, es ihm vorzuenthalten.«

»Kein gesetzliches Recht, wohl aber ein moralisches.«

Er erzählte dem Contrôleur die Geschichte jener furchtbaren Nacht auf der Insel. Mit weiblichem Instinkt hatte Miss Jones erkannt, daß der Mann, von sinnlicher Begierde entflammt, danach trachtete, sich an ihr zu vergreifen, worauf sie, zur äußersten Verteidigung entschlossen, sich mit einem Skalpell bewaffnet hatte. Er erzählte dem Contrôleur, wie sie gebetet und geweint und sich in einer Grube verborgen hatte. Ihre Seelenqual war unbeschreiblich gewesen; sie fühlte, daß sie die Schande nie und nimmer überleben würde. Sie zitterte und bebte, und jeden Augenblick dachte sie, er würde kommen. Und nirgends Hilfe, weit und breit; und endlich schlief sie ein. Sie war erschöpft, das arme Wesen – was sie durchgemacht hatte, war über Menschenkraft gegangen –, und als sie aufwachte, merkte sie, daß er sie mit Koprasäcken zugedeckt hatte. Er hatte sie schlafend angetroffen, und sicherlich war es ihre Unschuld, ihre Hilflosigkeit gewesen, die ihn gerührt hatte. Er brachte es nicht übers Herz, seinen ruchlosen Vorsatz auszuführen. Sanft breitete er zwei Koprasäcke über sie und schlich leise davon.

»Das zeigt, daß tief in seinem Innern etwas Edles lebt. Meine

Schwester hält es für ihre Pflicht, ihn zu retten. Wir müssen etwas für ihn tun.«

»Nun, an Ihrer Stelle würde ich das nicht eher versuchen, als bis er mit seinem Geld fertig ist«, sagte der Contrôleur, »und wenn er bis dahin noch nicht im Gefängnis sitzt, können Sie tun, was Ihnen beliebt.«

Aber der rote Ted wollte nicht gerettet werden. Ungefähr vierzehn Tage nach seiner Freilassung saß er auf einem Stuhl vor dem Laden eines Chinesen und blickte gedankenlos die Straße hinab, als er Miss Jones herankommen sah. Er starrte sie einen Moment an, und wieder packte ihn das Erstaunen. Er murmelte etwas in sich hinein, und es ist nicht daran zu zweifeln, daß es etwas Respektloses war. Aber dann bemerkte er, daß Miss Jones ihn gesehen hatte, und wandte schnell den Kopf ab; er war sich jedoch bewußt, daß sie ihn ansah. Sie war schnell gegangen, nun aber verlangsamte sie ihren Schritt. Er fürchtete, daß sie stehenbleiben und ihn ansprechen würde. Rasch stand er auf und ging in den Laden. Mindestens fünf Minuten wagte er sich nicht wieder hinaus. Eine halbe Stunde später kam Mr. Jones selbst heran und ging mit ausgestreckter Hand geradewegs auf ihn zu.

»Guten Tag, Mr. Edward. Meine Schwester hat mir gesagt, daß ich Sie hier antreffen würde.«

Der rote Ted warf ihm einen unwirschen Blick zu und verschmähte die dargebotene Hand. Er antwortete nicht.

»Wir würden uns so sehr freuen, wenn Sie am nächsten Sonntag zu uns zum Essen kommen würden. Meine Schwester ist eine hervorragende Köchin und wird Ihnen ein echt australisches Dinner vorsetzen.«

»Scheren Sie sich zum Teufel«, war Teds Antwort.

»Das ist nicht sehr liebenswürdig«, sagte der Missionar, aber lachend, um zu zeigen, daß er nicht beleidigt war. »Sie besuchen doch von Zeit zu Zeit den Contrôleur, warum sollten Sie nicht auch uns besuchen? Es ist nett, hie und da mit einem Weißen zu sprechen. Wollen Sie das Vergangene nicht begraben sein lassen? Ich kann Sie eines sehr herzlichen Empfanges versichern.«

»Ich habe keine Kleider, in denen ich mich sehen lassen kann«, erwiderte der rote Ted mürrisch.

»Oh, das spielt keine Rolle. Kommen Sie, wie Sie sind.«

»Nein, ich komme nicht.«

»Warum nicht? Sie müssen einen Grund haben.«

Der rote Ted war ein Mensch, der sich kein Blatt vor den Mund nahm. Er zögerte nicht, auszusprechen, was wir alle gerne sagen würden, wenn wir eine unwillkommene Einladung erhalten.

»Ich habe keine Lust.«

»Das tut mir leid. Meine Schwester wird sehr enttäuscht sein.«

Mr. Jones, entschlossen zu zeigen, daß er nicht im mindesten beleidigt war, nickte ihm munter zu und setzte seinen Weg fort. Achtundvierzig Stunden später traf in dem Haus, in dem der rote Ted wohnte, ein Paket ein – man wußte nicht woher –, das ein Paar weiße Hosen, ein Tennishemd, ein Paar Socken und Schuhe enthielt. Er war nicht gewohnt, Geschenke zu bekommen, und als er den Contrôleur das nächstemal sah, fragte er ihn, ob er ihm die Sachen geschickt hätte.

»Keine Spur«, entgegnete der Contrôleur. »Mich läßt der Zustand Ihrer Garderobe vollkommen gleichgültig.«

»Wer, zum Teufel, kann es dann gewesen sein?«

»Nicht die leiseste Ahnung.«

Miss Jones hatte von Zeit zu Zeit geschäftlich mit Mr. Gruyter zu sprechen, und kurz darauf erschien sie eines Morgens in seinem Büro. Sie war eine tüchtige Frau, und obzwar sie gewöhnlich von ihm verlangte, er solle etwas tun, wozu er keine Lust hatte, nahm sie seine Zeit nicht unnütz in Anspruch. Er war deshalb ein wenig erstaunt, als er entdeckte, daß sie in einer sehr belanglosen Angelegenheit gekommen war. Als er erklärte, daß er sich mit der Sache, von der die Rede war, nicht befassen könnte, versuchte sie nicht, wie es ihre Gewohnheit war, ihn zu überzeugen, sondern nahm seine Ablehnung als endgültig hin. Sie stand auf, um zu gehen, und fügte dann, als fiele es ihr eben noch ein, hinzu:

»Ach, Mr. Gruyter, mein Bruder legt großen Wert darauf, daß dieser Mann, der allgemein der rote Ted genannt wird, einmal zu uns zum Essen kommt, und ich habe ihm einen kleinen Einladungsbrief geschrieben. Ich glaube, er ist sehr schüchtern. Würden Sie uns vielleicht die Freude machen, auch zu kommen?«

»Das ist sehr liebenswürdig von Ihnen.«

»Mein Bruder meint, wir müßten etwas für den armen Menschen tun.«

»Der Einfluß einer Frau und so weiter«, meinte der Contrôleur scheinheilig.

»Wollen Sie ihm zureden zu kommen? Ich bin sicher, wenn Sie ihm dazu raten und er einmal den Weg zu uns gefunden hat, wird er wiederkommen. Es ist so schade, einen jungen Menschen wie ihn einfach verkommen zu lassen.«

Der Contrôleur schaute zu ihr auf. Sie war einige Zoll größer als er. Er fand sie sehr reizlos. Sie erinnerte ihn seltsam an nasse Wäsche, die auf einer Leine zum Trocknen aufgehängt ist. Seine Augen zwinkerten, aber sein Gesicht blieb ernst.

»Ich werde mein Bestes tun«, sagte er.

»Wie alt ist er?« fragte sie.

»Seinem Paß nach einunddreißig.«

»Und wie ist sein wirklicher Name?«

»Wilson.«

»Edward Wilson«, sagte sie weich.

»Es ist erstaunlich, daß er nach dem Leben, das er hier geführt hat, noch so gesund ist. Er muß Bärenkräfte haben.«

»Rothaarige Menschen sind manchmal sehr stark«, sagte Miss Jones, aber sie sprach, als brächte sie die Worte nur mit Mühe hervor.

»Das stimmt«, sagte der Contrôleur.

Dann, ohne ersichtlichen Grund, wurde Miss Jones dunkelrot. Sie verabschiedete sich von dem Contrôleur und verließ sein Büro.

»Godverdomme!« sagte der Contrôleur.

Er wußte nun, wer dem roten Ted die Kleidungsstücke geschickt hatte.

Er begegnete ihm im Laufe des Tages und fragte ihn, ob er von Miss Jones gehört habe. Der rote Ted zog ein zerknülltes Papier aus der Tasche und hielt es ihm hin. Es war die Einladung. Sie lautete folgendermaßen:

Lieber Mr. Wilson!

Mein Bruder und ich würden uns sehr freuen, wenn Sie am nächsten Donnerstag um sieben Uhr dreißig zu uns zum Dinner kommen wollten. Der Contrôleur hat freundlichst ver-

sprochen, ebenfalls zu kommen. Wir haben ein paar neue Platten aus Australien, die Ihnen sicherlich gefallen werden. Ich war leider nicht sehr nett zu Ihnen, als wir uns das letztemal begegneten, aber ich kannte Sie damals noch nicht so gut und bin offenherzig genug zuzugeben, daß ich einen Fehler begangen habe. Ich hoffe, Sie werden mir verzeihen und mir erlauben, Ihre Freundin zu sein.

Mit bestem Gruß
Martha Jones

Der Contrôleur stellte fest, daß sie ihn mit Mr. Wilson anredete und sein, des Contrôleurs Versprechen, ebenfalls zu erscheinen, erwähnte, was ihm bewies, daß sie mit ihrer Äußerung, sie hätte den roten Ted bereits eingeladen, der Wahrheit ein wenig zuvorgekommen war.

»Was werden Sie tun?«

»Nicht hingehen, wenn Sie es wissen wollen. Verdammte Frechheit.«

»Sie müssen den Brief beantworten.«

»Fällt mir nicht ein.«

»Jetzt hören Sie zu, Ted; Sie ziehen sich Ihre neuen Kleider an und kommen mir zuliebe mit. Ich bin verpflichtet zu gehen, und Sie werden mich doch nicht im Stiche lassen wollen. Das eine Mal wird Ihnen schon nichts schaden.«

Der rote Ted blickte den Contrôleur mißtrauisch an, aber das Gesicht des Holländers war ernst und sein Gehaben aufrichtig: Ted erriet nicht, daß er in seinem Innern vor Lachen fast zerplatzte.

»Was wollen diese Leute von mir haben, zum Teufel?«

»Weiß ich nicht. Das Vergnügen Ihrer Gesellschaft offenbar.«

»Wird es was zu trinken geben?«

»Nein, aber kommen Sie um sieben Uhr zu mir, und wir wollen uns stärken, ehe wir aufbrechen.«

»Na schön, wenn es sein muß«, sagte der rote Ted mürrisch.

Der Contrôleur rieb sich die dicken Hände vor Vergnügen. Er versprach sich eine Menge Unterhaltung von dem Abend. Aber als der Donnerstag herankam und es sieben Uhr wurde, war der rote Ted stockbesoffen, und Mr. Gruyter mußte allein gehen. Er sagte dem Missionar und seiner Schwester die ungeschminkte Wahrheit. Mr. Jones schüttelte den Kopf.

»Ich fürchte, es nützt alles nichts, Martha, der Mann ist hoffnungslos.«

Einen Augenblick war Miss Jones still, und der Contrôleur sah zwei Tränen an ihrer langen dünnen Nase herunterlaufen. Sie biß sich auf die Lippen.

»Niemand ist hoffnungslos. Jeder hat etwas Gutes in sich. Ich werde jeden Abend für ihn beten. Es wäre sündhaft, an der Macht Gottes zu zweifeln.«

Vielleicht hatte Miss Jones recht, aber die göttliche Vorsehung schlug einen sehr eigenartigen Weg ein, ihre Ziele zu verwirklichen. Der rote Ted fing an, schwerer zu trinken denn je. Man hatte soviel Verdruß mit ihm, daß selbst Mr. Gruyter die Geduld verlor. Allmählich gelangte er zu der Ansicht, daß er diesen Menschen nicht länger auf den Inseln dulden konnte, und beschloß, ihn mit dem nächsten Schiff, das in Baru anlegte, abzuschieben. Dann starb ein Mann unter mysteriösen Umständen, nachdem er von einer Reise nach einer der umliegenden Inseln zurückgekehrt war, und der Contrôleur erfuhr, daß es auf jener Insel mehrere Todesfälle gegeben hatte. Er sandte den Chinesen, welcher der offizielle Arzt der Inselgruppe war, hin, um die Angelegenheit zu untersuchen, und erhielt sehr bald Nachricht, daß die Todesfälle auf Cholera zurückzuführen waren. Zwei weitere erfolgten in Baru, und die Gewißheit zwang sich auf, daß es sich um eine Epidemie handelte.

Der Contrôleur fluchte hemmungslos. Er fluchte auf dänisch, er fluchte auf englisch, er fluchte auf malaiisch. Dann trank er eine Flasche Bier und rauchte eine Zigarre. Hierauf überlegte er. Er wußte, daß der Chinese nichts ausrichten würde. Er war ein kleiner, nervöser Mann aus Java, und die Eingeborenen würden sich weigern, seinen Befehlen zu gehorchen. Der Contrôleur war tüchtig und wußte sehr genau, was zu tun war, aber er konnte nicht alles allein tun. Er liebte Mr. Jones nicht, aber in diesem Augenblick war er doch froh, ihn bei der Hand zu haben, und ließ ihn unverzüglich rufen. In zehn Minuten war Mr. Jones in seinem Büro. Er kam in Begleitung seiner Schwester.

»Sie wissen, warum ich Sie zu mir gebeten habe, Mr. Jones«, sagte der Contrôleur unvermittelt.

»Ja. Ich hatte auf Nachricht von Ihnen gewartet. Deshalb

ist auch meine Schwester gleich mitgekommen. Wir sind bereit, Ihnen unsere ganzen Kräfte zur Verfügung zu stellen. Ich brauche Ihnen nicht zu sagen, daß meine Schwester es an Leistungsfähigkeit mit jedem Mann aufnehmen kann.«

»Ich weiß. Ich werde ihr sehr dankbar für ihre Hilfe sein.«

Sie begannen, ohne einen Augenblick Zeit zu verlieren, die nötigen Schritte zu besprechen. Spitalbaracken und Quarantänestationen mußten aufgerichtet werden. Die Einwohner der verschiedenen Dörfer der Inseln mußten gezwungen werden, die nötigen Vorsichtsmaßnahmen zu ergreifen. In vielen Fällen bezogen die infizierten Dörfer ihr Wasser von der gleichen Quelle wie die gesunden, und in jedem Fall mußte diese Schwierigkeit den Umständen entsprechend behandelt werden. Es war notwendig, Leute herumzuschicken, welche die Vorschriften bekanntgaben und darüber wachten, daß sie ausgeführt wurden. Nachlässigkeit mußte erbarmungslos bestraft werden. Das Schlimmste war, daß die Eingeborenen anderen Eingeborenen nicht gehorchten, und Befehle, die von einem eingeborenen Polizisten ausgegeben wurden, der selbst an ihrer Zweckmäßigkeit zweifelte, würden sicherlich nicht befolgt werden. Es war ratsam, Mr. Jones in Baru zu belassen, wo die Einwohnerzahl am größten war und sein ärztlicher Rat am meisten gebraucht wurde. Mr. Gruyter wiederum konnte nicht alle übrigen Inseln allein übernehmen, da ihn seine amtlichen Pflichten zwangen, mit seinem Hauptquartier in Verbindung zu bleiben. Miss Jones mußte also gehen; aber die Einwohner gewisser ferngelegener Inseln waren wild und heimtückisch. Sie hatten dem Contrôleur schon viel zu schaffen gemacht. Er hatte Bedenken, eine Frau allein der Gefahr auszusetzen.

»Ich habe keine Angst«, sagte sie.

»Das glaube ich Ihnen. Aber wenn man Ihnen den Hals abschneidet, bekomme ich Scherereien, und überdies sind wir so knapp an Personal – ich möchte Ihre Hilfe nicht verlieren.«

»Dann soll Mr. Wilson mit mir kommen. Er kennt die Eingeborenen besser als irgendeiner und kann ihre Dialekte sprechen.«

»Der rote Ted?« Der Contrôleur starrte sie an. »Er hat gerade einen Anfall von Delirium tremens hinter sich.«

»Ich weiß«, antwortete sie.

»Sie wissen ja eine ganze Menge, Miss Jones.«

Trotz des ernsten Augenblicks konnte Mr. Gruyter ein Lächeln nicht unterdrücken. Er warf ihr einen scharfen Blick zu, aber sie hielt ihm kühl stand.

»Nichts ist geeigneter, das Gehaltvolle, das in einem Menschen liegt, herauszuholen, als Verantwortung. Vielleicht ist das ein Weg, ihn umzuwandeln.«

»Hältst du es für geraten, dich auf Tage einem so nichtswürdigen Menschen anzuvertrauen?« fragte der Missionar.

»Ich setze mein Vertrauen in Gott«, antwortete sie ernst.

»Und glauben Sie, Ted wäre eine Hilfe?« fragte der Contrôleur. »Sie kennen ihn doch.«

»Ich bin überzeugt davon.« Dann errötete sie. »Schließlich weiß niemand besser als ich, daß er imstande ist, Selbstbeherrschung zu üben.«

Der Contrôleur biß sich auf die Lippen.

»Lassen wir ihn holen.«

Er gab dem Sergeanten einen Auftrag, und in ein paar Minuten war der rote Ted zur Stelle. Er sah krank aus. Offenbar hatte ihn sein letzter Anfall arg mitgenommen, und seine Nerven waren ganz kaputt. Er war in Fetzen und hatte sich seit einer Woche nicht mehr rasiert. Man konnte sich keinen verkommeneren Anblick vorstellen.

»Passen Sie auf, Roter«, sagte der Contrôleur. »Es handelt sich um diese Cholerageschichte. Wir müssen die Eingeborenen zwingen, Vorsichtsmaßregeln zu ergreifen, und Sie sollen uns dabei helfen.«

»Ich? Warum gerade ich, zum Teufel?«

»Ohne besonderen Grund. Menschenliebe vielleicht.«

»Nichts zu machen, Contrôleur. Ich bin kein Philanthrop.«

»Dann ist es gut. Das war alles, was ich wollte. Sie können gehen.« Aber als der rote Ted sich der Tür zuwandte, wurde er von Miss Jones angehalten.

»Es war meine Anregung, Mr. Wilson. Sehen Sie, man will mich nach Labobo und Sakunchi schicken, und die Eingeborenen dort sind so komisch, daß ich Angst hatte, allein zu gehen. Ich hatte gedacht, wenn Sie mitkämen, würde ich sicherer sein.«

Er betrachtete sie mit einem Blick äußersten Abscheus.

»Was geht es mich an, ob man Ihnen die Gurgel durchschneidet oder nicht?«

Miss Jones schaute ihn an, und ihre Augen füllten sich mit

Tränen. Sie fing zu weinen an. Er stand da und blickte sie blöde an.

»Nein, Sie haben recht, es geht Sie nichts an.« Sie riß sich zusammen und trocknete sich die Augen. »Es schadet nichts. Ich gehe allein.«

»Ich finde es blödsinnig unvorsichtig von einer Frau, allein nach Labobo zu gehen.«

Sie blickte ihn mit einem Lächeln an.

»Da mögen Sie recht haben, aber es ist mein Beruf, sehen Sie, und ich kann nicht anders. Es tut mir leid, wenn ich Sie mit meinem Ansinnen geärgert habe. Sie müssen es vergessen. Es war eine Zumutung, von Ihnen zu verlangen, sich einer solchen Gefahr auszusetzen.«

Eine volle Minute stand der rote Ted da und schaute sie an. Er trat von einem Fuß auf den andern. Sein mürrisches Gesicht sah ganz finster aus.

»Der Teufel soll's holen«, sagte er endlich. »Mögen Sie Ihren Willen haben. Ich komm mit. Wann wollen Sie aufbrechen?«

Sie machten sich am nächsten Tage auf die Reise, mit Medikamenten und Desinfektionsmitteln versehen, in dem Motorboot der Regierung. Mr. Gruyter sollte, sobald er die notwendigsten Arbeiten erledigt hatte, in einem Prahu in die entgegengesetzte Richtung fahren. Vier Monate wütete die Epidemie. Obgleich nichts unversucht blieb, sie zu lokalisieren, erfaßte sie eine Insel nach der anderen. Der Contrôleur hatte vom Morgen bis in die Nacht hinein zu tun. Kaum kehrte er von einer Insel nach Baru zurück, um dort nach dem Rechten zu sehen, mußte er auch schon wieder aufbrechen, um sich nach einer anderen zu begeben. Er verteilte Nahrungsmittel und Medizinen. Er sprach den erschreckten Menschen Mut zu. Er beaufsichtigte alles. Er arbeitete wie ein Hund. Den roten Ted sah er nie, aber er hörte von Mr. Jones, daß das Experiment über alle Erwartungen gut gelungen war. Der Tunichtgut nahm sich zusammen. Er verstand es, mit den Eingeborenen umzugehen: durch Überredungskunst, Festigkeit und gelegentlich durch den Gebrauch seiner Fäuste brachte er sie dazu, die für ihre Sicherheit notwendigen Schritte zu unternehmen. Miss Jones konnte sich zu dem Erfolg ihrer Kriegslist gratulieren. Aber der Contrôleur war zu müde, um sich darüber zu amüsieren. Als die Epidemie erloschen war, triumphierte er, weil von einer Bevölkerung von achttausend Menschen bloß sechshundert gestorben waren.

Endlich war er imstande, dem Distrikt ein Gesundheitsattest auszustellen.

Eines Abends saß er in seinem Sarong auf der Veranda seines Hauses und las einen französischen Roman, mit dem glücklichen Bewußtsein, daß er die Dinge nun wieder leichter nehmen durfte. Sein Hauptboy kam herein und meldete, daß der rote Ted ihn zu sprechen wünsche. Er erhob sich von seinem Stuhl und rief ihm mit lauter Stimme entgegen, er möge doch eintreten. Gesellschaft war gerade das, was ihm gefehlt hatte. Es war ihm durch den Kopf gegangen, daß es nett wäre, sich an diesem Abend zu betrinken, und er hatte den Gedanken mit Bedauern beiseite geschoben. Der rote Ted kam wie vom Himmel gesandt. Bei Gott, das sollte eine Nacht werden. Nach vier Monaten verdienten sie wahrhaftig ein bißchen Spaß. Der rote Ted trat ein. Er hatte einen saubern weißen Anzug an. Er war rasiert. Er sah aus wie ein anderer Mensch.

»Aber Roter, Sie sehen ja aus, als kämen Sie aus der Sommerfrische, nicht wie einer, der monatelang cholerakranke Neger gepflegt hat. Und diese Eleganz! Ja, was ist denn mit Ihnen los?«

Der rote Ted lächelte ziemlich unsicher. Der Boy brachte zwei Flaschen Bier und schenkte ein.

»Trinken Sie, Ted«, sagte der Contrôleur, sein Glas ergreifend.

»Danke; ich glaube, ich nehme lieber nichts.«

Der Contrôleur stellte sein Glas hin und blickte Ted verblüfft an.

»Warum denn nicht, um Gottes willen? Haben Sie keinen Durst?«

»Ich hätte nichts gegen eine Tasse Tee.«

»Eine Tasse was?«

»Ich bin im Begriff, mir den Alkohol abzugewöhnen. Martha und ich werden heiraten.«

»Roter!«

Dem Contrôleur fielen beinahe die Augen aus dem Kopf. Er kratzte sich seinen kahlgeschorenen Schädel.

»Sie können doch nicht Miss Jones heiraten«, sagte er. »Niemand könnte Miss Jones heiraten.«

»Nun, ich werde es tun. Aus diesem Grunde bin ich hergekommen. Owen wird uns in der Kapelle trauen, aber wir möchten auch nach holländischem Gesetz getraut werden.«

»Das ist ein Witz, Roter, ein Witz. Wie kommen Sie auf so eine Idee?«

»Sie wollte es. Sie hat sich in jener Nacht auf der Insel, als der Propeller zerbrach, in mich verliebt. Sie ist gar nicht so übel, wenn man sie näher kennt. Es ist ihre letzte Chance, wenn Sie wissen, was ich meine, und ich möchte ihr etwas zuliebe tun. Außerdem braucht sie jemanden, der auf sie aufpaßt, das habe ich gemerkt.«

»Roter, Roter, ehe Sie sich's versehen, wird sie einen Missionar aus Ihnen machen.«

»Da hätte ich offen gestanden gar nichts dagegen, wenn wir unsere eigene kleine Mission hätten. Sie sagt, ich könne Wunder wirken unter den Eingeborenen. Sie sagt, ich erreiche in fünf Minuten mehr als Owen in einem Jahr. Sie sagt, sie hätte nie jemanden mit so viel Suggestionskraft gesehen wie mich. Es wäre doch schade, eine solche Gabe ungenützt zu lassen.«

Der Contrôleur blickte ihn an, ohne zu sprechen, und nickte drei-, viermal langsam mit dem Kopf. Sie hatte ihn gut eingewickelt.

»Ich habe bereits siebzehn bekehrt«, sagte der rote Ted.

»Sie? Ich wußte gar nicht, daß Sie ein gläubiger Christ sind.«

»Gott, eigentlich war ich es auch nicht. Aber als ich zu ihnen sprach und sie mir zuliefen wie eine Schar verlorener Schafe, wurde mir ganz komisch zumute. Verdammt, sagte ich mir, vielleicht ist doch etwas daran.«

»Sie hätten sie vergewaltigen sollen, Roter. Es hätte keine besondern Folgen für Sie gehabt. Ich hätte Ihnen drei Jahre aufgebrummt, und drei Jahre sind schnell vorbei.«

»Verraten Sie ihr niemals, daß ich nie im Leben auf diesen Gedanken verfallen wäre, Contrôleur. Frauen sind empfindlich in diesem Punkt, und sie wäre furchtbar beleidigt, wenn sie es erführe.«

»Ich hatte schon gemerkt, daß sie ein Auge auf Sie geworfen hatte, aber nie hätte ich mir gedacht, daß es so weit kommen könnte.« Der Contrôleur ging aufgeregt auf der Veranda auf und ab. »Hören Sie mir zu, alter Junge«, sagte er nach einiger Überlegung, »wir haben wundervolle Zeiten miteinander verlebt, und Freund ist Freund. Ich will Ihnen sagen, was Sie tun sollen. Ich leihe Ihnen das Regierungsboot, und Sie können sich auf einer der Inseln verstecken, bis der nächste Dampfer vorbeikommt. Ich werde Weisung geben, daß man Sie an Bord nimmt. Es bleibt Ihnen nur mehr eines übrig: auszureißen.«

Der rote Ted schüttelte den Kopf.

»Es hat keinen Zweck, Contrôleur. Ich weiß, Sie meinen es gut, aber ich werde diese Frau heiraten, und dabei bleibt's. Sie wissen nicht, welche Freude es ist, die Reue in diesen armen Sündern zu wecken, und beim Himmel!, das Mädchen macht einen Siruppudding! Seit meiner Kindheit habe ich keinen solchen mehr gegessen.«

Der Contrôleur war sehr verstört. Der besoffene Kerl war seine einzige Gesellschaft auf der Insel gewesen, und er wollte ihn nicht verlieren. Er entdeckte, daß er eine gewisse Zuneigung zu ihm gefaßt hatte. Am nächsten Tag besuchte er den Missionar.

»Was höre ich da von einer Heirat zwischen dem roten Ted und Ihrer Schwester?« fragte er. »Es ist das Merkwürdigste, das mir je im Leben vorgekommen ist.«

»Aber es ist wahr.«

»Sie müssen etwas dagegen unternehmen. Es ist der hellste Wahnsinn.«

»Meine Schwester ist großjährig und kann tun, was ihr beliebt.«

»Sie werden mir doch nicht einreden, daß Sie damit einverstanden sind? Sie kennen den roten Ted. Er ist ein Strolch, und daran ist nichts zu ändern. Haben Sie Ihre Schwester aufmerksam gemacht, was für ein Risiko sie auf sich nimmt? Sünder zur Reue zu bekehren – gut und schön –, aber es gibt doch Grenzen. Kann der Leopard sein Fell ändern?«

Zum erstenmal, seit er ihn kannte, entdeckte der Contrôleur ein Zwinkern in den Augen des Missionars.

»Meine Schwester ist eine sehr energische Person, Mr. Gruyter«, antwortete er. »Seit jener Nacht auf der Insel war er verloren.«

Der Contrôleur war sprachlos. Er war ebenso erstaunt wie

der Prophet, als der Herr den Mund des Esels öffnete und ihn zu Balaam sagen ließ: »Was habe ich getan, daß du mich dreimal schlugst?« Vielleicht war Mr. Jones doch ein Mensch.

»Allejesus!« murmelte der Contrôleur.

Ehe das Gespräch noch fortgesetzt werden konnte, kam Miss Jones ins Zimmer gerauscht. Sie strahlte. Sie sah zehn Jahre jünger aus. Ihre Wangen glühten, und die Nase war fast überhaupt nicht rot.

»Sind Sie gekommen, um mir zu gratulieren, Mr. Gruyter?« rief sie, und ihr Gehaben war munter und mädchenhaft. »Sehen Sie, ich habe doch recht behalten. Sie können sich nicht vorstellen, wie großartig Edward sich in dieser schrecklichen Zeit benommen hat. Er ist ein Held. Er ist ein Heiliger. Selbst mich hat er in Erstaunen gesetzt.«

»Ich hoffe, Sie werden sehr glücklich sein, Miss Jones.«

»Ich weiß, daß ich es sein werde. Oh, es wäre sündhaft von mir, wenn ich daran zweifelte. Denn es ist der Herr, der uns zusammengeführt hat.«

»Glauben Sie?«

»Ich weiß es. Überlegen Sie doch nur. Wenn die Cholera nicht gewesen wäre, hätte Edward sich nie gefunden. Wenn die Cholera nicht gewesen wäre, hätten wir einander nie kennengelernt. Nie habe ich die Hand Gottes deutlicher erkannt.«

Der Contrôleur fand, daß es eine höchst umständliche Art war, zwei Menschen zusammenzuführen, wenn sie den Tod von sechshundert Menschen zur Voraussetzung hatte, aber da er in bezug auf das Walten der Allmacht nicht sonderlich versiert war, enthielt er sich jeder Bemerkung.

»Sie werden nie erraten, wo wir unsere Flitterwochen zubringen werden«, sagte Miss Jones schelmisch.

»Java?«

»Nein. Wenn Sie uns Ihr Motorboot leihen, gehen wir auf die kleine Insel, wo wir Schiffbruch erlitten haben. Sie birgt zarte Erinnerungen für uns beide. Dort erfuhr ich zum erstenmal, wie vornehm und gut Edward ist. Und dort soll ihm seine Belohnung zuteil werden.«

Dem Contrôleur verschlug es den Atem. Er verabschiedete sich rasch, denn das fühlte er: wenn er jetzt nicht sofort eine Flasche Bier trank, bekam er Krämpfe. Nie im Leben war er so schockiert gewesen.

Tugend

Ich sage immer: es geht doch nichts über eine gute Havanna. Als ich noch jung und sehr arm war und nur dann eine Zigarre rauchte, wenn ich eine geschenkt bekam, nahm ich mir fest vor, wenn ich zu Geld kommen sollte, jeden Tag nach dem Lunch und nach dem Dinner eine Zigarre zu rauchen. Dies ist der einzige Vorsatz meiner Jugend, den ich gehalten habe. Es ist die einzige Erfüllung meines Lebens, in die sich nie die Bitternis der Enttäuschung gemengt hat. Eine Zigarre nach meinem Sinn muß mild, aber aromatisch sein, weder so klein, daß sie zu Ende ist, ehe man auf den Geschmack kommt, noch so groß, daß sie lästig wird; sie muß so gerollt sein, daß sie zieht, ohne daß man sich bewußt anstrengt, und ein Blatt haben, das auf den Lippen nicht aufweicht und so gepflegt ist, daß es bis zum Schluß sein Aroma behält. Aber wenn man nach dem letzten Zug den formlosen Stumpf weggelegt hat und die letzte Rauchwolke blau in der Luft zergangen ist, dann wird man sich, wenn man ein fühlender Mensch ist, einer gewissen Melancholie nicht erwehren können. Wieviel Arbeit, Mühe und Anstrengung ist nun dahin, welche Sorgfalt, welch komplizierte Organisation war notwendig, um uns diese halbe Stunde des Genusses zu verschaffen! Dafür haben Menschen jahrelang unter tropischen Sonnen geschmachtet und Schiffe die sieben Meere durchpflügt. Derartige Überlegungen werden noch peinigender, wenn man ein halbes Dutzend Austern ißt (mit einer halben Flasche trockenen Weißweins), und sie werden fast unerträglich, wenn es sich um ein Lammkotelett handelt. Denn hier haben wir es mit Tieren zu tun, und wahrhaftig, die Vorstellung ist erschreckend: seitdem die Erdoberfläche die Fähigkeit erlangt hat, Leben zu erhalten, sind in einer langen Reihe, von Generation zu Generation, durch Millionen und Millionen von Jahren Geschöpfe in die Welt gesetzt worden, um schließlich auf einer Platte mit zerstoßenem Eis oder auf einem silbernen Grill zu enden.

Es mag sein, daß eine träge Phantasie den tragischen Ernst, den das Verspeisen einer Auster birgt, nicht erfassen kann, und die Entwicklungsgeschichte lehrt, daß sich das Schaltier durch die Jahrtausende in einer Weise eigenbrötlerisch verhalten hat, die dem Mitgefühl wenig förderlich war. Eine solche Unzulänglichkeit hat etwas Beleidigendes für den ehrgeizigen Eroberungsgeist des Menschen, eine solche Selbstgenügsamkeit verletzt seine Eitelkeit. Aber wie man ein Lammkotelett betrachten kann, ohne Fragen in sich aufsteigen zu fühlen, vor denen selbst die Tränen versiegen, werde ich nie begreifen. Denn hier hat die Hand des Menschen tätig mitgewirkt, und die Geschichte der Rasse ist eng verknüpft mit dem zarten Bissen auf unserem Teller.

Und muß uns nicht selbst das Schicksal der menschlichen Kreatur bisweilen unbegreiflich erscheinen? Sehen wir uns diesen oder jenen Menschen an. Die gewöhnlichen, unscheinbaren Gestalten des Alltags: den Bankbeamten, den Straßenfeger, das ältliche Mädchen in den letzten Statistenreihen auf der Bühne. Ist es nicht seltsam zu bedenken, welch endlose Geschichte hinter jedem einzelnen liegt, welch tausendfältige Verkettung von Zufällen all diese Menschen im Laufe der Ereignisse aus dem urzeitlichen Schlamm just in diesem Augenblick an diesen bestimmten Ort geführt hat! Wenn es solch ungeheuerlicher Evolutionen bedurfte, um sie bis an diesen Punkt zu bringen, dann müßte man doch meinen, daß ihr Dasein von überwältigender Wichtigkeit sei, daß ihr Geschick dem ›Geist des Lebens‹, oder wie die Macht, die sie hervorgebracht hat, auch heißen möge, etwas bedeute. Ein Unfall stößt ihnen zu. Der Faden ist abgerissen. Die Geschichte, deren Anfang auf den Weltbeginn zurückgeht, ist jäh zu Ende, und es sieht aus, als wäre sie ohne jeden Sinn. Ein Idiot könnte sie erzählt haben. Und ist es nicht unfaßbar, daß ein Ereignis von so tragischer Wichtigkeit durch die trivialsten Ursachen herbeigeführt werden kann? Die Geschichte zum Beispiel, die ich erzählen werde, hätte sich nie ereignet, wenn ich nicht eines Tages auf die andere Seite der Straße hinübergegangen wäre. Das Leben ist wahrhaftig höchst phantastisch, und es gehört schon ein besonderer Sinn für Humor dazu, es von der heiteren Seite zu nehmen.

Ich schlenderte an einem Frühlingsvormittag die Bond Street hinunter, und da ich bis zum Lunch nichts Besonderes zu tun hatte, beschloß ich, einen kleinen Abstecher in das Auktionshaus von Sotheby zu machen, um mir die neu ausgestellten

Sachen anzusehen. Es herrschte eine kleine Verkehrsstockung, und ich bahnte mir meinen Weg durch die Wagen. Als ich drüben ankam, stieß ich mit einem Mann zusammen, den ich von Borneo her kannte und der eben aus einem Hutladen trat.

»Hallo, Morton«, sagte ich. »Seit wann sind Sie in England?«

»Seit einer Woche ungefähr.«

Er war drüben in Borneo Distriktsoffizier. Der Gouverneur hatte mir eine Empfehlung an ihn gegeben, und ich hatte ihm geschrieben, daß ich die Absicht hätte, mich an dem Ort, in dem er lebte, eine Woche lang aufzuhalten und in dem von der Regierung eingerichteten Unterkunftshaus abzusteigen. Er holte mich vom Schiff ab und lud mich ein, bei ihm zu wohnen. Ich lehnte es ab. Wie konnte ich für acht Tage die Gastfreundschaft eines wildfremden Menschen in Anspruch nehmen? Ich scheute mich, ihm Kosten zu verursachen. Überdies versprach ich mir größere Freiheit, wenn ich für mich blieb. Aber er wollte nichts davon hören.

»Ich habe eine Menge Platz«, sagte er, »und das Unterkunftshaus ist abscheulich. Seit sechs Monaten habe ich mit keinem Weißen mehr gesprochen, und meine eigene Gesellschaft wächst mir zum Halse heraus.«

Aber als Morton mich dann wirklich hatte, als sein Motorboot uns an seinem Bungalow abgesetzt und er mir etwas zu trinken angeboten hatte, wuße er nicht das geringste mehr mit mir anzufangen. Mit einemmal packte ihn die Schüchternheit, und sein Gespräch, das bis dahin fließend und unbefangen gewesen war, versiegte. Ich bemühte mich nach Kräften, ihm über seine Fremdheit hinwegzuhelfen (das Geringste, was ich für ihn tun konnte, in seinem eigenen Haus), und so fragte ich ihn, ob er keine neuen Platten hätte. Er zog das Grammophon auf, und die Klänge einer Tanzplatte gaben ihm seine Sicherheit wieder.

Von seinem Bungalow aus sah man hinab auf den Fluß, und eine große Veranda bildete sein Wohnzimmer. Sie war in der unpersönlichen Art eingerichtet, die so charakteristisch für die Wohnung des Regierungsbeamten ist, der von heute auf morgen da- und dorthin versetzt werden kann, je nach den Erfordernissen des Dienstes. An den Wänden hingen als Zierde einheimische Kopfbedeckungen, Tiergeweihe, Musikinstrumente und

Speere. Auf dem Bücherregal sah man Detektivromane und alte Zeitschriften. Ein Pianino mit gelben Tasten stand an der Wand. Das Zimmer war sehr unordentlich, aber nicht ungemütlich.

Leider kann ich mich nicht genau erinnern, wie er aussah. Er war jung, achtundzwanzig Jahre alt, wie ich später erfuhr, und hatte ein knabenhaftes anziehendes Lächeln. Ich verbrachte eine angenehme Woche mit ihm. Wir fuhren den Fluß hinauf und hinunter, und wir bestiegen einen Berg. Einmal frühstückten wir bei einem Pflanzer, der zwanzig Meilen entfernt wohnte, und jeden Abend gingen wir in den Klub. Die einzigen Mitglieder waren der Leiter einer Kautschukfabrik und seine Assistenten, aber sie verkehrten nicht untereinander, und nur auf Mortons Vorstellungen, ihn doch, um Gottes willen, nicht im Stich zu lassen, wenn er einen Gast hätte, wurde es möglich, eine Bridgepartie zusammenzustellen. Die Atmosphäre war gespannt. Wir kamen zum Dinner wieder nach Hause, hörten uns ein paar Grammophonplatten an und gingen schlafen. Morton hatte nur wenig im Büro zu tun. Eigentlich hätte man meinen müssen, daß ihm die Zeit nicht gerade kurzweilig durch die Finger lief, aber dem war nicht so. Er war voll Energie und Lebensfreude; es war sein erster Posten, und er war glücklich, unabhängig zu sein. Er hatte nur *eine* Sorge: daß er versetzt werden könnte, ehe die Straße fertig war, an der er baute. Diese Straße bildete die Freude seines Herzens. Sie entsprang seiner eigenen Idee, und er hatte mit vieler Kunst die Regierung veranlaßt, ihm das nötige Geld zu bewilligen; er hatte selbst das Terrain geprüft und den Weg festgelegt. Er hatte ohne Hilfe die technischen Probleme gelöst, die sich darboten. Jeden Morgen, ehe er ins Büro ging, fuhr er in einem wackligen alten Ford an die Baustelle und überzeugte sich von den Leistungen der Kulis. Er dachte an nichts anderes. Er träumte in der Nacht von seiner Straße. Er errechnete, daß sie in einem Jahr fertig sein würde, und wollte erst dann seinen Urlaub nehmen. Wäre er ein Maler oder ein Bildhauer gewesen, der an einem Kunstwerk schafft, er hätte unmöglich mit größerer Hingabe arbeiten können. Ich glaube, es war diese Intensität, die ihm mein Herz gewann. Ich bewunderte seinen Eifer. Seine unbeirrte Art gefiel mir. Und die Besessenheit, mit der er sein Werk vorwärtstrieb und die ihn gleichgültig machte gegen Einsamkeit, Fortkommen und selbst gegen die Aussicht, die Heimat wiederzusehen, imponierte mir. Ich weiß nicht mehr, wie lang die Straße war – fünfzehn oder zwanzig Meilen etwa –, und ich weiß nicht mehr, welchem Zweck sie dienen sollte. Ich nehme an, daß Morton sich darüber nicht viel Kopfzerbrechen machte. Seine Leidenschaft war die Leidenschaft des Künstlers, sein Triumph der Triumph des Menschen über die Natur. Er lernte im Vorwärtsdringen. Er hatte gegen den Dschungel zu kämpfen, gegen Wolkenbrüche, die das Werk von Wochen vernichteten, gegen topographische Hindernisse; er mußte seine Arbeit organisieren und sie zusammenhalten; er hatte unzureichende Mittel. Aber seine Phantasie hielt ihn aufrecht. Die Arbeit mit ihren wechselvollen Ereignissen gestaltete sich zu einer Art von Epos, zu einer großen Saga mit unzähligen Episoden.

Nur eines machte ihm Kummer: der Tag war zu kurz. Er hatte Bürodienst, er war Richter, Steuereinnehmer, Vater und Mutter der Bevölkerung seines Distrikts – all dies mit achtundzwanzig Jahren! Er mußte hie und da Inspektionsreisen unternehmen, die ihn von seinem Wohnort fernhielten. Wenn er nicht selbst an Ort und Stelle war, wurde nichts geleistet. Er hätte am liebsten vierundzwanzig Stunden im Tag dabeistehn mögen, um die unwilligen Kulis anzutreiben. Kurz vor meiner Ankunft hatte sich etwas ereignet, was ihn mit freudiger Genugtuung erfüllte. Er hatte einem Chinesen für ein bestimmtes Arbeitsquantum Bedingungen angeboten, die dieser nicht annehmen wollte. Er verlangte mehr, als Morton zahlen konnte. Trotz endloser Diskussionen war es unmöglich, eine Einigung zu erzielen. Das Herz voll Wut, mußte Morton zusehen, wie seine Arbeit aufgehalten wurde. Er wußte keinen Ausweg. Eines Morgens nun, als er ins Büro ging, hörte er, daß es in der Nacht zuvor in einem chinesischen Spielhaus zu einer großen Schlägerei gekommen war. Ein Kuli war schwer verwundet worden, und sein Angreifer saß im Arrest. Dieser Angreifer war niemand anders als der widerspenstige Chinese. Er kam vor Gericht, seine Schuld wurde einwandfrei festgestellt, und Morton verurteilte ihn zu achtzehn Monaten Zwangsarbeit.

»Jetzt kann er ohne Bezahlung an der Straße bauen«, sagte Morton, und seine Augen blitzten.

Wir sahen den Burschen eines Morgens an der Arbeit. Seelenvergnügt schaufelte er in seinem Sträflingskittel darauf los. Er schien sein Mißgeschick nicht weiter schwerzunehmen.

»Ich habe ihm versprochen, ihm den Rest seiner Strafe zu schenken, sobald die Straße fertig ist«, sagte Morton, »und er ist ganz zufrieden damit. Glück muß man haben, nicht?«

Als ich mich von Morton verabschiedete, forderte ich ihn auf, mich zu verständigen, wenn er nach England käme, und er versprach, es gleich nach seiner Landung zu tun. In dem Augenblick, da man derartige Einladungen ausspricht, meint man sie vollkommen ernst. Wird man aber beim Wort genommen, so bekommt man es mit der Angst: die Leute sind so anders zu Hause als draußen. Dort sind sie unbefangen, herzlich und natürlich. Sie haben interessante Dinge zu erzählen. Sie sind unbeschreiblich freundlich und nett. Man hat den Wunsch, sich für die genossene Gastfreundschaft dankbar zu erweisen. Doch es ist nicht leicht. Die Menschen, die in ihrer eigenen Umgebung amüsant waren, werden in der unseren äußerst langweilig. Sie sind befangen und schüchtern. Wir stellen sie unseren Freunden vor, und unsere Freunde finden sie hoffnungslos ledern. Sie bemühen sich nach Kräften, höflich zu ihnen zu sein, aber sie seufzen erleichtert auf, wenn die Fremden aufbrechen und die Konversation wieder ungehindert in den gewohnten Bahnen dahinplätschern kann. Ich vermute, daß die Leute aus den Kolonien diese Situation sehr bald begreifen – denn sie haben so manche bittere und demütigende Enttäuschung hinter sich –, jedenfalls machte ich die Erfahrung, daß sie nur selten einer Einladung Folge leisten, die in irgendeiner entlegenen Station des Dschungels so herzlich ausgesprochen und ebenso herzlich angenommen wurde. Aber mit Morton war es anders. Er war jung und ledig. In den meisten Fällen liegt die Schwierigkeit bei den Frauen; die andern Frauen betrachten kritisch ihre unmodernen Kleider, erfassen mit einem Blick das Provinzlerische ihrer Erscheinung und vernichten sie mit ihrer eisigen Gleichgültigkeit. Aber ein Mann kann Bridge spielen, er kann Tennis spielen und tanzen. Morton hatte Charme. Ich war überzeugt, daß er ohne weiteres in ein bis zwei Tagen Boden fassen würde.

»Warum haben Sie mich nicht von Ihrer Anwesenheit verständigt?«

»Ich wollte Sie nicht belästigen«, lächelte er.

»Was für ein Unsinn!«

Selbstverständlich erschien er mir, als wir nun auf der Straße beisammenstanden und einen Augenblick plauderten, etwas ungewohnt. Ich hatte ihn immer nur in Khakihosen und Tennishemd gesehen oder beim Dinner, wenn wir vom Klub nach Hause kamen, in Sarong und Pyjamajacke, der bequemsten Abendkleidung, die je erdacht wurde. In seinem blauen Anzug sah er ein bißchen ungeschickt aus. Sein Gesicht wirkte sehr braun über dem weißen Kragen.

»Wie steht's mit der Straße?« fragte ich.

»Fertig. Ich dachte schon, ich würde meinen Urlaub aufschieben müssen. Knapp vor der Vollendung stellten sich uns allerlei Hindernisse in den Weg. Aber ich ließ nicht locker, und am Tag vor der Abreise bin ich mit meinem Ford die ganze Strekke, ohne anzuhalten, hin und zurück gesaust.«

Ich lachte. Er war reizend in seiner Freude.

»Was haben Sie bisher unternommen in London?«

»Anzüge gekauft.«

»Und fühlen Sie sich wohl?«

»Sehr. Es ist natürlich ein bißchen einsam, aber das stört mich nicht. Ich habe mir jeden Abend eine Vorstellung angesehn. Die Palmers – Sie kennen sie doch von Sarawak her – sollten gleichzeitig mit mir in London sein, und wir wollten gemeinsam allerhand unternehmen, aber sie mußten nach Schottland fahren, weil ihre Mutter krank wurde.«

Diese Worte, so beiläufig hingesprochen, schnitten mir tief ins Herz. Das war die übliche Erfahrung. Es war erschütternd. Monate, lange Monate hindurch malten sich diese Leute ihre Ferien aus, und wenn sie dann das Schiff verließen, waren sie halb närrisch vor Freude und Erwartung. London – Läden, Klubs, Theater, Restaurants – London. Wie wollten sie es genießen! London. Es verschluckte sie. Eine fremde, turbulente Stadt, nicht feindselig, aber gleichgültig. Sie verloren sich in ihr. Sie hatten keine Freunde. Sie hatten nichts Gemeinsames mit den Menschen, die sie kennenlernten. Sie waren einsamer als im Dschungel. Es war ein Glücksfall, wenn sie in irgendeinem Theater zufällig mit einem Bekannten aus dem Fernen Osten zusammentrafen (gleichgültig, ob sie ihn dort für besonders sympathisch und unterhaltsam gehalten hatten oder nicht).

Dann wurde ein Abend verabredet, man konnte wieder einmal herzlich lachen, man erzählte sich, wie großartig man sich amüsierte, man sprach von gemeinsamen Freunden und gestand sich zu guter Letzt – wenn auch nicht ohne Verlegenheit –, daß man über das Ende des Urlaubs gar nicht sehr betrübt sein werde und gern ins Joch zurückkehre. Sie fuhren zu ihren Familien und freuten sich natürlich ungemein, sie zu sehen, aber ganz so wie früher war es nicht mehr, man gehörte nicht mehr recht dazu; was war es doch für ein trübseliges Dasein, das die Leute in England führten! Es war wunderbar, nach Hause zu kommen, aber leben konnte man hier nicht mehr. Man dachte an den Bungalow mit seinem Blick auf den Fluß, an die Reisen durch den Distrikt und was für Spaß es machte, wenn man alle heiligen Zeiten einmal eine kleine Spritzfahrt nach Sandakan oder Kuching oder Singapur unternahm.

Und weil ich mich erinnerte, mit was für Erwartungen Morton den Zeitpunkt herbeigesehnt hatte, an dem er, nach Beendigung seiner Straße, endlich seinen Urlaub würde antreten dürfen, konnte ich mich eines schmerzlichen Gefühls nicht erwehren. Ich stellte mir vor, wie er allein in einem öden Klub zu Abend aß, wo er niemanden kannte, oder allein in einem Restaurant in Soho und wie er nachher in irgendein Theater ging, wo wiederum keiner neben ihm saß, mit dem er die Vorstellung genießen konnte oder mit dem er in der Pause ein Gläschen trank. Und gleichzeitig überlegte ich: selbst wenn ich gewußt hätte, daß er in London war – ich hätte nichts für ihn tun können, weil ich in der letzten Woche nicht einen Augenblick frei gehabt hatte. Auch für diesen Abend war ich mit Freunden verabredet, und am nächsten Tag reiste ich ins Ausland.

»Was machen Sie heute abend?« fragte ich ihn.

»Ich gehe in den ›Pavillon‹. Es ist zwar immer furchtbar voll dort, aber ich habe in meiner Straße einen großartigen Mann entdeckt, der mir noch ein Billett verschafft hat.«

»Haben Sie nicht Lust, mit mir zu Abend zu essen? Ich gehe mit Bekannten ins Theater, und nachher wollen wir noch zu Ciro.«

»Furchtbar gern.«

Wir verabredeten uns für elf Uhr, und ich verließ ihn.

Ich hatte die Befürchtung, daß die Freunde, mit denen ich mich treffen wollte, für Morton nicht sehr unterhaltsam sein würden, denn sie waren ausgesprochen mittleren Alters, und von jungen Leuten wußte ich niemanden, den ich zu dieser Zeit des Jahres, so im letzten Moment, hätte herbeizitieren können. Keines von den jungen Mädchen, die ich kannte, wäre besonders entzückt gewesen, einen ganzen Abend mit einem schüchternen jungen Mann aus Malaya tanzen zu müssen. Auf die Bishops konnte ich mich verlassen, sie würden bestimmt nett zu ihm sein; und auf alle Fälle war es vergnüglicher für ihn, in einem Klub zu essen, wo eine gute Musikkapelle spielte und hübsche Frauen tanzten, als um elf Uhr nach Hause zu gehen und sich schlafen zu legen. Ich hatte Charlie Bishop kennengelernt, als ich Medizin studierte. Er war damals ein dünner kleiner Kerl gewesen, mit rötlichem Haar und stumpfen Zügen; er hatte schöne Augen, dunkel und leuchtend, aber er trug eine Brille. Sein Gesicht war rund, fröhlich und rot. Er interessierte sich sehr für Mädchen. Es mußte etwas an ihm sein, was ihnen gefiel, denn ohne Geld und ohne gutes Aussehen brachte er es fertig, eine ganze Reihe junger Dinger aufzutreiben, die seine schweifenden Wünsche befriedigten. Er war klug und eingebildet, rechthaberisch und jähzornig. Er hatte eine scharfe Zunge. Rückschauend möchte ich sagen, daß er ein ziemlich unangenehmer junger Mensch war, aber man langweilte sich nicht mit ihm. Jetzt, Mitte der Fünfzig, neigte er zur Korpulenz und war sehr kahl, aber seine Augen hinter den goldenen Brillenrändern leuchteten immer noch lebhaft. Er war dogmatisch, arrogant, streitsüchtig und bissig geblieben; und doch wirkte er gutmütig und amüsant. Wenn man einen Menschen sehr lange kennt, ärgert man sich über seine Eigenheiten nicht mehr. Man nimmt sie hin, wie man die eigenen Mängel hinnimmt. Von Beruf Pathologe, sandte er mir ab und zu ein dünnes Buch, das er eben veröffentlicht hatte. Es war streng, außerordentlich wissenschaftlich und grimmig mit Photographien von Bakterien illustriert. Ich las es nicht. Ich entnahm aus Bemerkungen, die hie und da über Charlie gemacht wurden, daß seine Ansichten unvernünftig wären. Ich glaube nicht, daß er bei den Mitgliedern seiner Profession sehr beliebt war. Er selbst machte kein Hehl daraus, daß er sie alle für eine Bande von unfähigen Idioten hielt. Aber er hatte seinen Beruf, der ihm an die sechs- bis achthundert Pfund im Jahr einbrachte, und scherte sich nicht den Teufel darum, was andere Leute von ihm dachten.

Ich hatte Charlie Bishop gern, weil ich ihn seit dreißig Jahren kannte, aber Margery, seine Frau, hatte ich gern, weil sie sehr nett war. Ich war seinerzeit, als er mir von seinen Heiratsabsichten Mitteilung gemacht hatte, äußerst erstaunt gewesen. Er war damals hart an die Vierzig und so unbeständig in seinen Neigungen, daß ich überzeugt war, er würde ledig bleiben. Er hatte eine große Schwäche für Frauen, war jedoch nicht im mindesten sentimental, und seine Ziele waren frivoler Natur. Seine Ansichten über das weibliche Geschlecht würden in unseren idealistischen Tagen als roh bezeichnet werden. Er wußte, was er wollte, und scheute sich nicht, es zu verlangen. Und wenn er es für Geld und gute Worte nicht bekommen konnte, zuckte er die Achseln und ging seiner Wege. Es war erstaunlich, daß sich trotz seines unansehnlichen Äußern so viele fanden, die sich mit ihm einließen. Befriedigung für seine geistigen Bedürfnisse suchte er lediglich in einzelligen Organismen. Er war stets ein sachlicher Mensch gewesen, und als er mir erzählte, daß er im Begriff wäre, ein junges weibliches Wesen namens Margery Hobson zu heiraten, fragte ich ihn ohne Umschweife, warum. Er grinste.

»Drei Gründe. Erstens, weil sie nur unter dieser Bedingung mit mir schlafen will. Zweitens, weil ich mit ihr lachen kann wie eine Hyäne. Drittens, weil sie allein auf der Welt dasteht, ohne die geringste Verwandtschaft, und unbedingt jemanden haben muß, der für sie sorgt.«

»Der erste Grund ist Unsinn und der zweite Flunkerei. Der dritte ist der wirkliche, und das besagt, daß sie dich unerbittlich beim Schopf hat.«

»Du kannst schon recht haben.«

»Aber noch schlimmer! Du freust dich sogar darüber!«

»Könntest du nicht morgen mit uns essen und sie dir ansehen? Du wirst es nicht bereuen.«

Charlie war Mitglied eines Klubs, den ich zu jener Zeit häufig besuchte, und wir beschlossen, uns dort zum Lunch zu treffen. Ich fand, daß Margery eine sehr anziehende junge Person war. Sie zählte damals kaum dreißig. Sie war eine Dame. Ich stellte diese Tatsache mit Befriedigung und nicht ohne eine gewisse

Verwunderung fest, denn es war mir nicht entgangen, daß Charlie im allgemeinen Frauen bevorzugte, deren Erziehung etwas zu wünschen übrigließ. Sie war nicht schön, aber hübsch, mit vollem dunklem Haar, wundervollen Augen, guten Farben, und strahlte Gesundheit aus. Sie wirkte ehrlich, einfach und zuverlässig. Ich fühlte mich sofort zu ihr hingezogen. Es sprach sich gut mit ihr, und obgleich sie nichts besonders Geistreiches von sich gab, verstand sie, was die andern meinten; sie hatte Sinn für Humor und war nicht schüchtern. Sie machte den Eindruck von Tüchtigkeit und Sachlichkeit. Ihre so glückliche Ausgeglichenheit ließ auf ein gutes Temperament und eine ausgezeichnete Verdauung schließen.

Sie schienen außerordentlich entzückt voneinander zu sein. Ich hatte mich, als ich sie kennenlernte, gefragt, warum Margery diesen reizbaren Mann heiratete, der schon ziemlich kahl und keineswegs mehr der Jüngste war, aber bald entdeckte ich, daß sie es tat, weil sie ihn liebte. Sie neckten einander ausgiebig und lachten viel, und hin und wieder begegneten sich ihre Blicke bedeutungsvoller, als tauschten sie eine rasche heimliche Botschaft. Es war beinahe rührend.

Eine Woche später wurden sie auf dem Standesamt getraut. Es wurde eine sehr glückliche Ehe. Wenn ich jetzt, nach sechzehn Jahren, zurückblickte und überlegte, wie erfreulich sie ihr gemeinsames Leben gestaltet hatten, konnte ich mich eines anerkennenden Schmunzelns nicht erwehren. Niemals hatte ich ein verliebteres Paar gekannt. Sie verfügten nie über sehr viel Geld. Sie schienen es niemals zu brauchen. Ehrgeizige Wünsche kannten sie nicht. Ihr Leben war ein Picknick, das nie zu Ende ging. Sie wohnten in der kleinsten Wohnung, die ich je gesehen: ein kleines Schlafzimmer, ein kleines Wohnzimmer und ein Badezimmer, das auch als Küche diente. Sie hatten keinen Sinn für Häuslichkeit, aßen in Restaurants und nahmen nur das Frühstück zu Hause. Diese Wohnung war lediglich zum Schlafen bestimmt. Sie war bequem – obgleich eine dritte Person, die bei ihnen etwa einen Whisky mit Soda trinken wollte, kaum mehr Platz fand –, und Margery hielt sie mit Hilfe einer Aufwartefrau so weit instand, wie es bei Charlies Mangel an Ordnungssinn möglich war. Aber es war nicht ein einziger Gegenstand zu sehen, der eine persönliche Note zeigte. Sie besaßen ein winziges Auto, und sobald Charlie sich freimachen konnte, nahmen sie es mit über den Kanal und fuhren los, wohin es sie gerade lockte. Ein Koffer für jeden bildete das ganze Gepäck. Keine Panne störte sie, schlechtes Wetter gehörte mit zum Spaß, ein geplatzter Reifen erhöhte nur ihr Vergnügen, und wenn sie sich verirrt hatten und im Freien schlafen mußten, so fanden sie das herrlich.

Charlie fuhr fort, reizbar und streitsüchtig zu sein, aber er mochte sich aufführen, wie er wollte, nichts war imstande, Margerys wunderbare Ruhe zu stören. Sie konnte ihn mit einem Wort besänftigen. Sie konnte ihn immer noch zum Lachen bringen. Sie tippte seine Monographien über obskure Bakterien und las die Korrekturbogen seiner Artikel in den wissenschaftlichen Zeitschriften. Einmal fragte ich sie, ob sie manchmal Streit hätten.

»Nein«, antwortete sie. »Wir haben eigentlich nie Anlaß dazu. Charlie ist ein Engel an Sanftmut.«

»Unsinn«, sagte ich, »er ist ein anmaßender, aggressiver, rechthaberischer Mensch.«

Sie blickte zu ihm hinüber und lachte, und es war deutlich zu merken, daß sie meinen Ausfall für Originalitätssucht hielt.

»Laß ihn toben«, meinte Charlie. »Er ist ein ahnungsloser Narr und gebraucht Worte, von deren Bedeutung er keinen Schimmer hat.«

Sie waren reizend zueinander. Sie fühlten sich glücklich, wenn sie beisammen sein konnten, und trennten sich nie, wenn es nicht sein mußte. So viele Jahre sie auch schon verheiratet waren, Charlie setzte sich tagtäglich um die Mittagszeit in seinen Wagen und fuhr nach dem Westen, um mit Margery in einem Restaurant zu essen. Man lächelte über sie, gutmütig, aber vielleicht mit einem kleinen Kopfschütteln, denn wenn sie über ein Wochenende zu Freunden aufs Land eingeladen wurden, dann schrieben sie, daß sie gern kommen wollten, aber nur unter der Bedingung, daß sie ein gemeinsames Schlafzimmer bekämen. Sie hatten so viele Jahre miteinander gelebt, daß sie beide nicht mehr allein schlafen konnten. Es brachte die Gastgeber manchmal in Verlegenheit. Ehepaare verlangten im allgemeinen nicht nur getrennte Schlafzimmer, sondern nahmen es sogar übel, wenn ihnen zugemutet wurde, das gleiche Badezimmer zu benützen. Die modernen Häuser waren auf eheliche Idyllen nicht eingerichtet, aber unter den Freunden der Bishops wurde es allmählich zur Selbstverständlichkeit: wenn man auf ihren Besuch Wert legte, mußte man ihnen ein gemeinsames Schlafzimmer geben. Manche Leute fanden das geschmacklos, außerdem war es meist nicht ganz einfach zu bewerkstelligen, aber die beiden waren als Gäste sehr beliebt, und es lohnte sich, ihre Eigenheiten mit in Kauf zu nehmen. Charlie war immer voll von Schnurren, und seine bissige Art brachte Leben in die Unterhaltung; und Margery war ausgeglichen und angenehm. Man hatte keine Mühe mit ihnen. Nichts war ihnen lieber, als wenn man sich nicht weiter um sie kümmerte und ihnen erlaubte, weite Spaziergänge miteinander zu unternehmen.

Wenn ein Mann heiratet, ist es die Regel, daß seine Frau ihn früher oder später seinen alten Freunden entfremdet; bei Margery war eher das Gegenteil der Fall. Sie gestaltete seine Beziehungen vertrauter. Er wurde durch sie toleranter und zu einem erträglichen Gesellschafter. Die beiden wirkten eigentlich nicht wie Eheleute, sondern amüsanterweise eher wie zwei Junggesellen mittleren Alters, die miteinander lebten; und wenn Margery, wie es sich oft ergab, die einzige Frau unter einem halben Dutzend von lauten, disputierenden und lästernden Männern war, dann wurde ihre Anwesenheit nicht als Störung, sondern eher als Gewinn empfunden. Wann immer ich nach England kam, suchte ich sie auf. Sie dinierten gewöhnlich in dem Klub, den ich erwähnt habe, und wenn ich gerade allein war, ging ich hin und leistete ihnen Gesellschaft.

Als wir uns an jenem Abend vor dem Theater trafen, teilte ich ihnen mit, daß ich Morton für nachher zu Ciro eingeladen hatte.

»Ich fürchte, ihr werdet ihn nicht unterhaltsam finden«, sagte ich. »Aber er ist ein netter Junge und war reizend zu mir, als ich in Borneo war.«

»Warum hast du mir nicht früher etwas davon gesagt?« rief Margery. »Dann hätte ich ein junges Mädchen mitbringen können.«

»Wozu braucht er ein junges Mädchen?« meinte Charlie. »Du wirst doch da sein.«

»Ob es einem jungen Mann Spaß machen kann, mit einer Dame vorgeschrittenen Alters, wie ich es bin, zu tanzen, bezweifle ich.«

»Unsinn. Was hat dein Alter damit zu tun?« Er wandte

sich an mich. »Hast du je eine Frau gesehn, die besser tanzt als sie?«

Das hatte ich gewiß, aber sie tanzte tatsächlich sehr gut. Sie war leicht und hatte ein ausgesprochenes Gefühl für Rhythmus.

»Nie!« antwortete ich aus Herzensgrund.

Morton erwartete uns, als wir zu Ciro kamen. Er sah sehr sonnenverbrannt aus in seinem Abendanzug, und ich hatte den Eindruck, daß er sich in ihm nicht ganz zu Hause fühlte. Aber vielleicht schien es mir nur so, weil ich wußte, daß dieser Smoking vier Jahre lang, mit Mottenkugeln verpackt, in einem Zinnkoffer gelegen hatte. Auf alle Fälle bewegte sich Morton in seinen Khakihosen freier. Charlie Bishop war ein guter Sprecher und hörte sich gern zu. Morton war befangen. Ich gab ihm einen Cocktail zu trinken und bestellte Sekt. Ich hatte das Gefühl, daß er gern tanzen wollte, war mir aber nicht klar, ob es ihm einfallen würde, Margery aufzufordern. Mit scharfer Deutlichkeit wurde ich mir bewußt, daß wir drei einer anderen Generation angehörten.

»Mrs. Bishop ist eine wunderbare Tänzerin«, sagte ich.

»Wirklich?« Er errötete ein wenig. »Wollen Sie mit mir tanzen?«

Sie stand auf, und sie begaben sich miteinander auf das Parkett. Margery sah an diesem Abend besonders reizend aus. Nicht die Spur von elegant – ihr einfaches schwarzes Kleid konnte unmöglich mehr als sechs Pfund gekostet haben –, aber sehr damenhaft. Sie hatte ungewöhnlich gute Beine, und damals wurden noch sehr kurze Röcke getragen. Sie war wohl ein wenig geschminkt, wirkte jedoch im Gegensatz zu den anderen Frauen sehr natürlich. Das kurzgeschnittene Haar stand ihr; es war noch ohne den kleinsten Anflug von Weiß und hatte einen schönen Schimmer. Sie war keine hübsche Frau, aber ihr gutes Wesen, ihre Frische und ihre Gesundheit erweckten, wenn auch nicht die Illusion, daß sie es dennoch sei, zumindest die Überzeugung, daß es nicht das geringste zu bedeuten habe. Als sie an den Tisch zurückkam, waren ihre Wangen gerötet und ihre Augen leuchteten.

»Wie tanzt er?« fragte ihr Gatte.

»Himmlisch.«

»Das ist Ihr Verdienst«, sagte Morton.

Charlie fuhr in seiner Unterhaltung fort. Er hatte eine sarkastische Art, und es war fesselnd, ihm zuzuhören, weil er sich selbst so lebhaft für seinen Gegenstand interessierte. Aber er sprach über Dinge, von denen der andere nichts wußte, und obgleich Morton sich höflich bemühte, zu folgen, merkte ich doch, daß er viel zu hingenommen war von der angeregten Stimmung ringsumher, der Musik und dem Sekt, als daß er dem Gespräch viel Aufmerksamkeit hätte schenken können. Als die Kapelle wieder einsetzte, suchten seine Blicke sofort die Augen Margerys. Charlie fing den Blick auf und lächelte.

»Tanz mit ihm, Margery. Gut für deine Linie, wenn du dir Bewegung machst.«

Sie entfernten sich, und Charlie sah ihr einen Augenblick liebevoll nach.

»Margery ist selig. Sie tanzt so leidenschaftlich gern, und mir nimmt's den Atem. Netter Junge, das.«

Mein Abend wurde ein richtiger Erfolg, und als Morton und ich uns von den Bishops verabschiedet hatten und noch ein Stückchen durch die Straßen schlenderten, dankte er mir auf das wärmste. Er hatte sich großartig unterhalten. Am nächsten Morgen reiste ich ins Ausland.

Es tat mir leid, daß ich nicht mehr für Morton hatte tun können. Bei meiner Heimkunft würde er voraussichtlich schon auf dem Rückweg nach Borneo sein.

Hier und da dachte ich noch flüchtig an ihn, aber als ich im Herbst nach Hause zurückkehrte, war er meinem Gedächtnis schon wieder entschwunden. Mein Londoner Aufenthalt mochte ungefähr eine Woche gedauert haben, als ich eines Abends zufällig in den Klub kam, dem auch Charlie Bishop angehörte. Er saß mit drei, vier Männern beisammen, die auch ich kannte, und ich trat an ihren Tisch. Ich hatte sie alle seit meiner Rückkehr noch nicht gesehen. Einer von ihnen, Bill Marsh, mit dessen Frau Janet ich sehr befreundet war, bot mir ein Glas Whisky an.

»Wo kommst denn du so plötzlich her?« fragte Charlie. »Hab dich eine Ewigkeit nicht mehr gesehen.«

Ich merkte sofort, daß er betrunken war. Das wunderte mich. Charlie war dem Alkohol niemals abgeneigt gewesen. Aber er konnte eine Menge vertragen und schlug eigentlich nie über den Strang. In längstvergangenen Jahren, als wir noch sehr jung gewesen waren, hatte er sich manchmal einen Schwips geleistet, aber wohl eher, um zu zeigen, was für ein schneidiger Junge er war. Es wäre unfair, einem Menschen die Ausschreitungen seiner Jugend vorzuwerfen; immerhin konnte ich mich erinnern, daß Charlie im betrunkenen Zustand nie sehr angenehm gewesen war: seine natürliche Aggressivität pflegte sich dann zu verschärfen, er sprach zu viel und zu laut; er wurde zänkisch. Gegenwärtig war er äußerst dogmatisch, stellte die gewagtesten Behauptungen auf und ließ keinen Widerspruch aufkommen. Die andern wußten, daß er betrunken war, und kämpften zwischen der Gereiztheit, die seine Unleidlichkeit in ihnen wachrief, und der gutmütigen Toleranz, die sein Zustand erforderte. Er bot kein erfreuliches Bild. Ein Mensch in diesem Alter, kahl und fett, mit einer Brille, ist widerwärtig, wenn er betrunken ist. Er war im allgemeinen ziemlich auf sein Äußeres bedacht, aber nun war er unordentlich und über und über mit Zigarrenasche bestreut. Charlie rief den Kellner und bestellte abermals einen Whisky. Der Kellner war seit dreißig Jahren im Klub.

»Sie haben noch einen vor sich stehen, Sir«, sagte er.

»Kümmern Sie sich um Ihre eigenen Angelegenheiten«, schrie Charlie. »Wenn Sie mir nicht augenblicklich einen Doppelwhisky bringen, zeige ich Sie beim Klubsekretär an.«

»Sehr wohl, Sir«, sagte der Kellner.

Charlie leerte sein Glas auf einen Zug, aber seine Hand war unsicher, und etwas von dem Whisky ging daneben. »Na, Charlie, mein Junge, jetzt wollen wir aber langsam aufbrechen«, meinte Bill Marsh. Er wandte sich zu mir. »Charlie wohnt nämlich jetzt für eine Weile bei uns.«

Mein Erstaunen wurde noch größer. Aber ich spürte, daß da etwas nicht stimmte, und schwieg.

»Wir können gleich gehn«, sagte Charlie. »Ich will nur schnell noch einen Whisky trinken. Dann schlafe ich besser.«

Es sah mir nicht danach aus, als ob die Gesellschaft in absehbarer Zeit aufbrechen würde. Deshalb stand ich auf und erklärte, daß ich noch ein Stück zu Fuß gehen wolle.

»Da fällt mir ein«, rief Bill, als ich mich schon verabschiedet hatte, »könntest du nicht morgen abend zu uns zum Essen kommen? Wir werden ganz unter uns sein: nur ich, Janet und Charlie.«

»Doch«, antwortete ich, »gern.«

Es war klar, daß sich etwas ereignet hatte. –

Die Marshs wohnten in einer Straße an der Ostseite des Regents Park. Das Mädchen, das mir die Tür öffnete, bat mich in Bills Zimmer. Er erwartete mich.

»Ich wollte dich gern allein sprechen, ehe wir hinaufgehen«, fing er gleich nach der Begrüßung an. »Du weißt doch, daß Margery Charlie verlassen hat?«

»Nein!«

»Es hat ihn furchtbar getroffen. Janet wollte ihn nicht allein lassen in seiner scheußlichen kleinen Wohnung, und da haben wir ihn für eine Weile zu uns genommen. Wir haben getan, was wir konnten. Er trinkt wie ein Fisch. Seit vierzehn Tagen hat er kein Auge geschlossen.«

»Aber sie wird doch wieder zu ihm zurückkommen?«

Ich war wie vor den Kopf geschlagen.

»Nein. Sie hat sich in einen jungen Menschen namens Morton verliebt.«

»Morton? Wer ist denn das?«

Ich wäre nie auf den Gedanken gekommen, daß es sich um meinen Freund aus Borneo handeln könnte.

»Durch dich hat sie ihn doch kennengelernt, zum Teufel! Da hast du was Schönes angerichtet! Komm, laß uns hinaufgehen. Ich wollte dich bloß vorbereiten.«

Er öffnete die Tür, und wir verließen das Zimmer.

Ich war völlig verwirrt.

»Ja, aber . . .«, stammelte ich.

»Frag Janet. Sie weiß alles. Mir geht das Verständnis ab für solche Dinge. Ich finde Margery unentschuldbar, und er muß ein Schwein sein.«

Er ging voraus und führte mich in das Empfangszimmer. Janet Marsh erhob sich bei meinem Eintritt und kam mir mit ausgestreckten Händen entgegen. Charlie saß am Fenster und las die Abendzeitung; er legte sie fort, als ich zu ihm hintrat und ihn begrüßte. Er war vollkommen nüchtern und sprach in seiner gewohnten, etwas herausfordernden Art, aber ich bemerkte, daß er sehr krank aussah. Wir tranken ein Glas Sherry und setzten uns zu Tisch. Janet war eine Frau von Geist. Sie war groß, blond und angenehm anzusehen. Sie hielt das Gespräch geschickt im Gang. Als wir Männer nach dem Dinner noch ein Glas Portwein tranken, verließ sie uns mit der Ermahnung, ja nicht länger als zehn Minuten auszubleiben. Bill, der für gewöhnlich etwas schweigsam war, bemühte sich eifrig zu reden. Ich unterstützte ihn nach besten Kräften. Zwar fühlte ich mich gehemmt, weil ich nicht genau wußte, was vorgefallen war, aber es war klar, daß die Marshs Charlie ablenken wollten. Und auch ich tat, was ich konnte, um ihn zu zerstreuen. Er zeigte sich willig, die ihm zugeschriebene Rolle zu spielen; mit der gewohnten Freude am Dozieren redete er vom Standpunkt des Pathologen über einen Mord, der damals gerade die Öffentlichkeit beschäftigte. Aber er sprach ohne Leben. Er war eine hohle Muschel, und man hatte, obgleich er sich seinen Gastgebern zuliebe zum Sprechen zwang, doch den Eindruck, daß seine Gedanken anderswo weilten. Es war eine Erlösung, als uns ein Klopfen von oben anzeigte, daß Janet ungeduldig wurde. Die Gegenwart einer Frau würde die Situation erleichtern. Wir gingen hinauf und spielten Bridge. Als es an der Zeit war, sich zu verabschieden, erklärte Charlie, daß er mich bis Marylebone Road begleiten würde.

»Oh, Charlie, es ist spät. Sie sollten wirklich lieber zu Bett gehn«, sagte Janet.

»Ich werde besser schlafen, wenn ich zuvor ein Stückchen gegangen bin«, antwortete er.

Sie blickte ihn bekümmert an. Man kann einem fünfundfünfzigjährigen Professor der Pathologie nicht verbieten, einen kleinen Spaziergang zu machen, wenn es ihn danach verlangt. Sie warf ihrem Mann einen ermunternden Blick zu.

»Dir würde ein bißchen frische Luft auch nicht schlechttun, Bill.« Die Bemerkung war taktlos. Frauen gehen oft zu weit in ihrer Fürsorglichkeit.

Charlie warf ihr einen unwilligen Blick zu.

»Es besteht nicht die geringste Veranlassung, Bill auf die Straße zu schleppen«, sagte er mit einer gewissen Heftigkeit.

»Habe auch gar nicht die Absicht, mich mitschleppen zu lassen«, sagte Bill lächelnd. »Ich bin todmüde und gehe in die Klappe.«

Ich vermute, daß es nach unserem Aufbruch eine kleine Auseinandersetzung zwischen Bill Marsh und seiner Frau gegeben hat.

»Sie war furchtbar nett zu mir«, sagte Charlie, während wir

längs des Gitters dahinschlenderten. »Ich weiß nicht, was ich ohne sie angefangen hätte. Seit vierzehn Tagen habe ich nicht mehr geschlafen.«

Ich gab meinem Bedauern Ausdruck, fragte aber nicht nach der Ursache, und wir gingen schweigend weiter. Sicherlich war er nur deshalb mitgekommen, um sich mit mir auszusprechen; aber ich wollte ihn nicht bedrängen. Ich hatte den Wunsch, ihm meine Teilnahme zu zeigen, fürchtete jedoch, etwas Falsches zu sagen. Er sollte nicht glauben, daß ich darauf aus war, ihm Bekenntnisse zu entlocken. Was sollte ich tun? Ob er vielleicht doch eine Frage von mir erwartete? Es schien mir unwahrscheinlich. Es lag nicht in seiner Art, sich um die Dinge herumzudrücken. Offenbar überlegte er, was für Worte er wählen sollte. Wir erreichten die Ecke.

»An der Ecke kannst du ein Taxi bekommen«, sagte er. »Ich laufe noch ein Stückchen. Gute Nacht.«

Er nickte mir zu und ließ mich stehen. Ich war verblüfft. Es blieb mir nichts anderes übrig, als weiterzugehen, bis ich einen Wagen bekam.

Am nächsten Morgen saß ich in der Badewanne, als die Telephonglocke schrillte und mich aus dem Wasser riß. Ein Handtuch um den nassen Leib, nahm ich den Hörer ab. Es war Janet.

»Also, wie findest du das Ganze?« fragte sie. »Ihr scheint ja noch lange aufgeblieben zu sein, gestern abend. Ich habe Charlie um drei Uhr nach Hause kommen gehört.«

»Wir haben uns an der Ecke von Marylebone Road getrennt«, antwortete ich. »Er hat mir nicht das geringste erzählt.«

»Nicht!?«

Ein Etwas in Janets Stimme ließ mich befürchten, daß sie gute Lust auf ein längeres Gespräch mit mir hatte. Offenbar stand das Telephon neben dem Bett.

»Ach«, sagte ich schnell, »ich bade gerade.«

»Und du hast ein Telephon im Badezimmer?« Aus ihrer Stimme klang lebhaftes Interesse und ein klein wenig Neid.

»Nein, keineswegs«, antwortete ich kurz und abweisend. »Ich triefe, und der Teppich ist schon ganz naß.«

»Oh!« Enttäuschung und eine Spur von Gereiztheit lag in dem Ton. »Wann kann ich dich also sprechen? Kannst du um zwölf bei mir sein?«

Es paßte mir zwar schlecht, aber ich war entschlossen, mich augenblicklich unter keinen Umständen auf Diskussionen einzulassen.

»Ja, adieu.«

Ich hängte ab, ehe sie noch imstande war, ein Wort hinzuzufügen. Wenn die Seligen im Himmel dereinst das Telephon benützen, dann werden sie sagen, was zu sagen ist, und nicht eine Silbe mehr.

Ich hatte Janet aufrichtig gern, aber ich wußte, daß es nichts gab, was sie mehr belebte als die Schicksalsschläge ihrer Freunde. Sie war rührend bemüht, ihnen zu helfen, aber sie stellte die unerbittliche Forderung, voll und ganz in ihr Unglück eingeweiht zu werden. Sie war die personifizierte ›Freundin in der Not‹. Die Angelegenheiten anderer Leute waren ihr Speise und Trank. Es war unmöglich, sich zu verlieben, ohne sie als Vertraute mit in Kauf zu nehmen, oder in eine Scheidungsaffäre verwickelt zu sein, ohne zu entdecken, daß auch sie ihre Hand im Spiel hatte. Trotz alledem war sie eine sehr nette Frau. Als ich nun um die Mittagsstunde in Janets Empfangszimmer erschien und die erwartungsvolle Spannung bemerkte, mit der sie mich begrüßte, konnte ich ein inneres Schmunzeln nicht unterdrücken. Sie war außer sich über die Katastrophe, welche die Bishops heimgesucht hatte, aber sie fühlte sich in ihrem Element. Sie brannte darauf, einen Uneingeweihten über alle Einzelheiten zu orientieren. In ihrer sachlich-erwartungsvollen Art glich sie einer Mutter, die sich mit dem Hausarzt über die erste Entbindung ihrer verheirateten Tochter unterhält. Die Sache war ernst, sehr ernst sogar, und niemand sollte meinen, daß Janet sie nicht wichtig genug nahm: aber sie war entschlossen, die Sensation bis ins letzte auszukosten.

»Ich war natürlich entsetzt, als Margery mir sagte, daß sie sich von Charlie trennen wollte.« Sie sprach mit der Geläufigkeit eines Menschen, der das gleiche mindestens zehnmal in genau den gleichen Worten wiedererzählt hat.

»Wie haben diese beiden Menschen aneinander gehangen! Wie haben sie sich verstanden! Es war eine vollkommene Ehe. Natürlich, auch Bill und ich stehen sehr gut miteinander. Aber hie und da zanken wir uns furchtbar. Umbringen könnte ich ihn manchmal.«

»Deine Beziehungen zu Bill interessieren mich nicht«, unterbrach ich. »Erzähle mir von den Bishops. Das ist der Grund meines Hierseins.«

»Ich *mußte* dich sehen. Schließlich bist du der einzige Mensch, der Licht in diese Geschichte bringen kann.«

»Um Gottes willen, hör auf. Bis zum gestrigen Abend war ich ahnungslos.«

»Aha! Dann hatte ich also doch recht. Es fiel mir nämlich plötzlich ein, daß du am Ende nichts weißt und daß man dich vor einem Fauxpas bewahren muß.«

»Wie wäre es, wenn du von vorn anfingest?« fragte ich.

»Bitte, das tue ich. Von *dir* ist nämlich das ganze Unglück ausgegangen. *Du* hast den jungen Menschen vorgestellt. Deshalb war ich ja so wild darauf, dich zu sprechen. Du kennst ihn. Ich habe ihn nie gesehen. Ich weiß nichts weiter über ihn, als was Margery mir erzählt hat.«

»Um wieviel Uhr ißt du zu Mittag?« fragte ich.

»Halb zwei.«

»Ich ebenfalls. Erzähle weiter.«

Aber meine Bemerkung hatte Janet auf eine Idee gebracht.

»Sag, könntest du deinen Lunch nicht absagen? Ich sage auch ab. Wir essen dann hier eine Kleinigkeit. Es ist bestimmt ein bißchen kaltes Fleisch im Haus. Dann hätten wir es nicht nötig, uns zu beeilen. Ich muß erst um drei beim Friseur sein.«

»Nein, nein, nein«, wehrte ich ab. »Das kann ich nicht. Spätestens zwanzig nach eins gehe ich von hier fort.«

»Dann kann ich nur in den flüchtigen Umrissen erzählen. Was hältst *du* von Gerry?«

»Gerry? Wer ist das?«

»Na, Gerry Morton. Er heißt doch Gerald.«

»Habe ich nie gewußt.«

»Wieso? Du hast doch bei ihm gewohnt. Hast du denn niemals Briefe herumliegen sehen?«

»Wahrscheinlich ja; aber ich habe sie nicht gelesen«, antwortete ich mit einer gewissen Schärfe.

»Ach, sei doch nicht so dumm. Ich meine natürlich die Kuverts. Wie ist er denn?«

»Sehr nett. Ein Kipling-Typ. Sehr begeistert für seine Arbeit. Jungenhaft. Durchdrungen von Englands Größe.«

»Das meine ich doch nicht«, rief Janet ungeduldig. »Ich möchte wissen, wie er aussieht.«

»Wie er aussieht? Gott, wie alle Welt, eigentlich. Ich würde ihn natürlich sofort wiedererkennen, wenn ich ihm begegnete, aber genau vorstellen kann ich mir ihn nicht. Sauber sieht er aus.«

»Ach, du lieber Himmel«, seufzte Janet. »Und das nennt sich ein Romanschriftsteller! Was für Augen hat er?«

»Weiß ich nicht.«

»*Mußt* du wissen. Man kann doch nicht eine Woche mit einem Menschen gelebt haben, ohne zu wissen, ob er blaue oder braune Augen hat. Ist er blond oder schwarz?«

»Weder das eine noch das andere.«

»Ist er groß oder klein?«

»Mittel, glaube ich.«

»Du willst mich ärgern.«

»Nein. Er sieht vollkommen alltäglich aus. Er ist weder häßlich noch schön. Ordentlich sieht er aus. Wie ein Gentleman.«

»Margery behauptet, daß er ein reizendes Lächeln hat und eine wunderbare Figur.«

»Das mag schon stimmen.«

»Er ist ganz vernarrt in sie.«

»Woraus schließt du das?« fragte ich trocken.

»Ich habe seine Briefe gelesen.«

»Willst du damit sagen, daß Margery sie dir gezeigt hat?«

»Selbstverständlich.«

Es wird für einen Mann immer schwer sein, den Mangel an Verschwiegenheit zu begreifen, den Frauen in ihren Liebesangelegenheiten an den Tag legen. Sie haben kein Schamgefühl. Ohne Verlegenheit sprechen sie miteinander über die intimsten Dinge. Keuschheit ist eine männliche Eigenschaft. Aber obgleich der Mann dies theoretisch wissen mag, erlebt er immer wieder einen peinlichen Schock, wenn er sich einem neuen Fall von weiblicher Indiskretion gegenübersieht. Was hätte Morton dazu gesagt, wenn er gewußt hätte, daß seine Briefe außer von Margery auch noch von Janet Marsh gelesen wurden und daß Janet Marsh tagtäglich über die fortschreitenden Phasen seiner zärtlichen Gefühle auf dem laufenden gehalten wurde? Sie erzählte mir, daß er sich auf den ersten Blick in Margery verliebt hatte. Am Morgen nach unserem Beisammensein bei Ciro hatte er sie angerufen und sie eingeladen, am Nachmittag mit ihm auszugehen, irgendwohin, wo man Tee trinken und ein wenig tanzen konnte. Es war mir, während ich Janet zuhörte, natürlich klar, daß sie Margerys Auffassung wiedergab, und ich hielt meinen Verstand offen. Ich stellte mit Interesse fest, daß ihre Sympathien durchaus Margery gehörten. Wohl war es ihre Idee gewesen, Charlie auf zwei, drei Wochen einzuladen und ihn nicht elend und trübselig in seiner vereinsamten Wohnung zu lassen. Sie war unbeschreiblich gut zu ihm. Beinahe täglich aß sie mit ihm zu Mittag, weil auch Margery täglich mit ihm zu Mittag gegessen hatte; sie ging mit ihm im Regents Park spazieren und veranlaßte Bill, sonntags mit ihm Golf zu spielen. Sie hörte mit wunderbarer Geduld zu, wenn er ihr von seinem Unglück erzählte, ließ nichts unversucht, um ihn zu trösten. Sie hatte schreckliches Mitleid mit ihm. Aber nichtsdestoweniger stand sie unbeirrbar auf Margerys Seite. Als ich über diese eine mißbilligende Bemerkung machte, fuhr sie auf mich los wie eine Furie. Die Sache elektrisierte sie. Sie hatte sie von allem Anfang an miterlebt: von dem Moment an, da Margery lächelnd, geschmeichelt und ein wenig zweifelnd bei ihr erschienen war und ihr erzählt hatte, daß ein junger Mann sich um sie bemühte, bis zu jener letzten Szene, da Margery, verstört und aufgerieben, erklärt hatte, daß sie die Nervenspannung nicht länger ertrage und aus der Wohnung ausgezogen sei.

»Zuerst wollte ich meinen Ohren nicht trauen«, sagte Janet. »Du weißt doch, wie Charlie und Margery miteinander standen. Sie waren einfach unzertrennlich, daß es manchmal schon komisch wirkte. Ich war nie sehr entzückt von Charlie gewesen. Aber was man auch gegen ihn einwenden mochte, man mußte ihn gern haben, weil er so furchtbar nett zu Margery war. Manchmal beneidete ich sie geradezu. Sie hatten kein Geld und lebten sehr ›genial‹, wie man sagt, aber sie waren ungeheuer glücklich. Ich dachte mir natürlich, daß dieser Flirt spurlos vorbeigehen würde. Margery amüsierte sich über ihre Eroberung. ›Ich nehme es selbstverständlich nicht ernst‹, behauptete sie, ›aber es macht Spaß, in meinem Alter noch ein wenig angeschwärmt zu werden. Seit Jahren habe ich keine Blumen mehr geschickt bekommen. Ich mußte ihn bitten, mir keine zu senden, weil Charlie mich sonst auslachen würde. Gerry kennt keine Menschenseele in London und tanzt so wahnsinnig gern. Und weil es so traurig für ihn ist, immer allein ins

Theater zu gehen, waren wir bei zwei, drei Matineen miteinander. Du glaubst nicht, wie dankbar er ist, wenn ich mit ihm ausgehe; es ist geradezu rührend‹. – ›Auf alle Fälle scheint er ein netter Junge zu sein.‹ – ›Das ist er‹, antwortete sie. ›Ich wußte gleich, daß du mich verstehen würdest. Du gibst mir doch nicht unrecht?‹ – ›Aber keine Spur, Kind‹, sagte ich. ›So weit müßtest du mich schon kennen. Ich würde genauso handeln wie du.‹«

Margery machte kein Geheimnis aus ihren Ausgängen mit Morton, und ihr Gatte neckte sie gutmütig mit ihrem Beau. Im Grunde aber fand er ihn sehr manierlich und angenehm und freute sich, daß Margery jemanden ›zum Zeitvertreib‹ hatte, während er beschäftigt war. Er kam gar nicht auf den Gedanken, eifersüchtig zu sein. Sie dinierten einige Male zu dritt und besuchten ein Varieté. Aber damit gab sich Gerry Morton nicht zufrieden. Sehr bald bat er Margery, einen Abend mit ihm allein zu verbringen. Sie wollte anfangs nichts davon hören, und erst als er nicht locker ließ und sie immer heftiger bestürmte, wandte sie sich an Janet. Sie bat sie, Charlie an einem bestimmten Tag zum Dinner und zum Bridge einzuladen. Charlie ging niemals ohne seine Frau aus, aber die Marshs waren alte Freunde, und Janet beschwor ihn, sie nicht im Stich zu lassen. Sie erfand irgendeine abenteuerliche Geschichte und stellte seine Anwesenheit als unerläßlich hin. Am nächsten Tag traf sie sich mit Margery. Der Abend war wunderbar gewesen. Sie hatten in Maidenhead diniert und dann getanzt, und schließlich waren sie durch die Sommernacht nach Hause gefahren.

»Er sagt, daß er wahnsinnig in mich verliebt ist«, erzählte ihr Margery.

»Hat er dich geküßt?« fragte Janet.

»Natürlich«, lachte Margery. »Sei doch nicht dumm, Janet. Er ist furchtbar nett und hat eine so reizende Art. Selbstverständlich glaube ich nicht die Hälfte von dem, was er mir sagt.«

»Liebes Kind, du wirst dich doch nicht in ihn verlieben?«

»Ist bereits geschehen«, sagte Margery.

»Ja aber, Liebling, wird das nicht furchtbar schwierig werden?«

»Ach, es wird nicht lange dauern. Schließlich muß er im Herbst nach Borneo zurück.«

»Du siehst um Jahre verjüngt aus.«

»Ja, ich fühle mich auch verjüngt.«

Bald kamen sie jeden Tag zusammen. Sie trafen sich am Morgen und spazierten miteinander durch den Park oder durch eine Bildergalerie. Um die Mittagsstunde, wenn Margery zu ihrem Mann mußte, trennten sie sich, und nach dem Lunch trafen sie sich wieder und fuhren miteinander ins Freie oder irgendwohin an den Fluß. Margery erzählte ihrem Gatten nichts davon. Sie hatte begreiflicherweise die Empfindung, daß er für derlei nicht viel Verständnis aufbringen würde.

»Wie kommt es, daß du Morton niemals kennengelernt hast?« fragte ich Janet.

»Ach, Margery wollte es nicht. Gott, wir gehören schließlich der gleichen Generation an. Ich kann das sehr gut begreifen.«

»Aha.«

»Ich habe ihr natürlich geholfen, soweit ich konnte. Wenn sie mit Gerry ausging, war sie offiziell bei mir.«

»Hatten sie ein Verhältnis miteinander?«

»Nein! Um Gottes willen! So etwas würde Margery doch nicht tun!«

»Wie kannst du das wissen?«

»Sie hätte es mir bestimmt erzählt.«

»Das glaube ich allerdings auch.«

»Ich habe sie auf den Kopf zu gefragt. Aber sie hat es schlankweg verneint. Und ich bin überzeugt, daß sie die Wahrheit gesprochen hat. Etwas Unrechtes zu tun, wären die zwei nicht imstande gewesen.«

»Wie merkwürdig!«

»Gott, Margery ist eine furchtbar anständige Person.«

Ich zuckte die Achseln.

»Sie war vollkommen aufrichtig zu Charlie. Sie hätte ihn um nichts in der Welt betrogen. Es war ihr unerträglich, ein Geheimnis vor ihm zu haben. Sobald sie sich ihrer Verliebtheit bewußt geworden war, wollte sie Charlie alles erzählen. Ich flehte sie an, es nicht zu tun. Ich setzte ihr auseinander, daß sie bestimmt nichts Gutes dabei erreichen würde. Es würde Charlie unglücklich machen, sonst nichts. Und in ein paar Monaten mußte der Junge ja doch wieder fort. Hatte es einen Sinn, eine Sache aufzubauschen, die unmöglich von Dauer sein konnte?«

Aber Gerrys bevorstehende Abreise führte schließlich die Katastrophe herbei. Die Bishops hatten geplant, im Sommer wie gewöhnlich ins Ausland zu gehen und mit dem Auto durch Belgien, Holland und Norddeutschland zu reisen. Charlie studierte eifrig Landkarten und Führer. Er zog bei seinen Freunden Erkundigungen über Hotels und Straßen ein. Er blickte seinen Ferien aufgeregt und ungeduldig wie ein Schuljunge entgegen. Margery hörte ihm mit immer schwererem Herzen zu. Charlie wollte vier Wochen fortbleiben, und im September ging Gerrys Schiff. Sie konnte es nicht ertragen, so viel von der kurzen Zeit, die er noch blieb, zu verlieren, und der Gedanke an die Autotour erfüllte sie mit Erbitterung. Je näher der Tag des Aufbruchs heranrückte, desto unruhiger wurde sie. Schließlich erkannte sie, daß ihr nur eines übrigblieb.

Als er ihr eines Tages von einem Restaurant erzählte, das man ihm kürzlich empfohlen hatte, unterbrach sie ihn plötzlich: »Charlie, ich kann diese Reise nicht mitmachen. Suche dir jemand andern, der dich begleitet.«

Er blickte sie verständnislos an. Sie war über das, was sie gesagt hatte, bestürzt, und ihre Lippen zitterten.

»Warum? Was ist denn los?«

»Gar nichts. Ich habe keine Lust. Ich möchte ein bißchen allein sein.«

»Bist du krank?«

Sie sah die plötzliche Angst in seinen Augen. Seine Besorgnis machte sie rasend.

»Nein. Ich war nie im Leben gesünder. Ich bin verliebt.«

»Verliebt? Ja, in wen denn?«

»In Gerry.«

Er traute seinen Ohren nicht. Verblüffung malte sich auf seinem Gesicht. Sie mißverstand seinen Ausdruck.

»Es hat keinen Zweck, mir Vorwürfe zu machen. Ich kann nichts dafür. Er geht in ein paar Wochen fort. Und die kurze Zeit, die er noch bleibt, lasse ich mir nicht nehmen.«

Er fing an zu lachen.

»Margery, wie kannst du dich so lächerlich machen? Du könntest seine Mutter sein.«

Sie errötete.

»Er ist ebenso verliebt in mich wie ich in ihn.«

»Hat er dir das gesagt?«

»Tausendmal.«

»Dann ist er ein Lügner.«

Er lachte. Sein dicker Bauch wackelte. Er fand die ganze Geschichte furchtbar komisch. Das war wohl nicht die richtige Art, seine Frau zu behandeln. Janet schien der Ansicht, daß er zart und teilnahmsvoll hätte sein müssen. Er hätte ›alles verstehen müssen‹. Ich konnte mir die Szene, wie sie nach ihrem Geschmack gewesen wäre, ausmalen: die mühsam bewahrte Haltung, den still nagenden Kummer, den schließlichen Verzicht. Frauen haben ein besonderes Empfinden für die Schönheit der Selbstaufopferung bei anderen. Janet hätte auch einen Wutanfall gebilligt, sie wäre einverstanden gewesen, wenn er ein paar Möbelstücke zertrümmert oder Margery ins Gesicht geschlagen hätte. Aber sie auszulachen, nein, das war unverzeihlich. Ich hätte einwenden können, daß es für einen ziemlich dicken, nicht sehr großen, fünfundfünfzigjährigen Professor der Pathologie nicht ganz leicht ist, sich plötzlich wie ein Höhlenmensch aufzuführen. Aber ich unterließ es. Die Reise nach Holland wurde jedenfalls aufgegeben, und die Bishops blieben im August in London. Sie waren nicht sehr glücklich. Sie aßen täglich zu Mittag und zu Abend miteinander, weil sie es durch viele Jahre so gehalten hatten, und die übrige Zeit verbrachte Margery mit Gerry. Die Stunden, die sie mit ihm verlebte, entschädigten sie für alles, was sie zu erdulden hatte, und das war viel. Charlie hatte eine höhnische und sarkastische Art und ließ seinen Humor auf ihre und Gerrys Kosten leuchten. Er weigerte sich beharrlich, die Sache ernst zu nehmen. Er ärgerte sich über Margerys Albernheit, kam jedoch anscheinend nicht auf den Gedanken, daß sie ihn betrügen könnte. Ich ließ eine verwunderte Bemerkung darüber fallen.

»Er hatte nicht den leisesten Verdacht«, sagte Janet. »Dazu kannte er Margery zu gut.«

Die Wochen gingen hin, und endlich reiste Gerry ab. Er schiffte sich in Tilbury ein, und Margery brachte ihn ans Schiff. Als sie zurückkam, weinte sie achtundvierzig Stunden lang. Charlie sah ihr mit wachsender Gereiztheit zu. Seine Nerven waren sehr mitgenommen.

»Hör mal, Margery«, fing er schließlich an, »ich habe viel Geduld mit dir gehabt, aber jetzt mußt du dich zusammennehmen. Das ist kein Spaß mehr.«

»Kannst du mich nicht in Ruhe lassen?« rief sie. »Ich habe alles verloren, alles.«

»Sprich keinen Unsinn«, sagte er.

Ich weiß nicht, was er sonst noch sagte. Immerhin war er unklug genug, ihr auseinanderzusetzen, was er von Gerry hielt, und das Bild, das er entwarf, war nicht gerade schmeichelhaft. Es gab Anlaß zu der ersten heftigen Szene ihres Zusammenlebens. Charlies Spöttereien waren ihr erträglich gewesen, solange sie wußte, daß sie Gerry in einer Stunde oder am nächsten Tage wiedersehen würde. Aber nun, da es feststand, daß sie ihn für immer verloren hatte, konnte sie sie nicht länger ertragen. Sie hatte sich wochenlang beherrscht: jetzt war sie am Ende ihrer Kräfte. Vielleicht wurde ihr gar nicht klar, was sie Charlie alles ins Gesicht schrie. Er war ein jähzorniger Mensch, und es kam schließlich so weit, daß er sie schlug. Sie waren beide erschrocken, als es geschehen war. Er packte seinen Hut und stürzte aus der Wohnung. All die Zeit, so unglücklich sie auch gewesen waren, hatten sie miteinander im gleichen Bett geschlafen. Als er nach jenem Auftritt in der Nacht nach Hause kam, hatte sie sich im Wohnzimmer auf dem Sofa ein eigenes Lager zurechtgemacht.

»Dort kannst du nicht schlafen«, sagte er. »Sei nicht so dumm. Leg dich ins Bett.«

»Ich will nicht. Nein, laß mich in Ruhe.«

Der Rest der Nacht verging mit Streit. Aber zu guter Letzt setzte sie ihren Willen durch und bettete sich von nun an allabendlich auf dem Sofa. Aber wie konnten sie in dieser kleinen Wohnung voneinander loskommen? Sie sahen und hörten einander, ob sie wollten oder nicht. All die Jahre hatten sie in einer solchen Vertraulichkeit gelebt, daß es ihnen zum Instinkt geworden war, beisammen zu sein. Er versuchte, sie zur Vernunft zu bringen. Er redete endlos auf sie ein, um ihr klarzumachen, wie töricht sie wäre. Er ließ ihr keine Ruhe. Er diskutierte die halben Nächte durch, bis sie beide völlig erschöpft waren. Er bildete sich ein, ihr die Liebe ausreden zu können. Dazwischen gab es Tage, an denen sie kein Wort miteinander wechselten. Eines Abends beim Nachhausekommen traf er sie bitterlich weinend an. Der Anblick ihrer Tränen überwältigte ihn. Er beteuerte ihr, daß er sie unendlich liebe, und versuchte, sie durch die Erinnerung an die glücklichen Jahre, die sie miteinander verlebt hatten, zu rühren. Er wollte das Vergangene begraben sein lassen. Er versprach, Gerry nie mehr zu erwähnen. War es nicht möglich, das Furchtbare, das sie durchgemacht hatten, zu vergessen? Aber es war vergeblich. Der Gedanke an eine Versöhnung und an alles, was eine Versöhnung zur Folge hatte, erfüllte sie mit Abscheu. Sie schützte heftige Kopfschmerzen vor und bat um ein Schlafmittel. Als er am nächsten Morgen an die Arbeit ging, stellte sie sich immer noch schlafend. Doch kaum war er fort, packte sie ihre Koffer und verließ das Haus. Ein paar Schmuckstücke, die sie geerbt hatte, verkaufte sie und verschaffte sich dadurch ein wenig Geld. Sie mietete sich ein Zimmer in einer billigen Pension und hielt ihre Adresse vor Charlie geheim.

Als er entdeckte, daß sie ihn verlassen hatte, brach er vollständig zusammen. Dieser Schlag gab ihm den Rest. Er klagte Janet, daß seine Einsamkeit unerträglich wäre. In Briefen flehte er Margery an, zurückzukehren, er bat Janet, ein gutes Wort für ihn einzulegen; es gab nichts, das er nicht versprechen wollte; so sehr erniedrigte er sich. Margery blieb unerbittlich.

»Glaubst du, daß sie jemals zu ihm zurückkommt?« fragte ich Janet.

»Sie sagt nein.«

Da es mittlerweile beinahe halb zwei geworden war und ich eine Verabredung am anderen Ende von London hatte, mußte ich unser Gespräch abbrechen.

Zwei oder drei Tage später wurde ich von Margery angerufen. Sie bat mich um eine Zusammenkunft. Ob sie mich besuchen dürfe? Ich lud sie zum Tee ein. Ich bemühte mich, nett zu ihr zu sein; ihre Liebesangelegenheiten gingen mich nichts an; aber in meinem Herzen fand ich sie sehr töricht, und mein Benehmen war vielleicht etwas kühl. Sie war niemals schön gewesen, und die Jahre hatten sie nur wenig verändert. Sie hatte immer noch ihre schönen dunklen Augen, und ihr Gesicht war überraschend glatt. Sie war sehr einfach gekleidet, und falls sie Schminke aufgelegt hatte, so war es geschickt geschehen, daß es nicht zu merken war. Sie besaß immer noch ihren alten Charme, der hauptsächlich in ihrer unbedingten Natürlichkeit und in ihrem freundlichen Wesen bestand.

»Ich hätte ein Bitte an dich«, begann sie ohne weitere Umschweife.

»Nämlich?«

»Charlie zieht heute in unsere Wohnung zurück. Ich fürchte, die ersten Tage werden etwas schwierig für ihn sein; es wäre reizend von dir, wenn du ihn zum Dinner einladen oder dich sonst ein wenig um ihn kümmern wolltest.«

»Ich muß nachsehen, was ich vorhabe.«

»Man erzählt mir, daß er sinnlos getrunken hat. Das ist schlimm. Vielleicht kannst du ihn zur Vernunft bringen.«

»Er soll ja in der letzten Zeit allerhand häuslichen Kummer gehabt haben«, sagte ich vielleicht etwas scharf.

Margery errötete. Sie zuckte zusammen, als ob ich sie geschlagen hätte, und warf mir einen gequälten Blick zu.

»Ich kann verstehen, daß du seine Partei nimmst. Du kennst ihn um so vieles länger als mich.«

»Liebes Kind, ich habe hauptsächlich deinetwegen mit ihm verkehrt, wenn du die Wahrheit wissen willst. Für ihn hatte ich nie besonders viel übrig. Aber dich fand ich furchtbar nett.«

Sie lächelte mich an, und ihr Lächeln war sehr reizend. Sie wußte, daß ich die Wahrheit sprach.

»Findest du, daß ich ihm eine gute Frau war?«

»Unbedingt.«

»Er war nicht sehr beliebt. Die Leute ärgerten sich über ihn. Ich habe ihn eigentlich niemals schwierig gefunden.«

»Er hat dich sehr, sehr liebgehabt.«

»Ich weiß. Wir haben großartig miteinander gelebt. Fünfzehn Jahre waren wir vollkommen glücklich.« Sie hielt inne und blickte zu Boden. »Ich mußte von ihm fortgehen. Es ging nicht länger. Wir standen wie Hund und Katze.«

»Dann mag es wohl das richtige gewesen sein, daß ihr euch getrennt habt.«

»Ja, zum Schluß konnte ich ihn nicht mehr sehen.«

»Das ist natürlich entsetzlich, für beide Teile.«

»Ich kann nichts dafür, daß ich mich verliebt habe. Es war eine ganz andere Art von Liebe als die, die ich für Charlie empfand. In meinem Gefühl für ihn war etwas Mütterliches, Schützendes gewesen. Ich war um so vieles vernünftiger als er. Er war schwer zu behandeln. Ich verstand es, ihn zu nehmen. Gerry war ganz anders.« Ihre Stimme wurde weich, und ihr

Gesicht verklärte sich. »Er hat mir meine Jugend wiedergegeben. Für ihn war ich ein Mädchen. Ich konnte mich auf seine Energie verlassen. Bei ihm fühlte ich mich geborgen.«

»Er ist ein sympathischer Mensch«, sagte ich langsam, »und wird seinen Weg machen. Als ich ihn kennenlernte, war er sehr jung für den Posten, den er innehatte. Wenn ich mich nicht irre, ist er doch erst neunundzwanzig Jahre alt.«

Sie lächelte still. Sie wußte genau, was ich damit meinte.

»Ich habe ihm gegenüber nie ein Geheimnis aus meinem Alter gemacht. Er behauptet, daß es keine Rolle spiele.«

Was sie sagte, war zweifellos wahr. Sie hatte sicherlich nicht versucht, ihr Alter zu vertuschen. Es war ihr eine grausame Freude gewesen, ihm reinen Wein einzuschenken.

»Wie alt bist du?«

»Vierundvierzig.«

»Und was gedenkst du zu tun?«

»Ich habe Gerry geschrieben, daß ich Charlie verlassen habe. Sobald ich von ihm höre, reise ich ihm nach.«

Ich war bestürzt.

»Du weißt vielleicht nicht, daß die Kolonie, in der er lebt, sehr primitiv und klein ist. Deine Stellung wäre keine sehr angenehme.«

»Er hat mir das Versprechen abgenommen, ihm nachzukommen, sobald das Leben hier unerträglich für mich werden sollte.«

»Und du hältst es für klug, dich daran zu halten? Glaubst du, daß man den Worten, die ein junger Mensch in seiner Verliebtheit äußert, so viel Wichtigkeit beimessen darf?«

Wieder erschien der Ausdruck von Verklärtheit auf ihrem Gesicht.

»Ja, wenn dieser junge Mensch Gerry ist.«

Mein Herz sank. Ich schwieg einen Augenblick. Dann erzählte ich ihr die Geschichte von der Straße, die Gerry Morton gebaut hatte. Ich holte das Dramatische hervor und war in jeder Hinsicht auf Wirkung bedacht.

»Zu welchem Zweck hast du mir das erzählt?« fragte sie, als ich fertig war.

»Ich finde, daß es eine interessante Geschichte ist.«

Sie schüttelte den Kopf und lächelte.

»Nein, du wolltest mir zeigen, wie jung, wie unternehmungslustig und wie erfüllt von seiner Arbeit er ist – und wie ihm für anderes nicht viel Zeit übrigbleibt. Ich würde ihn in seiner Arbeit nicht stören. Du kennst ihn nicht so gut wie ich. Er ist unglaublich romantisch. Er betrachtet sich als Pionier. Und seine Begeisterung hat mich angesteckt. Ich finde es großartig, mitzuwirken an dem Aufbau neuer Länder. Vergleich damit doch unser Leben! Es ist langweilig und nüchtern. Andernteils, gewiß, ist es dort unten sehr einsam. Da kann also sogar die Gesellschaft einer nicht mehr jungen Frau, wie ich es bin, ein Gewinn sein.«

»Hast du die Absicht, ihn zu heiraten?« fragte ich.

»Ich verlasse mich ganz auf ihn. Seine Wünsche sind auch die meinen.«

Sie sprach mit so viel Einfachheit, es war etwas Rührendes in ihrem Vertrauen, daß ich ihr, als sie mich verließ, nicht länger böse sein konnte. Selbstverständlich fand ich sie sehr töricht. Doch wohin kämen wir, wenn wir uns über die Torheit der Menschen ereifern wollten? Müßten wir unser Leben nicht in einem chronischen Zustand von Gereiztheit hinbringen? Ich hatte die Hoffnung, daß sich alles wieder einrenken würde. Sie hatte behauptet, Gerry wäre romantisch. Das stimmte, aber die Romantiker kommen in dieser nüchternen Welt mit ihrem Unsinn nur deshalb durch, weil irgendwo in ihnen ein sehr gesunder Instinkt für die Wirklichkeit steckt: das Nachsehn hat bloß derjenige, der ihre Phantastereien für bare Münze nimmt. Die Engländer sind romantisch; aus diesem Grund werden sie von den andern Völkern für Heuchler gehalten. Das ist falsch; sie machen sich in aller Ehrlichkeit auf die Suche nach dem Reich Gottes, aber die Reise ist beschwerlich, und sie handeln nur vernünftig, wenn sie unterwegs jede goldblinkende Möglichkeit aufgreifen. Die britische Seele marschiert wie Wellingtons Armee mit dem Magen. Es war anzunehmen, daß Margerys Brief Gerry eine böse Viertelstunde bereiten würde. Das rührte mich zwar nicht weiter, aber ich war gespannt, wie er sich aus der Affäre ziehen würde. Margery stand vermutlich eine bittere Enttäuschung bevor; nun, das war nicht das schlimmste Schließlich würde sie geläutert zu ihrem Mann zurückkehren und glücklich und zufrieden mit ihm weiterleben bis an das Ende ihrer Tage.

Aber es kam anders. Ich hatte die nächsten Tage vollauf zu tun, und es war mir unmöglich, ein Verabredung mit Charlie

Bishop zu treffen. So schrieb ich ihm denn, ob er Lust hätte, an einem Abend der folgenden Woche mit mir zu essen und nachher ins Theater zu gehen. Ich schlug es nicht ohne eine gewisse Besorgnis vor: ich wußte ja, daß er soff wie ein Fisch und in vollem Zustand einigermaßen lärmend wurde. Hoffentlich würde er mir keine Scherereien machen. Wir wollten uns im Klub treffen und um sieben Uhr essen, weil das Stück, zu dem wir uns entschieden hatten, um Viertel nach acht begann. Ich kam in den Klub. Ich wartete. Er erschien nicht. Ich telephonierte in seine Wohnung, erhielt aber keine Antwort und schloß daraus, daß er unterwegs sei. Ich hasse es, den Anfang eines Stückes zu versäumen, und so wartete ich ungeduldig in der Halle, um ihn sofort in den Speisesaal zu führen. Um Zeit zu ersparen, hatte ich das Essen schon bestellt. Die Uhr zeigte halb acht, dann dreiviertel; ich sah nicht ein, warum ich noch länger warten sollte, und setzte mich allein zu Tisch. Er kam nicht. Ich ließ mich vom Speisesaal aus mit den Marshs verbinden, und sehr bald meldete mir der Kellner, daß Bill Marsh am Apparat wäre.

»Wißt ihr, was mit Charlie Bishop los ist?« fragte ich. »Wir wollten miteinander essen und nachher ins Theater gehen; aber er ist nicht erschienen.«

»Er ist heute nachmittag gestorben.«

»Was?«

Mein Ausruf klang so erschrocken, daß ein paar von den umsitzenden Leuten aufblickten. Der Speisesaal war voll, und die Kellner liefen hin und her. Das Telephon stand auf dem Pult des Kassierers, und ein Kellner mit einer Flasche Rheinwein und zwei langstieligen Gläsern auf einem Tablett gab soeben dem Kassierer einen Bon. Der stattliche Oberkellner stieß, während er zwei Herren an einen Tisch komplimentierte, an mich an.

»Von wo aus sprichst du denn?« fragte Bill.

Wahrscheinlich hörte er das Getöse, das mich umgab. Als ich es ihm erklärt hatte, bat er mich, gleich nach dem Essen hinüberzukommen. Janet wollte mit mir sprechen.

»Ich komme sofort«, sagte ich.

Ich fand Janet und Bill im Empfangszimmer. Er las die Zeitung, und sie legte Patiencen. Sie kam, als das Mädchen mich hereinführte, rasch auf mich zu. Sie ging elastisch, sozusagen sprungbereit, auf leisen Sohlen, wie ein Panther, der seine Beute anschleicht. Ich merkte sofort, daß sie in ihrem Element war. Sie gab mir die Hand und wandte das Gesicht ab, um die Tränen in ihren Augen zu verbergen. Ihre Stimme war leise und tragisch.

»Ich habe Margery hierhergenommen und sie ins Bett gepackt. Der Arzt hat ihr ein Beruhigungsmittel verschrieben. Sie ist vollkommen zusammengebrochen. Ist es nicht schrecklich?« Ein Laut, halb Stöhnen, halb Schluchzen, entrang sich ihr. »Ich weiß nicht, warum solche Dinge gerade immer mir passieren müssen ...«

Die Bishops hatten nie ein Dienstmädchen gehabt. Jeden Morgen kam eine Aufwartefrau, um die Wohnung aufzuräumen und das Frühstücksgeschirr zu spülen. Sie hatte ihren eigenen Schlüssel. An diesem Morgen war sie wie gewöhnlich erschienen und hatte zuerst das Wohnzimmer in Ordnung gebracht. Seitdem Margery ihn verlassen hatte, war Charlie unregelmäßig in seinen Gewohnheiten geworden, und die Frau wunderte sich nicht weiter, ihn noch schlafend anzutreffen. Aber die Zeit verging, und sie befürchtete, daß er seine Arbeit versäumen würde. Also ging sie an die Schlafzimmertür und klopfte. Es kam keine Antwort. Es kam ihr so vor, als ob er stöhnte. Sie öffnete leise die Tür. Er lag im Bett, auf dem Rücken, und atmete schnarchend. Er wachte nicht auf. Sie versuchte, ihn zu wecken. Etwas an ihm war ihr unheimlich. Sie läutete an der Tür der Nachbarwohnung, die einem Journalisten gehörte. Dieser hatte noch im Bett gelegen und öffnete ihr im Pyjama.

»Verzeihung, mein Herr«, sagte sie, »könnten Sie nicht einen Augenblick herüberkommen und sich meinen Herrn ansehn? Er will mir gar nicht gefallen.«

Der Journalist kam mit in Charlies Wohnung. Neben dem Bett lag ein leeres Röhrchen Veronal.

»Wir müssen die Polizei holen«, sagte er.

Ein Schutzmann erschien und telephonierte nach einem Krankenwagen. Man brachte Charlie ins Charing Cross Hospital. Er erlangte das Bewußtsein nicht wieder. Zuletzt war Margery bei ihm.

»Es wird jedenfalls zu einer gerichtlichen Obduktion kommen«, meinte Janet. »Aber es ist ja klar, was geschehen ist.

Er hat in den letzten drei, vier Wochen furchtbar schlecht geschlafen und offenbar Veronal genommen. Und diesmal muß er durch einen Zufall mehr geschluckt haben, als er vertragen konnte.«

»Ist das auch Margerys Meinung?« fragte ich.

»Sie ist viel zu aufgeregt, um überhaupt eine Meinung zu haben; aber ich habe ihr versichert, daß es ganz bestimmt kein Selbstmord war. Charlie war doch nicht der Mensch, so etwas zu tun. Habe ich nicht recht, Bill?«

»Ja, Kind«, antwortete er.

»Hat er Briefe hinterlassen?«

»Nein, nichts. Merkwürdigerweise hat Margery heute früh einen Brief von ihm bekommen, Gott, einen Brief kann man es eigentlich nicht nennen – eine Zeile – weiter nichts. ›Ich fühle mich so vereinsamt ohne Dich, Liebling.‹ Das ist alles. Aber das hat natürlich nicht das geringste zu bedeuten. Sie hat mir das Versprechen gegeben, es bei der Untersuchung nicht zu erwähnen. Wozu den Leuten einen Floh ins Ohr setzen? Jeder Mensch weiß, daß es mit Veronal so eine Sache ist; ich für meine Person würde um nichts in der Welt welches nehmen. Es war ganz bestimmt ein Versehen. Habe ich nicht recht, Bill?«

»Ja, Kind«, antwortete er.

Janet war also fest entschlossen, zu glauben, daß Charlie Bishop nicht Selbstmord verübt hatte. Aber wieweit sie in ihrem Herzen das, was sie glauben wollte, auch wirklich glaubte, konnte ich bei meiner ungenügenden Kenntnis der weiblichen Seele nicht beurteilen. Überdies war es durchaus möglich, daß sie recht hatte. Daß ein Gelehrter gesetzten Alters sich das Leben nimmt, weil seine ebenfalls nicht mehr junge Frau ihn verläßt, ist keineswegs selbstverständlich. Die Wahrscheinlichkeit, daß er, aufgerieben durch Schlaflosigkeit und betäubt durch Alkohol, ein größere Dosis des Schlafmittels genommen hatte, als er vertrug, war zumindest ebenso plausibel. Jedenfalls war dies auch die Auffassung des Gerichtsbeamten. Man erklärte ihm, daß Charlie Bishop zu trinken begonnen hätte, daß seine Frau aus diesem Grunde von ihm fortgegangen wäre und daß ihm nichts ferner gelegen hätte, als seinem Leben ein Ende zu setzen. Der Beamte sprach der Witwe sein Beileid aus und erging sich in langen Auseinandersetzungen über die Gefahren von Schlafmitteln.

Ich bin kein Freund von Beerdigungen, aber Janet bat mich, an Charlies Begräbnis teilzunehmen. Ein paar von seinen Kollegen aus der Klinik hatten die Absicht geäußert, ebenfalls zu erscheinen, waren aber auf Margerys Wunsch gebeten worden, davon Abstand zu nehmen; Janet, Bill, Margery und ich sollten die einzigen Trauergäste sein. Wir wollten dem Sarg von der Leichenhalle aus das Geleit geben, und die andern erboten sich, mich auf dem Weg zum Friedhof abzuholen. Ich stand am Fenster und hielt Ausschau nach dem Wagen, und als ich ihn herankommen sah, eilte ich hinunter. Aber Bill stieg aus und kam mir ins Haus entgegen.

»Einen Moment!« sagte er. »Ich muß etwas mit dir besprechen. Janet möchte, daß du nachher zu einer Tasse Tee zu uns kommst. Man dürfe Margery nicht ihren trüben Gedanken überlassen, meinte sie. Nach dem Tee könnten wir ein paar Rubber Bridge spielen. Willst du kommen?«

»In diesem Aufzug?«

Ich hatte einen Gehrock an, eine schwarze Krawatte und meine Smokinghose.

»Ach, das hat nichts zu sagen. Wir müssen Margery ablenken.«

»Schön, ich komme.«

Aber schließlich spielten wir doch nicht Bridge.

Die hellblonde Janet sah in ihrer tiefen Trauerkleidung sehr smart aus und spielte die Rolle der teilnahmsvollen Freundin mit bewunderungswürdiger Geschicklichkeit. Sie weinte ein wenig, insgeheim darauf bedacht, die Farbe auf ihren Wimpern nicht zu verwischen, und als Margery verzweifelt schluchzte, schob sie liebevoll den Arm unter ihren. Sie war wahrhaftig ein Mensch, auf den man sich im Unglück verlassen konnte. Wir kehrten in die Wohnung zurück. Es war ein Telegramm für Margery da. Sie nahm es und ging in ihr Zimmer hinauf. Kondolenz von einem der Freunde Charlies, der eben von seinem Tode gehört hatte, vermutete ich. Bill zog sich zurück, um sich umzuziehen, während Janet mich in das Empfangszimmer führte, damit ich ihr bei den Vorbereitungen für das Bridgespiel behilflich sei. Sie nahm ihren Hut ab und legte ihn aufs Klavier.

»Ich bin nicht für Heuchelei. Margery ist natürlich verzweifelt bis aufs äußerste, aber jetzt muß sie sich zusammennehmen. Ein Rubber Bridge wird ihr helfen, wieder in ihren normalen

Zustand zurückzufinden. Der arme Charlie tut mir schrecklich leid. Aber ich bin überzeugt, daß er die Sache mit Margery nie verwunden hätte. Und für sie ist die Situation zweifellos leichter geworden. Heute früh hat sie Gerry telegraphiert.«

»Was denn?«

»Daß Charlie tot ist.«

In diesem Augenblick kam das Mädchen ins Zimmer.

»Möchten Sie bitte zu Mrs. Bishop hinaufkommen, gnädige Frau? Sie wünscht Sie zu sprechen.«

»Natürlich, sofort.«

Sie ging rasch aus dem Zimmer, und ich blieb allein zurück. Nach einer Weile erschien Bill, und wir tranken ein Glas Whisky. Endlich kam Janet wieder. Sie reichte mir ein Telegramm. Es lautete:

Um Gottes willen, abwarte Brief. Gerry.

»Was glaubst du, hat das zu bedeuten?«

»Wörtlich das, was dasteht.«

»Dummer Mensch! Ich habe Margery gesagt, daß es gar nichts zu bedeuten hat. Aber sie läßt sich nicht beruhigen. Das Telegramm muß sich mit dem ihren gekreuzt haben. Sie hat nun doch keine Lust, Bridge zu spielen. Und vielleicht wäre es auch nicht ganz richtig, just heute.«

»Vielleicht«, sagte ich.

»Es ist möglich, daß er auf ihr Telegramm hin noch einmal telegraphiert. Eigentlich müßte er es tun, nicht? Was aber können wir einstweilen tun? Still dasitzen und auf seinen Brief warten.«

Es schien mir zwecklos, die Konversation fortzusetzen. Ich ging. Einige Tage später rief Janet bei mir an und teilte mir mit, daß Margery ein Beileidstelegramm von Morton bekommen hätte. Sie las es mir vor.

Aufs tiefste erschüttert über die traurige Nachricht. Nehme herzlichen Anteil an Deinem großen Kummer. Innigst Gerry.

»Was hältst du davon?« fragte sie mich.

»Es ist sehr korrekt.«

»Na ja. Schließlich konnte er nicht gut schreiben, daß er entzückt sei.«

»Nein, als taktvoller Mensch gewiß nicht.«

»Immerhin steht zum Schluß ›innigst‹.«

Ich konnte mir ausmalen, wie diese Frauen die beiden Telegramme unter allen Aspekten geprüft und jedes Wort unter die Lupe genommen hatten. Es war mir, als ob ich ihre endlosen Gespräche mit angehört hätte.

»Es ist nicht auszudenken, was mit Margery geschehen soll, wenn er sie jetzt im Stich läßt«, fuhr Janet fort. »Jetzt wird es sich zeigen, ob er ein Gentleman ist.«

»Quatsch«, sagte ich und hängte schnell ein.

Im Laufe der folgenden Tage war ich einige Male bei den Marshs zum Dinner. Margery sah müde aus. Man merkte ihr an, daß sie den angekündigten Brief mit Herzklopfen erwartete. Kummer und Angst hatten an ihr gezehrt. Sie war bis zum Schatten abgemagert. Sie wirkte sehr zerbrechlich, und ihr Gesicht hatte einen Ausdruck der Vergeistigung angenommen, den ich früher nie an ihr bemerkt hatte. Sie war sehr sanft, sehr dankbar für jede Freundlichkeit, und in ihrem unsicheren, schüchternen Lächeln lag etwas unendlich Rührendes. Aber Morton war einige tausend Meilen weit fort. Eines Morgens, endlich, rief Janet mich an.

»Der Brief ist gekommen. Margery sagt, daß ich ihn dir zeigen kann. Kommst du herüber?«

Ihre gepreßte Stimme verriet mir alles. Als ich kam, reichte sie mir den Brief stumm hin. Es war ein sehr sorgfältig abgefaßtes Schreiben, dem anzumerken war, daß es mehrere Male neu geschrieben worden war, Morton hatte sich große Mühe gegeben, sich nichts, was Margery irgendwie verletzen konnte, entschlüpfen zu lassen; und doch verriet sich hinter jedem Wort nur eines: sein Entsetzen. Es war nicht zu verkennen, daß er in seinem Innern vor Angst zitterte. Er hatte einen leicht scherzhaften Ton angeschlagen, wahrscheinlich, weil er sich einbildete, daß er damit die Situation am leichtesten überbrücken werde. Auf recht amüsante Art machte er sich über die weißen Leute in der Kolonie lustig. Was würden sie sagen, wenn Margery plötzlich auftauchte? Zweifellos würde man ihm sehr schnell den Laufpaß geben. In England stellte man sich das Leben im Fernen Osten frei und ungezwungen vor; weit gefehlt! Es war konventioneller als in jeder Kleinstadt. Er liebte Margery viel zu sehr, um sie der hochnäsigen Behandlung dieser schrecklichen

Weiber da unten auszusetzen. Außerdem hatte man ihn an eine Station versetzt, die zehn Tagereisen von jeder menschlichen Behausung entfernt lag; bei ihm, in seinem Bungalow, konnte sie nicht gut wohnen, und ein Hotel gab es selbstverständlich nicht. Seine Arbeit hielt ihn oft tagelang im Dschungel fest. Ein solches Leben war nichts für eine Frau. Margery bedeutete ihm viel, unendlich viel sogar. Dennoch konnte er ihr nicht verhehlen, daß er es für richtiger hielt, wenn sie zu ihrem Mann zurückkehrte. Nie würde er es sich verzeihen können, zwischen sie und Charlie getreten zu sein. Ja, es war ein schwerer Brief gewesen. Ich war überzeugt davon.

»Freilich wußte er damals noch nicht, daß Charlie tot ist. Damit ist eine völlig veränderte Situation geschaffen, wie ich Margery erklärt habe.«

»Und sie ist der gleichen Ansicht?«

»Ach, ich finde sie sehr unvernünftig. Was liest denn du aus dem Brief heraus?«

»Daß er nichts mehr von ihr wissen will.«

»Findest du? Vor zwei Monaten wollte er noch sehr viel von ihr wissen.«

»Ja, aber andere Luft und andere Umgebung können Wunder bewirken. Wahrscheinlich ist ihm zumute, als läge London jahrelang hinter ihm. Er ist wieder unter seinen alten Freunden, in seinem alten Wirkungskreis. Margery darf sich keine Illusionen machen. Das Leben draußen hat ihn wieder mit Beschlag belegt, und für sie ist kein Platz mehr da.«

»Ich habe ihr geraten, den Brief zu ignorieren und einfach zu ihm hinunterzufahren.«

»Hoffentlich ist sie vernünftiger als du. Sie würde sich einer schrecklichen Demütigung aussetzen.«

»Ja, aber was soll denn mit ihr geschehen? Es ist zu grausam. Sie ist der beste, der anständigste Mensch auf der Welt.«

»Das mag stimmen. Aber vielleicht ist es gerade ihre Anständigkeit, die das ganze Unglück heraufbeschworen hat. Warum, zum Teufel, hat sie kein Verhältnis mit Morton gehabt? Charlie hätte nichts davon gewußt und sich dabei sehr wohl gefühlt. Sie und Morton wären eine Zeitlang sehr glücklich miteinander gewesen. Und zu guter Letzt hätten sie sich mit dem Bewußtsein getrennt, daß eine angenehme Episode ein harmonisches Ende gefunden habe. Es wäre eine schöne Erinnerung für beide gewesen. Und ruhig und innerlich befriedigt hätte Margery zu Charlie zurückkehren können, um ihm weiter die musterhafte Gattin zu sein, die sie immer gewesen war.«

Janet kräuselte die Lippen. Sie blickte mich verächtlich an.

»Es gibt aber etwas, das man Tugend nennt.«

»So eine Tugend kann mir gestohlen werden. Eine Tugend, die bloß Unglück und Verheerung anrichtet, ist keinen Schuß Pulver wert. Du kannst es Tugend nennen, wenn es dir beliebt. Ich nenne es Feigheit.«

»Der Gedanke, Charlie untreu zu sein, solange sie mit ihm lebte, hatte etwas Abstoßendes für sie. Solche Frauen soll es nämlich geben.«

»Ach, du lieber Himmel! Von mir aus hätte sie im Geist ihm treu bleiben können, während sie ihn körperlich betrog! Derartige Kunststücke bringen Frauen im allgemeinen spielend fertig.«

»Was für ein abscheulicher Zyniker du bist.«

»Ist es zynisch, der Wahrheit ins Gesicht zu sehen und mit gesundem Menschenverstand zu urteilen? Dann will ich gern zynisch und abscheulich sein. Machen wir uns doch nichts vor. Margery ist längst über ihre Jugend hinaus. Charlie war fünfundfünfzig. Sie waren sechzehn Jahre miteinander verheiratet. Es ist durchaus begreiflich, daß sie sich von einem jungen Menschen, der ihr allerhand Unsinn einredete, den Kopf verdrehen ließ. Aber das darf man doch nicht Liebe nennen. Es war albern von ihr, auch nur das Geringste von dem, was er sagte, ernst zu nehmen. Das war nicht er, der redete, das war sein verhungertes Geschlecht. Vier Jahre lang hatte er keine weiße Frau berührt. Es war Zufall, daß gerade Margery ihm in den Weg kam. Er begehrte sie, und weil er sie nicht bekommen konnte, begehrte er sie nur noch mehr. Es mag sein, daß er das für Liebe hielt. Aber glaube mir, es war bloß Hunger. Wenn sie miteinander geschlafen hätten, würde Charlie heute noch leben. Es ist ihre verdammte Tugend, die das ganze Unglück verschuldet hat.«

»Wie dumm du bist. Begreifst du nicht, daß es für sie einen anderen Weg gar nicht gab? Sie ist eben keine leichtsinnige Frau.«

»Mir ist eine leichtsinnige Frau lieber als eine egoistische und bornierte.«

»Ach, schweig doch endlich. Ich habe dich nicht hergebeten, damit du mir unangenehme Dinge ins Gesicht wirfst!«

»Wozu also sonst, wenn ich fragen darf?«

»Gerry ist dein Freund. Du hast ihn Margery vorgestellt. Der Schuldige ist natürlich er, aber dich trifft eine gewisse Verantwortung. Es ist deine Pflicht, ihm zu schreiben und ihn an seine Ehre zu erinnern.«

»Das werde ich nie und nimmer tun.«

»Dann kannst du gehen.«

Ich schickte mich an, dieser Aufforderung Folge zu leisten.

»Es ist nur ein Glück, daß Charlie sein Leben versichert hatte«, sagte Janet.

Jäh drehte ich mich um.

»Und *du* hast die Stirn, mich einen Zyniker zu nennen.«

Ich möchte die Schmähworte nicht wiederholen, die ich ihr ins Gesicht schrie, während ich die Tür hinter mir zuschlug. Aber Janet ist trotz allem eine sehr reizende Frau. Ich denke mir oft, daß es nett sein müßte, mit ihr verheiratet zu sein.

Die Dschungel-Residenz

Der neue Assistent traf am Nachmittag ein. Als man dem Residenten, Mr. Warburton, meldete, das Boot sei in Sicht, setzte er seinen Tropenhelm auf und ging hinunter zum Landungssteg. Die Ehrenformation – acht kleine Dyak-Soldaten – salutierte, als er vorbeischritt. Er bemerkte mit Zufriedenheit ihre militärische Haltung, ihre sauberen, adretten Uniformen und blitzenden Waffen. Seine Soldaten gereichten ihm zur Ehre. Vom Landungssteg beobachtete er die Flußbiegung, wo das Boot jeden Augenblick erscheinen mußte. Mit seinen makellosen Segeltuchhosen und weißen Schuhen sah er sehr elegant aus. Unterm Arm geklemmt hielt er einen Stock aus Malakkarohr mit goldenem Knauf – ein Geschenk des Sultans von Perak. Er erwartete den Neuankömmling mit gemischten Gefühlen. Die Arbeit in seinem Distrikt konnte einer allein nicht mehr bewältigen, und während seiner regelmäßigen Inspektionsreisen durch das Gebiet, das seiner Verwaltung anvertraut war, mochte er die Station nicht in den Händen eines eingeborenen Sekretärs lassen; aber er war nun schon so lang der einzige Weiße hier, daß er der Ankunft eines anderen nicht ohne Besorgnis entgegensah. Er war an Einsamkeit gewöhnt. Während des Krieges hatte er drei Jahre lang keinen Engländer zu Gesicht bekommen; einmal sollte er einen Aufforstungsbeamten beherbergen, und Panik ergriff ihn. Als dann der Fremde eintraf, war alles für seinen Empfang bereitet, doch Mr. Warburton hatte nur eine Notiz hinterlassen, die mitteilte, er sei leider zu einer Dienstfahrt flußaufwärts genötigt. Er blieb, bis ein Bote ihm die Nachricht von der Abreise seines Gastes brachte.

Jetzt erschien das Boot. Es war mit Sträflingen bemannt, Dyaks, die zu verschieden langen Gefängnisstrafen verurteilt waren. Einige Wächter warteten am Ufer, um sie zurück in den Kerker zu bringen. Es waren robuste Kerle, kraftvolle Ruderer, die den Fluß genau kannten. Als das Boot anlegte, kam ein Mann unter dem Sonnensegel hervor und sprang an Land. Die Wache präsentierte Gewehr.

»Da wären wir endlich. Teufel, bin ich steif! Ich bringe Ihnen die Post.« Er sprach mit fröhlicher Jovialität.

Mr. Warburton reichte ihm höflich die Hand.

»Mr. Cooper, nehme ich an?«

»Richtig. Erwarten Sie sonst noch jemanden?«

Die Frage sollte ein Scherz sein, doch der Resident lächelte nicht.

»Mein Name ist Warburton. Ich zeige Ihnen Ihre Wohnung, man wird Ihnen das Gepäck dorthin bringen.«

Er geleitete Cooper den schmalen Pfad entlang bis zu einem kleinen umzäunten Hof, auf dem ein Bungalow stand.

»Seit vielen Jahren war er unbewohnt; ich hab ihn, so gut es ging, wieder herrichten lassen.«

Es war ein Pfahlbau, mit einem langen Wohnzimmer und breiter Veranda und je zwei Schlafzimmern auf beiden Seiten des Flurs.

»Das wird's schon tun«, sagte Cooper.

»Ich nehme an, Sie möchten ein Bad nehmen und sich umziehen. Es würde mich freuen, wenn Sie mir heute zum Abendessen das Vergnügen Ihrer Gesellschaft machen wollen. Paßt es Ihnen um acht?«

»Jede x-beliebige Zeit ist mir recht.«

Der Resident lächelte höflich und etwas konsterniert und entfernte sich. Er kehrte zum Fort zurück, in dem er selber wohnte. Sein erster Eindruck von Allan Cooper war nicht gerade günstig. Aber er war ein gerechter Mensch und wußte, daß es unbillig wäre, sich nach solch flüchtiger Begegnung eine Meinung zu bilden. Cooper schien etwa dreißig Jahre alt zu sein. Er war lang und dünn, mit bleichem Gesicht, wasserblauen Augen und großer Hakennase. Als er den Bungalow betreten und seinen Tropenhelm einem wartenden Jungen zugeworfen hatte, war Mr. Warburton der breite, mit kurzen braunen Stoppeln bedeckte Schädel aufgefallen, der etwas seltsam mit dem schlaffen fliehenden Kinn kontrastierte. Cooper trug Khakishorts und Khakihemd – beide waren schäbig und schmutzig, und sein abgetragener Tropenhelm war sicher seit Tagen nicht gereinigt worden. Mr. Warburton überlegte, daß der junge Mann eine Woche auf dem Dampfer und die letzten achtundvierzig Stunden kauernd auf einem Prahu verbracht hatte. ›Wollen sehen, wie er zum Essen kommt.‹

Er ging in sein Zimmer, wo seine Sachen so säuberlich geordnet waren, als hätte er einen englischen Butler. Unbekleidet lief er die Treppe hinunter zum Badehaus, wo er sich mit kaltem Wasser übergoß. Sein einziges Zugeständnis an das Klima bestand darin, nur einen *weißen* Smoking zu tragen; sonst aber kleidete ihn ein Hemd mit steifem Einsatz, hoher Kragen, Seidensocken und Lacklederschuhe, als ob er in seinem Klub in *Pall Mall* dinierte. Als sorgsamer Gastgeber ging er ins Eßzimmer, um zu sehen, ob die Tafel korrekt gerichtet sei. Sie war geschmückt mit Orchideen, das Silber glänzte, und die Servietten waren kunstvoll gefaltet. Abgeschirmte Kerzen in silbernen Leuchtern verbreiteten ein weiches Licht. Mr. Warburton lächelte zufrieden und kehrte in Erwartung seines Gastes in den Salon zurück. Gerade erschien Cooper. Er trug Khakishorts und -hemd und dieselbe lumpige Joppe, in der er an Land gestiegen war. Mr. Warburtons Begrüßungslächeln erstarrte.

»Hallo, haben Sie sich aber fein gemacht; dachte nicht, daß Sie das vorhatten. Ich wär beinah im Lendenschurz gekommen.«

»Schon recht. Ihre Diener waren wohl noch beschäftigt.«

»Wegen mir hätten Sie sich nicht so in Schale schmeißen brauchen.«

»Ich kleide mich *stets* zum Dinner um.«

»Auch wenn Sie allein sind?«

»Gerade wenn ich allein bin«, entgegnete Mr. Warburton mit eisigem Blick. Er sah ein belustigtes Zwinkern in Coopers Augen und wurde rot vor Ärger. Mr. Warburton hatte ein hitziges Temperament. Man konnte es seinem roten streitbaren Gesicht und seinem ebenso roten, jetzt ergrauenden Haar ansehen. Seine blauen, meist abschätzenden Augen konnten in plötzlichem Zorn aufblitzen. Aber er war auch ein Mann von Welt, und – wie er hoffte – ein gerechter Mensch. Er mußte sein Bestes tun, um sich mit diesem Burschen zu arrangieren.

»Als ich in London lebte, bewegte ich mich in Kreisen, wo es ebenso ungewöhnlich gewesen wäre, sich nicht zum Dinner umzukleiden, wie das morgendliche Bad zu unterlassen. Als ich nach Borneo kam, sah ich keinen Grund, diese gute Gewohnheit aufzugeben. Im Krieg sah ich drei Jahre lang keinen Weißen, doch ich versäumte nie, mich zum Dinner umzuziehen. Sie sind noch nicht sehr lang in diesem Land; glauben Sie mir, es gibt keinen besseren Weg, Ihren Stolz, den Sie haben sollten, zu erhalten. Wenn ein Weißer den Einflüssen dieser Umgebung nachgibt, wird er bald seine Selbstachtung verlieren – und dann die Achtung der Eingeborenen.«

»Na, wenn Sie von mir erwarten, daß ich bei dieser Hitze steife Hemden und hohe Kragen anziehe, tut es mir leid, Sie enttäuschen zu müssen.«

»In Ihrem Bungalow mögen Sie sich zum Dinner kleiden, wie es Ihnen beliebt, doch wenn Sie mir die Ehre Ihrer Gesellschaft erweisen, kommen Sie vielleicht zu dem Ergebnis, daß es nur höflich ist, die in zivilisierter Gesellschaft übliche Kleidung zu tragen.«

Zwei malaiische Boys in Sarongs und gepflegten weißen Songkoks mit Messingknöpfen traten ein; einer brachte Gin und der andere ein Tablett mit Oliven und Sardellen. Sie begaben sich zu Tisch. Mr. Warburton schmeichelte sich, den besten Koch in Borneo zu haben, einen Chinesen, der keine Mühe scheute, die aufwendigsten und erlesensten Gerichte zu komponieren. Er ließ seine Erfindungskraft spielen, um das Beste aus den Mitteln zu zaubern, die ihm verfügbar waren.

»Wenn Sie einen Blick auf die Menü-Karte werfen wollen ...«, sprach Mr. Warburton und reichte sie Cooper. Sie war französisch geschrieben, und die Gänge hatten klangvolle Namen. Zwei Boys bedienten, zwei weitere wedelten riesige Fächer, um die schwüle Luft zu bewegen. Das Essen war vorzüglich und der Champagner exzellent.

»Veranstalten Sie das jeden Tag?« fragte Cooper.

Mr. Warburton warf einen nachlässigen Blick auf das Menü. »Das Essen ist heute nicht anders als gewöhnlich«, sagte er. »Ich esse nicht viel, aber ich lege Wert darauf, daß mir jeden Abend ein anständiges Dinner serviert wird. Das hält den Koch in Übung und bedeutet eine gute Schulung für die Boys.«

Die Unterhaltung schleppte sich mühsam weiter. Mr. Warburton war ausgesucht höflich, und es konnte sein, daß er ein leicht boshaftes Vergnügen an der Verwirrung seines Gesellschafters fand. Cooper war nur wenige Monate in Sembulu gewesen, und Mr. Warburtons Erkundigungen über seine Freunde in Kuala Solor waren bald erschöpft.

»Übrigens«, fragte er plötzlich, »haben Sie einen jungen Mann namens Hennerley kennengelernt? Er ist kürzlich herübergekommen, glaube ich.«

»O ja, er ist bei der Polizei. Ein übler Patron.«

»Das hätte ich kaum erwartet. Sein Onkel ist mein Freund Lord Barraclough. Ich erhielt einen Brief von Lady Barraclough, in dem sie mich bat, nach ihm zu sehen.«

»Ich habe gehört, daß er mit diesem und jenem verwandt ist. Vermutlich hat er deshalb den Posten bekommen. Er war in Eton und Oxford und vergißt nie, einen das spüren zu lassen.«

»Sie erstaunen mich«, sagte Mr. Warburton. »Seine ganze Familie war seit einigen hundert Jahren in Eton und Oxford. Ich hätte erwartet, daß er das als Selbstverständlichkeit betrachtet.«

»Ich fand ihn verdammt eingebildet.«

»Welche Schulen haben Sie besucht?«

»Ich bin in Barbados geboren und auch dort erzogen worden.«

»Ach so.«

Mr. Warburton brachte es fertig, eine solche Beleidigung in seine kurze Antwort zu legen, daß Cooper rot wurde. Für einen Moment war er still.

»Ich bekam zwei oder drei Briefe aus Kuala Solor«, fuhr Mr. Warburton fort, »und mein Eindruck war, daß der junge Hennerley sich großer Beliebtheit erfreute. Man sagt, er sei ein erstklassiger Sportler.«

»O ja, er ist allerdings beliebt. Er ist ganz der Typ, den man in Kuala Solor bevorzugt. Ich meinerseits kann nicht viel mit Sportskanonen anfangen. Was bedeutet das schon, wenn einer besser Golf oder Tennis spielt als andere? Wen kümmert's, wenn er beim Billard einen Fünfundsiebziger schafft? In England nimmt man diese Dinge viel zu wichtig, verdammt noch mal.«

»Finden Sie? Ich hatte den Eindruck, daß der erstrangige Sportsmann sich im Krieg nicht schlechter bewährte als irgendein anderer.«

»Oh, wenn Sie vom Krieg reden wollen, dann kann ich Ihnen einiges erzählen. Ich war im selben Regiment wie Hennerley und kann Ihnen sagen, daß die Jungs ihn nicht ausstehen konnten.«

»Wieso wissen Sie das?«

»Weil ich darunter war.«

»Ah, Sie waren nicht Offizier?«

»Eine schöne Chance hatte ich, Offizier zu werden! Ich bin das, was man einen Koloniebewohner nennt, ich hab keine vornehme Schule besucht und hab keine Beziehungen. Ich war die ganze verdammte Zeit einfacher Soldat.«

Cooper runzelte die Brauen. Er mußte sich beherrschen, um nicht in wüste Beschimpfungen auszubrechen. Mr. Warburtons kleine blaue Augen verengten sich, er beobachtete Cooper und bildete sich seine Meinung. Das Thema wechselnd, begann er von der künftigen Arbeit zu sprechen. Als es zehn Uhr schlug, erhob er sich.

»Nun, ich möchte Sie nicht weiter aufhalten. Sie werden von der Reise erschöpft sein.«

Sie schüttelten sich die Hände.

»Ach, noch etwas«, sagte Cooper, »können Sie mir vielleicht einen Boy beschaffen? Der Boy, den ich vorher hatte, tauchte nicht mehr auf, als ich von Kuala Solor losfuhr. Mein Zeug brachte er noch an Bord, dann verschwand er. Ich hab's erst gemerkt, als wir draußen auf dem Fluß waren.«

»Ich werde meinen Head-Boy fragen. Ich zweifle nicht, daß er jemanden für Sie finden kann.«

»Prima. Sagen Sie ihm, er soll ihn rüberschicken; wenn er mir paßt, werd ich ihn nehmen.«

Der Mond schien, so daß keine Laterne nötig war. Cooper ging vom Fort zu seinem Bungalow.

›Ich frage mich, warum um Himmels willen man mir solch einen Burschen geschickt hat‹, überlegte Mr. Warburton. ›Wenn das die Sorte ist, die man jetzt einsetzt, halte ich nicht viel davon.‹

Er schlenderte seinen Garten hinunter. Das Fort lag auf einem kleinen Hügel, und der Garten erstreckte sich bis zum Fluß, an dessen Ufer eine Laube stand. Hier pflegte er nach dem Dinner eine Zigarre zu rauchen. Oft hörte er dann die Stimme eines Malaien, der zu ängstlich war, um es bei Tag zu wagen: eine Klage, eine Beschwerde oder eine Information wurde ihm zugeflüstert oder ein nützlicher Wink, irgend etwas, das ihm offiziell niemals zugetragen worden wäre. Er warf sich schwer in einen Rohrliegestuhl. Cooper! Ein neidischer, ungehobelter Kerl, anmaßend, eingebildet und großspurig. Aber Mr. Warburtons Erbitterung konnte der ruhigen Schönheit der Nacht nicht widerstehen. Die Luft war geschwängert von den süßduftenden Blüten eines Baumes, der am Eingang der Laube wuchs. Glühwürmchen schimmerten und zogen langsam silberne Linien. Der Mond warf einen Weg zum breiten Flußbett für die hellen Füße der Shivas-Braut. Und am anderen Ufer bildete eine Palmengruppe die feine Silhouette im Abendhimmel. Friede senkte sich in die Seele Mr. Warburtons.

Er war ein merkwürdiger Mann und hatte eine eigentümliche Laufbahn hinter sich. Als er zwanzig war, fiel ihm die beträchtliche Erbschaft von einigen hunderttausend Pfund zu. Nachdem er von Oxford abgegangen war, stürzte er sich in ein buntes lustiges Leben, das sich in jenen Tagen (Mr. Warburton war jetzt vierundfünfzig) den jungen Männern von Familie bot. Seine Etage hatte er in Mount Street, seinen Wagen und seine Jagdhütte in Warwickshire. Er war überall, wo sich die große Gesellschaft traf. Er sah gut aus, war amüsant und großzügig. Er war eine Figur in der Londoner Welt der frühen neunziger Jahre; und die Gesellschaft damals hatte noch nichts von ihrer Exklusivität und Brillanz verloren. Der Burenkrieg, der sie erschütterte, war noch weit weg; der Erste Weltkrieg, der sie zerstörte, nur von den Pessimisten prophezeit. In jenen Tagen war es nicht unangenehm, ein junger und begüterter Mann zu sein, und auf Mr. Warburtons Kaminsims stapelten sich während der ganzen Saison die Einladungen für große, einander ablösende Veranstaltungen. Mr. Warburton zeigte sie mit Vergnügen. Denn Mr. Warburton war ein Snob. Kein schüchterner Snob, der sich ein bißchen schämt, von der großen Welt beeindruckt zu sein, noch ein Snob, der die Bekanntschaft mit Leuten sucht, die als Politiker oder Künstler berühmt sind, noch ein Snob, der sich von den Reichen blenden läßt. Er war der reine, echte, normale Snob, der einen Lord innig liebte, nur weil er ein Lord war. Er war empfindlich und reizbar, aber lieber wurde er von einer hochstehenden Persönlichkeit geschnitten als von einem gewöhnlichen Bürger umschmeichelt. Sein Name fand sich klein gedruckt im Adelskalender *Burke's Peerage*. Wunderbar war es zu beobachten, welche Erfindungsgabe er aufwandte, um beiläufig seine Verwandtschaft mit einer adeligen Familie zu erwähnen. Doch niemals erwähnte er den ehrlichen Liverpooler Fabrikanten, dem er – durch seine Mutter, eine geborene Miss Gubbins – sein Vermögen verdankte. Es war der peinigende Gedanke seines mondänen Lebens, daß in Cowes oder Ascot, wenn er in Gesellschaft einer Herzogin oder gar eines Prinzen von königlichem Geblüt weilte, einer von diesen Verwandten die Bekanntschaft mit ihm beanspruchen würde.

Seine Schwäche war zu offensichtlich, um nicht bald allgemein bekannt zu sein. Aber sie war so ungewöhnlich, daß sie ihn davor bewahrte, nur verächtlich zu wirken. Die Großen, die er anbetete, lachten über ihn, fanden aber seine Bewunderung nicht unnatürlich. Der arme Warburton war ein schrecklicher Snob, das war klar, aber ein guter Kerl. Er war allzeit bereit, einem Adeligen in Geldnöten beizuspringen; und steckte man in einer Klemme, konnte man immer mit hundert Pfund von ihm rechnen. Er gab großartige Dinners. Er spielte schlecht Whist, aber es war ihm gleichgültig, wieviel er verlor, wenn nur die Gesellschaft erlesen war. Er war ein Spieler – ein glückloser –, doch ein guter Verlierer, und man konnte nicht umhin, die Kaltblütigkeit zu bewundern, mit der er fünfhundert Pfund auf einen Schlag verlor. Seine Leidenschaft für Karten, fast so stark wie seine Liebe für Titel, war der Grund seines Untergangs. Das Leben, das er führte, war kostspielig und seine Spielverluste gewaltig. Seine Einsätze erhöhten sich; zuerst auf Pferde, dann an der Effektenbörse. Er hatte eine gewisse Arglosigkeit, und die Skrupellosen fanden in ihm eine treuherzige Beute. Ich weiß nicht, ob er jemals merkte, wie seine noblen Freunde hinter seinem Rücken über ihn lachten, aber ich glaube, er besaß eine dunkle Ahnung, die ihm sagte, daß er es sich nicht leisten könne, anders als sorglos mit seinem Geld umzugehen. Er geriet in die Hände von Geldleihern. Mit vierunddreißig Jahren war er finanziell ruiniert.

Er war zu sehr vom Geist seiner Klasse durchdrungen, um in der Wahl seines nächsten Schrittes zu zögern. Wenn ein Mann seiner Gesellschaft sein Geld durchgebracht hatte, ging er in die Kolonien. Niemand hörte Mr. Warburton klagen. Er jammerte nicht, weil ihm ein adeliger Freund zu einer unseligen Spekulation geraten hatte. Er bedrängte keinen, dem er Geld geliehen hatte, es zurückzugeben. Er bezahlte seine Schulden (wenn ihm nur bewußt gewesen wäre, daß dabei das verachtete Blut des Liverpooler Fabrikanten zum Vorschein kam), suchte niemandes Hilfe und sah sich – der noch nie in seinem Leben einen Handschlag getan hatte – nach einem Lebensunterhalt um. Er blieb heiter, sorglos und humorvoll. Er hatte nicht das Bedürfnis, jeden, den er traf, mit Vorträgen über sein Unglück zu belästigen. Mr. Warburton war ein Snob, aber er war auch ein Gentleman.

Den einzigen Gefallen, den er von einem seiner berühmten

Freunde erbat, in deren täglicher Gesellschaft er jahrelang gelebt hatte, war eine Empfehlung. Der tüchtige Mann, der zu dieser Zeit Sultan von Sembulu war, nahm ihn in seine Dienste. Die Nacht vor seiner Einschiffung dinierte er zum letztenmal in seinem Klub.

»Ich höre, Sie gehen weg, Warburton«, sagte der alte Herzog von Hereford zu ihm.

»Ja, ich gehe nach Borneo.«

»Guter Gott, was wollen Sie denn da?«

»Oh, ich bin bankrott.«

»Wirklich? Das tut mir leid. Nun, lassen Sie uns wissen, wann Sie zurückkommen. Ich hoffe, Sie werden sich amüsieren.«

»O ja, gute Jagdgegend, wissen Sie.«

Der Herzog nickte und ging. Ein paar Stunden später sah Mr. Warburton die englische Küste im Nebel entschwinden. Er ließ alles zurück, was ihm das Leben lebenswert gemacht hatte.

Zwanzig Jahre waren seitdem vergangen. Er unterhielt mit verschiedenen vornehmen Damen eine lebhafte Korrespondenz, die aus amüsantem Klatsch bestand. Nie verlor er seine Verehrung für Persönlichkeiten mit Titeln. Aufmerksam studierte er den Anzeigenteil der *Times*, die ihn sechs Wochen nach Erscheinen erreichte. Er war über alle Geburten, Heiraten und Todesfälle auf dem laufenden und schrieb pünktlich Gratulationen oder Kondolenzbriefe. Die illustrierten Zeitschriften zeigten ihm, wie die Leute aussahen, und bei seinen periodischen Besuchen in England wußte er den Faden so wieder aufzunehmen, als sei er nie abgerissen. Er wußte alles über jede neue Figur, die in der Gesellschaft auftrat. Sein Interesse an der eleganten Welt war so lebendig, als ob er selbst noch eine Rolle darin spielte. Sie schien ihm noch immer das einzige, das zählte.

Aber unmerklich trat ein anderes Interesse in sein Leben. Die Position, die er bekleidete, schmeichelte seiner Eitelkeit. Er war nicht länger der Schmarotzer, den das Lächeln der Großen belebte, sondern der Herr, dessen Wort Gesetz war. Es freute ihn zu sehen, wie die eingeborenen Soldaten salutierten, wenn er vorbeischritt. Er liebte es, über Menschen zu Gericht zu sitzen. Es gefiel ihm, Streitereien zwischen rivalisierenden Häuptlingen zu schlichten. Als die Kopfjäger in jenen Tagen Unruhe stifteten, bestrafte er sie mit stolzer und bezwingender Überlegenheit. Er war zu eitel, um nicht unerschrockenen Mut zu zeigen. Von seiner Kaltblütigkeit erzählte man die hübsche Geschichte, wie er sich einmal allein in ein palisadenbefestigtes Dorf gewagt und die Herausgabe eines blutrünstigen Piraten verlangt hatte. Er wurde ein geschickter Verwalter. Er war streng, gerecht und ehrenhaft.

Nach und nach faßte er eine tiefe Zuneigung zu den Malaien. Er interessierte sich für ihre Sitten und Bräuche. Niemals ermüdeten ihn ihre Gespräche. Er bewunderte ihre Tugenden und verurteilte mit Lächeln und Schulterzucken ihre Untugenden.

»Zu meiner Zeit«, pflegte er zu sagen, »stand ich auf vertrautem Fuße mit einigen der vornehmsten Gentlemen von England, aber ich traf niemals edlere Gentlemen als einige hochgeborene Malaien, die ich mit Stolz meine Freunde nennen darf.«

Er liebte ihre Höflichkeit, ihre vorzüglichen Manieren, ihre Sanftheit und jähen Leidenschaften. Instinktiv wußte er sie richtig zu behandeln. Er empfand echte Zärtlichkeit für sie. Aber niemals vergaß er, daß er ein englischer Gentleman war, und er hatte kein Verständnis für Weiße, die malaiische Sitten annahmen. Er machte keine Zugeständnisse, nahm sich nicht, wie viele, eine Eingeborene zur Frau. Ein Liebesverhältnis, mochte es noch so üblich und gerechtfertigt sein, schien ihm nicht nur unanständig, sondern auch würdelos. Bei einem Mann, der von Albert Edward, dem Prince of Wales, mit George angeredet worden war, durfte man kaum annehmen, daß er ein Verhältnis mit einer Eingeborenen hatte.

Wenn er nun von seinen England-Besuchen nach Borneo zurückkehrte, fühlte er sich wie befreit. Seine Freunde waren, wie er, nicht mehr jung, es gab eine neue Generation, die in ihm nur einen öden alten Mann sah. Es schien ihm, als habe das heutige England viel von dem eingebüßt, was er am England seiner Jugend geliebt hatte. Aber Borneo blieb sich gleich. Es war ihm jetzt Heimat. Er gedachte, so lange als möglich im Dienst zu bleiben. In seinem Testament hatte er bestimmt, daß, wo immer er stürbe, sein Leichnam nach Sembulu überführt und bei den Menschen, die er liebte, beigesetzt werden sollte, wo man das Rauschen des sanftströmenden Flusses vernimmt.

Aber diese Gefühle versteckte er vor den Menschen, und niemand hätte geahnt, daß diesen gepflegten, aufrechten und selbstsicheren Mann mit dem glattrasierten Gesicht und dem ergrauenden Haar solch tiefe Empfindungen bewegten.

Er wußte, wie die Arbeit in der Residenz anzupacken war, und in den folgenden Tagen hielt er seinen neuen Assistenten wachsam im Auge. Er sah sehr bald, daß dieser fähig und sorgfältig war. Der einzige Fehler, den er an ihm entdecken konnte, war der barsche Umgang mit den Eingeborenen.

»Die Malaien sind scheu und sehr empfindsam«, sagte er zu ihm. »Ich glaube, Sie werden besser mit ihnen zurechtkommen, wenn Sie sie höflich, geduldig und freundlich behandeln.«

Cooper lachte kurz und mißtönend.

»Ich wurde auf Barbados geboren und war im Krieg in Afrika. Ich glaube nicht, daß es was über Nigger gibt, das ich nicht weiß.«

»Ich weiß nichts«, sagte Mr. Warburton scharf. »Aber wir reden auch nicht von ihnen, sondern von Malaien.«

»Sind das keine Nigger?«

»Was sind Sie für ein Ignorant«, antwortete Mr. Warburton. Mehr sagte er nicht.

Am ersten Sonntag nach Coopers Ankunft lud er ihn zum Dinner. Er bereitete alles zeremoniell vor: obgleich sie sich am Vortag im Büro und um sechs auf der Veranda zum Gin getroffen hatten, schickte er einen Boy mit einigen höflichen Zeilen zum Bungalow. Cooper, obwohl widerwillig, erschien im Abendanzug, und Mr. Warburton, zwar befriedigt, daß sein Wunsch respektiert wurde, bemerkte geringschätzig, daß die Kleider des jungen Mannes schlecht geschnitten waren und sein Hemd nicht paßte. Doch Mr. Warburton war an diesem Abend guter Laune.

»Übrigens«, sprach er zu ihm, als sie sich die Hände reichten, »ich habe mit meinem Boy gesprochen, er empfiehlt seinen Neffen für Sie. Ich hab ihn gesehen, und er macht einen aufgeweckten und willigen Eindruck. Möchten Sie ihn sehen?«

»Ich hätt nichts dagegen.«

»Er wartet bereits.«

Mr. Warburton rief seinen Boy und trug ihm auf, den Neffen hereinzubringen. Ein hochgewachsener schlanker Bursche von etwa zwanzig Jahren erschien. Er hatte große dunkle Augen und ein gutes Gesicht. Er war adrett gekleidet, mit einem

Sarong und kleiner weißer Jacke und einem pflaumenfarbenen Samtfez ohne Troddel. Er hieß Abas. Mr. Warburton betrachtete ihn wohlgefällig und wurde unmerklich weicher, als er ihn in fließendem Malaiisch anredete. Weißen gegenüber war er eher sarkastisch, aber seine Art, mit den Malaien umzugehen, war eine glückliche Mischung von Herablassung und Güte. Er war der Stellvertreter des Sultans, wußte seine Würde zu bewahren und gleichzeitig dem Eingeborenen die Scheu zu nehmen.

»Gefällt er Ihnen?« fragte Mr. Warburton, zu Cooper gewandt.

»Ja; ich hoffe, er ist kein größerer Spitzbube als die anderen von der Sorte.«

Mr. Warburton sagte dem Jungen, daß er engagiert sei, und entließ ihn.

»Sie haben großes Glück, einen solchen Diener zu bekommen«, sprach er zu Cooper. »Er stammt aus sehr guter Familie, die vor mehr als hundert Jahren aus Malakka herüberkam.«

»Es interessiert mich nicht, ob der Bursche, der meine Schuhe putzt und mir einen Drink bringt, wenn ich Lust darauf habe, blaues Blut in den Adern hat oder nicht. Er soll tun, was ich sage, und das plötzlich.«

Mr. Warburton verzog den Mund, aber gab keine Antwort. Sie gingen zum Essen hinein. Es war vorzüglich und der Wein ausgezeichnet. Das wirkte sich beschwichtigend auf die Situation aus: sie unterhielten sich nicht nur ohne Schärfe, sondern sogar freundlich. Mr. Warburton ließ es sich gern gutgehen – am Sonntagabend noch etwas besser als sonst.

Er begann zu glauben, daß er Cooper unrecht tat. Natürlich, er war kein Gentleman, aber das war nicht seine Schuld. Bei näherer Bekanntschaft mochte er sich sogar als anständiger Kerl herausstellen. Sein Fehler bestand vielleicht nur in schlechten Manieren. Ganz sicher war er gut in seiner Arbeit, schnell, gewissenhaft und gründlich. Beim Nachtisch angelangt, fühlte sich Mr. Warburton allen Menschenkindern freundlich gesinnt.

»Dies ist Ihr erster Sonntag hier, und ich werde ihnen einen ganz besonderen Port servieren. Ich habe davon nur noch ungefähr zwei Dutzend, die ich für besondere Anlässe aufhebe.«

Er gab seinem Diener Weisung, und die Flasche wurde gebracht. Mr. Warburton beobachtete den Boy, wie er die Flasche öffnete.

»Diesen Port bekam ich von meinem alten Freund Charles Hollington. Er hatte ihn seit vierzig Jahren, und in meinem Besitz befindet er sich auch schon eine hübsche Zeit. Charles Hollington war berühmt für den besten Weinkeller in England.«

»Ist er Weinhändler?«

»Nicht eigentlich«, lächelte Mr. Warburton. »Ich sprach von Lord Hollington von Castle Reagh. Er ist einer der reichsten Peers von England. Ein alter Freund von mir. Ich war mit seinem Bruder in Eton.«

Das war eine Gelegenheit, der Mr. Warburton nicht widerstehen konnte, und er erzählte eine kleine Anekdote, deren Pointe darin zu bestehen schien, daß er mit einem Earl bekannt war. Der Port war in der Tat sehr gut. Er trank ein Glas und dann noch eins. Und verlor alle Zurückhaltung. Seit Monaten schon hatte er nicht mehr mit einem Weißen geredet. Er begann Geschichten zu erzählen, in denen er sich in Gesellschaft der Großen zeigte. Hörte man ihm zu, hätte man glauben mögen, daß nach seinem Rat, den er einer Herzogin zugeflüstert hatte, oder auf Grund einer bei Tisch hingeworfenen Bemerkung Kabinette gebildet und Politik beschlossen wurde. Die alten Tage in Ascot, Goodwood und Cowes lebten wieder auf. Noch ein Glas Port. Da waren die großen Bälle in Yorkshire und in Schottland, die er jedes Jahr besuchte.

»Ich hatte damals einen Butler namens Foreman, der beste Diener, den ich je hatte. Und was glauben Sie, warum er mir kündigte? Sie wissen, im Raum des Hausmeisters sitzen die Zofen und Kammerdiener entsprechend der Rangordnung ihrer Herrschaft. Er sagte zu mir, er habe es gründlich satt, von einer Gesellschaft zur anderen zu gehen, wo ich der einzige Bürgerliche sei. So mußte er immer am Tischende sitzen, und die besten Bissen waren weg, bevor ihn die Platten erreichten. Ich erzählte die Geschichte dem alten Duke von Hereford, und der lachte schallend. ›Bei Gott, Sir, wenn ich König von England wär, würde ich Sie zum Viscount ernennen, nur um Ihrem Mann eine Chance zu geben.‹ ›Nehmen Sie ihn für sich, Herzog‹, sagte ich. ›Er ist der beste Kammerdiener, den ich je hatte.‹ ›Schön, Warburton‹, sagte er, ›wenn er gut genug ist für Sie, ist er es auch für mich. Schicken Sie ihn her.‹«

Dann kam Monte Carlo, wo Mr. Warburton und der Großherzog Fjodor an einem Abend zusammen die Bank gesprengt hatten; und da war Marienbad. In Marienbad hatte Mr. Warburton mit Eduard VII. Bakkarat gespielt.

»Damals war er natürlich Prince of Wales. Ich erinnere mich, wie er zu mir sagte: ›George, wenn Sie auf die Fünf setzen, werden Sie Ihr Hemd verlieren.‹ Er hatte recht; ich glaube, er hat nie in seinem Leben ein wahreres Wort gesprochen. Er war ein wundervoller Mann. Ich sagte immer, er ist der größte Diplomat in Europa. Aber damals war ich ein junger Narr und besaß nicht die Klugheit, seinem Rat zu folgen. Hätte ich es getan und nicht auf eine fünf gesetzt, säß ich heute nicht hier.«

Cooper beobachtete ihn. Seine braunen tiefliegenden Augen blickten hart und verächtlich, die Lippen waren zu einem spöttischen Lächeln verzogen. In Kuala Solor hatte er allerhand über Mr. Warburton gehört. Er sei kein übler Mensch und verwalte seinen Distrikt so regelmäßig wie ein Uhrwerk; aber Himmel, was für ein Snob! Sie schmunzelten und lachten gutmütig über ihn, denn es war unmöglich, diesen großzügigen und liebenswürdigen Mann nicht zu mögen. Man hatte Cooper schon die Geschichte vom Prince of Wales und vom Bakkaratspiel erzählt, aber Cooper hörte ohne Nachsicht zu. Von Anfang an war ihm die ganze Art des Residenten zuwider gewesen. Cooper war verletzbar und wand sich unter Mr. Warburtons höflichem Sarkasmus. Dieser besaß ein besonderes Geschick, Bemerkungen, die er mißbilligte, mit verletzender Ruhe zur Kenntnis zu nehmen. Cooper hatte nur kurze Zeit in England gelebt und empfand eine eigentümliche Abneigung gegen die Engländer. Ganz speziell verabscheute er die exklusiven Internatsschüler, vor deren gönnerhaftem Verhalten er sich immer gefürchtet hatte. Das Vornehmtun der anderen jagte ihm große Angst ein. Um ihnen zuvorzukommen, übertrumpfte er sie, indem er eine noch arrogantere Miene aufsetzte, damit alle glauben sollten, er sei unerträglich eingebildet.

»Auf alle Fälle hat der Krieg für uns sein Gutes gehabt«, sagte er zum Schluß. »Er hat die Herrschaft der Aristokratie vernichtet. Der Burenkrieg hat sie angeknackst und der Weltkrieg beendet.«

»Die großen Familien von England sind dem Untergang geweiht«, sagte Mr. Warburton mit der nachdenklichen Melancholie eines *émigré,* der sich an den Hof Louis' XV. erinnert. »Sie können es sich nicht länger leisten, in ihren prächtigen Schlössern zu leben, und ihre fürstliche Gastlichkeit wird bald nur noch Erinnerung sein.«

»Nach meiner Meinung das Beste, was passieren konnte.«

»Mein lieber Cooper, was wissen Sie von der Herrlichkeit Griechenlands und der Größe Roms?«

Mr. Warburton machte eine weitläufige Geste. Seine Augen versanken für einen Moment träumerisch in der Erinnerung an die Vergangenheit.

»Na, glauben Sie mir, wir haben alle die Nase voll von diesem Quatsch. Was wir wollen, ist eine tüchtige Regierung und tüchtige Männer. Ich wurde in einer Kronkolonie geboren und hab mein Leben in den Kolonien verbracht. Ich gebe keinen Pfifferling für einen Lord. Der Hauptfehler der Engländer ist ihr Snobismus. Und wenn es etwas gibt, das mich auf die Palme bringt, ist es ein Snob.«

Ein Snob! Mr. Warburtons Gesicht färbte sich purpurrot, und seine Augen funkelten vor Wut. Das Wort verfolgte ihn sein ganzes Leben. Die vornehmen Damen, deren Gesellschaft er sich in seiner Jugend erfreut hatte, waren nicht geneigt, seine Wertschätzung für sie zu verachten oder als unwürdig zu empfinden. Doch auch vornehme Damen verloren manchmal ihre Nerven, und mehr als einmal war Mr. Warburton das schreckliche Wort ins Gesicht geschleudert worden. Er wußte, daß es einige abscheuliche Leute gab, die ihn einen Snob nannten. Wie ungerecht das war! Es gab für ihn keine verabscheuungswürdigere Untugend als Snobismus. Niemand konnte ihm verübeln, daß er mit Leuten seines Standes verkehrte, sich in ihrer Gesellschaft zu Hause fühlte. Warum, in Gottes Namen, konnte man das snobistisch nennen?

»Ich bin ganz Ihrer Meinung«, antwortete er. »Ein Snob ist ein Mensch, der andere bewundert oder verachtet, weil diese gesellschaftlich über ihm stehen. Das ist die vulgäre Schwäche unserer englischen Spießbürger.«

Er bemerkte ein belustigtes Funkeln in Coopers Augen. Cooper hob seine Hand zum Mund, um ein breites Grinsen zu verbergen, was er dadurch noch auffälliger machte. Mr. Warburtons Hände zitterten ein wenig.

Wahrscheinlich erkannte Cooper nicht, wie sehr er seinen Chef beleidigt hatte. Selbst ein empfindlicher Mensch, war er merkwürdig unsensibel gegenüber Gefühlen anderer.

Ihre Arbeit zwang sie, sich tagsüber ein paar Minuten zu sehen. Um sechs trafen sie sich zu einem Glas auf Mr. Warburtons Veranda. Das war eine Sitte des Landes, und Mr. Warburton mochte sie um keinen Preis aufgeben. Doch ihre Mahlzeiten nahmen sie getrennt ein; Cooper in seinem Bungalow und Mr. Warburton in der Residenz. Nach der Büroarbeit unternahmen sie Spaziergänge, bis die Dämmerung hereinbrach – aber jeder für sich. Es gab nicht viele Wege innerhalb der Ansiedlung, die vom Sumpfdickicht des Dschungels umschlossen war. Wenn Mr. Warburton seinen Assistenten mit schlaksigen Schritten daherkommen sah, machte er einen Umweg, um ihm nicht zu begegnen. Cooper mit seinen schlechten Manieren, seiner Intoleranz und seinem Dünkel, hatte begonnen, ihm ernsthaft auf die Nerven zu gehen; aber erst als Cooper etwa zwei Monate auf dem Fort war, trat der Vorfall ein, der des Residenten Abneigung in bitteren Haß verwandelte.

Mr. Warburton mußte eine Inspektionsreise ins Landesinnere unternehmen und ließ die Station vertrauensvoll in Coopers Obhut zurück, dessen Tüchtigkeit er erkannt hatte. Das einzige, was ihm nicht gefiel, war seine Unduldsamkeit. Er war ehrlich, genau und arbeitsam, hatte aber keine Sympathien für die Eingeborenen.

Amüsiert und erbittert sah Mr. Warburton, wie dieser Mensch, der sich jedem anderen Menschen gleich dünkte, so viele als unter ihm stehend behandelte. Er war hart und hatte kein Verständnis für die Mentalität der Eingeborenen; und er war ein Schikanierer. Mr. Warburton merkte bald, daß die Malaien ihn nicht mochten und ihn fürchteten. Das kam ihm nicht ungelegen, denn es hätte ihn nicht besonders erfreut, wenn sich dieser Assistent einer Popularität erfreut hätte, die mit seiner eigenen rivalisierte. Mr. Warburton traf sorgfältige Vorbereitungen für die Expedition, reiste ab und kehrte nach drei Wochen zurück. In der Zwischenzeit war die Post eingetroffen. Das erste, was ihm in die Augen stach, als er sich in den Salon begab, war ein Stapel auseinandergerissener Zeitungen. Cooper hatte ihn abgeholt, und sie gingen zusammen hinein. Mr. Warburton wandte sich an einen daheimgebliebenen Diener und fragte streng, was es mit diesen offenen Zeitungen auf sich habe. Cooper beeilte sich zu erklären: »Ich wollte die

Geschichte vom Wolverhampton-Mörder lesen, und darum hab ich mir Ihre *Times* ausgeliehen und wieder zurückgebracht. Ich wußte, Sie würden nichts dagegen haben.« Mr. Warburton fuhr herum, bleich vor Wut: »Aber ich *habe* was dagegen. Ich habe *sehr viel* dagegen.«

»Entschuldigung«, sagte Cooper gelassen. »Ich konnte einfach nicht so lange warten, bis daß Sie zurück waren«

»Ich wundere mich, daß Sie nicht auch meine Briefe geöffnet haben.«

Cooper grinste unbewegt über die Erbitterung seines Chefs.

»Oh, das ist nicht ganz dasselbe. Schließlich kann ich ja nicht ahnen, daß Sie was dagegen haben, wenn man Ihre Zeitungen anschaut. Ist doch nichts Privates drin.«

»Ich habe sehr wohl etwas dagegen, wenn jemand meine Zeitungen vor mir liest.«

Er ging zu dem Stoß. Es waren ungefähr dreißig Nummern.

»Ich finde das außerordentlich unverschämt von Ihnen. Sie sind alle durcheinander.«

»Wir können das leicht in Ordnung bringen«, sagte Cooper und trat zu ihm an den Tisch.

»Rühren Sie sie nicht an!« schrie Mr. Warburton.

»Das ist doch kindisch, eine derartige Szene wegen so einer Lappalie zu machen.«

»Was erlauben Sie sich, so mit mir zu sprechen?«

»Fahren Sie doch zur Hölle«, sagte Cooper und rannte aus dem Zimmer.

Mr. Warburton, zitternd vor Erregung, war allein und sah die Zeitungen an. Das größte Vergnügen seines Lebens war zerstört durch diese gefühllosen, brutalen Hände.

Die meisten in abgelegener Gegend wohnenden Menschen reißen die neuangekommene Post sofort auf und überfliegen ungeduldig die letzten Zeitungsneuigkeiten. Nicht so Mr. Warburton. Sein Zeitungshändler hatte Instruktion, jede Nummer, die er expedierte, auf dem Streifband zu datieren. Wenn das Bündel dann ankam, schaute Mr. Warburton auf dieses Datum und numerierte danach jede Ausgabe mit Bleistift. Sein Head-Boy hatte Weisung, jeden Morgen eine Zeitung neben dem Morgen-Tee auf den Tisch der Veranda zu legen; und es bereitete Mr. Warburton besonderes Vergnügen, das Streifband zu lösen und, während er an seinem Tee nippte, die Morgenzeitung zu lesen. Das gab ihm die Illusion, zu Hause zu sein. Jeden Montagmorgen las er die Montag-*Times* von sechs Wochen vorher – und so fuhr er die Woche fort. Sonntags las er den *Observer*. Wie die Gewohnheit, sich zum Dinner umzukleiden, betrachtete er auch das als eine Verbindung zur Zivilisation. Es war sein Stolz, daß er – wie aufregend die Neuigkeiten sein mochten – niemals der Verlockung nachgegeben hatte, die Zeitung vor der zugemessenen Zeit zu öffnen. Während des Krieges war die Spannung manchmal unerträglich gewesen, und als er eines Tages vom Beginn einer Offensive las, erlebte er peinvolle Ungewißheit, vor der er sich hätte retten können, indem er die neueste Ausgabe, die ja bereitlag, geöffnet hätte. Das war die heftigste Anfechtung, der er sich jemals ausgesetzt sah. Doch überwand er sie siegreich. Und da kam nun dieser tölpelhafte Kerl und brach alle die ordentlichen, straffen Bündel auf, weil er wissen wollte, ob irgendein greuliches Weib ihren abscheulichen Mann umgebracht hatte.

Mr. Warburton rief seinen Boy und befahl ihm, Streifbänder zu bringen. Er faltete die Zeitungen, so sorgfältig er konnte, zusammen, legte das Streifband darum und numerierte sie. Aber es war eine trübsinnige Arbeit.

»Das werde ich ihm nie verzeihen«, sprach er. »Niemals.«

Selbstverständlich hatte ihn sein Head-Boy auf der Expedition begleitet. Er reiste niemals ohne ihn, denn keiner wußte so genau, wie alles zu ordnen war, und er zählte nicht zu Dschungelreisenden, die auf Komfort verzichten mochten. Nach ihrer Ankunft eilte der Boy zum Schwatzen in die Bedienstetenräume. Dort erfuhr er, daß Cooper Scherereien mit den Dienern gehabt hatte. Alle, außer dem jungen Abas, hatten ihn verlassen. Abas wollte ebenfalls seinen Dienst quittieren; aber da er auf Geheiß des Residenten eingestellt worden war, scheute er sich, ohne Erlaubnis seines Onkels wegzulaufen.

»Ich sagte ihm, er hat recht gehandelt, Tuan«, sagte der Head-Boy, »aber er ist unglücklich. Er sagt, es ist kein gutes Haus, und er möchte wissen, ob er wie die anderen gehen darf.«

»Nein, er muß bleiben. Der Tuan braucht Diener. Sind andere gekommen für die, die gegangen sind?«

»Nein, Tuan, niemand will gehen.«

Mr. Warburton runzelte die Stirn. Cooper war ein impertinenter Bursche, aber er bekleidete eine offizielle Position und mußte angemessen mit Dienern versorgt sein. Es wäre nicht schicklich, wenn sein Haus unzulänglich geführt würde.

»Wo sind die weggelaufenen Boys?«

»Im Kampong, Tuan.«

»Besuch sie heute abend und sage ihnen, ich erwarte, daß sie morgen bei Tagesanbruch in Tuan Coopers Haus zurück sind.«

»Sie sagen, sie wollen nicht gehen, Tuan.«

»Nicht auf meinen Befehl hin?«

Der Boy war nun schon seit fünfzehn Jahren bei Mr. Warburton und kannte jeden Tonfall der Stimme seines Herrn. Nicht, daß er ihn fürchtete, sie hatten schon viel zusammen erlebt. Einmal, im Dschungel, hatte ihm der Resident das Leben gerettet, und ein andermal waren sie in einer Stromschnelle gekentert, wo der Resident beinahe ertrank, wenn nicht der Boy gewesen wäre. Er wußte genau, wann er dem Residenten widerspruchslos gehorchen mußte.

»Ich werde ins Kampong gehen«, sagte er.

Mr. Warburton erwartete, daß sein Untergebener die erste Gelegenheit benutzen würde, um sich für sein ungebührliches Betragen zu entschuldigen. Aber Cooper besaß das Unvermögen des schlecht erzogenen Menschen, eine Entschuldigung auszudrücken. Als sie sich am nächsten Morgen im Büro trafen, ignorierte er den Zwischenfall. Nach Mr. Warburtons dreiwöchiger Abwesenheit war eine längere Besprechung notwendig. Danach entließ ihn Mr. Warburton.

»Ich glaube, das ist alles. Ich danke Ihnen.«

Cooper wandte sich zum Gehen, als Mr. Warburton ihn anhielt.

»Ich hörte, Sie hatten Ärger mit Ihren Dienern?«

Cooper stieß ein hartes Lachen aus.

»Sie versuchten mich zu erpressen, dann hatten sie die Unverschämtheit wegzulaufen. Alle, außer diesem unfähigen Abas, der weiß, wo er sein Futter hat. Aber ich hab nicht nachgegeben. Gestern kamen sie alle wieder angekrochen.«

»Wie meinen Sie das?«

»Heute morgen waren sie allesamt wieder an ihren Plätzen. Der Chinesenkoch und alle. Unverfroren standen sie da, als ob das Haus ihnen gehörte. Wahrscheinlich haben sie gemerkt, daß ich nicht so blöd bin, wie ich aussehe.«

»Mitnichten. Sie sind auf meinen ausdrücklichen Befehl zurückgekehrt.«

Leichte Röte stieg in Coopers Gesicht.

»Ich wäre Ihnen verbunden, wenn Sie sich nicht in meine Privatangelegenheiten mischen würden.«

»Das sind leider nicht Ihre Privatangelegenheiten. Wenn Ihre Diener weglaufen, machen Sie sich lächerlich. Es sei Ihnen freigestellt, einen Narren aus sich zu machen, aber ich kann nicht dulden, daß man Sie als solchen behandelt. Es ist Ihrer Position nicht angemessen, wenn Ihr Haus nicht anständig mit Personal versehen ist. Sobald ich erfuhr, daß Ihre Boys Sie verlassen hatten, ließ ich ausrichten, sie hätten bei Tagesanbruch wieder ihre Plätze einzunehmen. Das ist alles.«

Mr. Warburton nickte, um zu bedeuten, daß die Besprechung beendet sei. Cooper reagierte nicht darauf.

»Soll ich Ihnen sagen, was ich getan habe? Ich hab diesem ganzen verdammten Pack den Laufpaß gegeben und zehn Minuten, um zu verschwinden.«

Mr. Warburton zuckte die Achseln.

»Was gibt Ihnen die Hoffnung, neue zu bekommen?«

»Ich habe meinem Schreiber befohlen, für neue Boys zu sorgen.«

Mr. Warburton überlegte einen Moment.

»Ich glaube, Sie verhalten sich nicht sehr klug. Sie würden in Zukunft gut daran tun, sich zu überlegen, daß gute Herren mit guten Dienern belohnt werden.«

»Haben Sie sonst noch eine Belehrung für mich?«

»Ich würde Ihnen gern Manieren beibringen, aber das wäre wohl etwas mühsam, und ich habe keine Zeit zu vergeuden. Ich werde dafür sorgen, daß Sie Diener bekommen.«

»Bitte, bemühen Sie sich nicht. Ich bin sehr gut in der Lage, mir selber welche zu beschaffen.«

Mr. Warburton lächelte eisig. Ihm fiel ein, daß Cooper ihn ebensowenig leiden konnte wie er ihn; und er wußte, daß nichts kränkender ist, als Gefälligkeiten von jemandem anzunehmen, den man verabscheut.

»Darf ich Sie darauf aufmerksam machen, daß Ihre Aussichten, malaiische oder chinesische Bedienstete zu bekommen, so gering sind, wie die, einen englischen Butler oder französischen Küchenchef zu finden? Keiner wird zu Ihnen kommen, es sei denn auf meinen ausdrücklichen Befehl. Gestatten Sie mir, ihn zu erteilen?«

»Nein.«

»Wie Sie wünschen. Guten Morgen.«

Mr. Warburton verfolgte die Entwicklung der Situation mit beißendem Humor. Coopers Schreiber war nicht in der Lage, Malaien, Dyaks oder Chinesen zu bewegen, das Haus eines solchen Herrn zu betreten. Abas, der ergeben zurückgeblieben war, kannte nur einheimische Gerichte, vor denen Cooper, der ein kräftiger Esser war, sich ekelte, weil ihm der ständige Reis bis zum Hals stand. Er hatte keinen Wasserträger, dabei benötigte er in der großen Hitze mehrere Duschen täglich. Er verwünschte Abas, der ihm trotzigen Widerstand leistete und nicht mehr tat, als unbedingt nötig war. Es war bitter zu wissen, daß er nur blieb, weil der Resident darauf bestanden hatte. Das ging vierzehn Tage so; dann fand er eines Morgens alle Diener, die er voreilig entlassen hatte, in seinem Haus wieder vor. Helle Wut packte ihn, doch war er etwas vernünftiger geworden und ließ sie gewähren, ohne ein Wort zu sagen. Er schluckte die Demütigung, aber die ungeduldige Verachtung, mit der er die Eigenarten des Residenten ertragen hatte, verwandelte sich in finsteren Haß: der Resident hatte ihn mit diesem boshaften Streich zum Gegenstand des Gelächters bei allen Eingeborenen gemacht.

Die beiden Männer unterhielten nun keinerlei Beziehungen mehr. Sie brachen mit dem altehrwürdigen Brauch, trotz aller persönlicher Abneigungen sich zum Sechs-Uhr-Drink zu treffen, wenn zufällig ein Weißer zu Besuch war. Jeder lebte für sich in seinem eigenen Haus, als ob der andere nicht existierte. Jetzt, wo Cooper eingearbeitet war, hatten sie auch im Büro nur wenig miteinander zu tun. Mr. Warburton benutzte den Dienstweg, wenn es etwas mitzuteilen gab, und sandte seine Instruktionen durch formelle Briefe. Sie sahen sich ständig, das war unvermeidlich, wechselten aber in einer Woche kein halbes Dutzend Wörter. Daß sie nicht verhindern konnten, einander zu sehen, zehrte an ihren Nerven. Sie brüteten über ihrer Feindschaft, und Mr. Warburton vermochte auf seinen täglichen Spaziergängen an nichts anderes zu denken, als wie sehr er seinen Assistenten verabscheute.

Das Schreckliche war, daß es aller Wahrscheinlichkeit nach so weiterging, bis Mr. Warburton in Urlaub fuhr. Das konnte noch drei Jahre dauern. Er hatte keinen triftigen Grund, eine Beschwerde an die Verwaltungsbehörde zu richten: Cooper tat seine Arbeit sehr korrekt, und in dieser Zeit waren Männer knapp. Von den Eingeborenen erreichten ihn zaghafte Beschwerden, die ihm andeuteten, daß sie Cooper hart fanden. Ganz sicher gab es ein Gefühl von Unzufriedenheit unter ihnen. Aber wenn Mr. Warburton einzelne Fälle näher untersuchte, konnte er nur sagen, daß Cooper Härte zeigte, wo Milde angebracht gewesen wäre, daß er gefühllos handelte, wo er selbst Verständnis gehabt hätte. Doch tat er nichts, wofür man ihn hätte zur Rechenschaft ziehen können. Mr. Warburton beobachtete ihn. Haß macht die Menschen oft klarsichtig. Er hegte den Verdacht, daß Cooper die Eingeborenen ohne Rücksicht ausnutzte, sich aber innerhalb gesetzlicher Grenzen hielt, denn er spürte, daß er damit seinen Chef reizen konnte; doch eines Tages würde er vielleicht zu weit gehen. Keiner wußte besser als Mr. Warburton, wie reizbar die unaufhörliche Hitze einen Menschen machen kann und wie schwer es ist, nach einer schlaflosen Nacht die Selbstbeherrschung zu bewahren. Er lächelte leise vor sich hin. Früher oder später würde Cooper sich ihm in die Hände liefern.

Als dann schließlich der Zeitpunkt kam, lachte Mr. Warburton laut. Cooper hatte die Aufsicht über die Strafgefangenen. Diese legten Straßen an, zimmerten Lagerbaracken, ruderten, wenn nötig, flußab- oder -aufwärts, hielten den Ort sauber oder machten sich sonst nützlich. Bei guter Führung konnte man sie sogar als Hausdiener einsetzen. Cooper sah ihnen scharf auf die Finger. Er liebte es, sie schuften zu sehen. Es machte ihm Vergnügen, mühselige Arbeiten zu ersinnen, und er sah sofort, wenn sie sie schlecht erledigten – denn sie begriffen rasch, daß er ihnen sinnlose Arbeiten aufbürdete. Dann bestrafte er sie durch Verlängerung der Arbeitsstunden. Das widerlief den Bestimmungen. Sobald Mr. Warburton davon erfuhr, befahl er, ohne Rücksprache mit seinem Unterbeamten, die Einhaltung der alten Arbeitszeit. Auf seinem Spaziergang sah Cooper verblüfft die Gefangenen zurück zum Gefängnis ziehen. Er hatte befohlen, daß sie nicht vor Einbruch der Dunkelheit aufhören dürften. Als er den diensthabenden Aufseher fragte, warum sie ihre Arbeit verlassen hätten, wurde ihm gesagt, das sei auf Anordnung des Residenten geschehen. Blaß vor Wut rannte er zum Fort. Mr. Warburton, in makellos weißen Segeltuchhosen und elegantem Tropenhelm, den Spazierstock in der Hand, war im Begriff, mit seinem Hund zum Nachmittagsbummel aufzubrechen. Er hatte Cooper weggehen sehen und wußte, daß er den Weg zum Fluß eingeschlagen hatte. Cooper sprang die Treppen hoch und lief schnurstracks zum Residenten.

»Ich möchte wissen, warum zum Teufel Sie meine Befehle umstoßen. Die Sträflinge haben bis sechs zu arbeiten«, brach er aus, außer sich vor Wut.

Mr. Warburtons kalte blaue Augen weiteten sich und nahmen einen Ausdruck größter Überraschung an.

»Haben Sie den Verstand verloren? Sind Sie so ungebildet, daß Sie nicht wissen, wie Sie zu Ihrem offiziellen Vorgesetzten zu sprechen haben?«

»Fahren Sie doch zur Hölle! Die Sträflinge sind meine Sache, und Sie haben kein Recht, sich einzumischen. Scheren Sie sich um Ihren Kram und ich um meinen. Was denken Sie sich dabei, zum Teufel, einen verdammten Narren aus mir zu machen? Jeder weiß hier inzwischen, daß Sie meine Befehle widerrufen.«

Mr. Warburton blieb kühl.

»Sie hatten gar keine Befugnis, derartige Befehle zu erteilen. Ich widerrief sie, weil sie grausam und tyrannisch waren. Glauben Sie mir, ich habe nicht halb so einen verdammten Narren aus Ihnen gemacht wie Sie selbst aus sich.«

»Sie haben mich von Anfang an nicht leiden können. Vom ersten Tag an. Weil ich nicht vor Ihnen gekrochen bin, haben Sie alles getan, um meine Stellung hier unerträglich zu machen. Sie haben mir Steine in den Weg gelegt, wo Sie nur konnten – weil ich nicht um Sie herumscharwenzelt bin.«

Cooper in seinem Zorn sprudelte hastig und verworren; er näherte sich einem gefährlichen Abgrund. Mr. Warburtons Augen wurden plötzlich noch kälter und durchdringender.

»Sie irren sich. Ich hielt Sie allerdings für einen Proleten; aber ich war durchaus zufrieden mit der Arbeit, die Sie lieferten.«

»Sie Snob! Sie verdammter Vornehmtuer! Sie halten mich für einen Proleten, weil ich nicht in Eton war. Ha, man hat mir in Kuala Solor schon erzählt, was ich zu erwarten hätte. Ja, wissen Sie nicht, daß Sie im ganzen Land Gegenstand des Gelächters sind? Ich konnte mich kaum halten, um nicht loszuprusten, als Sie Ihre berühmte Geschichte vom Prince of Wales zum besten gaben. Lieber Himmel, wie haben sie im Klub gebrüllt, als sie mir das erzählten. Da bin ich lieber der Prolet, für den Sie mich halten, als so ein Snob wie Sie.«

Das traf.

»Wenn Sie nicht sofort mein Haus verlassen, schlage ich Sie zu Boden«, schrie Mr. Warburton außer sich.

Cooper trat noch dichter heran und starrte ihm ins Gesicht.

»Rühren Sie mich an, rühren Sie mich nur an«, sagte er. »Bei Gott, das möcht ich sehen, wie Sie mich schlagen. Soll ich es nochmal sagen? Snob! Snob!«

Cooper war ein gutes Stück länger als Mr. Warburton und ein kräftiger, muskulöser junger Bursche. Mr. Warburton war beleibt und vierundfünfzig. Seine geballte Faust schoß hervor. Cooper fing den Arm ab und stieß ihn zurück.

»Machen Sie keine Dummheiten. Bedenken Sie, ich bin kein Gentleman und weiß meine Fäuste zu gebrauchen.«

Er zischte verächtlich, und über das ganze blasse, scharfe Gesicht grinsend, setzte er über die Veranda und rannte die Stufen hinab. Mr. Warburton sank erschöpft in einen Stuhl. Sein Herz schlug ihm bis zum Hals. Sein Körper prickelte, als ob er Hitzblattern hätte. Einen schrecklichen Augenblick lang dachte er, er würde in Tränen ausbrechen. Aber plötzlich wurde ihm bewußt, daß der Boy auf der Veranda stand, und instinktiv gewann er seine Beherrschung wieder. Der Boy trat hinzu und füllte ihm ein Glas Whisky mit Soda. Mr. Warburton nahm es wortlos und trank es in einem Zug.

»Wolltest du mir etwas sagen?« fragte Mr. Warburton und versuchte krampfhaft, seine verzerrten Lippen zu einem Lächeln zu zwingen.

»Tuan, der Tuan Assistent ist ein schlechter Mensch. Abas bittet wieder, ihn verlassen zu dürfen.«

»Er soll noch etwas warten. Ich werde nach Kuala Solor schreiben und bitten, daß Tuan Cooper versetzt wird.«

»Tuan Cooper ist nicht gut zu den Malaien.«

»Laß mich jetzt in Ruhe.«

Der Junge zog sich leise zurück. Mr. Warburton war mit seinen Gedanken allein gelassen. Er sah den Klub in Kuala Solor, die Männer in weißen Tenniskleidern rund um den Tisch versammelt, wenn die Nacht sie von den Golf- und Tennisplätzen hereingetrieben hatte. Er sah sie bei Whisky und Gin, lachend, wie sie sich die berühmte Geschichte von ihm und dem Prince of Wales in Marienbad erzählten. Ihm war elend vor Scham und Schmerz. Ein Snob! Sie alle hielten ihn für einen Snob, während er sie immer für anständige Kerle gehalten hatte. Er war immer Gentleman genug, um sie nicht merken zu lassen, daß sie gesellschaftlich zweiter Garnitur waren. Nun haßte er sie. Aber sein Haß gegen sie war nichts im Vergleich zu seinem Haß gegen Cooper. Wenn es zu Tätlichkeiten gekommen wäre, hätte Cooper ihn niedergeschlagen. Tränen der Erniedrigung rannen über sein rotes, gedunsenes Gesicht. Mehrere Stunden saß er da, rauchte eine Zigarette nach der anderen und wünschte, er wäre tot.

Schließlich kam sein Boy zurück und fragte ihn, ob er sich zum Dinner umkleiden wolle. Natürlich! Er kleidete sich stets zum Dinner um. Müde erhob er sich von seinem Sessel, legte gestärktes Hemd und steifen Kragen an und begab sich zur hübsch angerichteten Tafel, wo ihn wie üblich zwei Boys bedienten, während zwei andere große Fächer schwangen. Drüben im Bungalow, zweihundert Meter entfernt, aß Cooper sein schlechtes Essen, nur mit Sarong und kurzer Jacke bekleidet. Seine Füße waren nackt, und wahrscheinlich las er während des Essens einen Kriminalroman. Nach dem Dinner setzte sich Mr. Warburton hin, um einen Brief zu schreiben. Der Sultan war nicht da, aber er schrieb privat und vertraulich an seinen Stellvertreter. Cooper verrichte seine Arbeit gut, schrieb er, doch käme er leider nicht mit ihm zu Rande. Sie fielen einander schrecklich auf die Nerven, und er würde es als großen Gefallen betrachten, wenn Cooper versetzt werden könnte.

Am nächsten Morgen sandte er den Brief per Eilkurier ab. Die Antwort kam vierzehn Tage später mit der Monatspost. Es war ein Privatbrief.

Mein lieber Warburton,
ich möchte Ihren Brief nicht offiziell beantworten und schicke Ihnen deshalb einige persönliche Zeilen. Natürlich werde ich, wenn Sie darauf bestehen, die Angelegenheit dem Sultan unterbreiten, aber ich glaube, es wäre klüger, wenn Sie es so beließen. Ich weiß, daß Cooper ein ungeschliffener Diamant ist, aber er ist tüchtig und verbrachte eine schlimme Zeit im Krieg, so daß ich meine, man sollte ihm jede Chance geben. Ich glaube, Sie sind ein wenig geneigt, der sozialen Stellung eines Menschen eine zu große Bedeutung beizumessen. Sie dürfen jedoch nicht vergessen, daß sich die Zeiten geändert haben. Natürlich ist es eine gute Sache für einen Mann, auch ein Gentleman zu sein; aber wichtiger sind jetzt fähige und tüchtige Arbeiter. Ich glaube, wenn Sie ein wenig Nachsicht üben, werden Sie gut mit Cooper auskommen.

Ihr sehr ergebener
Richard Temple

Der Brief entglitt Mr. Warburtons Hand. Es war leicht, zwischen den Zeilen zu lesen. Dick Temple, den er seit zwanzig Jahren kannte, Dick Temple, der aus einer guten alten Landadelfamilie stammte, hielt ihn für einen Snob, und deshalb hatte er kein Verständnis für seine Bitte. Ihn überkam große Entmutigung. Die Welt, von der er ein Teil gewesen war, bestand nicht mehr, und die Zukunft gehörte einer Durchschnittsgeneration. Cooper repräsentierte sie, und Cooper haßte er aus ganzem Herzen. Er streckte die Hand aus, um sein Glas zu füllen, und bei dieser Bewegung trat sein Head-Boy hinzu.

»Ich wußte nicht, daß du da bist.«

Der Junge hob den Brief auf. Aha, darum wartete er.

»Geht Tuan Cooper, Tuan?«

»Nein.«

»Es wird ein Unglück geben.«

Bei seiner Müdigkeit blieben diese Worte einen Augenblick lang ohne Sinn. Dann plötzlich richtete er sich auf und schaute seinen Diener aufmerksam an.

»Wie meinst du das?«

»Tuan Cooper behandelt Abas nicht gut.«

Mr. Warburton zuckte die Achseln. Wie konnte ein Mann wie

Cooper wissen, wie man Diener behandelt? Mr. Warburton kannte den Typ: einmal plump vertraulich und dann wieder grob und rücksichtslos.

»Laß Abas zu seiner Familie zurückgehen.«

»Tuan Cooper zahlt ihm keinen Lohn, so daß er nicht fort kann. Seit drei Monaten hat er ihn nicht bezahlt. Ich riet ihm, geduldig zu sein, aber er hört auf kein Zureden. Wenn der Tuan ihn weiterhin schlecht behandelt, wird es ein Unglück geben.«

»Gut, daß du mir das gesagt hast.«

Dieser Dummkopf! Kannte er die Malaien so schlecht, daß er meinte, sie ungestraft mißhandeln zu können? Es geschähe ihm verdammt recht, eines Tages einen Kris im Rücken zu haben. Ein Kris. Mr. Warburtons Herz setzte einen Schlag lang aus. Er brauchte nur den Dingen ihren Lauf zu lassen, und eines schönen Tages würde er befreit sein von Cooper. Er lächelte leise, als dieser Gedanke in ihm aufblitzte. Jetzt schlug sein Herz schneller. Er sah den verhaßten Menschen auf einem Dschungelpfad liegen; das Gesicht zum Boden und einen Dolch im Rücken. Das verdiente Ende für den Lumpen und Tyrannen. Mr. Warburton seufzte. Es war seine Pflicht, ihn zu warnen, und natürlich mußte er das tun. Er schrieb Cooper ein paar kurze formelle Zeilen und bat ihn, sofort zum Fort zu kommen.

Zehn Minuten später stand Cooper vor ihm. Sie hatten nicht miteinander gesprochen seit dem Tag, an dem Mr. Warburton ihn beinahe geschlagen hätte. Er forderte ihn nicht auf, Platz zu nehmen.

»Wünschten Sie mich zu sehen?« fragte Cooper.

Er war unordentlich und nicht gerade sauber. Gesicht und Hände waren mit kleinen roten Flecken bedeckt, wo ihn Moskitos gestochen und er sich gekratzt hatte, bis das Blut kam. Sein langes dünnes Gesicht hatte einen trotzigen Ausdruck.

»Ich hörte, Sie haben erneut Schwierigkeiten mit Ihrem Personal. Abas, der Neffe meines Head-Boys, beklagt sich, weil Sie ihm schon seit drei Monaten den Lohn vorenthalten. Ich betrachte das als ein höchst despotisches Vorgehen. Der Bursche möchte weg von Ihnen, und ich kann ihm das gewiß nicht verdenken. Ich muß darauf bestehen, daß Sie bezahlen, was Sie ihm schuldig sind.«

»Ich will nicht, daß er davonläuft, und halte seinen Lohn als Pfand für anständiges Betragen zurück.«

»Sie kennen den Charakter der Malaien nicht. Die Malaien reagieren sehr empfindlich auf Ungerechtigkeiten und Beleidigungen. Sie sind leidenschaftlich und rachsüchtig. Es ist meine Pflicht, Sie zu warnen. Wenn Sie den Jungen zum Äußersten treiben, setzen Sie sich großer Gefahr aus.«

Cooper kicherte verächtlich.

»Was glauben Sie, wird er tun?«

»Ich glaube, er wird Sie umbringen.«

»Hätten Sie was dagegen?«

»Oh, das nicht«, antwortete Mr. Warburton mit schwachem Lächeln. »Ich würde es mit Fassung zu tragen suchen. Aber ich halte es für meine Obliegenheit, Sie ausdrücklich zu warnen.«

»Glauben Sie, ich fürchte mich vor einem verdammten Nigger?«

»Das ist mir völlig gleichgültig.«

»Gut, dann lassen Sie sich sagen, daß ich schon auf mich aufpassen werde. Dieser Bursche Abas ist ein dreckiger diebischer Schuft, und wenn er irgendwelche Affenstreiche an mir versucht, bei Gott, dann dreh ich ihm seinen verfluchten Hals um.«

»Das war alles, was ich Ihnen sagen wollte«, sagte Mr. Warburton. »Guten Abend.«

Mr. Warburton nickte verabschiedend. Cooper wurde rot und wußte einen Augenblick lang nicht, was er sagen oder tun sollte, dann drehte er sich auf dem Absatz um und stolperte hinaus. Mr. Warburton beobachtete ihn mit einem eisigen Lächeln auf den Lippen. Er hatte seine Pflicht getan. Aber was hätte er gedacht, wenn er gesehen hätte, wie Cooper, zu seinem Bungalow zurückgekehrt, so still und verlassen, sich auf das Bett warf und in seiner bitteren Einsamkeit plötzlich die Beherrschung verlor, wie schmerzendes Schluchzen sich seiner Brust entrang und schwere Tränen seine hageren Wangen hinabrannen?

Danach sah Mr. Warburton Cooper nur noch selten und sprach nicht mehr mit ihm. Jeden Morgen las er seine *Times*, erledigte seine Arbeit im Büro, unternahm seine gewohnten Spaziergänge, kleidete sich zum Dinner um, speiste und ging hinab zum Fluß, um seine Zigarre zu rauchen. Wenn der Zufall es wollte, daß sich ihre Wege kreuzten, schnitt er ihn. Obgleich keiner einen Augenblick die Nähe des andern vergaß, tat jeder so, als sei der andere nicht vorhanden. Die Zeit besänftigte ihren Haß. Sie beobachteten einander, und jeder wußte, was der andere tat. Mr. Warburton war in seiner Jugend ein passionierter Jäger gewesen, doch mit den Jahren faßte er eine Abneigung gegen das Töten der wilden Tiere im Dschungel. Cooper jedoch lief alle Sonn- und Feiertage mit seinem Gewehr in den Urwald. Wenn er etwas erlegte, bedeutete das einen Triumph über Mr. Warburton; wenn nicht, so zuckte Mr. Warburton die Achseln und kicherte. Diese Ladenschwengel wollen Waidmänner sein! Weihnachten war für beide eine schlimme Zeit. Sie aßen ihr Festmahl allein, jeder in seinem Quartier, und betranken sich ausgiebig. Sie waren die einzigen Weißen im Umkreis von zweihundert Meilen und lebten in Rufweite voneinander. Zu Jahresbeginn befiel Cooper ein Fieber. Als Mr. Warburton ihn wieder zu Gesicht bekam, war er überrascht zu sehen, wie abgemagert Cooper war. Er sah krank und erschöpft aus. Die Einsamkeit – um so unnatürlicher, weil durch keine Notwendigkeit bedingt – zehrte an seinen Nerven. Auch Mr. Warburton war nervös und konnte oft nachts nicht schlafen. Dann lag er wach und brütete. Cooper trank viel, und zweifellos war der Punkt näher gerückt, der die Explosion auslösen würde. Bei seinem Umgang mit den Eingeborenen trug er Sorge, nichts zu tun, was ihm einen Verweis seines Chefs eintragen konnte. Sie fochten einen grimmigen lautlosen Kampf. Es war eine Geduldsprobe. Die Monate vergingen, doch keiner zeigte Ermüdungserscheinungen. Sie waren wie Wesen, die in Regionen immerwährender Nacht weilten; ihre Seelen niedergedrückt vom Wissen, daß für sie niemals mehr der Tag anbrechen würde. Es sah so aus, als müßten sie immer in dieser dumpfen und furchtbaren Monotonie des Hasses weiterleben.

Als endlich das Unvermeidliche eintrat, traf es Mr. Warburton mit der Wucht eines unerwarteten Schlages. Cooper beschuldigte Abas, Kleidungsstücke gestohlen zu haben. Als der Junge abstritt, packte Cooper ihn am Genick und stieß ihn die Stufen des Bungalows hinab. Abas verlangte seinen Lohn, doch Cooper warf ihm nur einen Schwall von Flüchen hinterher. Wenn er ihn in einer Stunde noch auf dem Hof sähe, würde er ihn der Polizei übergeben. Am nächsten Morgen, als Cooper zum Büro lief, lauerte ihm der Knabe außerhalb des Forts auf. Wieder forderte er seinen Lohn. Cooper schlug ihm die geballte Faust ins Gesicht. Abas stürzte zu Boden, Blut rann ihm aus der Nase.

Cooper erreichte das Büro und begann mit seiner Arbeit. Aber er konnte sich nicht konzentrieren. Der Hieb hatte seine Gereiztheit besänftigt, und er wußte, daß er zu weit gegangen war. Er war beunruhigt und fühlte sich krank, elend und entmutigt. Im angrenzenden Büro saß Mr. Warburton. Er hatte das Bedürfnis, zu ihm zu laufen und zu erzählen, was er getan hatte. Er machte eine Bewegung in seinem Stuhl, aber er wußte, mit welch eisiger Genugtuung Mr. Warburton die Geschichte anhören würde. Er sah sein gönnerhaftes, herablassendes Lächeln. Eine ängstliche Besorgnis ergriff ihn, was Abas tun würde. Warburton hatte ihn mit Recht gewarnt. Er stöhnte. Was für ein Dummkopf war er gewesen. Dann zuckte er ungeduldig die Achseln. Es war alles egal. Was für ein Hundeleben. Es war Warburtons Schuld; wenn er ihn nicht so gereizt hätte, wäre nichts dergleichen geschehen. Warburton hatte ihm von Anfang an das Leben zur Hölle gemacht. Dieser Snob. Aber so waren sie alle, diese Kolonisten. Was für eine verdammte Schande, daß er im Krieg kein Offizierspatent bekommen hatte. Er war so gut wie irgendein anderer. Es gab einen Haufen dreckiger Snobs. Ein verdammter Narr wäre er, jetzt klein beizugeben. Natürlich würde Warburton erfahren, was passiert war: der alte Satan erfuhr alles. Er hatte keine Angst. Er hatte vor keinem einzigen Malaien in Borneo Angst, und Warburton sollte sich zum Teufel scheren.

Er behielt recht in der Vermutung, daß Mr. Warburton von der Sache erfahren würde. Sein Head-Boy berichtete es ihm, als er zum Lunch kam.

»Wo ist dein Neffe jetzt?«

»Ich weiß nicht, Tuan, er ist weg.«

Mr. Warburton schwieg. Nach dem Lunch pflegte er sich etwas hinzulegen. Heute jedoch blieb er hellwach. Seine Augen suchten unwillkürlich immer den Bungalow, wo Cooper seine Mittagspause hielt. Dieser Schwachkopf. Einen Moment lang stiegen in ihm Bedenken auf. Wußte der Mann, in welcher Gefahr er schwebte? Er überlegte, daß er ihn kommen lassen sollte. Aber er hatte oft genug versucht, vernünftig mit Cooper zu reden. Und jedesmal war er beleidigt worden. Eine wilde Wut packte ihn plötzlich, seine Stirnadern schwollen an, und er ballte die Fäuste. Der Kerl hatte seine Warnung bekommen. Sollte er nun fertig werden mit dem, was er angerichtet hatte. Es war nicht seine Angelegenheit und, wenn etwas passierte, nicht seine Schuld. Die in Kuala Solor wären vielleicht froh gewesen, wenn sie seinen Rat befolgt und Cooper versetzt hätten.

Er war sonderbar unruhig an diesem Abend. Nach dem Dinner schritt er die Veranda auf und ab. Als der Boy in sein Zimmer gehen wollte, fragte ihn Mr. Warburton, ob er Abas gesehen hätte. »Nein, Tuan, aber ich glaube, er ist in das Dorf seines Onkels gegangen.«

Mr. Warburton sah ihn scharf an, doch der Junge schaute zu Boden, und ihre Blicke trafen sich nicht. Mr. Warburton ging hinunter zum Fluß und setzte sich in die Laube. Doch Friede war ihm nicht beschieden. Der Fluß strömte unheilverkündend ruhig. Er glich einer großen Schlange, die mit trägen Bewegungen zum Meer glitt. Vom Dschungel, jenseits des Wassers, ging eine schwere, atemlose Bedrohung aus. Kein Vogel sang. Keine Brise zauste die Blätter der Kassia. Alles schien auf der Lauer zu liegen. Er durchschritt den Garten und gelangte zur Straße. Hier hatte er volle Sicht auf Coopers Bungalow. Im Wohnzimmer brannte Licht, und quer über die Straße dröhnte ein *Ragtime*. Cooper ließ sein Grammophon laufen. Mr. Warburton schauderte; niemals hatte er seine instinktive Abneigung gegen dieses Instrument überwinden können. Sonst wäre er jetzt hinübergegangen, um mit Cooper zu reden. Er wendete sich ab und ging in sein Haus zurück. Bis spät in der Nacht las er und schlummerte dann ein. Aber er schlief nicht lange; schreckliche Träume plagten ihn, und zuletzt schien ihm, als werde er durch einen Schrei geweckt. Natürlich war es auch ein Traum, denn kein Schrei – vom Bungalow zum Beispiel – wäre in seinem Zimmer zu hören. Bis Tagesanbruch lag er wach. Dann hörte er eilige Schritte und Stimmen. Sein Head-Boy stürzte plötzlich in sein Zimmer, ohne Fez. Mr. Warburtons Herz stand still.

»Tuan! Tuan!«

Mr. Warburton sprang aus dem Bett.

»Ich komme sofort.«

Er schlüpfte in Pantoffeln, Sarong und Pyjamajacke und lief quer über den Hof zum Bungalow. Cooper lag im Bett, mit offenem Mund, ein Kris steckte in seinem Herzen. Er war im Schlaf ermordet worden. Mr. Warburton zuckte, nicht weil ihm dieser Anblick unvermutet kam, sondern weil er ein aufwallendes Triumphgefühl verspürte. Eine große Last war von seinen Schultern genommen.

Cooper war bereits ganz kalt. Mr. Warburton zog das Messer aus der Brust. Es war mit solcher Wucht hineingestoßen worden, daß er Mühe hatte, es herauszubekommen. Er sah den Kris an und erkannte ihn wieder. Es war ein Kris, der ihm vor einigen Wochen von einem Krämer angeboten wurde und er wußte, daß Cooper ihn gekauft hatte.

»Wo ist Abas?« fragte er streng.

»Abas ist im Dorf seines Onkels.«

Der Sergeant der Eingeborenenpolizei stand am Fuß des Bettes.

»Nehmen Sie zwei Männer, laufen Sie ins Dorf und verhaften Sie ihn.« Mr. Warburton tat, was unverzüglich notwendig war. Mit unbeweglichem Gesicht gab er seine Befehle. Seine Worte waren kurz und entschieden. Dann ging er zurück ins Fort. Er rasierte sich, nahm ein Bad, kleidete sich an und ging ins Eßzimmer. Die *Times*, eingewickelt in Streifband, lag wartend neben dem Gedeck. Er nahm etwas Obst. Sein Boy schenkte ihm Tee ein, während ein anderer ihm Rührei servierte. Mr. Warburton aß mit gutem Appetit. Der Head-Boy wartete.

»Was gibt's?« fragte Mr. Warburton.

»Tuan, Abas, mein Neffe, war die ganze Nacht im Haus seines Onkels. Das kann nachgeprüft werden. Sein Onkel wird schwören, daß er das Dorf nicht verlassen hat.«

Mr. Warburton wandte sich ihm mit einem Stirnrunzeln zu.

»Tuan Cooper wurde von Abas getötet. Das weißt du so gut wie ich. Gerechtigkeit muß sein.«

»Tuan, wird man ihn hängen?«

Mr. Warburton zögerte einen Moment. Obwohl sein Gesicht unbeweglich streng blieb, wechselte der Ausdruck seiner Augen.

Ein Flackern, das der Malaie blitzschnell verstand. In seinen eigenen Augen leuchtete ein Begreifen.

»Es war eine große Herausforderung. Abas wird zu einer Gefängnishaft von bestimmter Dauer verurteilt werden.« Es entstand eine Pause, während Mr. Warburton von der Marmelade nahm. »Wenn er einen Teil der Gefängnisstrafe abgebüßt hat, werde ich ihn als Diener aufnehmen. Du kannst ihn dann anlernen. Ich zweifle nicht, daß er im Hause Tuan Coopers schlechte Gewohnheiten angenommen hat.«

»Soll Abas sich selbst stellen, Tuan?«

»Das wäre klug von ihm.«

Der Boy verschwand. Mr. Warburton nahm seine *Times* und schlitzte das Streifband sorgfältig auf. Er liebte es, die schweren raschelnden Seiten auszubreiten. Der Morgen war köstlich frisch und kühl, und sein Blick streifte kurz und freundlich den Glanz auf dem Garten. Eine große Last war von ihm genommen worden. Er wandte sich den Kolumnen zu, in denen die Geburten, Todesfälle und Vermählungen angezeigt waren. Diese schaute er immer zuerst an. Ein Name, den er kannte, fesselte seine besondere Aufmerksamkeit. Lady Ormiskirk hatte endlich einen Sohn bekommen. Heiliger Georg, wie selig die alte Dame, ihre Mutter, sein mußte! Er würde ihr mit der nächsten Post mit ein paar Zeilen gratulieren.

Abas würde sicher einen guten Boy abgeben.

Dieser Dummkopf Cooper!

*P. & O.**

Mrs. Hamlyn sah von ihrem Liegestuhl aus die Passagiere den Laufsteg heraufsteigen. Das Schiff war in der Nacht in Singapur angekommen und hatte seit Tagesanbruch Fracht eingeladen. Die Kräne und Winden hatten den ganzen Tag gequietscht und geächzt, doch waren ihre Ohren mittlerweile an dieses andauernde Geräusch gewöhnt. Sie hatte im ›Hôtel de l'Europe‹ zu Mittag gegessen und war dann, weil sie nichts Besseres zu tun hatte, in einer Rikscha durch die bunt belebten Straßen der Stadt gefahren. In Singapur treffen viele Rassen aufeinander. Die Malaien fühlen sich, obschon sie auf heimischem Boden sind, in Städten nicht wohl und sind nur in geringer Anzahl vertreten. Auf den Straßen wimmelt es von geschmeidigen, geschäftstüchtigen und fleißigen Chinesen. Die dunkelhäutigen Tamilen gehen unhörbar auf nackten Sohlen, als wären sie nur zu kurzem Aufenthalt in einem fremden Land; aber die wohlhabenden Bengalen ordnen sich leicht in ihre neue Umwelt ein. Die verschlagenen und unterwürfigen Japaner scheinen mit dringenden geheimen Angelegenheiten beschäftigt zu sein. Die Engländer im Tropenhelm und in weißen Anzügen bewegen sich schnell in Autos oder gemächlich in ihren Rikschas durch die Straßen und tragen ein lässiges und sorgloses Wesen zur Schau. Die Herrscher über diese an Zahl ihnen weit überlegene Bevölkerung üben ihre Autorität lächelnd und scheinbar unbeteiligt aus. Und nun wartete Mrs. Hamlyn müde und von der Hitze erschöpft auf die Abfahrt des Schiffes und die lange Reise durch den Indischen Ozean.

Sie winkte mit einer ziemlich großen Hand – denn sie war eine große, kräftige Frau – dem Arzt und Mrs. Linsell zu, als diese an Bord kamen. Sie war schon in Yokohama zugestiegen und hatte mit süßsaurer Miene die zwischen den beiden entstandene Intimität beobachtet. Linsell war Marineoffizier und der britischen Botschaft in Tokio zugeteilt gewesen, und Mrs. Hamlyn hatte sich gewundert, mit welcher Gleichgültigkeit er die Aufmerksamkeiten hinnahm, die der Arzt seiner Frau

* Abkürzung für *Peninsular and Oriental Steamship Line* – Malaiisch-Fernöstliche Dampfschiffahrtslinie

erwies. Zwei Männer kamen jetzt über den Steg, neue Passagiere. Sie versuchte zum Zeitvertreib aus ihrem Auftreten zu schließen, ob sie Junggesellen oder verheiratet waren. Ganz in der Nähe saß eine Gruppe Männer auf Rohrstühlen. Mrs. Hamlyn hielt sie ihren Khakianzügen und breitrandigen Filzhüten nach für Pflanzer. Der Decksteward war vollauf beschäftigt, alle Bestellungen zu erledigen. Sie sprachen und lachten laut, denn sie hatten alle reichlich getrunken und waren deshalb unbekümmert lustig. Sie sagten offenbar einem aus ihrer Schar Lebewohl, aber Mrs. Hamlyn konnte nicht entdecken, wer von ihnen als Passagier zurückbleiben würde. Die Zeit bis zur Abfahrt wurde immer kürzer. Weitere Passagiere trafen ein, und dann kam Mr. Jephson würdevoll den Steg heraufgestiegen. Er war Konsul und fuhr auf Heimaturlaub. Er war in Schanghai an Bord gekommen und hatte sofort begonnen, sich um Mrs. Hamlyn zu bemühen. Aber sie war sehr wenig zum Flirten aufgelegt. Wenn sie an den Grund dachte, der sie nach England zurückführte, wurde ihr Gesicht finster. Sie würde Weihnachten noch an Bord sein, meilenweit von allen fort – aber wem lag überhaupt noch etwas an ihr? Sie fühlte so etwas wie einen Stich durchs Herz, aber es dauerte nur einen Augenblick. Es ärgerte sie, daß eine Sache, die sie mit solcher Entschlossenheit aus ihrem Bewußtsein verbannen wollte, immer wieder ihren Geist beschäftigte.

Die Schiffsglocke klang laut über Deck. Es war die Ankündigung, daß der Dampfer bald abfahren würde. Die Männer, die in ihrer Nähe saßen, schickten sich zum Aufbruch an.

»Nun, wenn wir nicht mitfahren wollen, machen wir uns besser auf die Socken«, sagte einer von ihnen.

Sie erhoben sich und gingen auf die Schiffstreppe zu. Jetzt, da das Händeschütteln im Gange war, sah Mrs. Hamlyn auch, von wem sie sich verabschiedeten. Der Mann, den sie ins Auge faßte, hatte nichts Interessantes an sich, aber weil sie nichts Besseres zu tun hatte, sah sie ihn nicht nur oberflächlich an. Er war kräftig und breitschultrig und über einen Meter achtzig groß. Sein Khakianzug war schon reichlich abgetragen, sein Hut zerbeult und verwittert. Seine Freunde, die nun das Schiff verlassen hatten, setzten die Unterhaltung vom Kai aus fort. Mrs. Hamlyn hörte, daß er mit einem stark irischen Akzent sprach. Seine Stimme war volltönend, laut und herzhaft.

Mrs. Linsell war nach unten gegangen. Der Arzt begrüßte Mrs. Hamlyn und setzte sich neben sie. Sie erzählten einander ihre kleinen Tageserlebnisse. Die Glocke erklang wieder, und bald darauf glitt das Schiff vom Kai fort. Der Ire winkte seinen Freunden ein letztes Lebewohl zu und schlenderte dann zurück zu dem Stuhl, auf dem er Zeitungen und Zeitschriften hatte liegen lassen. Er grüßte den Arzt mit einem kurzen Nicken.

»Kennen Sie ihn?« fragte Mrs. Hamlyn.

»Ich bin ihm im Klub vor dem Tiffin vorgestellt worden. Er heißt Gallagher und ist Pflanzer.«

Nach dem Lärm bei der Abfahrt und dem Hin- und Herrennen auf dem Schiff wirkte die Stille jetzt um so stärker und wohltuender. Sie dampften langsam an schroffen, mit grünem Buschwerk bewachsenen Felsenklippen vorüber (der Ankerplatz der Malaiisch-Fernöstlichen Dampfschiffahrtsgesellschaft befand sich in einer kleinen geschützten Bucht) und fuhren nun in den Haupthafen ein. Schiffe aller Nationen lagen hier in großer Anzahl vor Anker – Passagierschiffe, Schlepper, Leichter und Trampschiffe. Darüber hinaus hinter der Brandungslinie sah man die Masten und Rahen, einen richtigen Stangenwald, der einheimischen Dschunken. In der sanften Abendsonne hatte die ganze Szenerie etwas seltsam Geheimnisvolles. Man fühlte, alle diese Schiffe, die jetzt stillagen, warteten auf den Augenblick, wo sie ihre Tätigkeit wieder aufnehmen konnten.

Mrs. Hamlyn schlief nicht besonders gut und hatte sich angewöhnt, bei Tagesanbruch an Deck zu gehen. Es beruhigte ihr wundes Herz, die letzten, nur noch schwach schimmernden Sterne vor dem immer heller werdenden Licht des Morgens verbleichen zu sehen. Zu so früher Stunde ließ das unbewegt daliegende glasklare Meer alle irdischen Sorgen unbedeutend erscheinen. Das Licht war noch blaß und die Luft angenehm kühl. Als sie am nächsten Morgen ans Ende des Promenadendecks kam, stellte sie fest, daß jemand schon vor ihr aufgestanden war. Es war Mr. Gallagher. Er spähte nach der niedrigen Küste Sumatras hinüber, die der Sonnenaufgang wie durch Zauberhand aus dem dunklen Meer gehoben hatte. Sie war überrascht und ein wenig ärgerlich, aber bevor sie umkehren konnte, hatte er sie gesehen und nickte ihr zu.

»Schon so früh auf?« sagte er. »Zigarette gefällig?«

Er war im Schlafanzug und Pantoffeln. Er nahm die Zigarettendose aus der Jackentasche und reichte sie ihr. Sie zögerte. Sie hatte nur ihren Morgenrock an und eine kleine Spitzenmütze über ihr zerzaustes Haar gezogen. Ihrer Meinung nach mußte sie wie eine Vogelscheuche aussehen, aber sie hatte ihre Gründe, ihre Seele zu peinigen und ihre Unvollkommenheiten nicht zu vertuschen.

»Ich denke, mit vierzig Jahren hat eine Frau kein Recht mehr, besonderen Wert auf ihr Aussehen zu legen«, sagte sie lächelnd, als müsse der Mann wissen, welch eitle Gedanken sie beschäftigten. Sie nahm die Zigarette an. »Aber Sie sind auch schon so früh auf.«

»Ich bin Pflanzer. Ich mußte viele Jahre lang jeden Morgen um fünf Uhr aufstehen und weiß noch nicht, wie ich diese Gewohnheit ablegen soll.«

Sie konnte sein Gesicht jetzt, da es nicht von einem Hut beschattet war, besser sehen. Es war angenehm, ohne hübsch zu sein. Er war natürlich überhaupt zu dick, und so waren auch seine Gesichtszüge, die in seiner Jugend nicht übel gewesen sein mochten, verschwommen. Jetzt war sein Gesicht rot und aufgedunsen. Aber seine dunklen Augen blickten fröhlich drein. Er war mindestens fünfundvierzig; trotzdem war sein Haar schwarz und dicht. Er war ein schwerer, wenig anmutiger, gewöhnlicher Mann, und Mrs. Hamlyn wäre es wohl kaum eingefallen, mit ihm zu sprechen, wenn nicht die auf Schiffsreisen übliche größere Freiheit des Umgangs sie dazu verführt hätte.

»Fahren Sie auf Urlaub?« fragte sie ohne viel Umschweife.

»Nein, ich gehe für immer heim.«

Seine schwarzen Augen zwinkerten. Er war eine mitteilsame Natur, und ehe Mrs. Hamlyn nach unten ging, um ihr Bad zu nehmen, hatte er ihr bereits ziemlich viel von seinem Leben erzählt. Er war fünfundzwanzig Jahre im Malaiischen Staatenbund gewesen und hatte in den letzten zehn Jahren eine Plantage in Selantan geleitet. Sie war hundertundfünfzig Kilometer von jeder einigermaßen zivilisierten Gegend entfernt; das Leben war also dort ziemlich einsam für ihn gewesen, aber er hatte während der Gummihausse viel Geld verdient und mit schlauer Überlegung, die man einem so unbekümmert aussehenden Mann gar nicht zugetraut hätte, seine Ersparnisse in Staatspapieren angelegt. Jetzt, da Gummi immer niedrigere Preise erzielte, wollte er sich ins Privatleben zurückziehen.

»Aus welchem Teil Irlands stammen Sie?« fragte Mrs. Hamlyn.

»Aus Galway.«

Mrs. Hamlyn hatte einmal eine Autotour durch Irland gemacht und eine schwache Erinnerung an eine traurige und düstere Stadt mit verlassenen und zerfallenden großen steinernen Lagerhäusern an der melancholischen Küste zurückbehalten. Sie hatte damals den Eindruck von viel Grün und leisem Regen, von Stille und Entsagung gehabt. Dort wollte Mr. Gallagher den Rest seines Lebens verbringen? Er sprach mit knabenhafter Begeisterung von seiner Heimat. Die Vorstellung, ein so vitaler Mann wolle sein Leben in einer so grauen Welt von Schatten verbringen, bereitete Mrs. Hamlyn Mißbehagen.

»Wohnt Ihre Familie dort?« erkundigte sie sich.

»Ich habe keine Familie. Meine Eltern sind tot. Soviel ich weiß, habe ich keinen Verwandten in der Welt.«

Ein Vierteljahrhundert lang hatte er Pläne geschmiedet, aber er hatte sie nur mit sich selbst erörtern können, und jetzt war er froh, jemanden zu haben, mit dem er darüber reden konnte. Er wollte ein Haus kaufen und sich ein Auto anschaffen. Er wollte Pferde züchten. Aus der Jagd machte er sich nicht mehr viel. Er habe in der ersten Zeit seines Aufenthalts auf der malaiischen Halbinsel genug Großwild geschossen; jetzt habe er seine Jagdleidenschaft verloren. Er habe, nachdem er selbst lange genug im Dschungel gelebt hätte, seine Ansichten darüber geändert und sehe nicht ein, warum man die Tiere des Dschungels erschießen sollte. Er sei ein guter Jäger gewesen.

»Meinen Sie, ich bin zu dick?« fragte er.

Mrs. Hamlyn sah ihn abschätzend von oben bis unten an.

»Sie müssen eine Tonne wiegen«, sagte sie lächelnd.

Die irischen Pferde, so fuhr er lachend fort, seien die besten der Welt. Er habe sich trotz seiner Schwere seine Beweglichkeit bewahrt. Auf einer Gummiplantage müsse man den ganzen Tag auf den Beinen sein, und dann habe er auch viel Tennis gespielt. In Irland würde er bald abnehmen. Dann werde er heiraten. Mrs. Hamlyn blickte schweigend auf das Meer, das sich jetzt mit dem zarten Gold des Sonnenaufgangs färbte. Sie seufzte.

»War es so leicht, Ihr Leben hier mit allen Wurzeln auszureißen? Ist denn niemand da, den Sie ungern zurücklassen? Ich könnte mir denken, daß es Ihnen nach so vielen Jahren, als die Zeit des Scheidens schließlich herbeikam, doch etwas schmerzlich war, mögen Sie sich auch noch so sehr auf das Heimkommen gefreut haben.«

»Nein, ich freute mich, daß es zu Ende war. Ich hatte die Nase voll. Ich habe nicht das geringste Verlangen, dieses Land oder irgend jemanden in ihm jemals wiederzusehen.«

Jetzt kamen auch einige andere Passagiere aufs Deck. Mrs. Hamlyn erinnerte sich an ihre spärliche Kleidung und ging nach unten in ihre Kabine.

Während der nächsten zwei Tage sah sie Mr. Gallagher kaum. Er verbrachte seine Zeit im Rauchsalon. Wegen eines Streikes legte das Schiff nicht in Colombo an. Die Passagiere hofften auf eine angenehme Fahrt über den Indischen Ozean. Sie trieben Sport auf Deck, sie unterhielten sich über die guten Eigenschaften der lieben Nächsten, sie flirteten. Weihnachten nahte heran, und der Gedanke an das Fest bot allen eine angenehme Abwechslung. Jemand hatte den Vorschlag gemacht, man solle zu Weihnachten einen Kostümball geben. Die Damen begannen schon, sich mit ihren Kleidern zu beschäftigen. Es wurde eine Versammlung der Passagiere erster Klasse einberufen, die entscheiden sollte, ob auch die Passagiere zweiter Klasse einzuladen seien. Trotz der Hitze war die Diskussion lebhaft. Die Damen waren der Meinung, die Passagiere der zweiten Klasse würden sich sehr unbehaglich fühlen. Es sei zu erwarten, daß sie auf Weihnachten mehr tränken als sonst, und das könne unangenehme Folgen haben. Jeder, der sich zum Wort meldete, betonte, er (oder sie) habe keinerlei Klassenvorurteile, niemand sei so hochmütig und eingebildet, behaupten zu wollen, es bestehe irgendein Unterschied zwischen den Passagieren der ersten und der zweiten Klasse, aber man täte besser, die Passagiere der zweiten Klasse nicht in eine schiefe Lage zu bringen. Sie würden sich ungehemmter amüsieren, wenn sie eine eigene Veranstaltung durchführten. Andererseits wolle niemand sie verletzen, und heute müsse man natürlich demokratischer sein (dies in Erwiderung der Bemerkung einer Missionarsfrau aus China, die gesagt hatte, sie reise jetzt fünfunddreißig Jahre mit den Schiffen der Malaiisch-Fernöstlichen Dampfschiffahrtsgesellschaft, aber sie habe noch nie gehört, daß Passagiere der zweiten Klasse in den Salon der ersten zum Tanzen eingeladen worden seien), und selbst wenn sie keinen Gefallen daran fänden, so würden sie doch vielleicht gern erscheinen. Mr. Gallagher hatte sich nur unter Sträuben vom Kartentisch wegschleppen lassen, aber man hatte ihn geholt, weil man voraussah, daß bei der Abstimmung nur eine knappe Mehrheit herauskommen würde, und der Konsul ihn auf jeden Fall um seine Meinung befragen wollte. Mr. Gallagher hielt mit ihr auch nicht zurück. In der zweiten Klasse, so sagte er, fahre ein Mann mit, der auf seiner Plantage gearbeitet habe. Er hob seinen massiven Körper von der Couch, auf der er sich niedergelassen hatte.

»Ich für meine Person habe nur dies zu bemerken: der Mann, der mit mir fährt, hat unseren Maschinenpark beaufsichtigt. Er ist ein ganz famoser Kerl und könnte ebensogut auf Ihrer Gesellschaft erscheinen wie ich selbst. Aber er wird nicht kommen, weil ich ihn an dem Tage bis sechs Uhr abends so betrunken machen werde, daß ihm nichts anderes übrig bleibt, als ins Bett zu kriechen.«

Mr. Jephson, der Konsul, lächelte säuerlich. Man hatte ihn wegen seiner amtlichen Stellung zum Vorsitzenden der Versammlung gewählt, und so wollte er die Angelegenheit ernsthaft behandelt sehen. Er sagte gern, wenn es sich lohne, eine Sache anzufassen, so müsse man sie auch richtig anfassen und sie zu einem guten Ende führen.

»Ich entnehme aus Ihrer Bemerkung«, sagte er nicht ohne Schärfe, »daß die Angelegenheit, mit der sich die Versammlung beschäftigt, Ihnen nicht von großer Bedeutung zu sein scheint.«

»Ich halte sie in der Tat für so unbedeutend, daß es sich nicht lohnt, einen Finger deswegen zu rühren«, erwiderte Gallagher augenzwinkernd.

Mrs. Hamlyn lachte. Man beschloß dann, auf folgende Weise vorzugehen: die Passagiere der zweiten Klasse sollten eingeladen werden, aber privat wollte man an den Kapitän herantreten, um ihn zu bestimmen, dem Plan, die Passagiere der zweiten Klasse zu einem Ball in den Salon der ersten zu bitten, seine Genehmigung zu versagen. Am Abend dieses Tages kam Mrs. Hamlyn, bereits zum Essen angekleidet, zur selben Zeit aufs Deck wie Mr. Gallagher.

»Gerade noch Zeit, einen Cocktail zu trinken, Mrs. Hamlyn«, rief er in bester Laune.

»Gern. Ich sage Ihnen ganz offen, ich brauche einen, um mich ein wenig aufzuheitern.«

»Warum?« fragte er lächelnd.

Mrs. Hamlyn fand sein Lächeln verführerisch, aber sie hielt es doch für besser, seine Frage nicht zu beantworten.

»Ich habe es Ihnen schon einmal in der Frühe gesagt, ich bin vierzig.«

»Ich habe noch nie eine Frau gesehen, die diese Tatsache so hartnäckig betonte.«

Sie gingen in die Wandelhalle, und der Ire bestellte einen trockenen Martini für sie und einen Gin Pahit für sich. Er hatte zu lange im Osten gelebt, um an anderen Getränken noch Geschmack zu finden.

»Sie haben ja einen Schluckauf«, sagte Mrs. Hamlyn.

»Ja, er hat mich schon den ganzen Nachmittag geplagt«, erwiderte er unbekümmert. »Sonderbar, er setzte ein, als wir das Land aus den Augen verloren.«

»Nun, nach dem Essen wird er wohl aufhören.«

Sie tranken aus. Es läutete zum zweitenmal, und sie gingen in den Speisesaal.

»Spielen Sie Bridge?« fragte er, als sie sich trennten.

»Nein.«

Mrs. Hamlyn fiel es nicht auf, daß sie Mr. Gallagher einige Tage nicht sah. Sie war mit ihren eigenen Gedanken beschäftigt. Sie beschlichen sie, wenn sie eine Näharbeit vornahm, sie traten mit Macht zwischen sie und den Roman, durch den sie sich abzulenken suchte. Sie hatte sich der Hoffnung hingegeben, ihre innere Qual würde sich mindern, je weiter das Schiff sie von dem Schauplatz ihres Unglücks wegführte, aber im Gegenteil, jeder Tag, der sie England näher brachte, vermehrte ihr Leid. Mit Entsetzen sah sie dem trostlosen Leben entgegen, das sie erwartete, und wenn sie ihre erschöpften Gedanken von der wenig erfreulichen Aussicht auf die Zukunft ablenkte, trat ihr, wie schon so oft, die noch weit schlimmere Lage vor Augen, vor der sie geflohen war.

Sie war seit zwanzig Jahren verheiratet. Das war eine lange Zeit, und sie konnte natürlich nicht erwarten, daß ihr Mann noch immer blind verliebt in sie war; sie war es auch nicht in ihn, aber sie waren gute Freunde gewesen und hatten einander verstanden. Ihre Ehe konnte, soweit das bei Ehen überhaupt möglich war, als glücklich angesehen werden. Plötzlich entdeckte sie, daß er sich in eine andere verliebt hatte. Sie hätte gegen einen kleinen Flirt nichts einzuwenden gehabt; solche Abweichungen vom geraden Weg waren schon oft bei ihm vorgekommen. Sie hatte ihn deswegen aufgezogen. Er hatte ihr das nicht übelgenommen, ja sich sogar geschmeichelt gefühlt. Gemeinsam hatten sie über eine Neigung gelacht, die weder tief noch ernst war. Aber diesmal war es anders. Er war so leidenschaftlich verliebt wie ein junger Mann von achtzehn Jahren. Er war zweiundfünfzig. Es war lächerlich, es war anstößig. Und er gab diese Liebe ganz offen zu erkennen, ohne Gefühl für sie, ohne kluge Zurückhaltung. Als sie die häßliche Geschichte erfuhr, wußten bereits alle Ausländer in Yokohama davon. Nachdem sie sich von ihrer Überraschung, ihrem Erstaunen und ihrem Ärger einigermaßen erholt hatte – denn er war der letzte Mann, von dem eine solche Torheit zu erwarten gewesen wäre –, versuchte sie, sich zu der Überzeugung durchzuringen, sie hätte ihn verstehen und ihm daher verzeihen können, wenn er sich in ein junges Mädchen verliebt hätte. Männer in reiferem Alter machten sich oft mit Backfischen lächerlich. Nach einem Aufenthalt von zwanzig Jahren im Fernen Osten wußte sie, daß die Fünfzigerjahre das gefährliche Alter für Männer sind. Aber für ihn traf eine solche Entschuldigung nicht zu. Er hatte sich in eine Frau verliebt, die acht Jahre älter war als sie selbst. Es war grotesk. Wie konnte man seine Frau so der Lächerlichkeit preisgeben! Dorothy Lacom war nahe an fünfzig. Er kannte sie bereits achtzehn Jahre, denn Lacom war wie ihr eigener Mann Textilkaufmann in Yokohama. Jahrein, jahraus hatten sie sich wöchentlich drei- oder viermal gesehen und sogar einmal, als sie zufällig zusammen in England waren, gemeinsam ein Haus am Meer bewohnt. Aber nichts war passiert. Bis vor einem Jahr hatte nur eine oberflächliche freundschaftliche Verbindung zwischen ihnen bestanden. Es war einfach nicht zu glauben. Dorothy war zwar hübsch, sie hatte eine gute Figur, ein wenig zu üppig vielleicht, aber noch passabel. Ihre schwarzen Augen blickten keck in die Welt, ihr Mund war rot und voll, ihr Haar weich und glänzend. Aber so war sie auch schon Jahre zuvor gewesen. Sie war jetzt achtundvierzig. Achtundvierzig!

Mrs. Hamlyn stellte ihren Mann sofort zur Rede. Zuerst schwor er, es sei an der Sache nicht ein wahres Wort, aber sie hatte ihre Beweise. Er grollte. Schließlich gab er zu, was er nicht mehr leugnen konnte. Dann machte er eine erstaunliche Bemerkung. »Warum regst du dich darüber auf?« fragte er.

Das brachte sie aus der Fassung. Sie wurde wütend und tobte. Verletzende Worte sprudelten ihr nur so heraus, weil ihr Herz mit Bitterkeit erfüllt war. Er hörte ihr ruhig zu.

»In den zwanzig Jahren unserer Ehe bin ich, wie ich glaube, kein so schlechter Gatte gewesen. Seit langer Zeit sind wir nur noch Freunde. Ich habe eine große Zuneigung zu dir, und diese hat sich nicht im geringsten geändert. Ich gebe Dorothy nichts, was ich dir fortnehme.«

»Aber worüber hast du dich bei mir zu beklagen?«

»Über nichts. Eine bessere Frau könnte es gar nicht geben.«

»Wie kannst du das sagen, wenn du das Herz hast, mich so grausam zu behandeln?«

»Ich will dir nicht weh tun. Ich kann nicht anders handeln.«

»Aber wie und warum hast du dich denn nur in sie verliebt?«

»Wie kann ich das wissen? Du nimmst doch wohl nicht an, ich hätte es absichtlich getan?«

»Hättest du keinen Widerstand leisten können?«

»Ich habe es versucht. Wir haben es beide versucht.«

»Du sprichst, als wärest du zwanzig. Ihr seid doch schon beide über die Mitte des Lebens hinaus. Sie ist acht Jahre älter als ich. Ich gerate dadurch in eine lächerliche Lage.«

Er antwortete nichts mehr. Sie wußte nicht, welche Gefühle in ihrem Herzen aufwallten. War es Eifersucht, die ihr die Kehle zuschnürte, war es Wut oder nur verletzter Stolz?

»Ich bin nicht bereit, die Sache so weitergehen zu lassen; wenn es sich nur um dich und sie handelte, würde ich mich scheiden lassen, aber ihr Mann und die Kinder sind auch noch da. Du lieber Gott, ist dir schon einmal der Gedanke gekommen, daß sie bereits Großmutter sein könnte, wenn die Kinder Mädchen statt Knaben wären?«

»Ja, das wäre leicht möglich.«

»Was für ein Glück, daß wir keine Kinder haben!«

Er streckte die Hand nach ihr aus, als ob er sie streicheln wollte, aber sie wich entsetzt zurück.

»Du hast mich bei allen meinen Bekannten lächerlich gemacht. Zum Besten aller Beteiligten will ich meinen Mund halten, aber nur unter der Bedingung, daß alles sofort und für immer aufhört.«

Er schlug die Augen nieder und spielte nachdenklich mit einer japanischen Nippsache, die auf dem Tisch stand.

»Ich will Dorothy sagen, was du mir vorschlägst«, seufzte er schließlich.

Sie nickte leicht mit dem Kopf und ging, ohne noch ein Wort zu sagen, an ihm vorüber aus dem Zimmer. Sie war wütend und bemerkte deshalb nicht, daß sie sich etwas melodramatisch aufführte.

Sie wartete auf das Ergebnis seiner Unterredung mit Dorothy Lacom, aber er schien sich nicht mehr an sein Versprechen zu erinnern. Er war ruhig und höflich, aber er schwieg, und so sah sie sich schließlich gezwungen, ihn zu fragen.

»Hast du vergessen, was ich dir neulich gesagt habe?« fragte sie kühl.

»Nein. Ich habe mit Dorothy gesprochen. Ich soll dir von ihr bestellen, es tue ihr schrecklich leid, daß sie dir solchen Kummer gemacht habe. Sie möchte gern mit dir reden, aber sie fürchtet, du würdest sie nicht empfangen.«

»Und zu welchem Entschluß bist du nun gekommen?«

Er zögerte. Er war sehr ernst, aber seine Stimme zitterte ein wenig.

»Es hat keinen Zweck, daß wir ein Versprechen geben, das wir dann doch nicht halten können.«

»Damit ist wohl alles gesagt«, antwortete sie.

»Ich möchte dich darauf aufmerksam machen, daß du mit einer Ehescheidungsklage nicht durchkämst, da wir nicht in sie einwilligen werden. Du würdest nie das notwendige Beweismaterial zusammenbringen und darum deinen Prozeß verlieren.«

»Daran habe ich auch nicht gedacht. Ich werde nach England fahren und dort einen Anwalt zu Rate ziehen. Heute können solche Dinge leicht geregelt werden, und ich erwarte von dir, daß du mir keine Hindernisse in den Weg legst. Du wirst mir bestimmt helfen, meine Freiheit zu erlangen, ohne daß ich Dorothy Lacom ins Spiel bringen muß.«

Er seufzte.

»Es ist eine schreckliche Situation. Ich möchte nicht, daß du dich scheiden läßt, aber natürlich werde ich deinen Wünschen auf jede Weise entgegenkommen.«

»Was erwartest du denn von mir?« Wieder stieg der Zorn in ihr auf. »Denkst du, ich solle mir das alles ruhig mit ansehen und mich lächerlich machen lassen?«

»Es tut mir schrecklich leid, dich in eine so scheußliche Lage gebracht zu haben.« Er sah sie gequält an. »Du kannst dich darauf verlassen, wir haben uns wahrhaftig nicht absichtlich verliebt. Wir waren uns beide unseres Alters sehr bewußt. Dorothy ist, wie du sagst, alt genug, um Großmutter sein zu können, und ich bin ein kahlköpfiger, dicklicher Mann von zweiundfünfzig. Wenn man sich mit zwanzig verliebt, glaubt man, die Liebe werde ewig dauern, aber mit fünfzig weiß man zuviel vom Leben und von der Liebe, vor allem, daß sie nur kurze Zeit währt.« Er sprach leise und zerknirscht. Es war, als sähe er mit seinem geistigen Auge die Traurigkeit des Herbstes und das Rieseln der welken Blätter. Er blickte sie flehend an. »In diesem Alter fühlt man, daß man es sich nicht leisten kann, die Aussicht auf ein bißchen Glück, die uns ein launisches Schicksal beschert, einfach wegzuwerfen. In fünf Jahren, vielleicht schon in einem halben Jahr, wird alles vorüber sein. Das Leben ist so trübe und grau, und Glück ist so selten. Der Tod ist so lang.«

Mrs. Hamlyn empfand ein bitteres Gefühl, einen so realistisch und praktisch denkenden Mann wie ihren Gatten in einem Ton sprechen zu hören, der ihr ganz neu war. Er war plötzlich zu einer tragischen Person geworden, von der sie nichts wußte. Die zwanzig Jahre, die sie zusammen verlebt hatten, besaßen keine Macht über ihn, und angesichts seiner Entschlossenheit war sie hilflos. Es blieb ihr nichts anderes übrig, als fortzugehen, und jetzt hatte sie in ihrem Groll den Entschluß gefaßt, die Scheidung herbeizuführen, mit der sie ihm gedroht hatte. Sie war unterwegs nach England.

Das glatte Meer, das unter der Sonnenglut wie eine Glasscheibe glitzerte, war so leer und feindlich wie das Leben, in dem kein Platz für sie war. Drei Tage lang hatte kein anderes Schiff die Einsamkeit dieser weiten Fläche durchbrochen. Nur die kurz auftauchenden und hastig über das Wasser eilenden fliegenden Fische kräuselten für eine Weile die bleierne Glätte. Die Hitze war so groß, daß selbst die unternehmungslustigsten

Passagiere ihren Decksport eingestellt hatten und jetzt – es war nach dem Mittagessen – auf Stühlen ausgestreckt lagen, wenn sie nicht in ihren Kabinen schlummerten. Mr. Linsell kam auf sie zu und setzte sich zu ihr.

»Wo ist Ihre Frau?« fragte Mrs. Hamlyn.

»Ich weiß nicht, irgendwo wird sie schon sein.«

Seine Gleichgültigkeit ärgerte sie. Sah er denn nicht, daß seine Frau mit dem Arzt ein Techtelmechtel begonnen hatte? Vor nicht allzu langer Zeit hätte er das sicher gemerkt. Ihre Ehe hatte einen romantischen Anstrich gehabt. Sie hatten sich verliebt, als seine zukünftige Frau noch auf der Schule und er selbst kaum mehr als ein Jüngling war. Sie mußten ein reizendes, hübsches Paar gewesen sein. Ihre Jugend und ihre gegenseitige Liebe mußten die Herzen gerührt haben. Und nun, nach so kurzer Zeit, waren sie schon einander überdrüssig geworden. Das Herz tat einem weh, wenn man das sah. Was hatte ihr Mann gesagt?

»Werden Sie in London bleiben, wenn Sie heimkommen?« fragte Linsell, nur um etwas zu sagen

»Ich nehme es an«, erwiderte Mrs. Hamlyn.

Sie konnte sich schwer mit der Tatsache abfinden, daß sie nicht wußte, wohin sie gehen sollte, und daß es niemanden kümmerte, wo sie sich aufhielt. Diese Gedanken führten sie wieder zu Gallagher. Sie beneidete ihn, weil er sich so auf die Rückkehr in die Heimat freute. Zugleich gerührt und belustigt dachte sie an die überschäumende Phantasie, mit der er das Haus beschrieben hatte, in dem er wohnen wollte, und die Frau, die er zu heiraten gedachte. Ihre Bekannten in Yokohama, denen sie sich anvertraut hatte, billigten ihren Entschluß, sich von ihrem Manne scheiden zu lassen, und hatten ihr tröstend versichert, sie werde wieder heiraten. Es verlangte sie nicht sehr, zum zweiten Male einen Zustand herbeizuführen, der sie schon einmal so enttäuscht hatte, und übrigens würden es sich die meisten Männer zweimal überlegen, bevor sie einer vierzigjährigen Frau einen Heiratsantrag machten. Mr. Gallagher zum Beispiel wünschte sich eine junge, dralle Person.

»Wo ist Mr. Gallagher?« fragte sie den in sein Schicksal so ergebenen Linsell. »Ich habe ihn schon ein paar Tage nicht mehr gesehen.«

»Er ist krank. Wußten Sie das nicht?«

»Armer Kerl! Was fehlt ihm denn?«

»Er hat den Schluckauf.«

Mrs. Hamlyn lachte.

»Nun, das kann man doch wohl keine Krankheit nennen.«

»Der Arzt ist ziemlich besorgt. Er hat alles mögliche versucht, aber er kann kein Heilmittel finden.«

»Wie sonderbar!«

Sie dachte nicht weiter darüber nach, aber als sie am andern Morgen dem Arzt begegnete, fragte sie ihn, wie es Mr. Gallagher gehe. Sie war überrascht, als sein knabenhaftes, fröhliches Gesicht plötzlich ernst wurde und einen verwirrten Ausdruck annahm.

»Ich fürchte, der arme Kerl ist ziemlich schlecht dran«, sagte er.

»Wegen des Schluckaufs?« fragte sie erstaunt. »Eine solche kleine Unpäßlichkeit kann man doch unmöglich ernst nehmen.«

»Sie müssen bedenken, er kann keine Nahrung bei sich behalten, er kann auch nicht schlafen. Er ist gänzlich erschöpft. Ich habe alles Erdenkliche versucht.« Er zögerte, dann setzte er hinzu: »Wenn ich den Schluckauf nicht bald beseitigen kann, weiß ich wirklich nicht, was eintreten wird.«

Mrs. Hamlyn war plötzlich beunruhigt.

»Er ist doch so stark. Er schien voll Lebenskraft zu sein.«

»Ich wollte, Sie könnten ihn jetzt sehen.«

»Hätten Sie etwas dagegen, wenn ich ihn besuchte?«

»Kommen Sie mit.«

Gallagher war von seiner Kabine ins Krankenzimmer gebracht worden, und als sie näher kam, hörte sie einen lauten Schluckauf. Der Ton hatte, vielleicht weil man ihn in Gedanken mit Unmäßigkeit verbindet, etwas Lächerliches an sich. Aber sobald Mrs. Hamlyn Gallagher erblickte, verging ihr das Lachen. Er war abgemagert und sein Hals dürr und faltig geworden. Unter der braunen Tönung der Haut sah man die Blässe seines Gesichts. Die Augen, die vorher so voll Heiterkeit und Lachen gewesen waren, lagen tief in den Höhlen, matt und angstvoll. Sein mächtiger Körper wurde unausgesetzt vom Schluckauf geschüttelt, und jetzt hatte der Laut nichts Lächerliches mehr an sich. Mrs. Hamlyn erschien er, sie wußte nicht aus welchem Grunde, sonderbar beängstigend. Sie lächelte, als sie eintrat.

»Es tut mir leid, Sie in diesem Zustand zu sehen«, sagte sie.

»Ich werde nicht daran sterben«, keuchte er mit Mühe hervor. »Ich werde schon noch die grünen Küsten Erins sehen.«

Ein Mann saß neben ihm. Er stand auf, als sie hereinkamen.

»Dies ist Mr. Pryce«, stellte der Arzt vor. »Er hatte den Maschinenpark auf Mr. Gallaghers Plantage in Ordnung zu halten.«

Mrs. Hamlyn nickte. Das war der Passagier der zweiten Klasse, auf den sich Gallagher bezogen hatte, als man über die Einladung zum Ball verhandelte. Er war ein sehr kleiner, aber kräftiger Mann mit einem angenehm lausbübischen Gesicht und selbstbewußtem Auftreten.

»Freuen Sie sich auf die Heimkehr?« fragte ihn Mrs. Hamlyn.

»Das kann man wohl behaupten, Ma'am«, antwortete er keck.

An den wenigen Worten und dem Ton, in dem sie gesprochen wurden, erkannte Mrs. Hamlyn den gebürtigen Londoner. Sie konnte Leute seiner Art gut leiden. Sie hatten etwas Fröhliches, Frisches und Sorgloses an sich.

»Sie sind kein Ire, nicht wahr?« sagte sie lächelnd.

»Ich? Nee, Miss, ich bin Londoner, und ich werde keinen Trauerflor anstecken, wenn ich wieder hinkomme, das kann ich Ihnen sagen.«

Mrs. Hamlyn nahm ihm das ›Miss‹ nicht übel, es gefiel ihr sogar sehr gut.

»Nun, Sir, ich will mich mal wieder auf die Socken machen«, sagte er zu Gallagher und machte eine Geste, als wolle er sich an die Mütze fassen, die er nicht aufhatte.

Mrs. Hamlyn fragte den Kranken, ob sie etwas für ihn tun könne, und verließ dann ebenfalls mit dem Arzt das Krankenzimmer. Der kleine Londoner wartete draußen vor der Tür.

»Kann ich Sie einen Augenblick sprechen, Miss?« fragte er.

»Natürlich.«

Das Krankenzimmer des Schiffs war achtern. Sie standen an der Reling und blickten in den Lichtschacht hinab, wo ostindische Matrosen und Stewards, die dienstfrei waren, auf den geschlossenen Lukentüren des Kühlraums ihre Muße genossen.

»Wenn ich nur wüßte, wo ich anfangen soll«, sagte Pryce unsicher, wobei seine ernste Miene das lebhafte, runzelige Gesicht sonderbar veränderte. »Ich bin jetzt vier Jahre bei Mr.

Gallagher, und einen besseren Herrn wird man wohl so leicht nicht finden.« Er zögerte wieder. »Die Sache gefällt mir nicht, wirklich ganz und gar nicht.«

»Was gefällt Ihnen nicht?«

»Nun, wenn Sie mich fragen – er ist geliefert. Der Arzt weiß das nicht. Ich wollte es ihm klarmachen, aber er will einfach auf mich nicht hören.«

»Sie dürfen nicht so schwarz sehen, Mr. Pryce. Der Doktor ist zwar noch jung, aber doch sehr geschickt, und an einem Schluckauf stirbt man nicht. In ein paar Tagen wird Mr. Gallagher sich wieder erholt haben.«

»Wissen Sie, wann es losging? Gerade als wir das Land aus den Augen verloren. Sie sagte, er würde nie mehr Land sehen.«

Mrs. Hamlyn drehte sich ihm vollends zu und sah ihn an. Sie war um eine gute Handbreite größer als er.

»Was soll das heißen?«

»Ich glaube, er ist verhext, wenn Sie verstehen, was ich damit meine. Medizin hilft ihm da nichts. Sie kennen die Malaiinnen nicht so wie ich.«

Einen Augenblick war Mrs. Hamlyn sehr betroffen, aber gerade weil ein Schauer sie durchlief, zuckte sie die Schultern und lachte.

»Oh, Mr. Pryce, reden Sie doch nicht solchen Unsinn!«

»Das sagt auch der Doktor. Aber denken Sie an meine Worte: er wird sterben, bevor wir wieder Land sehen.«

Der Mann sprach in solchem Ernst, daß er auf Mrs. Hamlyn gegen ihren Willen Eindruck machte und es ihr ein wenig unheimlich zumute wurde.

»Warum soll ihn denn jemand verhext haben?« fragte sie.

»Es ist ein bißchen peinlich, mit einer Dame darüber zu reden.«

»Bitte, sagen Sie es mir.«

Pryce wurde so verlegen, daß Mrs. Hamlyn bei einer anderen Gelegenheit nur schwer das Lachen hätte unterdrücken können.

»Mr. Gallagher hat lange im Inneren gelebt, wenn Sie verstehen, was ich meine. Es ist sehr einsam dort, wissen Sie, und wie Männer nun einmal sind, Miss . . .«

»Ich bin seit zwanzig Jahren verheiratet«, sagte sie lächelnd.

»Verzeihen Sie, Ma'am. Also – er lebte mit einer Malaiin zusammen. Wie lange, weiß ich nicht, aber es könnten schon so zehn oder zwölf Jahre gewesen sein. Als er sich nun entschloß, für immer in die Heimat zu fahren, sagte er nichts davon. Sie saß stumm da und beobachtete ihn. Er dachte, sie würde nie wieder den Mund auftun, aber darin irrte er sich. Natürlich hatte er sie nicht einfach sitzenlassen. Er stattete sie gut aus, schenkte ihr ein eigenes kleines Haus und setzte ihr monatlich eine bestimmte Summe aus. Das muß ich sagen, gemein hat er nicht an ihr gehandelt, und sie wußte ja, daß er einmal fortgehen würde. Sie maulte nicht und weinte nicht. Als er seine Sachen zusammenpackte und wegschickte, saß sie da und guckte hinter ihnen her. Sie sagte auch kein Wort, als er seine Möbel an die Chinesen verkaufte. Er gab ihr alles, was sie haben wollte. Und als es nun Zeit war, aufzubrechen, saß sie noch immer auf der Treppe des Bungalows, machte große Augen, sagte aber nichts. Er wollte ihr Lebewohl sagen, wie man das so tut, aber, es ist nicht zu glauben, sie rührte sich nicht einmal. ›Willst du mir nicht Lebewohl sagen?‹ fragte er. Da trat ein sonderbarer Ausdruck in ihr Gesicht. ›Du gehst‹, sagte sie. Wissen Sie, diese Eingeborenen drücken sich komisch aus, nicht wie wir. ›Du gehst‹, sagte sie, ›aber du wirst nie in deine Heimat kommen. Wenn das Land ins Meer sinkt, wird dich der Tod berühren, und ehe noch die anderen, die mit dir gehen, wieder Land sehen, wirst du schon tot sein.‹ Mir lief es ganz kalt den Rücken runter, als ich das hörte.«

»Und was sagte Mr. Gallagher?« fragte Mrs. Hamlyn.

»Sie wissen ja, wie er ist. Er lachte nur. ›Immer frisch und munter‹, sagte er, sprang ins Auto – und weg waren wir.«

Mrs. Hamlyn sah die helle, sonnige Straße, die durch die Gummipflanzungen mit ihren zierlichen, im gleichen Abstand still dastehenden Bäumen führte und sich dann auf und ab durch den dichten Dschungel wand. Das Auto mit den zwei Weißen, gelenkt von einem verwegen fahrenden Malaien, flitzte an malaiischen Häusern vorbei, die voneinander abgesondert am Wege standen, durch Dörfer, deren Märkte von dunkelhäutigen Menschen in bunten Sarongs wimmelten. Dann erreichte es gegen Abend die reinliche moderne Stadt mit ihren Klubs und Golfplätzen, ihrem gut eingerichteten Rasthaus, den vielen Weißen und der Eisenbahnstation, von wo die zwei Männer mit dem Zug nach Singapur fahren konnten. Und die Frau saß auf der Treppe des Bungalows, der nun leer stand, bis der neue Verwalter einzog, und sah die Straße hinab, dem verschwindenden Auto nach, saß dort, bis es Nacht war.

»Wie sah sie aus?« fragte Mrs. Hamlyn.

»Wissen Sie, für meinen Geschmack sehen alle Malaiinnen gleich aus. So jung war sie natürlich nicht mehr, und diese eingeborenen Weiber werden ja auch mit der Zeit schrecklich fett.«

»Fett?«

Die Vorstellung erfüllte Mrs. Hamlyn merkwürdigerweise mit Entsetzen.

»Mr. Gallagher war immer ein Mann, der es sich gutgehen ließ, wenn Sie verstehen, was ich meine.«

Das Bild einer korpulenten Frau brachte Mrs. Hamlyn sofort auf den Boden der Wirklichkeit zurück. Es hatte ja beinahe ausgesehen, als ob sie, wenn auch nur für einen Augenblick, derselben Meinung gewesen wäre wie der kleine Londoner.

»Ihre Annahme ist vollständig lächerlich, Mr. Pryce. Dicke Frauen könnten Leute nicht auf eine Entfernung von tausend Meilen verhexen.«

»Sie können ruhig lachen, Miss. Aber wenn nichts geschieht, so ist Mr. Gallagher verloren. Sie werden noch an meine Worte denken. Medizin kann ihm nicht helfen, nicht die Medizin, die Weiße verabreichen.«

»Aber nehmen Sie doch Vernunft an, Mr. Pryce. Diese dicke Dame kann sich über Mr. Gallagher nicht beklagen. So wie diese Dinge hier im Osten gehandhabt werden, hat er sie sehr gut behandelt. Warum sollte sie ihm Böses wünschen?«

»Wir wissen nicht, wie die Eingeborenen darüber denken. Ich sage Ihnen, ein Mann kann zwanzig Jahre mit so einer Frau zusammengelebt haben, aber meinen Sie, er wüßte, was in ihr vorgeht? Nicht die Spur!«

Diesmal konnte sie über seine melodramatische Ausdrucksweise nicht lachen, denn er schien in vollem Ernst und aus Überzeugung zu sprechen, und sie wußte ja selbst besser als irgend jemand, wie unberechenbar das Menschenherz ist, mag es unter einer gelben, weißen oder braunen Haut schlagen.

»Aber selbst wenn sie böse auf ihn war, selbst wenn sie ihn haßte und ihn töten wollte, was konnte sie denn ausrichten?« Sonderbarerweise versuchte Mrs. Hamlyn jetzt unbewußt, sich mit ihren Fragen selbst zu beruhigen. »Es gibt kein Gift, das erst nach sechs oder sieben Tagen zu wirken beginnt.«

»Von Gift habe ich nichts gesagt.«

»Es tut mir leid, Mr. Pryce«, erwiderte sie lächelnd, »aber an Zauberei glaube ich nicht.«

»Sie haben doch im Osten gelebt.«

»Zwanzig Jahre lang.«

»Nun, wenn Sie zu sagen vermögen, was die Leute imstande sind zuwege zu bringen und was nicht, dann sind Sie gescheiter als ich.« Er schlug plötzlich heftig und ärgerlich mit der geballten Faust auf die Reling. »Ich habe dieses verdammte Land satt. Es geht mir auf die Nerven. Wir kommen mit ihnen nicht mit, wir Weiße, das ist mal sicher. Entschuldigen Sie mich bitte, ich muß mir jetzt einen hinter die Binde gießen. Mir ist speiübel.«

Er machte eine steife Verbeugung und ging fort. Mrs. Hamlyn sah ihm nach. Er war ein kleiner, rundlicher Mann und ging mit schlurfenden Schritten. Er stieg die Kajütentreppe hinab und verschwand mittschiffs im Salon zweiter Klasse. Sie wußte nicht recht, warum er sie in so unbehaglicher Stimmung zurückgelassen hatte. Sie konnte das Bild der dicken Frau nicht mehr verscheuchen. Die Frau war nicht mehr jung, trug einen Sarong, eine bunte Jacke und goldene Ohrringe. Sie saß auf der Treppe eines Bungalows und blickte eine leere Straße hinab. Ihr grobes Gesicht war geschminkt, aber ihre großen tränenlosen Augen waren ausdruckslos. Am frühen Morgen unter dem heiteren Himmel war Gallagher in bester Laune, die Zukunft lag wie eine sonnige Straße vor ihm, die sich durch eine weite, bewaldete Ebene schlängelt ...

Später am Tage traf Mrs. Hamlyn den Arzt und fragte ihn, wie es seinem Patienten gehe. Der Doktor schüttelte den Kopf.

»Ich weiß nicht mehr, was ich tun soll, ich bin am Ende meines Lateins.« Er runzelte die Stirn und machte ein unglückliches Gesicht. »Das nennt man Pech, wenn man mit einem solchen Fall wie diesem zu tun hat. Es wäre schon schlimm genug, wenn wir an Land in einem Krankenhaus wären, aber an Bord eines Schiffes ...«

Er hatte in Edinburgh studiert und erst kürzlich seine Abschlußprüfung gemacht. Er unternahm diese Reise mehr zur Erholung; er wollte erst ein bißchen von der Welt sehen, ehe er eine Praxis eröffnete. Er fühlte sich um seinen Urlaub betrogen. Er hatte sich ein paar gute Wochen machen wollen und sah sich nun dieser geheimnisvollen Krankheit gegenüber, mit der er nicht fertig werden konnte. Er hatte natürlich wenig Erfahrung, aber er tat alles, was er konnte. Es war ihm vor allem peinlich, daß ihn die Passagiere womöglich für einen unwissenden Quacksalber hielten.

»Haben Sie gehört, was Mr. Pryce denkt?« warf Mrs. Hamlyn ein.

»So ein Unsinn ist mir noch nicht vorgekommen. Ich habe dem Kapitän davon Mitteilung gemacht. Er war ganz aufgebracht. Er möchte nicht, daß dieses Gerücht sich verbreitet. Er befürchtet, unter den Passagieren könnte eine Panik ausbrechen.«

»Ich werde mich in Grabesschweigen hüllen.«

Der Arzt sah sie scharf an.

»Sie glauben doch wohl nicht, daß an solchem Unsinn etwas Wahres sein könnte?« fragte er.

»Natürlich nicht.« Sie sah auf das Meer, das blau, ölig und unermeßlich dalag.

»Ich habe lange im Osten gelebt. Es geschehen dort merkwürdige Dinge«, sagte sie dann.

»Die Sache geht mir auf die Nerven«, erwiderte der Arzt.

In ihrer Nähe spielten zwei kleine Japaner mit Wurfringen. Sie sahen in ihren Tennishemden, weißen Hosen und Leinenschuhen sehr elegant und europäisch aus und riefen sich sogar die Punkte auf englisch zu, und doch fühlte Mrs. Hamlyn in diesem Augenblick ihnen gegenüber ein leises Unbehagen, weil ihnen die Verkleidung so leichtzufallen schien. Auch Mrs. Hamlyn war mit ihren Nerven am Ende.

Bald, niemand wußte wie, verbreitete sich auf dem Schiff das Gerücht, Mr. Gallagher sei verhext. Während die Damen auf Deck saßen und emsig an ihren Kostümen nähten, die sie auf dem Weihnachtsball tragen wollten, sprachen sie leise darüber, und auch die Männer im Rauchsalon redeten von dieser geheimnisvollen Angelegenheit, während sie ihre Cocktails tranken. Manche Passagiere hatten lange im Osten gelebt und holten nun aus dem Schacht ihrer Erinnerung sonderbare und merkwürdige Geschichten hervor. Die Annahme, Gallagher könnte wirklich verhext sein, war natürlich lächerlich. Solche Dinge waren unmöglich. Und doch führte der eine diese, der andere jene Tatsache an, die niemand erklären konnte. Der Arzt mußte bekennen, er könne keine natürliche Ursache für Gallaghers Zustand angeben. Er hatte zwar eine physiologische

Erklärung zur Hand, aber warum diese schrecklichen Magenkrämpfe so plötzlich aufgetreten waren, konnte er nicht sagen. Da er sich der Kritik ausgesetzt fühlte, versuchte er, sich zu verteidigen.

»Es ist dies ein Fall, wie er sonst vielleicht in der Praxis nie vorkommt«, sagte er. »Es ist mein persönliches Pech.«

Er stand in drahtloser Verbindung mit anderen Schiffen und erhielt von ihnen Behandlungsanweisungen.

»Ich habe alles versucht, was sie mir vorgeschlagen haben«, sagte er ärgerlich. »Der japanische Schiffsarzt empfahl mir Adrenalin. Aber woher soll ich mitten auf dem Indischen Ozean Adrenalin bekommen?«

Das Schiff fuhr durch eine leere Wasserwüste und erhielt doch von allen Seiten unsichtbare Botschaften. Auf die Passagiere machte das einen großen Eindruck. Das Schiff war fast allein auf dem ungeheuren Meer und schien doch der Mittelpunkt der Welt zu sein. Im Lazarett rang der Kranke, von heftigen Anfällen geschüttelt, um sein Leben.

Auf einmal merkte man, daß das Schiff einen anderen Kurs genommen hatte. Man hörte, der Kapitän habe sich entschlossen, Aden anzulaufen. Gallagher sollte dort ans Land und in ein Krankenhaus gebracht werden, wo er eine Pflege erhalten konnte, wie sie an Bord nicht möglich war. Der Erste Ingenieur bekam die Anweisung, die Fahrt des Schiffes zu beschleunigen. Das Schiff war schon ein alter Kasten und ächzte unter der Anstrengung. Die Passagiere hatten sich an den gleichmäßigen Gang der Maschinen gewöhnt, und jetzt machte sie das Zittern des Schiffes nervös. Sie empfanden etwas, was sie vorher nicht gespürt hatten. Das mochte nicht allen bewußt sein, aber jeder fühlte doch, daß es auch ihn persönlich betraf. Noch immer war kein Fahrzeug auf dem weiten Meer zu sehen; es war, als führen sie durch eine leere Welt. Allmählich wurde das Unbehagen, das alle fühlten und das niemand hatte zugeben wollen, so stark, daß sie es nicht mehr verbergen konnten. Die Passagiere wurden reizbar, sie stritten sich um Kleinigkeiten, die sonst niemanden aus der Ruhe gebracht hätten. Mr. Jephson ließ weiter seine abgedroschenen Witze vom Stapel, aber niemand lachte mehr über sie. Die Linsells hatten eine Auseinandersetzung; spät am Abend hörte man, wie Mrs. Linsell bei einem Spaziergang an Deck ihrem Mann bittere Vorwürfe machte. Im Rauchsalon kam es eines Abends beim Bridge zu einer heftigen Szene. Der Streit wurde zwar bald beigelegt, aber die Versöhnung hatte einen allgemeinen Alkoholrausch zur Folge. Die Passagiere erwähnten Mr. Gallagher kaum, und doch war er in ihren Gedanken stets gegenwärtig. Sie studierten die Route, die das Schiff fuhr. Der Arzt sagte jetzt, Mr. Gallagher habe nur noch einen Tag zu leben. Alle erörterten unruhig, wann das Schiff wohl Aden erreichen könnte. Wie es dem Patienten nach der Landung ergehen würde, das bekümmerte sie nicht, sie wünschten nur, daß er nicht an Bord stürbe.

Mrs. Hamlyn besuchte Gallagher jeden Tag. Es war bei ihm der umgekehrte Vorgang wie beim tropischen Frühling, wenn der Regen nach einer langen Trockenperiode das Grün vor unseren Augen aus dem Boden treibt – Gallagher verfiel sichtlich von Tag zu Tag. Die Haut hing ihm schon lose an den Knochen. Das Doppelkinn sah aus wie die runzligen Fleischlappen am Halse eines Truthahns. Seine Wangen waren eingefallen. Man sah jetzt erst, wie mächtig sein Körper war; unter der Decke erschien sein Knochengerüst wie das Skelett eines urweltlichen Riesen. Die meiste Zeit lag er mit geschlossenen Augen da, vom Morphium im Dämmerschlaf gehalten, aber dabei von einem unaufhörlichen Schluckauf geschüttelt, und wenn er einmal die Augen öffnete, waren sie unnatürlich groß. Aus der Tiefe seiner knochigen Augenhöhlen schauten sie einen trübe, verdutzt und verstört an. Aber wenn er aus seinem Dämmerzustand erwachte und Mrs. Hamlyn erkannte, zwang er sich zu einem galanten Lächeln.

»Wie geht es Ihnen, Mr. Gallagher?« sagte sie.

»Geht so, geht so. Wenn wir aus dieser verdammten Hitze heraus sind, ist alles wieder gut. Gott, wie sehne ich mich danach, in den Atlantischen Ozean zu tauchen und weit hinauszuschwimmen. Ich möchte fühlen, wie das kalte graue Meer von Galway mir gegen die Brust schlägt.«

Dann schüttelte ihn der Schluckauf vom Kopf bis zu den Fußsohlen. Mr. Pryce und der Steward teilten sich in seine Pflege. Das Gesicht des kleinen Londoners hatte nicht mehr die unbekümmerte Fröhlichkeit, es hatte einen verdrossenen Zug.

»Gestern hat mich der Kapitän kommen lassen«, erzählte er Mrs. Hamlyn, »und mir einen schönen Marsch geblasen.«

»Worüber?«

»Er sagte, es müsse jetzt endlich Schluß mit diesem Zauberkram gemacht werden. Die Passagiere seien davon angesteckt. Ich solle meinen Mund halten oder ich würde es mit ihm zu tun bekommen.«

»Das ganze Schiff weiß davon.«

»Ja, ja, aber meinen Sie, ich sagte es allein? Alle Matrosen und Chinesen wissen, was mit ihm los ist. Sie wissen alle, daß es keine natürliche Krankheit ist.«

Mrs. Hamlyn schwieg. Außer den Weißen zweifelte niemand daran, daß die Frau, die Gallagher im fernen Selantan zurückgelassen hatte, ihn mit ihrer Zauberei tötete. Sie wußte das von den Ahmas* einiger Passagiere. Alle waren überzeugt, seine Seele würde sich vom Körper trennen, sobald die kahlen Felsen Arabiens aus dem Meer tauchten.

»Der Kapitän will mich für den Rest der Reise in meine Kabine sperren, wenn ich, wie er sich ausdrückte, Hokuspokus mache«, sagte Pryce und legte dabei sein runzeliges Gesicht in Falten.

»Was für ein Hokuspokus soll das sein?«

»Zauberei bringt ihn um, und nur Zauberei kann ihn retten. Sagen Sie nicht, das sei nicht möglich. Ich habe es mit eigenen Augen gesehen.« Er sprach plötzlich mit schriller Stimme und in gereiztem Ton. »Ich habe gesehen, wie man einen Mann sozusagen aus dem Rachen des Todes zog. Man brachte einen Pawang zu ihm, einen Zauberer, wie wir sagen. Der machte so 'n bißchen Hokuspokus, und der Mann war gesund. Ich habe es mit eigenen Augen gesehen, versichere ich Ihnen.«

Mrs. Hamlyn sagte nichts dazu. Pryce sah sie forschend an.

»Einer der ostindischen Matrosen an Bord versteht was von diesen Dingen und kann zaubern wie ein Pawang. Er will es auch versuchen. Nur muß er ein lebendes Tier haben. Er meint, ein Hahn würde genügen.«

»Was will er denn mit dem lebenden Tier machen?« fragte Mrs. Hamlyn stirnrunzelnd.

Der kleine Londoner wurde sofort argwöhnisch.

»Wenn ich Ihnen einen Rat geben darf, sagen Sie kein Wort darüber. Ich werde nichts unversucht lassen, um meinen Chef zu retten. Und wenn der Kapitän davon hört und mich in meine Kabine sperren läßt, soll er das tun.«

* chinesische Kinderfrau

In diesem Augenblick kam Mrs. Linsell hinzu, und Mr. Pryce verabschiedete sich mit seiner sonderbaren Verbeugung, die mehr einem Nicken glich. Mrs. Linsell bat Mrs. Hamlyn, ihr bei der Anprobe des Kleides zu helfen, das sie sich selbst für den Kostümball zurechtgeschneidert hatte. Auf dem Wege zur Kabine sprach sie besorgt von der Möglichkeit, Gallagher könnte gerade zu Weihnachten sterben. Dann müsse der Ball leider ausfallen. Sie habe dem Arzt gesagt, sie würde nie wieder ein Wort mit ihm reden, falls Gallagher vorher sterbe, und er habe ihr hoch und heilig versprochen, er würde ihn auf jeden Fall über Weihnachten am Leben halten.

»Das wäre ja auch für ihn das beste«, meinte Mrs. Linsell.

»Für wen?« fragte Mrs. Hamlyn.

»Für den armen Mr. Gallagher. Niemand stirbt ja gern zu Weihnachten, nicht wahr?«

»Das weiß ich wirklich nicht«, sagte Mrs. Hamlyn.

In der Nacht erwachte sie, nachdem sie ein wenig geschlafen hatte, mit Tränen in den Augen. Sie war beunruhigt, weil sie im Schlaf weinte. Die Schwäche des Fleisches schien sie überwältigt zu haben, ihr Wille war gebrochen, und sie war wehrlos gegen ihren Kummer. Sie dachte wieder über die Einzelheiten der Katastrophe nach, die einen so tiefen Eindruck in ihr hinterlassen hatte. Sie ging noch einmal die Gespräche, die sie mit ihrem Mann geführt hatte, durch und dachte, hätte ich doch dies gesagt und jenes lieber nicht. Sie wünschte von Herzen, von der Verirrung ihres Mannes nichts erfahren zu haben, es wäre viel bequemer gewesen, und sie fragte sich, ob sie nicht klüger gehandelt hätte, wenn sie ihren Stolz beiseite gestellt und die Augen vor der unwillkommenen Wahrheit geschlossen hätte. Sie war eine Frau von Welt und wußte zu gut, wieviel mehr sie durch die Trennung von ihrem Mann verlor als nur seine Liebe. Sie verlor ihre sichere gesellschaftliche Stellung, die reichlichen Geldmittel und die Stütze der sozialen Einordnung. Sie kannte viele geschiedene Frauen, die in zweideutiger Stellung von kleinen Einkommen lebten, und wußte, wie schnell ihre Freunde ihrer überdrüssig wurden. Sie stand jetzt ganz allein. Sie war so allein wie das Schiff, das sich schnaubend einen Weg durch ein leeres Meer bahnte, so allein wie der verlassene Mann, der sterbend in dem Lazarett des Schiffes lag. Mrs. Hamlyn wußte, daß sie diesen Gedanken jetzt nicht mehr entrinnen und so leicht nicht wieder einschlafen würde. Es war sehr heiß in der Kajüte. Sie sah auf die Uhr. Es war zwischen vier und halb fünf. Noch zwei furchtbare Stunden bis Tagesanbruch!

Sie schlüpfte in einen Kimono und ging an Deck. Die Nacht war finster. Obschon der Himmel nicht bewölkt war, funkelten keine Sterne. Keuchend und zitternd stampfte das Schiff unter Volldampf durch die Dunkelheit. Die Stille war unheimlich. Es war so pechschwarz, daß sie nicht die Hand vor den Augen sehen konnte. Sie kam ans Ende des Promenadendecks und lehnte sich an die Reling. Plötzlich fuhr sie auf. Etwas hatte ihre Aufmerksamkeit erregt. Denn auf dem Zwischendeck sah sie einen Feuerschein, und vorsichtig beugte sie sich vor. Sie sah nur das Glühen, weil die nackten Rücken der am Boden hockenden Männer die Flammen verdeckten. Am Rande des Kreises erkannte sie undeutlich eine untersetzte Gestalt im Schlafanzug. Dies war ein Europäer, die anderen waren Malaien. Es mußte Pryce sein, und sie vermutete sofort, daß dort so etwas wie eine Teufelsbeschwörung im Gange war. Wenn sie angestrengt lauschte, konnte sie eine leise Stimme hören, die geheimnisvolle Formeln murmelte. Sie fing an zu zittern. Obschon die Männer offenbar zu sehr mit ihrem Unternehmen beschäftigt waren, um daran zu denken, jemand könnte sie beobachten, wagte sie es nicht, sich zu bewegen. Plötzlich erklang das Krähen eines Hahnes. Es durchdrang die Stille der Nacht, als risse man ein Stück Seide heftig entzwei. Mrs. Hamlyn hätte beinahe aufgeschrien. Mr. Pryce brachte den seltsamen Göttern des Ostens ein Opfer dar und versuchte dadurch, das Leben seines Chefs zu retten. Leise und unaufhörlich murmelte die fremde Stimme, dann entstand in dem dunklen Kreis eine Bewegung. Es geschah etwas, sie wußte aber nicht, was. Erschreckt und zornig machte der Hahn gluck-gluck, und dann kam ein sonderbarer, unbeschreiblicher Laut. Der Zauberer durchschnitt dem Hahn die Kehle. Darauf wurde es still. Anscheinend gingen verschiedene Zeremonien vor sich, die sie nicht verfolgen konnte. Nach einer Weile sah es so aus, als ob jemand das Feuer ausstampfte. Die Gestalten, die sie nur undeutlich hatte sehen können, verschwanden im Dunkel, und wieder war alles still. Nur das regelmäßige Dröhnen der Maschinen war noch zu hören.

Mrs. Hamlyn blieb, seltsam berührt, noch eine Weile stehen. Dann ging sie langsam über das Deck. Sie fand einen Liegestuhl und ließ sich auf ihm nieder. Sie zitterte noch immer. Sie konnte nur ahnen, was geschehen war. Schließlich wurde es langsam hell. Es war noch nicht Tag, aber es war auch nicht mehr Nacht. Gegen den dunklen Himmel konnte sie nun die Reling des Schiffes sehen. Dann bemerkte sie, daß jemand auf sie zukam. Es war ein Mann im Schlafanzug.

»Wer ist da?« rief sie nervös.

»Nur der Doktor«, antwortete eine freundliche Stimme.

»Was tun denn Sie hier um diese Zeit?«

»Ich war bei Gallagher.« Er setzte sich neben sie und zündete sich eine Zigarette an. »Ich habe ihm eine gute, starke Spritze gegeben. Er ist jetzt ruhig.«

»War es so schlimm mit ihm?«

»Ich dachte, das Ende sei nahe. Ich beobachtete ihn, und plötzlich setzte er sich auf und begann malaiisch zu reden. Ich konnte natürlich nichts verstehen. Besonders ein Wort wiederholte er immer wieder.«

»Vielleicht war es ein Name, ein Frauenname.«

»Er wollte aus dem Bett steigen. Er hatte selbst jetzt noch eine verteufelte Kraft in sich. Ich mußte mich sehr anstrengen, ihn zurückzuhalten. Ich fürchtete, er würde über Bord springen. Er schien zu glauben, jemand rufe ihn.«

»Wann war das?« fragte Mrs. Hamlyn leise.

»Zwischen vier und halb fünf. Warum?«

»Oh, nichts.«

Es schauderte sie.

Später am Tage, als das Leben auf dem Schiff wieder normal verlief, kam Mrs. Hamlyn auf Deck an Pryce vorüber, aber er grüßte nur kurz, wandte dann seine Augen schnell ab und ging weiter. Er sah müde und überanstrengt aus. Mrs. Hamlyn dachte wieder an die dicke Frau mit den goldenen Ohrringen unter dem schwarzen Haar, die auf der Treppe des verlassenen Bungalows saß und auf die leere Straße sah.

Es war schrecklich heiß. Sie wußte jetzt, warum die Nacht so dunkel gewesen war. Der Himmel war nicht mehr blau, sondern gleichmäßig mit einem aschfahlen Weiß überzogen. Die Hitze war in den oberen Luftschichten wie ein Leichentuch ausgebreitet. Die Fläche war zu ebenmäßig, als daß man hätte an Wolken denken können. Es ging kein Windhauch. Das Meer, genauso fahl wie der Himmel, war glatt und glänzend wie die

Flüssigkeit in einem Färberbottich. Die Passagiere hatten zu nichts Lust. Wenn sie an Deck spazierengingen, keuchten sie. Bei jeder Bewegung traten Schweißtropfen auf die Stirn. Man unterhielt sich nur leise. Eine unheimliche, unruhige Stimmung lag über dem ganzen Schiff. Niemand konnte mehr fröhlich lachen. Die Herzen waren voll Groll. Die Menschen auf dem Schiff hingen am Leben, und es reizte sie, daß ganz in ihrer Nähe ein Mensch im Sterben lag und sie dadurch (denn es ging sie eigentlich nichts an) auf sonderbare Weise in Mitleidenschaft zog. Im Rauchzimmer gab ein Pflanzer bei eisgekühltem Gin in brutaler Art den Gefühlen Ausdruck, die alle hegten, die aber bis jetzt niemand geäußert hatte.

»Wenn er schon abkratzen muß«, sagte er, »soll er schnell machen; er verdirbt einem die Stimmung.«

Der Tag wollte nicht zu Ende gehen. Mrs. Hamlyn war froh, als es Zeit zum Abendessen war. Soweit hatte man den Tag wenigstens hinter sich gebracht. Sie saß am Tisch des Arztes.

»Wann kommen wir nach Aden?« fragte sie.

»Morgen früh. Wie der Kapitän sagte, sollen wir zwischen fünf und sechs Uhr morgens Land sichten.«

Sie sah ihn scharf an. Er hielt ihrem Blick nur kurz stand, senkte dann die Lider und wurde rot. Er dachte daran, daß die Frau – die Frau, die auf der Treppe des Bungalows saß – gesagt hatte, Gallagher werde nie mehr Land sehen. Mrs. Hamlyn fragte sich, ob nun auch er, der skeptische, nüchterne junge Arzt, von diesem Aberglauben angesteckt worden war. Er zog die Brauen zusammen, als wolle er seine Schwäche überwinden, und sah sie dann wieder an.

»Ich werde es nicht bedauern, wenn ich meinen Patienten dem Krankenhaus übergebe, das kann ich Ihnen sagen.«

Der nächste Tag war der vierundzwanzigste Dezember. Als Mrs. Hamlyn aus unruhigem Schlaf erwachte, dämmerte der Morgen. Sie blickte aus dem Lukenfenster und sah, daß der Himmel klar und silbrig hell war. Während der Nacht war der Dunst vergangen. Mit leichterem Herzen ging sie an Deck. Sie eilte so weit nach vorn, wie es nur möglich war. Ein später Stern funkelte noch schwach am Horizont. Das Meer schimmerte, als streiche eine Brise, die sich noch nicht aufraffen konnte, mit spielenden Fingern über die Fläche. Das Licht war ungemein fein und zart wie ein knospender Wald im Frühling und kristallrein, daß man das Plätschern eines Bergbaches zu hören glaubte. Sie wandte sich der im Osten rosig aufgehenden Sonne zu. Da sah sie den Arzt auf sich zukommen. Er trug seine Uniform. Er war die ganze Nacht nicht im Bett gewesen. Er ging mit gebeugten Schultern wie ein Mensch, der zum Umfallen müde ist. Sie wußte sofort, daß Gallagher gestorben war. Als er näher kam, sah sie, daß er weinte. Er war so jung und hilflos, daß er ihr von Herzen leid tat. Sie ergriff seine Hand.

»Sie Armer!« sagte sie. »Sie sind vollständig erschöpft.«

»Ich habe alles getan, was ich konnte«, erwiderte er. »Ich hätte ihn so gern gerettet.«

Seine Stimme zitterte. Er konnte jeden Augenblick die Beherrschung verlieren.

»Wann ist er gestorben?«

»Vor einigen Minuten.«

Mrs. Hamlyn seufzte nur. Sie fand keine Worte. Ihr Blick wanderte über das ruhige, friedliche, ewige Meer. Es schien grenzenlos zu sein wie der Kummer der Menschen. Doch plötzlich blieben ihre Augen an etwas haften, das aussah wie eine steil abfallende große Wolke. Aber die Umrisse waren für eine Wolke zu scharf. Sie berührte den Arzt am Arm.

»Was ist das?«

Er sah kurz hin, und sie bemerkte, wie er unter seiner braungebrannten Haut weiß wurde.

»Land.«

Wieder dachte Mrs. Hamlyn an die Malaiin, die still auf der Treppe des Bungalows saß. Wußte sie in diesem Augenblick, was geschehen war?

Sie senkten ihn ins nasse Grab, als die Sonne hoch am Himmel stand. Sie waren alle auf dem Zwischendeck versammelt, die Passagiere der ersten und zweiten Klasse, die weißen Stewards und die europäischen Offiziere. Der Missionar hielt den Trauergottesdienst.

»Der Mensch, vom Weibe geboren, hat nur kurze Zeit zu leben und ist voll Elend. Er entsteht und wird niedergemäht wie eine Blume, er flieht dahin wie ein Schatten und dauert nicht lange.«

Pryce sah mit zusammengezogenen Brauen zu Boden. Er hatte die Zähne fest aufeinandergepreßt. Er fühlte nur Zorn im Herzen. Der Arzt und der Konsul standen nebeneinander. Der Konsul mit der Miene offiziellen Bedauerns; der Arzt jedoch, jetzt glattrasiert, sah in seiner gutsitzenden, mit goldenen Tressen besetzten Uniform bleich und mitgenommen aus. Von ihm wanderten Mrs. Hamlyns Augen zu Mrs. Linsell. Sie stand dicht neben ihrem Mann und weinte; er hatte sie zärtlich an der Hand gefaßt. Mrs. Hamlyn wußte nicht, warum dieser Anblick sie so seltsam berührte. In diesem Augenblick der Trauer, in dem ihre Nerven versagten, suchte die kleine Frau instinktiv den Schutz ihres Mannes. Da fühlte Mrs. Hamlyn einen Schauer durch ihren Körper gehen; sie heftete ihre Augen auf die Ritzen des Deckbodens, denn sie wollte nicht sehen, was jetzt vor sich ging. Der Missionar hörte auf zu sprechen. Sie hörte verschiedene Bewegungen. Ein Offizier gab einen Befehl. Der Missionar fuhr fort:

»Da es dem Herrn über Leben und Tod in seiner großen Gnade gefallen hat, die Seele unseres lieben verschiedenen Bruders zu sich zu nehmen, übergeben wir seinen Leib der Tiefe, damit er in Verwesung übergehe und der Auferstehung des Fleisches entgegenharre, da das Meer seine Toten zurückgibt.«

Mrs. Hamlyn rannen die heißen Tränen die Wangen hinab. Man hörte ein dumpfes Aufklatschen. Die Stimme des Missionars klang weiter.

Nach Beendigung des Gottesdienstes zerstreuten sich die Passagiere. Die der zweiten Klasse kehrten in ihre Quartiere zurück. Die Glocke rief sie zum Mittagessen. Aber die Passagiere der ersten Klasse schlenderten ziellos über das Promenadendeck. Die meisten Männer gingen ins Rauchzimmer und suchten sich mit Whisky und Soda oder mit eisgekühltem Gin aufzuheitern. Der Konsul heftete eine Notiz an das Mitteilungsbrett vor dem Speisesaal. Es war eine Einladung zu einer Versammlung. Die meisten wußten gleich, worum es sich handelte, und versammelten sich zur festgesetzten Stunde. Seit einer Woche waren sie zum erstenmal wieder fröhlich und plauderten mit einer Leichtigkeit, die nur durch eine von der Sitte auferlegte Reserve nicht zur Ausgelassenheit wurde. Der Konsul, ein Monokel im Auge, sagte, er habe die Versammlung einberufen, um eine Entscheidung darüber herbeizuführen, ob der Kostümball am nächsten Tage stattfinden solle. Wie er wisse, hätten sie alle tiefstes Mitgefühl mit Mr. Gallagher. Er würde vorgeschlagen haben, sie sollten alle zusammen den Verwandten des Verstorbenen ihr Beileid übermitteln, aber bei der Durchsicht der Papiere Mr. Gallaghers habe man keine Spur von einem Verwandten oder einem Freunde des Verstorbenen gefunden, mit dem man sich in Verbindung setzen könnte. Gallagher scheine ganz allein in der Welt gestanden zu haben. Er, der Konsul, wolle es aber nicht versäumen, dem Arzt seine aufrichtige Anerkennung auszudrücken, der sicher alles getan habe, was unter den gegebenen Umständen möglich gewesen sei.

»Hört! Hört!« riefen einige Passagiere.

Sie hätten alle eine anstrengende Zeit hinter sich, so fuhr der Konsul fort, und einige könnten denken, man schulde es dem Andenken des Verstorbenen, den Kostümball auf den Neujahrsabend zu verschieben. Dies sei jedoch nicht seine Ansicht, wie er offen sage, und er sei überzeugt, Mr. Gallagher selbst hätte dies nicht gewünscht. Natürlich müsse die Mehrheit hierüber entscheiden. Dann stand der Arzt auf und dankte dem Konsul und den anderen Anwesenden für die freundlichen Worte. Es sei wirklich eine sehr anstrengende Zeit gewesen. Der Kapitän habe ihn zu der Mitteilung ermächtigt, er, der Kapitän, wünsche ausdrücklich, daß alle Festlichkeiten zu Weihnachten stattfänden, als sei nichts geschehen. Er, der Arzt, sage ihnen im Vertrauen, der Kapitän habe das Gefühl, die Passagiere seien in einer ziemlich deprimierten Stimmung, und glaube, es würde ihnen allen guttun, wenn sie sich an Weihnachten ein paar vergnügte Stunden machten. Dann erhob sich die Frau des Missionars und sagte, man müsse nicht nur an sich selbst denken; das Festkomitee habe eine Weihnachtsbescherung für die Kinder vorbereitet, die unmittelbar nach dem Essen stattfinden sollte, und die Kinder freuten sich schon darauf, alle in Kostümen zu sehen. Es wäre doch zu arg, sie zu enttäuschen. Sie nehme es mit jedem an Achtung für den Toten auf und verstehe jeden, der in zu trüber Stimmung sei, um gerade jetzt an Tanz zu denken. Auch ihr eigenes Herz sei sehr bedrückt, aber sie habe das Gefühl, es sei doch zu selbstsüchtig, einer Stimmung nachzugeben, durch die anderen nicht geholfen werden könne. Man sollte in erster Linie an die Kleinen denken. Dies machte einen großen Eindruck auf die Passagiere. Sie wollten das Schreckliche vergessen, das viele Tage wie eine dunkle

Wolke über dem Schiff gehangen hatte; sie waren am Leben und wollten etwas davon haben, aber sie hatten noch das unbehagliche Gefühl, einen gewissen Kummer zeigen zu müssen. Es war etwas ganz anderes, wenn sie ihren Wünschen aus altruistischen Beweggründen nachgeben konnten. Als der Konsul sie aufforderte, durch Handaufheben ihre Zustimmung zu erklären, streckten alle außer Mrs. Hamlyn und einer rheumatischen Dame eifrig den Arm hoch.

»Mit überwältigender Mehrheit angenommen«, stellte der Konsul fest. »Ich möchte der Versammlung zu ihrer sehr vernünftigen Entscheidung gratulieren.«

Man wollte schon aufbrechen, als ein Pflanzer aufstand und sagte, er wolle einen Vorschlag machen. Würden nicht alle unter den obwaltenden Umständen dafür sein, die Passagiere der zweiten Klasse zu dem Ball einzuladen? Sie seien ja auch alle heute morgen zu der Totenfeier gekommen. Der Missionar sprang auf und unterstützte den Antrag. Die Ereignisse der letzten Tage hätten sie alle zusammengeführt, so sagte er, und im Angesicht des Todes seien alle Menschen gleich. Auch der Konsul hielt wieder eine Ansprache. Diese Sache sei schon einmal bei einer früheren Zusammenkunft erörtert worden. Man sei damals zu dem Schluß gekommen, die Passagiere der zweiten Klasse würden sich wohler fühlen, wenn sie eine eigene Veranstaltung durchführten, aber die Dinge änderten sich mit den Umständen, und er sei jetzt durchaus der Meinung, der frühere Beschluß sollte rückgängig gemacht werden.

»Hört! Hört!« riefen wieder einige Passagiere.

Eine Welle demokratischer Gesinnung rauschte über sie hinweg, und der Antrag wurde durch Zuruf angenommen. Erleichtert trennten sich die Passagiere. Sie hatten alle das Gefühl, ein gutes Werk getan zu haben. Im Rauchsalon spendierten sich die Männer gegenseitig Getränke.

Und so zog auch Mrs. Hamlyn am nächsten Abend ihr Kostüm an. Sie war zwar nicht für die bevorstehende Festlichkeit aufgelegt und hatte schon daran gedacht, sich wegen Krankheit zu entschuldigen, aber das würde ihr, wie sie wußte, niemand glauben, und sie fürchtete, als überspannt angesehen zu werden. Sie ging als Carmen und konnte nicht der Eitelkeit widerstehen, sich so hübsch wie möglich zu machen. Sie schwärzte ihre Wimpern und legte Rouge auf ihre Wangen. Das Kostüm stand ihr gut. Als das Hornsignal ertönte und sie in den Salon kam, wurde sie mit schmeichelhafter Überraschung empfangen. Der Konsul, immer ein großer Spaßmacher, war als Ballettmädchen verkleidet und wurde mit Lachstürmen begrüßt. Der Missionar und seine Frau, ein wenig schüchtern, aber sonst mit sich zufrieden, wirkten großartig als Mandschus. Mrs. Linsell zeigte als Kolumbine soviel wie möglich von ihren schönen Beinen. Ihr Mann war ein Araberscheich und der Arzt ein malaiischer Sultan.

Man hatte eine Sammlung veranstaltet, um Champagner für das Festessen zu besorgen, und daher verlief die Mahlzeit in ausgelassener Stimmung. Die Dampfschiffahrtsgesellschaft hatte Knallbonbons gestiftet, in denen Papierhüte verschiedenster Formen verborgen waren, und diese setzten sich nun die Passagiere auf. Sie warfen auch mit Papierschlangen und stießen unter Schreien und Lachen kleine Ballons durch die Luft. Sie amüsierten sich ganz vortrefflich. Nach dem Essen gingen sie in den Salon, in dem bereits die Kerzen am Christbaum brannten. Die Kinder wurden hereingeführt und stürzten sich mit fröhlichem Kreischen auf die Geschenke. Dann begann der Tanz. Die Passagiere der zweiten Klasse umstanden scheu die dafür auf dem Deck reservierte Fläche und tanzten gelegentlich miteinander.

»Ich freue mich, daß wir sie eingeladen haben«, sagte der Konsul zu Mrs. Hamlyn. »Ich bin für demokratische Gleichheit und muß feststellen, sie benehmen sich sehr vernünftig, weil sie sich ganz für sich halten.«

Mrs. Hamlyn bemerkte, daß Pryce nicht da war, und fragte einen der Passagiere zweiter Klasse, wo er stecke.

»Er will nichts mehr sehen und hören«, war die Antwort. »Wir haben ihn am Nachmittag zu Bett gebracht und ihn in seiner Kabine eingeschlossen.«

Der Konsul holte Mrs. Hamlyn noch einmal zum Tanz und machte viele Späße. Plötzlich fühlte sie, daß sie das alles nicht mehr ertragen konnte, den Lärm und die von Dilettanten gespielte Musik, die Witze des Konsuls und die Ausgelassenheit der Tanzenden. Sie wußte nicht weshalb, aber die Fröhlichkeit dieser Leute, die auf dem Schiff durch die Nacht und über das leere Meer fuhren, erfüllte sie plötzlich mit Entsetzen. Als der Konsul sie frei gab, entzog sie sich dem Trubel und stieg die

Treppe zum Bootsdeck hinauf. Hier war alles dunkel. Sie ging langsam zu einer Stelle, wo sie, wie sie wußte, nicht gestört werden konnte. Da hörte sie ein leises Lachen und entdeckte in einer verborgenen Ecke eine Kolumbine und einen malaiischen Sultan. Mrs. Linsell und der Arzt hatten den Flirt, den der Tod Gallaghers unterbrochen hatte, bereits wiederaufgenommen.

Schon hatten alle mit einer gewissen Wut den Gedanken an den armen einsamen Mann, der auf so sonderbare Weise in ihrer Mitte gestorben war, aus ihrem Geist verbannt. Sie fühlten kein Mitleid mit ihm, sondern waren ungehalten, weil er sie in ihrer Ruhe gestört hatte. Gierig griffen sie wieder nach dem Leben. Sie machten Witze, sie flirteten, sie unterhielten sich über den lieben Nächsten. Mrs. Hamlyn dachte an die Worte des Konsuls, der gesagt hatte, daß sich unter Mr. Gallaghers Papieren kein Brief gefunden hatte, nicht der Name eines einzigen Freundes, dem man von seinem Tode Mitteilung machen konnte, und dies erschien ihr, sie wußte selbst nicht warum, von erschütternder Tragik. Es war etwas Geheimnisvolles an einem Mann, der in solcher Einsamkeit durchs Leben gehen konnte. Wenn sie daran dachte, wie er erst vor kurzer Zeit so gesund und lebensvoll in Singapur an Bord gekommen war und welche großartigen Pläne er für die Zukunft gehegt hatte, wurde ihr elend zumute. Die Worte des Trauergottesdienstes erfüllten sie mit ehrfürchtiger Scheu: *»Der Mensch, vom Weibe geboren, hat nur kurze Zeit zu leben und ist voll Elend. Er entsteht und wird niedergemäht wie eine Blume ...«*

Jahraus, jahrein hatte Gallagher seine Pläne für die Zukunft geschmiedet. Er hatte so gern gelebt und hätte so sorglos leben können, und gerade als er seine Hand ausstreckte – oh, es war jammervoll! Alle anderen Sorgen der Welt erschienen ihr dadurch nichtig. Der Tod mit seinem Geheimnis war die einzige Tatsache von wirklicher Bedeutung. Mrs. Hamlyn lehnte sich an die Reling und blickte zum Himmel mit seinen Sternen auf. Warum machten sich die Menschen so unglücklich? Ja, der Tod war immer schrecklich, und man mußte weinen um jene, die man geliebt hatte. Aber im übrigen – lohnte es sich, elend, eitel und unbarmherzig zu sein, Bosheit im Herzen zu tragen? Sie dachte wieder an ihren Mann und an die Frau, die er auf so unerklärliche Weise liebte. Auch er hatte gesagt, man habe nur kurze Zeit, um glücklich zu sein – und die Zeit des Todes sei so ewig. Sie dachte lange und angestrengt nach, und plötzlich, so wie sommerliches Wetterleuchten die dunkle Nacht erhellt, machte sie eine Entdeckung, die sie überraschte und erstaunte: sie fühlte, daß in ihrem Herzen kein Zorn auf ihren Mann und keine Eifersucht auf ihre Nebenbuhlerin mehr waren. Eine Erkenntnis dämmerte am Horizont ihres Bewußtseins und füllte wie Morgensonne ihre Seele mit zarter wonniger Glut. Aus dem tragischen Tode dieses unbekannten Iren schöpfte sie in einer erhabenen Stimmung den Mut zu einem großen Entschluß. Ihr Herz schlug schnell. Sie konnte es kaum abwarten, ihn sofort in die Tat umzusetzen. Es drängte sie, sich selbst aufzuopfern.

Die Musik hatte aufgehört. Der Ball war vorüber. Die meisten Passagiere waren wohl schon schlafen gegangen, und der Rest würde noch im Rauchsalon sein. Sie begegnete keinem Menschen, als sie zu ihrer Kabine ging. Sie nahm ihre Schreibmappe und schrieb einen Brief an ihren Mann.

»Liebster!

Es ist Weihnachten, und ich möchte Dir sagen, wie sehr mein Herz von guten Gedanken für Euch beide erfüllt ist. Ich bin töricht und unvernünftig gewesen. Ich denke jetzt, wir sollten alle, die wir lieben, auf ihre eigene Weise glücklich werden lassen, und unsere Liebe müßte groß genug sein, daß wir dadurch nicht unglücklich werden. Ich möchte Dir sagen, daß ich Dir die Freude, die auf so seltsame Weise in Dein Leben getreten ist, nicht mißgönne. Ich bin nicht mehr eifersüchtig, nicht mehr verletzt und nicht mehr rachsüchtig. Glaube nicht, ich würde unglücklich oder einsam sein. Wenn Du jemals fühlst, daß Du mich brauchst, komm zu mir, und ich will Dich mit fröhlichem Geist, ohne Vorwürfe und ohne Hinterhältigkeit empfangen. Ich bin sehr dankbar für all das Glück und die Zärtlichkeit, die Du mir gegeben hast, und dafür möchte ich Dir eine Zuneigung schenken, die keine Ansprüche an Dich stellt und die, wie ich hoffe, ganz uneigennützig ist. Denke gut von mir und sei glücklich, glücklich, glücklich!«

Sie setzte ihren Namen unter den Brief und steckte ihn in einen Umschlag. Er würde zwar erst in Port Said weiterbefördert werden, aber sie wollte ihn sofort in den Briefkasten werfen. Als sie das getan hatte, zog sie sich langsam aus und warf dabei einen Blick in den Spiegel. Ihre Augen leuchteten, und unter dem künstlichen Licht glühten ihre Wangen in einem natürlichen Rot. Die Zukunft war nicht mehr trostlos, sondern hell von einer uneigennützigen Hoffnung. Sie schlüpfte ins Bett und sank sofort in einen tiefen und traumlosen Schlaf.

Das runde Dutzend

Ich habe eine Vorliebe für Elsom. Es ist ein Seebad im Süden Englands, nicht sehr weit von Brighton, und hat etwas von dem spätgeorgianischen Charme dieser angenehmen Stadt. Aber es ist weder betriebsam noch marktschreierisch. Vor zehn Jahren, als ich nicht selten hinkam, war da und dort noch ein altes Haus zu sehen, gediegen und prätentiös in nicht unsympathischer Weise (wie eine heruntergekommene Dame aus guter Familie, deren diskreter Stolz auf ihre Herkunft eher belustigt als beleidigt), ein Haus, das während der Regierung des ›ersten Gentlemans in Europa‹ erbaut worden war und in dem etwa ein Hofmann in zerrütteten Vermögensverhältnissen seinen Lebensabend verbracht haben mochte. Die Hauptstraße hatte ein verschlafenes Aussehen, und das Automobil des Arztes schien hier nicht ganz am Platz. Die Hausfrauen erledigten ihre Besorgungen auf gemächliche Art. Sie plauderten mit dem Fleischhauer, während sie zusahen, wie er ihnen aus einer mächtigen Rinderlende ein Stück vom Besten herausschnitt, und sie fragten freundlich nach der Frau des Krämers, während er ihnen ein Pfund Tee und ein Pfund Salz in das Einkaufsnetz legte. Ich weiß nicht, ob Elsom jemals fashionable war: damals jedenfalls konnte davon keine Rede sein; aber es war gediegen und billig. Ältliche Damen, ledig und verwitwet, lebten hier, indische Zivilisten und pensionierte Soldaten: sie blickten mit gelinden Angstschauern den Monaten August und September entgegen, die Sommergäste bringen würden; aber sie verschmähten es nicht, diesen Eindringlingen ihre Häuser zu vermieten und sich von den Erträgnissen ein paar weltliche Wochen in einer Schweizer Pension zu leisten. Ich hatte Elsom nie in jener hektischen Zeit erlebt, wenn alle Pensionen und möblierten Zimmer besetzt waren und junge Herren in Flanelljacken die Seepromenade entlangschlenderten, wenn auf dem Strand Pierrots ihre Künste zeigten und im Billardzimmer des Dolphin-Hotels bis elf Uhr nachts das Klicken der Bälle zu hören war. Ich kannte es nur im Winter. Dann trug jedes Haus der Seefront – Stuckhäuser mit Erkerfenstern, die vor hundert Jahren erbaut waren – eine Tafel, die ankündigte, daß hier

Zimmer zu vermieten wären, und die Gäste im Dolphin wurden von einem einzigen Kellner und dem Schuhputzer bedient. Um zehn Uhr kam der Portier in das Rauchzimmer und schaute in so eindeutiger Weise zu einem herüber, daß man aufstand und schlafen ging. Dann war Elsom ein geruhsamer Ort und das Dolphin ein sehr behagliches Gasthaus. Man erfuhr, daß zu seiner Zeit der Prinzregent mehr als einmal mit Frau Fitzherbert herübergefahren war, um im Dolphin Tee zu trinken. In der Halle hing eingerahmt ein Brief von Herrn Thackeray, mit dem er ein Wohnzimmer und zwei Schlafzimmer mit Meeraussicht bestellte und Anweisung gab, daß ihm ein Wagen zum Bahnhof entgegengeschickt werden sollte.

Einmal im November, zwei oder drei Jahre nach dem Krieg – ich hatte einen bösen Anfall von Influenza hinter mir –, ging ich nach Elsom, um wieder zu Kräften zu kommen. Ich traf am Nachmittag ein und unternahm, nachdem ich meine Sachen ausgepackt hatte, einen kleinen Spaziergang an den Strand. Der Himmel war verhangen und die stille See grau und kalt. Ein paar Möwen flogen nah an das Ufer heran. Segelboote mit winterlich abgetakelten Masten waren hoch auf das steinige Ufer gezogen, und die Badehütten standen Seite an Seite in einer langen grauen, verfallenen Reihe. Niemand saß auf den Bänken, die die Stadtverwaltung da und dort aufgestellt hatte, aber ein paar Leute trotteten auf und ab, um sich Bewegung zu machen. Ich begegnete einem alten Oberst mit roter Nase, der in Sporthosen einherstapfte, gefolgt von einem Terrier, zwei ältlichen Frauen in kurzen Röcken und derben Schuhen und einem unschönen Mädchen mit einer Wollmütze. Ich hatte den Strand nie so verlassen gesehen. Die Häuser erinnerten an armselige alte Jungfern, die auf ihre nie wiederkehrenden Liebhaber warteten, und selbst das freundliche Dolphin schien öde und trostlos. Mein Herz sank. Das Leben schien mir mit einem Male sehr grau. Ich kehrte ins Hotel zurück, zog die Vorhänge in meinem Wohnzimmer zu, schürte das Feuer und suchte mit einem Buch meine Melancholie zu zerstreuen. Aber ich war recht froh, als es Zeit war, mich zum Dinner umzuziehen. Ich ging in den Speisesaal und fand die Gäste des Hotels schon an ihren Plätzen. Ich streifte sie mit einem flüchtigen Blick. An einem Tisch allein saß eine Dame mittleren Alters, und dann waren zwei ältliche Herren da, vermutlich Golfspieler, mit roten Gesichtern und kahlen Köpfen, die mißmutig schweigend ihre Mahlzeit verzehrten. Sonst waren nur noch drei Personen im Saal, die in der Nische am Fenster Platz genommen hatten und sofort meine erstaunte Aufmerksamkeit auf sich zogen. Die Gesellschaft bestand aus einem alten Herrn und zwei Damen, von denen die eine alt und wahrscheinlich seine Frau war, während die andere jünger schien und seine Tochter sein mochte. Die alte Dame war es, die zuerst mein Interesse erregte. Sie trug ein voluminöses schwarzes Seidenkleid und ein schwarzes Spitzenhäubchen; um ihre Handgelenke hingen schwere goldene Armbänder und um ihren Hals eine massive Goldkette, an der ein großes goldenes Medaillon baumelte; an ihrem Kragen steckte eine dicke Goldbrosche. Ich wußte nicht, daß es noch Menschen gab, die solchen Schmuck trugen. Oft, wenn mich mein Weg an Antiquitäten- und Trödlerläden vorbeigeführt hatte, war ich einen Augenblick stehengeblieben, um diese seltsam altmodischen Gegenstände zu betrachten. Wie gediegen, kostbar und häßlich sie doch waren! Und mit einem Lächeln, in das sich ein Schatten von Traurigkeit mischte, hatte ich mich der längst verstorbenen Frauen erinnert, die sie getragen hatten. Sie riefen die Zeit herauf, da Falbeln und Rüschen die Krinoline abgelöst und runde Hüte die Schutenhaube verdrängt hatten. In jenen Tagen war man in England für das Solide und Gute gewesen. Am Sonntagvormittag ging man in die Kirche und nach der Kirche im Park spazieren. Man gab Dinners mit zwölf Gängen, bei denen der Hausherr die Rinderkeule und das Geflügel vorschnitt, und nach dem Essen beglückten die Damen, die Klavier spielen konnten, die Gesellschaft mit einem Mendelssohnschen ›Lied ohne Worte‹, und der Herr mit dem schönen Bariton sang eine altenglische Ballade.

Die jüngere Dame saß mit dem Rücken zu mir, und anfangs konnte ich nur sehen, daß sie eine schlanke jugendliche Figur hatte. Ihr reiches braunes Haar schien kunstvoll frisiert zu sein. Die drei plauderten leise, und mit einem Male wandte sie den Kopf, so daß ich ihr Profil sehen konnte. Es war erstaunlich schön. Die Nase war gerade und fein, die Wangenlinie von erlesenem Schnitt; ich bemerkte nun, daß sie ihr Haar nach Art der Königin Alexandra trug. Das Essen war beendet, und die Gesellschaft stand auf. Die alte Dame segelte aus dem Zimmer, weder rechts noch links blickend, und die junge folgte ihr. Da stellte ich mit Erschrecken fest, daß sie alt war. Ihr Kleid war eigentlich sehr einfach; der Rock, länger als die damalige Mode vorschrieb, hatte etwas leicht Altfränkisches im Schnitt – vielleicht war die Taille deutlicher markiert als üblich –, aber es war ein Jungmädchenkleid. Sie war groß wie eine Heldin von Tennyson, schlank, mit langen Beinen und anmutiger Haltung. Ich hatte diese Nase schon einmal gesehen: es war die Nase einer griechischen Göttin. Ein schöner Mund, große blaue Augen. Die Haut lag wohl etwas dünn über den Knochen, und auf der Stirn und um die Augen waren Falten, aber in der Jugend mußte sie wunderbar gewesen sein. Sie erinnerte an jene römischen Damen mit den köstlich regelmäßigen Zügen, die Alma Tadema gemalt hat und die trotz ihres antiken Gewandes so verstockt englisch aussehen. Es war ein Typ von kalter Vollkommenheit, wie man ihn seit fünfundzwanzig Jahren nicht mehr gesehen hatte. Heute ist er tot wie das Epigramm. Mir war zumute wie einem Archäologen, der eine lang begrabene Statue findet, und es regte mich auf, so unerwartet auf den Überrest eines versunkenen Zeitalters zu stoßen. Denn nichts ist so tot wie das Vorgestern.

Der Herr erhob sich, als die beiden Damen hinausgingen, und setzte sich dann wieder in seinen Stuhl zurück. Ein Kellner brachte ihm ein Glas schweren Portwein. Er roch daran, nippte und rollte den Schluck auf der Zunge herum. Ich beobachtete ihn. Er war ein kleiner Mann, viel kleiner als seine imposante Frau, gut genährt, ohne dick zu sein, mit einem schönen Kopf und gewelltem grauem Haar. Sein Gesicht zeigte viele Falten und trug einen leicht humorvollen Ausdruck. Er hatte schmale Lippen und ein viereckiges Kinn. Er war nach unseren gegenwärtigen Begriffen etwas ungewöhnlich gekleidet. Er trug einen schwarzen Samtrock, ein weiches Hemd mit niedrigem Kragen, eine große schwarze Krawatte und sehr weite Smokinghosen. Dieser Anzug wirkte beinahe wie ein Kostüm. Nachdem er gemächlich seinen Portwein ausgetrunken hatte, stand er auf und schlenderte aus dem Zimmer.

Als ich durch die Halle kam, nahm ich, neugierig zu erfahren, wer diese merkwürdigen Menschen sein mochten, das Gästebuch vor. In einer eckigen weiblichen Handschrift, der Art von Schrift, wie sie vor vierzig Jahren in modischen Mädchenpensionaten gelehrt wurde, waren folgende Namen eingetragen: Mr. und Mrs. St. Clair und Miss Porchester. Die angegebene Adresse lautete 68, Leinster Square, Bayswater, London. Das mußten Namen und Adresse der Leute sein, die mich so lebhaft interessierten. Ich fragte die Wirtin, was für einen Beruf Mr. St. Clair denn hätte, und sie meinte, er wäre wohl etwas in der City. Ich ging in das Billardzimmer und manövrierte ein wenig mit den Bällen herum; dann, auf dem Weg hinauf, kam ich durch die Halle. Die beiden Herren mit den roten Gesichtern lasen die Abendblätter, und die ältliche Dame döste über einem Roman. Die drei anderen saßen in einer Ecke. Mrs. St. Clair strickte, Miss Porchester arbeitete an einer Stickerei, und Mr. St. Clair las ihnen mit gedämpfter, aber klangvoller Stimme vor. Im Vorbeigehen entdeckte ich, daß er ›Bleak House‹ von Dickens las.

Ich las und schrieb den größten Teil des folgenden Tages, aber am Nachmittag ging ich spazieren, und auf dem Heimweg setzte ich mich für ein Weilchen auf eine der bequemen Bänke an der Seepromenade. Es war nicht ganz so kalt wie am Tag zuvor, und die Luft war angenehm. In Ermangelung einer besseren Beschäftigung beobachtete ich eine Gestalt, die aus der Ferne auf mich zukam. Es war ein Mann, und als er näher kam, sah ich, daß es ein ziemlich schäbiger kleiner Mann war. Er trug einen dünnen schwarzen Überzieher und einen etwas verbeulten steifen Hut. Er ging mit den Händen in den Taschen und sah verfroren aus. Er streifte mich mit einem Blick, als er vorbeikam, ging ein paar Schritte weiter, zögerte, blieb stehen und machte kehrt. Als er wieder zu der Bank gelangt war, auf der ich saß, zog er eine Hand aus der Tasche und führte sie an den Hut. Ich bemerkte, daß er abgenutzte schwarze Handschuhe trug. Vermutlich ein Witwer in beschränkten Vermögensverhältnissen, schloß ich. Er konnte aber auch ein Stummer sein, der, wie ich, eine Influenza überstanden hatte und Erholung suchte.

»Verzeihen Sie, mein Herr«, sagte er, »könnten Sie mir gütigst mit einem Zündhölzchen aushelfen?«

»Gewiß.«

Er setzte sich neben mich, und während ich die Hand auf der Suche nach Zündhölzern in die Tasche steckte, kramte er in der seinen nach Zigaretten. Er zog ein kleines Paket ›Gold Flakes‹ hervor, und sein Gesicht wurde lang.

»Mein Gott, wie dumm! Ich habe ja keine Zigarette mehr.«

»Darf ich Ihnen eine anbieten?« entgegnete ich lächelnd.

Ich holte mein Etui hervor, und er bediente sich.

»Gold?« fragte er und tippte mit dem Finger auf das Etui, während ich es schloß. »Gold? Mit solchen Sachen habe ich immer Pech gehabt. Drei habe ich besessen. Alle gestohlen.«

Seine Augen blieben melancholisch an seinen Stiefeln haften, die in betrüblicher Weise reparaturbedürftig aussahen. Er war ein vertrockneter kleiner Mann mit einer langen dünnen Nase und blassen blauen Augen. Seine Haut war fahl und zerfurcht. Ich hätte nicht sagen können, wie alt er sei; er konnte ebensogut fünfunddreißig wie sechzig sein. Es war nichts Bemerkenswertes an ihm, und das einzige, was auffiel, war vielleicht gerade dieser Mangel an jeglicher Besonderheit. Aber trotz seiner offensichtlichen Armut war er sauber und nett. Er sah ehrbar aus und hielt etwas auf seine Ehrbarkeit. Nein, er war kein Stummer. Er war wohl ein kleiner Kanzlist, der vor kurzem seine Frau begraben hatte und nach Elsom geschickt worden war, um über die Heftigkeit des ersten Schmerzes hinwegzukommen.

»Gedenken Sie lange hierzubleiben?« fragte er mich.

»Zehn oder vierzehn Tage.«

»Ist dies Ihr erster Besuch in Elsom?«

»Nein, ich war schon wiederholt da.«

»Ich kenne es genau, mein Herr. Ich schmeichle mir, daß es wenige Seebäder gibt, die ich nicht das eine oder das andere Mal besucht habe. Elsom ist schwer zu übertreffen. Es kommen besonders nette Leute her. Elsom hat nichts Schreiendes, nichts Vulgäres, wenn Sie mich richtig verstehen. Für mich knüpfen sich sehr angenehme Erinnerungen an Elsom. In früheren Zeiten habe ich Elsom gut gekannt. Ich bin in der St. Martinskirche getraut worden.«

»Wirklich?« entgegnete ich matt.

»Es war eine sehr glückliche Ehe, mein Herr.«

»Das freut mich«, antwortete ich.

»Neun Monate hat sie gedauert – diese spezielle«, fuhr er nachdenklich fort.

Zweifellos war diese Bemerkung etwas sonderbar. Ohne den

geringsten Enthusiasmus hatte ich der drohenden Wahrscheinlichkeit entgegengesehen, daß er mich mit einer Schilderung seiner ehelichen Erlebnisse beglücken würde, nun aber wartete ich, wenn nicht mit Spannung, so doch mit Neugier auf seine weiteren Ausführungen. Sie blieben aus. Er seufzte ein wenig Endlich unterbrach ich die Stille.

»Es scheinen nicht viele Leute hier zu sein.«

»So habe ich es gern. Ich bin nicht für Massen. Wie ich vorhin schon erwähnte: Zusammengerechnet sind es viele Jahre, die ich in den verschiedenen Seebädern zugebracht habe, aber nie bin ich zur Saison an einen Ort gefahren. Ich liebe den Winter.«

»Finden Sie es nicht etwas melancholisch?«

Er wandte sich mir zu und legte einen Augenblick seine schwarzbehandschuhte Hand auf meinen Arm.

»Es *ist* melancholisch. Und gerade weil es melancholisch ist, kann ein kleiner Sonnenstrahl doppelt erfreuen.«

Diese Bemerkung erschien mir vollkommen idiotisch, und ich antwortete nicht. Er entfernte seine Hand von meinem Ärmel und stand auf.

»Ich will Sie nicht länger belästigen, mein Herr. Erfreut, Ihre Bekanntschaft gemacht zu haben.«

Er zog sehr höflich seinen schmuddeligen Hut und machte sich davon. Es begann kühl zu werden, und ich hielt es für angezeigt, ins Hotel zurückzukehren. Als ich die breite Treppe erreichte, fuhr ein von zwei zottigen Pferden gezogener Landauer vor, und diesem entstieg Mr. St. Clair. Er trug einen Hut, der wie das Produkt einer unglücklichen Kreuzung zwischen einem Zylinder und einem steifen runden Hut wirkte. Er half erst seiner Frau, dann seiner Nichte aus dem Wagen. Der Portier folgte ihnen mit Decken und Kissen ins Haus. Als Mr. St. Clair den Kutscher bezahlte, hörte ich, wie er ihm einschärfte, am nächsten Tag zur gleichen Stunde wieder hierzusein, und ich schloß daraus, daß die St. Clairs jeden Nachmittag eine Spazierfahrt im Landauer unternahmen. Es hätte mich nicht gewundert, zu erfahren, daß keiner von ihnen je ein Automobil bestiegen habe.

Die Wirtin erzählte mir, daß sie sehr abgeschlossen lebten und keine Bekanntschaften mit den anderen Hotelgästen suchten. Ich ließ meiner Phantasie freie Zügel. Ich sah sie drei

Mahlzeiten im Tag verzehren. Ich sah Mr. und Mrs. St. Clair frühmorgens oben an der Hoteltreppe sitzen. Er las die *Times,* und sie strickte. Ich vermute, daß Mrs. St. Clair ihr Lebtag keine Zeitung gelesen hatte – denn sie kaufte immer nur die *Times,* und die nahm Mr. St. Clair doch jedenfalls mit in die City. Gegen zwölf Uhr gesellte sich Miss Porchester zu ihnen.

»War dein Spaziergang angenehm, Eleanor?« fragte Mrs. St. Clair.

»Ja, sehr nett, Tante Gertrud«, antwortete Miss Porchester.

Ich schloß also, daß Miss Porchester jeden Vormittag ›ihren Spaziergang‹ machte, ebenso wie Mrs. St. Clair jeden Nachmittag ›ihre Ausfahrt‹ unternahm.

»Wenn du mit deiner Reihe zu Ende bist, meine Liebe«, sagte Mr. St. Clair mit einem Blick auf die Strickerei seiner Frau, »dann könnten wir noch einen kleinen Gang vor dem Lunch machen, um uns Appetit zu holen.«

»Das wäre sehr nett«, entgegnete Mrs. St. Clair. Sie faltete ihre Arbeit zusammen und gab sie Miss Porchester.

»Willst du meine Arbeit mitnehmen, Eleanor, wenn du hinaufgehst?«

»Gern, Tante Gertrud.«

»Du bist sicher ein wenig ermüdet von deinem Spaziergang, Liebe.«

»Ich werde mich vor dem Essen ein Weilchen hinlegen.«

Miss Porchester ging ins Hotel, und Mr. und Mrs. St. Clair promenierten langsam den Strand hinauf bis zu einem gewissen Punkt und kehrten dann langsam wieder um.

Wenn ich einem von ihnen auf der Treppe begegnete, machte ich eine Verbeugung und bekam eine höfliche, von keinem Lächeln begleitete Verbeugung zurück. Des Morgens wagte ich ein »Guten Tag«, aber damit hatte die Sache auch schon ein Ende. Es sah aus, als würde sich mir niemals Gelegenheit bieten, mit einem von ihnen zu reden. Aber bald hatte ich den Eindruck, daß Mr. St. Clair mir hie und da einen Blick zuwarf, und mutmaßend, daß er vielleicht meinen Namen erfahren hätte, redete ich mir eitlerweise ein, daß er mich mit einer gewissen Neugier beobachtete.

Ein, zwei Tage später saß ich in meinem Zimmer, als der Portier hereinkam und mir eine Botschaft bestellte.

»Mr. St. Clair schickt seine Empfehlung und läßt fragen,

ob Sie die Güte haben wollten, ihm Whiteakers Literaturalmanach zu leihen.«

Ich wunderte mich.

»Was, in aller Welt, bringt ihn auf den Gedanken, daß ich Whiteakers Literaturalmanach besitzen könnte?«

»Die Wirtin hat ihm erzählt, daß Sie schreiben.«

Ich konnte den Zusammenhang nicht erraten.

»Sagen Sie Mr. St. Clair, daß ich sehr bedaure, Whiteakers Almanach nicht zu besitzen, daß es mir aber ein besonderes Vergnügen gewesen wäre, ihm gefällig zu sein.«

Da war also endlich die langgesuchte Gelegenheit. Allmählich hatte sich meiner ein ausgesprochenes Verlangen bemächtigt, diese phantastischen Menschen näher kennenzulernen. Hie und da, im Herzen von Asien, war ich auf einen einsamen Stamm gestoßen, der in einem kleinen Dorf inmitten einer andersgearteten Bevölkerung lebte. Niemand weiß, wo diese Fremdlinge hergekommen sind oder warum sie sich gerade an diesem Ort niedergelassen haben. Sie leben ihr eigenes Leben, sprechen ihre eigene Sprache und haben keine Verbindung mit ihren Nachbarn. Niemand weiß, ob sie Nachkommen einer Bande sind, die zurückgelassen wurde, als ihre Nation in großen Horden über den Kontinent fegte, oder ob sie die aussterbenden Überreste eines mächtigen Volkes darstellen, das einst in diesem Land geherrscht hat. Sie sind ein Rätsel. Sie haben keine Zukunft und keine Geschichte. Die merkwürdige kleine Familie schien mir ähnlich in ihrer Wesensart. Sie gehörte einer Ära an, die tot und begraben ist. Sie erinnerte mich an gewisse Gestalten aus den beschaulichen altmodischen Romanen, die unsere Väter lasen. Sie gehörte den achtziger Jahren an und hatte keinen Schritt weiter getan. Wie seltsam, daß sie die letzten vierzig Jahre durchlebt hatte, als ob die Welt stillgestanden wäre! Sie führte mich in meine Kindheit zurück, und ich erinnerte mich an längst verstorbene Leute. Ob es wohl nur die Entfernung ist, die mir den Eindruck aufzwingt, die Menschen seien zu jener Zeit eigenartiger gewesen als heute? Wenn es damals von jemandem hieß, er sei ein ›Original‹, bei Gott, dann hatte es etwas zu bedeuten.

An diesem Abend nach dem Dinner ging ich also in die Halle und brachte die Kühnheit auf, Mr. St. Clair anzusprechen.

»Es tut mir so leid, daß ich Whiteakers Almanach nicht

besitze«, sagte ich, »aber wenn ich Ihnen mit irgendeinem anderen Buch dienlich sein kann, werde ich mich glücklich schätzen.«

Mr. St. Clair war sichtlich betroffen. Die beiden Damen hielten die Augen auf ihre Handarbeiten geheftet. Eine betretene Stille trat ein.

»Es hat nicht das geringste auf sich. Ich hatte bloß von der Wirtin gehört, daß Sie Romanschriftsteller sind.«

Ich zerbrach mir den Kopf. Offenbar bestand eine Beziehung zwischen meinem Beruf und Whiteakers Almanach, die mir verborgen blieb.

»In früheren Tagen pflegte Herr Trollope des öfteren bei uns in Leinster Square zu dinieren, und ich entsinne mich, von ihm gehört zu haben, die beiden wichtigsten Bücher für einen Schriftsteller wären Whiteakers Literaturalmanach und die Bibel.«

»Ich sehe, daß Thackeray einmal in diesem Hotel gewohnt hat«, bemerkte ich, um das Gespräch nicht fallenzulassen.

»Ich habe mir nie sehr viel aus Thackeray gemacht, obgleich er zu wiederholten Malen bei dem Vater meiner Gattin, dem verstorbenen Mr. Sergeant Saunders, zu Gast war. Er war mir zu zynisch. Meine Nichte hat bis zum heutigen Tag ›Vanity Fair‹ noch nicht gelesen.«

Miss Porchester errötete leicht bei dieser Erwähnung ihrer Person. Ein Kellner brachte den Kaffee, und Mrs. St. Clair wandte sich an ihren Gatten.

»Vielleicht, mein Lieber, würde uns der Herr das Vergnügen machen, seinen Kaffee mit uns zu trinken.«

Obgleich die Rede nicht direkt an mich gerichtet war, antwortete ich rasch:

»Vielen Dank.«

Ich setzte mich.

»Trollope war immer mein Lieblingsschriftsteller«, sagte Mr. St. Clair. »Er ist ein so ausgesprochener Gentleman. Ich bewundere Charles Dickens. Aber Charles Dickens konnte niemals einen Gentleman zeichnen. Ich höre, daß die jungen Leute heutzutage Trollope ein wenig langweilig finden. Meine Nichte, Miss Porchester, zieht die Romane von William Black vor.«

»Ich habe leider nie einen gelesen«, sagte ich.

»Ach, ich sehe, Sie sind wie ich; nicht up-to-date. Meine Nichte hat mich einmal überredet, einen Roman von Rosa

Broughton vorzunehmen, aber über hundert Seiten bin ich nicht hinausgekommen.«

»Ich habe nie gesagt, daß mir das Buch gefällt, Onkel Edwin«, brachte Miss Porchester, abermals errötend, zu ihrer Verteidigung vor. »Ich habe dir gleich gesagt, daß ich es etwas frei finde; aber es wurde so viel davon gesprochen.«

»Jedenfalls gehört es nicht zu den Büchern, die deiner Tante Gertrud als Lektüre für dich erwünscht sind, Eleanor.«

»Ich erinnere mich, daß Miss Broughton mir einmal erzählt hat, wie merkwürdig es ihr mit ihren Büchern ergangen sei. Als sie jung war, fand man sie zu frei. Und als sie alt war, fand man sie zu moralisch; und das ist hart, denn sie hat vierzig Jahre hindurch genau die gleichen Bücher geschrieben.«

»Ach, Sie haben Miss Broughton gekannt?« fragte Miss Porchester und redete mich damit zum erstenmal an. »Wie interessant! Kannten Sie auch Ouida?«

»Meine liebe Eleanor, was werden wir noch alles zu hören bekommen? Du hast doch sicherlich nie ein Buch von Ouida gelesen?«

»Doch, Onkel Edwin. Ich habe ›Unter zwei Flaggen‹ gelesen, und es hat mir sehr gefallen.«

»Ich bin erstaunt und erschrocken. Diese jungen Mädchen von heutzutage! Ich weiß wirklich nicht, wohin das noch führen soll!«

»Du hast immer gesagt, wenn ich dreißig Jahre alt bin, gibst du mir vollkommene Freiheit, zu lesen, was ich will.«

»Freiheit darf nicht verwechselt werden mit Zügellosigkeit, liebe Eleanor«, sagte Mr. St. Clair leicht lächelnd, um seiner Zurechtweisung den Stachel zu nehmen, aber doch mit einem gewissen Ernst.

Ich weiß nicht, ob es mir bei der Wiedergabe dieses Gespräches gelungen ist, den Eindruck zu vermitteln, den es in mir wachrief, den Eindruck nämlich einer bezaubernden, altmodischen Melodie. Ich hätte die ganze Nacht zuhören mögen, wie sie über die Verruchtheit eines Zeitalters diskutierten, das in den achtziger Jahren jung gewesen ist. Ich hätte etwas darum gegeben, einen Blick in ihr stattliches, geräumiges Haus in Leinster Square werfen zu dürfen. Ich hätte die Garnitur wiedererkannt, mit rotem Brokat überzogen, die steif im Salon herumstand, jedes Stück an einem bestimmten Platz; und die mit

Meißner Porzellan gefüllten Vitrinen hätten mir meine Kindheit ins Gedächtnis zurückgerufen. Im Eßzimmer, wo man sich gewöhnlich aufhielt, denn der Salon wurde nur für Gesellschaften benützt, lag ein türkischer Teppich, und das Mahagonibüfett ›bog sich‹ vor Silber. An den Wänden hingen die Bilder, die in den achtziger Jahren das Entzücken der Mrs. Humphrey Ward und ihres Onkels Matthew erregt hatten.

Am nächsten Morgen, als ich einen hübschen Weg hinter den Häusern von Elsom entlangschlenderte, begegnete ich Miss Porchester, die auf ›ihrem‹ Spaziergang begriffen war. Ich wäre gern ein Stückchen mit ihr gegangen, aber ich wußte bestimmt, daß es diesem Mädchen von Fünfzig peinlich gewesen wäre, allein mit einem Mann selbst meines würdigen Alters gesehen zu werden. Sie neigte, als ich an ihr vorbeikam, den Kopf und errötete. Seltsamerweise stieß ich wenige Meter hinter ihr auf das komische schäbige Männchen mit den schwarzen Handschuhen, mit dem ich mich am Strand ein paar Minuten unterhalten hatte. Er berührte seinen alten steifen Hut.

»Verzeihen Sie, mein Herr, könnten Sie mir vielleicht mit einem Zündhölzchen aushelfen?« sagte er.

»Gewiß«, entgegnete ich, »aber ich habe leider keine Zigaretten bei mir.«

»Gestatten Sie mir, Ihnen eine von den meinen anzubieten«, sagte er und zog die Pappschachtel hervor. Sie war leer. »Mein Gott, ich habe auch keine. Was für ein merkwürdiges Zusammentreffen!«

Er ging weiter, und es war mir, als ob er seine Schritte beschleunige. Ich fing an, mir meine Zweifel über ihn zu machen. Ich hoffte, daß er Miss Porchester nicht behelligen würde. Einen Augenblick dachte ich daran, umzukehren, tat es aber schließlich doch nicht. Er war ein manierlicher kleiner Mensch, und ich glaubte nicht ernstlich daran, daß er sich einer einzelnen Dame gegenüber lästig zeigen würde.

Ich sah ihn noch am gleichen Nachmittag wieder. Ich saß an der Seepromenade. Er kam mit kleinen ungeschickten Schritten auf mich zu. Es war etwas stürmisch, und er sah aus wie ein vertrocknetes Blatt, das vom Wind dahingetrieben wird. Dieses Mal zögerte er nicht, sondern setzte sich neben mich.

»Schon wieder begegnen wir einander, mein Herr. Die Welt ist klein. Wenn es Sie nicht stört, werden Sie mir vielleicht gestatten, mich einen Augenblick neben Sie zu setzen. Ich bin ein wenig müde.«

»Dies ist eine öffentliche Bank, und Sie haben das gleiche Recht, hier zu sitzen, wie ich.«

Ich wartete nicht, bis er mich um ein Streichholz bitten würde, sondern bot ihm sofort eine Zigarette an.

»Wie reizend von Ihnen, mein Herr. Ich bin gezwungen, mich auf eine bestimmte Zahl von Zigaretten im Tag zu beschränken; die aber rauche ich mit Genuß. Wenn man älter wird, werden die Freuden des Lebens spärlicher. Dafür genießt man die wenigen, die bleiben, um so intensiver.«

»Ein tröstlicher Gedanke.«

»Entschuldigen Sie, mein Herr, aber vermute ich richtig, daß Sie der bekannte Schriftsteller sind?«

»Ja, ich bin Schriftsteller«, antwortete ich. »Aber wie kommen Sie darauf?«

»Ich habe Ihr Bild in den illustrierten Blättern gesehen. Sie erkennen *mich* wohl nicht?«

Ich schaute ihn an, den kümmerlichen kleinen Mann, in seinem sauberen, aber schäbigen schwarzen Anzug, mit der langen Nase und den wässerigen blauen Augen.

»Leider nicht.«

»Ja, ich habe mich wohl verändert«, seufzte er. »Es gab eine Zeit, da war meine Photographie in jedem Blatt der Vereinigten Königreiche zu sehen. Natürlich können einem diese Pressephotographen nicht gerecht werden. Ich gebe Ihnen mein Wort: in den meisten Fällen wäre ich nie auf den Gedanken gekommen, daß *ich* das sein sollte, wenn nicht mein Name darunter gestanden hätte.«

Es war eine Weile still. Die Flut war zurückgetreten, und hinter dem Uferkies zeigte sich ein Streifen gelblichen Schlamms. Die Wellenbrecher lagen halb darin begraben wie die Rückenkämme vorsintflutlicher Tiere.

»Es muß wunderbar interessant sein, Schriftsteller zu sein, mein Herr. Oft habe ich mir gedacht, daß ich selbst Talent zum Schreiben hätte. Es gab Zeiten, da verschlang ich die Bücher geradezu. Aber in den letzten Jahren habe ich das etwas vernachlässigt. Vor allem, weil meine Augen nicht mehr so gut sind. Ich glaube, ich könnte ein Buch schreiben, wenn ich es versuchen würde.«

»Es wird behauptet, daß jeder ein Buch schreiben könnte«, antwortete ich.

»Keinen Roman, wissen Sie. Ich bin nicht sehr für Romane; ich ziehe geschichtliche Sachen vor. Auch Memoiren. Wenn jemand mir ein vernünftiges Angebot machen würde, wäre ich ohne weiteres bereit, meine Memoiren zu schreiben.«

»Im Augenblick sehr modern«, entgegnete ich.

»Es gibt nicht viele Menschen, die so viel erlebt haben wie ich, in gewisser Beziehung. Vor kurzem erst habe ich an ein Sonntagsblatt darüber geschrieben, aber man hat meinen Brief unbeantwortet gelassen.«

Er musterte mich mit einem langen, taxierenden Blick. Er sah mir zu ehrbar aus, als daß er im Begriff sein konnte, mich um ein paar Shillings anzugehen.

»Sie wissen natürlich nicht, wer ich bin, mein Herr, nicht wahr?«

»Ehrlich gestanden, nein.«

Er schien einen Augenblick nachzudenken, dann zog er seine Handschuhe straffer über die Finger, betrachtete einen Moment ein Loch in dem einen und wandte sich schließlich ohne Befangenheit zu mir.

»Ich bin der berühmte Mortimer Ellis«, sagte er.

»Ach?«

Ich wußte mir keinen anderen Ausruf, denn nach bestem Wissen hatte ich diesen Namen nie zuvor gehört. Ich sah einen Ausdruck von Enttäuschung über sein Gesicht ziehen und war etwas verlegen.

»Mortimer Ellis«, wiederholte er. »Sie werden mir doch nicht erzählen, daß Sie nichts von mir wissen.«

»Leider bleibt mir nichts anderes übrig. Ich bin sehr oft im Ausland.«

Ich überlegte, welchem Verdienst er seine Berühmtheit verdanken mochte. Im Geist überflog ich die verschiedenen Möglichkeiten. Er konnte kein Athlet gewesen sein, das einzige, was einem Menschen in England wahren Ruhm sichert, aber er konnte Gesundbeter gewesen sein oder vielleicht Meisterbillardspieler. Es gibt natürlich nichts so Obskures wie einen verabschiedeten Minister, und er konnte auch Präsident des Handelsministeriums in einem längst begrabenen Kabinett gewesen sein. Aber er hatte nichts von dem Aussehen eines Politikers.

»So ist es mit dem Ruhm«, meinte er bitter. »Wochenlang war ich der meistbesprochene Mann in England. Schauen Sie mich doch an. Sie *müssen* meine Photographie in den Blättern gesehen haben. Mortimer Ellis.«

»Tut mir furchtbar leid«, sagte ich und schüttelte den Kopf.

Er machte eine kleine Pause, um seiner Eröffnung Wirkung zu verleihen.

»Ich bin der berühmte Bigamist.«

Was soll man nun antworten, wenn einem ein Mensch, der einem so gut wie fremd ist, plötzlich aus heiterem Himmel mitteilt, er sei der berühmte Bigamist? Ich gestehe, daß ich mir geschmeichelt hatte, nur selten um eine Antwort verlegen zu sein, aber in diesem Fall war ich sprachlos.

»Ich habe elf Frauen gehabt, mein Herr«, fuhr er fort.

»Die meisten Männer haben mit einer gerade genug zu schaffen.«

»Ach, das ist nur Mangel an Übung. Wenn man elf gehabt hat wie ich, dann gibt es nur sehr wenig, was man nicht weiß über Frauen.«

»Aber warum sind Sie bei der elften stehengeblieben?«

»Natürlich! Ich wußte, daß Sie das fragen würden. Sofort, als ich Sie erblickte, sagte ich mir: er hat ein kluges Gesicht. Ja, sehen Sie, mein Herr, das ist es ja gerade, was mich irritiert. Elf ist eine so nichtssagende Zahl. Etwas so Unfertiges. Drei könnte man haben, sieben eventuell, neun soll eine Glückszahl sein, und an zehn wäre schließlich auch nichts auszusetzen. Aber elf! Das ist das einzige, was mich wurmt. Mit Freuden hätte ich alles getragen, wenn es mir vergönnt gewesen wäre, das Dutzend vollzumachen.«

Er knöpfte seinen Rock auf und holte aus der inneren Tasche ein dickes und sehr schmieriges Portefeuille hervor. Diesem entnahm er ein großes Bündel von Zeitungsausschnitten; sie waren abgegriffen, zerknüllt und schmutzig. Aber er breitete zwei, drei vor mir aus.

»Nun sehen Sie sich einmal diese Photographien an. Ich frage Sie, erkennt man mich darauf? Es ist eine Schande. Für einen Verbrecher könnte man mich halten, wenn man sie sieht.«

Die Ausschnitte waren von imposanter Länge. Nach Ansicht der Zeitungsredakteure war Mortimer Ellis offenbar ein Nachrichtengegenstand von besonderem Wert gewesen. Ein Bericht war überschrieben: ›Ein oft verheirateter Mann‹, ein zweiter: ›Ein herzloser Schuft vor seinen Richtern‹, ein dritter: ›Ein Schurke erlebt sein Waterloo‹.

»Nicht gerade, was man eine gute Presse nennt«, murmelte ich.

»Ich kümmere mich nicht darum, was die Zeitungen schreiben«, antwortete er mit einem Achselzucken. »Dazu habe ich viel zu viele Journalisten kennengelernt. Nein, der *Richter* ist es, dem ich alle Schuld aufbürden muß. Er hat mich entsetzlich behandelt, und es ist ihm übel bekommen, kann ich Ihnen sagen; noch im gleichen Jahr ist er gestorben.«

Ich durchflog den Bericht, den ich in der Hand hielt.

»Ich sehe, daß er ihnen fünf Jahre gegeben hat.«

»Unerhört, finden Sie nicht auch? Lesen Sie nur weiter.«

Er wies mit dem Zeigefinger auf eine bestimmte Stelle: »›Drei seiner Opfer baten um Gnade für ihn.‹ Das zeigt, was sie von mir hielten. Und auf das hin hat er mir fünf Jahre gegeben. Und wie er mich beschimpft, sehen Sie doch nur. Einen herzlosen Schuft nennt er mich – mich, den gutherzigsten Menschen der Welt –, eine Pest der Gesellschaft, eine Gefahr für die Öffentlichkeit; sagt, daß er mich am liebsten auspeitschen ließe, wenn es in seiner Macht stünde. Daß er mir fünf Jahre gegeben hat, nehme ich ihm nicht so übel, obgleich es bestimmt viel zuviel war – niemand wird mir das ausreden –, aber hatte er das Recht, frage ich Sie, in diesem Ton mit mir zu reden? Nein, das hatte er nicht, und ich werde es ihm nie verzeihen, nie, und wenn ich hundert Jahre alt werde.«

Die Wangen des Bigamisten wurden rot, und in seinen wäßrigen Augen leuchtete es einen Augenblick feurig auf. Es war ein schmerzliches Thema, das er hier angeschlagen hatte.

»Darf ich die Ausschnitte lesen?« fragte ich.

»Dazu habe ich sie Ihnen gegeben. Ich möchte, daß Sie sie lesen. Und wenn Sie sie lesen können, ohne einzusehen, daß mir bitter Unrecht geschehen ist, dann sind Sie nicht der Mann, für den ich Sie gehalten habe.«

Während ich einen Ausschnitt nach dem anderen überflog, wurde mir klar, woher Mortimer Ellis eine so eingehende Kenntnis der Seebäder Englands besaß. Sie waren sein Jagdrevier. Seine Methode bestand darin, an irgendeinen Ort zu fahren, wenn die Saison vorüber war, und sich in einem der leeren Häuser einzuquartieren. Offenbar gelang es ihm jedesmal schnell, die Bekanntschaft eines weiblichen Wesens zu machen, einer Witwe oder einer alten Jungfer, deren Alter, wie ich bemerkte, zwischen fünfunddreißig und fünfzig schwankte. Sie alle sagten vor Gericht aus, daß sie ihn in einem Seebad kennengelernt hätten. Er machte ihnen nach ungefähr vierzehn Tagen einen Heiratsantrag. Bald darauf fand die Hochzeit statt. Er veranlaßte sie auf die oder jene Weise, ihm ihre Ersparnisse anzuvertrauen, und unter dem Vorwand, geschäftlich nach London reisen zu müssen, verließ er sie dann nach einigen Monaten auf Nimmerwiedersehen. Nur eine einzige war ihm wieder begegnet bis zu dem Tag, wo sie ihn alle in ihrer Eigenschaft als Zeuginnen vor Gericht wiedergesehen hatten. Es waren durchweg Frauen aus gutbürgerlichen Kreisen; die eine war die Tochter eines Arztes, die andere eine Pastorentochter; dann war eine Pensionsbesitzerin darunter, die Witwe eines Geschäftsreisenden und auch eine ehemalige Schneiderin. Ihr Vermögen bewegte sich im wesentlichen zwischen fünfhundert und tausend Pfund. Aber welche Summe es auch sein mochte, den irregeführten Frauen wurde alles bis auf den letzten Pfennig abgeknöpft. Einige von ihnen erzählten wahrhaft jammervolle Geschichten über das Elend, in dem er sie zurückgelassen hatte. Aber alle gaben sie zu, daß er ein guter Ehemann gewesen wäre. Und nicht genug, daß drei von ihnen tatsächlich um Gnade für ihn baten, eine erklärte sich sogar auf der Zeugenbank bereit, ihn jederzeit wieder aufzunehmen, wenn er zu ihr zurückkehren wollte. Er bemerkte, daß ich gerade diese Stelle las.

»Und sie hätte für mich gearbeitet«, sagte er, »darüber besteht kein Zweifel. Aber ich sagte mir: Nein, Begrabenes soll man begraben sein lassen. Niemand weiß ein saftiges Stück Braten besser zu schätzen als ich, aber für kalt und aufgewärmt bin ich nicht, muß ich gestehen.«

Nur ein Mißgeschick trug die Schuld, daß Mortimer Ellis nicht auch noch eine zwölfte Frau geheiratet und damit das ersehnte Dutzend erreicht hatte. Denn er war verlobt mit einer Miss Hubbard – »zweitausend Pfund hatte sie, nicht einen Penny weniger, in Kriegsanleihe«, vertraute er mir an –, und das Aufgebot war schon verkündet, als eine seiner früheren

Frauen ihn erblickte, Erkundigungen einzog und sich mit der Polizei in Verbindung setzte. Genau einen Tag vor seiner zwölften Hochzeit wurde er arretiert.

»Eine Böse war das«, sagte er, »hineingelegt hat die mich, grausam!«

»Ja, wie hat sie denn das gemacht?«

»Gott, ich habe sie in Eastbourne kennengelernt, im Dezember einmal, und im Lauf unseres Gesprächs hat sie mir erzählt, daß sie Schneiderin gewesen sei und sich zur Ruhe gesetzt habe. Sie sagte, sie hätte ein hübsches Stück Geld gemacht. Es war nicht genau herauszukriegen, wieviel, aber sie gab mir zu verstehen, daß es so an die fünfzehnhundert Pfund waren, und als ich sie dann heiratete, wissen Sie, was sich da herausstellte? Sie werden es nicht glauben: keine dreihundert Pfund hatte sie. Und ausgerechnet die hat mich angezeigt. Bedenken Sie, nie hatte ich ihr einen Vorwurf gemacht. Ein anderer wäre ihr grob gekommen, wenn er den Schwindel entdeckt hätte. Ich habe sie niemals fühlen lassen, daß ich auch nur enttäuscht war. Ich bin einfach weggegangen ohne ein Wort.«

»Aber nicht ohne die dreihundert Pfund, nehme ich an.«

»Aber, mein Herr, seien Sie doch nicht unvernünftig«, entgegnete er in beleidigtem Ton. »Wie lange können dreihundert Pfund schon reichen? Und ich war vier Monate mit ihr verheiratet, ehe sie die Wahrheit eingestand.«

»Verzeihen Sie die Frage«, sagte ich, »und führen Sie sie bitte ja nicht auf eine geringe Einschätzung Ihrer persönlichen Vorzüge zurück – warum haben alle diese Frauen Sie geheiratet?«

»Weil ich sie darum gebeten habe«, antwortete er, sichtlich auf das höchste erstaunt.

»Aber haben Sie nie einen Korb bekommen?«

»Sehr selten. Nicht öfter als vier- oder fünfmal in meiner ganzen Laufbahn. Natürlich habe ich meinen Antrag immer erst gemacht, wenn ich meiner Sache schon ziemlich sicher war, und ich will nicht behaupten, daß ich nicht manchmal auch eine Niete gezogen habe. Man kann nicht verlangen, daß es jedesmal zum Klappen kommt, wenn Sie mich richtig verstehen. Oft habe ich mich mehrere Wochen um eine Frau bemüht, ehe ich erkannte, daß nichts zu machen sei.«

Ich gab mich eine Weile meinen Überlegungen hin, aber bald

bemerkte ich, daß ein breites Lächeln über die beweglichen Züge meines Freundes glitt.

»Jetzt verstehe ich erst, was Sie meinen«, sagte er. »Mein Äußeres gibt Ihnen zu denken. Sie können nicht begreifen, was die Frauen an mir finden. Das kommt vom Romanlesen und Ins-Kino-Laufen. Sie meinen, was die Frauen wollen, das sei der Cowboytyp oder eine Art Spanier mit blitzenden Augen und olivfarbener Haut oder ein eleganter Tänzer. Sie bringen mich zum Lachen!«

»Das freut mich«, sagte ich.

»Sind Sie verheiratet, mein Herr?«

»Ja. Aber ich habe nur eine Frau.«

»Da können Sie nicht urteilen. Nach einem einzigen Beispiel kann man nicht generalisieren, wenn Sie mich richtig verstehen. Was wüßten Sie zum Beispiel von Hunden, wenn Sie nie einen anderen gehabt hätten als einen Bullterrier?«

Die Frage war rhetorisch, und ich fühlte, daß sie keiner Antwort bedurfte. Er wartete den richtigen Moment ab und fuhr dann fort: »Sie befinden sich in einem Irrtum, mein Herr. In einem ausgesprochenen Irrtum. Eine Frau mag sich in einen gutaussehenden jungen Kerl vergaffen, aber sie wird ihn niemals heiraten wollen. In Wirklichkeit machen sich die Frauen nichts aus gutem Aussehen. Douglas Jerrold, der ebenso häßlich wie geistreich war, pflegte zu sagen, man müßte ihm nur zehn Minuten Vorsprung bei einer Frau lassen, und er könnte den schönsten Mann im Zimmer ausstechen. Auch Geist wollen sie nicht. Sie wollen nicht, daß ein Mann geistreich sei; sonst glauben sie nicht, daß er es ernst meint. Sie wollen nicht, daß er gut aussehe; sonst glauben sie ebenfalls nicht, daß er es ernst meint. Nur eines wollen sie wirklich: daß er es ernst meint. Vor allen Dingen Sicherheit. Und dann – Aufmerksamkeit. Ich mag nicht schön sein, und ich mag nicht unterhaltend sein, aber glauben Sie mir, ich besitze das, was jede Frau sich wünscht: Zuverlässigkeit. Und der Beweis dafür ist, daß ich alle meine Frauen glücklich gemacht habe.«

»Es wirft sicherlich ein gutes Licht auf Sie, daß drei um Gnade für Sie gebeten haben und eine sogar bereit war, Sie wieder zurückzunehmen.«

»Sie können sich nicht vorstellen, was für eine Sorge das für mich war, die ganze Zeit im Gefängnis. Ich fürchtete, sie würde bei meiner Haftentlassung vor dem Tor auf mich warten, und ich hatte zu dem Direktor gesagt: ›Um Gottes willen, Sir, schmuggeln Sie mich hinaus, damit mich nur ja niemand sieht.‹«

Er zog abermals die Handschuhe straff, und sein Blick fiel wieder auf das Loch im ersten Finger.

»Das kommt davon, wenn man möbliert leben muß. Wie soll ein Mann sich seine Sachen in Ordnung halten, wenn er keine Frau hat, die für ihn sorgt. Ich war zu oft verheiratet, um ohne Frau leben zu können. Es gibt Männer, denen es keinen Spaß macht, verheiratet zu sein. Das kann ich einfach nicht begreifen. Aber es ist wohl schon so: etwas wirklich Gutes kann man nur leisten, wenn man mit dem Herzen dabei ist: und ich liebe es, Ehemann zu sein. Es fällt mir nicht schwer, die verschiedenen kleinen Dinge zu tun, die den Frauen Freude machen und mit denen die meisten anderen Männer sich einfach nicht abgeben wollen. Wie schon erwähnt, eine Frau verlangt Aufmerksamkeit. Ich bin nie aus dem Haus gegangen, ohne meiner Frau einen Kuß zu geben, und nie heimgekommen, ohne ihr wieder einen zu geben. Und nur sehr selten bin ich nach Hause gekommen, ohne ihr etwas Schokolade oder ein paar Blumen mitzubringen. An die Ausgabe habe ich dabei niemals gedacht.«

»Es war schließlich auch nicht Ihr Geld, mit dem Sie bezahlt haben«, warf ich ein.

»Und was will das schon besagen! Kommt es denn auf das Geld an, das man für ein Geschenk ausgelegt hat? Nein! Auf den Geist kommt es an, aus dem heraus man schenkt. Nur das zählt bei den Frauen. Nein, ich bin wirklich kein eingebildeter Mensch, aber das eine kann ich von mir behaupten: ich bin ein guter Ehemann.«

Ich schaute flüchtig auf die Berichte, die ich immer noch in der Hand hielt.

»Ich will Ihnen sagen, was mich wundert«, sagte ich. »Alle diese Frauen waren sehr achtbare, ordentliche Personen, alle hatten sie ein gewisses Alter, waren ruhig und gesetzt. Und doch haben sie Sie geheiratet, ohne irgendwelche Erkundigungen einzuziehen, und nach allerkürzester Bekanntschaft.«

Er legte seine Hand nachdrucksvoll auf meinen Arm.

»Das also verstehen Sie nicht, mein Herr. Sehen Sie, in allen Frauen ist eine Sucht, verheiratet zu sein. Gleichgültig, ob sie jung oder alt sind, klein oder groß, schwarz oder blond, alle haben sie eines gemeinsam: sie wollen heiraten. Und vergessen Sie eines nicht, ich habe mich jedesmal in der Kirche trauen lassen. Keine Frau fühlt sich wirklich sicher, wenn sie nicht kirchlich getraut ist. Sie sagen, ich sei keine Schönheit – zugegeben –, ich habe mich auch nie für eine Schönheit gehalten, aber selbst wenn ich nur ein Bein und dazu einen Buckel hätte, könnte ich Frauen finden, soviel ich nur wollte, die mit Freuden bereit wären, mich zu heiraten. Es ist eine Manie geradezu, eine Krankheit. Tatsächlich war doch kaum eine unter ihnen, die mich nicht schon nach der zweiten Zusammenkunft genommen hätte – ich liebe es bloß, das Terrain etwas gründlicher zu sondieren, ehe ich mich exponiere. Als das Ganze herauskam, herrschte mächtige Aufregung, weil ich elfmal geheiratet hatte. Elfmal? Ja, das ist doch gar nichts, nicht einmal ein volles Dutzend. Dreißigmal hätte ich heiraten können, wenn ich gewollt hätte. Ehrenwort, mein Herr. Wenn ich bedenke, was für Möglichkeiten sich mir geboten haben, so kann ich mich nur wundern über meine Zurückhaltung.«

»Sie erwähnten vorhin, daß Sie gern Geschichtliches lesen.«

»Ja, bei Warren Hastings war das doch auch so, nicht? Es fiel mir gleich auf, als ich es las. Haargenau paßte es auf mich.«

»Und Sie fanden diese ständige Freierschaft nicht etwas monoton?«

»Gott, ich bin ein logisch veranlagter Mensch, und es bereitete mir eine nie versagende Freude, zu beobachten, wie die gleichen Folgen aus den gleichen Ursachen entstehen, wenn Sie wissen, was ich meine. Bei Frauen zum Beispiel, die noch nicht verheiratet gewesen waren, gab ich mich regelmäßig für einen Witwer aus. Das wirkte wie ein Zauber. Denn sehen Sie, eine ledige Person will einen Mann, der etwas weiß. Bei einer Witwe ist das wieder anders. Da sagte ich immer, ich sei Junggeselle. Denn eine Witwe hat Angst, der Mann könnte zuviel wissen, wenn er schon einmal verheiratet war.«

Ich gab ihm seine Ausschnitte zurück; er faltete sie sauber zusammen und legte sie in seine schmierige Brieftasche.

»Ich bin der Ansicht, mein Herr, daß man mich vollkommen verkannt hat. Überlegen Sie, was man über mich sagt: ›Pest der Gesellschaft‹ – ›Gewissenloser Gauner‹ – ›Gemeiner

Schwindler‹. Und dann schauen Sie mich an. Bin ich der Mann, auf den das alles zutrifft? Sie kennen mich, Sie sind ein Menschenkenner, ich habe Ihnen alles von mir erzählt. Halten Sie mich für einen schlechten Menschen?«

»Meine Bekanntschaft mit Ihnen ist nur sehr flüchtig«, antwortete ich mit, wie mir schien, bemerkenswertem Takt.

»Ich möchte wissen, ob die Richter, ob die Geschworenen, ob die Öffentlichkeit je auf den Gedanken gekommen ist, die Sache auch einmal von meinem Standpunkt aus zu betrachten. Die Menge bedrohte mich, als ich in den Gerichtssaal geführt wurde, und die Polizei mußte mich vor ihrer Gewalttätigkeit schützen. Hatte auch nur einer bedacht, was ich für diese Frauen getan hatte?«

»Sie hatten ihnen ihr Geld genommen.«

»Natürlich hatte ich ihnen ihr Geld genommen. Ich muß doch leben wie jeder andere auch. Aber was hatte ich ihnen für ihr Geld gegeben?«

Dies war wieder eine rhetorische Frage, und obgleich er mich anblickte, als erwarte er eine Antwort, hielt ich den Mund. Ich wußte wirklich nicht, was ich sagen sollte. Seine Stimme klang eindringlich, und er sprach mit Emphase. Ich konnte sehen, daß es ihm ernst war.

»Ich will Ihnen sagen, was ich ihnen für ihr Geld gegeben habe. Romantik. Schauen Sie sich diesen Ort an.«

Er machte eine weite runde Geste, die das Meer und den Horizont umspannte. »In England gibt es hundert Orte wie diesen. Schauen Sie sich dieses Meer und diesen Himmel an; diese Pensionen; diesen Landungssteg; den Strand. Ist es nicht trostlos? Kann man nicht trübsinnig werden bei diesem Anblick? Für Sie spielt das natürlich weiter keine Rolle. Sie sind auf ein, zwei Wochen hergekommen, weil Sie erholungsbedürftig sind oder aus sonst einem Grund. Aber denken Sie doch an die Frauen, die jahraus, jahrein hier leben müssen. Sie haben keinerlei Möglichkeiten. Kaum, daß sie einen Menschen kennen. Sie haben gerade nur das bißchen Geld, von dem sie leben, und damit Schluß. Haben Sie je bedacht, wie furchtbar ihr Leben ist? Genauso trostlos wie die Seepromenade, eine lange, gerade, zementierte Straße, die immer weitergeht, von einem Seebad zum anderen. Selbst die Saison bringt ihnen keine Aufheiterung. Sie gehören nicht mit dazu. Sie könnten ebensogut tot sein. Und dann komme ich. Ich bitte Sie zu beachten, daß ich mich nie einer Frau genähert habe, die sich nicht mindestens zu einem Alter von fünfunddreißig Jahren bekannt hat. Und ich gebe ihnen Liebe. Bedenken Sie doch: viele von ihnen haben nie erfahren, was es ist, einen Mann zu haben, der ihnen das Kleid hinten zuknöpft. Viele haben es nie erlebt, im Dunkeln auf einer Bank zu sitzen und den Arm eines Mannes um ihre Schultern zu fühlen. Ich bringe ihnen Abwechslung und Aufregung. Ich gebe ihnen neues Selbstvertrauen. Sie stehen verstaubt auf einem Wandbrett, und ich komme ganz sachte daher und hole sie behutsam herunter. Ein kleiner Sonnenstrahl in ihrem freudlosen Dasein. Das war ich. Kein Wunder, daß sie mir zuflogen, kein Wunder, daß sie mich wieder zurückhaben wollten. Die einzige, die mich verriet, war die Schneiderin – sie behauptete, Witwe zu sein, aber im Innersten war ich immer überzeugt, daß sie nie verheiratet gewesen ist. Sie sagen, ich hätte diesen Frauen übel mitgespielt; wieso denn? Ich habe Glück und Glanz in elf Leben gebracht, die längst mit allen Hoffnungen abgeschlossen hatten. Sie sagen, ich sei ein Schuft und ein Schurke; Sie haben unrecht. Ich bin ein Philanthrop. Fünf Jahre hat man mir gegeben; die goldene Verdienstmedaille hätte ich bekommen müssen.«

Er zog seine leere Zigarettenschachtel heraus und blickte mit melancholischem Kopfschütteln auf sie. Als ich ihm mein Etui hinhielt, bediente er sich wortlos. Ich erlebte das Schauspiel, einen guten Menschen im Kampf mit seiner Gemütsbewegung zu sehen.

»Und was hat es mir schließlich eingebracht, frage ich Sie?« fuhr er nach kurzer Pause fort. »Unterkunft und Verpflegung und das bißchen Geld, um mir Zigaretten zu kaufen. Aber zurücklegen konnte ich mir nie etwas, und der Beweis dafür ist, daß ich jetzt, wo ich nicht mehr so jung bin wie früher, keine drei Shilling in der Tasche habe.«

Er blickte mich von der Seite an. »Es ist ein großer Abstieg, sich in einer solchen Lage zu befinden. Ich habe immer bezahlt, was ich verbraucht habe, und nie im Leben einen Freund um ein Darlehen bitten müssen. Ob Sie mir wohl mit einer Kleinigkeit aushelfen könnten, mein Herr? Es ist demütigend für mich, so etwas zu verlangen, aber wenn Ihnen ein Pfund nicht zu viel wäre, würden Sie mir einen großen Gefallen tun.«

Nun, Unterhaltung für ein Pfund hatte mir der Bigamist sicherlich geliefert, und ich langte nach meiner Brieftasche.

»Mit Vergnügen«, sagte ich.

Er schaute auf die Banknote, die ich herausnahm.

»Zwei könnten es wohl nicht sein?«

»Doch, es können auch zwei sein.«

Ich reichte ihm die beiden Pfundnoten, und er stieß einen kleinen Seufzer aus, während er sie entgegennahm.

»Sie ahnen nicht, was es bedeutet, nicht zu wissen, wo man abends sein Haupt hinlegen soll, wenn man wie ich an die Bequemlichkeit eines häuslichen Daseins gewöhnt ist.«

»Eines müssen Sie mir noch erklären«, sagte ich. »Sie dürfen mich nicht für zynisch halten, aber ich war immer der Ansicht, daß Frauen die Maxime ›Geben ist seliger denn Nehmen‹ ausschließlich auf unser Geschlecht beziehen. Wie ist es Ihnen gelungen, diese braven und in Geldsachen doch sicherlich sehr genauen Wesen zu bewegen, Ihnen so vertrauensvoll ihre ganzen Ersparnisse auszuliefern?«

Ein belustigtes Lächeln breitete sich über seine unbedeutenden Züge.

»Nun, mein Herr, Sie wissen doch, was Shakespeare über den Ehrgeiz sagt, ›der sich selbst überrennt‹. Das ist die Erklärung. Erzählen Sie einer Frau, daß Sie sich verpflichten, ihr Kapital in sechs Monaten zu verdoppeln, wenn Sie frei damit walten können, und sie wird es Ihnen nicht schnell genug übergeben können. Habgier ist es, was dahintersteckt. Nichts als allergewöhnlichste Habgier ...«

Es war eine scharfe Sensation, aufreizend für den Appetit (wie heiße Soße mit Eiscreme), von diesem amüsanten Gauner zu der züchtigen Ehrbarkeit – ganz Lavendelsäckchen und Krinolinen – der St. Clairs und Miss Porchesters zurückzukehren. Ich verbrachte nun jeden Abend mit ihnen. Kaum hatten ihn die Damen verlassen, sandte mir Mr. St. Clair seine Empfehlungen an den Tisch und ließ mich bitten, ein Glas Portwein mit ihm zu trinken. Wenn wir fertig waren, gingen wir in die Halle und tranken Kaffee. Mr. St. Clair ließ sich sein Gläschen alten Brandy schmecken. Die Stunden, die ich mit diesen Leuten verbrachte, waren von so erlesener Langeweile, daß sie einen ganz besonderen Zauber für mich hatten. Die Wirtin hatte ihnen erzählt, daß ich Stücke schrieb.

»Wir pflegten oft ins Theater zu gehen, als Henry Irving noch im ›Lyzeum‹ spielte«, sagte Mr. St. Clair. »Ich hatte einmal das Vergnügen, seine Bekanntschaft zu machen. Sir Everard Millais hatte mich in den ›Garrick Club‹ zum Souper eingeladen und stellte mich bei dieser Gelegenheit Mr. Irving vor.«

»Erzähle doch, was er zu dir gesagt hat, Edwin«, bat Mrs. St. Clair. Mr. St. Clair nahm eine dramatische Pose an und gab eine gar nicht üble Imitation Henry Irvings zum besten.

»›Sie haben einen Schauspielerkopf, Herr St. Clair‹, hat er zu mir gesagt. ›Wenn Sie sich je entschließen sollten, zur Bühne zu gehen, dann kommen Sie zu mir, und ich werde Ihnen eine Rolle geben.‹« Mr. St. Clair wurde wieder er selbst. »So etwas hätte einem jungen Menschen schon den Kopf verdrehen können.«

»Aber nicht Ihnen«, äußerte ich.

»Ich will nicht leugnen, daß vielleicht auch ich der Versuchung erlegen wäre, wenn nicht bestimmte Umstände dagegen gewesen wären. Aber ich hatte Pflichten gegen meine Familie. Es hätte meinem Vater das Herz gebrochen, wenn ich das Geschäft nicht übernommen hätte.« – »Was für ein Geschäft ist das, wenn ich fragen darf?«

»Ich bin Teehändler. Meine Firma ist die älteste in der City von London. Ich habe vierzig Jahre meines Lebens *einem* Ziel gelebt: meine Landsleute in dem Wunsch zu unterstützen, Ceylon-Tee zu trinken anstatt chinesischen, wie es in meiner Jugend allgemein üblich war.«

Ich fand es entzückend charakteristisch für ihn, daß er sich ein Leben lang dafür eingesetzt hatte, dem Publikum anstelle einer Ware, die es haben wollte, eine andere, unerwünschte aufzuzwingen.

»Aber in seiner Jugend hat mein Gatte oft in Dilettantenvorstellungen mitgewirkt, und er galt für sehr begabt«, sagte Mrs. St. Clair.

»In Shakespeare-Stücken zum Beispiel oder in der ›Lästerschule‹. Ich habe mich dazu hergegeben, wertloses Zeug zu spielen. Aber das gehört der Vergangenheit an. Ich hatte eine gewisse Begabung, und vielleicht war es schade, sie zu vernachlässigen. Aber jetzt ist es zu spät. Wenn wir Gesellschaften geben, dann lasse ich mich manchmal von den Damen überreden, die großen Hamlet-Monologe zu deklamieren. Das ist aber auch alles.«

O Gott, o Gott, o Gott! Ich dachte mit fasziniertem Schauder an diese Gesellschaften und fragte mich, ob es mir wohl auch beschieden sein würde, einmal eingeladen zu werden. Mrs. St. Clair warf mir ein kleines Lächeln zu, halb schamhaft, halb schockiert.

»Mein Mann war ein großer Bohemien in seiner Jugendzeit«, sagte sie.

»Nun ja, man muß sich ja die Hörner ablaufen. Ich kannte eine ganze Reihe von Malern und Schriftstellern, Wilkie Collins zum Beispiel, und selbst Leute, die für Zeitungen schrieben. Watts hatte ein Porträt von meiner Frau gemalt, und ich habe ein Bild von Millais gekauft. Ich kannte auch einige von den Präraffaeliten.«

»Besitzen Sie einen Rossetti?« fragte ich.

»Nein. Ich bewundere wohl Rossettis Talent, aber mit seinem Privatleben konnte ich mich niemals abfinden. Es wäre gegen meine Prinzipien, ein Bild von einem Künstler zu kaufen, den ich nicht ebensogern an meinen Tisch bitten würde.«

Mir wirbelte der Kopf. Als Miss Porchester, auf die Uhr blickend, fragte: »Willst du uns heute nicht vorlesen, Onkel Edwin?«, zog ich mich zurück.

Es geschah an einem Abend – ich saß mit Mr. St. Clair bei einem Glas Portwein –, daß er mir die traurige Geschichte seiner Nichte erzählte. Sie war mit einem Neffen der Mrs. St. Clair, einem Rechtsanwalt, verlobt gewesen, als sich eines Tages herausstellte, daß er ein Verhältnis mit der Tochter seiner Wäscherin gehabt hatte.

»Es war eine furchtbare Sache«, sagte Mr. St. Clair, »eine furchtbare Sache. Selbstverständlich wählte meine Nichte den einzig möglichen Ausweg. Sie schickte ihm seinen Ring, seine Briefe und seine Photographie zurück und erklärte, daß sie niemals seine Frau werden könnte. Sie flehte ihn an, die junge Person zu heiraten, an der er sich so schwer vergangen hatte, und versprach, ihr eine Schwester sein zu wollen. Es hat ihr das Herz gebrochen. Sie hat seither nie wieder einen Mann geliebt.«

Mr. St. Clair schüttelte den Kopf und seufzte.

»Nein. Wir hatten uns sehr in ihm getäuscht. Es war ein

schwerer Kummer für meine Frau, daß ihr leiblicher Neffe einer so ehrlosen Handlungsweise fähig gewesen war. Kurze Zeit darauf hörten wir, daß er sich mit einer jungen Dame aus guter Familie mit zehntausend Pfund Vermögen verlobt habe. Ich betrachtete es als meine Pflicht, an ihren Vater zu schreiben und ihn mit den Tatsachen bekanntzumachen. Er beantwortete meinen Brief in der ungebührlichsten Art. Es sei ihm lieber, wenn sein Schwiegersohn vor seiner Verheiratung Verhältnisse hätte als nachher.«

»Und was geschah weiter?«

»Sie haben geheiratet, und jetzt ist der Neffe meiner Frau ein hoher Richter und seine Gattin Mylady. Aber wir haben uns nie bewegen lassen, sie zu empfangen. Als der Neffe meiner Frau in den Adelsstand erhoben wurde, schlug Eleanor vor, ihn und seine Frau zum Dinner einzuladen. Aber meine Frau entgegnete, daß er nie den Fuß über unsere Schwelle setzen sollte, und ich bestärkte sie in dieser Ablehnung.«

»Und die Tochter der Wäscherin?«

»Sie hat sich mit einem Mann ihres eigenen Standes verheiratet und hat ein Wirtshaus in Canterbury. Meine Nichte, die etwas Vermögen besitzt, hat für sie getan, was sie nur konnte, und ist die Patin ihres ältesten Kindes.«

Arme Miss Porchester. Sie hatte sich auf dem Altar viktorianischer Moral geopfert, und ich hege die Befürchtung, daß das Bewußtsein, edel gehandelt zu haben, der einzige Lohn war, der ihr daraus erblühte.

»Miss Porchester ist eine ungewöhnlich reizvolle Erscheinung«, sagte ich. »Als sie jünger war, muß sie wundervoll gewesen sein. Wie merkwürdig, daß sie keinen anderen Mann geheiratet hat!«

»Miss Porchester galt allgemein für eine große Schönheit Alma Tadema bewunderte sie so sehr, daß er sie bat, ihm für eines seiner Bilder Modell zu sitzen. Aber das konnten wir natürlich nicht zugeben.« Mr. St. Clairs Ton ließ erraten, daß diese Zumutung sein Schicklichkeitsgefühl auf das tiefste verletzt hatte. »Nein, Miss Porchester hat nie einen andern geliebt als ihren Vetter. Sie spricht niemals von ihm, und es sind jetzt fünfunddreißig Jahre, daß sie sich von ihm getrennt hat. Aber ich bin überzeugt, daß sie ihn immer noch liebt. Sie ist eine echte Frau, ›*ein* Leben, *eine* Liebe‹, und obzwar ich vielleicht bedauere, daß ihr die Freuden der Ehe und der Mutterschaft versagt geblieben sind, muß ich ihre Treue bewundern.«

Doch das Herz der Frau ist unberechenbar, und vorschnell ist der Mann, der an keinen Wandel glaubt. Vorschnell, Onkel Edwin. Du kennst Eleanor nun schon viele Jahre, denn als ihre Mutter erkrankte und starb und du die Waise in dein behagliches, ja luxuriöses Haus in Leinster Square brachtest, da war sie noch ein halbes Kind; aber was, wenn es nun die Probe gilt, Onkel Edwin, was weißt du wirklich von Eleanor?

Seit dem Abend, da Mr. St. Clair mir die rührende Geschichte von Miss Porchesters unglückseliger Brautschaft anvertraut hatte, waren erst zwei Tage vergangen. Ich kehrte des Nachmittags nach einer Runde Golf in das Hotel zurück. Da kam die Wirtin aufgeregt in mein Zimmer gelaufen.

»Mr. St. Clair läßt bitten, Sie möchten sich sofort, wenn Sie nach Hause kommen, zu ihm auf Nummer siebenundzwanzig bemühen.«

»Mit Vergnügen. Aber warum denn?«

»Ach, eine schreckliche Aufregung. Man wird Ihnen schon alles erzählen.«

Ich klopfte an die Tür. Ich hörte ein »Herein, herein!«, das mich daran erinnerte, daß Mr. St. Clair einst in der vornehmsten Dilettantentruppe, die es zu seiner Zeit in London gab, Shakespeare-Rollen gespielt hatte. Ich trat ein und sah Mrs. St. Clair auf dem Sofa liegen, ein in Eau de Cologne getränktes Tuch auf dem Kopf und ein Riechfläschchen in der Hand. Mr. St. Clair stand vor dem Feuer, in einer Pose, die alle anderen Anwesenden mit Erfolg daran hinderte, auch etwas von der Wärme zu profitieren.

»Ich muß mich entschuldigen, Sie in dieser unzeremoniellen Form zu uns gebeten zu haben. Aber wir sind in großer Verzweiflung und haben gedacht, daß Sie uns vielleicht helfen könnten, Licht in die Angelegenheit zu bringen.«

Er war im tiefsten verstört.

»Ja, was ist denn geschehen?«

»Unsere Nichte, Miss Porchester, ist durchgebrannt. Heute früh ließ sie meiner Frau sagen, sie hätte ihre ›Migräne‹. Wenn sie ›ihre Migräne‹ hat, dann wünscht sie vollkommen allein gelassen zu werden, und meine Frau ist also erst am Nachmittag hinaufgegangen, um nach ihr zu sehen. Das Zimmer war leer.

Der Koffer gepackt, das Reisenecessaire mit der silbernen Einrichtung fort. Und auf dem Kissen lag ein Brief, der uns von ihrem unüberlegten Schritt in Kenntnis setzte.«

»Das tut mir unendlich leid«, sagte ich. »Aber ich weiß nicht ganz, was ich in diesem Fall tun kann.«

»Wir hatten den Eindruck, daß Sie der einzige Mann in Elsom sind, den sie kannte.«

»*Ich* bin nicht mit ihr durchgebrannt«, sagte ich. »Ich bin ein verheirateter Mann.«

»Also nicht. Im ersten Augenblick dachten wir, daß vielleicht – aber wenn Sie es nicht sind, wer kann es sonst sein?«

»Das weiß ich wirklich nicht.«

»Zeige ihm den Brief, Edwin«, sagte Mrs. St. Clair vom Sofa her.

»Bewege dich nicht, Gertrud, oder dein Reißen kommt wieder.«

Miss Porchester hatte ›ihre Migräne‹ und Mrs. St. Clair ›ihr Reißen‹. *Was* hatte Mr. St. Clair? Ich hätte jede Wette eingehen wollen, daß Mr. St. Clair ›seine Gicht‹ hatte. Er gab mir den Brief, und ich las ihn mit dem geziemenden Ausdruck aufrichtigen Bedauerns.

Liebster Onkel Edwin, liebste Tante Gertrud!

Wenn Ihr diesen Brief bekommt, bin ich weit fort. Ich werde mich heute vormittag mit einem Mann trauen lassen, der mir teuer ist. Ich weiß, daß ich unrecht tue, Euch auf diese heimliche Weise zu verlassen, aber ich hegte die Befürchtung, daß Ihr meiner Heirat Hindernisse in den Weg legen würdet. Und da nichts mich bewegen könnte, meinen Entschluß zu ändern, hielt ich es für das beste, zu handeln, ohne Euch etwas zu sagen. Es wird uns allen viel unnötigen Kummer ersparen. Mein Verlobter ist ein sehr zurückgezogener Mensch, infolge seines langen Aufenthaltes in tropischen Ländern von etwas labiler Gesundheit, und er hielt es für das richtigste, die Hochzeit in aller Stille zu feiern. Wenn Ihr wißt, wie strahlend glücklich ich bin, werdet Ihr mir hoffentlich verzeihen. Bitte schickt meinen Koffer in das Gepäckbüro am Victoria-Bahnhof.

Eure Euch liebende Nichte

Eleanor

»Ich werde ihr nie verzeihen«, sagte Mr. St. Clair, als ich ihm den Brief zurückgab. »Nie wieder soll sie den Fuß über unsere Schwelle setzen, Gertrud. Ich verbiete dir, in meiner Gegenwart auch nur ihren Namen zu nennen.«

Mrs. St. Clair fing leise zu schluchzen an.

»Sind Sie nicht allzu hart?« fragte ich. »Aus welchem Grund sollte Miss Porchester eigentlich nicht heiraten?«

»In ihrem Alter!« antwortete er böse. »Es ist lächerlich. Der ganze Leinster Square wird sich über uns lustig machen. Wissen Sie, wie alt sie ist? Einundfünfzig.«

»Vierundfünfzig«, sagte Mrs. St. Clair unter Tränen.

»Sie war mein Augapfel. Sie war uns wie eine Tochter. Seit Jahren ist sie eine alte Jungfer. Ich finde es geradezu unanständig von ihr, ans Heiraten zu denken.«

»Für uns war sie immer ein Mädchen«, verteidigte Mrs. St. Clair.

»Und was ist das überhaupt für ein Mann, den sie geheiratet hat? Wissen Sie, was mich am meisten wurmt? Die Unaufrichtigkeit! Sie muß ja vor unserer Nase mit ihm poussiert haben! Nicht einmal seinen Namen teilt sie uns mit. Ich fürchte das Schlimmste.«

Mit einemmal hatte ich eine Inspiration. Morgens, nach dem Frühstück, war ich ausgegangen, um mir Zigaretten zu kaufen, und im Tabakladen stieß ich auf Mortimer Ellis. Ich hatte ihn ein paar Tage nicht gesehen.

»Sie sehen ja schmuck aus«, sagte ich.

Seine Stiefel waren geflickt und sauber geputzt, sein Hut gebürstet, er trug einen reinen Kragen und neue Handschuhe. Ich fand, daß er meine zwei Pfund vorteilhaft angelegt hatte.

»Ich muß heute geschäftlich nach London fahren«, sagte er. Ich nickte und verließ den Laden.

Ich erinnerte mich, daß ich vierzehn Tage zuvor auf einem Gang durch die Wiesen Miss Porchester begegnet war. Nicht weit dahinter kam Mortimer Ellis. War es möglich, daß sie einen gemeinschaftlichen Spaziergang unternommen hatten und er, als sie meiner ansichtig wurden, zurückgeblieben war? Beim Himmel, es dämmerte mir.

»Sie haben mir doch einmal erzählt, daß Miss Porchester einiges Vermögen besitzt«, sagte ich.

»Nicht viel, etwa dreitausend Pfund.«

Nun war ich meiner Sache sicher. Bestürzt blickte ich die beiden an. Plötzlich sprang Mrs. St. Clair mit einem Schrei auf die Beine.

»Edwin, Edwin. Was, wenn er sie jetzt nicht heiratet?«

Mr. St. Clair hob die Hand an den Kopf und sank, dem Zusammenbruch nahe, auf einen Stuhl.

»Die Schande würde ich nicht überleben«, stöhnte er.

»Regen Sie sich nicht auf«, sagte ich. »Er wird sie bestimmt heiraten.«

Sie achteten nicht auf das, was ich sagte. Sie nahmen vielleicht an, ich hätte plötzlich den Verstand verloren. Ich war meiner Sache nun vollkommen sicher. Mortimer Ellis hatte seinen Ehrgeiz schließlich doch noch gestillt. Miss Porchester machte das Dutzend voll.

W. Somerset Maugham
Werkausgabe in Diogenes Taschenbüchern

Gesammelte Erzählungen
in vier Einzelbänden. detebe 35/I–IV

Rosie und die Künstler
Roman. Deutsch von Hans Kauders
und Claudia Schmölders. detebe 35/V

Silbermond und Kupfermünze
Roman. Deutsch von Susanne Feigl. detebe 35/VI

Auf Messers Schneide
Roman. Deutsch von N. O. Scarpi.
detebe 35/VII

Theater
Roman. Deutsch von Renate Seiller und Ute Haffmans.
detebe 35/VIII

Damals und heute
Roman. Deutsch von Hans Flesch
und Ann Mottier. detebe 35/IX

Der Magier
Roman. Deutsch von Melanie Steinmetz
und Ute Haffmans. detebe 35/X

Oben in der Villa
Roman. Deutsch von William G. Frank
und Ann Mottier. detebe 35/XI

Mrs. Carddock
Roman. Deutsch von Elisabeth Schnack.
detebe 35/XII

Der Menschen Hörigkeit
Roman. Deutsch von Mimi Zoff und Susanne Feigl.
detebe 35/XIII–XIV